大唐死间之白江口

The Imperial Gambit: Tide of Baekgang

董化平　著

Billson International Ltd.

Published by
Billson International Ltd
27 Old Gloucester Street
London
WC1N 3AX
Tel:(852)95619525

Website:www.billson.cn
E-mail address:cs@billson.cn

First published 2025

Produced by Billson International Ltd
CDPF/01

ISBN 978-1-80377-175-5

Hebei Zhongban Culture Development Co.,Ltd
Wanda Office Building B, 215 Jianhua South Street, Yuhua District, Shijiazhuang City, Hebei province, 2207

死间者，为诳事于外，令吾间知之，而传于敌间也。

——《孙子·用间》

引子

唐高宗显庆五年（公元 660 年），大唐繁荣昌盛，国力鼎盛，但是周边战事不断，吐蕃虎视眈眈，高句丽战事僵持日久，百济死而不僵，海外倭国蠢蠢欲动。

当时，大唐西面，吐蕃一代名将论钦陵击溃今青海西部的吐谷浑，占据其地，进逼河湟，蚕食大唐疆土；大唐东北，高句丽与百济联手攻打大唐盟友新罗，新罗节节败退，面临灭国之危。绝境中的新罗向大唐求援，大唐派名将苏定方率十万大军，从莱州成山渡海作战，唐军雷霆一击，短短十日便攻灭百济，苏定方俘获百济君臣贵族一万余人归国，在百济设立熊津、马韩、东明、德安、金涟五都督府，仅派郎将刘仁愿率少量唐军留守百济。百济灭亡后，残余的复兴军势力以鬼室福信及浮屠道琛为首，率众占据周留城等大小城池，不时骚扰，妄图复国。

公元 661 年八月，远居海外的倭国齐明女天皇在中大兄皇子的怂恿下，不仅暗中支援百济粮草，还派遣多路部队渡海支援百济残余势力。中大兄认为这是倭国在朝鲜半岛南部获取特殊地位的良机，力主将滞留在日本的百济王子扶余丰送回百济，中大兄与齐明天皇一起，亲临九州指挥军事。年老的齐明天皇经不起长途奔波，于 661 年八月病死于筑紫。当年九月，倭国派遣军队，渡海护送在该国做人质的百济王子扶余丰返国即王位。

由于留守的唐军较少，寡不敌众，只能困守熊津城。此时，原熊津都督王文度猝然亡故，大唐派出检校带方州刺史刘仁轨率军渡海来援，一举击退鬼室福信和浮屠道琛的部队，斩杀万余百济复兴军，解了熊津之围，并将百济残余势力逼退回老巢周留城。同时，大唐派出名将英国公李勣为辽东道行军大总管，率军攻打高句丽，将高句丽防线逐渐逼退至平壤附近。两支军队一南一北，在半岛之上纵横捭阖，遥相呼应。

大唐与百济、倭国、高句丽的战事，不仅关乎当时东亚格局，也吸引了大唐周边所有邻国的目光。

百济战事，是退是战，大唐将如何抉择？

……

目录

一

百济，熊津城。

唐高宗龙朔三年（公元 663 年六月），唐军驻守的百济熊津城。

几经兵燹摧残的街市商铺正在慢慢恢复生气，一队甲胄鲜明的唐军巡街而过，步伐铿锵，刀枪森然，路旁的百济人小心地躲避。

一骑信使纵马而过，高声宣告："奉刘刺史令，自今日起，熊津城中坊市商埠复业如旧，城中父老可安心经营！"

此时的百济虽处半岛之上，但受华夏影响至深，风土人情尊奉隋唐之风，语言服饰与大唐几乎一致。几家店铺听到信使的宣告，小心翼翼地打开门窗，向外观望着。熊津城刚从战时戒严中恢复，整个城市百废待兴，复市命令传遍全城，街上行人慢慢多了起来。

一家糕饼店的年轻老板娘，轻蔑地看着远去的信使，见无人注意，便往地上啐了一口唾沫，又扭身回去专心地对着铜镜贴敷花黄。糕饼店对面是一间破烂不堪的茶水寮，一位六旬左右的银发老妪正在弯腰烧火煮水，茶汤滚沸，隐隐飘来诱人的香气。

一位衣衫褴褛的老年乞丐，腰间悬着一个硕大的葫芦，牵了条瘦骨嶙峋的黄犬，蹭到茶水寮门前却不敢进，吞吞吐吐欲言又止，似乎想向老妪讨碗茶水喝。老妪头也不抬，挥手叱道："去，去！不开眼的臭乞丐，今日老娘分文未得，哪来的茶水施舍与你？"

老乞丐遭来叱骂，牵着黄犬无奈离去，路过一家铁铺，里面"叮叮当当"打铁的是一位铁塔般的壮汉，精赤上身健壮有力，却眇了一目，看起来狰狞可怖。壮汉见老乞丐可怜，将一块红薯扔给他，老乞丐感激涕零，向壮汉连连作揖，壮汉不去理他，依旧奋力打铁，火星闪没，"叮当"之声传遍街巷。

老乞丐与黄犬挪到街角，蹲坐在路边，一人一狗平分那块红薯，老乞丐爱怜地抚摸着黄犬头顶，似乎顾影自怜。街上行人渐多，黄犬忽然见到一人，兴奋地吠叫一声，就要冲过去，老乞丐连忙将黄犬拽回，握住黄犬口鼻，不让它叫出声来。黄犬所见之人是一身农夫打扮，头戴斗笠，遮住大半面目，农夫瞥了一眼老乞丐与黄犬，又匆匆前行。

农夫见无人注意，快步来到糕饼店前，扔下几文钱，低声道："来一斤糕饼。"老板娘正在自我陶醉镜中的妆容，让人打断自然很是恼怒，耷拉着脸扭出来，切一块糕饼用荷叶包了扔给农夫，农夫将糕饼塞进怀中，拉低斗笠匆匆而去。

农夫刚走出十几步，忽然传来一声尖锐的哨音，随之一声大喝："拿下百济奸细！"

这一声大喝，声震屋宇，路上行人纷纷驻足，只见人群中跳出十几名便装的唐军士兵，掣出兵器围向那名农夫，农夫见势不妙，立刻拔足狂奔，向对面街巷冲去，不料街巷商铺之中又冲出十几名唐军，这些唐军不着便装，个个盔甲鲜明，堵住农夫去路，看来为了抓住百济奸细，唐军在此已经埋伏多时。

农夫身手矫健，纵身而起，将一名唐军队正从马上撞落，农夫顺势跨上战马，拼命夹马要夺路逃跑，忽听一声弦响，一支羽箭破空而来，洞穿了战马的脖子，战马奔出数丈远轰然倒地，马上的农夫变作滚地葫芦，滚出两丈多远。农夫似乎摔伤了腿，在地上翻滚挣扎，他见自己逃跑无望，顺势将怀中糕饼捏碎，取出饼中一张纸条塞入口中大嚼。农夫将要爬起时，两柄雪亮的横刀已经按在他的颈间，一名唐军重击农夫的面颊，捏开他的下颌伸手去掏，却只是从他咽喉间掏出一团糨糊。几名士兵失望至极，不由对农夫拳打脚踢，农夫甚是强硬，在尘土中缩成一团，忍受殴打却绝不开口。

"不要难为他，留他性命带回营中。"说话的便是刚才射箭之人，此人年约二十六七岁，剑眉星目，浑身俱是精悍之气，左颊之上有一块淡淡的伤疤，又平添了几分骁勇，看盔甲服饰是一名唐军果毅都尉。

有人鼓掌赞道："好箭法！崔大哥的'破虏箭法'名不虚传，一箭射倒奔马，破房破虏，真是箭如其名，小弟佩服得紧！"说话的是另一名银盔白马的果毅

　　都尉，正策马带领一队唐军从街巷中出来。

　　名为"崔破虏"的果毅都尉拱手笑道："云宗老弟见笑了，谁不知道你的'落雁箭法'更是精准，休要取笑愚兄。"

　　骑白马的果毅都尉姓武名云宗，乃是武皇后家族侄辈，白面细目，脸上总是带着一丝笑意，为人亲和儒雅，是军中后起之秀，与崔破虏并称"军中双璧"，武云宗年纪比崔破虏小一岁，平时称呼崔破虏为"大哥"。此次行动，乃是二人受刘仁轨刺史将令，设计擒拿城中潜伏的百济细作。

　　军士将那名农夫拖到武云宗近前，一名队正将横刀架在农夫咽喉之上，厉声喝问："谁是'青鸾'？快快招来！"横刀用力，已经割破农夫的皮肤，一缕鲜血流下。

　　农夫冷笑道："休想从我口中得到'青鸾'的下落，它是飞在天上的神鸟，你们不配说它！"农夫见落入敌手，顿时萌生死志，横颈向刀刃撞去，想要自刎了断，武云宗眼疾手快，手中马鞭挥出卷住农夫脖颈，将他拖翻在地。

　　此时，街上行人围拢过来看热闹，越聚越多。崔破虏和武云宗二人相视一眼，崔破虏命令队正："速去刚才的糕饼店，将卖他糕饼的老板娘带来对质查问！"队正立即率一队士兵向糕饼店奔去。武云宗则指挥其余军士，将农夫五花大绑，并驱散围观的百姓。

　　崔、武二人本来在长安城时就互相熟悉，后来分别供职于大唐上州折冲府，朝廷任命二人为果毅都尉。后来朝廷抽调军队征讨高句丽与百济，二人在征讨百济军中再次相遇，情谊更加深厚，多次行动中一起出生入死，心有灵犀配合默契。二人不仅是摧城拔寨的好搭档，也是义结金兰的生死兄弟，所以刘仁轨经常将二人同时派出执行军务。

　　唐军拖着绑成粽子一般的农夫前行，谁知就在此时，变故突生，一个鬼魅般的人影借助人群掩护，竟然悄悄掩至农夫身后，一把闪亮的尖刀射向农夫的后心，农夫闷哼一声，向前扑倒，背上的尖刀已没至柄，偷袭之人一刀便夺了农夫的性命。

　　待到农夫倒地，众人这才看清，射出飞刀之人竟是那个一头银发的茶水寮老妪。崔、武二人大意之下，捉到手的奸细竟让人当面灭口，不由大怒。银发老妪手腕一翻，亮出两柄闪着寒光的短刀，抹开了一名扑过来士兵的脖子，鲜血喷溅了老妪满脸。老妪身手迅捷如猫，她面对唐军，凛然无惧，像猫妖一样桀桀怪笑着，神态更是狰狞。

崔破虏从乌骓马上摘下一杆银枪，抖出斗大的枪花罩向老妪，喝道："好狠辣的手段，连自己人都杀！还不枪下纳命！"

旁边的武云宗低声道："大哥休要动怒，留下活口，难不成这老妪就是'青鸾'？"

老妪困兽犹斗，硬接了崔破虏一招"暴雨梨花枪"，枪尖挑散发髻，零乱的银发披散在满脸鲜血之上，更像一具吸血僵尸，不少围观的百姓吓得惊呼后退。崔破虏单手执枪，遥指老妪眉心，朗声对手下军士道："这个老怪由我对付，你们速去拿下糕饼店的老板娘，其中必定有诈！"

一群唐军立刻转身向糕饼店奔去，将店铺团团围住。

糕饼店中的老板娘依然痴迷化妆，此时已经对镜贴好花黄，她左手往鲜红的双唇涂抹胭脂，右手在脸上敷粉，显得处变不惊。老板娘听到门外唐军迫近，对着铜镜中的自己骂了一句："这个沉不住气的老瘟婆，坏了大事！"

唐军慢慢围拢，正要破门而入，一张桌子飞了出来，为首的唐军队正一刀劈碎桌子，却觉咽喉一痛，他弃刀双手捂住咽喉，一股鲜血从指缝间射出，身子慢慢软倒。原来老板娘正是藏身桌子下面，用发髻间长达尺许的银簪刺杀了队正。唐军乱刀齐下，老板娘左旋右转，功夫竟是不弱，转瞬间又刺倒一名军士。

武云宗抢步过来，掣出腰间长短横刀，架住老板娘滴血的银簪，喝问道："你就是'青鸾'？"

老板娘一脸媚笑，娇声道："你想见'青鸾'，姐姐这就超度你过去如何？"滴血的银簪向武云宗眉心刺来，武云宗哼了一声，双刀闪动，快如闪电，一刀斩断银簪，再一刀将老板娘精心梳就的堕马髻削断，老板娘惊呼一声，手捂乱发踉跄后退。

那边崔破虏正要擒住银发老妪，忽觉一股重逾千钧的劲气撞向后心，他转身横枪一架，一声巨响，竟是一柄斗大的铁锤凌空砸来，崔破虏双臂酸麻，连退数步才稳住身形，原来偷袭之人竟是那个打铁的眇目壮汉。壮汉一锤震退崔破虏，又将铁锤乱抡，将包围的唐军砸得人仰马翻，两个士兵硬接铁锤，砸得口吐鲜血软倒在地。

崔破虏在军中膂力出众，颇为自负，此时竟然让眇目壮汉一锤击退，激起他的好胜之心，银枪抖出十数点寒芒，分刺壮汉的上中下三路。壮汉虽是天生神力，武艺却是远远不如，只能舞动铁锤护住要害，手忙脚乱连连后退。短刀老妪见壮汉遇险，厉啸一声，从后袭击崔破虏，与壮汉双战崔破虏神出鬼没的银枪。崔破虏一枪逼退银发老妪，又连刺三枪，壮汉右臂中枪，银枪挑落大铁锤，崔破虏用巧劲挑起铁锤，在空中转了几圈后借力甩出，铁锤在空中划出一道弧线，砸向铁铺的屋顶，一声巨响，不仅穿破了屋顶，连铁匠炉子也砸翻了，登时燃起大火。

糕饼店老板娘没了银簪，更是不敌武云宗的长短横刀，转身欲逃，武云宗追上前来，一把薅住老板娘的半截乱发，将她拽了回来。就在此时，一枚乌黑的袖箭射向武云宗后脑，武云宗回身横刀一格，间不容发磕飞袖箭，惊出一身冷汗，偷袭之人原来是那个蹲坐在路边的老乞丐，用他腰间的大葫芦偷发袖箭。老乞丐见偷袭不成，立刻手脚并用攀上糕饼店屋顶，看他老态龙钟，身形竟然甚是迅捷。武云宗如影随形追上屋顶，长刀直劈老乞丐前胸，老乞丐手托葫芦，挡住长刀，发出金铁交鸣之声，大葫芦竟是生铁铸成。老乞丐把葫芦嘴对准武云宗，轻拍葫芦底部，又发出三枚袖箭，武云宗将长短横刀舞得雪球一般，磕飞袖箭，又顺势卷向老乞丐，在他右腿上狠斫一刀，几乎将他右腿砍断。老乞丐惨呼一声，从屋顶滚落下来。

老丐嘶声喊道："别打了，我们认栽便是！"那条黄犬见主人受伤，冲过来护住主人，对着武云宗龇牙咆哮，老乞丐狠狠打了它一巴掌，立刻夹着尾巴哀鸣跑远。

听到老乞丐喊声，银发老妪、眇目壮汉和老板娘一起聚到老乞丐身边，眇目壮汉兀自不服，还要扑上来再斗，老乞丐一把拉住他，道："莫要再费力气，这两位都尉老爷是想活捉我们，否则我们几个早就横尸街头了。"听他如此说，银发老妪颓然扔下短刀，将脸上的鲜血抹得更为瘆人。老板娘依然一脸娇笑，捋着头发故意挑逗崔、武二人，道："两位帅哥好俊的武艺，败在你们手里，姐姐认输了。"

崔破虏和武云宗带领士兵小心逼近，四人后背紧贴，靠在一起，唐军士兵见这四个奸细出手狠辣，也不敢过分靠近。

崔破虏执枪喝问："你们到底谁是'青鸾'？"

老板娘娇笑一声，媚声道："这还用问吗？当然是我这等花容月貌才配得上这个神仙名字，你觉得呢？"

武云宗收刀入鞘，道："既然你是'青鸾'，刚才让农夫发出是何消息？你又是从何人处得到消息？"

老板娘笑声更媚，嗲声道："好弟弟，待姐姐去了地府，自然帮你打探一番，看看是谁传出的消息……"

崔、武二人一惊，心知这些细作要自我了断，正要出手阻止，只见那个老乞丐将大葫芦举在头顶，向四人头顶身上洒下一种深黄色的液体，四人瞬间全部湿透，武云宗一嗅气味，惊叫道："不好，这是火油！"话音未落，只见一点淡蓝火苗自老板娘手中火折子燃起，眨眼之间四人全都包在烈焰之中。

崔破虏和武云宗欲冲上救人，却已来不及，四人紧紧纠缠在一起，拉拽不开，那团烈火越烧越猛，焦臭气味扑鼻而来，四人在火中挣扎哀号，瞬间已化为四截焦炭。崔、武二人与众军士手忙脚乱，却束手无策。

崔破虏叹道："没想到百济竟然有这等勇士，佩服！"

武云宗也道："那个老板娘自称是'青鸾'，一副花容月貌，点火自焚却毫不手软，丝毫不怜惜自己。"

崔破虏道："我看这几个人都不是神秘的'青鸾'，那个'青鸾'此时还在天上飞着呢。"

武云宗点头赞同，道："若是'青鸾'如此轻易死去，实在让我失望。"

崔破虏和武云宗走进老板娘的糕饼店，武云宗四下查看，崔破虏拿起老板娘的花黄和胭脂水粉，仔细嗅闻。这时，一名军士进来，道："禀告二位都尉，刘刺史军中议事，请你们速去。"二人接令，匆匆离去。

此时，在街口尽处的一间窗户前，一只漂亮的纤纤玉手慢慢撩开窗帘，看着冒着黑烟的四具尸体，又盯着崔、武二人骑马离去的背影，沉默片刻，悄悄放下了窗帘……

二

长安，延康坊。将作监少匠林玉图府邸。

三更时分，一个黑巾蒙面、身穿夜行衣的人翻墙进到林玉图的书房，燃亮火折子，在林玉图的书案上翻找什么东西。灯光晃过，夜行人的衣衫前襟绣着一只紫色的燕子。夜行人借着光亮，找到一封信札，见开端写着"敬呈右相大人勋鉴"，落款是"生玉图叩上"，原来是林玉图写给当朝右相李义府的一封求进信，还没来得及送出。夜行人冷笑一声，将信纳入怀中，正要离去，忽见案牍上露出一角图纸，上面画着密密麻麻的图形，夜行人不由好奇，将图纸抽出，竟是一张长逾数尺的建构图。夜行人正在端详，忽然外面传来脚步声，夜行人慌忙塞回图纸，吹熄火折子，藏身在房梁横木之上。

林玉图提着灯笼进来，点燃蜡烛，坐在书案后面，拿出刚才那张图纸长吁短叹，似乎心事重重，浑然不知头顶房梁上还藏着一个人。林玉图端着那张图纸，双手瑟瑟发抖，起身在屋子里转了几圈，显得六神无主。过了半晌，林玉图跺脚叹道："这、这可是灭族的大罪，我该怎么办啊？"房梁上的夜行人闻言一惊，似乎明白了这张图关系重大。

正在此时，窗外掠过一个黑影，林玉图惊问："是谁？谁在那里？"

窗外寂静无声，林玉图连忙提起灯笼出去查看。梁上的夜行人趁机翻身下来，将那张图纸塞进怀中，悄无声息从后窗跃了出去。

林玉图提着灯笼在院中巡视，忽然觉得颈后一股凉气袭来，猛然回身，竟是一具嘴角滴着鲜血的红色骷髅，张牙舞爪向林玉图扑来，林玉图当即惨呼一声，向后便倒。

林家仆人听到叫声，打着灯笼出来，只见"红骷髅"正伏在林玉图身上乱啃乱咬，嘴角滴着鲜红的血珠，一双红彤彤的眼眶瞪向自己，仆人吓得狂叫一嗓子，扔下灯笼就跑。

"红骷髅"脚不沾地般飘进林玉图的书房，片刻之后，又鬼魅般飘了出来，在院子里转了一圈，飘到外面街上，身后的林家书房燃起熊熊大火……

衣服上绣着紫燕子的夜行人藏在林宅外面的大树上，看到如此恐怖的"红骷髅"，不由心惊肉跳，好在他艺高人胆大，强自镇定住心神。谁知等他一回头，那个恐怖的"红骷髅"正在身后的树杈上阴恻恻地看着他，夜行人惊慌之下掉下树来，"红骷髅"如影随形，凌空向他扑来。夜行人正要逃跑，"红骷髅"飘下来堵住了他，向他伸出一只白骨森森的手爪，夜行人心神俱丧，拼命奔逃，"红骷髅"好似脚不沾地飘在空中追了上来。

这时，一队巡街的金吾卫士兵见到林宅起火，跑步过来。夜行人和"红骷髅"看见金吾卫军士，立即躲避逃离，一个向东一个向西，隐入长安城的夜幕之中。

金吾卫士兵看见"红骷髅"的背影，犹如一团妖雾红云裹着一具白骨骷髅，全都吓得说不出话来，领头的队正语无伦次地吩咐："快去，快去禀报将军，闹鬼了，闹鬼了！……"

三

熊津城，刘仁轨军营。

年过六旬的检校带方州刺史刘仁轨站在帅帐之中，环视身边诸人，刘仁轨本来在朝廷担任给事中，因为得罪了权相李义府，派他为百济军前督导海运，不料运气不佳，船只出海便遭遇风暴，粮船沉没海中。李义府本欲借机将刘仁轨处死，后为朝廷赦免，派往军前效力。刘仁轨虽然须发灰白，但是一身明光铠，气势威严，身边是他的副手左骁卫郎将任权。

刘仁轨看看左右十几位将领，道："近日百济残寇猖獗异常，多次袭扰我军，本刺史决意以任将军为主将，备足器械，率领精兵于三日后夜袭周留城，却不知谁人愿意为先锋，带领先登营直捣敌穴？"原来刘仁轨和任权要在诸将之中选拔先锋官。

诸将纷纷抱拳，慨然应答："末将愿往！"

武云宗越众而出，抱拳道："武云宗愿统领先登营，夺城破敌！"

旁边的崔破虏也出列，道："摧城拔寨，怎能少了我崔破虏？恳请两位将军派末将前往！"

武云宗转头对崔破虏道："崔兄，解熊津城之围时，你便是先登营统领，第一个杀入城中，这次也该让小弟一次。"

崔破虏大笑道："此一时彼一时，况且兄弟贵为武氏宗嗣，千金之躯怎能亲冒矢石？"

武云宗似乎不愿提及宗嗣之事，白面涨红，道："小弟虽是武姓，难道大哥不是'五姓七望'后人？为何你能冒矢石风险，我便不能？"

刘仁轨见二人争执起来，不由哈哈大笑，道："你二人休要争执，还是依我军营规矩，演武场上见个高低，得胜的人便为先锋官，如何？"

崔、武二人齐声答应："末将遵命！"

身后的诸将听说二人要比武，也议论纷纷，任权道："这下有好戏看了，'军中双璧'孰强孰弱，我等也极是好奇……"

随军典史杨义道："崔破虏的'暴雨梨花枪'对上武云宗的'飞雪双横刀'，难得一见，诸位可愿与我一赌？"诸位将校一听下赌注，登时来了兴致，拥到杨义身边便要下注。

刘仁轨自然不能放纵部下，咳了一声，制止众将嬉闹，道："大战在即，你二人不要伤了和气，更不能受伤，我和任将军今天就考考你们的箭法吧。"一群人出门向演武场而去，刘仁轨治军勇悍尚武，鼓励部下闲暇时演习弓马，军中时常举行较技比武。

到了演武场，早有军士立好箭靶，刘仁轨令旗一挥，任权亲自擂鼓，崔破虏和武云宗跨上战马绕场盘旋一周，两人战马一黑一白，甚是分明，周边观战的将士喊声雷动，仿佛真的置身于金戈铁马的战场。

武云宗率先出场，白马盘旋，一箭射出，正中百步之外的箭靶红心。崔破虏不甘示弱，驱动乌骓马奔出，回头望月扭身射箭，也是正中红心。报靶的军士摇旗大喊："两正！"场边欢声雷动，很多人都为崔破虏大声喝彩，有人议论道："军功出身的世家子弟，还是要比裙带姻亲强啊！"

崔、武二人不为所动，相视一笑，原来，武云宗因为是武皇后族侄的原因，军中很多支持李唐宗室的将校对他并无好感，大都支持"五姓七望"中清河崔氏的崔破虏，好在崔、武二人惺惺相惜，并无龃龉。

第二通鼓罢，崔破虏出场，他纵马狂奔，突然在马鞍上转身平躺，面朝马尾方向，一箭射出，稳稳命中靶心。

武云宗喝一声彩，道："好一式'回马箭'！"

围观将士纷纷议论，有人道："只知崔破虏擅使'回马枪'，却不知还有'回马箭'！"武云宗双腿狠狠夹马，胯下白马电驰而来，他在马鞍上使出一式"镫里藏身"，蜷身在马腹一侧，一箭射中靶心，场边也是欢声雷动。报靶军士再次摇旗大喊："两正！"

帅台之上，刘仁轨和任权含笑颔首，似乎对二人的箭法甚是赞赏。"看看他们还有什么手段？"任权再度敲响战鼓，所有观战将士俱都注目崔、武二人。

武云宗不知从哪里抱出一坛酒，斟了满满两碗，道："大哥，好箭法！能与大哥比试一场，乃小弟平生快事，不枉此生！"

崔破虏也是豪气上涌，仰头干了酒，道："扬手接飞猱，俯身散马蹄！无论谁输谁赢，我们永远都是好兄弟！"

崔破虏策马而出，他松开缰绳跃上马背，"金鸡独立"单足站在马鞍上，马背颠簸如浪，他却稳稳张弓搭箭遥指天空，身后的武云宗心领神会，扬手将酒碗高高抛上天空，一声弦响，那只酒碗在空中爆裂开来。围观的将士一阵惊叹，这种单足站在奔驰马背上的射法，能保持平衡已是极难，又要命中高空急速坠落的酒碗，更是难上加难。

武云宗双腿一夹，白马超越崔破虏的黑马，武云宗却似在马背上一滑，身子向一侧倾去，只剩一只脚套在马镫里，另一只脚奋力扣住鞍背，身子完全甩在马身外侧，围观将士齐声惊呼，以为他要坠马，崔破虏却懂得他的意图，微微一笑，抓起酒碗全力掷向远处，那只酒碗在空中旋转前行，飞了十数丈才力尽下落，武云宗身子几乎贴近地面拖行，却依然张弓搭箭瞄准下坠的酒碗，就在酒碗快要摔向地面时，只听一声弦响，酒碗爆裂开来。场外人人喝彩，鼓声震天，都为二人的精彩射艺折服。

崔、武二人更加英雄相惜，双双大笑并辔而归。刘仁轨在帅台之上大声宣布："今日武场较射，你二人就是我军中的飞卫、养由基，不分伯仲，同为第一！后日出军，你二人同为先锋，助任将军攻破周留城！"崔、武二人在马背上一起施礼答允。

武云宗低声对崔破虏道："今日射箭比试甚是开心，小弟有些馋酒了，夜间在望江楼上摆一桌，请大哥一醉方休。"

崔破虏微微一笑，道："望江楼，不就是你那个倾国倾城的百济知己所在之处？哈哈，原来项庄舞剑，意在美人啊，我看你馋的不是酒，而是美人吧！"

武云宗白面微红，道："小弟的心意逃不过大哥的法眼，还请大哥帮忙成全。"

崔破虏大笑："好说，大哥一定帮你玉成此事！"

　　两人正在低声说笑，忽见一骑探马飞驰进演武场，冲到帅台之前，跪禀道："启禀刘刺史与任将军，城中发现百济奸细'青鸾'的行踪！"

　　任权面色一变，道："看来，日前所杀的细作果然不是'青鸾'，这个阴魂不散的'青鸾'，此时现身，定是前来刺探我军军情！"

　　刘仁轨神色冷峻，问道："与'青鸾'接头的细作现在何处？"

　　探马禀告道："哨探已经跟踪到城中铁佛寺，请大人定夺！"

　　任权道："刘刺史，我这就带人去捉拿'青鸾'，铲掉这个心腹之患。"

　　刘仁轨微微一笑，道："不急，此时带人围寺，只能白忙一场。你想，我等谁人识得'青鸾'真面目？便是从你我眼前走过，我们也无计可施。"

　　"不是说，已经发现'青鸾'的踪迹了吗？"

　　刘仁轨手捻长髯，笑道："哨探发现的不过是藏在我们军中细作的踪迹，待此人与'青鸾'会面之时，才能擒获神出鬼没的'青鸾'。"

　　任权一愣，道："藏在我们军中的细作？"

　　帅台之下的崔破虏、武云宗等一众将校，闻言都在小声窃议，不知刘仁轨所说的细作是谁？

　　刘仁轨冷笑一声，道："这个细作藏匿于我军中日久，多次向'青鸾'透露我军军情，那个百济残寇称之为神的'青鸾'若没有他为内应，岂能这般猖狂！"

　　台下将校面面相觑，不知刘仁轨所说是何人。刘仁轨又道："方才我在军营中假意部署，声称后日夜袭周留城，那个隐藏的奸细必然要把军情传递给'青鸾'，所以我故意将诸位带到演武场观看崔、武二人射箭比赛，就是给他留出机会传递消息。"

　　崔破虏和武云宗对视一眼，没有说话，两人都没料到自己满腔热血争当先锋官，一心想统领先登营建功立业，原来竟是一场诱敌之戏，两人眼神之中不由有些失望。

　　台上刘仁轨大声道："大家看看左右同仁，方才在军中议事之时，都有何人？现在又缺了何人？此时此刻，缺席之人必是'青鸾'内应无疑！"

　　众将领顿时左顾右盼，纷纷猜测所缺何人。值日的中军校尉拿着点卯名册，逐一核对。中军校尉很快就发现演武场上缺了一名刚才参加会议的人，竟是随军典史杨义！怪不得杨义刚才带头挑动各位将校下注赌博，原来是想趁乱脱身。

刘仁轨恨恨地拍一下栏杆，道："杨义，你这个混账东西，反间计竟然用到我的军中！诸位，随我前去会会'青鸾'和杨义！"

四

熊津城，铁佛寺。

一身便装的随军典史杨义慢悠悠走进寺中，神情颇为惬意，他饶有兴致地从一个卖花女孩儿的篮中买了一朵莲花，不时放在鼻端嗅嗅。今日正逢铁佛寺举办法事，信徒香客极多，烟雾缭绕之中，数十名身披褐色袈裟的和尚各自手执法器，正在齐声梵唱。便装打扮的崔破虏和武云宗两人飞速赶到，在寺外下马，随着人群走进寺中。

铁佛寺中，杨义随着香客在大殿之前跪倒，叩拜佛祖，口中念念有词。一个和尚悄悄走到杨义身后，低声与他耳语一句，杨义便起身随和尚走向后堂。

人群之外，崔破虏和武云宗使个眼色，两人悄悄跟了过去。杨义与那和尚进了一间禅房，关上门窗密谋。崔破虏和武云宗二人贴近窗户，隐约听到杨义与和尚正在窃窃低语，听不清楚说些什么。崔破虏洇湿食指点破窗户纸，只见杨义与和尚面对一架屏风轻声说话，似乎屏风之后还有一个人，却无法窥见身影。

铁佛寺外，刘仁轨和任权已经指挥兵马将铁佛寺暗中包围，哨探不时将寺中情况禀报二人。任权叹息道："万万没有想到，神鬼莫测的'青鸾'竟是一名僧人，此前几番搜捕，都忽略了这座寺庙。"

刘仁轨道："自我进军百济以来，军中便是频频泄密，第一次进袭鬼室福信驻守的周留城，途中遇伏，损失数百名将士。第二次辽东道行军大总管李勣接济我军粮草，竟然遭到道琛和尚率复兴军在海上袭击烧毁，损失五千斛粮食。这两次都是'青鸾'暗中作祟，此獠不除，我军万难攻克周留城，无法殄灭百济复兴军。"

任权道："这两次失利，我也曾心存疑虑，担心军中出了内奸，但是苦无证据，幸亏此次仰仗刺史妙计，揪出内奸，擒获百济奉为神明的'青鸾'，解除我军心腹之患。"

"现在还不能高兴太早，未擒获'青鸾'本人，我这颗心总是放不下……"

这时，哨探来报："禀刺史与任将军，杨义在禅房许久不出，房中似乎还有他人，崔、武二人担心生变，特请刺史下令如何处置？"

刘仁轨略一沉吟，凛然道："攻进去，活捉'青鸾'！"

崔破虏一脚踢开房门，与武云宗冲了进去，那和尚反应甚快，见有人闯入，顺手拎起桌上的茶壶砸向武云宗，武云宗横刀一挡，茶水四溅，武云宗长短横刀顺势攻向和尚，和尚从袈裟中掏出一把戒刀，与武云宗战在一处。崔破虏见杨义端坐不动，立即越过杨义，扑向那面屏风，屏风后面人影一闪，已然消失不见。崔破虏撞破屏风，只见屏风后面只有一个佛台，一尊小铁佛正对着自己咧嘴憨笑。崔破虏略一思索，立即一脚踢开佛台，原来下面竟有一个黑黢黢的洞口，想来那个神秘人就是从这个洞口消失的。

崔破虏想也未想，纵身跃下洞口，洞中漆黑一片，伸手不见五指，他还未看清方向，一团黑乎乎的东西已经激射面门而来，崔破虏便装入寺，未带银枪，只提了一柄横刀防身，当下刀尖上撩，挑飞这一团东西，谁知"啵"的一声，一团浓雾扑面而来，鼻中只闻一股浓香，崔破虏吃了一惊，担心有毒，立即后退用衣襟掩住口鼻。

待到香雾散去，崔破虏感觉并无异常，燃亮火折，发觉刚才挑破的只是一包胭脂水粉，他拔足在地道中追去，只追出十几丈，便遇见一道厚重的石门阻住去路。崔破虏上下左右摸索，也未找到开启石门之法，只能悻悻返回，跃出洞口。

外面那个和尚武艺高强，竟和武云宗打得有来有往，见崔破虏赶回，自知逃脱无望，索性连人带刀撞出窗外，跃进禅房外面唐军包围圈之中，大砍大杀，转眼之间便有两名唐军倒在他的刀下。武云宗大喝一声，追杀过去，和尚甚是悍勇，竟然勒住一名士兵的脖子，将戒刀比在军士的咽喉之上，背靠墙壁，面对数十人的围攻，毫无惧色。武云宗投鼠忌器，一时也拿他不得。

崔破虏冷眼盯住依然端坐不动的杨义，杨义端着茶杯自斟自饮，好似眼前的厮杀与他毫无干系。崔破虏将横刀放在桌子上，沉声问："杨义，你为何与百济残寇勾结在一起？"

杨义依然端着茶杯，乜斜崔破虏一眼，道："天下之人，人人都有说不出口的伤心事，崔都尉难道没有吗？"

崔破虏厉声喝道："伤心事？这就是你背叛大唐的理由？"

杨义冷笑一声，并不作答，兀自举杯啜饮，看来早就将生死置之度外。

"说，刚才屏风之后的人到底是谁？是不是'青鸾'？"

杨义再次冷笑："崔都尉，前年此时，你那三岁稚子命丧右相李义府马车之下，你就没想过报复？"

崔破虏顿时如遭雷击，双手握拳微微颤抖，杨义的话勾起了他心中的痛恨，仿佛又看到自己三岁的幼子刚刚蹒跚学步，却遭飞驰而过的马车撞倒，他与妻子抱着孩儿流血的尸体失声痛哭的场景。

过了一会儿，崔破虏放松下来，慢慢坐在杨义对面，道："小儿命丧车轮之下，是崔某家事，无关国事。"

杨义将杯中茶一饮而尽，道："你对得起大唐，大唐对得起你吗？我杨某也对得起大唐，可是大唐视我如草芥，我全家三十二口人，武皇后降罪问斩七人，自尽三人，流放岭南二十一人，我因军功保命，降职发配军中戴罪立功，可是我那些亲人，再也回不到长安……"

杨义声音哽咽，慢慢倒伏在桌子上，嘴角流出一缕黑血。崔破虏抢过去，一把捏住杨义的下颌，杨义口中黑血涌出，眼见是不活了，原来他在崔、武二人破门而入的时候，已经将毒药倒在茶杯中饮下。

窗外，那个垂死挣扎的和尚见杨义毙命，惨笑一声，忽然舍身向武云宗撞来，武云宗想要拿个活口，长短横刀舞动，将和尚的袈裟削出十几道裂缝，却并未伤及要害。

和尚虽然一身袈裟支离破碎，但是他并不退缩，再次舍身向武云宗撞来，屋中的崔破虏瞥见和尚袈裟里面竟然绑着两个圆圆的水囊，吃了一惊，在屋中大喝道："兄弟快退，是火油！"话音未落，和尚身上已腾起一团烈火，张牙舞爪地向武云宗扑来，好在武云宗得到崔破虏提醒，跃后数尺，间不容发地躲开和尚临死一击。一大团火焰瞬间吞没了和尚，与那四个自焚的细作一样，根本无法阻止。

烈火中的和尚仿佛喝醉了一般，脚步踉跄，蹒跚几步，慢慢盘膝坐下，大声诵读《涅槃经》中经文："世间虚空，世间虚空。我等从今无有救护，无所宗仰，贫穷孤露，一旦远离无上世尊，设有疑惑，当复问谁……"声音渐渐不闻，烈火中的和尚烧得缩成一团，崔破虏和武云宗等人看得惊心动魄。

熊津城，铁佛寺。

进到寺内的刘仁轨和任权听闻"青鸾"再次逃脱，不由勃然大怒，崔、武等人躬身肃立，等待上司呵斥。刘仁轨见到那个烧成焦炭的尸体，不由慨叹一声，道："这群百济细作，真是悍不畏死，看来人人身上都暗藏火油，做好了自焚的打算，不给我们留下活口。"

任权忧心忡忡，道："'青鸾'又逃脱，以后再想捉拿这个巨獠，可是更难了。"

一名队正率十几名军士从地洞中钻出来，个个浑身泥土，狼狈不堪，原来这些军士撬开石门，在地洞中点亮火把追去，地洞蜿蜒二三里地，出口竟是在城中一座废弃老宅，那个逃脱的"青鸾"早已不见踪影。

崔破虏叉手施礼，道："是末将不力，没能擒获'青鸾'，请两位将军降罪。"

武云宗也跨前一步，施礼道："末将轻敌大意，贻误战机，愿与崔都尉一起领罪。"

刘仁轨摆摆手，道："你二人功过暂且记下，本刺史自有赏罚，我现在只想知道如何擒住'青鸾'？"

崔破虏道："启禀刺史，适才我与'青鸾'在地洞中交手一招，对手在黑暗之中用胭脂水粉逃遁，我虽未看清身形，但是感觉'青鸾'应是一名女子。"

崔破虏此言一出，众将士一片惊诧，都不敢相信在熊津城中与唐军苦苦周旋，豢养大批死士的"青鸾"竟然是一名女子。

有人笑道："崔都尉，你莫不是想娘子想疯了，把要命的敌人当成了女人？"

崔破虏义正词严地道："末将确信对手是一名女人！"

任权有些怀疑，道："仅凭胭脂水粉，就断定'青鸾'是女子，万一是男人故布疑阵呢？"

崔破虏道："适才我追进地洞之中，虽目不视物，但是对方呼吸之声偏弱，分明是一女子无疑。况且，寻常男子谁会携带这么大包胭脂水粉，单是气味便已引人侧目。"

任权道："此人又为何随身携带胭脂水粉？"

"我猜测'青鸾'多半可以随手接触到胭脂水粉，所以身边携带大包此物，抑或是出来采买胭脂水粉的女子，以此为掩护来到铁佛寺中与杨义等人接头。"崔破虏顿了一顿，道："还有，那日在街上捕捉百济奸细，四名奸细虽然自焚而死，但是那个卖糕饼的老板娘所用胭脂，与这种胭脂味道一般无二，足见老板娘等人与刚才逃遁之人必有关联。"

刘仁轨点头，道："似乎有几分道理，你既然如此说，是不是已经有了计策？"

崔破虏道："城中经营胭脂水粉的店铺，不过三五家，无论是何种情况，均与这些店铺脱不了干系，末将这就去逐户查问。"

武云宗过来，笑眯眯地道："说到胭脂水粉，末将也有一策，愿意相助崔大哥擒拿'青鸾'。"

任权道："你鬼点子最多，说说你有何策？"

武云宗道："崔大哥从店铺查起，我从地洞查起，他有他的良策捉贼，我有我的神兵助阵，若是我二人追捕到一处，就必是'青鸾'藏身之所，这次断然不会再让这个妖孽跑了！"

刘仁轨沉下脸来，道："军中无戏言，这次再逃脱了'青鸾'，你二人军法伺候！"

"末将遵命！"

崔破虏带领一队军士，出寺盘查店铺。武云宗却打了一声呼哨，有军士牵来一条身瘦体长的细犬，武云宗牵着细犬，将地洞中残余的胭脂水粉嗅了几遍，然后呼喝一声，细犬拔足而奔，拖拽着武云宗在地洞中穿行。

刘仁轨和任权看见细犬，明白了武云宗所说的"神兵"是何物，不由笑骂："这小子，真是花样百出！"

五

长安，延康坊，将作监少匠林玉图府邸。

院子里林玉图的尸身蒙着白布，旁边一个中年仵作正在查验尸体。两名林家仆人来到门口等人，左顾右盼，神态焦急。

一名仆人道："长安县的仵作都已经开始验尸了，大理寺丞杜大人怎么还不到？"

另一人道："听说这个杜大人断案如神，世人誉为'长安第一神断'，数月前长宁公主府中失窃的黄金佛像，便是他三日之内破案，夺回佛像。"

先前的仆人赶紧制止他："嘘，长宁公主的案子水深着呢，城中老百姓只知道失窃了金佛，其实真正要紧的是金佛肚子里的一封信，据说是长宁公主和别人私通的证据，嘿嘿，官家的事，还是少说为妙……哎呀，县尉韦大人，您来了！"

另一名仆人也赶紧行礼："家主不幸遭难，劳烦韦大人替我们主人申冤。"

打断两名仆人窃议的是长安县尉韦星洲，他三十出头，白面微须，出身于威名显赫的京兆韦氏世家。韦星洲面上一团笑意，但是办案果断狠辣，在长安城内的帮派、混混以及东西两市之中，享有威名，人送外号"白面韦陀"。韦星洲听说辖区发生朝廷命官遇害案件，不敢怠慢，赶紧带人前来勘验。

韦星洲急匆匆进到院子，看见验尸的仵作，不由吃了一惊，叉手施礼道："杜寺丞，惊动您大驾，有失远迎，恕罪恕罪！"原来正在验尸的就是有"长安第一神断"之称的大理寺丞杜鼎之，林家仆人见他衣着简朴，带着一堆仵作的器具，以为他是长安县派来的仵作，并未待见，两个仆人兀自还在外面傻等。

杜鼎之已经查验完林玉图的尸身，摘下遮掩口鼻的白巾，原来是一个三十六七岁的中年男子，面色微黑，和韦星洲一样留着短短的胡须，两鬓之中已是微微灰白。杜鼎之道："韦县尉，您也听说了林家昨夜闹鬼之事？"

"正是，现在坊间众说纷纭，有人说杀人者是一具红色骷髅，狰狞凶恶，飘忽迅捷，也有人说是附近云华寺中镇压的恶鬼逃出，嗜饮人血，还有人说是长安城中袄教盛行，招来的外藩恶鬼！"韦星洲从县衙过来，路上已经听了不少传说，描述起来绘声绘色。

杜鼎之微微一笑，问："韦县尉，您可相信世间有鬼？"

面对这个戏谑的问题，韦星洲倒是一反常态地严肃，正色道："杜寺丞，小弟在任县尉之前，是不相信世间有鬼的，但是任长安县尉之后，我不但相信有鬼，还有怪、有仙，这个长安城，到处都是怪力乱神。"

听韦星洲如此说，杜鼎之一愣，随即哈哈大笑，道："好一个'怪力乱神'，你这样说，小心让那些御史谏官听到了，治你一个'妖言惑众'之罪！"

韦星洲也不在意，道："治罪我也不怕，那就让那些谏官们来破案抓鬼吧！"

随韦星洲前来的长安县仵作，又对林玉图的尸身进行查验。杜鼎之道："据目击仆人的证词，林少匠乃是遭'红骷髅'啃咬吸血而死，但是我适才查验尸身，发现并非如此，而是……"说到此处，杜鼎之故意住口不言。

验尸的一名仵作，查验林玉图的眼白和舌苔，惊呼一声："林少匠乃是死于中毒！"

杜鼎之目露笑意，赞许地点点头，道："不错，林玉图确实死于中毒，并非恶鬼啃咬吸血而死。"他凑近尸身，指着林玉图后颈道："这一片皮肤呈青紫颜色，虽遭啃咬破坏，但是仔细观察，便能看出这是剧毒进入体内后的颜色。"韦星洲也凑近，仔细察看。

杜鼎之又道："我猜测，凶手乃是以毒针一类器具，刺入林玉图后颈致死，然后故意啃咬尸身多处，造成撕咬和吸血的假象，掩盖行凶痕迹。"

韦星洲道："杜寺丞果然慧目如电，断案如神，下官佩服！"

杜鼎之客气道："既然林玉图乃是中毒而死，那么所谓恶鬼吸血吃人之说，便是无妄之谈，韦县尉可令人传出消息，安抚百姓，不要再妄传谣言。"

韦星洲奇道："一个负责盖楼建馆的将作监少匠，为何遭人毒杀？为财还是为仇？"

杜鼎之指着身后大火烧毁的书房，道："真相恐怕就在那里，若是鬼怪杀人，何须纵火？"

众人进到书房废墟，仔细翻查，却一无所获。杜鼎之信步来到林府门口，斜眼瞥见门檐角上贴着一张小纸条，上面画着一只迎风飞翔的紫色燕子，不由心中一惊，自语道："'紫燕子'？难道又是这个大盗所为？"

六

熊津城，唐风香坊。

武云宗牵着细犬，站在唐风香坊对面，仔细打量着这个店铺。细犬累得吐出舌头喘气，身后的军士也是气喘吁吁，狼狈不堪。拐角处，崔破房带着军士快速赶来，人人满头大汗。

崔破房摸摸细犬的脑袋，叹道："还是贤弟这神兵快捷，少走不少冤枉路。"

武云宗微笑："小弟不过取巧而已，要想拿人，还需要大哥的人证物证。"

崔破房摸出一小包水粉，道："这是'青鸾'在地洞中抛洒的水粉，我适才问了三家香坊，都说这种水粉来自大唐长安，乃是贵族女子钟爱之物，熊津城中只有这家唐风香坊才有售卖。"

"细犬寻味追到这里，你们又查到人证，我们干脆进去搜检一番。不过这都是崔大哥的功劳，小弟绝不贪功，我愿意为你们围住周边，防止贼人逃脱。"

武云宗如此通情达理，崔破房也不好推辞，冲他抱拳致谢。武云宗贴近崔破房耳根，轻声道："小弟预感那个'青鸾'就在这里，大哥小心！"

"贤弟为何如此有把握？"

"你看那细犬，便知猎物就在眼前！"

崔破房定睛看那细犬，浑身黄毛耸立，口中低吼，腰身紧绷，眼睛瞪得像铜铃一般，若非绳子牵在武云宗手中，早就咆哮着冲进香坊了。

崔破房手握银枪，带人闯进香坊，武云宗则带人围在四周，那条细犬没能如愿捕捉猎物，低吼着不愿离开，武云宗拍了它一巴掌，才将它拉走。

崔破房带人进到香坊，本以为是暗藏杀机，没想到却是富丽堂皇，香风扑面，宛如掉进一个香薰炉里，令人如仙如醉。坊中并无人影，隐隐约约有琵琶之音从后堂传来。崔破虏循声而入，只见一个二十多岁的贵妇人正在庭院中芙蓉树下，手弹琵琶翩翩起舞，贵妇人一身素白大唐宫装，蛾眉深黛仪态万方，衣袂飘飘美如九天仙子。贵妇人素手轻拨，琵琶之声如银瓶破裂珠落玉盘。崔破虏本以为香坊之中会有一场血腥厮杀，没想到竟然是一幕国色天香画面，一时愣在庭中。

一曲罢了，白衣贵妇缓缓转过身来，向崔破虏福了一福，轻启朱唇，道："崔都尉，来的果然是你。"

崔破虏一惊："你是何人？为何认识我？"

白衣贵妇微微一笑："崔破虏，字峻岩，年二十六，娶妻荥阳郑氏，育有一子，两姓望族联姻，本来前程大好，但是可惜前年幼子命丧右相李义府车轮之下，你本欲持枪寻仇，但是适时你岳父为李义府指使酷吏诬陷入狱，你投鼠忌器，便不敢轻举妄动，只能忍气吞声……"

崔破虏隐藏在心中的秘密，竟然让这个白衣贵妇一语道破，不由大吃一惊，喝问："休得胡言，你是如何知道的？"

白衣贵妇立在鲜花怒放的芙蓉树下，摘下一朵红芙蓉，别在自己衣襟之上，又道："你因此事为李义府一党排挤，故意寻衅问罪于你，你本为天子近前的从四品金吾卫郎将，却获罪贬去青州折冲府任从五品果毅都尉，后来随唐军与高句丽、百济作战已近两年，我说的可对？"

崔破虏被人揭穿底细，未免有些心乱，他执枪对准白衣贵妇，喝问："你便是百济复兴军奉为神明的'青鸾'？刚才在地洞中与我交手的就是你？"

白衣贵妇微微一笑，神态倨傲，并未回答崔破虏的喝问。崔破虏又问："刚才地洞之中你已经逃脱，为何不趁机离开熊津城，却宁愿在这里坐以待毙？"

白衣贵妇冷笑，扬首道："昔罽宾王于峻祁之山，获一鸾鸟。王甚爱之，欲其鸣而不能致也。乃饰以金樊，飨以珍馐，对之愈戚，三年不鸣。其夫人曰：'尝闻鸟见其类而后鸣，何不悬镜以映之？'王从其言，鸾睹形感契，慨然悲鸣，哀响中霄，一奋而绝……"

"你是何意？休要啰唆！"崔破虏大声打断白衣贵妇。

白衣贵妇冷笑道："崔都尉，我的兄弟姐妹都殁于你们之手，我虽然从铁佛寺中脱身，又怎能忍心一飞而去？"

崔破虏眼神凌厉，缓缓道："你果然是'青鸾'！"

外围的武云宗见香坊之中没有动静，担心有变，也带人冲了进来，一群刀枪森严的唐军面对这个倾国倾城的白衣贵妇，全都惊住了。白衣贵妇犹如一只骄傲的鸾凤，环视包围的军士，浑然没有把他们放在眼里。

武云宗低声对崔破虏说："大哥，小心这个女子身上也暗藏火油。"

白衣贵妇闻言轻抚云鬓，冷笑道："别人烧的不过是臭皮囊，倘若我这副花容月貌葬于烈火，我自己都觉得可惜，你们说呢？对了，武都尉，今日正是你母亲的忌日，你不想回家祭奠吗？"

武云宗执刀的手突然颤抖，面色苍白，道："你从何处知道我母亲的忌日？"

"青鸾"拨了一下琵琶，响起一串珠音，道："你们大唐进犯百济的每一名将校的底细和秘密，我都能如数家珍。就以你武都尉来说，你与武皇后同族，本该前途无量，但因为你幼年丧父，母亲出身卑微，当年是以小妾身份嫁入武家，又与武皇后兄弟姐妹等人素来不和，因此你虽然是武家才俊，功夫本领超越同族子弟，却一直无法列入武皇后修撰的《姓氏录》，你因此耿耿于怀，离家负气投军。后来，你母亲不想因为自己而影响你的前程，在一个雨夜投缳自尽……"

"够了！不要再说了！"武云宗怒吼一声，挥刀向"青鸾"砍去，"我宰了你这个贱人！"

旁边的崔破虏赶紧一枪架开武云宗的横刀，道："贤弟，不要中了这女人的奸计，她是故意激怒于你，想在你的刀下寻死！"

白衣贵妇微微一笑："我知晓你们的底细，你们却对我一无所知，我就是一根毒针，刺在你们每一个人的心里！你们要担心的不是我，而是还有多少个我这样的人？"

崔破虏和武云宗对视一眼，进驻百济的唐军将校底细，敌人竟然全都掌握，让二人心中无比震撼。此时，他们虽然面对的是一个柔弱女子，却不约而同地握紧了兵器，这个白衣贵妇的气势与威慑，足足胜过千军万马。

武云宗慢慢从暴怒中镇静下来，道："怎么能证明你就是'青鸾'？我看你更像是冒名顶替之徒，替人受死的傀儡！"

　　白衣贵妇轻笑一声，旋身一转，衣袂飘飘，仿佛芙蓉树下又展开一朵洁白的莲花，她轻撩衣衫，露出雪白的右肩，那里赫然纹着一只小小的青色凤凰，振翅欲飞栩栩如生。

　　白衣贵妇轻拨琵琶，唱道："妾身辉夜姬，不死山下人。百济兵燹里，白衣赴死身。身死事不济，血泪难辨真。羽裳着得升天去，回忆君王事可哀……"

　　武云宗闻听一惊，道："辉夜姬，不死山？这是倭国的神话故事，原来这个妖女是来自倭国！"

　　崔破虏急道："左右，给我拿下这个倭国妖女，提防她要自杀！"

　　自称"辉夜姬"的白衣贵妇无限留恋地转了一圈，缓缓倒卧在芙蓉树下，口中沁出一缕鲜血，笑道："迟了，迟了，我早已算到你们会追到香坊，岂能让你们生擒我？我这根毒针，以后会活在你们唐人的梦里，哈哈！"辉夜姬大口吐血，血液溅在她的白衣上，既妖艳又惊心。

　　崔破虏抢上前去，捏住辉夜姬的下颌，仔细察看，懊悔道："和杨义的毒药一样，她果然不想活着就擒。"

　　武云宗恨恨地说："这个'青鸾'和她的属下如出一辙，人人都做好了自尽的准备！"

　　辉夜姬口中鲜血不断喷涌出来，惨笑道："这世间再也没有'青鸾'了，身为'青鸾'，我怎能落入凡人之手？我要飞回月宫了，在那里自由自在地跳舞……"她眼神涣散，伏在芙蓉树下慢慢没有了声息。

七

长安城，安华门北侧的大通坊，蒋记工行。

三更时分，一个蒙面夜行人躲过巡夜的更夫和金吾卫士兵，悄悄翻墙跳进蒋记工行。蒋记工行是长安城中颇有名气的工行，专门负责为官家与贵族建桥铺路、修建寺庙馆舍等活计。夜行人跳进工行院子，借着灯光四下打量，亮光晃过夜行人胸前的紫色燕子，正是上次让"红骷髅"吓得魂飞魄散，随后逃之夭夭的大盗"紫燕子"。"紫燕子"从林玉图那里盗取的神秘图纸，图纸有一行小字"蒋记工行承建"，他便来到蒋记工行一探究竟。

"紫燕子"凑近亮着灯光的大厅，从窗户缝里观看，只见厅中灯火通明，有四个人围桌而坐，似乎在欢聚畅饮。"紫燕子"见厅中有人，正要转身离开，却突然察觉有异，又回到窗缝前仔细观望，只见那四个人虽然举杯欲饮，却始终保持一个动作不变，而且大厅之中没有一丝声音，死一般寂静。

"紫燕子"后背一阵发凉，思忖片刻，壮起胆子慢慢推开房门，蹑手蹑脚溜进大厅，凑近酒桌仔细端详四个木头一般的人。这四个人正是"蒋记工行"的老板、账房先生和两个工头，四人面色诡异地举着酒杯一动不动地坐在那里。"紫燕子"伸手在老板面前晃了几下，老板依然一动不动，一脸诡笑地看着对方。"紫燕子"伸手轻推一下老板，老板竟然触手而倒，颈后露出一片青黑色，皮肤中间一个小孔，微微沁出黑血，似是被毒针一类物事所刺，"紫燕子"仔细察看另外三人，发现人人都是如此。

"紫燕子"正在诧异，忽然感觉头顶一阵凉风袭来，"紫燕子"抬头一望，只见一片妖魅之色的红云扑面盖下，红云之中正是那个恐怖的"红骷髅"，红目獠牙，十只白骨手爪带着阴风向"紫燕子"抓来，"紫燕子"猝然遇袭，虽然肝胆欲丧，好在身手敏捷，就地一滚，躲开"红骷髅"的白骨手爪，钻进酒桌之下。"红骷髅"藏身在一袭红袈裟之中凌空扑下，袈裟掀起一片瑟瑟阴风，竟将桌上的灯笼扑灭，大厅顿时一片漆黑。

"紫燕子"连续两次遭到这个"红骷髅"袭击，心神大惧，不知道自己何处招惹了这个妖魅，伏在桌下不敢发出声音，只觉冷汗如瀑布一般流进脖颈。黑暗之中，"红骷髅"伸出白骨手爪向桌子底下探来，"紫燕子"在老板等四具尸身的腿脚间左躲右闪，生怕白骨爪子抓到身上。

"红骷髅"嫌老板等尸体碍事，鬼叫一声，将老板提了起来，一顿撕咬。"紫燕子"在桌子下面悄悄爬出来，恶心欲呕，只好拼命用手捂住自己的嘴。"红骷髅"撕咬完四具尸身，怪啸连连，将四具尸身踢得满屋子都是，又一脚踢飞桌子，向桌下扑来，谁料桌子下面空空如也，原来"紫燕子"已经爬到书架后面。

名震长安的"紫燕子"有一项不为人知的绝技，就是天生一双夜眼，在黑暗中目可视物，这是他行走江湖的本钱，那"红骷髅"虽然转动着一双通红的眼眶，到处搜寻，却无法找到"紫燕子"的踪迹。

"红骷髅"在漆黑的大厅中左扑右咬，连嗅带抓，"紫燕子"却利用夜眼优势与之周旋。过了良久，"红骷髅"似乎不耐烦，火光一闪，竟然燃亮了火镰，四下寻找"紫燕子"藏身之所。"紫燕子"一见这个鬼魅竟然会使用火镰，登时松了一口粗气，心中稍安。

"红骷髅"看见"紫燕子"的身影，沙哑着嗓子道："快把东西交出来！"声音犹如刀尖划过铁器，尖锐刺耳。

"紫燕子"见"红骷髅"开口说话，更加放下心来，大胆从暗影中走出来，道："原来你会说人话啊！你这个装神弄鬼的家伙，找小爷想要什么东西？"

"红骷髅"阴森森怪笑一声，道："'紫燕子'，好好做你的大盗，要想活命，莫要多管闲事，快把林玉图的东西交出来！"原来"红骷髅"也是在寻找林玉图书房的图纸。

"紫燕子"厉声喝问："你这怪物，想要林玉图的东西，怎么找到蒋记工行来了？"

“你这个大盗不也是来到蒋记工行，难不成这里有你惦记的宝贝？”“红骷髅”反唇相讥。

“紫燕子”在火镰亮光下仔细端详“红骷髅”的装扮，看清对方是穿着一身怪异的袈裟，上面用鲜红的漆色画满骷髅骨架，脚踩两只尺许高的黑色高跷，外人看着就似一具通红的骷髅在飘来荡去。

“紫燕子”知道对方是人非鬼，放下心来，冷笑道：“原来是易容术加上旁门左道的幻术，装神弄鬼害人性命，我倒要看看你的真面目！”紫燕子不由分说，扑上去要揭掉“红骷髅”的面具，“红骷髅”扬起手爪向他抓去，两人拳来脚往交手十几回合，不分胜负。

二人在工行里打得天翻地覆，惊动了巡街的更夫，两个更夫打着灯笼战战兢兢地进到院子，正好看见飘过来的“红骷髅”，两个更夫吓得惨叫连连，连滚带爬地跑出去。

“快来人呐！‘红骷髅’又出来吃人了啊！”整个大通坊都惊醒了。

八

长安，大通坊。

听到"红骷髅"又出来行凶作恶，杜鼎之不敢怠慢，拎着灯笼连夜赶往蒋记工行。

刚到蒋记工行附近，疾步奔走的杜鼎之突然停住脚步，回头向路旁观望，身后漆黑如墨，并无异常。杜鼎之整整衣帽，又向前走去，身后树梢之上一阵哗哗作响，杜鼎之再次驻足，仰面向树梢之上喝问："不知是哪路朋友戏耍杜某，何不下来相见？"

树梢之上传来一阵冷笑，有人故意哑着嗓子说话："城中鬼魅横行，'红骷髅'吸人鲜血，噬人骨肉，杜寺丞一人独行夜路，难道不怕？"

杜鼎之笑道："杜某身正不怕影斜，心正不怕鬼魅，朋友无须装神弄鬼吓唬我。"

"杜寺丞好胆色，在下佩服！"树上的人还是不露面，扔下一片轻飘飘的布帛，道："感谢杜寺丞在长宁公主府上的案子放我一马，无以为报，我就给你透露点'红骷髅'的线索吧。"

杜鼎之一惊，拱手道："原来是侠盗'紫燕子'，却不知道你能透露'红骷髅'什么线索？"

树梢再次哗哗作响，"紫燕子"已经遁走了。杜鼎之俯身拾起布帛，借着灯笼亮光展开一看，竟是一块暗红的布，上面用近似于鲜血的红漆画了一根骨头。杜鼎之端详红布半天，又小心凑到鼻端嗅嗅，隐隐嗅到一股说不出来的香气。杜鼎之思忖片刻，将红布纳入怀中。

　　原来，刚才"紫燕子"与"红骷髅"交手，知晓对方是人非鬼之后，"紫燕子"便不再惧怕，竟然在搏斗中撕下一角裂裳。"紫燕子"知道杜鼎之正在查办"红骷髅"案，便将这角裂裳交给杜鼎之，偿还自己所欠的人情。

　　大盗"紫燕子"一年多来在长安声名鹊起，老百姓誉为"侠盗"，而官府中却把"紫燕子"称为"二十相君"，因为"紫燕子"每次都以不同的身份出现，官府登记在案的"紫燕子"前后共有二十种容貌。此人下手目标全部都是朝中臣僚，他在窃取价值连城的珠宝之外，还有一个特殊癖好，尤爱顺手牵羊窃取达官贵人之间的往来书信，书信之中不乏一些朝中秘事，甚至宫闱丑闻。"紫燕子"将这些书信在长安黑市之上拍卖，书信主人只好再次耗费金银高价买回，"紫燕子"便将这笔钱救济贫民，甚至在上元节灯会之上公然撒钱，然后在皇城朱雀门上留下一张画着"紫燕子"的纸条，飘然而去。

　　前阵子轰动长安的长宁公主府上金佛案，"紫燕子"不但窃取了皇上御赐给公主的金佛，还将公主与情人私通的一封密信窃走，长宁公主担心殃及皇室颜面和夫家清誉，忧心如焚，私下求助大理寺，不计代价要追回这封信。杜鼎之接手此案后，虽然追查到"紫燕子"行踪，但是他对"紫燕子"救济贫民义举颇为钦佩，并不想将"紫燕子"缉拿法办，他等长宁公主在黑市上高价购回此信以后，故意在抓捕行动中露出破绽，惊跑了"紫燕子"，只将几个黑市上的盗匪缉拿归案，应付上差。长宁公主拿回书信，自然也不想大动干戈继续追究，此事便无人再提。

　　杜鼎之进到蒋记工行，韦星洲已然带着仵作在查验尸体。见到杜鼎之，韦星洲一脸愁容，叉手道："杜寺丞，快帮帮小弟吧，这个'红骷髅'闹得长安鸡犬不宁，小弟屡遭上司严责，却无计可施。"

　　杜鼎之也道："愚兄与你同病相怜，'红骷髅'引得长安谣言四起，昨日圣人斥责大理寺卿严公，严公回来自然将怒火发到愚兄身上，愚兄也是一脑门子官司啊！"

　　韦星洲低声道："听说左右金吾卫都加派兵丁巡街，军中将领扬言，说大理寺与长安县、万年县如不能及时破案，就要接手此案，可有此事？"

　　杜鼎之点点头，道："听闻是右相李义府在圣人面前参了大理寺与两县一本，责怪办案不力，要调集左右金吾卫抓捕'红骷髅'，圣人和武皇后给了大理寺与两县一月之约，限期破案，你我兄弟的前程，现在都系在一只恶鬼身上呢！"

韦星洲低声骂道："这个右相，除了溜须拍马，就会告状害人，这样的人怎么能爬到右相的位置，真是老天无眼！"

"嘘！"杜鼎之做了一个噤声的手势，左右环顾，道："你就不怕我把你这话，拿到右相面前，或是那些御史谏官面前，用你的大好头颅，为我自己换个绯衣紫袍？"

韦星洲吓了一跳，眼睛眨也不眨地看着杜鼎之，半晌才道："小弟相信杜大哥的为人，断然不会有这样卖友求荣的心思。"

"没有这样的心思，怎么会说出这样的话来？"

杜鼎之牢牢盯着韦星洲，脸上的笑容看不出是真是假，韦星洲有些心慌，赶紧叉手赔笑道："说笑，说笑，小弟不过是开个玩笑，杜寺丞莫要当真！"

"这样的玩笑以后莫开为好，我们还是去看看案发现场吧。"

长安县仵作有了上次的经验，顺利找出工行老板等人的死因，将四人颈后的毒针痕迹一一指给杜鼎之看。杜鼎之查看一番，手捻胡须陷入沉思。

韦星洲道："林玉图身上的毒针痕迹，掩盖极好，若非杜寺丞慧目如电，极难发现。这次四人颈后的毒针痕迹，撕咬之痕明显潦草，一眼就能看出异常，却不知是何原因？"

杜鼎之沉吟一会儿，道："前后手法不一，无非是两种可能。"

"愿闻其详。"韦星洲刚才让杜鼎之敲打一番，现在变得十分恭谨。

"第一种是'红骷髅'行凶杀人之时，受到惊扰，无暇掩盖毒针痕迹。第二种嘛，就是这只恶鬼压根儿就没想掩盖毒针杀人的手法，并不担心我们发现！"

韦星洲双眉紧锁，道："如此说来，'红骷髅'是一只颇有心机的恶鬼？"

"韦老弟，你还相信恶鬼杀人的传言吗？"

韦星洲苦笑，道："我现在反而盼着它是一只没脑子的恶鬼，不要是心机叵测的人！"

杜鼎之哈哈大笑："韦老弟说的对，同感，同感！"

杜鼎之问仵作："却不知这毒针之毒，来自何种毒物，如此猛烈？"

仵作沉吟一会儿，有些犹疑道："自林府命案后，我与长安县多名同仁探讨比对这种毒物，虽不敢确定出处，但是倾向于岭南一种剧毒赤练蛇！"

"赤练蛇？"杜鼎之一脸惊疑，看一眼韦星洲，他也是满脸怀疑神情，韦星洲道："长安城中，怎么会有岭南毒蛇？"

一名搜查现场的衙役过来禀报："在工行院子的树上发现了'紫燕子'的标记！"

院子西南角的银杏树上，一张画着紫色燕子的纸条正在随风飘摆。杜鼎之仰头看着纸条，自语道："'紫燕子'？为什么'红骷髅'两次行凶杀人的现场，都有'紫燕子'的标记？"

韦星洲道："难道'红骷髅'和大盗'紫燕子'是同一个人？"

杜鼎之摇摇头，并不认同韦星洲的话。他想起怀中的红布，伸手欲要掏出来，转念一想，又暗中放了回去，道："看来，我要会会这个'紫燕子'了！"

韦星洲叉手道："小弟愿陪杜寺丞搜寻这个'紫燕子'，哪怕在长安城中挖地三尺，也要找他出来！"

九

熊津城。唐军营地。

刘仁轨和任权肃然立在军营门口，看着崔破虏和武云宗率领数名士兵将"青鸾"与部下的尸身抬入营帐。刘仁轨沉声吩咐道："这些人虽是敌人，也是勇士，明日于城外择一处吉壤，好好安葬。"崔破虏和武云宗叉手应诺。

任权感叹道："刺史宅心仁厚，这些百济残寇虽然凶悍，有此厚葬，百姓一定会感激我大唐仁风！"

刘仁轨揭开辉夜姬身上覆盖的白布，端详着大名鼎鼎的"青鸾"，辉夜姬面目栩栩如生，嘴角依然残留着骄傲的笑意，似乎在嘲笑对手。

刘仁轨道："我听崔、武二都尉禀报，这个名噪一时的'青鸾'竟然是来自倭国，由此看来，百济残部已经与倭国勾结一起，意图卷土重来，不可不防！"

武云宗应道："这个'青鸾'临死之时，边歌边舞，自称是'辉夜姬'，乃是'不死山下人'，末将对倭国风俗略知一二，'不死山'便是倭国的神山，'辉夜姬'也是倭国神话中人物的名称，所以她是来自倭国无疑。"

任权也是忧心忡忡，道："近日派出的侦骑，发现熊津城外已经出现倭国和百济复兴军的小股哨探，意在窥探我军虚实，看来他们已经纠集一处，调整兵力，意图进攻我军。"

刘仁轨点点头，满面忧色，道："现在我大唐主力正在北方与高句丽交战，僵持日久，短时间内不会分兵南下。我等偏师驻扎百济，孤悬敌后，兵力薄弱，百济与倭国定是窥准时机，想一举吃掉我们，现在形势紧迫，我们不可不防。"

崔破虏看着军士将白布重新盖在辉夜姬的面上，那张倾国倾城的绝世容貌慢慢消失，不由心中一动，欲言又止。

任权问他："崔都尉，你莫非有话要说？"

崔破虏犹豫一下，道："启禀二位将军，末将只是觉得有一事不明？"

"何事不明？"

崔破虏道："这个'青鸾'自铁佛寺地洞逃脱之后，完全有时间逃出熊津城，可是她为何没有出逃，却守在香坊等死？末将一直想不明白。"

刘仁轨手捻长髯，点头道："你们不是说，她是因为部下皆亡，不忍独自逃生吗？"

崔破虏道："身为细作间谍，活着才会发挥作用，死了只是一文不值。'青鸾'是百济人心中神一样的人，她怎会不明白这个道理？"

刘仁轨思索良久，道："间谍细作人员本是一把藏不示人的利刃，不到绝境断然不会赴死。他们若是选择死，这种死也必是一种伤敌利刃！"

任权三人面面相觑，一时还没有体会刘仁轨话中深意。崔破虏道："刘刺史，难道您的意思是'青鸾'之事并未了结？"

刘仁轨道："任凭百济复兴军如何挣扎，'青鸾'如何狡黠，与我天朝大军为敌，只是以卵击石，自取其辱。"见刘仁轨信心百倍，任权和崔、武二人抱拳称是。

"青鸾"覆灭，刘仁轨兴致很高，笑道："不管如何，'青鸾'这个心腹之患已然拔掉，你二人立下大功，本刺史当为你们向朝廷请功。念你二人辛苦多日，本刺史为你二人记第一等功，准你二人歇息一日，自去庆贺。"

崔破虏和武云宗赶紧施礼称谢，正要离去，忽然军营外面传来一阵喧哗，夹杂着丝竹乐器之声，听声音竟有千百人之多。几人以为百济残部来攻，刘仁轨面色一变，急忙率人登上箭楼观望。只见城中各个街路俱是人头攒动，挤得水泄不通，似是阖城百姓都出来庆祝什么节日。令人称奇的是，每条街上都簇拥着一座竹竿搭成的花坊，由数十名壮汉合力抬起，沿街缓慢行走，花坊上饰以锦缎鲜花，华美异常，花坊之上各有一绝色丽人，或载歌载舞或拨弄乐器。花坊之后跟随十余名演奏乐器的伶人，不时向人群之中抛撒鲜花香草，引得围观百姓大呼小叫，争相抢夺。

刘仁轨等人在箭楼上观望，他们弄不懂百济风俗，正在纳闷，有军士前来禀报，原来是熊津城中正在举行"百花仙子"大赛，引得百姓倾城而出，喧闹不已。

熊津城虽处百济，其风俗多从隋唐，见大唐各地有花魁大赛，便竞相效仿，每年六月之时举办"百花仙子"大赛，由城中各商埠、街市乃至酒肆青楼出资，各自选出绝色女子，依照中土流传的"百花仙子"图像梳妆打扮，乘坐由数十条壮汉抬起的花坊，招摇过市，城中百姓对仙子容貌和服饰进行品头评足，由城中德高望重老者数人，执魁星朱笔打分，一些官员和商贾可以对钟意的仙子赏赐金银。最后依据分数高低和获赏金银多少，排出上仙一名、中仙三名、下仙五名。百济城中早将此赛事视为佳节，满城狂欢，观者塞道。前阵子因为熊津城刀兵不休，无法举办"百花仙子"大赛，近日兵燹初定，又逢刘仁轨放开街市商埠，民心安定，城中各商行便自发复办这一盛会。

刘仁轨见是百姓庆祝节日，放下心来，吩咐随从取来纸笔，道："城中佳节，我等本当赴会，但是甲胄在身，不便与民同乐，我就献丑写幅字吧，聊表庆贺。"

任权大笑道："天下谁不知刘兄文武双全，字如利剑，大气磅礴，今日是我等有眼福！"

刘仁轨挥毫写下"慨然抚长剑，济世岂邀名。星旗纷电举，日羽肃天行。遍野屯万骑，临原驻五营。登山麾武节，背水纵神兵。在昔戎戈动，今来宇宙平。"写罢，将墨汁淋漓的狼毫掷于楼下。

任权抚掌叹道："这是太宗皇帝的《还陕抒怀》一诗，诗蕴雷霆天威，字如长枪大戟，正合百济今日情形，睥睨天下，恩威并施，刘兄果然大才，一幅字便可安定满城人心！"

刘仁轨将字交给崔、武二人，道："就将此诗作为大唐的贺礼，交给最后胜出的仙子，既襄盛举，又警示百济臣民不得轻举妄动，否则定然招来灭顶之灾！"崔破虏和武云宗连忙施礼应是，下楼离去。

十

熊津城中。

崔破虏手握银枪就要挤进人群，武云宗一把拉住他，指指二人身上的刀枪，笑道："刘刺史是让我二人前去道贺，不是砍杀敌人的，大哥和我还是换便装去吧。"

崔破虏尴尬笑道："整日跃马横戈，看谁都是敌人，愚兄都不会与普通人交往了。"

二人换了便装，随着人流在街上缓步行走。只见前面有一巨大花坊，上面一位身披白色长氅的丽人，妆容简单，白衣如雪，只在发髻上轻巧地别着一支梅花，女子眉如远山，目如秋水，自带三分愁怨，令人心生怜惜之心。这个白衣女子不似辉夜姬那般雍容夺目，更不似其他花仙矫揉造作搔首弄姿，她俯视下面如潮的人群，面容中带着几分无奈，似乎参加这次大赛是她不得不为之。白衣女子纤纤玉手轻拨琵琶，曼声唱道："迎春故早发，独自不凝寒。畏落众花后，无人别意看。"

歌声如珠似玉，绕梁犹韵，歌声稍歇，四周人群一片静寂，瞬间又爆发出雷鸣般的喝彩声，人群中金银财帛雨点一般掷到花坊之上。

有人大喝道："柔儿姑娘不做今年花仙之首，我死也不服！"

人群中，有好事之徒接腔喊道："你若真的肯为她去死，柔儿姑娘便是今年花仙第一！"围观之人大声呼喝，好多人跟着起哄："你若去死，柔儿姑娘便是第一！"声浪如涛，越来越响。

先前那人骑虎难下，干脆大喊一声，撞开人群，跑到城中运河之畔，不顾别人阻拦，竟然一个鱼跃跳入河水之中。崔破虏见闹出人命，正要过去救人，只见那人在水中挣扎着站起，原来运河水深刚刚及腰，那人浑身透湿，站在水中痴痴望着柔儿姑娘的花坊，大声喊道："柔儿姑娘，求您回头看我一眼，我再跳一百回也值了！"柔儿姑娘却头也不回，站在花坊之上缓缓离去。

武云宗着了魔一般，口中喃喃道："'畏落众花后，无人别意看。'这是我留给她的诗句，她这是唱给我听的，唱给我听的……"

崔破虏拍了武云宗一巴掌："贤弟，你的魂儿也被美人勾走了？"

武云宗比划着柔儿姑娘离去的方向，结结巴巴道："柔儿姑娘就是那个、那个她！"

"哪个她？"崔破虏满脸诧异，随即醒悟道："原来柔儿姑娘就是你那个红颜知己？金柔儿？"

武云宗傻子一样，使劲点头。崔破虏推他一把："还不快去！给你的柔儿姑娘击鼓助阵！"

长安城，长安西市延康坊普渡寺。

延康坊靠近长安城最繁华热闹的西市，商贾云集，店铺林立。朝廷特设从六品的市令二人，以此加强对东市、西市管理。

黄昏时分，杜鼎之与韦星洲便服打扮，跟随一队大食胡商，勾肩搭背有说有笑地进了普渡寺。韦星洲从线人处得知消息，近日有一队大食胡商携巨资来长安，他们放出风声，要在长安黑市求购天下奇珍异宝，这些大食胡商在长安城中出手阔绰，已经引起黑白两道关注，很多手握宝贝的人都跃跃欲试。韦星洲号称"白面韦陀"，在长安城黑白两道中手眼通天，他找到大食胡商，主动提出要观摩采购珠宝过程，并允诺为大食胡商引荐卖主，大食胡商当然不敢拒绝地头蛇的好意，便将韦星洲和杜鼎之带进黑市交易场所。杜鼎之和韦星洲之所以要来黑市，是二人得到消息，"紫燕子"可能在黑市上兜售宝物。

杜鼎之进到普渡寺以后，前后打量寺中建筑，只见那些僧房与禅堂俱是关门落锁，并无僧人出没，谁能想到神秘的长安黑市竟然设在一所寺庙之中，若没有胡商引路，官府中人断难进入。寺庙后院的月亮门口，两个黑衣大汉拦住了杜鼎之和韦星洲，要看他俩的帖子。胡商赶紧过来，往黑衣大汉手中塞了一贯钱，用胡语叽里咕噜说了几句。两个黑衣大汉看着手中的铜钱，挥手让杜鼎之和韦星洲进到后院。杜鼎之等人随着一个黑衣大汉进到一间偏殿，大汉伸手在壁龛里扭动机关，"喀喇"几声，殿中的佛像缓缓下沉，竟然露出一条下降通道，杜鼎之等人进到通道之中，走了大约几十丈，来到一所灯火通明的地下大厅之中。

杜鼎之四下环顾大厅，不由吃了一惊，原来大厅中足足坐了一百多人，衣着怪异，分明来自不同国家，这些人都是席地而坐，人人聚精会神地盯着大厅正中的高台，根本无暇关心他们这些后来者。高台之上，一个用黑巾蒙面的男人正在口若悬河地介绍一尊玉佛，两个通译站在他身后，不时用波斯话、突厥话等胡语进行翻译，偶尔还穿插几句倭语。

韦星洲悄悄拉一下杜鼎之，两人坐到最后边的角落里。杜鼎之坐下之后，依然左顾右盼，他心思不在宝贝上，而是想在这黑市之中找到独行大盗"紫燕子"。

韦星洲低声问他："杜兄，你见过'紫燕子'真面目吗？"

杜鼎之摇摇头，道："我与'紫燕子'虽然打过交道，但是却未谋面。此人一向擅于乔装易容，号称'二十相君'，作案之时又以黑巾蒙面，无人见过他的真面目。"

韦星洲略有失望，道："杜兄，万一'紫燕子'不来此地交易，或者他来到此间，站在我们对面也无法认出，岂不是白白浪费了你我心血？"

杜鼎之道："不要着急，'紫燕子'若是让人一眼看穿，岂能在长安逍遥日久？"韦星洲翻翻白眼，无奈地坐在一边。

此时，台上的玉佛让一名南越商人买走，又有一个须发皆白的老人出来，满脸愁苦，似乎老天爷都欠他一吊钱，老人颤颤巍巍走上台来，手捧一个红布蒙着的托盘，揭开红布，竟是一颗婴儿拳头大小的珍珠，珍珠青色无光，浑身散发着一股阴冷寒气，杜鼎之虽然相隔甚远，也隐隐感觉到这股寒气。此珠一出，与杜鼎之、韦星洲一起前来的大食胡商眼珠子瞪得比那颗珠子还大，几乎按捺不住要冲上高台。这颗黯淡无光的青珠立刻引起全场骚动，一群康国胡商抢先用生硬的汉语喊道："一万钱！"看来这颗毫无光泽的珍珠竟是稀世珍宝，张口就喊出高价。

大食胡商自然不肯罢休，领头的张口就喊："两万钱！"双方互不相让，此起彼伏，价格一路飙升。韦星洲不明白胡商为什么如此看重这颗珠子，低声笑道："一颗乌漆麻黑的破珠子，连点亮光都没有，怎么能这么值钱？"

大食胡商的头人向韦星洲伸手做个噤声的手势，用生硬的汉语说："不要小瞧这颗珠子，它是长安城里最值钱的珠子，这是一颗龙王爷的'分水珠'，有了它，进入深渊大海就能如履平地，金银财宝应有尽有！"

杜鼎之嗤笑一声，道："有了'分水珠'，你们就能进入龙宫取宝？"

胡商头人点头如啄米，道："差不多，差不多！"

此时，场中喊价终于告一段落，来自大食的胡商团队财大气粗，最终以十万钱买下"分水珠"，大食胡商高兴得连唱带跳，败下阵来的康国胡商气咻咻地看着得意忘形的大食胡商，恨不得拿刀子砍人。

杜鼎之的目光一直紧盯着出售"分水珠"的白发老人，白发老人重金到手，依然一副苦大仇深的模样，拿着钱票溜出人群。韦星洲见杜鼎之神色有异，问他："杜兄，难道这个老儿就是'紫燕子'？"

杜鼎之摇头不语，他只是觉得这个白发老人似曾相识，却想不起在哪里见过，盯了几眼又回头看场中变化。此时，台上售宝之人已经换了一个十岁左右的稚龄童子，梳着冲天小辫儿，小辫儿乱颤，煞是可爱。童子手捧红布托盘，通译揭开红布，全场顿时爆发出一阵"嘘"声。台下之人满以为能见到奇珍异宝，谁知托盘之中竟是一封平淡无常的书信，看纸张墨色分明是书写不久，连古物都算不上。

通译有些发懵，想轰小童下台，小童却翻着白眼把书信递给通译，示意他读出信上的字，通译无法，只好拿起书信，高声诵读："敬呈左金吾卫大将军王，淮西王府长史邢玠敬奉。"原来是淮西王府长史邢玠写给左金吾卫大将军王重达的一封信。

台下胡商们不明所以，各自面面相觑，但是杜鼎之和韦星洲闻言却是心中一震，两人对视一眼，都面露紧张之色。原来，近日朝野传闻淮西王李麒因为反对武氏一党，不惜重金厚交朝中大臣和手握兵权的将领，谋反之心昭然若揭，此时李麒王府长史与左金吾卫大将军王重达私下书信往来，其中必定暗含深意。这封书信在胡商眼中一文不值，但是如果散播到朝野之中，只怕引起轩然大波，甚至人头落地。

果不其然，台下沉默片刻，角落里传来一个细细的声音："一万钱，我买了！"

一封普普通通的书信，竟然喊价一万钱，各国胡商们大感诧异，纷纷扭头向声音处望去，只见一人身穿黑色大食胡商的纯黑长袍，面罩黑纱，只露出一双眼睛，静静地坐在角落里。

"我出两万钱！"有人高声竞价。

全场的视线瞬间又集中到竞价之人身上，喊话的人却是杜鼎之。杜鼎之脱口喊出两万钱，把身边的韦星洲吓得浑身一激灵，低声抱怨道："杜兄，你是在开玩笑吧？"

黑袍人又伸出三根手指，细声道："三万钱！"

杜鼎之毫不犹豫，随口喊道："四万钱！"仿佛他喊的不是铜钱，不过是一堆砂石尘土。身后的韦星洲面色苍白，低声道："杜兄，可不要再开玩笑了，你我二人如何变出四万钱啊？"

黑袍人伸出整个右手，声音里隐约有些不安，道："五万钱！"

杜鼎之毫不在意，干脆站起身来，大声喊道："六万钱！"旁边的韦星洲吓得浑身发软，一把抱住杜鼎之双腿，想把他拽回座位，哀求道："杜兄，小弟求您莫要任性了！拿不出钱来，黑市这些人会把你我剁成肉酱的！"

全场轰动，一封普通书信竟然竞价六万钱，各国胡商们大眼瞪小眼，弄不懂这封信怎么如此值钱？有的胡商以为是自己眼拙，不识得宝贝，聚在一起讨论这封信到底是什么材质。

那个黑袍人浑身颤抖，分明有些沉不住气，但还是鼓足勇气，喊道："八万钱！"声音尖锐刺耳，似乎把嗓子喊劈了。

杜鼎之诚心搅局，一脸笑意地接道："八万零一文！"

对面的黑袍人气得大怒，站起身来指着杜鼎之，怒斥："你这个狂徒，大胆！"杜鼎之并不生气，冲着对方一脸坏笑地叉手施礼，黑袍人有些歇斯底里，声音高亢："十万钱！我出十万钱！我看谁还敢来争！"

杜鼎之哈哈大笑，冲着黑袍人深施一礼，道："恭喜仁兄，信是您的了！"

全场胡商人人张大了嘴巴，刚才的"分水珠"以十万钱成交，已经开出天价，没想到一封书信竟然与"分水珠"同等价值。几个胡商窃窃私语，说大唐毕竟是天朝上国，很多宝物闻所未闻，那封信不知是什么奇怪材质，只能怪自己有眼不识宝贝。

通译走下台来，正要把那封信交给黑袍人，忽然从人堆里钻出一个康国商人，一刀刺倒通译，抢去那封信，转身就跑。这一下突生变故，全场顿时大乱，维持秩序的黑市壮汉们前来堵截，康国商人瞬间打倒两人，那个康国商人甚是敏捷滑溜，从人缝中钻出大厅，转眼就消失在出口。

杜鼎之推了韦星洲一把，急道："你去追他！"

韦星洲还在发愣，杜鼎之低声道："此事定然与'紫燕子'有关，还不快去！"

韦星洲如梦初醒，赶紧掖起袍角，撒腿追了上去。杜鼎之并没有去追，他紧紧盯着细嗓子的黑袍人和那个梳着冲天辫儿的小童。大厅里出了人命，乱成一团，胡商们大呼小叫，一窝蜂地向出口跑去，黑袍人和小童也裹挟在人流中，杜鼎之跌跌撞撞，身不由己随着人流向外挤去。

人群好不容易挤出普渡寺，胡商们生怕惹来官司，眨眼间都作鸟兽散。杜鼎之还没喘过气来，只见那个黑袍人向东急奔而去，而那个小童却蹦蹦跳跳地向西跑去。杜鼎之略一沉吟，心想"紫燕子"最擅长盗卖达官贵人的书信，这个小童八成与"紫燕子"有牵连，他打定主意，转身跟着小童而去。

十二

长安城，长安西市延康坊。

杜鼎之在昏暗的小巷里尾随着小童前行，小童似乎并不知道身后有人，一路唱着儿歌又蹦又跳，天真烂漫。杜鼎之心中起疑，这个小童黄发稚龄，竟然敢一个人在黑灯瞎火的巷弄里穿行，胆气不弱。尤其是刚才在普渡寺地下大厅中，小童一个人端着书信上台，丝毫没有怯场，这哪里像一个小童所为，分明是有人在背后指使。杜鼎之正在怀疑，小童已经推开一扇大门，闪身进了宅院。杜鼎之跟了过去，见大门并未关紧，也推门溜了进去，里面亭台楼阁破烂不堪，荒草过人，分明是一所荒弃已久的宅子。

只见几棵枯树之间，悬着一盏红灯笼，树下一个老者正在一口铁锅之中煮着什么东西，热气蒸腾，香味扑鼻。杜鼎之见这荒弃院落中，竟然有人深更半夜支锅煮东西，不觉有些惊疑，便躲在角落里静静观望。那个小童蹦跳着来到锅前，伸手就要去捞锅里的东西，低头烧火的老者慌忙赶开小童，口中念道："莫着急，莫要急，时辰不到，提前见了光，便是空欢喜一场！"

杜鼎之远远听见老者的话，似乎另有所指，不觉心中更加起疑。只见这荒废宅院之间，一盏红灯孤悬枯树，一老一幼在树下烧火煮着神秘的东西，说不出的诡异。杜鼎之慢慢挪近，伸长脖子想看清锅里到底是神秘物事，却始终不能如愿，把他急得左顾右盼。正在此时，一个高大的人影走了进院子，竟是一个高鼻深目的昆仑奴，昆仑奴精赤着上身，浑身肌肉虬结，手中提着一个竹笼子，大步流星走上前来，老者打开竹笼子，向里面看了一眼，满意地点点头，昆仑奴施了一礼退了下去。

过了一会儿，锅中香气更浓，老者似乎觉得时辰已到，伸手在竹笼子里取出一物，竟是一条三尺多长的赤练蛇，赤红如血，在老者手中挣扎扭动，长信吐没，嘶嘶之声狰狞恐怖，老者将一个细竹管伸进毒蛇口中，像是在采取蛇毒。蛇毒采完之后，老者随手将赤练蛇交给小童，小童毫不胆怯，麻利地将赤练蛇斩头剥皮，扔进锅中，盖上锅盖，又将劈好的木材扔进灶坑，大火猛煮。

老者小心翼翼将蛇毒滴进一个小小的玉瓶之中，又加进一些乱七八糟的东西，慢慢摇晃，似乎是在配制某种毒药。

躲在暗处的杜鼎之一见到赤练蛇，立刻想到近日"红骷髅"案中死去的数人，仵作验证这些人都是死于毒针之下，而针上之毒似乎就是来自某种岭南赤练蛇。这些人深更半夜在废园利用赤练蛇炼毒，难道他们就是"红骷髅"一党？

想到曹操，曹操就到，杜鼎之正看得入神，忽然觉得身后一阵冷风袭来，他回头一看，只见一具高大的红色骷髅正飘在半空低头看着他，通红的眼眶似乎滴着鲜血，直勾勾地盯着杜鼎之的脖颈。杜鼎之惊呼一声，本能地向后退去，"红骷髅"身在半空，身子前倾，伸出两只白森森的鬼爪向杜鼎之抓去。

杜鼎之惨呼一声："救我！"只觉两只冒着寒气的鬼爪已经搭上了自己的咽喉，一张滴血的獠牙巨口正向自己的脖子咬来。杜鼎之想要呼救，却让鬼爪扼得眼睛凸出，喘不上气来。绝望之中，杜鼎之用尽全身力气将"红骷髅"的巨口向外推去，但是那双鬼爪力大无穷，将他慢慢扳倒，杜鼎之的脖子在鬼爪之中一点点儿变细，那张獠牙巨口也凑上了杜鼎之的脖子。

一声轻微的冷笑传进杜鼎之的耳中，他两眼翻白，晕了过去。

十三

熊津城，望江楼。

望江楼是熊津城中最高的建筑，本是百济王族所建，后来战乱之中落入一个富商手中，变成了熊津城最豪华的酒楼。此时，望江楼张灯结彩，丝竹喧天，笑容满面的酒楼老板带着十几个伙计正在门口迎接客人，进入酒楼的宾客络绎不绝。原来望江楼的女校书金柔儿今日在"百花仙子"大赛中，勇夺魁首，城中达官富商和名流清士俱都前来祝贺。

酒楼老板铺好笔墨纸砚，请出一位鹤发童颜的老者，道："林老，您当年可是亲赴大唐，跟随虞世南虞秘监习过书法的，还请您为柔儿姑娘留下墨宝，也为望江楼增光添彩！"

老者大笑道："老朽有幸，曾得虞秘监指点书法，才有今日成就。"颤颤巍巍的老者毫不推辞，挥毫泼墨，一挥而就写下"百花香魁"和"人间绝色"八个大字。老者气力不继，指腕间毫无劲道，写出的字歪歪扭扭，估计虞世南见了肯定会破口大骂。字虽不佳，喝彩声却高，一群人争相上来阿谀奉承："好字，好字！不愧为虞秘监真传！"老者志得意满，心花怒放。

忽闻外面传来一声冷笑："好丑的字，一通乱写，乱拍马屁，喝醉了的螃蟹爬到纸上也不过如此！再说了，柔儿姑娘明明是天上绝色，岂是人间所有？"

众人回头看时，进来的正是武云宗，手举一幅书法卷轴，慨然站在大厅正中。同来的崔破虏不愿与百济人交往，双手抱胸站在远处，含笑看着武云宗戏弄熊津城里的名流。

写字的老者让武云宗气得满脸通红，指着武云宗道："你！你说我乱写，让我看看你的、你的墨宝……咳咳！"老者一口气喘不上来，险些晕过去，随从扶他坐回椅子。

武云宗一边展开卷轴，一边故意气老者："这把年纪了，握笔都没力气，还来为花魁题字？万一您老一口气倒不上来，不仅有损望江楼名声，您老的子子孙孙也脸上无光啊！"

老者气得直翻白眼，只能哆哆嗦嗦指着武云宗，却说不出话来。老板等人见过武云宗，知道他是驻城唐军，全都忍气吞声不敢招惹。武云宗将卷轴展开，露出刘仁轨长枪大戟的字，全场一片惊叹，称赞不绝。有人仔细看落款，惊呼一声："这是刘刺史写的！"全场的百济人赶紧整肃衣冠，对着书法卷轴恭敬施礼，武云宗手举卷轴，坦然受之。

那个老者听说是刘仁轨的字，挣扎着要起来看，武云宗笑道："老人家，您可莫要再说是随虞秘监习练书法，我们大唐的字不是那么容易学的！小心虞秘监从墓里跳出来，泼你一脸浓墨！"老者气得满脸紫黑，又缩回椅子里倒气。

武云宗吩咐老板："快带我去柔儿姑娘那里，我要把这份贺礼亲手交给百花魁首！"老板不敢怠慢，赶紧带领二人来到三楼金柔儿房间。

此时的金柔儿已卸去妆容，正在房中调试古琴，素颜见人，反而更觉清丽脱俗，金柔儿只披一身白衣，看见武云宗进来，微微一笑道："你以前来时，都是偷偷摸摸不敢声张，为何今日如此嚣张，几乎把林老爷气死？"

武云宗笑道："我今日是奉刺史之命前来奉送贺礼，岂能再像往常那般委屈自己？那个姓林的老儿，字写得比螃蟹还丑，却冒充虞世南的弟子，在这里招摇撞骗，我没薅去他的一把胡子已经是留情了。"

崔破虏不想打扰二人相会，站在门外迟迟未进，武云宗伸手将他拽进房间，道："柔儿，这就是我和你经常说起的义兄崔大哥！"

金柔儿微红着脸，向崔破虏施礼万福，崔破虏反而有些手足无措，道："贤弟，你二人相见不易，我还是下楼与那些人喝酒……"

金柔儿微笑道："崔兄见外了，您二人乃是天朝上使，岂能与市井之徒同饮？我已令婢女备好酒菜，小妹为你们弹奏一曲助兴。"

武云宗不由分说拉着崔破虏坐下，金柔儿落落大方，坐在武云宗身边，又摇响铜铃，唤来一个花枝招展的姐妹，让她坐在崔破虏身边，陪他饮酒。崔破虏连连摇手拒绝，道："贤弟你是知道的，愚兄早有家室，还是免了吧。"

武云宗和金柔儿见崔破虏拘谨，也不好勉强，只好随他。金柔儿拿起琵琶，为二人弹奏一曲《秦王破阵乐》，二人没想到金柔儿如此多才多艺，竟然连唐宫大曲都会弹奏。武云宗喝到酣处，忍不住以手击案，摇头晃脑打着节拍，口中唱道："咸歌《破阵乐》，共赏太平人。四海皇风被，千年德水清。戎衣更不著，今日告功成。"

崔破虏并不喜欢百济薄酒，只是浅饮几杯，他见金柔儿玉手皓腕，轻拨之间犹如银瓶炸裂，将这首唐军军歌改编的宫廷大曲弹奏得炉火纯青，心中暗暗惊奇，不由想起在长安之时，有一年中秋之夜，妻子曾经在月下为他和孩子弹奏此曲，想到夭亡的儿子，崔破虏心中不由一阵刺痛，只能端起酒杯自斟自饮，掩饰自己的神态。

金柔儿弹到妙处，扭动身姿，竟将右手作兰花状，从左腋下伸出反手拨弦，而音色丝毫不减。武云宗连连喝彩，使劲鼓掌，仰头灌下一大口酒。

崔破虏看着金柔儿弹拨琵琶的手势，心中突然闪现一丝灵光，就像他昔日在长安郊外射猎野兔时，一箭飞出，却不见了野兔踪影，心中顿时空荡如镜，这丝灵光虽然快如电光石火，却在崔破虏心中燃起了一片熊熊大火，他这几日苦思不解的问题在大火之中纷纷涌现。琵琶之声越来越急，崔破虏虽然呆呆看着金柔儿，却是目光沉郁神游物外，不知在想什么。

琵琶声歇，金柔儿笑语盈盈地给武云宗和崔破虏倒酒，武云宗是酒来杯干，崔破虏却推辞不胜酒力，连连摆手拒绝金柔儿斟酒。

武云宗奇道："大哥，你一向海量，喝酒便如杀敌，持枪冲阵，为何今日如此萎靡不振？"

崔破虏没有理他，却问金柔儿："柔儿姑娘，你琵琶弹奏如此精妙，不知是从何处习得绝艺？"

金柔儿微微一笑道："让崔大哥见笑了，年幼之时，小妹曾师从一个大唐女子，师傅自称本是唐宫之中乐师，后来太宗皇帝遣散宫女，她便流落此地，机缘巧合，小妹曾随她学艺数载。"

崔破虏点点头，道："难怪柔儿姑娘手法精妙，将《秦王破阵乐》弹得金戈铁马，荡气回肠，竟然是出自宫中乐师门下，佩服！"

武云宗已有了三分醉意，将壶中酒直接倒入口中，道："大哥，小弟这红颜知己如何？"

"国色天香，才艺傲世，配得上贤弟！"

"大哥，我想班师之日，将柔儿带回大唐，从今往后，我也决意退出军伍，与柔儿一起归隐林泉，她弹琵琶，我舞双刀，岂不快哉？"

听武云宗如此说，金柔儿脸色微红，却大胆握住了武云宗的手，显然她也愿意与武云宗回归大唐，双双归隐林泉。

崔破虏笑道："郎才女貌，琵琶双刀，如此最好！却不知贤弟家中长辈意下如何？"

武云宗哈哈大笑，笑声中掩饰不住的怨愤，道："我若带柔儿回去，当然会把武家那些酒囊饭袋气得暴跳如雷，祖宗牌位都要冒出火星子，哈哈，我既然想归隐林泉，又何必在意那些人说辞，自然有多远躲多远，不见面为妙！"

听到武云宗为了自己宁愿与家族决裂，金柔儿更加感动，将武云宗的手攥得紧紧的。武云宗手执酒壶，仰头豪饮，壶中酒一多半倒在自己脸上，以此宣泄胸中的郁闷。

崔破虏站起身来，道："贤弟，你且在这里饮酒，我先回营中处置些事务。"

武云宗急道："大哥这是为何？刘刺史难得许我们放纵一日，为何要离去？来，再陪我喝几壶！"

"愚兄去去就来，半个时辰就回。"崔破虏对金柔儿道："劳烦柔儿姑娘照顾好我这兄弟，莫要让他喝醉了！"说完，崔破虏大步流星下楼而去。

金柔儿有些诧异，道："是不是我招待不周，得罪了你这大哥？"

武云宗安慰金柔儿："大哥不是那种人，他说军中有事便是真的有事，他那性子更喜欢冲锋陷阵，不习惯待在你这香闺里面。"他故意用鼻子嗅嗅屋子里的香气，道："你这温柔乡简直就是一个香炉，就算是霸王项羽来了，也得筋酸骨软！"说完，大仰八叉躺在金柔儿膝上。

金柔儿展颜一笑，柔声道："原来如此，好在崔大哥片刻就回。你若是霸王，我当然就是虞姬了，不知霸王还想听什么曲子，我为你弹来。"

武云宗看着手中的空酒壶，突然面露悲伤，道："昨日是我母亲的忌日，我却随军身悬海外，无法祭奠。母亲不喜琵琶，却擅古琴，我年幼时玩耍归来，最喜听她焚香弹琴，你能不能为我弹一曲？"

金柔儿微笑答应："霸王有令，小女子遵旨！"她起身搬出一架古琴，净手焚香，开始调试琴音。

大步下楼的崔破虏不想再与一楼那些百济名流照面，便径直从望江楼后厨出去。

刚从厨房出来，就看见一条黄犬在墙角啃食骨头。黄犬看见崔破虏，立刻露牙低吠，作势欲扑。崔破虏心有所动，忍不住多看了黄犬两眼。黄犬咆哮着冲崔破虏扑来，崔破虏当然不会把一条狗子放在心上，抬腿一脚，将狗子轻轻踢开，黄犬一路哀鸣着跑远。

十四

熊津城，唐军营地。

崔破虏从望江楼出来，立即跃上马背，打马狂奔，直奔唐军营地而来。门口值戍的虞候见到便装的崔破虏，很是惊奇，问道："崔都尉，你们不是去城中庆祝花仙魁首，和美人儿喝花酒吗？弟兄们都眼红的紧，怎么一个人回来了？"

崔破虏没有理他，神情焦急："那些百济细作的尸身放在哪里？有没有下葬？"

"后军营的弟兄们正在入殓呢，说是刘刺史的将令，明日一早就要推出去埋了。"虞候见是军务，不敢玩笑，赶紧指给崔破虏方位。

崔破虏急步奔到一顶帐篷，二话不说就闯了进去，把里面的两个军士吓了一跳。只见"青鸾"等八具尸身都用白布缠裹，并排放在地上，两个军士正准备将尸身抬进薄木棺材。崔破虏不由分说，上前撕开"青鸾"辉夜姬的衣服，仔细检查她临死前展示的青色鸾凤纹身，两个军士不知他究竟做什么，想要阻止却又不敢。

崔破虏查验完辉夜姬的尸身，又将杨义、农夫的尸身撕开衣服，从头到尾检查一遍，最后将老板娘、银发老妪、眇目壮汉、老乞丐、和尚五具烧成焦炭一般的尸身也都查验一遍。两个军士见崔破虏举止怪诞，只好远远躲开，不敢言语。

杨义身上没有"青鸾"形状的纹身，第一个死去的农夫身上也没有，只有辉夜姬惨白的肩膀上那只小小的青色鸾凤，嘲笑般对着崔破虏。那五具尸身更是体无完肤，焦黑如炭。崔破虏只觉得脑袋中混乱如麻，一时呆立当场。

那些自焚而死的百济细作，为什么随身暗藏火油，将自己烧得焦炭一般，这些人为何这么做？

辉夜姬临死之前，主动向唐军展示自己肩上的纹身，骄傲又炫耀，她为何这么做？

辉夜姬在铁佛寺脱身以后，明明可以逃遁隐藏，为何在唐风香坊等着唐军上门，这又是为何？

……

无数个疑问同时涌进崔破虏的脑中，他想了半天，只觉得这个自杀身亡的辉夜姬，身上疑点重重。崔破虏弯下腰来，用灯笼照明，再次仔细检查辉夜姬和那几具焦黑的尸身。良久，他终于在眇目壮汉的焦尸右肩上发现一小块隐约的青色纹身，虽已烧得看不出形状，但是似乎与辉夜姬肩上的"青鸾"纹身如出一辙！崔破虏顿时愣在当场，他心中交织的诸多疑问，霎时迎刃而解！

辉夜姬并不是真正的"青鸾"！

辉夜姬右肩的纹身并不是她一人独有，而是一种组织符号，"青鸾"组织的骨干成员，应该人人都有这种纹身，或者说拥有这种纹身的人，必是"青鸾"中的一员。

杨义和农夫只是"青鸾"收买发展的线人，所以没有纹身。那些用火油自焚而死的"青鸾"成员，表面上是不想落入唐军手中，其实更主要的目的是要烧掉代表他们身份的纹身符号！他们用火油自焚而死，除了毁掉纹身，有没有其他目的？

别人都是自焚而死，为何只有辉夜姬没有？而且还主动向唐军展示自己的"青鸾"纹身，她这么做的目的是什么？难道是为了向唐军证明，辉夜姬就是"青鸾"？

辉夜姬之所以没有从唐风香坊逃跑，而是从容赴死，她是以自己的死，掩护真正的"青鸾"。辉夜姬想用自己的纹身和死亡斩断所有追踪"青鸾"的线索，让唐军以为辉夜姬就是青鸾，但是真正的"青鸾"依然还在百济的夜空飞翔！

真正的"青鸾"到底是谁？

崔破虏头脑中又浮现刚才在望江楼后厨门外遇见的黄犬，分明就是那日街头捉拿百济细作时老乞丐所牵的黄犬，老乞丐临死之前曾将黄犬赶跑，没想到它竟然在望江楼后厨出现，望江楼中必然有人喂养它。

难道此人就藏在望江楼之中？

……

崔破虏一脚踢开帐门，跳上乌骓马，顺手夺了值戌虞候手中的长矛和弓箭，向城中疾驰而去！值戌虞候在后边大喊："崔都尉，你这是去哪里？"

"快去禀告刘刺史，'青鸾'还在人间！请他马上调派一百士兵，速去支援望江楼！"

值戌虞候还要再问，崔破虏已然不见了踪影。

崔破虏的直觉告诉他，武云宗有危险！

十五

熊津城，望江楼。

望江楼下，十几桌熊津城中的名流和商贾们已经喝得面红耳赤，口齿不清，还在互相吹捧劝酒。

望江楼上，金柔儿一曲《风入松》刚刚弹罢，听琴的武云宗已有七分醉意，坐在那里眼神迷离，似乎被眼前佳人所迷，不知今夕何夕。

金柔儿调皮地凑近武云宗，贴着他的耳朵，柔声问：“宗郎，我这曲《风入松》如何？是不是该赏我？”香气沁人，熏人欲醉，令武云宗心神荡漾。

武云宗转头看着金柔儿秋水般的双目，尽是说不出的爱怜，痴痴地道：“我想把我自己赏给你吧，用尽一辈子陪你，不离不弃！”

金柔儿娇羞地靠在武云宗胸口，柔声问：“宗郎，回到大唐，我们去哪里隐居？”

武云宗酒意迷离的双眼，似乎慢慢泛起了一层雾，变得不可捉摸。过了一会儿，他缓缓推开金柔儿，站起身来，道：“柔儿，我有一事不明，还请你为我解惑。”武云宗的声音夹带着微微冷意，就像窗外的天气，一团黑云正弥漫在熊津城上空，似乎大雨就要倾盆而下。

金柔儿有些诧异，不明白和自己耳鬓厮磨的武云宗怎么突然变了口气，她如百济女子一样低眉顺眼，怯懦地问：“宗郎，您说的是何事？”

武云宗有些醉意，晃晃悠悠踱了几步，拨弄一下案几上的古琴，道：“美人夜坐月明里，含少商兮照清徵。家母在世时，最擅长弹嵇康的《风入松》，亦是我最爱听的琴曲，此事我从未对外人说起，你又是从何得知？”

金柔儿脸色微微一变，有些不自然，道："我只是猜测宗郎心高气傲，与嵇康有几分相似，肯定喜欢他的曲子，就胡乱弹了一曲，没想到却是老人家钟爱的曲子……"

武云宗摇头道："琴曲成百上千，为何如此凑巧？柔儿，你为何要骗我？"

武云宗此言一出，正逢窗外一道闪电如蛟龙游过天穹，一声炸雷，震得屋瓦簌簌。

"你以为我喝醉了，其实我喝醉的时候，心里最是清醒。"武云宗语气有些凄凉与愤怨："柔儿，你我第一次相识就是在这望江楼。当时，我与一群军中将领在此饮酒，你端酒时洒了我一身，用丝绢手帕为我擦拭，那是我第一次注意到你。后来有一个醉酒的客人要欺辱你，是我出手将客人扔出酒楼，救你脱困。柔儿，现在想来，这一切都是你设计好的计谋吧？"

金柔儿受了惊吓，她凝视着武云宗，两滴清泪缓缓滚落，委屈道："宗郎，你难道不相信我？"

武云宗的醉意已然退去，捏住酒壶的右手不住颤抖，显然他内心亦是挣扎起伏，道："昨日，辉夜姬临死之时，说出我的家世秘闻，那时候我就知道，你们百济已经将我的底细查个清清楚楚，你们能知道我母亲投缳自尽，当然也能知道她最喜欢的琴曲，所有这一切，都是你们设计安排好的！"

"告诉我，你与辉夜姬是何关系？"

随着这句话，一道闪电扑在望江楼下一棵大树上，炸出一团火球。武云宗语音冰冷，生生捏扁手中的酒壶。

"我刚才回想发生的事情，你们做得天衣无缝，毫无纰漏，只可惜唯一的破绽，就是你们对我太用心了！"

金柔儿看着那只七扭八歪的酒壶，目光也慢慢变冷。

十六

熊津城中。

随着刚才那声霹雳，大雨倾盆而下，熊津城在大雨之中变得漆黑一团，几乎伸手不见五指。崔破虏纵马冲破雨幕，远处巍峨的望江楼灯光在他眼中只是一个小小的红点，他心急如焚，不知道望江楼发生了什么变故，只能拼命夹马，乌骓马似离弦之箭狂奔在街路上。

"咻"一声破空弦响，崔破虏久经战阵，本能地一躲，一支利箭贴着他的脖颈飞过，崔破虏长矛挥出，磕飞第二支箭，又伸手一抓，将第三支箭抓在手中。崔破虏马不停蹄，施展镫里藏身，张弓搭箭还击敌人，一个黑影惨叫一声从右边屋顶滚落。第二波箭矢密集射来，崔破虏将长矛旋转如车轮，护住人马，只听"叮当"之声不绝于耳。崔破虏心知两侧屋顶之上的敌人不在少数，如果第三轮箭雨袭来，自己万难抵挡。他心念一动，立即纵马冲向路边一间打烊的酒馆，连人带马撞了进去，身后一阵噼啪作响，不知道多少支羽箭钉在酒馆门板和门窗之上。

崔破虏跳下乌骓马，贴近窗户向外观看，借着一道闪电，只见对面屋顶上至少十几个黑影闪动，俱是黑衣劲装，加上黑巾蒙面，几乎与夜色融为一体。崔破虏靠着门板，喘了口粗气，如果再算上自己藏身的酒馆这一侧，两侧埋伏之敌至少有三十个黑衣人，好在大雨倾盆，天色如墨，这些人一时也找不到他的藏身之处。

崔破虏银枪留在军中，适才冲出军营之际，从值戍虞候手中抢来长矛和弓箭，箭壶之中只有十余支白羽箭，他知道自己若是冲出交战，肯定凶多吉少，只有坚持到后援唐军赶到，才能脱困。闪电之下，街路两侧屋顶的黑影不断从屋顶跃下，落地之后分成两队，一队手执弓箭瞄准这间酒馆，一队手握长刀摸了过来。崔破虏弯弓搭箭，隔着窗户瞄准最前面的一个黑衣人，一声弦响，黑衣人应声倒地。其余黑衣人立刻散入树后或商铺墙下，与此同时，十几支劲矢破窗射入，崔破虏跃到酒馆柜台后面躲藏。

酒馆屋顶传来一阵碎瓦之声，上面的敌人捣碎屋瓦，砸出两个大洞，向下射箭，崔破虏抓起一张桌子遮在身上，立刻又有七八支劲矢钉在桌子上。崔破虏暗皱眉头，心情焦急，这一轮交锋，他已计算明白，对方至少有近二十名弓箭手瞄准自己，还有十名左右刀手伺机冲进来肉搏。从这些黑衣人跳跃进退，还有射箭准头和力量来看，俱是受过特殊训练，绝不是普通的百济复兴军，自己这边遭遇伏击，不知武云宗那边是不是更加凶险？

黑衣人从屋顶掷下一支点燃的火把，酒馆之中一片通明，躲在黑暗之中的崔破虏立刻暴露身形，十几支羽箭对准崔破虏射来，他一手一张桌子，左遮右挡。崔破虏突然鱼跃翻滚，向屋顶破洞射出一箭，一个黑衣人惨呼着滚下屋脊。与此同时，一支羽箭贴着崔破虏的腋下穿过，划破了衣衫，箭羽掠过的肌肤一阵刺痛，崔破虏惊出了一身冷汗。

一个手舞长刀的黑衣人破窗而入，崔破虏一手执桌，一手执矛疾冲而上，穿胸刺倒这名黑衣人，第二个黑衣人又扑进来，崔破虏枪如毒蛇吐信，将他一枪撅回窗外。崔破虏连杀二人，立即缩身桌下，只听一阵咄咄声响，桌子上又钉上五六只羽箭。此时，屋后又传来一阵叮当声响，那群黑衣人正在用刀撬挖后墙，眼看就要从后面冲进酒馆。崔破虏一脚将地上的火把踢出窗外，酒馆又陷入黑暗之中，他屏息静听，酒馆前后左右加上屋顶都布满了敌人，他已成为瓮中之鳖。崔破虏虽然身经百战，此时也不由一阵绝望，汗水如小溪一般从颈后流入后背。

十七

熊津城，望江楼。

金柔儿的笑容依然柔情蜜意，但是目光却多了几分讥诮，她笑问："你真的想知道我与辉夜姬的关系？"

"不错，你说，我听！"武云宗的语气也变得斩钉截铁。

"那你可要做好准备，我的故事不是白听的，谁听都要付出代价！"

"什么代价？"

"比如说，你再也不能与我相见，听不见我的琴声，你也不能回到大唐归隐林泉，你可愿意？"金柔儿依然笑靥如花。

"我今日知道你的真实身份，总要好过你欺瞒我一生一世！"

"宗郎，没想到你这么绝情。"金柔儿双目盈盈，似乎又有泪珠儿滚落，"我是真心想随你携手回到大唐，与世无争，终老山野。"

"你说的携手回到大唐，不过是想利用我的身份，潜入我大唐，说不定怀有更大的阴谋。你对我千般蜜意万种柔情，其实都是你早就策划好了的接近我、利用我的计谋吧？"武云宗言语冷漠，强自忍住心中愤怒。

金柔儿眼中的泪水终于滚落，落在洁白的衣服上，她柔声道："好吧，既然你如此无情，我就给你讲一个故事，你可愿意听？"武云宗面无表情，在桌前坐下，给自己倒了一杯茶水。

"我并非百济人，本是高句丽公主。"金柔儿第一句话，就让武云宗吃了一惊。"十一年前，也就是你们大唐贞观十六年，高句丽发生政变，泉盖苏文率兵叛乱，带领军队夜袭王宫，杀死我父亲荣留王高建武，我那时年仅九岁，家臣趁乱救出我，带着我连夜逃命。"

武云宗吃惊道："你，你竟然是高句丽的公主？"

金柔儿苦笑道："不过是前公主，若是现任国王发觉，也就是我的堂兄知道我还活在人间，只怕想杀我的人中，又要多加一路追兵。"

金柔儿向武云宗慢慢讲述当年往事，当年高句丽泉盖苏文一手遮天，将她叔叔的儿子高藏扶上王位，几乎将金柔儿父王这一支族人屠杀殆尽。她父王临死之前，派遣近臣带她投奔大唐，将她藏在安全之处，然后想方设法求见太宗皇帝，请求太宗皇帝出兵讨伐泉盖苏文和高藏。

"太宗皇帝拒绝了你们的请求？"武云宗略微了解那段历史，早就知道结局。

"不错，父王的近臣几次求见太宗皇帝，结果连宫门都进不去，他没有办法只能跪求朝中大臣，逐家磕头哀求，头磕太多了，额头鲜血淋漓，他只能用一条白布裹住伤口……"金柔儿说到此处，声音哽咽，泪珠儿如串线的珠子一样滚落。

武云宗叹息一声，心中不由对这位护主的忠臣敬佩起来。

"后来，终于有一位大臣被感动，向太宗皇帝进奏出兵讨伐高句丽叛臣，但是太宗皇帝说，'因丧乘乱而取之，虽得不贵，且山东调瘵，吾未忍言用兵也'，皇帝金口玉言一出，再无人敢进言。"

武云宗看着梨花带雨的金柔儿，她将唐太宗的话一字不差地背诵出来，显然这几句话已经在她心中激荡多年，而这种仇恨和屈辱必然在一个稚龄幼女心中埋下复仇的种子。

"后来如何？"武云宗问。

"后来，那位近臣背着我，历经千辛万苦，又返回高句丽，临近国境之时，他说自己无法替先王洗刷冤屈，无力拯救社稷，羞进国门，就在国境上拔剑自刎！"金柔儿说到此处，眼中已然无泪，声音也平淡如昔，武云宗却能感觉到她内心抑制的仇恨，早已融进她的血液。

"好一个忠肝义胆的臣子！可惜生不逢时，否则我定与他大醉一场！只是你回到故国，高藏等人岂能容你？"武云宗不禁为那位不知名的臣子击节叫好，又不知不觉替金柔儿后来的命运担忧。

“那一夜，我坐在那位叔叔的血泊之中，哭了整整一夜，几次想用他的剑自刎。”金柔儿淡淡地道：“后来我命不该绝，遇见一个百济商团，将我带到百济。”

“于是你就为百济卖命，与大唐为敌？”

金柔儿摇摇头，轻声道：“如果这般简单就好了，那个百济商团其实是一个人贩子团伙，他们三年内将我辗转卖到几个地方，最后流落到海外东瀛，在那里师傅搭救了我，也遇见了师姐辉夜姬，我与她情同姐妹，她这次自尽而亡，我在这个世间又少了一个亲人。”

金柔儿寥寥数语，述说自己颠沛流离的生涯，仿佛故事中的人与己无关，心中掩藏的苦难与屈辱又岂是外人能体会？武云宗看着这个柔弱的女子，心中不禁泛起一丝同情与怜悯。两人面对面坐着，相顾无言。

又是一声霹雳，打破屋中的宁静，抬眼窗外，外面已是漆黑如墨，大雨倾盆，屋檐上的雨水如瀑布般泄下。金柔儿轻声道：“你问我，与辉夜姬是什么关系？我的回答，你满意了？”

武云宗内心挣扎，脸上尽是犹豫之色，眼前这个柔弱女子虽然是自己的敌人，但是身世凄惨，孤苦无依，她的每句柔声细语、一笑一颦的神态无一不像雨点一般打在武云宗的心坎上。

“辉夜姬与你，究竟谁才是真正的‘青鸾’？”

此时，武云宗内心很是挣扎，他此时已经猜到金柔儿身份必定不简单，只怕还在辉夜姬之上。金柔儿对他的问话，只是冷冷一笑，并未回答。

“柔儿，你还是速速离去吧，莫要再与我大唐为敌。今夜之事，我只当大醉一场，什么都没看见。”武云宗终于下定决心，想将这个爱怜有加的敌人放走。说完这话，武云宗额头已是大汗淋漓，仿佛经历战场上浴血拼杀，放走敌方重要人物，心中天人交战已然耗尽了他的气力。

金柔儿凝视着武云宗，眼神由冷转暖，又慢慢变回冷淡，她微笑道：“好一个怜香惜玉的都尉老爷，你这是徇私纵敌，罪当问斩，难道你不怕？”

武云宗呆呆看着眼前这个人间绝色，不知道她心中究竟如何想的。金柔儿站起身来整整衣衫，向武云宗微微一福，道：“都尉老爷，你最大的弱点，就是太容易相信人了，如果我刚才所说的都是假的呢？”

此话一出，犹如一柄重锤击在武云宗胸口，顿时让他心中的柔情蜜意烟消云散。武云宗跟跄站起，指着金柔儿，张口结舌道："柔儿，你……"

金柔儿冷笑道："女人的话还是莫要相信，我们的眼泪和笑容都是武器，专门对付你这种自作多情的男人！"

武云宗面色苍白，道："原来你方才所说都是骗我的，相识之时你在骗我，如今你还在骗我！"

金柔儿道："你莫要可怜我的身世，还是可怜一下你自己的下场吧！"

"我的下场？"武云宗一愣。

"方才，我没有想到你竟然从琴曲中怀疑到我，实在出乎我的意料，我迫不得已只好编段故事拖住你，现在天罗地网已经布下，自然无须再骗你！"金柔儿抬起纤手，轻轻拍了三下。

随着拍手之声，屋中灯火齐刷刷熄灭，几道凌厉的刀锋在黑暗中破空劈向武云宗，武云宗虽然有了几分醉意，但是身手依然敏捷，翻身后跃，躲过这一轮偷袭。黑暗之中，武云宗藏身在书架后面，屏住呼吸，察听偷袭者方位。此时，望江楼上下灯火齐灭，陷入一片黑暗之中，一楼二楼嘈杂的客人早已不知去向。

门口传来金柔儿幽怨的声音："宗郎，你我各为其主，不要怨我心狠。"

武云宗道："柔儿，难道你才是真正的'青鸾'？"

话音未落，一柄长刀贴着武云宗的肩头掠过，武云宗立刻醒悟，这是金柔儿故意引诱自己暴露方位。又有几柄长刀交叉劈来，武云宗推倒书架吸引偷袭者注意，人却跃上了牙床，长刀如影随形，劈碎了牙床，但是武云宗却不见了踪影。

四个偷袭的黑衣人双手抱刀，背靠背慢慢转动身体，寻找武云宗，似是在等窗外的闪电亮光。武云宗手无寸铁，此时只能躲在琴台下面，他借着窗外些微的亮光，看着这四个影影绰绰的黑衣人，觉得他们身高明显要矮上一头，刚才交手时所持的兵刃和招式，并不是百济士兵所有，更像是倭国人。

一道电光裂空，一个黑衣人瞥见武云宗藏身之所，用倭语大喊一声，几把刀同时劈斩过来，武云宗却利用这个时机，鱼跃翻出房间，谁知立足未稳，一柄短刀携着劲风直刺他的太阳穴，武云宗间不容发仰头避过，那道劲风又追刺他的咽喉，招式狠辣无情。武云宗伸手架住对方手腕，一股熟悉的香气沁入鼻端，武云宗惊道："柔儿，是你?"

对面的偷袭者并不停手，手中短刀再刺武云宗胸腹，竟将武云宗的衣服划破。屋中的黑衣人闻声追出，长刀如幕，绞向武云宗的退路。武云宗手中没有兵刃，顿时险象环生，危急之中，他顺手摸起墙角一个三脚花架，荡开来袭的长刀，金柔儿手中的短刀却如一条毒蛇，钻过缝隙，在武云宗腋下划开一道口子，带走一串血珠。

武云宗闷哼一声，伸手捂住伤口，退到墙角倚墙而立，避免四面受敌，他恨恨地道："柔儿，原来你和倭国奸细勾结在一起!"

金柔儿在暗中娇笑一声："宗郎，这一刀，算是你我恩断情绝，你可不要记恨我哦。"

十八

熊津城中。

崔破虏身陷绝境，却不甘束手待毙，他借着闪电看清形势，将地上的死尸放在乌骓马背上，然后手拄长矛用力点地，双脚在墙上一蹬，已经翻身跨上酒馆的房梁，屋顶上黑衣人踩踏屋瓦的声音就在耳畔，崔破虏仔细辨听位置，他呼哨一声，那匹乌骓马颇有灵性，立即长嘶一声，驮着尸体撞开门板跃出酒馆，外面包围的黑衣人以为崔破虏纵马冲出，瞄准乌骓马的方向就是一轮箭雨，马背上的尸体连中数箭，乌骓马虽然速度甚快，马臀上也中了两箭，但它仍然冲到大街之上。

与此同时，崔破虏借助乌骓马吸引对方注意力，猛然撞破屋瓦，翻身冲上屋脊，上面的黑衣人都在盯着乌骓马，没有想到崔破虏竟然趁机破瓦而出，一时乱了阵型。崔破虏知道机不可失，手中长矛抡开，犹如虎荡羊群，天神下凡一般将屋顶的五个黑衣人全部打得滚落下去。崔破虏不等下面的弓箭手瞄准自己，立即跃下屋脊，跳到后面正在凿墙的黑衣人之中，手中长枪闪没，瞬间刺倒二人。这群黑衣人见崔破虏杀出，立刻呼喝一声，围了上来。

崔破虏听黑衣人喊话的声音和持刀姿势，冷笑一声道："原来是一群倭国的猴子！"

崔破虏双手持枪，挺身闯入黑衣人阵列之中，与黑衣人缠战在一起，以此躲避外围弓箭手的冷箭。黑衣人勇猛剽悍，不断对崔破虏发起进攻，率先出刀的黑衣人在崔破虏快速凌厉的枪法之下，无人能招架住三回合，非伤即亡，但是黑衣人人多势众，犹如一群鬣狗牢牢围住崔破虏，令他脱身不得。

正在缠战僵持，忽闻一声梆子声响，密集的羽箭穿过雨幕，外围的黑衣弓箭手瞬间倒地一片，原来是后援的一百名唐军赶到了。崔破虏见援军赶到，精神大振，长枪砸扫刺撅，又击倒三名黑衣人，余下的黑衣人眼见不敌，立刻果断撤退，一群人蹿房越脊，猴子一般迅速消失在茫茫雨夜之中。

崔破虏担心武云宗遇险，跃上受伤的乌骓马，大喝道："武都尉有险，速去救援望江楼！"崔破虏一马当先，身后是一百名唐军轻骑兵和刀盾兵，在滂沱大雨之中疾奔。

望江楼上，武云宗已是几番遇险，金柔儿功夫不在武云宗之下，她的短刀如毒蛇吐信，紧紧缠住武云宗，加上四名黑衣刀手，武云宗手中的花架已劈得七零八落，只剩一根尺许长的木棍抓在手中，左遮右挡。一道闪电掠过雨幕，金柔儿粉面含霜，短刀狠辣地抹向武云宗脖颈，四把长刀封住武云宗左右，武云宗身后已经撞上栏杆，退无可退。武云宗右手木棍挡住长刀，左手一把攥住金柔儿短刀，利刃割破武云宗手掌，鲜血顺着刀刃流下。

两人近距离博杀，四目相对，眼中不知是爱是恨？武云宗手无寸铁，寡不敌众，此刻身陷绝境，身后便是栏杆边缘，只需再退一步就要从高楼跌落。

闪电熄灭，望江楼再次陷入无边的黑暗。

一支火箭破空飞来，钉在望江楼三楼廊柱上，引燃了布幔，瞬间照亮了整个望江楼。只见密密麻麻的火箭穿透雨幕，射入望江楼，望江楼立刻燃起熊熊大火。望江楼下，崔破虏与唐军及时赶到，一片明光铠在闪电和火把的闪耀下，泛出令人胆寒的光芒。

崔破虏仰头冲楼上大喝道："贤弟莫慌，我来了！"

武云宗绝处逢生，拼力推开金柔儿与黑衣刀手，毫不迟疑从三楼一跃而下。金柔儿和黑衣刀手没想到武云宗跳楼逃生，一时措手不及。望江楼甚是巍峨，三楼距离地面至少四五丈高，武云宗如果从这个高度跳下，不死也要摔成残废，但是武云宗却毫不犹豫地跳下，因为知道下面的人一定会救他，那是一个值得托付性命的人！

武云宗向下急坠，快要落地之时，崔破虏横起长矛挑在武云宗腰间，一转一拨，将武云宗陀螺一样挑飞出去，武云宗在空中横身一滚，卸去力道，落地之时又顺势滚了几滚，虽然浑身泥水狼狈不堪，但是已成功从鬼门关逃脱。

"谢谢大哥救命之恩！"武云宗冲崔破虏一抱拳，两人相视一笑。崔破虏看着武云宗鲜血淋漓的左手和腋下的伤口，武云宗则看着乌骓马身上的两只羽箭，两人都知道对方经历了一场恶战。

雨势渐弱，望江楼大火却越烧越旺，整栋楼像一根巨大的火炬。崔破虏指挥唐军将望江楼四面围住，几十张劲弓瞄准出口，防止楼中黑衣人逃出。望江楼下，刀箭密布，一百名唐军已经将整栋楼团团包围。

武云宗一边用布裹伤，一边问崔破虏："大哥，你是如何发现金柔儿破绽的？"

崔破虏目光炯炯盯着燃烧的望江楼，道："你的柔儿姑娘不该在弹琵琶时太投入，一个人的动作越是熟练，越能透露自己的秘密！"

武云宗有些不解，崔破虏又道："你的柔儿姑娘弹琵琶的手法，和那个辉夜姬如出一辙，我无法不将她俩联想到一起！"

"大哥，你真是慧眼，连女子弹琵琶的手法都能看出端倪！"

崔破虏笑道："这要感谢愚兄的夫人，她至少为我弹了五六年的琵琶。"

兄弟二人虽临大敌，却依然谈笑风生，丝毫不将望江楼内的敌人放在眼里。武云宗扯下一块衣襟包住自己手掌伤处，问崔破虏："大哥既已发现破绽，为何中途离开？"

崔破虏道："我中途离席，只是回军营求证一件事。"

"什么事？"

"我发现'青鸾'并不是一个人，而是一个奸细团伙，辉夜姬更不是'青鸾'本人，因为这个团伙的骨干，人人身上都纹有青色鸾凤，他们之所以临死自焚，便是要烧毁这个纹身标识。"

"难道金柔儿才是真正的'青鸾'？"

崔破虏笑道："你这位心心念念的柔儿姑娘到底是不是'青鸾'，还要你亲自来证明！"

望江楼火势更烈，一名黑衣人受不了烟熏火燎，怪叫一声从三楼窗口扑出，张牙舞爪跃将下来，人还在半空已经挨了好几箭，扑通一声摔在崔破虏马前。

崔破虏厉声下令："活捉首恶金柔儿，其余之人格杀勿论！"

一名队正指挥百名唐军以刀枪拍击铁盾，大声喝道："活捉首恶，格杀余众!"声势如浪，震得火中的望江楼摇摇晃晃。另外三名黑衣人呐喊着从一楼冲出，还未及冲到包围圈，就已经倒在唐军箭下，人人射成刺猬一般。

金柔从烟火中现身，站在望江楼最高的屋脊之上，脚下是翻滚的火蛇，她手握短刀冷笑道："要想活捉我，你们何不上来一战？"

武云宗高喊："柔儿，我劝你迷途知返，不要顽抗，快快下来！"

金柔儿并不理他，冷笑道："崔都尉，你中途离席，是不是那时已然发现了我的破绽？"

"看来袭击我的黑衣人，果然是柔儿姑娘派去的！"崔破虏大声冷笑道："不错，我从你弹琵琶的手法猜到你和辉夜姬必有渊源，你见我起了疑心，一面假意周旋，一边令人半途截杀我，果然是一副蛇蝎心肠！"

金柔儿花枝乱颤地娇笑着，抬手轻抚青丝，傲然站立火焰之上，仿佛一只振翅欲飞的凤凰，所有唐军的箭矢全部对准她。金柔儿道："你和武云宗果然是一对好兄弟，要想蒙骗你们，确实不易，是我低估了你们！"

"我返回军营，只为求证心中疑惑，这个疑惑就是'青鸾'中人是不是每人肩上都有纹身？"崔破虏仰头问道："柔儿姑娘，我若猜得不错，你的右肩是不是也有一个'青鸾'纹身？"

金柔儿咯咯娇笑道："我有没有'青鸾'纹身，你何不问问你那兄弟？他说不定能知道。"

崔破虏回头看向武云宗，武云宗满脸通红连连摆手，支支吾吾道："大哥，我和她……还没有、没有看见……"

金柔儿毫不羞怯，大方地袒露右边衣衫，面向楼下唐军露出右肩的纹身，此时虽是烟火翻腾，但是仍隐约可见一条青色的鸾凤纹在金柔儿雪白的右肩上，与辉夜姬一模一样。"不错，我是'青鸾'，辉夜姬也是'青鸾'，我们都是'青鸾'！"

"青鸾"不是一个人，而是一个组织，崔破虏了然于胸，武云宗和身后的唐军将士都大吃一惊。此时的金柔儿站在熊熊烈火之上，脚下的望江楼在大火中烧的毕剥作响，摇摇欲坠。金柔儿掩回衣衫，单脚一点屋脊，轻巧地旋身起舞，犹如一只浴火奋飞的凤凰，令楼下唐军一片惊呼赞叹，领军的队正怒喝一嗓子，才止住窃窃私议。

“还有，那日老乞丐所牵黄犬，是你暗中收养它吧？我回到军营之中弄明白'青鸾'纹身的意义，已经猜到真正的'青鸾'就在望江楼中，就是你！”崔破虏道：“柔儿姑娘，我劝你还是下楼受缚，你这花容月貌葬身火海，岂不令人痛惜？”

“'青鸾'之中，可有贪生怕死、屈膝投降之人？”金柔儿凝目注视武云宗，柔声道：“宗郎，你我相识一场，总算有些缘分情义，今日我身陷绝境，你何不送我一程，让我免受烈火焚身之苦？”

“柔儿，我……”武云宗欲言又止，低下头去，腮颊紧紧绷起，嘴唇几乎咬出血，显然内心极度痛苦。

“宗郎，难道你忍心让我死在别人箭下，或是葬身这大火之中？”金柔儿声音幽怜，让人不忍拒绝。

良久，武云宗厉喝一声：“箭来！”

崔破虏摇头叹息，摘下雕弓与箭囊递与武云宗，武云宗犹豫一下，接过弓箭时双手有些发颤，但是一箭在手，武云宗的手又变得异常稳定，目光犀利无比。武云宗张弓搭箭瞄准烈火之上的金柔儿，掌心伤口的鲜血渗透白布，他慢慢闭上眼睛，大喝道：“柔儿，走好！”

一箭飞去，正中金柔儿胸口，屋脊之上的金柔儿犹如一只断翅的凤凰，手捂胸口向火海之中坠落。武云宗掷弓于地，头也不回，大步向黑暗中奔去。

崔破虏长叹一声，道：“不管真'青鸾'，还是假'青鸾'，终是付之一炬！”

十九

长安城，长安西市延康坊。

杜鼎之醒来时，天色已亮，一丝曙光照在他的眼皮上，他咳了两声，摸摸发疼的脖子，慢慢翻身坐起，发现自己竟然躺在昨夜那棵枯树下，还在那所荒废的院落里，树下那口大锅依然在冒着热气。

"我这是死了吗?"杜鼎之晕过去之前模糊记得"红骷髅"的巨口獠牙咬上了自己的咽喉，他满怀诧异地摸着自己的脖子，除了鬼爪扼喉的疼痛感还在，并无伤痕。

一碗浓香的肉羹递给杜鼎之，竟是那个梳着冲天辫儿的小童。"你昏过去一夜了，是不是饿了?"小童天真烂漫地问杜鼎之，脸颊上两个大大的酒窝，让人忍不住想捏一下。

杜鼎之腹中一阵饥鸣，抵不过香气的诱惑，接过碗喝了一大口，果然又香又软，黏糯可口，杜鼎之体会到那种肉香，方才确定自己依然活着，他一仰脖将整碗肉羹都倒进腹中。

那个卖珠老者带着昆仑奴走了过来，杜鼎之坐在地上仰视昆仑奴，只觉此人身高近丈，天生一种泰山压顶般的威慑。老者满脸歉意地道："昨夜让杜寺丞受惊了，是小老儿误将杜寺丞当成偷窥的歹人，罪过罪过!"

杜鼎之一脸不解，问："昨夜不是你们将我从'红骷髅'口中救出? 我感激还来不及，何来罪过?"

老者一脸窘迫，冲着昆仑奴点点头，昆仑奴转过身去，将一件红色衣服披在身上。待昆仑奴再次转身，杜鼎之惊呼一声，从地上蹦了起来，颤声道："你是‘红骷髅’？"

　　原来昆仑奴所披衣服，正是一件用鲜艳红漆画成骨骼的暗红袈裟，那个把杜鼎之吓晕过去的滴血巨口獠牙不过是一副面具。昆仑奴见杜鼎之受到惊吓，连忙摘下面具，使劲拍打着自己胸口，示意杜鼎之不要害怕。

　　老者过来道："杜寺丞不要惊慌，他并不是真正的‘红骷髅’。昨夜我们见你跟踪前来，在院中偷窥，以为你是图谋不轨的歹人，他便穿上这身装束吓你一吓，还请杜寺丞见谅。"旁边的昆仑奴拍打着自己的胸口，张开大嘴"嘀嘀"笑着，口中的舌头让利刃割去大半，原来这个巨人般的昆仑奴竟是一个哑巴。

　　杜鼎之惊魂稍定，明白昨夜袭击自己的"红骷髅"竟然是一个冒牌货，自己却活活吓晕，真是丢人现眼，想到此处，不由脸上一阵火热。

　　杜鼎之神情平复，不由心中起疑，问道："现在长安城中都在谈‘红骷髅’而色变，你们为何要假扮此妖物？"

　　老者笑道："不过是受朋友所托，想将妖物引出，替长安城除掉这个祸害。"

　　此时天光已亮，杜鼎之近距离端详老者，越看越眼熟，不由吃了一惊，问道："老丈莫不是昨夜卖‘分水珠’与胡商之人？"

　　"‘分水珠’？哈哈！"老者立刻趾高气扬，哈哈大笑，右手在怀中一摸，变戏法一般掏出一颗青色大珠，光洁圆润，寒气迫人，赫然又是一颗"分水珠"。老者炫耀地将珠子在杜鼎之眼前晃晃，道："什么分水珠、定风珠、火齐珠、避尘珠，我这里应有尽有，只要胡商喜欢，我随时都可以拿出几颗！"

　　杜鼎之恍然大悟，道："原来老丈卖给胡商的珠子是假的？"

　　老者嘿嘿一笑，满脸不屑地道："谁说是假的？只要珠子经过我‘妙手药师’的手，就是真的！哪怕是一块石头，经过我的双手这么一摸，那些胡商们也能抢个狗头溅血！"老者洋洋自得，摸着珠子有些自我陶醉。

　　杜鼎之吃了一惊，眼前这个貌不惊人的老者竟是天下闻名的制作古玩高手"妙手药师"吴仁义，他不仅精于制作古玩赝品，更是百年难遇的杏林奇才。吴仁义对富可敌国的胡商们可谓不仁不义，但是对患病百姓又是医者仁心，他最大的癖好就是骗取胡商们的钱财，然后利用骗来的钱财收购天下珍贵药材，研制一些乱七八糟的药剂，到处试药救人。此老最大的梦想，就是要把自己"药师"的称号升级为"药神"，好让天下百姓人人敬仰。吴仁义骗取了不少胡商钱财，在各个衙门都有案底，但是因为他悬壶济世，救了不少苍生，加之骗的都是异国胡商，所以很多官府衙门都睁一眼闭一眼，任由吴仁义胡来。

杜鼎之叉手施礼，道："原来是'药神'驾到，杜某失礼。"

一句"药神"，马屁拍得恰到好处，吴仁义哈哈大笑，道："还是杜寺丞明白事理，知道老夫心中所想，看在你这么聪明的份上，以后你要是有个头疼脑热，我包你药到病除！"

杜鼎之问道："却不知是何人委托你们假扮'红骷髅'？还有，昨日这位小童所持的书信来自何人？这两件事是不是与'紫燕子'有关？"杜鼎之心思敏捷，已经隐约猜到这几人和"紫燕子"有关联，尤其小童所持的书信，八成是"紫燕子"所盗。

昆仑奴一听杜鼎之提到"紫燕子"三个字，立刻怒目圆睁，一副吃人的表情，冲着杜鼎之嘶吼。吴仁义赶紧哄劝昆仑奴："大块头，莫要吼了，杜寺丞对'紫燕子'并无恶意，赶紧把你的行头藏起来吧，别把外人吓着了！"巨人般的昆仑奴在吴仁义面前很是听话，不再嘶吼，乖乖地夹着那身"红骷髅"行头躲进后院。

吴仁义一脸狡黠的笑，冲着杜鼎之拱手道："杜寺丞，至于这些乱七八糟的事儿是不是和'紫燕子'有关，不可说，不可说！"

那个小童端着碗过来，对杜鼎之道："叔叔，这肉羹好吃吧？我再给你盛一碗。"

杜鼎之接过碗，又喝了一口，好奇地问道："好香，这是什么肉？"

小童咧开嘴笑道："蛇肉和猫肉，是不是很香？吴爷爷最拿手的肉羹了！"

杜鼎之一下子想到昨夜那条赤练蛇，只觉胃中一阵恶心翻腾，忍不住大口呕吐起来。吴仁义在旁边哈哈大笑，道："没想到身负'长安第一神断'之名的杜寺丞，竟然怕了蛇肉猫肉，若是让街头宵小知道，岂不笑掉门牙？"

杜鼎之胆汁都要吐出来了，弯腰干呕，断断续续道："烦请'药神'前辈转告，我只想、只想与'紫燕子'见上一面，还请帮忙……"

吴仁义使劲摇头，指着院中飞过的两只燕子，道："杜寺丞，你看着这燕子飞来飞去，可知它们的窝巢在哪里？老夫虽与'紫燕子'有过数面之缘，却着实不知他身在何处。"

"前辈，'紫燕子'与'红骷髅'究竟是何渊源，委托你们引出'红骷髅'的人，就是'紫燕子'吧？"

吴仁义还是大摇其头，口中念念叨叨地道："不可说，不可说，说出来我的胡子就要让人揪掉了！"

正在此时，荒院外面一阵喧哗，一群人在院外大声争吵，听声音似乎韦星洲也夹在其中，杜鼎之慌忙出去看个究竟。只见一群黑衣大汉簇拥韦星洲前来，韦星洲帽歪衣破，嘴角一缕血痕，虽未捆绑，亦看出吃了不少苦头。

韦星洲见到杜鼎之，满腹委屈，赶紧奔了过来，低声向杜鼎之述说原委。原来，韦星洲一路追踪那个杀人夺信的康国商人，从西市一直跑到曲池芙蓉园附近，横穿半个长安城。康国商人跑累了，躲在花树下抱膝喘息，韦星洲趁机冲上去与他扭打在一起。两人撕扯中，韦星洲一把扯掉康国商人的胡子，不由大吃一惊，原来此人竟然是一个女子。韦星洲惊愕之际，这名女子趁机逃之夭夭，韦星洲正要去追，却不料一群黑衣人堵住去路，这些黑衣人是普渡寺黑市的护院，也是追踪杀人的康国商人至此，黑衣人认为韦星洲是康国商人的同伙，仗着人多势众将他一顿围殴，韦星洲双拳难敌四手，只能束手就擒。韦星洲虽然表明自己长安县尉身份，却无人相信，黑衣人押着他返回延康坊。

杜鼎之弄明白事情经过，赶紧上前斥责道："各位误会了，这是长安县尉韦大人，与我一起奉命办案，岂能如此折辱他？"

黑衣大汉们认出杜鼎之就是昨夜竞价买信之人，领头的大汉道："你与他乃是一丘之貉，扰乱昨夜交易，刺杀通译，快快随我们见官！"一群人拥上前来，将杜鼎之也扭住。

一个浑厚的男子声音传来："休要放肆，还不快快放开杜寺丞？"

众人回头，只见一个青袍官员正疾步而来，身材高大，紫面短髭，颇有威严。一众黑衣大汉见到青袍官员，竟然纷纷叉手施礼，很是恭敬，几个扭住杜鼎之和韦星洲的大汉都松开了手。

青袍官员向杜鼎之二人赔礼道："在下姓郭名震，字元振，乃是奉宸监丞，给二位赔礼了。这些普渡寺护院不识礼数，办事鲁莽，得罪二位，一场误会，还请二位不要记挂在心。"郭震虽说赔礼，但是气势上却毫不谦逊，话里话外轻描淡写，一副高傲神态。

韦星洲忍不住火气，叫道："什么误会？这些护院擅自殴打朝廷命官，依《大唐律》，当……"话未说完，杜鼎之一把将他拽到身后，打断了他的愤愤不平。

杜鼎之冲郭震拱手道："久闻郭监丞大名，今日得见，果然人如其文！"

郭震一愣，道："杜寺丞，此话何解？"

杜鼎之吟道："郭监丞的'非直结交游侠子，亦曾亲近英雄人'，英雄豪迈，气冲斗牛，天下谁人不晓？"

杜鼎之挨了打，却要拍人家马屁，气得韦星洲在旁边几乎要跳起来，要不是杜鼎之攥住他的手腕，早就发作了。杜鼎之马屁一拍，郭震果然十分受用，脸色登时随和下来，道："不值一提的旧作，杜兄见笑了，杜兄受了委屈，兄弟替你出气！"

郭震转身斥骂那些黑衣大汉，道："一群瞎了眼的奴才，得罪了杜寺丞，还不滚过来赔罪！"黑衣大汉们不敢违命，忙不迭过来施礼赔罪，然后灰溜溜躲在一边。

郭震将杜鼎之拉到一边，低声道："杜兄，实不相瞒，昨夜普渡寺发生的事，虽说死了人，在下毫不计较，就当没有发生，但是丢失的那封信，却是干系重大！"

杜鼎之略感诧异，道："死的人就不追究了？"

"不错，一条人命而已，与那封信比起来不过是蝼蚁，不值一提。"

杜鼎之试探郭震口风，道："那封信为何如此珍贵？"

郭震苦笑，环顾左右，犹豫一下，终于还是没有回答。

杜鼎之又问："难道普渡寺的黑市由郭大人掌控？"

郭震自负地一笑，道："不只是普渡寺，应是整个长安城的黑市交易，我都可以拿一点儿主意！"

"郭监丞，那封信到底是何干系？为何适才有人重金求购，又酿成杀人惨祸？"杜鼎之不肯罢休，依然追问郭震。

郭震向杜鼎之深施一礼，道："杜兄乃是长安第一神断，小弟极是钦佩，此事重大，不便多说，还请杜兄多多帮我，务必追回信件。"

杜鼎之微微一笑，道："好说，此事多半和我正在查办的案子有关，一有消息，我定当通知郭监丞。"

郭震心急如焚，无心耽搁，带着黑衣大汉们急匆匆而去。看着一群人旋风一般离去，韦星洲在后面犹自愤愤不平，道："一个小小的监丞，职级还没你杜兄高，有什么狂的？"

杜鼎之转头做个噤声的手势，低声道："糊涂！我刚才是救了你一命。"

"救我一命？"韦星洲依然一头雾水。

"这个郭震，你可知是谁的近臣？"

"不知，我从未见过此人。"韦星洲摇头。

杜鼎之环顾废园，吴仁义和小童早就趁乱消失无影，废园空无一人。杜鼎之低声道："此人是武皇后的亲信近臣，现在恩宠无比，普渡寺黑市的幕后管事正是他，长安城中各处'不良帅'都要向他禀报。现在武皇后急于得到那封信，你想想看，他如果把你当成替罪羊交上去，后果如何？"杜鼎之眼光故意在韦星洲脖子上打个转转，不再说话。

韦星洲张大了嘴巴，伸手摸摸自己的脖颈，竟然摸到一把冷汗。

二十

长安城，含元殿。

三十五岁的皇帝李治坐在含元殿中，眺望远方，有些闷闷不乐。

含元殿坐落于三层大台之上，殿前方左右分峙翔鸾、栖凤二阁，殿两侧为钟鼓二楼，殿、阁、楼之间有飞廊相连大殿，两侧翔鸾、栖凤二阁之下有倚靠台壁盘旋而上的龙尾道，整组建筑成"凹"字形，继承了周汉以来的阙制结构。此时的李治已经登基十三年，军国大事都在含元殿议政，他几乎每天都要目睹这一组高低起伏的大殿高阁，雄伟瑰丽，开朗辉煌，极富震慑，气魄"如日之升，如在霄汉"。

李治每次坐在龙椅上都觉得浑身不自在，这种不自在由来已久。即位之初，李治每时每刻都能感受到父皇李世民留下的无形压力，在这样的父皇面前，他无论怎样努力都会感到自卑渺小。而现在的压力，则是来自于殿后的红衣丽影，是李治将这个本是父皇才人的女人捧上母仪天下的尊位，为了这个女人，他排除重重阻力，废掉原来的王皇后和萧淑妃，惹怒了不少朝中大臣和关陇贵族，尤其是在显庆四年（公元 659 年）那场政治大屠杀中，李治不惜背负"弑舅屠功"的骂名，彻底铲除亲舅舅长孙无忌的势力，将长孙无忌、褚遂良等重臣，杀的杀，贬的贬。因为武皇后的能力和野心，朝中群臣和李氏宗室颇有微词，很多闲言碎语不时吹到李治耳中，说什么"圣人懦弱，政出后宫"。一想到此处，李治头痛更甚，眼前一片模糊，他忍不住用手按住蹦跳不已的太阳穴。

此时，令李治倍感压力的武皇后，正在偏殿中指挥将作监的大小臣工，研讨如何恢复修建大明宫。大明宫在先帝时期已经开建，后来高祖驾崩就搁置下来。武皇后知道李治不喜欢含元殿，那座大殿让他压抑，经常头痛目眩，目不视物，她要给李治换一个舒心的环境。武皇后对将作监呈上来的建造图纸并不满意，凤目一扫，威严凌厉，几位将作监臣工惶恐不安，战战兢兢不敢言语。

武皇后斥道："少匠林玉图何在？他最精于此道，为何多日不见他来觐见？"

将作监大匠黄松竹唯唯诺诺上前一步，禀道："启禀皇后，林少监已经遇害数日，案子尚未破获……"

武皇后将图纸掷在地上，怒道："遇害？朝中大臣竟然遇害，是何人所害？"

黄松竹更加惶恐，低声道："传闻、传闻是城中作恶的妖物'红骷髅'所害，具体情形我等并不知晓，只是听到一些传言。"

武皇后更怒，吩咐道："长安城中，岂容妖物作祟？给我传大理寺卿严正人！"

一个太监一溜小跑出去传召，黄松竹偷瞄武皇后的身影，战战兢兢抹了一把汗水。

李治面前的丹陛之下，正躬身肃立两位大臣。为首的是右相李义府，身后的是兵部右侍郎薛封，原兵部尚书任雅相年前因病猝然去世，尚未任命新的兵部尚书，兵部一直由薛封主事，薛封年纪六十多岁，曾经随太宗皇帝在辽东征战多年，积累军功升迁至兵部右侍郎。

薛封进奏道："启禀圣上，而今高句丽战事胶着僵持，我军围困平壤数月，急切难下。百济虽灭，死而不僵，今其质子扶余丰自倭国返还，贼势大炽，检校带方州刺史刘仁轨率领偏师据守熊津城，然兵微将寡，难以抵挡，若不撤返，恐酿大患。兵部臣僚合议，意欲令刘刺史渡海撤返，恭请圣人示下。"

李治听完进奏，默然半晌，问李义府道："不知右相意下如何？说来听听。"

李义府对行军打仗之事并不精通，最怕圣人问他军政大事，此时只能硬着头皮道："孤军深陷海外，四面环敌，兵家之死地也。我也赞成薛侍郎之策，撤回百济偏师，避免我军遭受损失。"

李治听完，沉吟不语。见到右相李义府支持自己的主张，薛封又道："启禀圣上，现在百济驻军已是四面楚歌，百济余部尊奉扶余丰为王，带领将军鬼室福信以及复兴军首领浮屠道琛等人，势力日益强大，已对我军形成包围之势，局势危殆，还请圣人早做决断。"

李治有些犹豫，道："先帝有遗训，欲灭高句丽，故先诛百济，留兵镇守，制其心腹。如果此时撤军，岂不是将百济拱手相让，前功尽弃？"

薛封垂头不敢再言，李义府又道："圣上，若是令刘仁轨率军北上呢？与正在高句丽作战的我军合兵一处，可以避免偏师遭受围攻之虞。"

李治摇头，道："断然不可，若令刘仁轨率偏师北上，一则路途多是山路，险阻遥远，二则粮草难继，关隘重重，高句丽和百济一定派兵阻拦，几场恶战下来，必然全军覆灭！此计不可取。"

李义府碰了一鼻子灰，脸上赧然，也不敢再言。李治沉思一会儿，道："传旨于刘仁轨，若一城不可独自坚守，可以拔营去新罗，若新罗王金法敏希望我军驻留镇守，就在新罗驻军，若其不需要我军镇守，可以择机渡海返回。"

李义府赞道："圣人英明！我军艰难之际，尚能先行考虑盟友新罗，不顾自身安危与新罗共进退，足见圣上心胸仁厚，德被天下！老臣这就去安排。"李义府和薛封退出含元殿。

偏殿之中，一个小太监蹑手蹑脚而来，在武皇后耳边轻语几句，似是将刚才李治之语转述给她。武皇后微微点头，道："薛封力主撤军，难道心中怯战？右相李义府如此赞襄军国大事，真是令我失望！圣人虽然染病，但是头脑不糊涂，如此安排，甚是合理。"

二十一

熊津城，唐军营中。

天上残月斜挂，繁星闪烁，军中一队查夜的巡逻士兵整齐走过，营中各处值守军士答对之声此起彼伏。吊斗之上，一声梆子响过，此时刚过一更。

刘仁轨端坐帐中，脸色凝重。军帐之中，除了刘仁轨，只有副将任权，刘仁轨问："任将军，你觉得百济'青鸾'是否全部覆灭？杨义之后，我军之中是否还有里应外合的细作？"

任权面有难色，道："此事也是我最放心不下的，现在的百济犹如一条湍急大河，水面之下的魑魅魍魉，岸上的人着实难以看清。"

"不肃清内奸，我军寸步难行，你可有应对良策？"

任权低声道："实不相瞒，我已与军中一个信得过的将校密谈过，他对此事深感忧虑，他愿意做我们的'捕雕手'，在暗中为我们密查内奸，肃清内患。"

"暗中密查？"刘仁轨目光闪动，凝视任权，面上略有怒容，道："此等绝密之事，为何对我隐瞒？莫非，你们是不相信本刺史？"

任权连忙摆手，笑道："刘刺史息怒，并非如此，对你隐瞒乃是此人自己提出来的。"

"他提出来的？这是为何？"

"他说，刘刺史刚直威严，待人方正不假辞色，若是知晓他的真实意图，必然在言语、神态上有所变化，这些细微的变化若是落在内奸眼中，便是致命的纰漏。"任权解释道："我深思熟虑之后，也认为他说的很有道理，此事知道的人越少越好，我与他二人以后便在暗中密查，看看军中是否还有内奸。"

刘仁轨手捻长髯，脸上慢慢浮出笑容，看来认可了任权的解释，他道："如此看来，我可能是你二人秘密计划的最大软肋，如果被人看穿破绽，多半是因为我这臭脾气臭性子，哈哈！"

"并非故意隐瞒，只是此事过于机密，天知地知，我和他便于暗中行事，不引人注意。"

刘仁轨似乎对这一计划颇有兴趣，低声问任权："我若猜得不错，你选的人必是崔破虏和武云宗中的一个，不知对否？"

任权咳了一声，笑而不语，并不正面回答刘仁轨的猜测，刘仁轨只好止住话题，向帐外喊道："来人，给我传崔破虏、武云宗，十万火急！"

帐外的旗牌军官领命而去，少顷崔破虏和武云宗二人整冠束甲，前来拜见。看见主将和副将一脸威严端坐帐中，崔武二人面面相觑，不知黉夜召见是何用意。

刘仁轨目光落在崔破虏和武云宗身上，沉声道："前几日，我选拔你二人为先锋官统领先登营，准备夜袭周留城，擒下百济扶余丰及鬼室福信、和尚道琛等人，并不是虚张声势！发兵之日，就在今夜！"

此语一出，不仅崔、武二人吓了一跳，连任权也吃了一惊，当时选拔先锋官，校场比箭，所有人都以为是刘仁轨故意演的一出戏，为了引蛇出洞，钓出暗藏军中的奸细，没想到刘仁轨真有夜袭打算。

刘仁轨道："此时我军内鬼已除，奸细'青鸾'已灭，而且正值下弦残月，暗夜无光，适合我军夜袭。我已决定，二更出发，五更之前可至周留城下，一鼓作气，拔除百济残寇老巢！"

崔破虏和武云宗对视一眼，终于可以大战一场，二人都是跃跃欲试，极是兴奋。刘仁轨环视三人，神色更加坚定，道："据探马来报，周留城内驻扎百济复兴军三万余人，加上周边援军，敌人兵力可达五万余众，而我部全军不足五千人，仅有敌十分之一，敌众我寡兵力悬殊。今夜点兵，我只问你们一件事，战还是不战？"

"战！"三人一齐响亮回答。

崔破虏道："五万百济残部，不过是五万只待宰羔羊，只要我军突进周留城，必将势如破竹！"

武云宗道："请刘刺史放心，敌人虽众，不过是乌合之众，怎是我大唐精锐对手？"

任权道："五更袭城，正是敌人最疲惫困乏之时，也是最放松无备之时，只要不惊动守敌，完全可以一鼓而下！"

崔破虏兴奋地以拳击掌，道："拔除敌人老巢周留城，就等于斩掉蛇头，百济残寇虽然人多，必然陷入一盘散沙，不堪一击！"

武云宗也道："不错，拔掉周留城，擒获扶余丰，残寇再无首脑，百济之乱可定矣！"

刘仁轨振甲而起，大声道："左骁卫郎将任权听令，着你带果毅都尉崔破虏、武云宗，率两千军马，夜袭周留城，擒拿扶余丰，不得有误！"

"遵命！"三人一起拱手应答，身上甲胄"哗哗"作响。

暗夜之中，熊津城东门缓缓打开，五百骑兵打头，一千名刀盾兵和四百名枪槊兵随后跟进，最后一百名陌刀兵手执雪亮的陌刀压阵，人衔枚马衔环，所有战马俱用粗布裹蹄，悄无声息向周留城疾奔而去。

一棵老树上的夜枭惊醒，"呀呀"叫着，向夜空飞去。一名小校轻声嘀咕道："夜猫子叫，不是好兆头！"

队伍前面的任权喝道："有扰乱军心者，斩！"

队伍加速前行，旗偃鼓息，锵锵铮铮隐约或闻刀枪低鸣，不闻喧哗只闻步履沙沙声音。夜色之下，全军犹如一条巨蟒蜿蜒而去。

二十二

熊津城外，死鹰岭。

熊津城外三十五里，有一处岔路口，向东则是直奔扶余丰等人据守的周留城，折向东南则是险要隘口死鹰岭，翻过死鹰岭就可到达加林城，加林城是连接百济与新罗的要道，唐军攻灭百济后，加林城就是联系百济驻军与盟友新罗的咽喉所在。唐军本来在加林城驻有军马，但是扶余丰返回百济后，与鬼室福信、浮屠道琛等人第一战便攻取了加林城，切断了唐军与新罗的联系。唐军几次想夺回加林城，重新打通与新罗的通道，但是碍于死鹰岭山高林密，加林城城池坚固，都是铩羽而归。

刚过三更，任权带领唐军来到岔路口，任权下令全军稍作休息，命令传令军士急召崔破虏和武云宗前来议事。待崔、武二人从前军赶来，任权屏退左右，拿出一个锦囊。

"刘刺史有令，我军此次夜袭目标不是周留城，而是加林城！"任权满脸肃杀地打开锦囊，一字一句地传达刘仁轨将令，"速传命令，全军转向东南，翻过死鹰岭，直扑加林城！"

"加林城？"崔破虏和武云宗同时大吃一惊，原来之前所做的一切，都是刘仁轨故布疑阵，如果军中还藏有百济奸细，送出的情报也必是唐军夜袭周留城，而唐军突然转向加林城，纵然奸细再厉害，也来不及通知百济复兴军。崔、武二人虽然深感意外，但是不敢有违军令，各自抱拳接令。

夜色之下，巨蟒般的队伍调转方向，向死鹰岭急速奔去。

死鹰岭山中，巨岩陡峭，绝壁林立，只有一条羊肠小路盘旋而上。大军开进山中，惊飞林中宿鸟，几只夜枭飞在空中，凄厉而鸣，似乎在发泄愤怒。

任权虽是行伍出身，但是为人儒雅博学，颇有儒将之风，他越到大战之时越是从容，所以刘仁轨放心让他独当一面。任权在长安之时多与当时的诗人相酬，偶尔也作几篇边塞风格的诗文。此时，任权闻见满山夜枭低鸣，凄厉肃杀，不由诗兴大发，对崔破虏道："夜枭啼声如此密急，让愚兄想起数年前征战临洮之时，那一夜风雪大作，夜枭之声凄厉如刀，我随大军轻骑突袭吐谷浑单于营地，马头冲雪，红旗冻翻，一战退敌三百里，平生豪迈，以此为第一！凯旋之时，愚兄曾在马背上写下一首《抒怀》。"

崔破虏却无此诗情，并不想听任权吟诗，他看着险要的山势，有些担忧，道："任将军，此处地势如此凶险，若是山顶有伏兵，我军将吃大亏，还是加速行军，快快通过死鹰岭为上策。"

武云宗也道："不错，请任将军下令，加速翻过死鹰岭，全军方可无虞。"

任权仰望山势，见此处地势陡峭，实在凶险，他点头同意，令崔破虏到前军督促军队加速前进，令武云宗到后队收拢士兵不要掉队，二人赶紧分头而去。

此时死鹰岭上，山高风急，松涛如浪，枭声此起彼伏，任权一腔诗意无处发泄，只能独自吟诵那首《抒怀》：

"大雪甘狄道，远山啼怒枭。乾坤满杀气，三军夜拔刀。劲弩穿狼纛，轻骑突临洮。西风裂战旗，壮士血染袍。……"

还未吟诵完，任权身边的树上惊飞一只硕大的夜枭，怒号一声，向天疾飞，吓了任权一跳。任权目光追随夜枭的身影在夜空中消失，耳边传来此起彼伏的枭啼，不由心中一动，自语道："死鹰岭上夜枭为何如此之多？"身经百战的任权，突然嗅出了一丝不祥的味道。

就在此时，山顶传来一阵惊天动地的鼓声，一排火把齐刷刷亮起，将山脊照得一片通明。前面的唐军马上就要登上山脊，见到山脊之上突然灯火通明，不由一阵慌乱，人喊马嘶。光亮之下，传来低沉而缓慢的弓弦之声，这是成片的弓弩拉紧弦绳的声音，也是预示死亡的声音。

"速退，有埋伏！"前军传来崔破虏惊喝之声。

但是已经晚了，一阵令人发麻的弦响，无数支箭弩泼水一般射向仰头登山的唐军队伍，所有的唐军同时惊恐抬头，山顶光亮之中的箭弩，闪着邪恶而夺魄的寒光射进黑暗的夜幕，却不知将射在谁人身上。

第一声惨呼传来的同时，队列中间的任权就发出命令："不要惊慌，擅退者斩！全军随我攻占山顶！"任权危急之时的镇定确实超越常人，此时唐军若是慌乱后退，山道如此狭窄，必然溃不成军，加上埋伏的复兴军居高临下以弓弩袭击，弄不好就要全军覆没。若是迎难而上，逆着箭雨仰头强攻，夺占山脊，方有一线生机。任权的命令淹没在惨呼和羽箭呼啸声中，成百上千支箭弩破空而下，密如飞蝗，不少唐军中箭滚落山崖，山间一片惊心动魄的哀号，唐军攻势顿时受阻。

崔破虏和武云宗赶到任权身边，任权肩上中了一箭，好在有甲胄护身，伤势不重。任权见强攻不成，拔下羽箭，一撅两截，大喝道："步军结成长枪盾阵，互相掩护后退，所有骑兵下马步战，随我冲锋夺占山脊！"任权此举乃是准备舍弃骑兵，山道狭窄，骑兵无法展开，却可以舍马步战，利用身上的铠甲掩护，冲击敌人弓弩阵地，若能夺下山脊，自然可以击破敌人的伏击，若不能成功，也可吸引敌人注意力，掩护大部队安全撤下山去。崔破虏和武云宗应声而动，跳下战马，率领军士向山顶冲去。

山上的百济复兴军没想到唐军竟然逆势冲锋，立刻将所有箭弩对准奋力攀登的骑兵。又一轮箭雨蔽空而来，夹杂着大量的滚木巨石轰然而下，唐军虽然结成盾阵，但是仍有不少人倒在箭下，或是砸落山崖。

任权没想到山顶伏兵准备如此充分，竟然备有滚木巨石，情势已是十分危急。一名亲兵过来给任权包扎伤口，带着哭音道："将军，我们从周留城变成加林城，为什么百济人还是知道我们的行动啊？"

任权心中一震，犹如冷水浇头，猛然想起一件事，他推开亲兵，将甲胄里面的衣衫撕下一块，沾着自己的鲜血写下两个字，然后将这片衬衣塞进护心镜里藏好。

任权拔出横刀，大喝道："所有队正，整肃本队人马，随本将军冲上山顶！"本来处于崩溃边缘的唐军，见到主将亲自挥刀上阵，登时士气大振，又稳住阵脚，以盾牌交替掩护，十多个队正奋勇争先，带领部下组成十余个小盾牌方阵，利用山石躲避滚木巨石，慢慢向山顶靠近。盾牌阵中，一些擅长射箭的军士不时以冷箭回击山顶弓箭手。崔破虏冒着箭雨，一箭将敌方正在指挥的复兴军统领射落山崖，旁边的武云宗也不甘示弱，一箭将最高处擎旗的百济士兵射倒，百济复兴军顿时一阵慌乱。

此时，死鹰岭最高处一座巨岩之上，一个白袍男人正在负手观望战场。白袍男子年纪三十多岁，长眉细目，梳着整齐的短髯，此人嘴角微微上挑，有一种睥睨众人的傲气。白袍男子身后站着一名护卫，脸上刀疤纵横，狰狞可怖，正手按长刀，一边打量着山坡上的战事，一边小心翼翼佑护着白袍男子的安全。

疤脸护卫道："殿下千金之躯，此处战事紧张，还是远离为好。"

护卫口中的"殿下"正是扶余丰，他从倭国归来以后，一直深居简出，没想到今天出现在死鹰岭伏击战场。扶余丰冷笑道："柳护卫，你无须担心，唐军以为半途改变袭击目标，就能骗过我，岂不知他们的一举一动，早就牢牢掌握在我手中！"

柳护卫躬身道："殿下神机妙算，唐军如何是对手？"

扶余丰见山坡上唐军正在奋力攀援而上，已经逼近复兴军前沿阵线，他手指正在盾阵中执刀指挥的任权，大声道："柳护卫，传令下去，给我集中弓箭手，射杀敌军主将！"

无数支羽箭呼啸着向任权所在的方阵射来，任权身边的唐军举起盾牌抢在他前面遮挡箭雨，箭镞射在盾牌上发出令人胆寒的声音。任权已经看出山脊上百济军阵列的薄弱之处，他挥刀指向敌军，大喝道："崔破虏、武云宗，向我靠拢，随我攻击此……"声音戛然而止，一支粗大的羽箭穿透任权的后脖颈，力透咽喉，任权一口鲜血喷出，手中横刀滑落，他抓着透喉而出的带血箭镞，不敢相信这一箭是从自己咽喉钻出来的，任权奋力转身看向身后，后面的唐军正手举盾牌向他所立之处蜂拥而来，一些唐军看见主将中箭，都惊得呆住了。任权似乎想喊出什么，终是无力出声，身子一软向后便倒。

崔破虏和武云宗看见任权中箭倒地，两人大惊失色，不顾呼啸而来的箭雨，齐齐抢了过来。任权所在之处乃是一处巨石突兀的断崖，火光之中，任权的身体在山坡上滚了几滚，竟然从断崖摔了下去，断崖高逾数十丈，下面山风呼啸，漆黑一团，任权不知落在何处。

　　主将坠崖，唐军的攻势登时土崩瓦解，只能依靠盾牌遮挡退下山坡。崔破虏和武云宗带领数十名勇士冲到任权坠崖所在，试图找回任权，却徒劳无功。山顶的百济复兴军见唐军退却，立刻改变队形准备下山追击。崔破虏见形势危急，对武云宗道："不能在此耽搁，否则全军尽没，兄弟你带队先行，愚兄断后！"

　　武云宗犹自趴在崖边的大石上向下张望，不肯离去，哽咽道："我们走了，任将军怎么办？"

　　崔破虏一把将他拎起，大喝道："任将军咽喉中箭，决计不能活了，再不走，我们都要死在这里！"武云宗只好起身，一跺脚转身而去。

　　山顶巨岩之上的扶余丰见唐军退去，向柳护卫一挥手，柳护卫立即在火把上点燃一支信号箭，拉弓射向天空。这支信号火箭，乃是召集死鹰岭山下的伏兵，准备截击溃退的唐军。扶余丰一脸得意，如果能够消灭这支唐军，就是他自倭国返回之后最大的胜利，足以震慑鬼室福信和浮屠道琛那些不服从他的将领。

　　谁知这支信号箭发出去，对面山麓伏兵之处却一片死寂，毫无动静，扶余丰得意的笑容慢慢变冷，他本来安排鬼室福信和浮屠道琛带领一支军队埋伏在对面山麓，截断唐军退路，此时两人伏兵却悄无声息。

　　柳护卫再次射出信号箭，对面山麓依然寂静无声，扶余丰的脸色愈发铁青。此时唐军已然慢慢退出死鹰岭最险的隘口，收拢溃败的骑兵，进入山脚平地。死鹰岭山脊上的百济士兵呐喊着追下山来，却遭遇严阵以待的唐军步兵防线，唐军枪槊兵稳住两翼，刀盾兵掣出背负弓弩，一轮箭雨反击，将成排的百济复兴军钉在地上，有一些悍不畏死的百济士兵冲过箭雨，大叫着追杀过来，刚刚触及唐军队列，就被成排的陌刀劈成两截。彼时唐军尚未大规模装备陌刀，只在先登营中配备一百名陌刀手，此刻阻击敌人追击，正好发挥陌刀的威力。余下的百济复兴军见陌刀如此凶悍，无不大骇，不敢过分逼近，只能远远地摇旗呐喊。唐军虽然在山顶遭遇袭击吃了大亏，但是阵脚不乱，军容威严，正面战力远超百济复兴军，余部在崔破虏和武云宗的指挥下，井然有序地退去。

　　扶余丰的亲信柳护卫见对面山麓迟迟没有动静，脸色铁青，每条刀疤都透着杀气，他拔出长刀，就要下山去找福信和道琛二人理论。

柳护卫怒道："殿下，福信和道琛坐山观虎斗，抗命不出兵，让唐军轻易逃走，我去砍了他们！"

扶余丰摇摇头，叹息道："福信和道琛是不希望我打胜仗啊，我胜，他们则威信日降，我败，他们则暗中坐大。有将如此，百济焉能复国？"

柳护卫冷静下来，道："属下明白了，只有百济战乱不止，福信和道琛才能一直掌控军权，这场仗，只怕他们是盼着我们打败呢。但是百济域内，福信军队实力最强，四处州县又多是道琛人马，他二人抗命不遵，势必危及殿下复国大业，恳请殿下早做打算，以免养虎遗患。"

扶余丰恨恨地看着山下远去的唐军，冷冷一笑，目光中杀气流露。

死鹰岭对面山麓，百济复兴军伏兵之处。鬼室福信乃是一个长髯及胸的中年将领，目光冷峻，颇有威严，自称为"霜岑将军"。福信身边站着一个光头和尚，身背斗笠，手执长刀，满脸俱是悍勇之色，半点也不像出家僧人，正是道琛和尚，道琛虽是僧人，却自称为"领军将军"。两人并肩而立，见唐军击退百济追兵，缓缓退去，却没有任何动作，身后埋伏的两千兵丁，见主将没有发令追击，也都是面面相觑。

道琛仰头观望山巅之上的扶余丰令旗，不无忧色地道："福信将军，你我抗命不遵，扶余丰只怕大动肝火，我们得罪的可是刚刚即位的国君啊！"

福信冷笑道："唐军阵法森严，即便全力追击，胜负亦是难料，损耗我等军力，成就他一个黄毛孺子的功名，我们怎能如此愚蠢？"

道琛又道："扶余丰归来，百济人心不稳，他只怕容不下我们，你我还是要小心为上。"

福信以手拈须，道："他居城内，虽然可笼络原来王室贵胄，但是我与你陈兵外围，互为犄角，遥相呼应，并不惧怕他，只等时局变化，不知百济域内，究竟谁主沉浮？"

道琛哈哈一笑，重复道："不知百济域内，究竟谁主沉浮？"

听二人对话，分明已与扶余丰貌合神离，各怀鬼胎。

二十三

长安城，大理寺官廨。

今天早上，杜鼎之让大理寺卿严正人叫去一顿斥责，责怪他办案不力，迟迟不能破获"红骷髅"一案，闹得满城风雨，谣言四起。严正人警告杜鼎之，因为朝中官员遇害，武皇后对此盛怒不已，你我都要小心头上乌纱。面对上司的斥责，杜鼎之只能躬身领受，不敢辩解。杜鼎之来时已经有同僚暗中告知他，宫中太监私下里说严正人昨日让武皇后骂得狗血喷头，跪伏在武皇后足下，磕头如捣蒜，严正人把自己脑门儿都磕青了一块，武皇后才放他出宫。此时，杜鼎之面对严正人的怒火，一边连声称是，一边偷眼打量严正人的额头，仔细看他额头何处发青。

严正人看出杜鼎之的坏心思，不由以手抚额，怒斥道："看什么？老夫还不是为了你，替你保住小命！"杜鼎之赶紧做出一副感激涕零的样子，连连施礼。

替杜鼎之解围的是左金吾卫大将军王重达，王重达因为黑市中流传的他与淮西王李麒书信交往之事，深恐圣人降罪，前来求助严正人帮忙。王重达和严正人两人躲进房间，低声密谋，不知商量什么。杜鼎之趁机告退，赶紧溜去碧霄茶楼打探消息。

长安城，丰乐坊，碧霄茶楼。

丰乐坊临街处有一家碧霄茶楼，不仅是全城嗜茶之人聚集所在，也是长安城最大的茶叶经销场所，而碧霄茶楼真正的面目则是长安城三教九流各种消息汇聚之地。碧霄茶楼与普渡寺一样，普渡寺表面是寺庙暗地里是黑市榷场，碧霄茶楼则是以茶楼为幌子，实则贩卖各路消息密报。若想探知长安城中发生的大事小情，只消到碧霄茶楼泡上一壶茶，就能知道个七七八八。碧霄茶楼虽然汇聚了黑白两道的人物，却从来无人敢在此惹是生非，因为碧霄茶楼的老板后台是一个叫作明师晏的年轻道士，此人亦道亦俗，道法高强，据说能呼风唤雨通神役鬼，是当今圣上和武皇后的红人，得罪了他就是老寿星上吊。

此时，杜鼎之正在茶楼上叫了一壶老君茶，看似悠哉品茶，其实是在竖起耳朵聆听别人谈话。这几日，茶楼里最火的话题就是"红骷髅"，"红骷髅"已经闹得满城不安，茶楼上十桌之中倒有八桌是在谈论这个咬人吸血的妖物。

一脸沮丧的韦星洲悄无声息地上楼，坐在杜鼎之身边，长叹一口气。杜鼎之一边给他倒茶，一边低声问道："看你神色，又让'红骷髅'闹得寝食不安？"

韦星洲更加沮丧，道："县令大人遭到刑部苛责，又把火气发到小弟身上，限期破不了案，小弟轻则贬官蛮荒之地，重则流放甚至掉脑袋。杜兄，快帮帮小弟吧！"

杜鼎之啜饮一口老君茶，笑道："兄弟勿忧，贬官蛮荒之地未必是坏事，正好修身养性，游览山水，愚兄还盼着去那蛮荒之地享享清福呢。"

"杜兄莫要取笑，小弟前些日子刚刚求香积寺的住持性空大和尚担保，向碧霄茶楼的二掌柜告贷了一万钱，在城西买了所宅子，将妻女从外地接来安顿住下，我要是流放，她们……"

杜鼎之有些好奇，问道："碧霄茶楼还做放贷营生？"

韦星洲一脸无奈，低声道："在普渡寺挨了一顿打，我算是弄明白了，长安的黑市交易是由郭震掌控，民间放贷和买卖消息则是看明师晏脸色吃饭，这二位都是武皇后的亲信，我们这些小小官吏惹不起。"

两人正在说话，忽然一个侏儒从人堆中钻过来，径直来到杜、韦二人桌前，伸手将韦星洲杯中的茶取来，一口饮尽，又将桌上一块茶点扔入嘴中，然后冲着韦星洲做了一个挑衅的手势。韦星洲大怒，道："你这个矮子，好生无礼，这是要讨打吗？"伸出拳头就要打这个侏儒，杜鼎之赶紧拦住韦星洲，只见那个侏儒做一个鬼脸，蹦蹦跳跳又钻进人堆里，像一只老鼠一般向碧霄楼外面溜去。

杜鼎之心知这个侏儒必然有异，赶紧跟了出去，韦星洲不敢怠慢也紧紧跟上。只见那个侏儒沿着朱雀大街一路向南，又折进一条小巷子里，两人手忙脚乱跟在后面，不知这个侏儒要把他们带到何处。走了良久，侏儒转头冲他们邪魅地一笑，扭身钻进一间宅子。

长安城，丰乐坊。

杜、韦二人进到宅子，只见一个老态龙钟的仆人正在打扫落叶，看了他们一眼又低头干活，似乎懒得搭理杜、韦二人。侏儒看来对这个宅子十分熟悉，一溜烟钻进后堂，不见了踪影。杜、韦二人不敢擅入，只能在前堂等候，两人低声交谈，俱是不明白侏儒为何故意把他们引到此处？

过了一盏茶时分，后堂门帘一掀，出来一个人影，竟是上次在普渡寺黑市上台交易的小童，小童端着两杯茶水，茶香浓郁，扑面而来，竟是当下长安城中最名贵的"满庭芳"茶，皇室权贵争相品饮此茶，市面上一斤"满庭芳"已炒到中户人家一年收入。杜、韦二人刚才在碧霄茶楼尚且不敢点这种茶，此时见小童端出"满庭芳"茶，俱是暗暗吃惊，不知这户人家是何来路。

韦星洲问小童："小孩儿，你家主人是谁？怎么没有人出来？"

小童一脸不服气，仰头道："谁说没有人出来？我不是人吗？"

韦星洲不屑地拂一下袍袖，道："你这小屁孩儿，快快进去禀报主人，就说是大理寺杜寺丞与长安县尉韦某前来拜访，请你家主人出来相见。"

小童哼了一声："好大的官威，大理寺丞与长安县尉是很大的官儿吗？你们有金鱼袋吗？"一句话把韦星洲噎了回去，旁边的杜鼎之也只能苦笑。小童拎着托盘，蹦蹦跳跳又进到里面。

韦星洲觉得口渴，见"满庭芳"茶水色泽翠绿，异香扑鼻，忍不住拿起茶杯一口喝了下去，喝完意犹未尽，又舔了几下嘴，赞道："好茶！这一口就值几十上百钱，果然贵有贵的道理。"

杜鼎之看见小童，便想起那夜在废园中的蛇羹，胃中又是一阵翻涌，只得将茶杯端起，用袍袖遮住茶杯，慢慢啜饮。过了一会儿，那个侏儒掀起门帘进来，后面跟着一个满头银发的老妪，脸上皱纹犹如槐树皮一般，看不出多大年纪，老妪拄着拐杖，颤颤巍巍地挪进屋来，也不看杜、韦二人，自顾自坐到主位上。

杜、韦二人慌忙过来施礼，杜鼎之道："在下唐突而来，惊扰了老人家，实在抱歉。"

老妇人咳了一声，眼皮似有千钧重量，抬不起来，只是木讷地转向杜鼎之，道："上次老身家中有官家人来访，还是贞观年间的事，好多年没见官家人上门，不知你们是为何而来啊？"

韦星洲有些不满，道："明明是你家仆人将我们引来，怎么说是我们上门叨扰？"

老妇人眯缝着眼睛转向侏儒，责骂道："阿刁，你平日逗猫逗狗也就罢了，怎么将官爷逗到家中？"

老妇人的话明显是将杜鼎之与韦星洲视作猫狗一般，两人对视一眼，俱是满脸苦笑，杜鼎之道："既然老人家无事，我二人就告退了。"

老妇人还没说话，身边的侏儒阴恻恻一笑，道："两位官爷，既然来了，何必着急走呢？"话音未落，旁边的韦星洲突然一阵摇晃，慢慢瘫软下去，身子顺着椅子滑到地上，竟然晕了过去。杜鼎之刚要去扶韦星洲，只觉眼前一阵发黑，四肢不听使唤，只能面条一样躺了下去。原来小童所奉的"满庭芳"茶中下了迷药，杜、韦二人大意之下，竟然中了暗算。

侏儒过来踢了韦星洲一脚，韦星洲像烂泥一样堆在地上，满脸通红，鼻中喷出浓烈的酒气，竟似大醉昏倒一般。侏儒冲门外的老仆招招手，老仆进来，和侏儒一人一个将杜、韦二人拖进后堂。老仆在墙角打开机关，传出几声铁木转动声响，只见堂屋地面慢慢裂开，露出一截向下的楼梯，楼梯之下竟是一间黑漆漆的暗室。

侏儒将韦星洲拖到楼梯口，一脚踢在韦星洲屁股上，将他踢进暗室，道："我最烦这个狐假虎威的废物了，长安城里出了这么多案子，也没见这个县尉老爷抓过一个贼人！"侏儒正要再赏杜鼎之一脚，后面传来老妇人的声音："阿刁，休要怠慢杜寺丞，杜寺丞官声尚可，况且对我等手下留情，不可羞辱他！"老妇人掌着油灯带头走进暗室，老仆与侏儒阿刁抬着杜鼎之跟随而入。

二十四

长安城，丰乐坊。

阿刁掏出一把明晃晃的牛耳尖刀，在韦星洲的脖子上比来比去，虽然刀锋冰冷，但是韦星洲依然酩醉不醒，阿刁道："我最恨这些狗仗人势的官吏，干脆让我宰了这厮吧！"

阿刁刚要一刀扎向韦星洲，没想到旁边的杜鼎之突然打个哈欠，使劲伸着懒腰，竟然自己站了起来，把阿刁吓了一跳。杜鼎之拍拍身上的灰土，转身向油灯下的老妇人笑道："今日虽然弄脏了这身衣服，但是终于见到大名鼎鼎的'紫燕子'，不虚此行啊！"

老妇人枯树皮般的老脸在油灯闪烁下，犹如阴间鬼魅，她对杜鼎之突然醒来似乎并不吃惊，道："我们试探杜寺丞'神断'之名是否符实，杜寺丞也在试探我们，只是不知杜寺丞所说的'紫燕子'又是何人？"听老妇人的话，显然对杜鼎之装作昏迷早就了然于胸，所以才让阿刁拿韦星洲一试。

杜鼎之并未解释，俯身嗅一嗅韦星洲鼻中的酒气，酒气甚是浓烈，直冲入脑，杜鼎之问那侏儒："这茶中究竟是何猫腻？"

侏儒跳到杜鼎之面前，仰头问杜鼎之："你这厮，为何不饮'满庭芳'茶？竟然敢欺瞒我阿刁！"

杜鼎之叹了口气，自己拽一把椅子坐下，道："如此普通宅院，竟然喝得起名贵的'满庭芳'，怎么不令我生疑，此为一也；纵然喝得起'满庭芳'，却将如此好茶装进粗瓷茶杯，岂不暴殄天物，此其二也，这样的茶我怎敢喝进肚中？"

老妇人浑浊的眼中一亮，问杜鼎之："既然你看出茶中有问题，为何不提醒你的同伙？"

杜鼎之微微一笑，道："韦县尉酒气冲天，我若猜得不错，茶中乃是'千日醉'，韦县尉宿醉一两日便会醒来，并无大碍。你们煞费计谋，故意将我引来，自然有事与我相商，迷倒韦县尉，只是不想人多嘴杂，我自然无须担心。"

旁边响起鼓掌之声，竟是那个默不作声的扫地老仆人，老仆人从阴影走到亮处，道："都说大理寺杜寺丞聪慧过人，乃是长安第一神断，今日验证，果然有胆有识，名不虚传！"

"验证？"杜鼎之拈须一笑，道："我若非眼拙，老丈便是那日废园之中的'妙手药师'吴前辈，能将'千日醉'炼制得无色无臭，饮后又酒气熏人，普天之下，舍吴前辈还能有谁？"

杜鼎之的马屁拍得恰到好处，老仆仰头哈哈大笑，一把扯掉假发，果然是一脸狡黠得意之色的"妙手药师"吴仁义，他笑道："老夫的'千日醉'还是有瑕疵，什么时候能炼到饮后也无半点酒气，那才是大成。"

杜鼎之转头看向那个侏儒，道："既然'妙手药师'在此，这位小哥分明就是那日普渡寺黑市中卖信的童子，你方才在堂屋中进进出出，一会儿扮作小童，一会儿扮作、扮作这位矮个子的小哥，分明是故意试探我二人。"

老妇人叹了一口气，道："阿刁，你平日里自诩易容功夫天下第一，还是没有逃过杜寺丞的法眼。"

那个侏儒翻翻白眼，有些不服气地问道："你到底是从哪里看破我的？"

杜鼎之笑道："一个人虽然可以用药物或面具改变自己的容貌，可是他的习惯动作却很难改变，比如你的走路的姿势，总是喜欢用脚尖先着地，还有你回头看人时，一直都是从右侧转头。"

阿刁气哼哼地从脸上揪下一张人皮面具，果然是那个小童，看他粉嫩的脸蛋和发髻，似乎不过十岁左右，但是仔细端详他眼角，已然有不少细细的皱纹，看来年纪至少与杜鼎之不相上下。阿刁不服气地说："姓杜的，总有一天我阿刁要把你骗得团团乱转！能识破我的易容术，长安城你是第一个！"

杜鼎之掩嘴暗笑，他之所以识破阿刁的易容术，是因为阿刁独特的身高，但是他深知侏儒之人都心态敏感，忌讳别人说自己身矮。杜鼎之故意使劲叹一口气，道："我也是侥幸，才能识破吴前辈和阿刁的易容，至于这位老人家嘛，我虽未看出破绽，但是这……"说到此处，杜鼎之故意住口，看着那个满头银发的老妪。

银发老妪慢慢转头面向杜鼎之，皱纹密布的脸上看不出喜怒，眸子中却不再浑浊，而是露出一丝尖锐的嘲讽之色，她道："杜寺丞看我的破绽在何处？"

杜鼎之微笑起身，向老妇人深施一礼，道："你扮作老妇人并无破绽，故意变粗了嗓音，但是一个人的声音终究难以改变，感谢那夜'紫燕子'在树上提醒我，在下一直未能面谢，深感惶恐！"这个满脸皱纹的老妇人果然就是名满长安的大盗"紫燕子"所扮。

"紫燕子"身份暴露，并不惊慌，看了一眼地上昏睡不醒的韦星洲，道："杜寺丞果然名不虚传，识破我等计谋却并不揭穿，此时在这地底暗室，难道不怕我等杀你灭口？"

杜鼎之大笑两声，从怀中掏出一块暗红色布帛，正是那夜"紫燕子"所赠之物，道："你若想杀我，那日夜里便动手了，为何还要赠我此物？"杜鼎之环视吴仁义和阿刁，又道："你们屡次在我面前故意显露行迹，分明是要与我当面详谈商量某事，上次在废园之中，若不是郭震带人搅局，只怕'紫燕子'已经现身与我相见了吧？"

老妇人微微一笑，道："杜寺丞是聪明人，我等今日将杜寺丞请来，并不想加害于你，而是将性命交付予你！"

杜鼎之一愣，道："交付性命予我？此话何意？"

"紫燕子"虽未摘下面具，但已不再沙哑着嗓子说话，声音清丽悦耳，听起来年纪并不大。她道："杜寺丞，你可知这块布帛来自何处？"

杜鼎之摇头道："这块布帛似乎来自某位僧人的袈裟，但是长安城中穿袈裟的僧人至少数千，我令人暗中比对布料针线，至今还没有结果。"

"紫燕子"冷笑道："这块布帛是我从'红骷髅'身上扯下，他现身作恶之时，身披一件画满白骨骷髅的暗红袈裟，装神弄鬼，惑人心神。"

"难道'红骷髅'是僧人？"

"紫燕子"看一眼杜鼎之，道："这个鬼魅绝不是僧人！""紫燕子"缓缓道："我曾与他贴身交手，他虽然戴有面具，但是可见满头黑发，并非僧人。"

吴仁义在旁边插口道："难道他不会像我这般，戴上假发？"

"紫燕子"摇头，说："我与他交手之时，也怀疑他是僧人假扮，所以几次想扯掉他的假发或面具，结果只从他后脑勺薅下半把带血的头发，却遭他击中一拳，由此断定此人必然不是光头的僧人。"

"紫燕子"当夜与"红骷髅"交手，虽然薅下对手半把头发，但是对手击中她腹部一拳，几乎呕血，只能顺手扯下一角袈裟匆匆遁走。"紫燕子"躲起来养伤数日，而"红骷髅"也销声匿迹了几天。

杜鼎之思路却不在僧人与袈裟身上，而是质疑"紫燕子"："为何'红骷髅'第一次出现在将作少匠林玉图家中，第二次出现在'蒋记工行'，莫非这两处案发之地有什么关联？还有，你'紫燕子'为何也出现在这两地？"

"紫燕子"略一沉吟，从袖中掏出一份图纸，递给杜鼎之，道："杜寺丞果然慧眼，洞悉这两起案子必然有牵连。若是我猜得不错，'红骷髅'便是为此图而杀了林玉图和蒋记工行中数人。"

杜鼎之接过图纸，仔细查看，只见图中横竖线条纵横，隐有亭台飞檐之形，间或有窗扃廊柱之物，粗看似是一座大型宫殿的建构图，但是细看却又处处露出诡异，颇有些邪祟气象，与正常殿阁的光明正大完全不同。杜鼎之并不精擅这种建筑绘图，看了半天没有看懂到底是什么建筑物的图纸。吴仁义与阿刁也凑过来察看，吴仁义端详半天，问："听闻宫中正在大兴土木，重新修建大明宫，林玉图便是负责人之一，莫非此图是大明宫的建构图？"

杜鼎之看了一眼"紫燕子"，摇头道："此图妖邪之象甚浓，处处透露出奇技淫巧的味道，断非大明宫那种天地雄峙、气象万千的格局。"

"紫燕子"也点头道："杜寺丞判断不错，若是大明宫建构图，林玉图怎能为此送命？蒋记工行四人又惨遭灭口？"

杜鼎之纳闷道："如此一张看不出端倪的图纸，那个'红骷髅'为何追寻不放，甚至不惜荼毒生灵，难道这里藏着什么阴谋？"

"紫燕子"冷笑道："这就要请杜寺丞查个明白了，毕竟您是官，我等是贼。"

杜鼎之微微一笑，道："你说的托付性命的事，就是这张图纸？"

"紫燕子"再次冷笑，道："虽然'红骷髅'凶残狠毒，我等却并不怕它，我等担心的另有原因。”

杜鼎之一惊，没想到“紫燕子”等人不仅招惹了“红骷髅”，还有其他事情。杜鼎之看着面前几人，听了这话，都是神色凝重，就连精灵古怪的阿刁眼中也流露出紧张之色。

“紫燕子”移步到杜鼎之面前，福了一福，道：“杜寺丞，你对我等有恩，但是此事干系重大，吉凶莫测，若是你此刻退出，我等必不怪你。”

杜鼎之捋着胡子想了想，毅然道：“姑娘但说无妨，如有风险，在下愿与你们一起面对。”听他如此说，旁边的吴仁义与阿刁都如释重负，暗暗松了一口气。

“我等谢谢杜寺丞仗义相助，大恩不敢忘记。”“紫燕子”又福一礼，轻声道：“关乎我等性命的，还是那日普渡寺中的那封信，只怕要为我等引来杀身之祸。”

“那究竟是一封什么样的信，竟如此重要？”杜鼎之也勾起了好奇心。

原来，“紫燕子”偷到左金吾卫大将军王重达的信，纯属偶然。

数日前的夜里，圆月如水，“紫燕子”趁着月色巡行在长安城中达官贵人聚集的光德坊和通义坊附近，寻找下手的目标，她正站在一处高檐之上，眺望附近各家灯火通明的府邸，突然见对面屋脊之上掠过一道黑影，黑影一身黑色紧身夜行衣，黑巾覆面，翻墙越脊，身形极快，就像一缕黑烟一样，径直向通义坊西边奔去。“紫燕子”见到同道中人，顿时好奇心大起，急忙跟了下去。

二人一前一后，翻墙进到一处大宅子中，那个黑影似乎对宅子里地形很是熟悉，在花园假山中转了几转，就失去了踪影。“紫燕子”不见了目标，在后花园迷失了方向，她忽然发现，远处有一间厢房亮着灯，便悄悄摸了过去，只见房中烛火明亮，空无一人，桌子上杯盘狼藉，显然有人刚刚在此痛饮过，“紫燕子”悄悄翻窗进去，看见一封信放在桌子中间，她刚刚拿起信，还未细看，只听外边一声锣响，有人高喊：“有贼！抓贼啊！”顿时院子里一片嘈杂，“紫燕子”不敢怠慢，将信揣入怀中，急忙翻窗而出，落荒而逃。

“紫燕子”逃脱之后，查看信件，竟然是淮西王府长史邢玠写给左金吾卫大将军王重达的信，虽是邢玠执笔，信中内容却是淮西王李麒的口气，李麒因不满武皇后家族权势日重，李氏宗室屡受欺凌，便暗中结交手握重兵的左金吾卫大将军王重达，密谋清除武氏族人。"紫燕子"获得如此机密信件，心知这封信的价值，只要在黑市上露面，无论是淮西王李麒还是大将军王重达，一定拼了命也要暗中购回密信，她不在乎朝堂上谁胜谁败，只想在黑市上赚个盆满钵满。

普渡寺中，杜鼎之目睹了这封信的交易过程，他知道这封信背后肯定迷雾重重，所以故意捣乱，抬高价格，当时一个声音尖细的黑袍人与他竞价买信，虽然最终胜出，但是却让一个假扮康国商人的神秘女子出手夺去。韦星洲因为跟踪神秘女子，与郭震手下发生冲突，遭到殴打。杜鼎之今天从大理寺出来时，遇见王重达求见大理寺卿严正人，估计就是为了这封信而来。

杜鼎之觉得"紫燕子"那夜盗取密信的过程太过顺利，分明是有人故意引诱她进入王重达府中，轻轻松松地将密信盗走，由此可见，这件事情的幕后很可能有人在操纵一切。"紫燕子"很可能在不知不觉之中，成为这个人的一枚棋子。

杜鼎之沉吟半晌，问道："普渡寺交易时，那个声音尖细的黑袍人，为何要执意购买密信？难不成他就是李麒或王重达的手下？"

"紫燕子"摇头，说："黑袍人并不是他们的手下。那日在普渡寺地下黑市，我就坐在黑袍人身后，在他与你竞价之时，我仔细观察他的一举一动，试图辨认出黑袍人的来历，后来场中大乱，我趁乱从他身上偷出了这个东西。""紫燕子"从袖中摸出一块小小的铜牌，递给杜鼎之，杜鼎之接过来一看，只见上面刻着"含元殿"三个篆字，顿时吃了一惊，原来这块铜牌竟是皇宫之中含元殿的内侍腰牌，圣人李治平日里就在含元殿处理政务，含元殿的内侍必然是李治的亲信。

难道那个声音尖细的黑袍人，竟然是圣人身边的宦官？杜鼎之顿时觉得自己的脑袋大了一圈，这件事牵扯到当今皇上，稍有差池，这些人只怕都要身首异处。杜鼎之苦笑，他若是提前知道此事如此重大，只怕刚才便不敢轻易表态。

杜鼎之问道："据韦县尉所讲，他追踪抢走密信的人，发现那个装扮成康国商人的行凶者，竟然是一个女人，你们可知她是谁？""紫燕子"与吴仁义、阿刁一起摇头，看来三人也不知道这个神秘女人来自何方。

“紫燕子”道：“若是此事只是牵扯到李麒和王重达，哪怕圣人知晓，我们还不至于如此担忧，但是还有另一方势力也参与其中，才真正令我们束手无策，深感绝望……”

能从名满长安的大盗“紫燕子”口中吐出“绝望”二字，足见这几个人对此事的畏惧程度，早已超过恐怖的“红骷髅”。此时，旁边的吴仁义和阿刁一起向杜鼎之叉手行礼，二人虽然没有说话，但是看神情，都在求杜鼎之出手相救。

杜鼎之咳了一声，问“紫燕子”：“不知你口中的另一方势力，是指何人？”

“紫燕子”沉吟一会儿，道：“圣人之上，还有何人？”

此言一出，杜鼎之立刻用袍袖遮脸，转身就向暗室出口奔去，连昏睡在地上的韦星洲也不管了，旁边的吴仁义和阿刁慌忙将他拦住，吴仁义拽手，阿刁干脆抱腿，令杜鼎之寸步难行。

杜鼎之叫道：“众位好汉，还是可怜可怜我这颗头颅吧，先前说的话，就当是我醉后乱语，莫要当真，莫要当真！”杜鼎之已经从“紫燕子”的话中猜到了那个人是谁，这些人不仅招惹了当今圣人，还招惹了那个人，当真是死路一条。“那个人”就是武皇后，权倾朝野，行事狠辣，民间已经有传言将她与皇上李治并称为“二圣”。如果武皇后知道“紫燕子”和杜鼎之等人卷进李麒的谋反之事，只怕灭族都在须臾之间。

“紫燕子”冷眼看着杜鼎之演戏，并不阻拦，道：“杜寺丞，你此刻想要退出，只怕已经来不及了！”

手脚不住挣扎的杜鼎之，此时让吴仁义和阿刁二人悬空抬起，他听到“紫燕子”的话，吃了一惊，道：“姑娘，难道你、你要杀了下官灭口？”

“紫燕子”冷笑，道：“要杀你的人不是我，是武皇后，她派来的人已经追到这里了！”“紫燕子”用手指指暗室上面，低声道：“他们已经来了！”

杜鼎之立即停止了挣扎，和吴仁义等人屏息静听，果然头顶传来一阵脚步声，分明是有人进到房间。杜鼎之瞪大了眼睛，情不自禁用手捂住了嘴巴，要是武皇后的人发现他与盗取信件的“紫燕子”等人厮混在一起，少不得要遭到那些内卫酷吏严刑拷打，再随便找个理由杀人灭口，甚至牵连到家人。

“紫燕子”悄无声息地来到杜鼎之的面前，贴近他的耳边问道：“杜寺丞，你还要退出吗?"

杜鼎之惊惧地摇摇头,看着"紫燕子"那张布满皱纹的脸,问她:"'紫燕子',你到底是谁?现在不是你们把性命交给我,是我把性命赔给你们!"

"紫燕子"并不回答,一掌切在他的后脖颈上,杜鼎之顿时晕了过去,吴仁义和阿刁抱住他软瘫的身子,小心地放在昏睡的韦星洲身旁。

"紫燕子"向吴仁义和阿刁招招手,三人来到暗室的角落,"紫燕子"不知按动墙上哪处机关,墙角露出一个仅容身入的小门,三人从小门中鱼贯而入,眨眼已消失不见。"紫燕子"不愧是名震长安的大盗,与官府职司和"不良人"周旋日久,每次出现都留有后手,确保自己能平安逃脱。

过了一会儿,外面的人撬开暗室入口,从上面下来一群身着铠甲的士兵,看服饰竟然是拱卫皇宫的羽林军,最后压阵的赫然是郭震。郭震看着昏迷不醒的杜鼎之和韦星洲,嘴角泛出一丝讥笑,令人用凉水泼醒杜、韦二人。

醒过来的韦星洲打量着暗室,茫然不知所措,杜鼎之故意装糊涂,以手抚额,问郭震:"郭监丞,这是何处?我和韦县尉遭了何人暗算?"

郭震冷着脸问:"杜寺丞,'紫燕子'逃向哪里?你为何与这些贼人相识?"

杜鼎之一脸错愕,道:"什么'紫燕子'?难道刚才端茶的小童就是'紫燕子'?哎呀,我两人一时不察,误中了贼人暗算,多谢郭监丞及时搭救!"

韦星洲正要说话,杜鼎之装作头晕,歪靠在他身上,暗中掐了他一下,韦星洲便闭紧了嘴巴。韦星洲虽然不知道后来发生的事,但是看见满屋子刀甲森然的羽林军,自然不敢乱说话。

郭震虽然心有疑惑,但是也拿杜鼎之没办法,这时士兵发现了"紫燕子"逃离时的暗道,郭震便不再理会杜、韦二人,带着羽林军顺着暗道追了下去。

韦星洲见暗室中无人,宿醉一般摇摇晃晃地站起来,问杜鼎之:"杜兄,那些将我们迷倒的人难道真的是'紫燕子'?你为何不向郭震明说?"

杜鼎之瞪他一眼,道:"糊涂,郭震是替武皇后追查那封信的下落,你也不想一想,万一卷入李麒与王重达的密谋之中,你我有几个脑袋够砍的?"

听杜鼎之这么一说,韦星洲吓得赶紧闭嘴,乖乖跟在杜鼎之后面溜出去。

……

长安城,东郊。

　　且说郭震带领羽林军士兵从暗道追出，暗道出口竟然是在隔壁宅子后院的水井中，郭震让人向街坊居民打探消息，说是刚才有一辆马车从这宅子中驶出，已经出城向城东方向疾驰而去。郭震立刻调派十名骑兵，跟随自己向城东方向追去。

　　出城向东，十余里外便是一片山区，远远望见一辆马车行驶在山道之上，郭震大喜，立刻带领骑兵加速追来。此时，已是暮色满天，山中林荫深处光线变暗，视线不过二三十步。一阵山风呼啸而过，密林深处突然闪过一个红色的影子，郭震身后的士兵惊悚地勒住马，四下观望，有人颤声道："郭监丞，这林子里有鬼！"

　　郭震大声斥责道："胡说，青天白日，哪来的鬼？"

　　话音未落，只见松树顶上一阵乱晃，松针抖落，一团红影凌空向郭震扑下，红影之内，白骨狰狞，正是那个令长安城内小儿止啼的"红骷髅"。

　　众军士大惧，纷纷勒转马头向后奔去，郭震颇有胆气，临危不惧，拔出腰间横刀向"红骷髅"砍去，"红骷髅"身在半空挥出一根铜棍，砸向郭震头顶，刀棍相交，发出一声巨响，震得郭震横刀险些脱手，这个"红骷髅"竟然力大无比。"红骷髅"落地后，扬手向郭震的马匹扬出一团红色粉末，郭震胯下马受不了这种粉末，嘶叫一声，发了疯一样向林中奔去。郭震鼻中闻到一股辛辣气，原来那团红色粉末竟然是草药麻黄，这个"红骷髅"既然会用麻黄粉末惊马，肯定不是妖魅，郭震虽然想明白了这点，但是胯下马却不受控制，驮着他疯了一样向山林中钻去。十名军士见郭震马惊而去，生怕有失，赶紧追了过去。

　　"红骷髅"见追兵退去，仰天射出一支响箭，告知前边山路上的马车，前面马车随之传来应答的呼哨声，"红骷髅"慢慢摘下脸上的白骨面具，原来这个"红骷髅"正是那夜废园中出现的哑巴昆仑奴。

二十五

熊津城，唐军营地。

唐军在死鹰岭上遇伏兵败，虽然损失并不惨重，但是却阵亡左骁卫郎将任权，令痛失股肱的刘仁轨勃然大怒。刘仁轨依据唐军律令，命人将保护主将不力的崔破虏和武云宗推出帐外斩首示众，众将校苦苦哀求，刘仁轨面冷如铁，不为所动。

武云宗不服，大叫道："刘刺史，我军途中变更行军路线，极为机密，为何百济军却早有准备，提前在死鹰岭设伏，分明是我军内部仍有奸细，泄露军情，以此处死我等，我等不服！"

崔破虏也大叫道："刘刺史明鉴，任将军之死，并非我等保护不力，乃是有奸细暗中泄露军情，致使我军遭遇埋伏，任将军不幸阵亡！"

其他将校在刘仁轨面前跪倒一片，甲胄哗然，请求刘仁轨开恩。刘仁轨沉吟半晌，道："既然如此，你二人死罪可免，但是活罪难逃，推进帐外站笼之内，罚站三日，三日之后再戴罪立功！"

崔、武二人及众位将校一起跪倒，拜谢刘仁轨不杀之恩。士兵剥去二人甲胄，精赤上身，推进站笼之内，忍受三日不吃不喝、太阳暴晒之苦。两人的站笼遥遥相对，相隔不过数丈之远。

夜深人静之时，武云宗忍不住对崔破虏道："崔兄，你认为军中奸细是何人？"

崔破虏叹一口气，仰头望着天上的残月，似乎在遥想长安的家人，没有回答武云宗的问话。武云宗又问："崔兄，你是不是在怀疑我？"

崔破虏苦笑一声，道："其实，你也在怀疑我，怀疑我就是那个奸细。任权将军中箭之时，你我都在他身后张弓搭箭与百济军对射，他所中的一箭很可能是你我二人所射！"

武云宗默然，颓废地靠在站笼上，道："何止是你我猜疑，刘刺史之所以不杀你我，他也怀疑你我二人是奸细，想留着你我的性命，找出真正的奸细。"

"奸细是否在你我二人之中，还是另有其人，也许只有天上的月亮才可以照见人心。"崔破虏仰头望月，叹道："天下十分月，七分照长安。却不知我那弱妻，此时在做什么？"

武云宗也是心有戚戚，道："我长安虽无牵挂之人，但是此时心中确有所念，只是……"

武云宗还未说出心中所念之人是谁，只听军营外面传来一阵迅疾的马蹄声，一骑探马手托敕书，冲进军营，直接来到中军大帐外面，探马单膝跪倒，将手中敕书高举过头，道："兵部转来圣人谕旨，请检校带方州刺史刘仁轨接旨！"

兵部转来皇上谕旨，登时军营轰动，崔破虏和武云宗也在站笼中伸长脖子张望，不知道此时朝廷对困守百济的孤军，是战还是退。大帐之前，有一名将领遥向长安方向叉手行礼，哽咽道："我等孤悬海外两年多，圣人终是没有忘了我们！"

刘仁轨令左右摆设香案，恭领圣旨，军中将校人人关心是战是退，都来到大帐之外，聆听圣意。传旨之人朗声读道："圣人有谕，驻守百济孤军身悬海外，经年苦战，若熊津城不可独自坚守，可以拔营去新罗，若新罗王金法敏期冀我军驻留镇守，则在新罗驻军，若其不需我军镇守，可以择机渡海返回。"

军中将校听到可以渡海返回国内，不少人都面露喜色，这支孤军从显庆五年三月开始进攻百济，背井离乡驻扎百济最久的已逾两年，后来增援的部队也超过一年之久，此时听到圣意如此体恤，让刘仁轨自行决定去留，大都心生归意，盼着早日返回大唐与亲人们团聚。

跪伏在香案之前的刘仁轨面色凝重，接过圣旨默然半晌，然后径直走进大帐，让亲兵出来传令，所有人等，谢绝入见。众位将校见主将如此，不知道刘仁轨意下如何，虽然簇拥在一起，但是谁都不敢进帐探听消息。站笼之内的崔破虏和武云宗也在紧张地关注着刘仁轨的抉择，其实二人亦在百济征战良久，心中早就有了归乡之念。

第二天中午，崔、武正在站笼之内忍受烈日暴晒，两人已经一日两夜滴水未进，嘴唇干裂出血。中军校尉带人来到站笼之前，将两人放出来，道："刘刺史有令，让你二人进见。"

武云宗活动着酸麻的腿脚，问："刘刺史提前放出我兄弟二人，是不是让我们追查军中奸细？"

中军校尉并不答话，将二人领到刘仁轨的帅帐之中，刘仁轨正背对着帐门在案上练字，看他满头白发、挥洒遒劲的姿态，想必这幅字写得是剑拔弩张，杀气腾腾。崔、武二人不敢靠近细看，只能耐心等待。

过了良久，刘仁轨转过身来，他上下打量着崔、武二人，说："我现在有一项紧急军情交给你们，你二人可愿冒险？"

崔破虏和武云宗对视一眼，双双抱拳，道："请刺史吩咐，我等愿赴汤蹈火！"

刘仁轨又道："此次军情关系重大，事关我驻百济军队生死存亡，但是执行之人必然九死一生，你二人可要考虑清楚！"

崔破虏和武云宗二人跟随刘仁轨以来，第一次见到刘仁轨如此慎重，显然这次军情极为重大。崔破虏抱拳道："请刘刺史下令，在下纵然血溅五步，也必定完成任务！"武云宗不甘示弱，道："崔兄，既然九死一生，怎能忘了小弟？我愿意陪崔兄一同以身犯险，刀斧加身也在所不辞！"

刘仁轨微微一笑，道："好！你二人如此忠勇，委实难得，本刺史就将所有驻百济唐军将士的性命交给你二人！"刘仁轨转身从桌上拿起两个密封的蜡丸，分别交给二人，道："这是我敬呈圣人的下一步军情方略，你二人务必要将此信安全送至长安，交给兵部呈与圣人。此事关乎我五千军士性命，万万不能有失！因为此信要取得高句丽唐军、登州唐军水师的支持，不能飞鸽传送，所以只能辛苦你二位冒险跑一趟。"

崔破虏和武云宗叉手施礼，道："请刘刺史放心，我二人拼了性命也要将密信平安送到长安！"

刘仁轨微微摇头，道："这次送信，你二人要分头行动，一人带一封信，从南北两个方向，一走陆路，一走海路，分别返回大唐，这样确保至少有一封信能送达朝廷，只是……"刘仁轨略一沉吟，道："走南路的人要乘船渡海，从百济海上拦截防线中冲出，直奔登州，将此信呈驻守登州的水军孙仁师将军阅示，请他附信于后，然后直奔长安报兵部，此路海上遍布百济、倭国的游击船，专门封锁袭击唐军零散船只，海路肯定凶多吉少。而走北路的人风险更大，不仅要躲过百济复兴军的阻拦，还要进入高句丽国内，穿行人迹罕至的山区，躲开高句丽士兵截杀，然后到达北方我大唐征讨高句丽的军营，将密信呈李勣大总管阅示，也请他附信同奏圣上，最后再绕路河北道，将密信送往长安，路途是南路数倍之遥……"

不等刘仁轨说完，武云宗抢先道："启禀刘刺史，我愿意走北路，当年我曾随军在乌骨城和安市城一带征战，对那里颇为熟悉。"

还未等刘仁轨表态，崔破虏道："北路山险路远，还要穿行高句丽腹地，还是为兄去吧。"

见二人抢着走北路，刘仁轨笑道："此事容易，不听人定，只凭天意。"他转身在书桌上写下两个字，捏成纸团攥在手中，道："这里有一南一北两个纸团，你二人抓阄确定路线吧，听天由命。"

武云宗向崔破虏抱拳道："崔兄先请。"崔破虏略一犹疑，伸手拿过一个纸团，展开一看，赫然是一个"北"字。崔破虏笑道："天意如此，我走北路甚好，李勣大总管帐下有我昔日同僚，也方便引见照料。"

武云宗见没有抓到北路的纸团，略显失望，道："天意如此，小弟不再争执，只是北路凶险，还望大哥一路小心。"

刘仁轨大笑道："你二人速回营帐，饱餐战饭，四更便分头出发，以四十天为限，务必将密信送往长安，不得有误！"崔、武二人叉手施礼告退，各自去准备。

白江口。

四更时分，白村江入海口。崔破虏和武云宗装束停当，驱马来到白江口告别。当时，水青月白，海风轻拂，一轮斜月挂在江海交汇之处，令人倍感凄凉，芦苇摇曳，两人并辔而来，马蹄声惊飞芦苇丛中一群白鹭，在月影下横空掠过，飞向大海深处。

武云宗在马上向崔破虏抱拳道："大哥，你我兄弟就此别过。刘刺史派你我分头奔赴长安，恐怕另有深意，分明是对你我心生怀疑，想以此为诱饵，找出你我二人中的'奸细'。大哥，此次送信，前途凶险，生死未卜，但愿你我能活着在长安相见！"

崔破虏也抱拳道："你我披肝沥胆，多次出生入死，没想到竟然因为军中奸细而心生嫌隙，现在你我心中都有疑虑，就让这次长安之行验证你我清白，究竟谁和百济残寇沆瀣一气？"

武云宗朗声道："好，小弟愿意以此洗刷身上污垢。小弟心中相信大哥和我一样都是身受不白之冤，想那与百济残寇勾结的奸细，一定是另有其人！"

"好，看来你我兄弟想到一处！"崔破虏道："就让你我二人用性命自证清白！你我长安相见！"

"等一等，大哥！"武云宗突然喊住了崔破虏，笑道："小弟有个想法，不知大哥意下如何？"

"你又有什么鬼主意？"崔破虏勒住马，转头凝视武云宗，他了解武云宗，时不时冒出一个异于常人的想法。

"你我此行，九死一生，不知能否活着相见。"武云宗一脸忧戚，道："小弟与大哥相识多年，可惜从未领教过大哥的'暴雨梨花枪'，殊为憾事，今日小弟斗胆向大哥请教一二！"

崔破虏心中似乎也有同感，道："'暴雨梨花枪'与'飞雪双横刀'一起驰骋沙场多年，却从未比试过，为兄也深为遗憾！"他脚尖一挑，将得胜钩上的银枪挑在手中，枪尖撑地，人已离鞍跃出数丈，道："此时月白风清，潮来潮落，正如人生际遇，正合你我兄弟以刀枪告别，请！"

武云宗大喜，脚尖一点马鞍，在空中翻了个跟头，落在崔破虏对面，双刀"呛啷"一声出鞘，映着月光熠熠生辉。崔破虏单手执枪，枪尖点地，身形不动如山，犹如一粒石子投入万顷平湖，枪上的劲气一圈一圈扩散，向武云宗压迫而来。武云宗长短横刀交叉立于胸前，人如怒海轻舟，虚浮无力却又踏浪不倒。武云宗双刀一晃，将海上月光反射直击崔破虏双目，趁着崔破虏抬手护目的瞬间，武云宗已贴地滑行绕到崔破虏身后，双刀一上一下交错攻来，崔破虏银枪倒刺，似蛟龙出海架住双刀，"叮"一声脆响，两人倏然而退。第二回合，崔破虏抢先出手，枪如搅海巨龙砸向武云宗一叶扁舟，大开大合雷霆万钧，武云宗并不硬接，避过枪身，双刀舞起千片飞雪倒卷袭来，崔破虏银枪抖动，瞬间刺出千朵梨花漫天洒落，分不清多少次枪刀相击。终于，一声炸响，枪尖刺中刀身，溅出数点火星，两人同时翻身后退。

武云宗长刀指天，短刀指地，身形已由开始时的虚如轻舟变成屹立不动的礁石，而崔破虏枪尖指月，人却如掠海鲲鹏，随时凌空下击。此时，沧海明月，万顷细浪，凄美如画，两人凝视良久，不约而同发出一声长笑，各自收回刀枪。

武云宗道："看来大哥最厉害的招式，应该是这没有使出来的第三枪！"

崔破虏道："彼此彼此，我若没有猜错，贤弟这第三刀必定是分出胜负的一刀！"

武云宗道："等到了长安，我们再比试这第三招如何？"

崔、武二人携手大笑，惊起海面数尾跳鱼，二人约定四十日后，也就是中元节之夜，二人在长安城中的大慈恩寺相见，一起到兵部进呈密信。

崔破虏和武云宗在马鞍上互道珍重，一人向北，一人向南，在黎明前的黑暗中疾驰而去……

熊津城，唐军营地。

刘仁轨正在帐中假寐，忽然听见外面一阵喧哗，刘仁轨急忙走出营帐，喝问为何惊慌，一名虞候驱前跪下，道："启禀刺史，我军斥候在死鹰岭寻回任将军的遗骸，现已运回营中！"

原来死鹰岭兵败后，刘仁轨派出多支斥候小队，搜遍死鹰岭，务必要找回任权遗体。昨夜一支小队在死鹰岭山涧深处的石缝中，终于找到当日从山崖坠下的任权尸身。

刘仁轨听说找到了任权遗体，急忙奔上前来，打开任权尸身上的白布，见到任权浑身血肉模糊，筋断骨露，颈中插着一支带血的箭矢，刘仁轨不由老泪纵横。

刘仁轨当即下令，军中竖起白幡，全军缟素。

……

二十六

百济周留城，扶余丰驻跸行宫。

扶余丰慵懒地躺在榻上，手执金樽，樽中美酒喝一半洒一半，将他的白袍洇湿一大片。扶余丰醉眼朦胧地看着面前两名载歌载舞的舞姬，两个舞姬身段柔美，平日里深得扶余丰喜爱，扶余丰看着她俩，露出一脸狎邪的笑容，忍不住伸手去摸一个舞姬的脸。

柳护卫进到殿中，单膝跪在扶余丰面前，禀道："殿下，赏赐福信与道琛的礼物已经准备好了，我这就亲自送到二人营中。"

死鹰岭设伏击退唐军，扶余丰回来后大摆宴席，庆祝百济复兴军难得的胜利，虽然鬼室福信和浮屠道琛在伏击战中违抗命令，令扶余丰的胜利成为泡影，但是扶余丰不计前嫌，仍然重重赏赐二人。

听到柳护卫的禀奏，扶余丰乜斜着醉眼，道："我虽然下令重赏，可是我没说要同时赏赐这两个人！"

柳护卫眼睛一亮，听出了扶余丰的话外之意，低声问道："殿下的意思是……"

扶余丰将手中的金樽一抛，扔到案几后面，口齿不清地道："先赏道琛、道琛那个和尚，福信的赏赐嘛，过几日再说、再说！"

柳护卫领命，退了下去。这个扶余丰看似酒醉，其实内心精明无比，他是想利用赏赐财物这件事离间二人，故意先赏道琛，怠慢福信，挑拨离间二人的关系，此二人若是铁板一块，自然不会中计，但是二人若是心生嫌隙，扶余丰便可以各个击破，夺回军权。

扶余丰靠在榻几上呼呼睡去，跳舞的歌姬见他沉睡，也悄悄退下。这时，一个白巾覆面的纤细身影悄悄潜进殿中，站在扶余丰面前，静静地看着口角流涎的扶余丰，神态中似乎有些犹豫。扶余丰忽然睁开双眼，目中精光暴射，哪里还有醉酒的样子。

扶余丰缓缓坐起身来，笑道："柔儿，好久不见！"

对面的人缓缓摘下覆面白巾，果然是望江楼上葬身火海的金柔儿。扶余丰仔细端详着金柔儿的面容，笑道："看来望江楼的大火，并没有伤到你一根汗毛。"

金柔儿向扶余丰万福致谢，道："还要感谢殿下在望江楼埋设的暗道，令妾身逃离火海。"原来，望江楼是百济复兴军在熊津城中的据点，早在撤退时就已经挖好了暗道，当日唐军重重包围望江楼，武云宗一箭射向楼顶金柔儿的胸口，金柔儿接住羽箭按在胸口前，装作中箭摔落火海，却巧妙地利用地下暗道从火海中逃生，大火烧塌望江楼之后，将地下暗道埋在灰烬之下，无人察觉。

扶余丰盯着金柔儿的眼睛，嘴角浮出一丝冷笑，道："刚才你站在我面前，是不是想一刀结果了我，替你的师姐辉夜姬报仇？"

金柔儿脸色微变，她刚才站在扶余丰面前时的心思，竟然让扶余丰看穿。金柔儿的眼睛中涌出了泪水，质问扶余丰："我师姐辉夜姬，她明明可以平安逃回，殿下为何不准她离开熊津城，白白葬送了她的性命？"

扶余丰站起身来，绕着金柔儿转了一圈，故意闭上眼睛去闻金柔儿身上的香气，满脸好色之态。金柔儿粉面含霜，正色道："殿下，你与辉夜姬可以卿卿我我，但是我却不同。现在百济国难当头，我身为高句丽人，尚且愿为百济效命，请您自重！"

听金柔儿这么说，似乎扶余丰与辉夜姬之间还有不为人知的情愫。扶余丰脸色一黯，退后几步，叹口气道："我的计划中，你和辉夜姬只能留下一人，你说我应该留下谁？"

"什么计划？"

"我想在你们'青鸾'组织中选出一人，潜入大唐为百济刺探军情，至于其他的成员，没有办法，只好成为这个人的牺牲品喽。"扶余丰说得轻描淡写，根本没有把那些死去的"青鸾"成员放在心上。"柔儿，你与那个姓武的唐军都尉打得火热，他又是武氏宗亲，若是回到大唐说不定能打探到很多高层机密，你说是不是？"

金柔儿看着得意的扶余丰，紧咬嘴唇，并没有答话。扶余丰猛然一个转身，指着金柔儿叱道："是你不小心，让唐军识破了身份，破坏了我的大计，也让辉夜姬等人的死，变得毫无意义！金柔儿，你可知罪？"

金柔儿眼中闪过一丝愤怒的寒光，道："我们为了助你复国，舍生忘死，你却把我们当成棋子一般随意抛弃，你没有权力决定我们的生死！"

扶余丰冷冷一笑，道："金柔儿，我与你的师傅可是有过盟约的，你违抗我的命令，就是背叛师门！"扶余丰拿起桌上一把短剑，用白绢轻轻擦拭，似乎一个不小心，短剑掉落下来，那柄短剑竟然"嗤"的一声插进青砖地面，直没至柄，看来是一柄锋利异常的神兵利刃。"这是你师傅送我的古时徐夫人锻造的'太一剑'，专门是惩戒师门叛徒的，难道你要试一试剑锋？"扶余丰的话里透露出一股寒气。金柔儿看着那柄锋利的短剑，不由脸色发青。

扶余丰慢慢将神兵"太一剑"插回鞘中，道："你的师傅已经带领门人，暗中潜入大唐，你也要即刻启程，奔赴长安。我已经为你准备好一切，到了长安，他们会与你汇合。"

"我已暴露身份，你还要让我去长安？"金柔儿吃了一惊。

扶余丰大笑，道："你到了长安，就会发现你很早以前就在长安！"

"我很早以前就在长安？"金柔儿更加不解。

"柔儿，我选择你活下来，让辉夜姬等人为了掩护你而死，并不是你们'青鸾'组织使命的结束，而是计划的开始。"扶余丰的语气突然变得柔和："柔儿，长安在等着你……"

金柔儿看着眼前阴险狡猾的扶余丰，使劲咬住了嘴唇，她眼前似乎浮现出吉凶莫测的长安城，扶余丰将她派往长安，会不会让她像辉夜姬一样，殒没在那座世界上最大最繁华的城中？

"殿下，我还能活着返回百济吗？"金柔儿的眼中充满讥诮。

"柔儿，我向你保证，功成之日，我将亲率大军在白江口接你返航，让全百济、全天下的人都知道你的荣光！"扶余丰高扬双臂，分明已经看到百舸千帆的雄伟场面。金柔儿微微冷笑，转身而去。

跟随着金柔儿离去的背影，一双眼睛慢慢躲回后窗之下，小心地窥探着扶余丰的一举一动，显然扶余丰和金柔儿刚才的谈话已经让这个人全都听去。扶余丰又向金樽中倒满酒，刚刚举到嘴边，却突然将金樽砸向后窗，大喝道："大胆奸细，还不现身！"

金樽破窗而出，惊飞一条纤细的人影，人影径直向院墙奔去，外面顿时一片骚乱。行宫守卫吹响号角，几支卫队向那个人影追去。扶余丰手握"太一"短剑，气定神闲地走出大殿，护卫立刻搬来一把椅子，扶余丰笑容满面地坐在椅子上，等着卫队将偷听的奸细捉回来。

果然，不到一盏茶的时间，卫兵擒拿回来一个体态婀娜的女子，掷在扶余丰面前，这个女子竟然就是扶余丰最为宠爱的两个舞姬之一，叫作秋娘，刚才还在为醉酒的扶余丰献舞，扶余丰忍不住去摸她的脸。

扶余丰饶有兴趣地看着瘦弱的秋娘，道："秋娘，大唐给了你什么好处，竟然潜进我的身边？"

舞姬自知身份败露，难有生还希望，干脆在地上箕踞而坐，笑道："唐家儿女，为国赴死，岂在意好处？殿下如此心思，让秋娘耻笑！"

护卫见这个唐军奸细竟敢公然耻笑殿下，立刻掣出刀来架在秋娘的脖子上，扶余丰微微一笑，拨开刀锋，道："如此佳人，岂能用刀斧唐突？秋娘，你告诉我，谁是你在周留城中的接应，我便放你一条生路！"

秋娘冷冷一笑，扭过头来，不去看扶余丰皮笑肉不笑的嘴脸，护卫狠狠地薅住她的长发，将她脑袋转向扶余丰，秋娘吃痛，眼中流下泪来，却一口痰吐在扶余丰脸上。扶余丰遭此羞辱，顿时暴跳而起，他是一个有洁癖的人，遭人吐一口痰比挨上一箭还要痛苦，扶余丰勃然大怒，手中"太一"短剑一挥，削掉了秋娘的右腿。秋娘哀号一声，抱着自己的断腿，在血泊之中不停地抽搐翻滚，跳舞之人最爱惜的就是自己的腿，却让扶余丰抬手之间毁掉。周围的复兴军听着秋娘的哀号，不少人心生恻隐，一个统领举刀要给秋娘一个痛快，却为扶余丰拦住。

扶余丰环视众人，问："柳护卫在哪里？让他速速前来！"

部下向殿外高喊："速传柳护卫！"外面大街上又有复兴军接力："速传柳

护卫！"声音犹如一块石头扔进湖水，层层涟漪在周留城中荡漾开来。

血泊中的秋娘脸色苍白如纸，紧咬牙关，猛然拔出发髻间的银簪，向自己咽喉刺去，谁知扶余丰一把攥住她手腕，看着扶余丰阴冷的眼睛，秋娘慢慢晕了过去。

脸上刀疤纵横的柳护卫手按长刀，快步穿过守卫森严的复兴军队列，来到扶余丰面前，向他躬身行礼，道："听闻殿下遇险，小人护驾来迟，请殿下恕罪！"

扶余丰哈哈一笑，道："柳护卫，我听说你是复兴军中公认的剑道高手，我想让你帮我验证一下'太一剑'的威力！"

扶余丰将手中"太一剑"掷在柳护卫脚前，柳护卫拔剑一看，只觉寒光刺眼，剑脊之上还残留一缕秋娘的鲜血，柳护卫迎风一斩，发出一声破空啸声，剑上残留的鲜血不知道甩到何处。

"好剑！釰从纹起，至脊而止，如珠不可衽，纹若流水不绝。'太一'宝剑，果然名不虚传！"柳护卫端详着手中"太一剑"，他引用中国古书上的描述，果然是识剑之人。

此时，卫兵用冷水泼醒失血晕厥过去的秋娘，将她拖到扶余丰面前，可怜的秋娘手中兀自紧紧握住自己的断腿。扶余丰再次逼问秋娘："你一个弱质女流，若没有人接应，即便拿到了消息，又如何送出？只要你说出此人，我便立刻遣人送你回大唐！"

瘫在地上的秋娘发出一阵凄厉的惨笑，她仰头看着扶余丰，道："启禀殿下，与我接应的人就是……"秋娘气息渐弱，声不可闻，扶余丰凑近了秋娘仔细去听，大声问道："到底是何人？"

"是鬼室福信！"秋娘用蚊子一般的声音说道，听到这个名字，扶余丰顿时眯起了眼睛，脸色阴晴不定，他虽然并不相信秋娘的话，但是秋娘口中吐出的这个名字，却勾起了他心中对鬼室福信的忌惮。

扶余丰冷笑道："好大胆的奸细，你竟然敢挑拨离间！"

秋娘将一缕长发咬在口中，惨笑道："人之将死其言也善，我为何要骗你？"

"秋娘，你不骗我，我却是故意骗你，我压根儿没想放你生路！"扶余丰哈哈一笑，转向手执"太一剑"的柳护卫，道："柳护卫，昨日鬼室福信遣人来报，他怀疑你是唐军细作，故意潜进我的身边，现在我给你一个证明自己的机会，用你手中的宝剑，斩下这个唐军奸细的头颅，传令三军！以后复兴军中再有奸细，以此为例！"

殿前上百名复兴军的目光全部集中在柳护卫身上，柳护卫旁若无人，只是注视着手中寒光闪烁的短剑，他大声道："殿下，在下沉浸刀剑十五年，忠于手中刀剑，诚于心中刀剑，虽杀人无数，但是从未斩杀一名女子，今日……"柳护卫突然顿住，似乎并不想拔剑对付一个手无寸铁的弱女子。

见柳护卫如此，全场的人都暗暗吃惊，这个武艺高强的柳护卫平日里对扶余丰忠心耿耿，唯命是从，福信和道琛等人对其甚是忌惮，经常令人编造谣言，暗地里诋毁柳护卫。但是，此刻柳护卫说出此番话来，竟似要公开抗拒扶余丰的命令。

地上的秋娘突然拼尽余力，单足跳起来，将手中的断腿砸向扶余丰，口中大骂："扶余丰，你这个骗子畜生，我做鬼也不放过你！"

扶余丰惊慌躲避，他并不畏惧临死一搏的秋娘，却是顾忌她手中鲜血淋漓的断腿，猝不及防之下，扶余丰的白衣瞬间染上一大片秋娘的鲜血，秋娘舍身撞向扶余丰，状若疯虎，长长的指甲直刺他的眼睛。一道寒光闪过，犹如白虹贯日，秋娘的身形猛然僵住，她的头颅突然斜刺里飞出，一股血泉冲天而起，这股血泉染得扶余丰和身边卫士须发尽赤。

"殿下，今日我为此剑破戒！"柳护卫杀气慑人，手执"太一剑"朗声说道。秋娘的头颅从台阶上慢慢滚落，口中犹自咬着自己的长发，圆睁的双目之中恨意如火，极为可怖。

柳护卫挽一道剑花，甩干剑上血迹，他的目光依然停留在剑身之上，沉声道："好剑！"

全场顿时寂静，鸦雀无声，过了良久，扶余丰使劲拍起巴掌，大声赞道："好剑法，好剑法！"在他的带动下，其他百济复兴军纷纷鼓掌喝彩。柳护卫面不改色，躬身将"太一剑"双手奉还扶余丰。

扶余丰仰天大笑，使劲拍着柳护卫的肩膀，道："很好，你除掉唐军奸细，我很是高兴，来，随我再去大醉一场！"

二人跨过秋娘的尸身，向殿内走去。柳护卫暗暗看一眼秋娘的尸身，他心中知道，这一步跨过，他算是在扶余丰的剑下逃过一劫，否则以扶余丰的狠毒，完全可以因为鬼室福信的怀疑，不动声色地除掉自己。

……

二十七

长安城，杜鼎之宅邸。

杜鼎之离开"紫燕子"的秘宅后，自知卷入了李、武二姓争斗的阴谋之中，弄不好脑袋搬家，他回到家中后，立即写了封信让家中老仆去大理寺替自己告病假，他则躲进卧室，蒙上大被酣睡。

等杜鼎之醒来，已是第二天日上三竿，老仆进来禀告，说大理寺卿严正人带着一个三十出头的男子，已经到了前堂。杜鼎之吃了一惊，没想到自己的装病竟然把大理寺卿严正人引来家中，既然是装病就装到底，他抓过一块毛巾盖在头上，把被子裹得更紧实，试着哼了两声，然后才让老仆去请严正人过来。

严正人与那名男子进到房中，杜鼎之缩在被子中装作打摆子，口中不时呻吟几声。严正人过来用手背碰一下杜鼎之的额头，觉得烫手，惊呼道："鼎之老弟，你烧得这么厉害，我即刻安排署里郎中为你诊治，可不要大意啊！"

杜鼎之探出头来，一脸感激地说："多谢严公关心，我只是偶感风寒，不碍事，不用找郎中……"杜鼎之刚才是急中生智，他料到严正人会摸他额头是否发热，便在他们进来之前将热水倒在毛巾上，然后放在额头。严正人要找大理寺的郎中来为他诊治，他自然不敢答应。

严正人将他按回被窝，道："老夫现在比你还着急呢，盼着你快点病愈，好为老夫分忧。"原来，武皇后听从郭震的建议，给大理寺发来懿旨，令严正人和杜鼎之限期破获"红骷髅"案，不得有误。听完严正人的诉苦，杜鼎之更是有苦说不出，看来装病也躲不过这场劫难，他躲在被窝里暗骂郭震害人不浅。

严正人见杜鼎之病得如此严重，心下着急，走出房间吩咐随从赶紧去请郎中。杜鼎之见严正人离开，急忙从被子里露头喘口粗气，却不料看见一个短髯圆脸的男子坐在对面的椅子上，笑容满面地看着杜鼎之，正是随严正人一起前来的男子，他进到房间后一直不声不响坐在那里。

男子的笑容吓了杜鼎之一跳，他问道："这位兄台，您是？"

那名男子依然一脸笑容，站立起来负手踱了两步，道："生病却无药汤，发热却不面红，颜容憔悴却目光不乱，杜兄分明是在故意装病，莫非是要躲着严公？"

这个男子竟然慧眼如电，一眼看穿杜鼎之是在装病，但是却没有当着严正人的面揭破他的把戏。杜鼎之慌忙坐起来，低声道："莫要让严公知道了，我不是在躲他，我是在躲灾祸！"

男子很是好奇，道："莫非'红骷髅'案与'紫燕子'案别有隐情？杜兄躲的是这两件案子？"

杜鼎之与男子并不认识，当然不能告诉他真相，只能拥被苦笑。男子猜到杜鼎之心中所想，长揖一礼，道："是在下唐突，小弟是并州都督府法曹狄仁杰，前来大理寺交割事务，久闻杜兄乃是长安城中神断名捕，便央求严公带我前来拜访杜兄。"

一听来人是狄仁杰，杜鼎之慌忙下床，向狄仁杰还礼，道："失礼，失礼！原来贤弟就是阎立本尚书'非画不可之人'的狄仁杰，久闻大名，恨不相逢！"

杜鼎之所说的"非画不可之人"，乃是朝中一个典故。当时，朝中大画家、工部尚书阎立本出任河南道黜陟使，负责对所属官吏考核选拔，他在汴州遇到了一个寻求良久的治世奇才，而这个人当时正遭宵小诬告。阎立本对这个人说，我是画家，在我心中自有想画之人与不想画之人，想画的人物中，见其第一眼便有冲动下笔的人更是少之又少，而你就是极少数之人，非画不可之人。阎立本所说的"非画不可之人"就是刚踏入仕途的狄仁杰，彼时的狄仁杰明经及第，担任汴州判佐，官职低微。

据说，阎立本考核官员时，喜欢与人对视，与他对视的下级官员，无不胆怯畏惧，眼神飘忽，但是唯独从狄仁杰的眼神中搜寻不到一丝畏惧之色，只有沉着冷静。阎立本正是为狄仁杰胆量所折服，不仅恢复他的清白，而且立即擢升其为并州都督府法曹。阎立本事后对其身边几名部属坦言："与我凝视而毫无动容之色，狄仁杰是第一人。"有了阎立本的举荐，刚刚踏入仕途的狄仁杰立刻名动朝野。杜鼎之当年正在河南道任职，与阎立本相识，阎立本夸赞狄仁杰的话，他曾亲耳听到。

狄仁杰此次从并州来到长安，本是为了向大理寺交割一些案件，因为时间紧迫，明日便要返回并州。狄仁杰来到长安后，听闻满城轰动的"红骷髅"案和"紫燕子"案，不由起了强烈的好奇心，适逢听到杜鼎之生病，他便央求严正人带他一起前来探望。

狄仁杰低声问道："难道这两件案子与朝中势力有关，令杜兄不敢面对？"狄仁杰果然敏锐异常，一下子就猜到了杜鼎之装病的原因。

杜鼎之一脸苦笑，道："祸从天上来，闭门躲不过啊。"

狄仁杰道："杜兄，既然灾祸难躲，何不正面相对？你我职责，便是寻求案件真相，至于真相背后的魑魅魍魉，岂能因为惧怕而裹足不前？"

狄仁杰的话令杜鼎之心中一震，与狄仁杰的坦荡磊落相比，自己确实有些瞻前顾后，过于局促了。杜鼎之慌忙站起身来，向狄仁杰深施一礼，道："贤弟说的是，是愚兄见识短浅了。"狄仁杰慌忙还礼，因为杜鼎之是从五品的大理寺丞，又是京官，而他不过是七品的并州都督府法曹，见杜鼎之如此谦逊，他也不禁对杜鼎之刮目相看。

杜鼎之道："愚兄确是装病卧床，只因难以突破心中症结，生怕惹祸上身。"

"杜兄所说的症结，究竟是何事？"狄仁杰有些好奇。

杜鼎之长叹一声道："当今朝廷局势风云难测，宗室诸王与武皇后家族，争斗日久，贤弟口中的两件案子，便是隐约与这些势力有关，我这升斗小吏实在不想卷裹其中，现在是进退两难，身不由己，只能无奈装病，让贤弟见笑了。"

狄仁杰笑道："你我办案之人，敬天地，敬法理，惟真相，惟良知，岂能因为自己惶惑，平白放过真凶？至于案件背后的纠葛，做到'尽心无愧'就好！"听狄仁杰一席话，杜鼎之不觉心中羞愧，这个狄仁杰果然非同常人，见识胆略俱在自己之上，寥寥数语就治好了杜鼎之的"心病"。

严正人回到屋中，见到杜鼎之红光满面坐在桌前和狄仁杰谈笑，不由大为惊讶。狄仁杰从袖中掏出一个银制小盒，打开银盒，里面是几枚针灸用的银针，笑着说："严公不知，在下对针石之术略知一二，杜兄乃是恶感风寒，加之心火淤积，所以发热头痛，刚才我为杜兄施以银针，已大为缓解。"杜鼎之见狄仁杰帮自己圆谎，赶紧连声附和，称赞狄仁杰医术高明，手到病除。

狄仁杰趁机询问起"红骷髅"和"紫燕子"两件案子的情况，杜鼎之不好再隐瞒，便将自己知道的"红骷髅"案情和"紫燕子"一些情况，娓娓道来。因为严正人在座，他自然是略去了"紫燕子"与自己交往的情节，免生猜疑。

狄仁杰听完杜鼎之的述说，又问了一遍"红骷髅"两次杀人时的细节，然后摸着自己的短髯陷入沉思。旁边的严正人补充道："'红骷髅'这个妖孽并不是只出现两次，而是三次，因为昨日傍晚，奉宸监丞郭震带领羽林军追击'紫燕子'，在城东山林又遭到'红骷髅'袭击，虽然没有人员伤亡，但是却令武皇后大为恼火，发来懿旨令老夫和鼎之限期捉拿这个妖孽……"

杜鼎之用袍袖遮住脸暗笑，他猜想昨天城东山林出现的"红骷髅"必是那个巨人般的昆仑奴所扮，他在废园之中领教过昆仑奴的厉害。想来是郭震是在昆仑奴所扮的"红骷髅"手下吃了亏，才向武皇后推荐杜鼎之去追查"红骷髅"。

听完严正人的描述，狄仁杰慢慢开口道："严公、杜兄，在下虽然没有目睹现场，但是斗胆猜测一下，三次犯案的'红骷髅'似乎并不是一人所为。"

刚才狄仁杰的话给杜鼎之提了醒，他以前一直以为，杀死林玉图和蒋记工行四人的"红骷髅"是同一个"红骷髅"所为，但是现在细想起来，两起案子的手法分明不同，蒋记工行中出现的"红骷髅"明显是在模仿第一个"红骷髅"的杀人手法，虽然都是用毒针杀人，但是他杀死蒋记工行的四人之后，故意撕咬毒针处，明显潦草很多。

狄仁杰道："我来杜兄家之前，在大理寺借阅了仵作记录，发现杀死林玉图和蒋记工行的'红骷髅'，掩盖伤口的细节并不一致，很可能是有人模仿作案。至于严公刚才描述东郊出现的'红骷髅'，他不仅没有用毒针杀人，行事方式更不相同，分明是有人故意装扮成'红骷髅'，帮助逃逸的'紫燕子'阻拦追兵。"

严正人沉吟不语，杜鼎之却是连连点头，更加对狄仁杰刮目相看，狄仁杰虽没有亲临现场，却把案情分析得丝丝入扣，细节之处令亲自验尸的杜鼎之也赞叹不已。看来能得到阎立本的大力举荐，狄仁杰果然有过人之处。

狄仁杰道："以上推测，只是在下凭借案卷记载和诸位口述，妄自猜测，真实情况还请严公和杜兄依据现场情况判断。"

严正人忧心忡忡地道："这么看来，祸乱长安的'红骷髅'并不只有一个？"

杜鼎之和狄仁杰对视一眼，道："狄贤弟分析得不错，依我看，目前长安城中的'红骷髅'至少有三个！"杜鼎之竖起三根手指，狄仁杰点头称是。严正人看着杜鼎之的三根手指，倒吸一口冷气，呛得一阵咳嗽，一个"红骷髅"已然让圣人和武皇后震怒不已，现在出来三个为非作歹的"红骷髅"，不但长安城要鸡犬不宁，自己也怕要乌纱不保。

严正人连忙问二人，道："两位贤弟，老夫现在是心急如焚，你们可有什么应对之法？"

狄仁杰看着杜鼎之笑道："严公无须焦虑，在下因为并州事务紧急，明日便要赶回都督府销差，恐怕是帮不上什么忙了。长安城中这两桩奇案，虽然凶险难缠，但是相信杜兄已然胸有成竹，必定有破案之计。"狄仁杰为人聪慧，虽然他刚才一语道破"红骷髅"案的关键所在，但是主动声明要返回并州，不想夺杜鼎之的功劳。

杜鼎之见事已至此，不好再装病躲避，他站起身来，向严正人深深一揖，道："严公，要我回去侦办案子可以，但是您要先答允我一件事。"

严正人一愣，没想到杜鼎之竟然谈起条件，他拈须正色道："要老夫答允何事？"

杜鼎之道："请严公奏明朝廷，破案之日，杜某便请求离开大理寺，远调他乡，前去一个下州担任司马之职便可。"

严正人顿时脸色一沉，他没想到杜鼎之所求之事并非索求官爵赏赐，而是请求平职调任下州司马，虽然品秩相同，但是以大理寺丞身份赴任下州司马，如同贬谪一般。

严正人一脸不悦，问道："杜贤弟，为何出此言？莫非是不愿在大理寺与老夫共事？"

杜鼎之摇头苦笑，道："严公博学雅量，待人宽厚，岂有不愿与您共事的道理？下官出此下策，乃是性命攸关之请，还望严公恩准！"

严正人和狄仁杰对视一眼，知道杜鼎之如此请求，定是因为这两件案子背后的真相必是万分凶险，一个不小心就要身死名灭，他这是为自己谋求一条后路。严正人长叹一声，道："好，老夫答允你，破案之日，定要保举你去他处任职。"

杜鼎之不再说话，向严正人长揖到地。旁边的狄仁杰也向杜鼎之叉手施礼，道："杜兄心怀天下社稷，不计个人安危，实在令小弟敬佩！此次长安之行，能结识杜兄，狄某不虚此行！"

正在此时，外面传来一阵急乱的脚步声，韦星洲满头大汗地冲进屋来，大喊道："鼎之兄，大事不好！那个'红骷髅'又……"韦星洲一见严正人在座，立刻把后半截话咽回肚子里。

"'红骷髅'又怎么了？"杜鼎之和严正人异口同声地问。

韦星洲紧张得磕磕巴巴："昨夜，它杀了、杀了左金吾卫大将军王重达！"

……

二十八

白江口外海域。

武云宗腰插双横刀，斜背弓箭，静静地坐在一艘海鹘船之上。海鹘船是唐军配备的一种负责游击、侦查的小型海船，头低尾高，前大后小，如鹘之状，舷下左右置浮板，形如鹘之翅翼，以助其船平稳，避免倾覆。海鹘上左右张生牛皮为城，可以有效抵挡对方箭矢攻击。武云宗看着天上渐渐积聚的乌云，不由皱紧了眉头，他虽然并不熟谙海上行船，但是从头顶的乌云来看，一场狂风暴雨就要来到，这艘海鹘船不知道能否在波涛之中安然无恙？

船上配备了十名水军士兵，为首一人叫作钟大，浑身在海水中浸泡得黝黑发亮，极是精悍。钟大此时正指挥着水手张帆摇桨，加速驶离这片暴风雨海域。

海浪越来越大，武云宗随着浪头向船后看去，却意外地发现有三艘渔船模样的船只，在波浪之中紧紧跟来。武云宗的白马极有灵性，虽然拴在桅杆之下，此刻长嘶一声，似乎在提醒主人有危险临近。武云宗站到船尾，极目远眺，只见三艘渔船之上隐约有甲胄和兵刃的反光，看来船上人数不少。

武云宗喊了一声："大家小心，后面追来的是百济的兵船！"

如果顺风顺水，海鹘船利用风帆浮板，一定可以甩开百济兵船，但是此时海上狂风大作，海鹘船逆风行驶甚是缓慢，百济的兵船越追越近。钟大见形势危急，一刀砍断主帆缆绳，降下主帆，命令所有水手一起划桨，但是百济兵船上人多势众，划桨人数远超海鹘船，逐渐迫近，已经进入箭矢攻击范围。武云宗手执弓箭站在船尾，一箭将百济兵船上的头目射翻落水，武云宗第二箭射出，却因风大浪急，脚下站立不稳，只射在兵船的船舷上。

"百济派出三艘兵船追杀我，绝非海上偶遇，分明是有预谋的截击，是谁向百济透露我的行踪？难道是……"武云宗心中泛起疑云，但是此刻危机迫在眼前，眼看着三艘百济兵船已呈品字形将海鹘船围在中间，他却无计可施。

百济北部山区。

此时，崔破虏正策马奔行在百济北部的大山之中，这里林荫如盖，草深及腰，胯下的乌骓马无法全力奔跑。崔破虏担心大路之上遭遇百济复兴军，特意选了一条人迹罕至的小路。乌骓马久经战阵，对周边环境极为敏锐，此刻突然人立而起，仰天长嘶，马背上的崔破虏心中一紧，急忙从得胜钩上摘下银枪。远处的草丛中一阵翻涌，十几条绿色的波浪向崔破虏扑来，似乎草丛之下藏着噬人的猛兽。

一片乌黑的箭雨从树林中呼啸而出，遮天蔽日向崔破虏射来，崔破虏急忙舞起银枪，磕挡羽箭，同时驱马向旁边冲去，谁知草丛之中弹出一片渔网，兜头罩向崔破虏，与此同时，那十几条绿色波浪也已涌到崔破虏马后，草丛炸开，窜出十几个黑衣蒙面刀手，正是那天雨夜之中在熊津城截杀崔破虏的倭国杀手。

崔破虏不知还有多少埋伏的杀手，不敢陷入缠战，舞起银枪直接冲向那片渔网，挑飞渔网向后一甩，崔破虏膂力过人，直接将渔网和两个执网的黑衣杀手甩向后面的追兵，阻住他们的攻势。乌骓马甚是矫健，高高跃起，躲过地上的一条绊马索，一名黑衣杀手从草丛中跃出，手中长刀盘旋，像一团雪球一样向乌骓马滚来，分明是要斫断马腿，崔破虏大怒，手中银枪一闪，一枪将黑衣杀手刺个透心凉，他双臂发力，将尸身挑向身后，又砸飞一个凌空扑来的黑衣人，趁此瞬间，乌骓马已经冲出包围圈，向山林中疾冲而去。

又是一阵箭雨追射而来，崔破虏镫里藏身躲过，心中暗呼侥幸，这群倭国杀手分明是知道自己的路线，在此埋伏截杀。"这群该杀的短腿倭贼，他们是如何知道我的北行时间和路线，而且猜到了自己会避开大路，在这个山中小路埋伏，分明是一个十分了解自己的人在背后指使，难道是……"崔破虏驱动乌骓马，闯入莽莽群山。

一个胸前绣着白色菊花图案的黑衣人，正站在一块巨石之上，看着落荒而走的崔破虏，向身后挥了挥手，有人"呜呜"吹响了海螺号角，向远方的同伙传报崔破虏的方位。

白江口外海域。

三艘百济兵船将海鹘船围在中间，一声尖利的哨响，数不清的羽箭向海鹘船射来，钟大指挥水手张开生牛皮遮挡，武云宗双刀舞动，护在白马身前，将射来的羽箭纷纷荡开。海鹘船上水手有限，遮挡羽箭便不能划桨，船速更慢，追来的兵船架起跳板，准备跳船上来肉搏。武云宗跳到船舷之上，双刀舞得风雨不透，将第一波冲过来的数名百济士兵砍下海去，但是身后的船舷又搭上一块跳板，另一艘兵船的士兵哇哇怪叫着蜂拥而上，与唐军水手厮杀在一起，双方互有几人倒下。此时，即便武云宗武功再高，也是双拳难敌四手，海鹘船岌岌可危。

武云宗将心一横，向钟大喊道："快去操舵，撞沉他们！"

钟大架开百济士兵的刀枪，转动船舵，向右侧的兵船撞去，武云宗冲到钟大身后，拦住杀向钟大的百济士兵。只听一声巨响，海鹘船和百济兵船撞在一起，兵船船头撞烂，海鹘船右舷木屑纷飞，撞出一道尺许宽的裂口，两艘船上的人站立不稳，摔成一团，跳板上的百济水军像下饺子一样，惊叫着掉入大海。两艘撞破的船瞬间涌入大量海水，船体倾斜，在原地打转，眼看两艘船都要沉入大海。

武云宗用横刀插进船板，勉强站直身形，见海鹘船上只剩下他和钟大二人，其他的唐军水手全都战死，不由惨笑一声，没想到自己纵横疆场，最后竟然死在海上。

百济兵船上有人举刀大喊："扶余丰殿下有令，活捉那个都尉，重重有赏！"

三艘兵船上的百济士兵，纷纷爬上跳板，在倾斜的海鹘船板上慢慢围拢过来，一个个眼露杀气，紧紧盯住武云宗。武云宗知道事不可为，一刀斩断了白马的缰绳，拍拍白马的脖子，示意它独自逃生。白马甚是通灵，长嘶一声，从船板上径直跃入海水，向远处游去。

天空中一道霹雳闪过，划破如墨的乌云，倾盆大雨劈头盖脸地泼下，转眼就将四艘船上的人浇成落汤鸡。

武云宗转头问钟大："钟队正，你可敢随本校尉最后一战？"

钟大抹一把脸上的雨水，嘿嘿笑道："武都尉，对不住了，我可舍不得这艘船，这是我的命啊！"说完，纵身一跳，跳进船舱之中，几个百济士兵见钟大要逃跑，也跟着跃进船舱中。

武云宗怒骂一声："妈的，原来是你这个胆小鬼出卖老子！"他将双横刀架在胸前，看着满船的百济士兵，喝道："小爷就在这里，想要活捉我，要看你们有没有本事！"

一个百济士兵执枪刺向武云宗右腿，武云宗双刀飞舞，只听一声惨叫，百济士兵枪断、头飞、人倒！其余的百济士兵没想到武云宗如此凶猛，一时不敢靠近。

船舱里面漆黑一团，伸手不见五指，追到船舱之中的百济士兵正在摸索前行，忽然火光一亮，只见满脸狞笑的钟大手举火把出现在众人面前，在他身后有几只半人高的火油桶捆在一起，钟大轻蔑地看着面前的百济士兵，慢慢将火把凑到火绳之上。几个百济士兵立刻惊叫起来，拼命向船舱外面逃去，却挤在舱口无法动弹。

此时，武云宗面前已经横卧了四五具百济士兵的尸体，鲜血和着雨水，将船板浸泡得无比湿滑，蜂拥过来的百济士兵不少脚下打滑，摔得人仰马翻。武云宗头发散乱，雨水打湿紧紧贴在脸上，身上的衣服早已让敌人的鲜血染红，但是武云宗战意炽烈，势若疯虎，拼命挥舞双刀抵挡四面八方攻过来的兵刃。

武云宗身前短刀划开敌人的咽喉，身后长刀刺进另一名敌人的胸口，甲板上又添了两具尸体，这时他突然感觉脚下一震，眼看着像是一条巨蟒冲破船板，无数木块碎屑冲天而起，直接将他弹飞到半空。武云宗在空中看到一幅骇人的场景，海鹘船拦腰炸开，船上的人像石子一样抛向空中，纷纷坠入大海。

一个数人高的浪头扑来，将武云宗淹没在水下，水中是无数残肢断臂，海水猩红一片，等他再浮出水面的时候，只看见海鹘船断成两截，燃起熊熊大火，慢慢沉入海中，那艘撞烂的百济兵船受到爆炸冲击，也慢慢倾覆过去，眼看就要没入水中。武云宗的双刀有短链套在手腕上，所幸没有丢失，他将双刀收回背在身后，抓住一块漂来的船板，在惊涛骇浪中随波漂浮。游了数丈远，武云宗觉得胸口一甜，一口鲜血喷了出来，刚才那次爆炸还是震伤了内脏。

海面上传来一声清亮的马嘶，那匹白马正奋力向武云宗游来。武云宗在大雨中向着如山的波涛喊了一声："钟大，我错怪你了，你是条好汉！"

百济北部山区。

夜色深沉，山林之中寒气袭人，不时有凄厉的夜枭啼声传来，崔破虏燃起一堆篝火，用树枝串起干粮炙烤，乌骓马在旁边静静地啃食青草，这一日一夜马不停蹄地奔波，此时已是人困马乏。

崔破虏刚就着山泉水吃了几口干粮，突然警觉地站起身来，乌骓马人立长嘶，双腿倒踢出去，黑暗中传来一声惨叫，乌骓马踢飞一个试图靠近的黑衣人。"这群卑鄙的短腿贼人！"崔破虏大骂一声，绰起弓箭，向着林子深处射出三支连珠箭，树木后边两个黑衣人手捂胸口倒了下去。崔破虏见敌人已经偷偷摸了上来，用银枪拄地，跃上马背，直向山下冲去。

半山腰树林深处，传来一阵弩箭发射的声音，崔破虏身经百战，当即拨转马头向另一侧冲去，同时舞动银枪磕挡射来的弩箭，突然一抹深寒的刀光从树后飞出，直劈崔破虏的肩颈，崔破虏横枪一架，溅出一溜火星，刀枪旗鼓相当，两人都吃了一惊，偷袭的黑衣人一刀不中，立刻翻身后跃，没入草丛中。崔破虏隐约瞥见黑衣人胸前绣着一朵茶杯大小的白色菊花，看来此人就是这群倭国杀手的头目，功夫不在崔破虏之下。虽然黑衣人偷袭不成，这一瞬间的阻拦，还是让崔破虏分神，他只觉左肩一痛，原来中了一支弩箭。崔破虏咬住牙关，单手执枪将一名阻拦的黑衣人刺在树上，乌骓马用前蹄又踏翻一人，一人一马闯开一个缺口，冲了出来。乌骓马神骏异常，驮着崔破虏穿林过壑，躲过倭国杀手的围堵。

清晨时分，崔破虏来到一处十余户人家的小山村前面，小山村后面是一道狭长的山谷，村子正好处于山谷入口，无法绕过，此时村里飘起缕缕炊烟，正是家家户户做早饭的时间。崔破虏打量周围地形，原来这里已经进入高句丽地界。此时，唐军正在平壤一带与高句丽打得难解难分，高句丽军民痛恨唐军，进到敌国境界，崔破虏更加小心，他在小山村外找到一条溪流，备足饮水，敷药包扎左肩的伤口，将银枪、弓箭和横刀背负妥当，慢慢驱马进入小山村。几个村里的老人，聚在村子前面的空地上，目光漠然地看着崔破虏这个不速之客，似乎分不清他是唐人还是百济人。

山村后面的谷地里传来一阵马蹄声，有五名骑手冲进村子，马上五人既无头盔也无甲胄，但是看手中兵刃和马鞍饰物，分明是高句丽的骑兵。原来这是一伙从北部前线败退下来的溃兵，占据了高句丽和百济边境的高山，啸聚为寇，见山下村子晨炊升起，便冲进村子抢饭吃。

为首一名溃兵头目见到便装打扮的崔破虏，盯着他左肩上的裹伤布条看了几眼，有些怀疑，但是见到崔破虏马上的长枪和后背的硬弓，头目眨巴几下眼睛，还是把嘴边的话咽了下去。乱世之际，横的怕硬的，硬的怕不要命的，溃兵们似乎也不想招惹这个来路不明的人。溃兵们大呼小叫着在崔破虏身边盘旋一圈，然后涌入一户比较富足的人家，不由分说将主人家的饭食抢来果腹。

崔破虏并不理会溃兵，策马缓缓而过，时刻提防路旁房屋中有人偷袭。几户人家听到街上喧哗，打开门一看，见是溃兵们抢劫，吓得急忙关紧房门。遭到抢劫的那户富人家的主人与溃兵们发生争执，溃兵头目一脚将主人踢出大门，正好摔在崔破虏马前。主人是一个六十余岁的老翁，满脸涕泪，向崔破虏哀求道："好汉，救命啊！这群禽兽不仅抢了吃的，还要抢我的孙女儿……"

崔破虏冷眼一瞥，院内狼吞虎咽的溃兵们正围着一个十六七岁的女孩子动手动脚，言语下流，女孩子惊恐地左躲右闪。崔破虏握紧了腰间横刀，但是犹豫一下，又松开了手，继续催马前行。身处险境，崔破虏不想节外生枝。那个老翁趴在地上哀求："好汉，帮帮我们这些小民吧，没有天理了啊！"崔破虏不为所动，将心一横催马奔出小村。

崔破虏进入狭长的山谷，两侧山峰高耸，中间只留一线天空，地势甚是险要，崔破虏虽然疲惫不堪，但是此刻也是打起精神，倍加小心。后面传来一阵杂乱的马蹄声，还夹杂着女子的哭声，崔破虏回头一看，原来是那伙溃兵纵马而来，为首的溃兵头目马上横放着一个衣衫凌乱的女子，正是那个老翁的孙女，伏在马背上嘤嘤哭泣。崔破虏听见女孩子哭声凄惨，不由暗暗握紧了拳头，那五个溃兵打马从崔破虏身边冲过，为首的头目还得意地冲崔破虏晃一下马鞭，鞭稍扫过乌骓马，惊得乌骓马长嘶而起。

崔破虏顿时怒火升起，拔出腰间横刀一扫，最后一名溃兵立刻身首异处，倒栽落马。第二名溃兵见同伙殒命，大叫一声，挺枪刺向崔破虏，崔破虏横刀贴着枪杆向上削去，将溃兵的手指、胳膊、脑袋一刀斩落。剩下三名溃兵见崔破虏如同杀神下凡，不由大骇，拨马分头而逃。崔破虏既然动手杀人，便不想留活口，绰起银枪飞掷出去，将第三名溃兵穿心而过，钉在地上。此时，挟持女子的头目已经夹马逃出三四十步远，崔破虏冷笑一声，摘弓在手一箭射出，羽箭自头目的后脑贯入，从眼眶穿出，头目的尸身如同烂木头一样倒撞下马，带着那名女子也摔下马来。此时，最后一名溃兵拼命打马，已经逃出百步之遥，崔破虏张弓搭箭，稳稳瞄准奔逃中的溃兵，一箭射出，正中溃兵后背，那名溃兵伏在马鞍上，消失在树林之中。该着这名溃兵命大，这一箭竟然射在溃兵身后所背的刀鞘之上，捡了一条命的溃兵慌忙奔向山上老巢。

崔破虏眨眼之间连杀数人，他从溃兵身上拔出银枪，策马缓缓而来，那名衣衫不整的女孩子哪里见过这场面，连吓带摔，已然晕了过去。崔破虏跳下马来，摘下腰间水囊喂了女孩子一口水，可怜的女孩子悠悠醒转，看见崔破虏的面容，凝视片刻，忽然冲着崔破虏莞尔一笑，笑容似睡莲初绽，极是妩媚。

崔破虏一见女孩子的笑容，立刻心中一凛，腾身向后跃起，但是为时已晚，一团白色的粉末从女子手中掷出，大半洒在崔破虏的脸上，崔破虏目不能视物，拔刀在粉雾中连劈两刀，那个女子娇笑一声，贴地滚远。崔破虏待要追赶，却只觉头晕目眩，脚下一软摔倒在地……

二十九

长安城，左金吾卫大将军王重达府邸。

严正人、杜鼎之和狄仁杰三人一起围在王重达的尸身旁边，查看这位正三品大将军的死因。王重达脖子后侧也有一片噬咬的痕迹，痕迹之下的肌肉呈现中毒的青紫色，看情形与林玉图和蒋记工行四人的死法如出一辙。

王重达没有子嗣，便在部下将校中收养了一名义子，名叫王进，现任左金吾卫校尉。严正人派人将王进喊来问话，王进说王重达昨天晚上一直把自己关在书房中，房中灯火彻夜未熄，家人不敢进来打扰。早晨时分，家中仆人前来送早餐，却不料从房中窜出一个浑身白骨、血口獠牙的"红骷髅"，把王府上下吓得鸡飞狗跳，待"红骷髅"消失以后，家中仆人壮着胆子进来一看，王重达已经伏在书案上死去多时。家中仆人一边报官，一边去左金吾卫军中将值戍的王进找回来主事。

几人听完王进的述说，杜鼎之让王进出去主持丧事，将他打发离开。杜鼎之起身打量书房中陈设，见两把椅子和烛台倒在地上，书架上的书籍抛撒一地，整个书房凌乱不堪，似乎经历了一场激烈的搏斗。

杜鼎之目光落在书案的砚台、毛笔之上，不由眼睛一亮，旁边的狄仁杰与杜鼎之目光相遇，彼此都会心一笑。原来，两人都看出了房中现场的破绽，王重达身下的书案上，砚台和毛笔摆放得整整齐齐，如果房中经过激烈搏斗，为何王重达伏毙的书桌却是丝毫不乱？而且两把椅子和烛台全都倒在书籍之上，明明是有人先抛撒书籍，后扳倒椅子烛台，造成房中混乱景象。王重达戎马军旅，武艺过人，若非熟悉亲近之人，很难杀死他，由此看来，凶手应该是王重达的熟人，刺杀王重达之后，故意制造出一幕搏斗现场。

狄仁杰和杜鼎之两人点点头，再次细察王重达的伤口。狄仁杰指着噬咬痕迹之下的针孔，问："杜兄，你查验过林玉图和蒋记工行四人的尸身，这次行凶手法与前两次可有什么异处？"

杜鼎之俯身察看良久，道："用噬咬痕迹掩盖针孔，毒针之上涂以岭南赤练蛇剧毒，见血封喉，杀人手法与前两次并无异样。但是……"

严正人心中焦急，催促他："但是什么？你倒是快点说啊！"

"但是这个针孔与林玉图身上的针孔完全一致，粗而扁，蒋记工行四人身上的针孔却不是这般，针孔细而圆。"杜鼎之肯定地说道。

狄仁杰点头道："看来这针孔印证了'红骷髅'果然不止一人，除了真凶之外，还有人在模仿作案。"

严正人一脸沮丧，道："是不是模仿并不重要，重要的是死的可是王重达，正三品的左金吾卫大将军，朝廷的股肱之臣！圣人和武皇后严责下来，我们……，咳！"严正人使劲拍一下自己的大腿，杜鼎之和门外守候的韦星洲也觉得后脖颈直冒凉气，仿佛刽子手的鬼头刀已经按在自己的脖子上。

严正人向杜鼎之和狄仁杰介绍，王重达死前曾经来大理寺求助自己，帮他查清"紫燕子"盗走书信的真相。当日，杜鼎之曾经在大理寺见过一脸愁容的王重达，没想到竟是最后一面。严正人说，据王重达向自己陈诉，那封在黑市炒得沸沸扬扬的信，他是丝毫不知情，坚称自己从未与淮西王李麒和王府长史邢玠有过书信来往。城中传言，大盗"紫燕子"从他府中偷取邢玠来信，在黑市中高价售出，王重达得到消息后，极是惶恐，急忙进宫面圣，向圣人和武皇后磕头解释自己的冤屈，圣人李治相信了这个军功卓著的老将不会参与谋反之事，但是武皇后始终面沉似水，一言未发。王重达心中忐忑，从宫中出来后，赶紧来到大理寺向老友严正人求助，请他赶紧抓住"紫燕子"，查明事情真相。没想到大理寺还未找到"紫燕子"，他却已葬身在"红骷髅"手中。

韦星洲进来禀报，长安县衙役已将王府仆人盘问完毕，家中仆人与王进述说基本一致，谁都不曾见过"红骷髅"何时进入王重达书房，清晨天亮时，送饭的仆人刚刚敲响房门，"红骷髅"就从里面冲出来，在院子里张牙舞爪咆哮一圈，才翻墙逃走。

　　杜鼎之略一沉吟，吩咐韦星洲带着衙役捕快在府中四下察看，是否有"紫燕子"留下的标记，前两次"红骷髅"出现行凶，都与"紫燕子"不期而遇，说不定这次也会找到"紫燕子"的踪迹。韦星洲带着捕快巡视两圈，没有发现任何与"紫燕子"有关的线索。

　　严正人问杜鼎之和狄仁杰，道："两位贤弟，你们认为眼下当务之急应该怎么做？"

　　杜鼎之道："在下认为，应该全力找出'红骷髅'的下落，不能再让这个妖孽祸乱长安！"

　　狄仁杰点头赞同，道："不仅要找出'红骷髅'，还要弄清楚它为何杀死林玉图、蒋记工行众人，以及大将军王重达，在下觉得，死亡的数人并不是'红骷髅'的主要目标，'红骷髅'犯案的背后，应该隐藏着一个惊天阴谋，不可不防！"

　　狄仁杰此言一出，严正人和杜鼎之深为赞同，杜鼎之正要说出林玉图府中那张神秘的图纸，忽然外面传来一阵喧哗，只见一个宫中内侍急匆匆进来，传武皇后懿旨，宣严正人和杜鼎之入宫觐见。严正人领旨的同时，向杜鼎之递个眼色，两人都是一脸惊慌忐忑的表情，彼此心照不宣，这趟进宫，轻则一顿申斥，重则贬谪流放都有可能。

　　狄仁杰见武皇后插手案情，他不敢再多言，只能与严正人和杜鼎之匆匆作别，踏上返回并州之路。

　　杜鼎之看着狄仁杰远去的背影，低声对严正人道："严公，此次进宫，我若是惹怒了武皇后，大理寺丞这个位置，我已经替您物色好了接替之人。"

　　"你是说狄仁杰狄怀英？"严正人一脸担忧，道："别想那么久远的事了，先过了眼下这关再说吧。"

　　长安，含元殿。

　　严正人和杜鼎之进到宫中，内侍引二人到含元殿偏殿，殿中央放着正在兴建的大明宫模型，这个模型足有一人高，虽是模型，但是气势巍峨，让杜鼎之心中暗生敬畏。他官职低微，从未有机会觐见武皇后凤颜，只是从别人口中听闻这个侍奉过两朝帝王的女子威势天成，魄力过人，气度恢宏，是后宫中百年不遇的奇女子。杜鼎之跪拜在地，偷眼观望大明宫模型，心中暗暗将其与"紫燕子"盗取的那张神秘图纸进行比较，发现没有半点相似之处。

门外传来一阵环佩之声，一个俊秀的女官引着武皇后进到殿中，身后还有几名宫女相随，杜鼎之低头不敢仰视，只觉一阵香风袭来，武皇后已经在凤椅之上就座。杜鼎之手心微微出汗，满心忐忑准备迎接皇后的申斥。

谁知过了良久，并没有等来想象中的狂风暴雨，反而传来温婉的问候："两位爱卿平身，本宫知道你们侦办案件辛苦，特令宫中为你们备了焉耆进贡的瓜果和美酒，请你二人品尝。"那个俊秀的女官带人端着杯盘进来，盘中是翠绿的甜瓜和晶莹的葡萄，还有一杯色泽殷红的葡萄酒。

"没有训斥，竟然还请喝酒吃瓜果，这葫芦里卖的什么药？"杜鼎之心中纳闷，偷眼去看严正人，严正人此时眼观鼻、鼻观口，正襟危坐，并不理会他。杜鼎之见上司如此拘谨，伸出去摘葡萄的手慢慢又缩了回来，努力坐直身体，学着严正人的样子，目不斜视。

武皇后微微一笑，道："严爱卿，莫非还在生本宫上次训斥你的气？"听她如此说，看来上次严正人磕头磕得额头发青的传言是真的。

严正人赶紧起身施礼道："启禀皇后，微臣不敢，微臣没有抓住杀害王、林二位大人的凶手，内心愧疚，不敢享用美酒美食。"

武皇后摆摆手，让严正人平身归座，道："难道没有抓住凶手，便不肯饮本宫赐的美酒吗？"

听她这么一说，严正人只好端起酒杯，用袍袖遮掩，轻轻啜饮一口。杜鼎之有样学样，也端起酒杯，尝了一口葡萄酒。武皇后目光转向杜鼎之，问他："杜爱卿，你可知本宫今天为何宣你进宫？"

杜鼎之赶紧跪倒，道："微臣不知。"

武皇后慢悠悠说道："郭元振在本宫面前保举你，说你是长安城中唯一能抓获'红骷髅'的人，本宫很是好奇，竟不知大理寺中有这等人才？"看来郭震对杜鼎之评价很高，竟然在武皇后面前保举重用杜鼎之。

杜鼎之满心惶恐，低头道："郭监丞谬赞，微臣愚钝，难担如此重任。"

武皇后上下打量一遍杜鼎之，问道："杜爱卿，王重达暗中勾结淮西王李麒，意图里应外合谋反，此二人虽未举事，但已朝野尽知，如今他死于非命，莫不是那些乱臣贼子杀人灭口？"

杜鼎之更加惶恐，以头触地，道："微臣不知，不敢断言，微臣正在尽力调查……"

严正人在旁边赶紧接过话来，道："启禀皇后，大理寺即刻严查王重达与淮西王李麒，必定竭尽全力找到杀人凶手！"

看着两人惶恐的样子，武皇后微微一笑，挥手道："严爱卿，上次本宫给你的破案时限，你可不要忘记了，中元节之前一定要还长安城一个清静。本宫乏了，你们退下吧。"

严正人和杜鼎之慌忙退下，杜鼎之内心紧张，倒退出门时几乎绊倒，幸亏严正人一把抓住他的手腕，帮他稳住身形。二人走出宫门老远，彼此才长出一口气。

杜鼎之心情不再紧张，却又后悔刚才没吃几粒焉耆的葡萄，说："严公，刚才那葡萄真是焉耆进贡来的？我可是从没吃过……"

严正人在杜鼎之后脖颈上拍了一巴掌，道："你这个又犟又馋的傻子，刚才若是再多言几句，今日只怕就是你身首分家之日！"

杜鼎之不解，摸摸自己的脖子，道："严公为何出此言？我看武皇后今天很是开心啊？"

"傻子，你以为武皇后是真的体恤你办案辛苦，请你饮酒吃瓜？"

"那她是……"

"武皇后已经帮你把案子定性了，杀死王重达的只能是李麒等人，这就是她今天召见我们的原因，以后是福是祸，就看你我的造化了！唉，难啊！"严正人长叹一声，不再理杜鼎之，独自背着手离去，从后面看他的身形已经有些佝偻。

"定性？定什么性？"杜鼎之装出纳闷儿的样子，在原地装了两圈，好像犹自后悔："哎呀，多诱人的葡萄啊……"

杜鼎之表面装傻卖憨，其实心里明镜一样，武皇后召见他们，就是想利用这两件案子作文章，借助大理寺之手帮她铲除淮西王李麒等异己。杜鼎之正因为洞悉其中玄机，所以才犹犹豫豫不敢接手侦办案件。

含元殿偏殿。

那个俊秀的女官来到武皇后面前，点上一盏熏香，武皇后在这香气中支颐假寐。过了一会儿，武皇后忽然开口问道："云襄，那封信你可拿到了？"

名叫"云襄"的女官躬身答道："启禀皇后，那封信我已保管妥当。"听云襄这么说，普渡寺中假扮康国商人、杀死通译抢走密信，后来又与韦星洲交手的人，竟是眼前这个娇弱的女官。

云襄轻声问："那封信，我是否销毁，请皇后定夺。"

武皇后并不睁眼，道："既然王重达已死，这封信就是李麒谋反的铁证，为何要销毁？你收好了，早晚会用得着的。"

云襄点头道："是，奴婢记住了。"云襄转头看看殿外，道："启禀皇后，长宁公主和她侄女清阳县主李如正在等候，是否宣她们进来？"

武皇后慢慢睁开眼睛，道："听说这两个人最近在长安城引起不小非议，老的与人有私情，小的扮作男人出入歌楼酒肆，李家的脸面都让她们败坏尽了。"

云襄见武皇后一脸不悦，道："奴婢出去回了她们？"

武皇后慢慢坐直身体，道："来都来了，宣进来吧。"

少顷，长宁公主与清阳县主李如在两名宫女的陪同下，进到偏殿向武皇后行礼。珠翠满头的长宁公主三十出头，一脸富贵傲气，因为李唐宗室与武氏家族争势，她虽然向武皇后行礼，却是冷着脸子，颇有不忿之气。李如年约二十，容貌秀丽，乃是圣人堂弟清阳王李崧的独生女儿，刚获封清阳县主，此次是随姑姑进宫谢恩的。

武皇后虽然心知长宁公主心有不忿，却偏偏不去理她，开口向李如道："如儿，近前来，让本宫好好看看你这个美人儿。"

李如怯生生地走上前来，武皇后拉着她的手，低声问道："长安城里的歌楼，哪家最好啊？"

李如顿时吓得脸色发青，就要跪下请罪，但是武皇后轻轻拦住了她，又在她耳边低语几句，李如顿时羞红了脸，不但不再拘谨，立刻神色之间和武皇后亲昵不少。长宁公主在阶下满心狐疑，想不明白武皇后短短数语就将这个野性难改的清阳县主拉拢过去。其实，武皇后与李如亲近，就是做给长宁公主看的，她故意要在这对姑姑与侄女间插进一根"楔子"。

长宁公主和李如从偏殿出来后，长宁公主心里藏不住事，开口询问武皇后和李如两人说了些什么，李如扭捏半天，才向姑姑承认，原来武皇后要在武家子侄中，给李如选一个如意郎君。长宁公主一听就明白了武皇后的用心，她是想利用姻亲关系分化李氏宗室，而心思单纯的李如却以为武皇后疼爱自己。想明白这点，长宁公主脸色更是难看，抛下李如匆匆离去。

三十

熊津城，唐军营地。

刘仁轨站在血肉模糊的任权尸体之旁，军中忤作向刘仁轨呈上一个托盘，盘中放着一支凝结着血迹的羽箭，还有一块血迹斑斑的布条，这两样东西都是从任权尸身上取出的。刘仁轨挥手让忤作退了下去，他拿起那支羽箭细细端详，箭镞为三角形，箭杆为硬木制成，是一支常见的唐军箭矢，与百济复兴军所用的扁锥式羽箭完全不同，加上这支羽箭是从任权颈后射入，咽喉穿出，说明射箭之人应该是一名身处任权后方的唐军将士。竟然是唐军内部人射杀任权，想到此处，刘仁轨握箭的手不禁有些颤抖。

刘仁轨拿起那块从任权护心镜中找到的布条，在桌子上慢慢摊平，久久凝视着布条上两个血字，那两个字是任权最后蘸着伤口的血写下的——"夜枭"！

"夜枭？"刘仁轨看着两个潦草的血字，满心疑问，想不明白任权为什么会留下这两个字？他转身向外面喝道："来人，去将任权将军的亲兵带来！"

少顷，两名任权的亲兵跪拜在刘仁轨面前。刘仁轨向他们详细询问那日死鹰岭激战的情形，尤其在任权中箭的瞬间，到底发生了什么？两名亲兵拼命搜索记忆，向刘仁禀告当日任权殒命死鹰岭的经过。刘仁轨听完，沉吟一会儿问道："当时，任将军指挥我军结成盾阵向山脊逆袭，我军之中都有哪些人张弓与敌人对射？"

一名亲兵使劲摇头，说当时只顾着执盾为任权将军遮挡敌人箭雨，没有注意战场上的细节。另一名亲兵想了想说："小的看到我方盾阵之中，有几个射艺精湛的将士，张弓与敌人对射。"

刘仁轨眼睛一亮，追问道："你详细说来，都有哪些人？"

亲兵道："小的只认识崔破虏与武云宗两位都尉，他们二人一直与山脊上的敌人对射……"

刘仁轨慢慢握紧了拳头，颔下白须微微抖动，显然亲兵的话在他心中引起巨大震动。刘仁轨让两位亲兵好好回忆，死鹰岭激战前后还有什么异常之处？两个亲兵对视一眼，一个亲兵犹犹豫豫地说："启禀刺史，那夜我军转向加林城行进途中，一路上夜枭啼叫之声不断，小的以为是大军进入山区，惊扰了山中夜枭，但是小的跟随任将军四处征战多年，从没听过这么密集的夜枭叫声……"

刘仁轨突然心中一亮，问道："你确定那晚夜枭啼叫之声格外密集？"

"是，小的确定！"亲兵肯定地答道："百济敌军发动突袭之前，任将军也曾勒马倾听夜枭啼叫之声，小的就在他马后，看得清清楚楚！可惜，没等小的向任将军询问，敌人就开始袭击了……"

刘仁轨心中雪亮，顿时明白任权血书的"夜枭"二字含义，任权也是对那夜的夜枭啼叫心生怀疑，所以用鲜血写下"夜枭"二字。

困扰刘仁轨多时的难题终于有了答案，那夜熊津城唐军二更出发，名义上是夜袭周留城，其实半路转向加林城，计划缜密，只有他和任权二人知道内情。但是百济复兴军竟然提前知道唐军进攻路线，在死鹰岭设下埋伏，重创唐军。听亲兵这么一说，刘仁轨意识到军中确实还有隐藏极深的百济奸细，那夜暗藏的奸细很可能是利用夜枭叫声进行联络，将唐军夜袭行动报知给百济复兴军。在死鹰岭激战中，这名狡猾的奸细见任权身先士卒，指挥唐军几乎逆袭成功，就在背后一箭射杀任权，终致唐军溃败。

"这个深藏不露的奸细究竟是谁呢？"刘仁轨内心的疑点隐隐集中在崔破虏和武云宗两人身上，但是他又想到任权曾经和他说起的话，"……我已与军中一个信得过的将校密谈过，他也对此事深感忧虑，他愿意做我们的'捕雕手'，在暗中为我们密查内奸，肃清内患。"任权口中所说的信得过的"捕雕手"分明也是崔、武二人之一，那么这两个人到底谁忠谁奸？

"崔破虏和武云宗二人已出发多久？"刘仁轨问身边值戍虞候。

虞候答道："他二人凌晨时分出发，此时已经去得远了。"

刘仁轨叹了口气，让虞候找来军中负责兵刃器械的旅帅，让他察看射杀任权的箭矢有无异处。旅帅辨认良久，说这批箭矢是他亲自监工督造，确实是唐军箭矢无疑。

刘仁轨又问："果毅都尉崔破虏和武云宗所用箭矢，是否也是这种箭矢？"

旅帅答道："没错，这两位都尉是军中最好的神箭手，每次行动时都从我这里多领取几个箭囊，而且他二人关系极好，经常互换箭囊。"

刘仁轨默然无语，挥手让旅帅退下，一个人在屋内负手踱步。过了良久，刘仁轨拿起毛笔，饱蘸浓墨，正要挥毫书写，却又悬腕停在半空，似乎内心极是犹豫，无法下最后的决心。刘仁轨沉吟多时，笔端一滴墨汁悄然滑下，滴在宣纸上，他终于落笔写下一行字——"夜枭"已赴长安！

这六个字落纸，说明刘仁轨已经认定崔破虏和武云宗二人之中，必有一人是百济奸细，甚至已经猜出他的代号。"青鸾"之外，还有"夜枭"！

面色凝重的刘仁轨踱了一圈，又俯身在纸上写下几行小字，然后将纸卷成长条，塞进一个小铜管中，他来到室外，亲自将铜管绑在一只鸽子的腿上，扬手将鸽子抛向天空，鸽子在熊津城上空盘旋一圈，径直向大海对岸的大唐飞去。这只鸽子是刘仁轨带兵援救百济时，与朝廷约定的紧急联络方式，不到生死关头，绝不动用。

"夜枭"已赴长安！

此时，在陆路和海路挣扎前行的崔破虏和武云宗，并不知道发生的一切，他们的目的地长安很快就要张网以待，捉拿"夜枭"！

到底谁是"夜枭"？谁又是"捕雕手"？

三十一

东海之上。

海上肆虐的暴风雨渐渐平息，百济复兴军剩余的两艘兵船在狂风中不知去向。一轮朝日从海中跃出，海面上金鳞万道，令人目眩神迷。武云宗抱着船板漂在海上，浑身筋酸骨软，迎着阳光只觉眼前一阵阵发黑，他身边的白马虽然神骏擅泳，但是毕竟不能长时间游水，此刻浸泡在海中已经支撑不住，鼻息越来越重，眼看就要沉溺水中。

正在绝望之际，忽然一艘大船背着日光驶来，朝日照得船帆金光灿灿，仿佛从龙宫之中驶来的宝船。武云宗大喜过望，对着鼻喷白沫的马儿喊道："伙计，我们有救了！"

大船驶到近前，武云宗才看清楚大船的船帆竟然是金色，怪不得在阳光下如此耀眼，船帆上绣着一个红色的巨人，巨人狰狞威武，手执利斧，却没有脑袋，似乎是《山海经》中"刑天舞干戚"的图案。武云宗心中纳闷儿，无论是唐朝水军还是百济水军，都没有用"刑天"作为船帆的。

大船放下小舟将武云宗捞起，又用船舷上的绞盘绳索将白马吊到船上，船上装备绞盘，看来经常吊运重物。武云宗腿脚无力，上船就不由自主摔倒在船板上，水湿淋漓的白马也挣扎难起，卧倒在他身旁，不停地喷着鼻息。

武云宗在船板上翻了一个身，只见船上一群精壮黝黑的汉子，人人赤身光脚，手中握着锃亮的大刀，一脸坏笑地看着船板上的一人一马。武云宗暗暗叫一声"苦也"，他心下明白，这是一艘海盗船！

一双脚慢慢走近武云宗身前，武云宗顺着脚向上望去，只见一个身穿白衣，留着三绺长髯，神态儒雅的中年文士正低头俯视着他，中年文士怀里抱着一只憨态可掬的狸花猫，举止温文尔雅，神色之中却透着凌厉，他的眼睛从武云宗的脸上慢慢移到他背后的双刀之上，又移到那匹正要挣扎站起的白马身上，赞道："好刀！好马！"中年文士看来儒雅，在海盗船上显得鹤立鸡群，但是他显然是这群海盗的头目，其他海盗连看他的眼神都是无比恭顺。中年文士称赞武云宗的刀与马，却对武云宗视若无物。

一个海盗搬来椅子，中年文士大马金刀地坐在武云宗面前，摩挲着怀中的狸花猫，问道："你就是扶余丰重金悬赏的唐军信使？"

武云宗一惊，没想到自己刚刚扬帆出海，百济扶余丰不仅知道自己的行踪，而且已经公开悬赏捉拿，看来对自己是了如指掌。

武云宗自知抵赖无用，他挣扎起来，面对着中年文士盘膝而坐，苦笑道："听说扶余丰从不吝啬金钱，不知道他为我开出什么价码？"

中年文士微微一笑，指着周围的海盗和这条大船，道："我把你送给扶余丰，我这班兄弟至少三个月可以不用出海，而且每天吃香的喝辣的，你觉得这个价码如何？"这条大船上的海盗至少有一百多人，相当于唐军两三个小队，三个月的人吃马喂，自然不是一笔小数字。中年文士笑眯眯地问武云宗："小兄弟，你就是'唐军双璧'之一的武云宗？密信在哪里？把密信交给我，我可以放你一条生路。"

武云宗没想到对方连自己的名字都知道，他拍拍身上还在淌水的衣服，脸上的笑容比哭还难看，道："我在海水里泡了这么久，身上的密信早就让龙王爷拿走了！"

中年文士挥一下手，过来几个海盗，拽起武云宗，摘下他身上的双刀，将他牢牢捆在桅杆上，浑身上下一顿搜索，武云宗也不挣扎，任由几双粗手把自己里里外外摸索个遍，海盗们向中年文士摇摇头，没有发现密信。

武云宗绑得像个粽子似的，嘴里却不闲着，问那中年文士："老兄，看你的打扮，还有听你口音，分明是大唐青州莱州一带人士，为何甘心为百济残寇驱使？"

中年文士大笑，道："看我的船帆，难道还不知道我是谁？我虽是大唐人士，却只给一个主子卖命，这个主子就是钱，谁给的钱多我就给谁干活！"

其实，武云宗第一眼看到那面绣着"刑天舞干戚"的船帆，就隐约猜到这伙儿海盗的来路。近年来，因为大唐和高句丽、百济等国战事不断，在东部海域上乘乱出现了一伙称为"锦帆贼"的海盗，为首一人号称"白衣刑天"，极是剽悍骁勇。"白衣刑天"本姓刑，是一个落第文人，为人狠辣无情，据说他特别喜欢挖人眼睛，虐杀无辜，此人带领手下海盗称霸海上，不时骚扰抢劫百济、新罗、高句丽、倭国甚至大唐的商船。扶余丰回到百济后，重金收买各路海盗劫匪，在水路陆路上袭扰唐军运输线路，"白衣刑天"便乘机投奔扶余丰，带领手下赚了不少钱财。

武云宗讥笑道："久闻'白衣刑天'本是海上枭雄，奈何今日一见，却是一个鼠目寸光之徒，可笑可笑！"

"白衣刑天"平日里喜欢挖人眼睛，此时让人说"鼠目寸光"，自然以为是故意讥讽自己，他面色一冷，道："说我鼠目寸光，何来此言？"见统领动怒，两个海盗不由分说，将雪亮的大刀架在武云宗的脖子上，只等"白衣刑天"一声令下，就将武云宗首级枭下。

武云宗毫不畏惧，缓缓道："天下人都知道，大唐早已攻灭百济，扶余丰残部不过是百足之虫死而不僵，苟延残喘而已，你把一船兄弟的性命都绑在这个行将就木的人身上，岂不是鼠目寸光？"

"白衣刑天"本欲发怒，但是又觉得武云宗的话并不无道理，他摸着狸花猫，把怒火强忍下来，道："人为财死鸟为食亡，我这班兄弟为钱拼命，你口中的成王败寇对我们来说就是狗屁，真金白银才配让我们卖命！"

一个海盗把武云宗的双刀奉给"白衣刑天"，他饶有兴致地把玩着双刀，实则是检查密信是否藏在刀中。其余的海盗聚集到武云宗面前，趁机羞辱这位唐军军官，一名海盗将刀尖从武云宗咽喉划到胸腹，在武云宗身上留下一道长长的血口，鲜血直流，另一名海盗狞笑着将一大碗海盐抹在伤口上。武云宗忍住剧痛，紧咬牙关，一声不吭。大唐近年与高句丽、百济连番交战，水军纵横海上，连带着将海上群盗荡平不少，"锦帆贼"本来有三艘海盗船，另外两艘船就是在与大唐水军交战时遭到击沉，所以这群海盗捉到唐军军官，人人都欲杀之而后快。一群海盗见武云宗如此强硬，有人敬佩他是一条硬汉，有人则想出更毒辣的计谋，要把武云宗全身划满伤口，涂抹上一层海盐，然后倒吊在桅杆之上，晒成人肉干，看看他能熬到几时才说出密信下落。

"白衣刑天"饶有兴趣地看着部下折磨武云宗，不时逗弄怀中的狸花猫，并不制止。这时，桅杆上面负责眺望的一名海盗突然大喊一声："有船来了！"

"白衣刑天"登上船艏，极目远眺，只见视线尽头两艘样式古怪的海船快速驶来。"白衣刑天"定睛细看一会儿，大声道："弟兄们，抄家伙！是我们的同行抢生意来了！"

海盗船上顿时一片躁动，所有海盗都喊叫着抓起兵刃，涌到甲板上准备迎战。武云宗以为是来了唐军战船，虽然捆在桅杆上，也拼命扭头望去，只见海面上飞一般驶来两艘战船，船体不大，低矮扁平，但是速度很快，船帆之上印着菊花的图案，竟然是倭国的战船。战船上的倭国士兵着装怪异，只着上衣短裤，赤着双脚，手中是长逾三尺的长刀和超过丈许的竹枪，还有一些人背着比自己身高还长的大弓。武云宗虽然听不懂倭语，但是从"白衣刑天"和手下的对话中隐约听到双方争斗的缘由。原来这两艘倭国战船本是流窜在大海之上的倭国海盗，平日里素与"锦帆贼"为敌，两伙海盗经常械斗厮杀，今天这伙倭国海盗见到"白衣刑天"捉了扶余丰重金悬赏的唐军信使，不由贪念大动，驾船追来抢夺信使，准备向扶余丰讨赏，而且他们还有另外的如意算盘，就是想从信使身上的密信获知唐军动向，将这份价值连城的军情卖给自己的主子。

倭国两艘战船上吹响号角，两船一前一后向"锦帆贼"的大船攻来，"白衣刑天"命令手下海盗与倭国战船张弓对射，双方顿时箭矢飞舞，你来我往杀在一处。倭船胜在船体小巧灵活，前后穿梭如飞，船上人数众多，箭密如雨。"锦帆贼"却胜在船体高大，居高临下攻击对手，而且仿效唐军水师中楼船、艨艟的装备，在船上安装了"拍竿"，"拍竿"就是从船头伸出一根数丈长的硬木杆，上缚巨石重物，用绳索拉高拍砸敌方船只，一旦"拍杆"砸中，轻则船体破损，重则倾覆沉没。两艘倭船虽然人多，但是忌惮对方的"拍竿"，不敢过分靠近，只能一味在外围游走攻击。

倭船攻击不下，忽然发出一声鬼哭般的号角，船上的士兵立即燃起两大盆火，点着箭矢，用火箭向"锦帆贼"的大船射来。"白衣刑天"并不慌张，依然怀抱着狸花猫，指挥部下张起生牛皮遮挡火箭，又有一队海盗负责用海水扑灭着火之处。

　　"锦帆贼"海盗中有四五个人抬着一根粗大的竹筒出来，在牛皮之下悄悄瞄准一艘倭船，两名海盗用力将竹筒后面的木塞向前推去，只见一股黄色的水流从竹筒前面喷出十余丈远，将倭船前排的士兵浇个透心凉，随后一支火箭射了过去，倭船上的士兵顿时燃起熊熊大火，原来竹筒中喷出的竟是火油。数十个着火的倭船士兵大声哀号，不少人干脆跳进海中浸灭身上的大火。"锦帆贼"偷袭得手，船上海盗大呼喝彩，两艘倭船吃了大亏，只好远远退开。

　　这场海上缠斗，足足有两个时辰，"锦帆贼"虽然击退敌人，但是自己船上中箭毙命五六人，另有十多人受了箭伤。双方各自吹响号角，向两个方向驶去。武云宗见这群"锦帆贼"虽然凶狠残忍，但是海上作战章法有度，进退有节，不由也是暗暗敬佩。船上群盗忙着救治死伤，无暇顾及武云宗，武云宗暗中蓄养体力，竖起耳朵偷听海盗交谈，大船竟是向白江口方向驶去，武云宗不由气馁，自己在海上一番血战漂流，竟然又回到出发地。

三十二

高句丽边境。

一碗凉水泼在崔破虏头上，让他从昏迷中清醒过来，崔破虏只觉一双柔软的小手在自己身上到处摸索，他慢慢睁开眼睛，正是那个女子在他身上搜索密信。崔破虏翻身欲起，却发觉双手双脚绑得结结实实，只能横躺在山谷边的石头上。

女子见他醒来，娇笑一声，问道："都尉老爷，你的信在哪里？"

崔破虏听她舌头有些僵硬，说话不利索，既不像百济人士，也不是国内女子。他暗中运劲，挣了两下，却没有挣开绳索，那个女子右手轻轻掠过崔破虏的咽喉，笑道："都尉老爷，你是我的俘虏，拿密信换你的命！"

崔破虏怒斥道："你是何方妖女？竟然用迷香这种下三烂手段暗算我！"

女子娇笑道："我的名字就是妖女，你怎么知道？我叫'樱月妖'，是为师姐辉夜姬报仇的！"

原来这个女子就是辉夜姬和金柔儿的师妹，叫作"樱月妖"，来自倭国，最为擅长易容和暗杀，适才她在村子中扮成富户的女儿，崔破虏虽然警惕万分，最后还是着了她的道儿。崔破虏听到她自报门户，是辉夜姬的师妹，心中顿时一沉。

樱月妖手中亮出一把精光闪烁的短匕，抵在崔破虏的咽喉上，笑道："都尉老爷，我准备在这里割一刀，用一个时辰把你的血放干净，你说好不好？"她用娇声软语与人商量，却偏偏说着令人不寒而栗的事。崔破虏冷笑一声，并不在意樱月妖的恫吓。

　　樱月妖没有马上杀掉崔破虏的打算，她在崔破虏身上没有找到密信，就把目光转向那匹乌骓马，但是乌骓马却警惕性很高，一见她试图过来，立即高扬双蹄准备踩踏下来，樱月妖一时不敢靠近。

　　正在此时，山谷中忽然传来一阵杂乱的马蹄声，只见一队高句丽骑兵挥舞刀枪从谷中冲出，大约二十余骑，人人丢盔弃甲，衣衫褴褛，但全都满脸凶悍之气，原来这群高句丽溃兵是刚才那五名骑兵的同伙，他们从逃回的溃兵口中得知，四个兄弟让一个唐人屠戮殆尽，溃兵的统领即刻带着部下倾巢而出，准备为死去的兄弟们报仇。

　　溃兵们见到仇人绳捆索绑，横卧在岩石之上，不由大喜过望，但是见到拿下崔破虏的人竟是一个娇滴滴的稚龄少女，又全都惊疑不止。二十余骑围着樱月妖和崔破虏盘旋，一时摸不准这个少女的来路，樱月妖并不惧怕对方人多势众，手握两柄短匕，与对方对峙。

　　溃兵统领是一个姓林的黑面短髯大汉，额头上一道刀疤，原本是高句丽军中偏将，与唐军交战时贻误战机，按律当斩，遂带领部下逃出军营，来到高句丽与百济交界之处，啸聚山林，占山为王。林统领见对方一个弱女子，却并不怕自己这二十余骑壮汉，殊为惊奇，便命令一个溃兵上去试探一下。那个溃兵大喝一声，纵马挺槊向樱月妖刺来，樱月妖微微冷笑，待到槊尖堪堪刺到胸口，突然身子一软，竟似一条蛇一般缠到槊柄之上，顺槊而上，瞬间就钻进溃兵的怀里，溃兵还未及喊叫，身上已经喷出数道血泉，樱月妖一双短匕在他身上捅了十几个窟窿。

　　看着浑身喷血的同伙，林统领和手下全都吓了一大跳，没想到这个小姑娘这般狠毒，所有人手中的兵器全都对准了樱月妖。樱月妖毫不畏惧，笑眯眯的眼睛扫过这群溃兵，人人都觉得身上一冷，连石头上的崔破虏都对樱月妖杀人的手段有些惊惧。

　　樱月妖虽然杀了一人，但是心知寡不敌众，她突然吹响一根短短的竹笛，声若寒夜鬼哭，在山林间荡漾开来。随着这声凄厉的竹笛，附近山上和密林中响起一片竹笛之声，有远有近，仿佛一群怨鬼聚集此地，只见山坡和林间草丛中，突然裂出数十道波纹，齐齐向谷口涌来，波纹之下似乎藏着什么猛兽，溃兵们大惧，连胯下马都长嘶跳跃不已。崔破虏在上次伏击中曾遭遇过倭国的黑衣杀手，知道每一道波纹之下，都藏着一个凶狠的杀手，但是此时自己手脚被缚，心中焦急却毫无办法。

林统领是个见过大阵仗的人，知道对方后援已至，看这架势不是自己这些人能抵挡的，他最为擅长临阵脱逃，见势不妙立刻大声吆喝部下速退，他双腿一夹冲到崔破虏面前，伸手将崔破虏拎起横置马鞍上，另一名溃兵牵住乌骓马，一群人慌忙向来路逃去。樱月妖无法阻止奔逃的马队，只能冷冷看着溃兵们将崔破虏抢去，消失在山林深处。

一个胸前绣着白色菊花的黑衣人，悄无声息地出现在樱月妖身后，目光阴冷地看着溃兵们消失的方向，正是那个在山中偷袭崔破虏的黑衣人。随着这个黑衣人的现身，一群用黑巾蒙面的黑衣人从草丛里露出头来，像是地狱中钻出来的恶魔，肃立在白菊花黑衣人的身后。

樱月妖向着白菊花黑衣人施礼，道："师傅，是我无能，俘虏让这群山贼抢走了。"

绣着白菊花的黑衣人是倭国最为神秘的忍者统领甲斐飞鸢，倭国皇室认为他具有超越常人的本领。入质倭国的扶余丰十分尊崇甲斐飞鸢，两人结为好友，扶余丰回到百济后，倭国便命甲斐飞鸢带领门人相助扶余丰，熊津城中的"青鸢"组织便是甲斐飞鸢指使门人所建。

甲斐飞鸢眺望溃兵们消失的方向，冷笑道："一伙散兵游勇，坏不了我们的大事！"他一挥手，身后的黑衣人们立刻又消失在林草之间，数十道波纹向前方无声涌去。

谷口只剩下樱月妖与甲斐飞鸢，樱月妖问甲斐飞鸢："师傅，辉夜姬师姐真的是为扶余丰逼死的？"

甲斐飞鸢面目包裹在黑巾之下，只露出一双炯炯有神的眼睛，他听到"辉夜姬"三字，眼睛突然眯了起来，不知他心里对辉夜姬的死是怎么想的，但是他城府极深，没有回答樱月妖的问题。

樱月妖哽咽道："辉夜姬师姐待我如亲妹妹一般，我最了解她心里的想法，她本来是希望扶余丰回到百济后，能遵守两人当日诺言，娶她为王妃，但是那个扶余丰为了拉拢百济旧部势力，便和贵族家的女子结亲，其实他是嫌弃辉夜姬师姐的身份卑贱，师姐是伤心才死的……"樱月妖如此一说，暴露了扶余丰和辉夜姬的关系，原来服毒而亡的辉夜姬死前倾情一舞，竟然是心丧而死，而与她海誓山盟的扶余丰也是心思歹毒，竟然利用唐军为自己除掉累赘。

"住口，不要说了！"甲斐飞鸢突然喝止樱月妖的哭诉，道："做大事，岂能这般儿女情长？扶余丰殿下这么做，定然是有他的计谋！"

"我不管他什么计谋，我要给师姐报仇！"樱月妖跺脚道，她仗着师傅的宠爱，执意要为辉夜姬讨回公道。

甲斐飞鸢扬手一记耳光，结结实实打在樱月妖的脸上，樱月妖漂亮的脸庞上立刻多了一个巴掌印，甲斐飞鸢叱道："这是关乎国运的生死关头，岂能如此任性？我和你们，都是这盘棋局中的棋子，为了国运，葬送多少条人命也在所不惜！我已经把'太一剑'交给扶余丰，任何违抗军令的人，都可以斩杀，包括你！"

见甲斐飞鸢如此无情，樱月妖忍住泪水，不敢再言语，捂着脸一扭身钻进密林。

高句丽边境。

山上一座破败的古寺，殿倒墙颓，荒草丛生，是那群溃兵们的盘踞之所。此时，林统领坐在大殿正中，殿前一口大锅里烧着滚开的沸水，他的手下正忙着给一头鹿剥皮。林统领摸着自己的短髯，目光死死盯在院子中的旗杆上，那上面高高吊着一个人，正是披头散发的崔破虏。乌骓马拴在院中一棵松树下，它抬头看着吊在空中的主人，似乎很是愤怒，不停地用蹄子刨击地面。

林统领骂道："妈的，今天真是晦气，为了这个唐军信使，前后折了五个兄弟，我恨不得把他射成刺猬！"

一个溃兵听到统领咒骂，立刻奉上一把硬弓和箭囊，林统领张弓搭箭，瞄准崔破虏，口中大骂一声，一箭从崔破虏腋下穿过，射在后面的旗杆上。一群溃兵本以为统领能一箭射死唐军信使，为死去的兄弟们报仇，没想到竟然射空，全都扭头看着林统领。林统领将弓箭扔在地上，骂道："他妈的，百济复兴军已经传过话来了，一百两金子换他一条命！"

一个溃兵壮着胆子问道："大哥，我们死去的五个弟兄，就这么白死了？"

林统领冲着溃兵一瞪眼，道："一百两金子呐，你是不是缺心眼儿？蠢货！人都死球了，你就是把他扔锅里煮了，能炼出金子？"

溃兵见林统领发怒，不敢再问，赶紧从锅里夹了一块半生不熟的鹿肉端了上来，一群人围了过来，手抓刀割，大快朵颐。崔破虏高高吊在旗杆上，正苦思脱身之策，忽然眼角瞥见破寺外面的树丛轻轻晃动，似乎有人暗中潜近寺庙，崔破虏猜想是那群倭国杀手追踪到此，不禁更加焦急。此时，大殿中那些溃兵们正在饱餐鹿肉，丝毫不觉危险已至。

崔破虏冲地面吐了口唾沫，对林统领喊道："喂，那个逃兵，你过来，我有话对你说！"

林统领在腿上擦擦满手的油腻，走到崔破虏跟前，扬头问道："唐军小贼，你到底身上有什么秘密？这么多人都要捉你，我怎么觉得一百两金子有点少啊？"林统领困居山中，落魄潦倒，突然捡了一棵摇钱树，不仅不想杀了崔破虏为弟兄们报仇，还想奇货可居，在他身上多捞一些钱财。

崔破虏低头问他："你和大爷说说，都有哪些人要捉我啊？"

林统领见一个俘虏还自称"大爷"，不由怒从心头起，操起崔破虏的银枪，用枪杆狠狠抽打崔破虏。崔破虏大笑道："原来你这厮只有绣花的力气，怪不得当逃兵！锅里的鹿肉白吃了，还不如拿来给老爷长长力气！"林统领连抽十几下，累得筋酸骨软，双手拄着银枪不住喘气。

这时，山门外面把风的部下冲进来禀告，说是当地村子的里正带着城里的驻军来了，林统领大吃一惊，以为是高句丽的军队前来追捕逃兵，急忙招呼弟兄们抄起家伙准备抵抗。谁知城里的驻军只是一名队正带了五个弓手，押着一辆囚车前来，并不是追捕林统领等人，而是前来传信。

林统领在弟兄们的簇拥下，在大殿门口把队正等人包围起来，队正只是奉城中将军之命前来传个口信，见到凶神恶煞的溃兵们，吓得舌头打结，磕巴了半天才说明白来意，原来是城里将军得知这群溃兵抓住了唐军信使，便以赦免溃兵们临阵逃脱罪名为条件，派出一名队正前来带走唐军信使。

崔破虏听到高句丽军队也已知悉自己行踪，心中暗暗称奇，看来出卖自己行踪之人真是能量不小，竟能调动高句丽、百济、倭国三方人马劫夺自己。他在半空中瞥一眼寺外，那群倭国黑衣杀手利用树木掩护，已经悄悄摸了上来，将古寺牢牢围住。崔破虏急得额头见汗，却无计可施。

林统领弄明白队正的来意，顿时松了一口气，骂道："他娘的，又来一个债主，他这百十斤肉，还不够你们几家分的！"他环顾一下身后的溃兵们，大声问道："弟兄们，怎么办？是交人免了我们的罪名，还是赚那一百两金子？"

一个溃兵低声道："大哥，我们、我们都想要啊！"

林统领踹了一脚队正带来的囚车，骂道："不错，老子想免罪，更想发财，你回去告诉你们的鸟将军，不但要免罪，还要再加一百两金子，否则休想带人！"

队正看看溃兵们手中的刀枪，胆怯地点点头，他传完话，半刻也不敢耽搁，带人推着囚车向寺外走去。崔破虏吊在空中，见这些人身临险境却茫然无知，一心只想着发财，不由替他们着急。

崔破虏高声喊道："喂，那个逃兵，别想着发财了，债主上门了！"

话音未落，只见那个队正半只脚刚迈出山门，就手舞足蹈抽搐起来，后面的弓手一看，原来是五六支黑色短弩钉在他胸前，队正手指着外面，话堵在嗓子眼儿没说出口就瘫软下去。只见樱月妖带着一群阴森冷酷的蒙面黑衣人，手执雪亮的长刀，已将山门牢牢堵住。

林统领大叫一声，拔出腰刀应战，院子里的溃兵们抓起兵器与涌进来的黑衣人砍杀在一起，黑衣人刀法狠辣，眨眼之间溃兵们已经倒下两三个，那五名高句丽弓手还没来得及张弓搭箭，樱月妖就冲进队形中间，瞬间刺倒了三人，每人身上都是十几个血窟窿。樱月妖看起来像是个柔柔弱弱的小女孩子，脸上带着不谙人事的笑容，与敌交战却最喜欢贴身肉搏，招招致命狠辣无比，一出手就把溃兵们吓得连连后退。林统领见势不妙，转身就想往大殿里钻，这家伙外表彪悍，其实胆小如鼠，每逢战事就想脚底抹油。

崔破虏在半空看见林统领想溜，大喝道："那个逃兵，快放我下来，我可以救你一命！"

林统领虽然胆小，脑子转得却快，心中觉得这买卖可以做，立刻奔过来一刀割断了崔破虏双腿上的绳索，再欲砍断吊住崔破虏双手的绳子，却已够不着，一名黑衣人见状，立刻挥刀追杀过来，崔破虏嫌林统领碍事，双足腾空夹住他手中腰刀，使劲一拧就夺了过来，立刻蜷身向上，双脚夹刀割断吊住自己的绳索，失去了腰刀的林统领更是没有了迎战的勇气，只能在黑衣人的刀光下连滚带爬地躲避。

崔破虏人还未落地，只觉眼前一花，那个樱月妖鬼魅一般直撞进他怀里，两人一起摔倒在地上。崔破虏见过樱月妖的杀人手段，此时自己双手还未脱困，樱月妖闪电般钻进怀里，崔破虏瞬间万念俱灰，只有等死的份儿。谁料樱月妖并没有痛下杀手，肩头用力一撞，将崔破虏弹开，崔破虏只觉手腕一松，绑住双手的绳索已让樱月妖割开，崔破虏愣住，不明白樱月妖为何不仅没杀自己，反而救自己脱困。

樱月妖从地上弹起，又缠住两名溃兵，在两人身上刺出几十个血窟窿，漫天喷射的血水把林统领吓得哭爹喊娘，大叫着向后院逃去，却迎头撞上一个黑衣人。捡回一条命的崔破虏一个箭步跃上台阶，他的银枪让林统领扔在冒着热气的大锅旁边，崔破虏绰枪在手，立刻豪气万丈，一枪挑飞那个拦住林统领的黑衣人，又一枪将一个碍事的高句丽溃兵扫倒。此时，院中的溃兵只剩下五六个，其余的人都倒在樱月妖和黑衣人的刀下，那群倭国黑衣人知道崔破虏的英勇，此时见他突然脱困，手执银枪站在台阶上，杀气四溢犹如天神下凡，一时都停下手中兵器，慢慢围拢过来。

崔破虏银枪如游龙，左右刺出，立刻有两名黑衣人手捂胸口倒了下去，剩下的黑衣人一时无人再敢踏上台阶。溃兵们聚在林统领身边，偷偷向崔破虏身后挪去，这些人胆怯地看着杀气腾腾的崔破虏，尤其是胆小的林统领，手脚有些不听使唤，刚才银枪攥在他手里，不过是打人的树棍，到了崔破虏手中，却成了神魔惧怕的杀人利器。崔破虏单手执枪，环视一圈，目光所及之处黑衣人无不后退，从熊津城到此处，死在崔破虏枪下的黑衣人已经难以计数，这群倭国黑衣人砍杀别人有如斩瓜切菜，但是面对崔破虏却有着深深的惧意。只有樱月妖站在外围盯着崔破虏，脸上似笑非笑，像一个看热闹的小女孩儿，不知心中在想什么。

崔破虏大喝一声，一枪刺出，黑衣人们悚然而退，谁料崔破虏这一枪并不是刺人，而是从冒着热气的大锅里挑起一条鹿腿，汁水淋漓，崔破虏不顾强敌环伺，仰头在枪尖上啃了几口鹿肉，显然是饿得狠了。樱月妖见崔破虏如此豪迈英雄，眼中几乎放出光来，攥住了短匕，似乎要冲过来与崔破虏见个高低。熟料崔破虏几口鹿肉下肚，一枪将大锅挑翻，满满一大锅滚烫的肉汤泼向台阶下面的黑衣人，黑衣人们狼狈避开。

崔破虏向林统领等溃兵们喝道："还不快跑！"说完，他用银枪拄地，跃上旁边的乌骓马，拨马向古寺后院奔去。

林统领反应最快，立刻拔足跟在崔破虏马后向后院奔去，剩余的溃兵们一哄而散，涌向后院拴马之处，却纷纷让黑衣人的短弩射倒。待崔破虏和林统领两人策马从后院山墙坍塌处冲出，身后已无人跟随。适才崔破虏吊在旗杆上，居高临下，已经为自己谋划好了脱身的路线。

崔破虏纵马跃出山墙，马未落地，只见面前寒光一闪，一道凌厉的刀光劈向面门，崔破虏银枪迎着刀光刺出，正好刺在刀锋之上，刀枪相撞，激射出几点火星，偷袭之人正是甲斐飞鸢，他一击不中，立刻翻身后退，隐入墙后。这是甲斐飞鸢第二次偷袭崔破虏，崔破虏刚才在激战中没有见到这个胸前绣有白菊花的黑衣人，心里已经提防着对手的偷袭。

"卑鄙的倭国小人，有种正面一战！"崔破虏一边纵马狂奔，一边向身后大骂一句，随着骂声消逝，乌骓马已经去得远了。林统领肝胆俱丧，抱住马脖子，跟在后面落荒而逃。

三十三

白江口海面。

薄暮时分，"锦帆贼"大船来到白江口外海域，停在一处无人小岛之畔，说是小岛，其实不过是落潮之时露出海面的沙洲，这里就是"锦帆贼"歇脚之所。海盗们在沙洲上搭起帐篷，埋锅做饭，乱糟糟忙成一团。"白衣刑天"让一个海盗在海边射出一枚红色信号旗花，对面的白江口岸边立刻有信号回应，天空出现一枚黄色旗花。海盗向"白衣刑天"禀告，对岸的百济复兴军很快要派船过来接走擒获的唐军信使。

武云宗自从绑在桅杆上开始，就一直想办法挣脱绑缚自己手脚的绳索，尤其在海盗们和倭船交战的时候，更是把武云宗累得一身大汗，但是海盗们成年累月在船上结帆绑索，捆人的绳索都是用麻绳混合牛筋编织，结实异常，而且捆绑的手法极为高明，根本挣脱不开。武云宗知道百济的船只很快就会赶来，暗中加劲，企图在桅杆上磨断手腕上的绳索，片刻之间双腕已经磨出血来，却还是无法挣脱。

"白衣刑天"带着一众海盗在沙洲上蒸饭煮鱼，大吃大喝，香气飘到船上，引得武云宗腹中雷鸣，他已经两日一夜滴水粒米未进。武云宗见挣脱无望，索性放弃了挣扎，放开嗓子喊："穿白衣的那厮，小爷好饿，为何不让我吃饱喝足？如此小气，岂不辱没你的名号？"

一个海盗讥笑道："你还敢自称小爷？眼看着就要成为无头之鬼，何必为你浪费粮食？"

"白衣刑天"端着一碗酒，慢悠悠登上船来，道："好汉子，你说出密信藏在何处，这碗酒就赏你了！”

武云宗大笑，道：“你既是海上盗魁，水性一定出众，何不去龙宫搜寻一趟？说不定鱼鳖虾蟹还没吞进腹中……”武云宗话未说完，面前寒光一闪，只见“白衣刑天”手中突然多了一把匕首，瞬间挑散武云宗的发髻，原来“白衣刑天”暗中观察武云宗许久，以为他把密信藏在发髻之中，猝然出手挑散发髻，却依然一无所获。

锃亮的匕首贴着头皮扎在武云宗的发髻之中，锋刃上的寒气激得武云宗头发几乎直立起来，但是武云宗眼睛眨都不眨，大笑赞道：“好身手！原来你也是练家子！”

“白衣刑天”怀中的狸花猫受到惊吓，叫了一声，“白衣刑天”冷哼一声，收匕入袖，伸手去抚摸狸花猫的脑袋，轻声道：“花儿，你是不是也饿了？”

武云宗大声道：“实不相瞒，在下身为唐军信使，自然是把密信背得滚瓜烂熟，牢记于心，怎能将密信随身携带，便宜了你们这些贪财之徒？”

“白衣刑天”抱起狸花猫，举到武云宗眼前，轻声道：“花儿，你看好了，想吃他哪只眼珠子，我这就剜给你吃！”武云宗吓了一跳，难道这只温顺的狸花猫真的吃人眼珠子？狸花猫盯着武云宗的眼睛，在“白衣刑天”的臂弯中伸个懒腰，张开嘴巴打哈欠，瞳孔慢慢缩成一条缝隙，武云宗看见猫儿的牙齿上似乎还沾着一缕血迹，不由心中一凛，看来这个“白衣刑天”所言非虚，这一人一猫真的是以吃人眼珠子为乐事。

“白衣刑天”左手抱着猫儿，右手变戏法儿一般又掏出一把弯如牛角的尖刀，在武云宗眼睛上比画几下，似乎觉得并不趁手，手腕一翻，又从袖中掏出一把分叉的尖刀，抵在武云宗的眼角上，寻找下手的位置，武云宗嘴巴发干，眼睛都不敢转，涩声对“白衣刑天”道：“这位刑天兄，你袖子里、袖子里还有多少稀奇古怪的玩意儿？”

“白衣刑天”微笑道：“你不交出密信，我只好拿你的眼睛喂我的花儿了！”

“白衣刑天”正要下狠手剜出武云宗的眼睛，忽然“咻”一声鸣镝之声，一支响箭破空射来，钉在武云宗身后的桅杆上。不仅武云宗大吃一惊，连“白衣刑天”也是面色一变，只见一艘挂着百济旗帜的小型快船，悄无声息地停在沙洲边上，船头之上立着一个威风凛凛的大汉，手执硬弓，正是扶余丰的心腹柳护卫，身后是十余名百济复兴军士兵。

柳护卫大喝道："奉殿下谕令，前来押解唐军信使！"

柳护卫跳上"锦帆贼"的大船，打量着"白衣刑天"手中的短刃，冷颜道："殿下要的人，你竟敢把他杀了不成？"

"白衣刑天"似乎并不把柳护卫放在眼里，冷笑一声道："柳护卫，没有眼睛的人和有眼睛的人，说出的话是一样的！"

柳护卫把一个沉甸甸的钱袋子扔在"白衣刑天"面前的甲板上，道："虽然说的话是一样的，但是价钱却不一样！"

"白衣刑天"用讥诮的眼神盯着柳护卫，慢慢收回手中的刀，脚尖一挑将钱袋子挑在手中，掂掂袋子的重量，道："不错，这个人确实值这个价钱！可是为了这个人，我死了好几个兄弟，他不留下点东西，我没法向弟兄们交代！"他手一抖，那只一直盯着武云宗的狸花猫突然伸出爪子向武云宗的眼睛挠来，饶是武云宗拼命扭头一躲，疾如闪电的猫爪还是在他眼角挠出几道血口子，顿时鲜血淋漓。

柳护卫哼了一声，拦在"白衣刑天"之前，吩咐手下："来人，把这个唐军信使押到我们船上，好好看管！"几个复兴军士兵跳上大船，将武云宗从桅杆上解下来，押往那艘快船。

"白衣刑天"笑道："人你可以带走，但是这厮的刀和马我得留下！"

柳护卫眉毛一拧，道："你在船上足不沾地，要马何用？这个人的双刀曾经斩杀过殿下的心腹，殿下特意吩咐要带把双刀带回去，在墓前祭奠！"

"白衣刑天"摸着狸花猫，抬头向天，神情甚是倨傲，似乎并不答应。柳护卫略一思索，从怀中又掏出一个钱袋子，扔给"白衣刑天"，道："你捉拿唐军信使有功，这是殿下额外的一点奖赏，给弟兄们的酒钱！""白衣刑天"将钱袋子在手中掂了掂，不再言语，两个复兴军士兵赶紧过来牵走白马，拿走双刀。柳护卫向"白衣刑天"拱一下手，带人将武云宗押上快船，吩咐部下立刻升帆起航。

此时，沙洲上的群盗大多已是酩酊大醉，人声嘈杂，横躺竖卧乱成一片。"白衣刑天"见柳护卫的快船就要驶离岸边浅水，突然眼珠一转，大喝一声："不好，上当了！"立刻拔足向快船追来。原来，"白衣刑天"为人阴沉缜密，竟然从柳护卫的神态和言行中察觉出异样，既然是奉扶余丰命令前来提人，既无字谕也无令牌，分明是私自行动。

柳护卫见"白衣刑天"涉水追来，立即拔刀割断武云宗身上的绳索，将长短横刀扔还给他。此时，"白衣刑天"追赶上来，一只手已经搭在船舷上，正要攀援而上，一道寒光夹着武云宗的怒火，剁向"白衣刑天"抓住船舷的手，"白衣刑天"急忙缩手，一抹血光飞出，"白衣刑天"的尾指和无名指竟然让武云宗一刀剁掉。血腥味刺激到那只狸花猫，将身子一弓，怪叫一声，箭一般向武云宗头部扑来，双爪直抓武云宗的双眼，这只邪恶的猫儿果然对人的眼睛极为感兴趣。武云宗双刀舞成一团银光卷向狸花猫，只听一声长长的惨叫，将那只狸花猫砍成无数块碎肉，掉落海中。站在齐腰深海水中的"白衣刑天"见爱猫瞬间变成一堆肉块，顿时愣在水中，这家伙砍掉两根手指，眉头都不皱一下，但是见到爱猫殒命，却发出一声撕心裂肺的哀号："姓武的，从今以后我与你不共戴天，一定要剥了你的皮！"

沙洲上的群盗挥舞刀枪，乱哄哄地涌到岸边，但是柳护卫指挥着百济快船已经去得远了。"白衣刑天"站在海水中，仰头将断指涌出的鲜血一口吞下，吩咐道："挂帆起航！老子追到天边，也要杀了这个姓武的！"醉醺醺的群盗见老大发怒，不敢怠慢，赶紧爬上大船解索升帆，掉转船头去追那艘百济快船。

快船之上，武云宗将柳护卫拉到船尾角落，向他一揖到地，道："感谢这位仁兄搭救，莫非您就是传说中大唐潜入百济军中的'天权星'？"

武云宗所说的"天权星"乃是前任大唐兵部尚书任雅相直接统辖的九名细作之一，当年任雅相着力培养了九名细作，以《黄老经》中"七现二隐"的北斗九星命名，分别为"天枢星、天璇星、天玑星、天权星、玉衡星、开阳星、摇光星和左辅星、右弼星"，他将九星分别派往吐蕃、突厥、高句丽、百济、新罗等国潜隐，任雅相病故之后，这九个人便下落不明。北斗诸星之中，第四天权星最暗，《黄老经》称之为"玄冥星之魄精也"。武云宗来到百济后，前任都督王文度曾经有一次向他和崔破虏说起过，百济军中似乎暗藏着一个名为"天权星"的唐军细作，多次向唐军传递过情报，但是后来却失去了联系，不知此人是谁。不久之后，王文度猝然病亡，此事就再无人提及。

柳护卫听到"天权星"三个字，只是微微一笑，不置可否，道："为了救你一个人的性命，恐怕要付出上百条人命了，不知是对是错？"

武云宗不解对方话语意思，一脸困惑，柳护卫指着船后的"锦帆贼"追兵，道："为了救你，我只能将'锦帆贼'这伙海盗葬身鱼腹。这些人虽然杀人如麻，满手血腥，但是毕竟是一百多条活生生的人命……"

随着柳护卫所指的方向，只见那艘"锦帆贼"的大船正挂满风帆，飞一样追来，估计半炷香时间就能追上这艘百济快船，武云宗不明白柳护卫为何这样胸有成竹，正在疑惑之时，"锦帆贼"的大船忽然速度慢了下来，船体也发生倾斜，船上的海盗们一阵大呼小叫，不少人冲进船舱中察看。

"白衣刑天"手指滴血，咬牙切齿地站在船头指挥部下追赶，一个海盗过来禀告："老大，我们的船底、船底漏了！"

"白衣刑天"大吃一惊，顿时明白过来，柳护卫等人不仅骗走了武云宗，而且在登上沙洲之前，已经派人暗中潜入船底凿出了几个"半开"的窟窿，然后故意引诱"锦帆贼"大船来追，等大船追到深海区，那几个"半开"的窟窿受不了海水的压力，一起破开，海水如瀑布一般灌入船中，平日里疾行如飞的大船，眼看就要倾覆海底。"白衣刑天"大声呼喝着手下去堵船底窟窿，但是此时船底舱室已经灌满了海水，群盗根本下不去。

柳护卫与武云宗并肩站在船尾，眺望着渐渐下沉的"锦帆贼"大船，武云宗眼看一百多条人命就要沉入海底，不由有些动容。柳护卫仿佛知道武云宗于心不忍，淡淡地道："在我心中，再多的人命也不如一个人、一件事重要。"他看一眼武云宗，又道："你不要惊诧，我说的人并不是你。"

武云宗长吸一口气，道："兄台做事深谋远虑，果决坚毅，在下深为佩服！"

柳护卫冷笑道："其实，你心里是想说我心狠手辣吧？"

武云宗赧然，赶紧道："在下不敢！"

柳护卫道："要想不留后患，怎能不心狠手辣？妇人之仁，只会害人害己！"他扬手向天上射出一枚旗花信号，在夜空中煞是绚丽，远处的海面上也有一枚旗花回应。原来柳护卫做事缜密，不仅暗中凿沉了"锦帆贼"的大船，还通知了白天铩羽而归的倭国海盗，将"锦帆贼"位置通知给他们，那群倭国海盗在"锦帆贼"手中吃亏无数，此时得知"白衣刑天"等人落水，立刻像一群嗜血的鲨鱼一样闻风而来。

黑漆漆的海面上，又有一艘百济小船悄然而来，贴靠在柳护卫和武云宗面前，船上亮起火把，只有两人操船，是来接柳护卫返回的。柳护卫一个箭步跃上来船，然后向武云宗叉手施礼，道："武都尉，快船上的人手都是我的得力部下，他们会护送你渡海至大唐沿岸，望你一路保重，莫要辜负身上重任！"

武云宗内心一阵激荡，急忙回礼，道："兄台，原来你真的是……"他话到嘴边，又把"天权星"三个字咽了回去。

柳护卫似乎也是内心激荡，却无法明说，他略一沉吟，道："到了兵部，若见到主事之人，只消帮我暗中问他一句话，就问我、问我何日能重返故里？"

柳护卫长揖到地，然后钻入船舱，不再露面。快船之上的武云宗也是深施一礼，随着快船扬帆而去。

白江口海面。

小船船舱之中，柳护卫端起一杯酒，一饮而尽。一个叫作李舜的心腹进来，将一个小小的锦盒交给他，轻声道："大哥，这是秋娘临终前口中所噙的秀发，我安葬她时，为您剪了下来……"

柳护卫双目之中忽然涌满了泪水，手中酒杯"噗"的一声轻响，裂成无数碎块，一缕鲜血从他紧攥的手心流下。

原来，柳护卫一刀断首的舞姬秋娘竟是他的爱侣，两人相携相助，在百济潜隐多年。那日扶余丰用秋娘考验柳护卫，柳护卫手握"太一剑"，本欲鱼死网破厮杀一场，但是秋娘最后挺身而出，故意袭击扶余丰，制止了他的莽撞，秋娘主动死在爱侣剑下，用性命保护了柳护卫。

柳护卫拿起那绺血水黏在一起的头发，紧紧贴在自己的脸上，热泪横流，大呼三声："秋娘，秋娘，秋娘！"声音凄厉，在海面上远远传开……

过了良久，李舜悄声问柳护卫："大哥，此番冒险救下唐军信使，风险极大，万一走漏风声，扶余丰那边一定会对你不利的。"

柳护卫慢慢擦去脸上的泪水，冷然道："你错了，救下武云宗，并不是我的主意。我只不过是借题发挥，乘机除掉威胁唐军海上运输给养的'锦帆贼'！"

"那是谁的主意？"李舜大为惊诧。

"是扶余丰的主意！"柳护卫一字一顿地说道："所以我并不怕消息走漏，因为扶余丰要让这两个唐军信使都要平安到达长安！"

李舜更为不解："这？属下愚钝，不懂扶余丰到底是何用意？"

柳护卫道："因为扶余丰并不在意他们送出去的消息，在意的是他们从长安带回来的消息，因为那才是大唐是战是退的绝密军情！"柳护卫沉吟一会儿，又道："扶余丰这么做，还有一个原因，因为这两个信使中，应该有一个是百济的奸细！不到最后时刻，扶余丰也不知道究竟是谁，所以他只能让这两个人全都平安到达长安，然后带回朝廷的最后决断！"

"那为什么倭国人却要劫夺密信？难道他们和扶余丰意见不一致？"

柳护卫点头道："倭国正在增兵援助百济，但是他们并不相信扶余丰的消息，所以急需知道唐军的下一步动向，现在倭国人想劫夺密信，而扶余丰却想信使平安到达长安，获知大唐最后的部署。"柳护卫又道："现在不仅扶余丰想知道大唐的下一步动向，倭国、高句丽和新罗都在密切关注这两个信使。五国的安危，都系在这两人身上。"

李舜沉思一会儿，不由有些惊慌，道："大哥，如果这个武云宗就是那个奸细，那你的身份岂不是也要暴露？我们、我们马上就要身临险境！"

"武云宗若是百济奸细，势必会向扶余丰揭发我的身份，我若暴露，就足以证明他的真实面目。如若我平安无事，那么奸细很可能就是崔破虏！"柳护卫语气平静，道："我与这个奸细此时就如赌桌对峙，以命赌命，我虽然输面很大，但是他也难求一胜！"

李舜心有不甘，道："大哥，原来你是想以身为饵，钓出唐军中深藏的奸细？"

柳护卫慢慢将秋娘那绺头发纳入怀中，道："刘仁轨刺史现在虽然驻军熊津城，却饱受奸细掣肘，犹如猛虎悬铃，不敢轻举妄动，我若能替他找出潜藏的奸细，纵然身死异国，也不枉在百济煎熬数年。"

"如果这两个人都不是奸细，或者其中的奸细识破了你这赌命的计谋，他为了自保，并不揭露你的身份呢？我们该怎么办？"李舜心有忧虑，低声问柳护卫。

柳护卫叹一口气，道："如果真是那样，我们可能遇上了一个从未有过的厉害对手，胜负难卜啊！"他轻轻挑起舷窗上的帘子，看着外面漆黑如墨的大海，自语道："大战在即，他们两个到底谁才是奸细？"

……

三十四

长安，城南芙蓉园。

近日，芙蓉园中盛开一株奇异的芙蓉花，白天花朵洁白如雪，到了晚上却变得殷红如血，城中人殊为异之，称之为"妖花"。城中高官富商、皇亲贵胄争相前来观赏"妖花"，芙蓉园中通宵达旦，游人不绝。

遇见"妖花"盛开，长宁公主和清阳县主李如自然不能错过这般奇事，二人分别带了各自的闺中好友和近侍亲随，于薄暮时分来到芙蓉园赏花。为了招待两位贵客，管理芙蓉园的园吏早把闲杂人等轰了出去，还扎了两座帐篷专供二人歇息，摆满了奇珍异果与上等酒水。

李如向姑姑介绍自己的两位手帕之交，一位是莱国公的孙女殷茵，圣人已将她许配给淮西王李麒为妃，只等着择日成亲；另一位是左金吾卫大将军王重达的侄女王真，从洛阳赶来长安为叔父奔丧。其实殷茵和王真此时都心情低落，殷茵是因为朝野盛传李麒意图谋反，整日在府中担惊受怕，不敢见人，而王真则是因为叔父惨死，正在服丧期间。李如见两位好姊妹心情不好，便软磨硬泡将她俩哄来芙蓉园赏花。

陪长宁公主前来的是一名身披鹤氅的坤道，道名玉泠，年约二十多岁，容貌秀丽，名如其人，带着一股冷傲之气，玉泠对李如等三人颇为不屑，见过礼便退回长宁公主身后。骄横惯了的长宁公主对这个女道士玉泠却很是看重，不时主动转身和她低语。

几人围着那株"妖花"看了半天，见"妖花"白色的花瓣果然随着天色渐晚慢慢变红，忍不住啧啧称奇。正在此时，忽听外面一阵吵闹，原来是一群结伴前来赏花的兵部与工部官员，让园吏阻拦在门外，正愤愤不平与园吏理论。几个品秩较低的官员便央求一行人中官职最高的兵部右侍郎薛封，求他出面给这些狗眼看人低的园吏们一个教训。薛封为人斯文儒雅，平日里人缘极好，无论王公贵戚还是贩夫走卒，从来都是和气相迎。此时同僚们推薛封出来，他自然不好拒绝，便上前来与园吏低语几句，央求行个方便，让这些同僚也进园赏花。园吏不敢当面得罪薛封，只好进来向长宁公主禀报。

跋扈的长宁公主自然不把一个从四品的兵部右侍郎放在眼里，便让随从出去传话，说今日赏花，若无御赐金鱼袋，不可入园。薛封在一行人中品秩最高，也不过是从四品，佩银鱼袋，离正三品的金鱼袋差得远呢，闻言顿时满面羞愧，只能拂袖而去。

其余官员无法入园，却见到长宁公主和清阳县主府中的杂役在园中随意走动，心中更加不平，有人高声喊："我们这些朝廷命官，难道还不如长宁公主门下的奴才？"

长宁公主听到牢骚，心中顿时大怒，差人出来把这几个官员轰走。经过这些人一闹，几个女人的赏花兴趣自然打了折扣，李如不经意一回头，人突然愣在那里，随之发出一声惊叫，几个女人大惊，顺着李如的目光看去，只见那株"妖花"枝头上挂着一张白色的纸笺，上书几个红色的字——今日午夜，"红骷髅"在此分出真假！

纸笺上的字迹似乎是用新鲜血液所写，正顺着纸笺滴落，滴在"妖花"的花瓣上，更加触目惊心！长宁公主等人顿时捂住了嘴，若不是碍于身份，只怕早就高声大叫起来。"红骷髅"此时已经名震长安，小儿止啼，没想到竟然在游人如织的芙蓉园出现，而且公开叫嚣"分出真假"，难道还有假的"红骷髅"不成？

长宁公主惊魂未定，问左右随从和园吏："你们看见是谁把纸笺挂在那里？芙蓉园已经闭园，'红骷髅'如何混进来的？"随从们和园吏面面相觑，无人能答。

李如和两个女伴也吓得面无人色，离那张纸笺远远的，生怕"红骷髅"从纸上跳出来。李如和殷茵互相抓着对方的胳膊，胆怯地道："那个'红骷髅'会不会还在园子里？"殷茵带着哭音道："那纸上的血，会不会是那怪物吸食的人血？”两个人立刻又退开几步，生怕沾染了鲜血。

王真毕竟是将门之后，胆气颇豪而且心有主见，她大声道：“纸上血迹新鲜，说明挂纸笺的人并未远离，园吏速查园中各府人等，看看有无可疑之人？”此时芙蓉园中只有几家府邸的仆役，不过二三十人，尤以长宁公主和李如府中仆役居多，挂纸笺的人多半混杂在这些人中。

玉泠道人低声对长宁公主道：“如果‘红骷髅’混杂在这些人中，真的查出来，我们这些人手无缚鸡之力，恐怕对我等不利，不如赶紧通报大理寺、刑部等职司，调派军兵捕快过来，以防万一。”

长宁公主听她说的有理，命令下人赶紧去官府报案，王真指挥各家仆役汇聚在一起，把几个女主人集中在帐篷中，严加防护不许生人靠近，园吏等人则牢牢守住大门，防止可疑之人趁乱逃脱。

长安城，大通坊，蒋记工行。

“红骷髅”突现芙蓉园，杜鼎之此时在哪里？

杜鼎之此刻正在蒋记工行，他一边年翻阅工行的账目往来，一边询问一些干活的伙计，工行最近是否承接了什么奇怪的活计？杜鼎之对“紫燕子”展示的那幅奇怪的建构图，一直心存疑虑，现在蒋记工行主事的头目全部遇害，他只能希望从工行的伙计中找到线索。工行里主事的人死了以后，行里的伙计大都一哄而散，只剩下十三个伙计还算忠心，留下来打点行里的事务。

伙计们走马灯一般从杜鼎之的面前走过，回答杜鼎之提出的问题，但是却无一人能引起杜鼎之兴趣。直到第十三个人站在杜鼎之面前，这是一个须发皆白的老翁，足有六十多岁，手中攥着一根铁制的烟袋，不时吧嗒一口。杜鼎之问他行里最近有什么大的活计，老翁絮絮叨叨半天，说不出一个子午卯酉，原来他只是行里喂养马匹的马夫，见到官府里的人，口中不住嘟囔道：“城外西山那里累死了不少马，有三匹是从当地农户家租来的，现在还欠着马主人的钱呢，现在管事的都死了，这钱不能瞎了啊！”

“累死了不少马？”杜鼎之闻言一惊，急忙问道：“你们工行在西山承揽了什么活计？”

老翁摇头，道：“这个老朽不清楚，只是掌柜的几个在忙活，没用行里的伙计，都是从外地雇来的，后来干活的马匹不够了，我临时帮着凑借了一批……"

"那你知道城外西山干活的地方在哪儿吗？"

老翁还是摇头，杜鼎之慢慢放下手中的账簿，他从账簿之中也发现了异常，蒋记工行从年初以来账面上转走了所有的钱财，已是负债累累，并无一分一厘的进项，但是蒋记工行却又在城外西山承揽了规模不小的活计，甚至累死了不少马匹。林玉图那张神秘难测的建构图上有蒋记工行的名字，蒋记工行承揽的到底是什么活计？

杜鼎之正在思索，韦星洲从外面急三火四地冲进来，口中嚷着："杜兄，那个妖物又出现了！"原来长安县得到芙蓉园出现"红骷髅"的消息，韦星洲赶紧来找杜鼎之。杜鼎之一听"红骷髅"现身，立刻放下手中的账簿，与韦星洲一起直奔芙蓉园而去。

芙蓉园。

等杜鼎之和韦星洲二人到了芙蓉园，芙蓉园已是灯火通明，长安城中各个职司俱已蜂拥而至，不仅有大理寺、刑部众多衙役，连"不良人"也闻讯赶来，而且金吾卫也派出士兵来到现场警戒。长宁公主和李如等人都是千金之体，自然不便与这些粗人相见，金吾卫护送公主等人回府，只留下王真和玉泠道人在芙蓉园，向众人讲述当时的情形。

杜鼎之听完二人的述说，将那张血书纸笺凑近鼻端嗅了几下。韦星洲低声道："杜兄，现在城里百姓都传，说那'红骷髅'嗜饮人血，这芙蓉园里又盛开血色妖花，莫非这'妖花'是那妖物用人血浇灌不成？"

杜鼎之笑道："我听闻芙蓉花中有一异种，白天洁白如玉，晚上因为光线变化便变为殷红如血，虽然少见，但是并不算妖物。"他故意顿了一下，又道："可是这纸上的血嘛，并不是人血，很可能是鸡血或者鸭血，分明是有人在借妖物之名蛊惑人心！"

杜鼎之让韦星洲喊来园吏，让他带着自己去园中厨房，王真和玉泠道人见杜鼎之胸有成竹，不觉好奇，也跟了过去。杜鼎之和韦星洲一进后厨，就见地上摆着数只宰杀完的鸡鸭，地上鲜血淋漓，原来园吏为了讨好长宁公主和李如等人，让厨房准备了丰盛的晚宴，谁知还没拾掇完毕，园子里就发现了滴血的纸笺。

　　杜鼎之看看手中的纸笺，又望望外面如临大敌的金吾卫士兵，他对韦星洲道："看纸上所写，今日午夜，长安城中的'红骷髅'恐怕要在芙蓉园一较真假，却不知写这挑战书的'红骷髅'是真是假?"

　　上次杜鼎之和狄仁杰推断出长安城中的"红骷髅"不止一个，韦星洲并不赞同，他认为前两次"红骷髅"杀人，只是在尸体伤痕上略有不同，很可能是"红骷髅"故意调换杀人凶器，扰乱视线。至于阻拦郭震追拿"紫燕子"的"红骷髅"，恰恰说明"紫燕子"和"红骷髅"很可能是一伙的，否则如何解释每次案发都有"紫燕子"的踪迹。

　　韦星洲道："杜兄，那个妖物本该藏匿行迹，掩人耳目，为何却要主动暴露，会不会是好事之徒故意捣乱?"

　　杜鼎之心中已经隐隐猜到，利用"妖花"下战书的人很可能是"紫燕子"，她们找寻不到"红骷髅"，便想出了这个激将法，期望能惹怒"红骷髅"，引他出面分辨真假，然后寻机抓住对方。杜鼎之虽然猜到了"紫燕子"的用意，却不便对韦星洲说破。

　　跟来的王真见二人在嘀嘀咕咕说话，忍不住大声问道："你二人在说什么呢，这到底是不是杀害我叔叔的凶手所为? 像你们这般磨蹭，凶手早都逃出潼关了!"

　　韦星洲虽然知道王真是王重达的侄女，但是见她语气无礼，不禁有些恼怒，道："听姑娘这般说，看来你不单知道'红骷髅'是谁，连他的逃跑路线都知晓?"

　　王真顿时语塞，忍不住就要发大小姐脾气，身后的玉泠道人赶紧拦住她，轻声安慰她："妹妹不要心急，有'长安第一神断'杜寺丞和'白面韦陀'韦县尉在此，定能将杀害你叔叔的真凶缉拿归案!"

　　杜鼎之和韦星洲没想到这个女道人竟然知道自己的诨号，不由得多看了她几眼，玉泠道人神态自若，并不放在心上。杜鼎之问玉泠道人："道友，你确定发现纸笺的时候，树下只有你们几人?"

　　玉泠道人点头道："当时树下只有我等五人，并无外人靠近，只是一转头间，它便挂在树上了……"玉泠道人指着杜鼎之手中的纸笺，似乎心有余悸，道："在我们五人眼前，无声无息把这东西挂在树上，是不是只有鬼魅才能做到?"

杜鼎之微微冷笑道："这位道友，你刚才安慰王姑娘时，说是相信我们能拿住凶手，为何此刻又危言耸听，说是鬼魅作怪？莫非你……"杜鼎之忽然心中怀疑，难道这位玉泠道人就是人称"二十相君"的"紫燕子"？他心中暗暗将玉泠道人的声音与那日的老妇人进行辨别，虽然没有发现异常，但是心中却是疑云大起。

严正人在大理寺少卿赵绾的陪同下，匆匆赶到芙蓉园，身后还有一位金吾卫的校尉和一名不良帅。赵绾年过四旬，白面方正，据说妻子是右相李义府夫人的侄女，官运亨通，前途无量，严正人虽然身为大理寺卿，也不敢轻易得罪这位副手。严正人问杜鼎之，外围的金吾卫士兵和"不良人"捕役是撤是留？杜鼎之给严正人使个眼色，突然大喝道："来人，将此人给我拿下！"他伸手指向一人，那人顿时抖如筛糠，原来正是芙蓉园后厨的厨子。

一群如狼似虎的士兵扑过来，将厨子绑得像粽子一样，厨子吓得涕泪俱下，大呼冤枉。赵绾急忙道："杜寺丞，不可如此莽撞！"但是杜鼎之并不在乎这个顶头上司的反对，依然指挥士兵将厨子绑个结实。严正人知道杜鼎之这么做必是另有企图，便耷拉下眼皮，装作看不见。韦星洲却一把拉住杜鼎之的胳膊，道："杜兄，你怎可如此草率？此人明明……"

杜鼎之扬起手中的纸笺，大声道："此人冒充'红骷髅'之名，用鸡血鸭血写了这张纸笺，乘长宁公主等人不备，挂在花树之上，企图妖言惑众，还不快将这厮押回大理寺，待本官细细审问！"

大理寺的衙役将连哭带喊的厨子推走，赵绾和韦星洲没想到杜鼎之如此草率结案，两人脸色发青，拂袖而去。玉泠道人和王真也不相信是厨子所为，王真待要质疑，玉泠道人赶紧拦住她。

看着严正人和杜鼎之等一群人乱哄哄地离去，金吾卫和各司人马都相继离开，王真忍不住低声骂了一句："这群饭桶！有这样草菅人命的官吏，长安城岂能安宁？"玉泠道人赶紧掩住王真的嘴，拉着她匆匆离去。

玉泠道人虽然掩住了王真的嘴，但是今晚知道此事的人岂能闭口不言，不到半个时辰，整个长安城都传遍了"红骷髅"现身芙蓉园的事，城中百姓没想到芙蓉园的厨子竟然是嗜血杀人的妖物，纷纷添油加醋，说这个厨子平日里嗜饮鸡血鸭血，有时就要出来吞饮人血。有些人越传越邪，竟然造谣说长宁公主和清阳县主两位皇室贵胄险些丧命在妖物之口，幸亏长宁公主身边有一位法力高强的女道士，施展通天法术击退"红骷髅"。宵禁之前，各坊的酒肆茶楼都在谈论此事，偌大的长安城笼罩在一种诡异的氛围之中。

芙蓉园，午夜时分。

经过初更的一番折腾，芙蓉园彻底寂静下来，处处蛩鸣不绝，那株血红的"妖花"在如银的月色下，慢慢垂下花朵，似乎也要沉沉睡去。突然，一抹红色的身影从花前掠过，带动满树花叶一阵抖动，正是那个凶残神秘的"红骷髅"。月色之下，"红骷髅"浑身上下散发出一种令人目眩的红光，他绕着"妖花"疾奔几圈，忽然露出獠牙，一口咬住一朵最红的"妖花"，大嚼几下吞咽下去，"红骷髅"抬头望月，口中发出一阵瘆人的怪笑声，似乎在挑衅挂笺之人。

芙蓉园外面树丛之后，杜鼎之和数十名大理寺衙役静悄悄地躲在暗影里，远远看着鬼魅般的"红骷髅"在树下转圈。杜鼎之在众目睽睽之下将厨子抓走，其实带到大理寺后赏了厨子两贯钱，又安排他一桌酒席，此时已经醉得人事不省。杜鼎之从纸笺上的留言，已经断定是"紫燕子"向"红骷髅"下战书，激他现身，杜鼎之只好故意冤枉厨子，草草结案，将金吾卫士兵和各职司衙役调离，然后他带领大理寺中精干好手，偷偷返回芙蓉园，等待"红骷髅"现身。

一个大理寺司直见到"红骷髅"出现，有些沉不住气，就要带人冲进园去，杜鼎之拦住了他，向他做个噤声的手势，示意大家静观其变。果然，片刻之后，芙蓉园里又传来一阵笑声，犹如刀刃划过铁器，尖锐刺耳，这笑声在芙蓉园夜空中飘飘荡荡，惊飞一群宿鸟。不仅埋伏的杜鼎之等人四下寻找发声之处，就连树下的"红骷髅"也茫然四顾，寻找声音来源。

只见天空中的明月突然一暗，一道红色的影子从月亮上慢慢掠过，仿佛一只巨大的蝙蝠遮住了明月，赫然又是一个"红骷髅"飞在天上，似乎正要从天上凌空扑下。那个司直惊呼一声："我的娘哎，它会飞，这真的是妖怪！"其他的衙役也都惊呼连连，让这个凌空飞翔的"红骷髅"吓破了胆，这些人面对凶犯时并不害怕，但是面对妖气森森的鬼魅，瞬间失去了拔刀的勇气。杜鼎之摸一把自己的后脑，也是冷汗涔涔，他虽然早就知道"红骷髅"是恶人所扮，但是没想到亲身面对时，还是让这诡异的妖物吓得脑瓜皮发凉。那个花树下的"红骷髅"见到天上翱翔盘旋的第二个"红骷髅"，并不惧怕，反而仰头长嘶，似乎在向天上的"红骷髅"挑衅示威。

三十五

长安，芙蓉园。

月夜之下，两个"红骷髅"同时出现在芙蓉园中，一个天上盘旋，一个地下长嘶。暗处的杜鼎之等人看见这光景，个个惊心动魄。两个"红骷髅"对峙良久，天上盘旋的那个突然发出一声长笑，声震四野，然后疾如流星般向芙蓉园外面飘去，地上的"红骷髅"立即嘶叫一声，浑身上下荡起一股黑烟，待黑烟消逝，已然不见了踪影。

杜鼎之带着大理寺一众衙役追了下来，一直追到护城河边，两个"红骷髅"全都失去了踪影。那名司直抹抹头上的冷汗，道："杜寺丞，来了两个'红骷髅'，到底哪个是真哪个是假啊？"其余的衙役心有余悸，聚在一起低声议论，都觉得天上飞的那个"红骷髅"是真的妖物。

杜鼎之冷笑一声，走到河边用火把仔细搜寻，过了半盏茶时间，他在一棵树上找到一根细细的绳子，足有数十丈长，杜鼎之将绳子展示给衙役们看，道："哪来的妖物？这分明是有人放飞了一只大风筝！"

司直和衙役们面面相觑，问道："杜寺丞，你是说天上飞的那个'红骷髅'是一只风筝？"

"不错！"杜鼎之顺着绳子找到绳头，那里断口整齐，分明是为利刃割断，道："有人做了一只'红骷髅'风筝，放飞之后，将绳子系在这棵树上，而人嘛，可能就隐藏在芙蓉园里，故意发出笑声，扰人心神。"

"地上那个'红骷髅'呢，他是什么来路？"

杜鼎之其实已经猜到，地上那只"红骷髅"正是"紫燕子"的同伙昆仑奴，由他假扮"红骷髅"，引出正主儿，因为口不能言，只能发出嘶叫的声音。刚才昆仑奴一定是发现了隐藏的那个人，涉过护城河一路追了下去。

此时，对岸的山林中突然惊飞一群宿鸟，杜鼎之指着鸟飞之处，道："真假'红骷髅'，此时必然在对岸那片山林中，你们调集人手，包围那里，必能有所发现！"司直领命而去，立即带着大理寺衙役涉水追了过去，有人还牵来两条猎犬，人喊犬吠，将那片山林包围起来。

杜鼎之拄着树枝涉水，刚走到一半，忽然听到身后的城中一阵紧急的锣声，隐约听到有人在喊："走水了！走水了！"这是城中某处失火的讯号，芙蓉园地处长安城南端，只能远远听到示警的锣声。杜鼎之心中不由生出一丝疑虑，他匆匆爬上岸边高地向城中眺望，只见大通坊一带的安华门附近，火光映红了半边天，不知是何处起火，远远看去火势不小。

城中的锣声越来越急，杜鼎之突然心中一激灵，使劲拍了一下大腿，大骂自己一句："杜鼎之，你这个蠢蛋！着火的肯定是蒋记工行！"蒋记工行正是坐落于安华门西侧，着火的位置十有八九是那里。杜鼎之掖起袍角，拼命向城中奔去，边跑边骂自己："蠢蛋！蠢蛋！你想算计别人，没想到中了别人的暗算！"

杜鼎之跑得上气不接下气，他心里有种不祥的预感，蒋记工行里一定藏着他没有发现的秘密，藏在幕后的凶手见他调查蒋记工行，就利用芙蓉园真假"红骷髅"作为幌子，引开杜鼎之的注意，乘机抹掉了这个秘密。

蒋记工行发生了什么？它到底藏着什么秘密？

长安，含元殿。

圣人李治头疾复发，目不能视物，此刻正躺着用毛巾敷在额头上，旁边几个宫女和太监低着头小心伺候着。这时，一个太监进来跪下禀告，说是宰相李义府、大理寺卿严正人和兵部右侍郎薛封等数位朝中大臣联袂觐见。

李治费力地睁开眼睛，问："何事深更半夜觐见？"

太监低声答道："说是百济那边来消息了。"

一听到是百济军情，李治硬撑着坐了起来。几位大臣鱼贯而入，薛封跪在李治面前，启奏深夜面圣缘由。原来是兵部职司接到刘仁轨的飞鸽传书，因为牵扯到军中奸细，兵部不敢耽搁，连夜向宰相府和大理寺禀奏，几位大臣商议一番，觉得兹事体大，赶紧黉夜进宫面圣。

内侍将薛封手中的密信递给李治，李治睁开眼睛费力去看——"夜枭已赴长安？"李治只觉这一行字在眼前乱跳，他揉揉眼睛，眯着眼睛细读后面的小字："臣派出信使崔破虏、武云宗分两路进京，细作猖獗，混迹其中，二者必居其一。任权将军生前安插一名'捕雕手'，暗查军中细作，亦为二人之一，因任权阵亡，无以为证。俟其至长安，火速缉拿拷问，辨明真伪，我军动向毋使知之。"

原来，那日刘仁轨在飞鸽传书中所写的小字，就是向皇上建议，等到崔破虏和武云宗送信到长安后，立即将二人缉拿拷问。

李治勉强看完密信，眼睛已是疼痛难忍，他冷笑一声道："刘仁轨这个老糊涂，他的军中出了细作，却把烫手的山芋甩给朝廷！"

宰相李义府素来与刘仁轨不睦，见皇上发怒，赶紧启奏道："圣上，刘仁轨失察，竟然让百济奸细混入我大唐，老臣以为，一则让地方州府缉拿两名奸细，就地正法，二则降旨追究刘仁轨之责，革除他的检校带方州刺史职务……"

还未等李义府说完，严正人急忙打断他的话，道："圣上，万万不可，刘仁轨孤军深悬海外，与征讨高句丽大军遥相呼应，功莫大焉，虽有失察之责，当此战事胶着之际，革除他的职务，必定令百济孤军军心大乱，后果不堪设想！"

李治脸色阴沉，对二人的话不置可否，问跪在地上的薛封："薛侍郎，你来说说，如何替刘仁轨收拾残局？"

薛封跪在地上，偷眼打量李义府和严正人，他谁也不想得罪，只能两边讨好，道："启禀圣上，微臣以为，信使可以令沿路州府缉拿格杀，以绝后患，至于刘刺史嘛，百济孤军还需他来稳定军心，无论开赴新罗或撤回大唐，暂时不可临阵易将。"

"你这是左右逢源，谁也不得罪。"李治冷哼一声，道："朝堂权谋可以圆滑，但是两军阵前断不可如此和稀泥！"李治似对薛封的圆滑很是不满，语气中有些怒火，吓得薛封匍匐在地，大气不敢喘。

屏风之后传来一个女子声音，正是武皇后，她道："刘仁轨老成持重，他千里飞鸽传书，必定有他的深意和苦衷，我们在朝堂之上妄下论断，岂不是寒了前线将士的心？"

随着话音，武皇后在女官云襄的陪同下从屏风之后走出，李义府等三人赶紧行礼请安，但是武皇后正眼也不看他们。武皇后从李治手中接过那封密信，上下浏览一遍，不由冷笑道："信中虽说细作已奔赴长安，但是二人中有百济细作，也有我军暗线，刘仁轨特意声明请朝廷辨明真伪，我们怎能草率行事？况且，细作入长安，还有一件最为重要的事……"武皇后环视几位大臣，沉声问道："他来长安目的何在？与何人接头？难道你们不想知道吗？"

李义府和严正人一起躬身领命，跪在地上的薛封也赶紧磕头，朝中大臣都知道武皇后杀伐果断，现在朝中政事大都是由她决断，圣人李治也任由她发号施令，很少干涉，所以武皇后的话就是代表圣人的旨意，她一出场就把李义府和薛封的意见否决了。

李义府仗着皇后宠信，试探着问："启禀皇后，您的意思是静待细作奔赴长安？"

武皇后冷冷地道："不错，张网以待，静观其变，敌不动，我不动！"薛封和李义府面面相觑，就连严正人一时也弄不清武皇后的真实意图。

武皇后瞥一眼地上的薛封，道："薛侍郎，前任兵部尚书任雅相当年曾经以'北斗九星'为名，七现二隐，派遣九名细作潜入他国，任雅相病故之后，这些人就失去了联系，你可曾找到这些人的下落？"

薛封更加惶恐，以头触地，不敢抬头看武皇后，低声道："微臣无能，至今不知道这些人的底细。"

武皇后叹了一口气，道："起来回话吧，这事也不能全怪你，任雅相至死都严守秘密，把秘密烂在肚子里，他派出的九人朝中无人知晓，也没有案牍在册。但是，各位不要忘记了，大唐自开国以来，军威赫赫，威震八荒，万国来朝，这些人也是有功劳的！"

薛封从地上爬起来，道："是，微臣回去，一定想方设法找到这九人的下落，禀明圣上皇后。"

李义府等人赶紧躬身称是，李治疲惫不堪地冲他们挥挥手，道："就按皇后的懿旨去办，你们下去吧。"几人赶紧离开。

武皇后服侍李治躺下，出来后吩咐云襄："你调派内卫之中最精干的人手，沿路监视从百济来的两名信使，看看到底是谁最后露出马脚，查出谁是忠谁是奸？""内卫"是武皇后近年来倾心打造的一股力量，朝中只有极少数人知道这股力量的存在。

云襄领命，正要离去，武皇后又叫住了她，问道："李麒那边有什么动静吗？"

云襄低声道："上次王重达的信件在黑市拍卖以后，淮西王李麒那边安静了很多，一直躲在淮西王府不出来见人，也许他再也不敢公开质疑您了。"

武皇后冷笑道："现在才想偃旗息鼓？可惜，已经晚了。"

云襄又低声道："上次在普渡寺上出现的那个想买走信件的黑衣人，我已经查出来是谁了。"她悄悄指向灯火通明的含元殿，道："是圣人身边的尉迟恩。"

"果然是派他来蹚浑水。"武皇后看了一眼含元殿中的人影，脸色阴沉，不再说话。

尉迟恩是李治最为宠信的宦官，李治年幼为晋王时，尉迟恩便伴随在李治身边，深得信任。贞观十七年（公元 643 年），太子李承乾被废，李治与李泰争夺储君之位，尉迟恩为李治暗中出谋划策，帮助李治登上九五之尊。永徽四年（公元 653 年），高阳公主、房遗爱、巴陵公主、薛万彻等人谋反，密谋拥立荆州王李元景为帝，尉迟恩事先获知消息，示警于李治，致使高阳公主等人阴谋败露。永徽六年（公元 655 年），李治不顾朝中元老反对，下诏废王皇后，立武昭仪为皇后，尉迟恩在宫中坚定地站在李治一边。因为这些功劳，尉迟恩在宫中地位尊崇，即便是武皇后身边的亲信云襄也不敢轻易得罪他。

大唐蔡州，淮西王府。

此时，李麒府中，长史邢玠带着一个头戴风帽的黑衣人，悄悄来到李麒的房中。醉眼朦胧的李麒正搂着一个女子狎戏，见到邢玠带人进来，颇为不悦，正要开口呵斥，邢玠抢前行礼道："王爷，圣上派人来见你了。"

李麒一听是李治派人前来，只好压住怒火，来人掀开头顶的风帽，竟然是尉迟恩。见到李治最为宠信的尉迟恩前来，李麒赶紧推开怀中的女子，起身迎接，道："原来是尉迟内相，失敬失敬，不知因何鲁夜前来？"尉迟恩身兼内侍省令，所以李麒尊称他为"内相"。

尉迟恩一直等到那名女子离开房间，才缓缓落座，道："大家知道你最近心中忧患，让我给你带来一幅画，让你观赏。"尉迟恩口中的"大家"就是圣人李治，彼时宫中宦官习惯称皇上为"大家"，以示亲近，与朝臣不同。

尉迟恩从怀中拿出一幅画卷，道："这是大家亲自手绘的一幅《秋夜静读图》，让我亲手转交给王爷。"

李麒接过画卷的时候，见尉迟恩瘦削的脸上露出一丝意味深长的笑意，不由心中一动，赶紧展开画卷，只见画中一个长髯读书人，与李麒有几分相似，正手执一卷书端坐在窗前，窗外则是一轮明月高悬，整个画面静谧安逸。李麒看了几遍也没看出端倪，想不明白皇兄李治为什么要亲手画一幅这样的画送给自己？

李麒试探着问尉迟恩："老内相，莫非圣上另有吩咐？"

尉迟恩捂着嘴笑而不语，神态让李麒捉摸不透，这些在皇上身边的内侍总是喜欢故弄玄虚，说话办事让人摸不着头脑，李麒很是讨厌，但是此时却不得不装出一副笑脸。李麒见尉迟恩不停地摸着自己的嘴，不由心中一动，低头再看画上的人，瞬间恍然大悟，原来，李治所画的《秋夜静读图》藏着哑谜，图上之人竟然没有嘴巴。

李麒面色一变，心中已然明白了李治的用心，但是他还是装出茫然的样子，问尉迟恩："老内相，这是……"

尉迟恩笑吟吟地站起身来，道："王爷，眼看就要入秋了，大家希望您保重身体，多读书，少说话，免得惹祸上身，大家的一番苦心，王爷要体会珍惜啊。"尉迟恩这番话的意思，委婉转达了李治的意思，李治希望李麒近期不要和武皇后一族发生冲突。

李麒装出感激涕零的样子，面向长安方向作揖，道："感谢圣上垂怜关心，臣弟一定谨遵圣谕！多读书，少说话！"

尉迟恩又道："王爷，秋天要到了，凉气侵人，大家特意关照您多注意身体，不要受凉生病。"

李麒脸上的笑比哭还难看，只能作揖致谢，道："臣弟感谢皇上眷念，一定注意身体！"

尉迟恩又道："邢长史与王重达那封书信，大家曾经令我在长安黑市重金求购，意图为你们消弭灾祸，可惜皇后身边的人抢先半路劫去，只怕祸根就此埋下了。"

邢玠一脸惶恐，急忙叉手道："启禀内相，在下冤枉，在下从未写过那封信！"

李麒也在旁边辩解，道："恳请老内相向圣人进言，这是有人故意栽赃嫁祸我淮西王府！"

尉迟恩微微一笑，用眼角余光扫视二人，并不言语。李麒道："我若结交王将军，岂会留下书信这种证据，又岂会让人盗取，拿到长安黑市竞卖？"

尉迟恩笑容更显深长，道："如此说来，王爷与京中达官结交，并不是用书信往来，原来另有手段和途径啊。"

李麒自知语失，急忙住口，他摸不清尉迟恩葫芦里卖的什么药，不知这个老油条到底向着哪一方，只好满脸尴尬地掩饰，道："老内相见笑了，小王岂敢僭越朝廷规制，断然不敢与朝中诸臣联系，望老内相为小王多多美言。"李麒谦称"小王"，便是在尉迟恩面前主动放下身段，试图讨好对方。

尉迟恩此次前来蔡州淮西王府，既是传达圣意，也是借机敲山震虎，令李麒不敢轻举妄动。圣人李治虽然顾念兄弟情谊，不忍见李、武二族发生夺权争执，但是如果真有人危及他的皇位安危，他必然爆发天子之怒，不惜流血漂杵。

尉迟恩微微点头，他虽然已经窥知李麒蠢蠢欲动的谋反意图，但是在没有坐实之前，也不想得罪皇上的弟弟，道："大家也知道那封书信并非你们所写，所以才让老奴重金求购，以图大事化小小事化了，还有，大家若是震怒降罪，又岂会派老奴黄夜前来蔡州？"

李麒和邢玠暗暗松了一口气，一起向长安方向施礼，连称："圣人英明，圣人明鉴！"

"只是，那封书信真假并不重要。"尉迟恩故意拖长腔调，道："那封书信只是一个借口而已，恰恰有人需要这样一个借口。"

李麒和邢玠二人一脸惶恐，俱都明白尉迟恩话中之意，李麒怒道："欲加之罪，何患无辞？我……"他还要再说下去，身后的邢玠暗暗拽一下他的袍袖，李麒醒悟，尉迟恩又是在套他的话，只得赶紧住口。

尉迟恩干笑一声，见目的达到，便称要连夜返回长安，李麒和邢玠挽留不住，只好送到王府门口。尉迟恩环顾淮西王府，只见到处莺歌燕舞，丝竹乱耳，王府护卫懒懒散散，多半沉迷于饮酒赌钱，丝毫没有觉察大祸临头的危机，便知李麒此人志大才疏，难成气候，他低声道："王爷，若是那个人抢先下手，您如何应对？"

李麒心中一惊，不知如何回答，尉迟恩不再多言，与李麒施礼告别，策马而去。李麒犹在思索尉迟恩的临别之言，隐隐有一种不祥的预感。

李麒送走尉迟恩，回到书房，立即变了脸色，将那幅《秋夜静读图》扔给邢玠，怒道："岂有此理，这个皇兄让先皇临幸过的狐媚所惑，竟然亲手画了一幅破画，令我躲起来读书，还要让我闭嘴？让这个尉迟老鬼千里迢迢给我送来这个玩意儿，真是岂有此理！"李麒越说越气，忍不住一脚踢翻了椅子。

"王爷息怒，圣人如此作为，定是有他的深意。"邢玠抱着那幅画，小心翼翼地劝慰李麒。

"有个屁深意！"李麒怒不可遏，道："他就是宠信那个武媚娘，为了她废了王皇后和萧淑妃，逼死长孙无忌和褚遂良，现在又让我闭嘴不去招惹她……"

邢玠赶紧拦住李麒，示意他低声，道："王爷，小心为上。尉迟恩送来这幅《秋夜静读图》，又说'秋天凉气侵人'一番怪话，此中必定暗藏玄机，眼下正是夏末，即将入秋，莫非圣人是要警示我们近期不要招惹武皇后？还是提醒我们，武氏一族秋季要对我们下手？"

李麒压住怒火，在地上转了几圈，道："不错，皇兄应该是在和稀泥，提醒我们近期不去惹怒武媚娘，否则那个女人就要对我们下手了，这个和事佬，窝囊废！"李麒恨恨地骂了几句李治昏聩，便警惕地收声，他翻了翻眼珠儿，悄声问邢玠："王重达到底是死于谁手？"

邢玠一脸惶恐，道："王将军死的蹊跷，长安城中传言他是死于妖孽'红骷髅'之手，莫非王爷是怀疑他的死有猫腻……"

李麒咬着牙，恨恨地说："我怀疑他是死于武媚娘之手，定是这个女人发现了我们和王重达的联系，抢先下手，剪除我们在长安驻军中的羽翼！这个武媚娘，好狠的心机！"

李麒和邢玠又低声密谋一会儿，李麒让邢玠赶紧秘密奔赴长安，查清王重达的死因，同时重新与左金吾卫军建立联系。淮西王李麒为了反对武氏家族日益扩张的势力，一边联络李姓宗室结为羽翼，一边重金收买长安城中统军将领，意图寻机举事，铲除武氏家族。面对李麒为首的宗室反对力量，武皇后虽然身居后宫，但是对李麒的蠢蠢欲动了如指掌，早已张网以待，等着李麒等人自投罗网。夹在中间的圣人李治，隐约察觉到了淮西王李麒和武皇后双方的意图，他当然晓得自己枕边人的厉害，不想双方玉石俱焚，动摇国本，所以让尉迟恩千里送来《秋夜静读图》，以此警告李麒不要轻举妄动，招惹武皇后。

长安城郊外。

从芙蓉园追出来的"红骷髅"正是那个哑巴昆仑奴，他身材高大，虽显笨重，但是步伐远超常人，一步要大过别人两步，只一会儿工夫便看到一个疾奔的人影，那人一身黑色夜行衣，在树丛中泥鳅一般钻来窜去，甚是迅捷。昆仑奴大步追上，喉咙内一声嘶吼，抬手向那人后背抓去，那人抬臂格开蒲扇大手，却震得一个趔趄，昆仑奴瞥见那人面上罩着一个骷髅面具，竟然与自己装扮的"红骷髅"一模一样。昆仑奴一抓落空，怒从心起，两只蒲扇般的大手上下翻飞，要揪掉对方的面具，看看究竟是何许人也。那人身形极是灵活，不与昆仑奴硬斗，从昆仑奴的腋下钻过，向后方的树丛窜去。昆仑奴当然不肯罢休，奋力扑了过去，一把抓住黑衣人的衣服，将黑衣人牢牢拽住，昆仑奴伸手去揭黑衣人的面具，黑衣人攥住他的手腕，拼力挣扎，但是终究敌不过昆仑奴力大，那只蒲扇般的大手一点点靠近黑衣人的面具。昆仑奴用力一抓，终于将黑衣人的面具抓下，瞬间看清了黑衣人的面目，顿时惊得喉咙中"咕噜"一声，想喊又发不出声音来，谁料黑衣人突然用力脱身，指间绿芒一闪，在昆仑奴咽喉上轻轻一刺，立刻长笑一声退开。

昆仑奴双手捂住咽喉，脚步一阵踉跄，在地上转了几圈，轰然而倒。昆仑奴天生神力，本领不弱，没想到却着了黑衣人的暗算，对方用一枚绿油油的毒针在他咽喉上刺了一下，这种毒针正是"红骷髅"屡次杀人的利器，用赤练蛇毒浸泡，见血封喉。

看着昆仑奴在地上扭动抽搐，黑衣人慢慢弯下腰，准备捡起那张骷髅面具，谁知身后树林中传来一阵急促的脚步声，正是吴仁义和阿刁赶来，黑衣人见到有人接应，顾不得捡起面具，用衣袖遮住面目，翻身跃入暗处的草丛中，像蛇一般消失不见。

吴仁义和阿刁冲到昆仑奴身边，见到昆仑奴中了暗算，都吃了一惊，二人来不及去追那个黑衣人，吴仁义用力抱起昆仑奴，昆仑奴此时已经满脸青紫，他用手语冲着二人比画了几个手势，还未比画完，脑袋已经耷拉在吴仁义肩上。

"他说凶手是一名朝廷官员，可惜他不知道名字……"吴仁义说出昆仑奴手语的意思，阿刁和他面面相觑，却不知此人到底是谁？

"官员？哪个官员？"阿刁拼命摇晃昆仑奴硕大的脑袋，昆仑奴已无法回答。

此时，大理寺那些衙役已赶到，人喊犬吠，正在搜索这片山林，吴仁义和阿刁一时无法带走昆仑奴沉重的尸身，又不想和官差多费口舌，只能含泪先行离去。

三十六

高句丽，北部山区。

山中林密草深，沟壑纵横，林统领骑马在前面带路，崔破虏紧紧跟在后边，林统领不时偷眼瞄着崔破虏的举动，但是只要崔破虏有意无意地摸一下银枪或弓箭，林统领立刻又装出一副恭顺的样子。崔破虏逼着林统领为自己带路，因为他知道，一个能从北部前线毫发无伤逃到南部边境的溃兵，一定熟悉逃亡路径，而且他身背临阵脱逃的罪名，必然不敢向高句丽驻军出卖自己。

两人在溪水边上宿营歇息的时候，林统领殷勤地拾柴烧火，他偷偷瞥见崔破虏摘下水囊去打水，立刻蹑手蹑脚地向马匹走去，从树上解下缰绳，想乘崔破虏不备逃之夭夭。旁边乌骓马机警地打着喷嚏，长嘶一声，林统领刚要翻身上马，只听一声箭鸣，一支羽箭从他头顶发髻中间穿过，钉在面前的树干上，林统领捂着自己的乱发，肝胆俱丧，半晌不敢转身。后面的崔破虏冷笑道："这是第二次，我有言在先，再逃一次，我的箭就该射穿你的咽喉！"昨天晚上三更时分，林统领趁崔破虏睡着的时候想溜走，结果刚刚摸到马匹身边，崔破虏一箭射断了他的缰绳。

林统领努力挤出一副笑脸，指着旁边的溪水，说："都尉老爷，您误会了，我是想去饮马，对，去饮马！"

"去吧！顺便把我的马也牵去。"崔破虏懒洋洋往山石上一躺，正眼儿不看林统领，却把弓箭放在自己的身上。林统领胆战心惊地瞥一眼那把硬弓，乖乖地牵着两匹马去溪边饮水。

崔破虏从怀中掏出一张纸条，再一次端详上面写着的话：一命换一诺！

笔迹歪歪扭扭，话中的意思也是让崔破虏百思不得其解。

这张纸条是那日古寺激战中，樱月妖撞进崔破虏怀中，她不但没有杀崔破虏，反而乘机将一张纸条塞进崔破虏的怀里，然后暗中挑开崔破虏手上的绳索，助崔破虏脱困逃走。崔破虏盯着纸条上的五个字，心中想不明白樱月妖为何放自己脱困，又用自己的性命交换什么承诺？

正在思索间，溪边的林统领一脸慌张地跑过来，低声说："都尉老爷，不得了啊，有军兵过来了！"

崔破虏一惊，问道："是那些倭国黑衣人？"

林统领神色紧张，连连摇头，道："不是，是我们的骑兵，好多人……"

崔破虏一听是高句丽的部队，赶紧来到溪边观望，只见对面山路上尘土飞扬，蹄声阵阵，竟然是一长队的高句丽骑兵。山路狭窄，只能容两骑并行，这队骑兵队伍犹如一条蜿蜒长蛇，足足有近千人，正向北方行去。崔破虏皱起了眉头，此地已经是高句丽北部，接近与唐军交战的前线，深山密林之中突然出现一支千人的骑兵部队，肯定是意图偷袭或迂回唐军某处。崔破虏当机立断，立刻收拾东西，悄悄尾随在高句丽骑兵部队后面，要弄清这支骑兵部队意欲何为。林统领虽然不想拿自己的性命冒险，但是又不敢招惹崔破虏的弓箭，只好一脸沮丧地跟在后边。

大唐，登州海边。

在一处荒无人烟的海边，武云宗从船上跳下来，踏上久违的大唐土地。武云宗虽然身上伤痕累累，痛楚难当，但是心情无比舒畅，身后的白马也兴奋地迎风嘶鸣，在海滩上来回奔跑。那艘百济兵船不敢停留，护送的士兵们在船头向武云宗一起施礼作别。渡海途中，这些士兵恪守柳护卫的命令，从始至终没有和武云宗交谈一句。武云宗长揖到地，向这几位身处敌营的袍泽感谢搭救护送之恩，他声音哽咽，道："武某多谢弟兄们！"武云宗虽然前路艰险，但是与这些整日里命悬一线的细作比起来，不啻天渊之别，几位士兵依然默不作声，赶紧掉转船头扬帆而去。

武云宗策马翻过山坡，前方隐隐出现一处城郭，正是登州府城，武云宗双腿夹马，向着登州城飞驰而去，兴奋的他忍不住仰天大喊一声："我回来了！"

随着喊声，一个全身裹在灰色长袍里的人出现在山巅之上，静静地看着武云宗纵马远去的背影。等到武云宗身影消失，灰衣人慢慢掀开帽子，竟然是金柔儿。

武云宗来到登州唐军水师驻地，禀报求见统领水军的孙仁师将军，得知孙将军正率船队在海上操练，大约明日才回。武云宗登上军营望楼，远眺海面，只见视线尽头的海平面上一字排开数艘艨艟巨舰，正在往来穿梭，演练阵法。其中两艘船似乎正在用船上的投石机发射巨石，不停地将巨石射向数十丈外的一艘破旧渔船，一块点燃火油的巨石砸在破渔船上，冒起了滚滚浓烟。

武云宗苦等孙仁师不回，在营中徘徊，忽见四名唐军校尉从营中出来，为首一人姓陈，是武云宗在折冲府时的同僚。陈校尉听说武云宗从海外归来，便纠集三位营中好友请他饮酒，为武云宗接风。武云宗见到昔日同袍，不由大喜，寒暄已毕，和陈校尉一行人来到城中最好的酒楼，要了一个包间，点上好酒好菜开怀畅饮。

酒过三巡，武云宗端杯站起，正要向诸人敬酒，忽然听到一声猫叫。武云宗在船上眼睛险些伤在"白衣刑天"豢养的恶猫之下，对猫叫声音心有余悸，此时听到猫叫，不由吃了一惊，回头一看，只见一只白色的小猫从窗外跳了进来，在楼板上慢悠悠地舔弄毛发。武云宗眼明如电，看见白猫嘴边沾染着几缕触目惊心的血迹，立刻转过身来，手按刀柄全神戒备。

见到一只小猫吓得武云宗如此紧张，几位唐军校尉全都哈哈大笑，陈校尉调侃武云宗："武都尉，百济归来，怎么如此胆小，让一只猫儿吓得酒都不喝了？"谁料陈校尉话没说完，人已软绵绵地倒了下去，带着桌上的杯碟酒菜"稀里哗啦"摔落一地，其余三位校尉知道有异，纷纷拔刀，但是刚站起身来都软倒在地。

"酒中有毒！"陈校尉拼命喊了一声，想用刀拄地站起来，却筋酸骨软再度摔倒。武云宗拔出双刀，却只觉眼前一阵眩晕，脚下踉跄不稳，他想不到回到大唐故土喝的第一顿酒，竟然酒中下药遭到暗算。

只听脚步声响，一个白衣身影从楼梯慢慢走了进来，正是"白衣刑天"，原来这个凶悍的盗魁竟然从倭国海盗手中逃脱，一路尾随武云宗来到登州，暗中寻机报仇。

武云宗见到"白衣刑天"，心知不妙，这个凶残的海盗必是寻仇而来，他挥舞双刀想抢先动手，谁知刚扑出去，就双腿一软跌倒在地。"白衣刑天"低头看着武云宗的眼睛，狞笑道："武都尉，我给你们下的可是对付鲨鱼的药！""锦帆贼"横行海上时，经常在箭矢和标枪上涂抹秘密熬制的麻醉药物，用来捕捉海中大鱼。"白衣刑天"忌惮武云宗功夫高强，难以匹敌，便溜进后厨，在酒中下了麻药。

武云宗在海上九死一生，尚且无事，没想到在登州酒楼栽了跟头，看着缓缓逼近的"白衣刑天"，武云宗全身酸软无力，只能苦笑道："穿白衣的，你那些海盗喽啰呢？是不是都让倭国小短腿儿给宰了喂鱼？"

此言一出，更加激怒"白衣刑天"，他狠狠踢了武云宗一脚，道："我那么多兄弟葬身鱼腹，都是拜你所赐，还有我的花儿，我把你剐碎了也难解心头之恨！"

这一脚将武云宗踢到墙角，嘴角沁出血来，那只白猫轻巧地跳上"白衣刑天"的肩膀，死死盯着武云宗的眼睛，似乎随时要飞扑袭人。"白衣刑天"摸摸白猫，狞笑道："这人害死了我的兄弟，也杀了你的兄弟花儿，他的眼睛只有一双，我们该怎么分？"他在武云宗面前蹲下，从袖中掏出好几把晶亮的刀叉短刃，最后挑了一把叉子，又开始比画武云宗的眼睛，看来这个海盗真的喜欢挖人眼睛喂猫，武云宗全身无力，只能看着那把叉子慢慢靠近自己的眼睛。

原本瘫软在地的陈校尉忽然"嘿嘿"一笑，慢慢坐了起来，拍拍自己身上的灰尘，笑道："刑老大，做事之前，是不是把我的工钱结了？"看着站起身来的陈校尉，武云宗眼睛都瞪圆了，他没想到自己的旧日同僚竟然和"白衣刑天"是一伙的，看来陈校尉主动邀请自己喝酒，分明是提前与"白衣刑天"设好了埋伏。

陈校尉冲武云宗微微一笑，猝然出刀，在三名同僚的心口分别捅了一刀，眨眼之间就将三人杀死灭口。陈校尉一边在同僚身上擦拭刀上的鲜血，一边笑眯眯地冲"白衣刑天"伸出手，"刑老大，听说你的'锦帆帮'已经灰飞烟灭，我可不想做无本买卖！"

"白衣刑天"盯着陈校尉，瞳孔慢慢尖锐起来，就像他的猫儿一样，不过瞬息之间就恢复正常，从怀中掏出一个沉甸甸的袋子扔给陈校尉，陈校尉掂掂手中的钱袋子，似有不甘，道："刑老大，这些年我给你通风报信，助你在海上横行无忌，你从我这里得到的好处可不止这个数吧？今天又把四条人命送给你，这些人可都是我的好兄弟。"

武云宗躺在地上大笑，笑出了眼泪，道："好兄弟，好兄弟！多谢你的接风酒！"

"白衣刑天"也笑，又伸手入怀，掏出两锭黄澄澄的金子，扔给陈校尉，陈校尉大喜，扔了手中的刀，一手一个抓住两锭金子，顿时眉开眼笑，谁知"白衣刑天"乘他横刀脱手，突然猱身欺上，袖中寒光一闪，陈校尉的双目之间飞出一串血沫，陈校尉低吼一声："卑鄙小人！"他双手凭空乱抓，已经目不能视物，但是依然舍不得放开手中金锭。原来"白衣刑天"故意用金锭令陈校尉分心，借势突袭弄瞎了他的双目。陈校尉势如疯虎，手握金锭胡乱挥舞，连踢带打，试图与"白衣刑天"同归于尽，但是"白衣刑天"狞笑不语，退后两步，手握短匕静立不动，只等陈校尉自己撞上刀刃。倒卧在地上的武云宗见陈校尉遇险，忍不住提醒他："小心，左边！"但是没等陈校尉反应过来，"白衣刑天"已经悄无声息地袭了上去，一刀抹断了陈校尉的喉管。

"白衣刑天"从血泊中捡起金锭，又将陈校尉怀中的钱袋子拿回来，武云宗见他和陈校尉如此贪财，不由苦笑，人为财死鸟为食亡，这些人把人命看得轻如草芥，却把钱财看得重如泰山。

"白衣刑天"转头看着武云宗，道："武都尉，你可记得我在海上说的话？"当日，武云总宗在海上不仅砍断了"白衣刑天"的两根手指，还杀了他的狸花猫花儿，"白衣刑天"曾发誓天涯海角也要追杀武云宗，将他剥皮碎尸。

"白衣刑天"再次在武云宗面前蹲下，将手中的叉子对准武云宗的瞳孔，就在危急之时，忽然从窗外跃进一个灰色人影，脸上罩着面巾，手中一抹刀光直刺"白衣刑天"后心，"白衣刑天"身形急转，用手中叉子架住来袭者的短刀，两人都是短兵刃，快逾闪电，瞬间已经交手十几招，"白衣刑天"肩头衣衫割裂，同时他挑落灰衣人面巾，竟是金柔儿。看到来袭之人是一个美貌女子，"白衣刑天"不禁吃了一惊，瘫软在地上的武云宗见到金柔儿，以为自己在梦中，挣扎道："柔儿，真的是你？"

两人近身搏斗，从包间打到酒楼大堂，酒楼中的客人受到惊吓，一窝蜂向楼外跑去，街上登时大乱。登州城面临大海，是唐军攻打百济的后方基地，警戒严密，一队巡逻的唐军士兵立即闻声赶来。"白衣刑天"见势不妙，恨恨地骂了一句："姓武的小贼，咱们后会有期！"翻身从酒楼窗户跳了出去。金柔儿并不看武云宗一眼，她用面巾罩住脸，也从后窗跃出，混进街上人群之中。

　　武云宗拼力站起身来，向金柔儿追去，叫道："柔儿，别走……"只追出一步，就摔倒晕了过去。

三十七

　　长安大通坊，蒋记工行。

　　杜鼎之站在焦黑的残垣断壁之前，只觉一股股热浪迎面扑来，三进院落的蒋记工行在大火中化为灰烬，大火整整烧了一天一夜，此时才刚刚熄灭，面孔熏黑的杜鼎之不禁有些沮丧和痛愧。杜鼎之那晚从芙蓉园赶到蒋记工行，与坊正等人指挥救火，但是火势太大，根本无法近前。杜鼎之知道，蒋记工行的这把大火十有八九是自己引来的，因为白天正是他在蒋记工行询问工人、查阅账目，这才为蒋记工行引来灭门之祸。

　　"蒋记工行到底藏着什么秘密？"杜鼎之望着眼前的残垣青烟，心中不停地问自己。

　　"杜兄，我们在火场中一共发现了十三具尸首。"韦星洲带着长安县捕快和仵作，将十三具焦炭一般的尸身整齐地排列在门口。一些好奇围观的长安百姓，围在坊街之外议论纷纷，说这个蒋记工行前几天让"红骷髅"害死数人，现在又遭大火烧成平地，莫不是真的招惹了妖孽鬼神？

　　杜鼎之俯身检查每一具尸身，这些尸身全都烧成焦炭一般，无法辨认面目，但是杜鼎之心知，这些人必是自己当时询问过的人，幕后凶手担心秘密泄露，将这些人全部杀死灭口。一具尸身蜷缩如婴孩，手中紧攥着一根扭曲变形的铁烟袋，杜鼎之心中一酸，慢慢拿起铁烟袋，这具焦炭般的尸身应该是那日絮絮叨叨的老马夫。

　　仵作向杜鼎之禀报，这些人并不是死于烈火浓烟，全是一刀毙命，或断喉或穿心，然后掷于烈火之中焚烧。杜鼎之心中一阵难受，这十三条人命皆是因为自己的大意而葬送，看来这个幕后凶手一直在盯着他的动向，一定是对杜鼎之产生了某种警觉，才对这些人痛下杀手。

韦星洲低声向杜鼎之道："蒋记工行着火之前，附近的百姓有人看见'红骷髅'从院内窜出，当时把几名百姓吓得晕了过去。看来这起灭门纵火案，又是这个妖物所为！"

"哪来的妖物？分明是一个心机阴沉的恶人所为，他故意把我们引到芙蓉园，真凶却在这里乘机下手！不过……"杜鼎之看着眼前的一排尸首，欲言又止。

"杜兄，莫非你有所发现？"韦星洲连忙追问。

杜鼎之摇摇头，对韦星洲道："这里后续事宜，就拜托韦贤弟，我去一个紧要的地方查看一下。"杜鼎之吩咐差役为自己牵过一匹快马，跳上马背向城外奔去。

韦星洲看着杜鼎之背影消失，自言自语道："紧要的地方？哪个地方能比死了十三条人命的地方还紧要？"

杜鼎之一路疾奔，直向城外西山方向赶去。杜鼎之想起那日蒋记工行老马夫的话，"……城外西山那里累死了不少马，有三匹是从当地农户家租来的，现在还欠着马主人的钱呢，现在管事的都死了，这钱不能瞎了啊！……"

蒋记工行到底在西山承揽了什么活计？这是蒋记工行留给杜鼎之唯一的线索了。

杜鼎之打马如飞，一人一马逐渐湮没在西山的阴影之中。

高句丽，北部山区。

夕阳西下，暮色渐浓，谷地里山风更紧。崔破虏押着林统领尾随在高句丽骑兵之后，在丘陵谷地奔驰大半天，后来见高句丽骑兵在河边歇息，安营扎寨埋锅造饭，两人便悄悄伏在一处沟壑之中，拿出干粮果腹。林统领熟悉此处地形，说此处叫"虎狼谷"，位于唐军和高句丽军在平壤战线西方，距离前线三十余里，极是险要。崔破虏顿时一惊，心想莫不是高句丽骑兵要埋伏在此，绕后突袭唐军营地？

崔破虏让林统领把附近干枯的树枝茅草搜罗到一起，在山头上垒成高高的一堆，准备点火向唐军示警。林统领吓得战战兢兢，说只怕唐军没看见火光，却把眼前的高句丽骑兵招来，那时你我肯定要死无葬身之地。崔破虏踢他一脚，让他继续捡拾树枝，自己爬到山顶一块巨石上，借着天上的月光，偷偷向下观察高句丽军动向。只见高句丽军营之中，偃旗息鼓不见一丝亮光，近千人的骑兵部队犹如一群野兽蛰伏在谷底的黑暗中，丝毫听不到马嘶人语。崔破虏久经战阵，从这支高句丽骑兵的埋伏情况来看，绝对是高句丽军中的精锐，却不知这些精锐骑兵的目标是哪里？

林统领垒起了一堆树枝茅草，也悄悄爬到崔破虏身边向下观望，他最是熟悉高句丽军作战情形，见这支部队的情形，不由惊呼一声："这些人是要'打围子'！""打围子"是高句丽军队内的俗语，就是打埋伏的意思，看来这支骑兵是要在谷地中伏击唐军。

弄明白了高句丽骑兵的意图，崔破虏反而放松下来，心中已经有了应对的计策。崔破虏见林统领趴在自己身边，紧张得浑身发抖，不由笑道："林统领，眼皮子底下就是你的军中同袍，只消你在这里大喊一声，让人抓住我，不但能回归军营，还能立下大功一件，要不要试试？"

林统领吓得更加颤抖，话都说不利索，道："都尉老爷，您可不要说笑，借我十个胆子我也不敢回去了，我是有重罪在身的……"原来，当初林统领带着部下在阵前溃逃，曾有一名军中偏将挺身而出拦住他们，林统领为了保命，在众人面前一刀斩了那名偏将，阵前斩将溃逃，罪同叛乱造反，按照高句丽军律是要凌迟处死的，所以现在林统领最怕的人就是自己的同僚。

过了一个多时辰，谷底的高句丽骑兵忽然传来一阵鼓噪，这群蛰伏的野兽借着月光行动起来，千人的骑兵分成两个队列，隐入山谷两侧林中，对谷底山路形成包夹之势，看这情形，他们要伏击的目标很快就要出现了。随着高句丽骑兵埋伏妥当，谷外的黑夜中传来一阵马嘶之声，一长队的火光映入崔破虏的眼帘，在山路上迤逦而来，似乎是一支上千人的辎重部队向山谷缓慢开进。

崔破虏在山巅之上看得真切，原来这支高句丽骑兵是要在此伏击唐军的辎重队伍，他眼看唐军就要进入埋伏圈，当机立断，起身点燃了身后的草堆，山顶上顿时燃起熊熊大火，在夜空中分外亮眼。火光冲天，不仅谷外的唐军看见了山巅上的烈火，就连埋伏在山林中的高句丽骑兵也看到了，火堆之旁的崔破虏策马而立，他抽出一支响箭，在火上点燃，然后弯弓搭箭，向谷外唐军的方向射去，响箭在空中带着尖利的啸音，射在谷口一片枯枝落叶之中，登时又燃起一片火光。

行进的唐军辎重队伍见到前方火光，知道山谷之中有埋伏，立刻停止前进，在谷外摆开防御阵型。埋伏的高句丽骑兵统领见山上有人放火报警，致使这次伏击功败垂成，只能当面强攻，他怒骂几声，指挥骑兵呐喊着从山林中杀出，直扑立足未稳的唐军辎重部队。骑兵统领对山顶报警之人恨得咬牙切齿，派出一支小队向山顶杀来，誓要将放火报警之人碎尸万段。

山顶的林统领见一溜骑兵向山顶冲来，肝胆俱裂，跳上马背就向山后逃去。崔破虏却毫不畏惧，纵马迎着高句丽骑兵冲去，他在马背上连发两箭，将为首的两名骑兵射落马下，又一枪将第三名骑兵刺落马下，然后拨转马头，从山坡斜刺里冲下山去。

此时，唐军和高句丽骑兵双方已经在谷口厮杀在一起，唐军利用辎重车辆围成圆阵，士兵躲在车辆之后，施放箭弩抵挡高句丽骑兵的进攻。护送辎重粮草的士兵本就人数不多，加上步兵对战骑兵的劣势，眼看就要抵挡不住高句丽骑兵的进攻。崔破虏本想脱离战场，但是见到唐军情势危急，牙狠狠地一咬牙，纵马从山上冲下，直扑高句丽军的领军统领，企图擒贼先擒王，他一人一马，箭射枪挑，瞬间在高句丽骑兵中荡开一条血路，引起一阵骚乱。谷口的唐军见到有人悍不畏死，单枪匹马冲击高句丽军阵，一时都愣住了。高句丽骑兵统领见有人杀向自己，立即令旗一挥，左右亲军迎着崔破虏冲了过去，崔破虏一人冲击千人的骑兵队伍，无异于飞蛾扑火，瞬间就陷入重重包围之中。

正在危急之时，忽然传来一阵号角铮鸣，一支三百人左右的白袍唐军骑兵从谷外突然杀出，如同一片暴雪席卷过来，为首一名白衣白甲的中年将军，手执一杆方天画戟，腰挎双弓，挡者披靡，犹如无人之境，瞬间就冲乱了高句丽军阵。白袍将军正是唐军征讨高句丽第一勇将、右领军中郎将薛仁贵，人称"神勇白袍将"，他麾下的士兵人人皆着白袍，高句丽军队对这支"白袍军"畏之如虎，不敢接战。薛仁贵今夜带领三百"白袍军"巡视，遥遥望见山中起火，便断定是唐军运粮队伍遭遇伏击，立即飞骑赶来救援。

高句丽骑兵见到薛仁贵和"白袍军"杀到，立刻军无斗志，鸣金收兵，向山中溃退。薛仁贵率军掩杀，冲散了崔破虏身边的重重包围，只见崔破虏后背插着两支羽箭，浑身鲜血淋漓，不知是自己的血还是敌人的血，此时的崔破虏人若疯虎，拼命舞动手中银枪，见人就刺，他瞥见一个白色人影杀来，立刻一枪刺向对方咽喉，白色人影正是薛仁贵，他用手中画戟一磕，崔破虏虎口发麻，银枪险些脱手。

薛仁贵压住崔破虏的银枪，大喝道："崔老弟，你不认得为兄了吗？"

崔破虏从疯狂之中清醒过来，认出是薛仁贵，胸中的一口气松懈，只说出两个字："薛兄……"就一头从乌骓马上栽了下来。

薛仁贵跳下马来，将崔破虏抱在怀中，擦去崔破虏脸上的血污，崔破虏面如金纸，道："薛兄，烦劳带我去见李勣大总管……"

薛仁贵与崔破虏二人以前在苏定方征讨高句丽军中相识，那时薛仁贵刚刚在天山脚下大破九姓铁勒，三箭定天山，一箭破五甲，威名远播中外，崔破虏时常在军中向其请教箭术，与薛仁贵亦师亦友。显庆三年（公元 658 年），在石城之战中，一名高句丽神箭手在阵前一口气射倒十余名唐军，耀武扬威不可一世，薛仁贵与崔破虏并辔而出，崔破虏与高句丽神箭手对射，吸引对方注意，薛仁贵纵马急冲对手，电光石火之间将神箭手生擒，高句丽军队顿时大骇，不战而溃。

唐军这支粮草辎重部队绝境逢生，人人欢喜异常，若非崔破虏放火示警，又舍命冲锋，扰乱高句丽骑兵攻击阵型，就算薛仁贵赶来救援，只怕也要折损大半，粮草尽毁。护送粮草的偏将向薛仁贵禀告崔破虏的英勇，极尽夸赞之词，薛仁贵感叹道："我这兄弟，一人独冲千骑，便是三国赵子龙复生，也不过如此！"

薛仁贵带领"白袍军"保护粮草辎重向唐军大营赶去，他命人将昏迷过去的崔破虏放在一辆粮车上，为他止血疗伤，乌骓马见主人昏死过去，在旁边急得连连长嘶。

此时，已近四更，天上月明如水，山巅的一棵大树之上，樱月妖正站在树枝上眺望谷底。适才的一场大战尽收她的眼底，尤其见到崔破虏单枪匹马冲向高句丽军阵时，樱月妖兴奋难抑，她一手握住短刀刀柄，一手抓着树枝，双手竟然微微颤抖，心中不由替崔破虏担心起来。樱月妖没想到天地间竟有如此豪勇之人，她身边虽然不乏悍不畏死之人，但是多是偷偷摸摸暗杀狙击之辈，从未见过如此堂堂正正冲锋陷阵、舍生取义的勇士。樱月妖的眼睛在月光之下一闪一闪的，不知在想什么。

　　一个黑衣人过来向樱月妖请示，是否要继续追踪崔破虏，樱月妖摇摇头，向山后一挥手，带着那群黑衣人消失在山林中。

三十八

长安城外，西山。

同一轮明月之下，杜鼎之一个人站在西山最高处四下观望，耳畔松涛阵阵，偌大的西山犹如一头沉睡的巨兽，随时要苏醒过来择人而噬。杜鼎之举着火把，向着对面山腰一处亮着灯光的建筑走去，适才杜鼎之在山顶已经观察清楚，对面山腰的建筑中不仅有灯光，还有穿梭不断的人影，似乎是一处建筑工地，正在挑灯施工。杜鼎之想起蒋记工行中老马夫的话，心中疑惑："难道老马夫所说的累死不少马匹的建筑工地就是此处？"

杜鼎之踩灭火把，借着月光慢慢靠近那处建筑，从外围来看，似乎是一座尚未完工的道观，飞檐斗拱已然初具规模，气势甚是巍峨。大唐建国以来信奉道教，天下名山大川中便建起无数道观，各个道观争相请来名满天下的道士仙人，企图以此与李唐皇室攀龙附凤，所以在西山中建起一座道观，并不是什么奇事。杜鼎之见这座道观匾额上书"三清观"三个篆字，似是出自名家之手，他正在寻找进去的路径，却不料听到里面有人大声喧哗，三清观之内竟然有一队士兵在巡逻，刀枪甲胄铿锵，杜鼎之赶紧躲在暗处观察，心中纳闷，这个三清观工地为何有士兵驻守巡逻，难道是皇室修建的？

正在杜鼎之疑惑之时，三清观内走出一群人，为首的一人在火把照耀下，面目似曾相识，杜鼎之躲在暗处思索半天，猛然想起此人正是死去的王重达养子王进，曾经在王重达府中见过一面。王进官居左金吾卫校尉，看来驻守此处的军队也应该是左金吾卫。杜鼎之心中有些蹊跷，躲在暗处没有现身，观察王进等人意欲何为。

　　王进出来是迎接一位远道而来的客人，客人乘一匹快马，从山下踏月而来。风尘仆仆的客人在王进面前翻鞍下马，摘下风帽露出面容，暗处的杜鼎之顿时大吃一惊，原来来人竟然是淮西王府长史邢玠。邢玠在赴淮西王府之前曾在刑部为官，杜鼎之与他较为熟悉。王进命令手下士兵在三清观周围严加戒备，严防走漏消息，然后带着邢玠进到道观深处。杜鼎之自然知道朝野关于淮西王意图谋反的流言，而长史邢玠正是淮西王李麒的心腹，此时他黉夜现身此地，肯定大有文章。

　　杜鼎之无法进到三清观内部，心中十分焦急，只能藏在三清观外围的树林中逡巡察看，他绕到三清观后门时，只见五六个士兵把守在那里，也是无法进入。这时，一辆马车从三清观内驶出，慢悠悠向山下而去，马车上全是沉甸甸的麻包，似乎装着沉重的东西，车轮在一块石头上垫了一下，麻包中掉落一枚金属状物件，磕在石头上发出"叮"的一声。杜鼎之悄悄溜了过去，在地上摸索着找到那个物件，竟是一枚开元通宝铜钱。

　　"这从三清观里驶出的马车，难道满满一车装的都是铜钱？"杜鼎之举起那枚开元通宝铜钱，借着月光仔细端详，上面沾了一些白色的膏泥，除此之外并无端倪，但是杜鼎之心里觉得有种说不出来的异样。

　　就在杜鼎之端详手中铜钱的时候，忽然一股幽幽香气沁入杜鼎之的鼻端，这股香气杜鼎之曾经闻过，似乎就是"紫燕子"给他那块袈裟上的香气。杜鼎之疑惑地翕动鼻孔，香气越来越浓，分明在向自己靠近，杜鼎之转头一看，只见一袭高大的红衣白骨身影，矗立在身后俯瞰自己，正是"红骷髅"。杜鼎之吓得大叫一声，跳起来足有两尺高，转身就跑。可惜杜鼎之虽然逃命麻溜，但是身后的"红骷髅"更是迅捷，几个大步就追了上来，伸出白骨森森的爪子向杜鼎之颈后抓来，杜鼎之赶紧伏身钻进树丛中，利用树木阻挡"红骷髅"，"红骷髅"一身宽大的红色袈裟，在树丛中钻行不便，竟然让杜鼎之拉开距离，气得"红骷髅"厉吼一声，从旁边绕路追来。

　　杜鼎之用袍袖护脸，在树丛中拼命奔跑，身上的衣衫扯得破破烂烂，他慌不择路，只顾着向树木繁茂之处逃去，不想竟然来到一处悬崖之上。杜鼎之看着脚下的悬崖绝壁，几粒石子滚落下去，半天才有回音传来，不由让他心惊胆战，身后的厉吼之声越来越近，"红骷髅"已经鬼魅般追了过来。

杜鼎之平息自己的呼吸，他扯下衣衫上的破烂布条，使劲擦着脸上的汗水，既然前无去路，干脆大胆面对这个扮成妖物的凶犯，杜鼎之索性在悬崖边的石头上慢慢坐了下来。

随着一声吼叫，"红骷髅"像一片红云飘了过来，落在杜鼎之的面前，他看清杜鼎之身后的悬崖，不由得意地大笑，笑声震动山谷，惊飞山中无数栖鸟。"杜鼎之，地狱无门你偏来，省得我去找你，哈哈！""红骷髅"的声音阴暗嘶哑，犹如利器划过硬物，分明是使劲捏着嗓子改变声调。

杜鼎之两鬓的汗水滚滚而落，他喘着粗气问："蒋记工行里的十三条人命，不，应该是十七条人命，都是你杀的？"

"一群猪猡而已，今晚又得加上一个你！""红骷髅"又往前逼近一步。

"你为何要把蒋记工行灭门？他们究竟掌握了什么秘密？"杜鼎之大声问道。

"你到了地狱，何不自己去问？""红骷髅"冷笑，声如夜枭。

杜鼎之依然追问："我今天来到西山探访，没有告诉任何人，你又如何知道我的行踪？"

"红骷髅"冷笑不语，再度逼近。杜鼎之突然发问："莫非你是我的熟人？故意在我的面前装神弄鬼？""红骷髅"浑身一震，停下了脚步，站在杜鼎之面前，一双摄人心魄的鬼眼透过面具上的窟窿，狠狠地盯着杜鼎之。

"杜鼎之，杜寺丞，长安第一神断……""红骷髅"阴恻恻地笑道："今夜之后，长安城的'神断'就该换人了！""红骷髅"伸出双爪向杜鼎之咽喉抓来，杜鼎之自知不敌，只能向后退去，双脚已经站在悬崖边上。

正在此时，树林中突然传来一声清叱："住手，大胆妖物！你还敢害人？"一道人影从树林中冲出，直奔"红骷髅"扑来，正是"紫燕子"。悬崖边上的杜鼎之此时已经半只脚悬空，身体摇摇晃晃，"紫燕子"虽然现身，但是距离尚远，已然救助不及，"红骷髅"狞笑一声，手爪在杜鼎之胸口轻轻一推，杜鼎之双手乱抓，终于站立不稳，惨叫一声，摔下悬崖。

杜鼎之身在空中，手脚拼命挣扎，灵台却闪过一丝光亮，对"红骷髅"喊道："我知道你是谁了！你是……"声音急坠而下，杜鼎之还未说出那个人的名字，人已经消失在山崖下的夜色中……

　　"紫燕子"见杜鼎之落崖，更加悲愤，喝道："妖物，你害了昆仑奴，又害了杜寺丞，还不拿命来！""紫燕子"掣出一柄柔如银蛇的软剑，剑光如雪，向"红骷髅"刺来，"红骷髅"此刻目的达到，见"紫燕子"含忿出剑，不愿硬接，大笑几声，夺路向山林中奔去，"紫燕子"提剑在后面拼命追赶。

三十九

登州府城。

武云宗从昏迷中清醒过来，睁开眼睛四下打量，只见室内一灯如豆，昏暗潮湿，面前是一排小臂粗细的铁栅栏，自己身下是一堆臭烘烘的乱草，他惊疑地抬起身来，发现双手双脚都用铁链锁住，这里竟然是一间牢房，他已经成了阶下囚！

武云宗提着锁链，扯开嗓子大喊："这是哪里？我是大唐驻百济军中信使，快放我出去！"

过了半晌，来了一个狱卒，一边掏着耳朵一边骂道："深更半夜的，别鬼嚎了，聒噪得老子睡不着觉！"

武云宗扑到铁栅栏前，急切地问："兄弟，这是哪里？"

狱卒冲他翻白眼，不耐烦地道："哪里？登州府大狱死牢，还能是哪里？"

武云宗一头雾水，追问："我怎么进了死牢？"

"你杀了四名军中校尉，犯的可是逆天死罪！"狱卒踢一脚铁栅栏，骂道："混账东西，再敢聒噪，老子赏你一顿水火棍！"

武云宗颓然地坐倒在乱草之中，心下登时雪亮，原来酒楼之中陈校尉杀死三名同僚，随后他又死于"白衣刑天"之手，金柔儿从"白衣刑天"手中救下武云宗，然后两人双双逃离，结果赶来的唐军以为是武云宗杀了几名唐军校尉，便将昏迷不醒的武云宗绳捆索绑，投入登州死牢。

武云宗想起自己身负的使命，不由心中焦急，再次扑到铁栅栏前，拼命摇晃铁栅栏，喊道："我身负重要军务，我要见水师孙将军！快快通报水师营！

我要见……"

回答他的是一口浓痰，狱卒锁死了外面通道的铁门，拎着酒壶找同伴喝酒去了。

武云宗心急如焚，拖着铁链在牢房内到处拍打，试图寻找脱身的孔隙，可惜这是铁打一般的登州府死牢，苍蝇老鼠也无法脱身。武云宗绝望地大喊一声，将身子重重摔在乱草堆上……

高句丽北部，大唐李勣军营。

薛仁贵带着面色苍白的崔破虏来到李勣帅帐，崔破虏此次为了救唐军辎重队伍，受伤甚重，幸好薛仁贵令军中郎中全力施救，保住他的性命。崔破虏在军营中休养了两天，才可下地行走。

见到大唐一代军神李勣，崔破虏不顾身上伤痛，执意行礼，崔破虏向李勣禀明来意，将刘仁轨请求李勣一起启奏圣上的意思复述清楚。

李勣未置可否，问崔破虏："刘刺史的信在哪里？"

崔破虏一路上屡遭险情，樱月妖和高句丽溃兵几番搜身，都没有发现密信藏在哪里，此时见李勣索要密信，崔破虏微微一笑，命帐外士兵将他的乌骓马牵来。

薛仁贵诧异道："崔老弟，难道你把密信藏在坐骑身上？"

崔破虏来到账外，解下乌骓马脖颈第二颗铜铃，铜铃用蜡封住，崔破虏用刀撬开封蜡，取出一粒蜡丸呈给李勣，李勣接丸在手，看了一下蜡丸上的密封的火漆，笑道："这么绝密的信件，竟然藏在马铃之中，也算别出心裁。"

李勣看完刘仁轨的密信，难抑心中激动，用力拍一下桌子，大声道："满朝文武在高句丽和百济战事中，能与老夫心意相合者，唯有这个老刘头啊！"

崔破虏躬身施礼道："请大总管附信于后，与刘刺史一起禀明圣上。"

李勣哈哈大笑道："老刘头文笔如刀，精彩绝伦，我想对圣上说的话，他都替我说了，我就不必多此一举了！"他执笔在手，在刘仁轨的信后面书上自己的名字，然后重新封漆交给崔破虏。

从李勣帅帐出来，崔破虏对薛仁贵道："薛兄，小弟行程绕远，在这里耽搁两日，只能星夜赶路，这就别过了！"

薛仁贵本想劝崔破虏再休养两日，但是见他赶路迫切，只能作罢，令人给崔破虏备足干粮饮水和羽箭等一应物事。崔破虏又道："薛兄，小弟还有一事相求，劳烦薛兄亲自出手相助。"崔破虏在薛仁贵耳边低语几句，薛仁贵听完大笑，拍着胸脯应承下来。

崔破虏纵马离开唐军营地，刚刚奔出去数箭之地，忽然听到路边树丛后有人喊他："崔都尉，我在这里，等等我！"崔破虏回头一看，只见林统领骑马从树丛里钻出来，看来他在这里已经等崔破虏很久了。林统领一脸亲热地拉着崔破虏的衣袖，上下打量他，说："崔都尉，您一个人在千军万马中杀得尸横遍野，竟然毫发无伤，真是神人下凡！"他似乎嫌自己的夸赞之词不过瘾，又伸出两根大拇指并在一起，冲崔破虏使劲比划。

崔破虏冷冷地道："林统领，你可是跑得比兔子还快，崔某实在是佩服得五体投地，你既然已经舍我逃命，为何还在这里等我？"

林统领一张黑脸涨得发紫，满是谄笑，道："都尉莫怪，我这人天生胆小，见不得打打杀杀的血腥场面，一看到明晃晃的刀枪招呼过来，我这腿肚子啊，就不由自主向后转，嘿嘿，都尉老爷见谅，见谅！"

崔破虏并不与他计较，问道："你不去逃命，找我何事？"

林统领更是尴尬，嗫嚅着道："都尉老爷，高句丽这块儿、这块儿我已经待不下去了，求求您带我回大唐吧，我愿意一直跟着您，当牛作马我都愿意！"原来林统领自知本国军律难容，手下兄弟又都死在倭国杀手刀下，偌大的高句丽已无他的立足之地，就想赖着崔破虏，跟随崔破虏一起去大唐谋生。

林统领道："十年前，我曾跟随高句丽使团去了一次长安，当时我只是一个搬运行李的小兵，是长安城的富贵大气震慑了我、征服了我，从那时起，我心里就不想和大唐为敌，所以我才会在阵前不战自溃，也是从那时起，我有了自己的梦想！"

崔破虏笑问："你的梦想是什么？"

林统领眺望着远处的连绵山峦，无限神往地说："我的梦想就是做一个长安人，在长安有一间自己的房子，每天能坐在门前喝上二两好酒，吹着长安城的风，看着长安城的日出日落，这就是我的梦想！"

崔破虏见林统领确实走投无路，也不由为这个胆小之徒生出几分恻隐之心，道："好吧，既然你想投奔大唐，大唐国中的高句丽人不在少数，我朝海纳百川，定会有你生存之地。"崔破虏用枪遥指长安的方向，对林统领说："你的长安，就在那里！"

林统领见崔破虏答应，顿时喜不自胜，笑得脸上开花。二人并骑向北，直奔鸭绿江方向而去，林统领甚是殷勤，主动在前面领路。二人堪堪行出十余里，来到一处垭口，垭口周围草木茂盛，很是幽静，崔破虏忽然勒住乌骓马，警惕地环视着四周，林统领见崔破虏如此谨慎，在旁边笑道："这是已经是唐军控制的地盘，不会再有高句丽军队骚扰……"话音未落，一支弩箭直奔林统领脑门儿射来，崔破虏眼疾手快，举起银枪磕飞弩箭，一声脆响，数点火星就在林统领眼前溅射开来，吓得林统领抱住马脖子几乎栽下马来。

一声轻笑从头顶的树冠中传来，树叶之中一条白生生的小腿垂了下来，坐在树杈上手执弩箭的人正是樱月妖。樱月妖笑道："大唐的都尉，为何带着一个高句丽的奴才，我不喜欢。"听她口气，竟然是因为不喜欢林统领，所以才一箭射向他的脑门儿，这个功夫狠辣的小丫头行事带着几分妖异，怪不得名字中有一个"妖"字。

林统领摸着自己的脑门儿，想骂几句脏话，却又忌惮樱月妖的狠辣，不敢张口，只能悄悄向崔破虏身后躲去。崔破虏正要问樱月妖为何在他怀中塞进那张纸条，还没等他开口，樱月妖在树上已经吹响哨子，周边的草丛树林中立刻沙沙作响，茅草之中涌出数十道波纹，向崔破虏和林统领包抄过来。

这次，林统领竟然罕见地没有拨马开溜，只是战战兢兢地看着崔破虏，崔破虏一枪杆抽在他的马臀上，大喝道："蠢货，还不快跑！"说完，崔破虏带头拨马就逃，反应过来的林统领立刻紧紧伏在马背上，没命地狂奔。

二人慌不择路地逃命，来到一条小河边上，两匹马涉水而过，溅起一片水花，谁知水花之中竟然跃起两名黑衣杀手，挥舞雪亮的倭刀砍向崔破虏和林统领。原来，这群黑衣杀手不仅在垭口伏击二人，而且也算准了二人的逃命方向，提前在河水中埋伏。崔破虏虽然举枪格开黑衣人的长刀，但是毕竟是重伤初愈，气力不加，只觉胸中一阵气血翻涌，险些伤在黑衣人刀下。那边的林统领抱头鼠窜，竟然用腰刀间不容发地格开黑衣人全力劈下的一刀，林统领捡回一条命，吓得哇哇大叫，手中的刀都掉进河中。

二人换个方向再度奔逃，黑衣人吹响哨子，河对岸的陡坡上又冒出十几名黑衣人，人人身背长刀，手握弓弩，与后面追来的樱月妖等人，将二人包围在河中央。看着河岸上一排乌黑的弩箭，崔破虏不敢硬冲，只能顺着河水向下游逃去，黑衣人沿河追来，不时施放弩箭，崔破虏和林统领伏在马鞍上左遮右挡，林统领一个疏忽，右肩胛上中了一箭，惨叫出声，险些掉落马下。

正在此时，忽然传来一声梆子响，只见天空顿时暗了下来，数百支羽箭蔽空而来，呼啸之声惊心动魄，这些羽箭瞄准的目标正是那些弯腰疾行的黑衣人，一片惨嚎声中，三四十名黑衣人都为利箭贯穿身体，钉在地上，一时河水泛赤。

林统领绝境之中捡回一条命，战战兢兢地问崔破虏："都尉老爷，这是什么情况？"

崔破虏并不理他，冲着河岸那边抱拳道："谢谢薛大哥，为我除掉这些尾巴！"话音刚落，河岸树林中冲出一骑白袍将军，白衣白甲手执画戟，正是薛仁贵，身后跟随着三百"白袍军"。原来，刚才崔破虏在军营中所求薛仁贵之事，就是想借助神勇无敌的薛仁贵与"白袍军"，帮他除掉一直阴魂不散尾随在后的倭国黑衣人。薛仁贵听说是截杀倭国杀手，当即答允，带领"白袍军"提前埋伏妥当，只等崔破虏将他们引来。

薛仁贵一骑当先冲出，挽弓射箭，连发三支连珠箭，残存的二三十名黑衣人立刻又倒下四人，原来最后一箭竟然洞穿前面人咽喉之后又射入后面人的胸口，倭国杀手终于体会到"三箭定天山，一箭破五甲"的威力。三百"白袍军"呼啸掩杀，一手执马槊，一手执强弩，犹如虎荡羊群，尽情屠杀剩余的黑衣人，这些"白袍军"跟随薛仁贵征战南北，都是百战勇士，临阵冲锋，所向披靡。残存的黑衣人虽然人人本领高强，以长刀和弓弩还击，但是箭射刀砍，落在"白袍军"坚硬的铠甲上却如隔靴搔痒，双方交战只一个回合，河两岸已经没有站立的黑衣人，鲜血染红了整条河水。甲斐飞鸢所训练的这支杀手队伍，在自己国内战无不胜，但是遇见大唐精锐"白袍军"，却是不堪一击。

崔破虏与薛仁贵并辔而行，逐一检视地上的黑衣人尸体，并没有发现樱月妖的尸身，看来这个狡猾狠辣的小女子肯定是趁乱逃脱，崔破虏见她没有殒命于此，心里反而有一丝安慰，他还没有弄清这个神秘女子塞给他字条的意义，并不希望她死于乱军之中。崔破虏又寻找胸口绣有白菊花图案的甲斐飞鸢尸

　　体，也是一无所获，此人擅于偷袭狙击，总是在出其不意的时候给人致命一击，见不到他的尸首，令崔破虏如刺在股，心中难安。

　　樱月妖在哪里？此时的樱月妖正躲在远处的树林中，嘴角叼着一根茅草躺在树杈上，没事人一般眺望着尸横遍野的战场，即便那片战场上躺卧的都是她的同门师兄弟，她却没有丝毫的愤怒，反而有种解脱束缚的兴奋。樱月妖眼睛放光，牢牢盯着策马横枪的崔破虏，一路追杀而来，她对这个勇猛睿智的唐军都尉产生了一种莫名其妙的感觉，不知道是崇拜还是喜欢？

　　樱月妖见到崔破虏与薛仁贵在马上告别，带着林统领向北奔去，她吐掉嘴里的茅草，露出一丝诡谲的笑意，像猫儿一样溜进树林，紧紧跟了上去。

四十

百济，周留城。

倭国黑衣人惨遭"白袍军"屠戮的时候，甲斐飞鸢在哪里？此时的甲斐飞鸢已经返回百济周留城中。

甲斐飞鸢脱去惯穿的黑色夜行衣，套上一件僧袍，头戴竹笠，打扮成一个倭国僧人，正站在绵绵细雨之中，身后就是周留城有名的延寿寺，看他的神情似乎在等待什么人。

细雨之中，有两人一前一后撑伞而来，正是扶余丰和柳护卫。扶余丰见到甲斐飞鸢，并未寒暄，反而面露怒气，他问身后的柳护卫："福信和道琛为何未到？"

柳护卫正要答话，身后传来一阵急促的脚步声，回头一看，正是小跑赶来的道琛和尚，光头上雨水横流，一身宽大的僧袍早已湿透，他见扶余丰发怒，赶紧躬身行礼道："殿下，小僧因雨耽搁，还请殿下恕罪。"

"福信到了哪里？"扶余丰口气冰冷，显然怒火未熄。

道琛赶紧替福信解释："福信将军遣护卫来报，他在赶来的途中遭遇贼人袭扰，只怕要晚来……"

不等道琛说完，扶余丰就截断他的话，冷笑道："贼人？方圆百里的贼人不都是你们两位的麾下吗？怎么会有人胆敢袭扰你们？可笑！"扶余丰显然不信鬼室福信晚来的借口，道琛偷看一眼柳护卫，似乎请他帮忙圆场。

柳护卫向前一步，躬身道："殿下，客人在寺中等候多时了，是不是请殿下移步入内，与客人见面？"

提起客人，扶余丰更加不悦，道："今日我会见尊贵的客人，福信竟然迟来，分明是……"他瞥了一眼道琛，总算把后半截话忍了回去。扶余丰耍了一通威风，才想起与甲斐飞鸢见礼，道："大师，你我当日在甲斐一别，今日才有缘重见，实在令人感慨。"

甲斐飞鸢双手合十，道："殿下复国在望，老衲替殿下心喜。"

扶余丰和甲斐飞鸢在台阶上低语一会儿，甲斐飞鸢看向道琛和柳护卫，似乎对二人并不放心。扶余丰明白他的心意，转身吩咐道琛和柳护卫："你二人在此等候，我与大师入寺会见客人。"

等扶余丰二人进到寺中，关上山门，道琛抹一把脸上的雨水，恨恨地骂了一句："他奶奶的，让老子冒雨赶了数十里山路，来了又不让进去见人，拿老子当什么？"

柳护卫自从上次给道琛送去赏赐物品后，两人已经混得很熟，言语没有顾忌，他把手中的雨伞递给道琛，自己站在雨中挨浇，他安慰道琛："殿下要见东边的客人，可能是事关机密，不想外人知道。"

"外人？原来我们是外人！"道琛眯起三角眼，有些愤愤不平，道："以后殿下就请倭国人帮他复国吧，我们这些外人就不必鞍前马后了！"

柳护卫依然一脸微笑，并不在意道琛的牢骚话，他问道："福信将军路上遇袭，是真是假？他没事吧？"

道琛鼻子里"哼"一声，道："我又不是他的跟屁虫，哪知真假？要是我知道来了也是站在雨里挨浇，我他娘的也遇袭一回！"

柳护卫见道琛怒火难抑，不再劝说，转过头看着雨中的周留城，嘴角悄悄露出一丝难以察觉的笑意。鬼室福信路上遭遇贼人袭扰确有其事，因为"贼人"就是柳护卫的心腹，柳护卫派人袭击福信，并不是要取鬼室福信的性命，而是阻挠福信前来与扶余丰见面，在扶余丰和福信、道琛三人之间故意制造猜忌。

道琛见无人注意他们，伸手入怀，掏出一个沉甸甸的钱袋子递给柳护卫，笑嘻嘻地说："我的部下昨日打猎归来，得了些钱财，我这做哥哥的不敢独占，想着给柳老弟分些酒钱。"道琛口中的"打猎"，其实是他手下那些复兴军出去抢劫附近村寨，道琛麾下的部队军纪极坏，平日里烧杀抢掠，民怨极大。道琛的部队打仗一触即溃，但是近期却经常得到扶余丰的赏赐，而且获赏比鬼室福信的部队更要丰厚，道琛知道是柳护卫在扶余丰面前替他说好话，所以借机贿赂柳护卫。

柳护卫并不推辞，将钱袋子纳入怀中，低声道："倭国那些人此次前来，带了不少好东西，据说都给了福信。"

道琛顿时面色一沉，道："此事当真？"

"我哪敢欺骗老兄？那个福信将军一直怀疑我是唐军奸细，我心里自然会分出亲疏远近。"柳护卫似乎也是一肚子怨言，对福信颇为不满。

道琛大笑，道："福信那老家伙整天疑神疑鬼，看谁都是唐军奸细！他说你是大唐奸细，我看他才是倭国的奸细，否则倭国怎会和他如此亲近？"

二人一起大笑，互相拍肩把臂，神情更是亲密。

延寿寺中，禅房之内。

扶余丰对面的客人是一位矮小精悍的老人，头发半秃，胡须灰白，虽然一身素装，但是眼神转动之间杀气腾腾，此人正是倭国派出的大将阿倍比罗夫。阿倍比罗夫曾为倭国攻伐征服虾夷部落，深得天皇和中大兄的信任，此次派他带领先头部队秘密来到百济增援扶余丰。为了显示对倭国援军的重视，扶余丰亲自来到延寿寺与阿倍比罗夫会面，两人屏退左右，秘密商谈倭国援军进军百济的时间步骤，以及谋划与唐军交战的方略。

阿倍比罗夫问扶余丰："现在只是第一批援军，第二批已在路上，后续还将有两批，不知集结地点选在哪里为好？"

扶余丰看着壁上的地图，沉思良久，用手指着一个位置，道："就在这里集结！"

"白江口？"阿倍比罗夫摸着下巴上的胡须，眼睛放出光来。

"不错，就是白江口！"扶余丰拔出腰间的"太一剑"，重重地刺在白江口三个字上。

角落里的甲斐飞鸢见到"白江口"三个字，忽然心神一震，但是他没有说话，依然低头注视着面前的茶杯，杯中的涟漪在他眼里仿佛泛起一片血花，心里隐隐有一种不祥的感觉。

寺外忽然传来一阵喧哗，似乎有什么重要事情发生，在扶余丰的护卫中引起震动，扶余丰皱起了眉头，向外面喊道："何事惊慌？让柳护卫进来禀报！"

柳护卫进到禅房，躬身行礼，道："禀报殿下，唐军突然袭击攻占泗涟山城，烧毁我军驻屯在那里的所有粮草辎重！"

扶余丰大怒，一掌拍在桌子上，喝道："泗涟山城是由道琛驻守的，这个秃驴是吃白饭的吗？"他怒极之下辱骂道琛的僧人身份，丝毫没有顾及角落里的甲斐飞鸢，因为甲斐飞鸢在本国就是一名僧侣，但是甲斐飞鸢此时老僧入定，并不在意扶余丰的辱骂。

泗涟山城是百济复兴军的一处重要据点，城池虽然狭小，但是建筑在地势险要的山顶，易守难攻，复兴军将进攻所需的兵械都屯放在那里。此次扶余丰与倭国援军会面，复兴军上上下下的注意力都聚集到周留城，柳护卫暗中将情报送给熊津城刘仁轨军中，唐军派出一支奇兵，趁着扶余丰召集道琛到周留城，城中无主之时，突袭烧毁泗涟山城，将百济复兴军的兵械付之一炬。适才雨中，柳护卫与道琛在延寿寺门口称兄道弟之时，正是唐军奇袭泗涟山城的时候。

柳护卫道："殿下息怒，领军将军刚才已经快马加鞭返回了，他要带兵夺回泗涟山城。"

"夺回泗涟山城？哈哈！"扶余丰气极反笑，道："夺回一座空城有何用？能夺回我的兵械吗？"

扶余丰气怒交加，在屋子里转圈，要不是顾忌站在地图前的阿倍比罗夫，他早就踢桌子骂人了。柳护卫躬身肃立，不敢答话，其实眼光却越过矮小的阿倍比罗夫，瞥见了地图上"白江口"上面的剑孔。柳护卫故意在此时禀报军情，就是趁机进来窥探虚实。

扶余丰无心再在延寿寺耽搁，与阿倍比罗夫匆匆告辞，带着柳护卫快马加鞭向周留城内奔去。刚到周留城门口，扶余丰突然想起一件事，勒住马问柳护卫："我吩咐你的那件事，你查清楚了？"

柳护卫恍然大悟，从怀中掏出一张纸，轻声念出上面的字："阿倍将军一、二批援军共计一万七千名，驻扎地为周留城延寿寺附近。另外他还给鬼室福信将军带来十万支箭、五百斤丝、一千斤绵、一千端布、一千张牛皮、三千斛稻种。给殿下您带来……"念到此处，柳护卫不敢再念下去。

"给我带来什么？"扶余丰追问道。

"给您只带来、只带来三百端布。"柳护卫生怕扶余丰不相信，将手中的纸递给扶余丰，扶余丰只瞄了一眼，一鞭子就将纸张抽得粉碎。倭国援军到达周留城之后，扶余丰放心不下，便让柳护卫暗中去查他们军队人数以及所携带物资，没想到倭国人崇尚实力至上，认为百济复兴军中鬼室福信实力最强，是与唐军交战的主力，便将主要物资都送与鬼室福信，把扶余丰当成可有可无的傀儡，只给了一点安慰性的物资。

扶余丰铁青着脸，用马鞭拼命地抽打胯下坐骑，马儿吃痛，箭一般冲进周留城，后边的柳护卫也奋力鞭马，紧紧跟在后边。

此时，柳护卫心中所想的是如何将倭军集结白江口的消息，尽快传给熊津城刘仁轨。

"白江口，是上天选中了你！"

……

四十一

　　长安城，大理寺官廨。大理寺丞杜鼎之在办案过程中离奇失踪，整整三日音讯皆无，让大理寺卿严正人大为光火。严正人以为杜鼎之又犯了老毛病，目无官长擅自行动，因为以前杜鼎之办案时经常抗命不遵，喜欢用自己的方法私下查案，三五日不见人影是常有的事。"红骷髅"在长安城越闹越凶，大理寺犹如坐在火炉上炙烤，严正人令大理寺少卿赵绾连夜带人搜寻杜鼎之，即便是把长安城翻过来，也要找到他严责。赵绾不敢怠慢，亲自带着其余四名大理寺丞，连夜出动，分头在长安城中寻找杜鼎之。

　　严正人自己则是一脸愁容地来到含元殿，因为左金吾卫大将军王重达遇害一案迟迟没有拿获凶手，圣人李治龙颜震怒，令宰相李义府今夜带领大理寺、刑部和御史台举行"三法司合议"，而严正人素与李义府和御史大夫许千秋不睦，此次三法司合议，肯定要受到此二人联手责难。今夜的含元殿上，他少不了要忍受对手含沙射影的攻讦，尤其武皇后给他的中元节破案期限，越来越近，令严正人焦躁惶恐。

　　左金吾卫大将军王重达府中。今夜的王府人来人往，明天就是王重达出殡的日子，此时王府正在迎接亲朋好友的吊唁，一身孝服的王进与堂妹王真并排跪在灵堂上，向前来吊唁的人回礼。清阳县主李如和殷茵身为王真的好友，相约一起前来吊唁，而玉泠道人则是作为长宁公主的道家"替身"，代替长宁公主前来吊唁。几个人在芙蓉园惊魂一别，此次在王府再次相聚，有着说不完的话，几人见王真憔悴不堪，便拉着王真溜出灵堂，找个清净的地方说话。

　　几个女人正在后堂说着体己话，李如偶然一抬头，竟然发现窗户上贴着一张纸条，上面是一只栩栩如生的燕子图案，她不由好奇心起，走近过去一看，竟然是一只展翅欲飞的紫色燕子，旁边写着一行字：西山悬崖，杜鼎之死于"红骷髅"之手！

一看见"红骷髅"三个字，李如立刻吓得如同踩到蛇一般，惊叫起来，听到她的叫声，其余几人都赶过来，见到那一行字，无不花容失色。王真毕竟是将门之女，最先冷静下来，将纸条抓在手中，转身出去喊人，谁知刚跑到门口，就与一个府中婢女撞个满怀，那个婢女更是一脸惶恐，对王真喊道："佺小姐，大事不好了，大事不好了！"

王真一把抓住她，喝问："怎么了？"

"老爷他、老爷他……"婢女惊恐万状，说不下去。

"老爷他到底怎么了？"王真不由焦急起来。

"老爷他诈尸了！"婢女她说出这句话，双腿一软就坐在地上直喘粗气。

躺在棺材里的王重达竟然诈尸！

王真等人赶到前院灵堂时，王府上下已经乱成一团，仆人杂役都在奔走呼号，前来吊唁的达官贵人则是争相逃命，一窝蜂地向大门口挤去。王真素来胆子大，奔进灵堂，只见王重达的棺材盖翻扣在地，他的尸身倚坐在棺材里，青灰色的脸上似乎带着一丝冷笑，不知道在嘲笑何人。

王府管家壮着胆子进来向王真禀报事情经过，原来王府今夜请来了一群僧人做法事，超度亡魂，王真和李如等人去了后院以后，灵堂便只剩王进在答礼。谁知法事进行一半，众僧人正在绕着棺木诵经，突然有眼尖的人看见棺材盖子在动，众人惊慌之中，只听一阵"嘎嘎"作响，厚重的棺材盖子竟然掀了起来，从棺材中慢慢伸出一只手，紧跟着探出来的就是王重达青灰的脸和死鱼一般的眼睛！

灵堂里的人顿时大乱，跪在地上的王进更是惨叫一声，一个箭步窜了出去，王进一跑，其他的人也反应过来，吹奏法器的僧人和吊唁的达官贵人争相逃命，挤在门口动弹不得。棺材里的王重达慢慢坐了起来，倚在棺材板上，用那双死鱼眼冷冷地看着灵堂里发生的一切。

王真走近棺材，壮着胆子观察坐起来的王重达，慢慢伸手去试一下王重达有无呼吸，身后的管家吓得连连后退。王真只觉触手冰凉，并无半点暖意，看来王重达根本没有起死回生。

带头逃命的养子王进在家人的扶持下，又战战兢兢地返回灵堂，站在门口不敢进来，王真鄙夷地瞪了王进一眼，她打心眼儿里瞧不起王进，身为左金吾卫的校尉，竟然让义父的"诈尸"吓得没命狂奔。

王进看见倚在棺材板上的义父，双膝一软不由跪了下去，哀号道："义父，您老死得冤枉，您老是不是心有冤屈，儿子愿意为您申冤……"

王真在身后冷笑道："兄长刚才第一个跑出去，原来是为叔父申冤去了？"

王进满脸涨红，解释道："我是出去安排人去请长安城的高僧名道，为义父重做法事，义父定然是心有冤屈，不愿意带着冤屈下葬……"

王真冷哼一声，亮出手中的"紫燕子"纸条，道："不但叔父有冤屈，我看府中还有大盗！名满长安的大盗'紫燕子'今夜就在府中，还请兄长再跑一趟，请大理寺和各个职司速速前来！"

王进接过纸条一看，顿时倒吸一口凉气，道："怪不得义父诈、诈尸，原来是'紫燕子'混进府中，定是这个大盗搞的鬼，我这就派人去报官！"王进掖起袍角，一溜烟儿跑了出去，王真在后边看着他的背影，眼中尽是不屑。

因为严正人尚在宫里参加三法司合议，大理寺少卿赵绾听说"紫燕子"现身王重达府上，而且带来杜鼎之与"红骷髅"的消息，他急忙召集四位大理寺丞一起来到王府。此时，左金吾卫听说王重达诈尸，而且大盗"紫燕子"现身府中，已经安排一队士兵将王府牢牢围住，长安县衙也派韦星洲带着捕快前来缉拿案犯。

赵绾赶到王府时，王进刚刚换了一身戎装，在士兵的簇拥下将王重达重新安置棺内。赵绾与王进、韦星洲见礼完毕，令士兵把住前后门，逐一盘问府内杂役和吊唁人员，寻找"紫燕子"线索，同时根据"紫燕子"在纸条上的留言，安排一队人马火速赶到西山，查证杜鼎之是否真的为"红骷髅"所害。

韦星洲一听杜鼎之有了消息，立即主动请缨带人前去西山，他对赵绾道："赵少卿，在下与杜兄是莫逆之交，而且对西山那里甚是熟悉，于情于理都该我跑一趟。"

赵绾很是高兴，道："如此有劳韦县尉了，我在王府搜查，西山那边就多辛苦长安县诸位了！"

送走韦星洲等人，赵缙亲自站在门口，挨个查看吊唁的客人，看看有无"紫燕子"藏匿其中，他令大理寺的主事执笔，将一些达官贵人和同来的家眷随从的名字登记在册，便是清阳县主李如也不得例外。

那群做法事的僧人从门内鱼贯而出，守门的士兵检查完这群光头和尚，并没有发现异常，挥手让他们快点离开。赵缙看着僧人们的背影，心中忽然一动，大声喝止了这群僧人："等一下，请各位僧人留步。"

僧人们止住脚步，为首的僧人转向赵缙，道："不知赵少卿有什么吩咐？"

"你们是哪个寺的？"

"城南佛光寺。"

"住持是谁？"

"上静下悟，静悟大和尚。"为首的僧人低声回答，滴水不漏。

赵缙还是不放心，他挨个打量这群僧人，僧人遇见赵缙的目光，无不低头合十，回避他的逼视。这时，王府门口出现一名七八岁的小女孩儿，长得俊秀可爱，手里捏着一个纸风车，女孩儿从门口值守金吾卫士兵的腿边钻出来，饶有兴趣地看着赵缙盘问那些僧人，士兵想把女孩儿赶回门内，王府的仆人在后边说："那是我们少主人的宝贝闺女薰儿，薰儿，别跑远了。"士兵一听是校尉王进的宝贝女儿，就任她独自玩去。

赵缙绕着僧人转了几圈，突然站在最后一名僧人面前，问他："这位看来有些面熟，似乎在哪里见过？"

"前几日，将作监林玉图少匠葬礼上，贫僧也去诵经，曾经见过赵少卿前去吊唁。"

赵缙拈须点头，他确实去过林玉图的葬礼，对这个僧人却没有什么印象，"看来城中的丧礼诵经法事，都为你们佛光寺掌控了？"

几个僧人低头不语，只有为首的僧人赔着笑，一脸的市侩。赵缙又问最后的僧人："你可知，佛祖在舍卫国祇树给孤独园，身边有多少名大比丘众？"赵缙是进士出身，不仅熟读经书，而且对佛家经文颇有研究，他用《金刚经》中的经文考问这名僧人，如果是假冒的，只怕当即就要露出马脚。

那名僧人略一思索，低头合十道："一时佛在舍卫国祇树给孤独园，与大比丘众，千二百五十人俱。"这个僧人虽然让赵缙起了疑心，但是他用《金刚经》

原文回答赵绾的提问，假冒之人万难如此熟悉经文。

赵绾没有发现破绽，挥手让这群僧人离开，他的注意力都在这群僧人身上，没有发现在门口玩耍的小女孩薰儿已经失去了踪影。

小女孩儿薰儿举着纸风车，蹦蹦跳跳来到邻街，在一家"三晋鲜"羊汤铺子面前停了下来，似乎禁不住羊汤香气的诱惑，用鼻子使劲嗅嗅，见无人注意，就慢慢走了进去。一个花骨朵儿一样的小女孩子，为什么钻进一家腥膻刺鼻的羊汤铺子？

过了一盏茶的光景，一个矮小的身影抹着嘴从铺子里出来，哪里是俊秀可爱的薰儿，分明是那个刁钻狡黠的阿刁。

……

第二日上午，赵绾等人忙乱一夜，并没有找到"紫燕子"的蛛丝马迹，只能作罢。左金吾卫大将军王重达的葬礼如期举行，浩浩荡荡的送葬队伍抬着王重达的灵柩出了长安西门，王进请来僧道轮番作法，将王重达的棺椁用铁链捆绑、七星镇压，生怕王重达再次诈尸。一路之上，王重达还算安稳，平安下葬。封土完毕，孝子王进便扯去孝服，跨上马背，说是军务紧急，要火速赶回西山。

王进为何在葬礼上匆匆离去，弃人伦于不顾，因为西山的三清观中隐藏着一个绝大的秘密！杜鼎之就是因为发现了三清观中的线索，才遭"红骷髅"推下山崖。王进的职责就是保护这个秘密，决不能让外人发现。

王进沿着山路策马奔驰，天色慢慢暗了下来，远处的西山犹如一尊张着血盆大口的猛兽，把来犯的人全部吞下。王进来到山里的时候，山林中已经漆黑一团，只有不时飘过的一两声枭啼，还有夜间出来觅食的野兽，在山里中咆哮吼叫，每一声吼叫都让王进浑身一颤。王进一边前行，一边胆怯地打量着周围黑黢黢的阴影。王进虽然是左金吾卫校尉，但是他是一个不敢挥舞刀枪厮杀的军人，生来胆小懦弱，没有去前线搏杀立功的勇气，只能靠着义父王重达的庇护，才在军中熬了个校尉，是一个不折不扣的"官二代"。

一团蓝汪汪的鬼火在马前闪过，飘飘悠悠飞进林子里，惊得王进险些从马上掉下来。鬼火闪烁下，一个俊秀的小女孩儿在树丛中一闪而过，看身形竟是王进的女儿薰儿，惊骇不已的王进以为自己花了眼，"薰儿怎么会在这里？"王进使劲揉着眼睛，仔细再看时那团鬼火已经熄灭，林子间传来薰儿微弱的哭声："爷爷，我在这里，快来救我啊！"声音忽左忽右，在林子里到处飘荡，"爷爷，我知道你死得冤屈，一定冤魂不散……"

薰儿的爷爷当然就是刚刚下葬的王重达，难不成他又诈尸了？王进顿时汗毛倒立，他勒住马匹，惊恐地四下打量，生怕王重达那张青灰色的脸和死鱼眼睛出现在黑暗中。昨夜灵堂诈尸，他一看见义父从棺材中慢慢坐起，顿时脑袋一片空白，等他清醒过来，人已经跑出府门了。此时的王进用汗津津的手握住了刀柄，却没有勇气拔出来。

身边林子中，那团鬼火再度浮现，在树木间隙中飘荡，直向王进袭来，王进大叫一声，想驱马逃离，却发现胯下的马儿似乎定住了，任他拼命夹马，马儿只是嘶叫人立而起，却始终无法挪动一步。王进忽觉身后一股冷风，他刚转过头，最怕见到的王重达那张死人脸已经近在咫尺，正在向他逼近！王进惨叫一声，从马上滚落，喊道："义父饶命，杀你的人不是我啊，不是我！……"

鬼影绰绰的王重达置若罔闻，依然向王进飘来，一双发青的手爪冲王进伸去，王进双腿瘫软，只能在地上蜷成一团……

四十二

长安城，大理寺官廨。

赵绾带着韦星洲连夜来到大理寺，向严正人禀报搜寻杜鼎之的结果。韦星洲带人在西山搜寻了一整日，发现了杜鼎之所乘的马匹，可惜已经在山中让野狼啃得只剩一副骨架，马鞍上的褡裢中发现了杜鼎之所用的一些物事，经过大理寺衙役辨认，确是杜鼎之无误。韦星洲还在悬崖上面的树林中，发现了杜鼎之奔逃时扯碎的衣衫碎片，在悬崖下面，只找到一只血迹斑斑的靴子。

严正人看着呈上来的几块破碎布片和染血的靴子，依稀认得正是杜鼎之所穿衣物，不由一脸悲戚。韦星洲道："严公，我等在悬崖顶上发现了打斗的痕迹，杜寺丞应该是在那里让人打落山崖，我等绕到悬崖下面，除了发现一只带血的靴子，其他一无所获……"

赵绾接口道："从百丈悬崖坠落，纵然不死，也必然身受重伤，西山那里山高林密，野兽遍地，一匹活蹦乱跳的马尚且遭野狼啃食干净，何况重伤的人？"

严正人还是心存侥幸，问道："会不会有山中猎户农夫救走杜鼎之？你等可曾查访？"

韦星洲道："回严公，我等仔细查访了，那里方圆十余里全无人烟。"

听韦星洲如此说，严正人颓然地捶了一下桌子，垂泪长叹道："鼎之贤弟，你跟随我多年，难道此次真的身殉西山，就此天人两隔？"

见严正人如此悲痛，赵绾和韦星洲也都神色黯然，过了一会儿，赵绾向严正人施礼道："严公请节哀，下官还有一事禀报。"

严正人拭去眼角的泪水，问道："是何事？"

赵绾一字一顿地说："事关大盗'紫燕子'！"

一听说大盗"紫燕子"，严正人和韦星洲都吃了一惊，严正人问他："难道你查出了'二十相君'是谁？"

赵绾微微摇头，道："虽未确定是何人，却也不远了！"他伸手取过一支毛笔，在砚台中饱蘸浓墨，刷刷点点写下几个人名，严正人接过来一看，顿时吓得面色发白，连声说："荒谬！赵少卿，若没有确实证据，这可是要掉脑袋的！"

韦星洲凑过来一看，原来纸上写的是"李如、殷茵、王真、玉泠道人"四个人的名字，这四人中李如身为清阳县主，是清阳王李崧的爱女，殷茵是开国功臣莱国公孙女，王真是刚刚遇害的左金吾卫大将军王重达侄女，玉泠道人则是长宁公主道家"替身"。韦星洲看完不禁倒吸一口冷气，这四个人都是常人惹不起的角色，随便哪个都可以直达天听，一本参奏下来，在座几人都要吃不了兜着走。

赵绾虽遭严正人斥责，但是不为所动，缓缓说出自己的理由，原来赵绾梳理芙蓉园出现约斗"红骷髅"战书、王府出现透露杜鼎之遇难地点纸条时，在场人中都有这四位女子，因此赵绾怀疑"紫燕子"很可能就是四人之一。

韦星洲笑道："大盗'紫燕子'高来高去，江湖上说此人有夜盗百家的本领，照理说，不应该是一弱质女流。"

赵绾摇头，道："韦县尉，你别忘了，'紫燕子'还有一个诨号，便是'二十相君'，无人见过其人真面目，谁能保证此人不是一个女子？"

严正人制止二人争辩，道："那'紫燕子'虽为朝廷所忌，毕竟有'侠盗'之名，尚未有害人性命劣迹，而'红骷髅'却不同，不仅戕害无辜百姓，连朝中臣僚也屡遭毒手，这次连鼎之贤弟也害在他手上，当务之急应先缉捕'红骷髅'，上应圣差，下解民怨。你二人不必争辩，当下应全力缉捕'红骷髅'，否则中元节之时，皇后必将严责我等！"

赵绾还要据理力争，道："下官觉得，只有先查出'紫燕子'，方能知晓'红骷髅'是谁？从此次王府留言纸条来看，此二人必是纠缠日久，相互监视，否则'紫燕子'怎会知道'红骷髅'害死了杜鼎之？"

韦星洲似有所悟，道："二位大人，下官有一个猜测，会不会是杜寺丞发现了'紫燕子'的真实面目，'紫燕子'将他推下悬崖，然后嫁祸给'红骷髅'？"

赵绾已经将四名女子的底细调查清楚——

李如，清阳县主，圣人李治十六弟清阳王李崧的女儿，素喜马球，放浪豪爽，不拘小节，颇有李家男儿之风，经常装作男子出入勾栏酒肆。

殷茵，莱国公孙女，虽是武将之后，但是文静纤弱，平日很少与外人接触，已经许配给淮西王李麒为妃，李麒陷入与武氏家族争斗之中，无暇成婚，朝野传言李麒图谋谋反，所以这桩婚事一直拖到现在。

王真，左金吾卫大将军王重达的侄女，其父亲王重逸本为鄂州刺史，因罪流放岭南，王真长年居住在王重达府中，此次王重达遇害，对王真打击甚大。

郑玉，道号玉泠道人，此人身世最为曲折，俗家乃是荥阳郑氏，虽然家道中落，亦是望族之一，数年前嫁给清河崔氏崔破虏，现为果毅都尉，育有一子，然而此子却不慎亡于右相李义府车轮之下，崔、郑两家曾与李义府争执，但是郑氏的父亲彼时正获罪入狱，崔、郑两家投鼠忌器，此事便不了了之。后来崔破虏随军征战高句丽、百济，经年不回，郑氏心灰意冷，便在白云观出家成为一名坤道，道号玉泠，后来长宁公主来白云观降香，与玉泠道人相识，一见如故，便将玉泠作为自己的道家"替身"。

听完赵绾的介绍，严正人沉吟不语，韦星洲又小声替赵绾补充，说是长安城传言，武皇后有意将清阳县主李如许配给武家一名年轻子弟，名唤武云宗，现在也在百济军中效力，大军凯旋之日，便是武皇后赐婚之日。

提到崔破虏和武云宗两个名字，严正人想到那日在含元殿中，李义府、薛封和严正人等人连夜觐见皇上，刘仁轨传书中提及的两路信使，百济细作必在此二人之中。严正人不由沉吟道："崔破虏、武云宗，此二人很快就要抵达长安，只怕……"因为事关军情机密，严正人看一眼赵绾和韦星洲，不再说下去。

赵绾问道："严公，这两个人难道有什么异常吗？"

严正人摇摇头，没有回答赵绾的问题，他反问赵绾："你认为四人之中，谁最可能是'紫燕子'？"

赵绾沉吟一会儿，道："我觉得玉泠道人嫌疑最大，因为她有丧子之恨，一定会穷尽手段报复朝廷，尤其是朝中官员，这与'紫燕子'的行事风格很是吻合。"

韦星洲却有异议，道："既然'紫燕子'又称'二十相君'，说明她极擅易容伪装，下官觉得清阳县主李如喜欢女扮男装，时常出入勾栏酒肆，反而更像是'紫燕子'……"因为忌惮李如的身份，韦星洲说到这里，自己都觉得害怕，不敢再说下去。

严正人见赵缩和韦星洲绕来绕去，有些头昏脑胀，此时已过三更，他无力再去探究案情，只好让二人分头去查，赵缩追查"紫燕子"，韦星洲追查"红骷髅"，俱要在中元节前见分晓。

西山，密林中。

王进抱头蜷在地上，不敢睁眼，王重达的身影慢慢飘到他的身侧，阴恻恻的声音盘旋在王进头上："到底是何人杀我？"

王进恨不得钻进土里，颤声道："义父，我也不知道，那天夜里，他们只是要我在三更时分打开府中后院门，支走后院的杂役，说是要前来与你密谈，没想到、没想到他们竟然对你下了毒手……"说到此处，王进痛哭失声。

"你就这样逆天背伦，伙同他人害死你的义父？"王重达声音里有掩饰不住的愤怒，吓得地上的王进瑟瑟发抖。

"义父，他们拿薰儿的命威胁我，说是不按照他们的话来做，就要把薰儿剁成几十块，我实在没有办法啊！义父，求求您饶了我吧！"王进缩成一团，泪流满面地哀求王重进。

"他们究竟是何人？"

这句话让不敢抬头的王进心中有了一丝疑惑，他止住抽泣，低声道："义父您不是经常与他们密会？从不让我参与，我以为你们是知交好友，谁想到他们竟然翻脸无情，下此毒手。"

王重达的声音停顿了一下，似乎自知刚才问话引起了怀疑，他绕着王进又转了一圈，问道："你为何如此着急赶回西山？"

王进战战兢兢地说："三清观的东西引来了大理寺的人，如果泄露出去，会死很多人的。还有，儿子不敢再留在长安府中，我担心他们会连我也灭口！"原来王进在葬礼上匆匆离去，竟然是担心那些人把他也杀死。

"三清观中究竟藏了什么东西？和蒋记工行有何关联？"

这话一出，王进疑心更重，忍不住悄悄抬头打量阴影中的王重达，这么近距离一看就看出了端倪，分明是有人穿着王重达的衣服，故意在脸上涂抹青白色的脂粉，装成死去的王重达来吓唬王进。

王进猛然站起身来，手按刀柄喝问："你不是我义父，到底是谁？"

王重达飘荡的身影停住了，一时有些不知所措。王进发觉遭人愚弄，顿时怒不可遏，拔出腰间横刀，向面前的人影砍了过去。这时一支羽箭破空飞来，洞穿了王进的咽喉，他双手捂着自己的脖子，身子慢慢软了下去。

假王重达扑过去扶住王进，厉声问他："那些人究竟是谁？"

王进似乎想说话，但是伤口处"咕噜"一声冒出大串血泡，穿出后颈的箭头上竟然带着三根倒钩，这凌厉的一箭完全射碎了王进的气管，压根儿不想让他有说话的机会。王进的鲜血溅在假王重达那张死人脸上，假王重达有些惊恐地抹了一把脸上的鲜血。

旁边树枝晃动，冲出来一高一矮两个人影，正是吴仁义和阿刁，王重达愤怒地喝问他们："为什么杀了他？好多事情我还没有问出来！"

吴仁义和阿刁对视一眼，满脸的委屈，吴仁义道："不是我们射的箭！"阿刁也道："我们是出来保护你！"

话音未落，旁边的树林中传来一声长笑，一个黑影从树上一闪而没，留下一句话："杜鼎之，你的命好硬！我还会找你的！"声音渐渐远去，引来远处几声狼嚎，在山林中此起彼伏。

"王重达"慢慢抹去脸上的脂粉，脱下身上的衣服，原来是大家都以为殒命西山的杜鼎之。

杜鼎之虽遭"红骷髅"推下山崖，大难不死，身子挂在绝壁一棵崖柏上。"紫燕子"将"红骷髅"赶跑后，让吴仁义、阿刁两人前来悬崖搜救，两人将悬在半空中的杜鼎之救下。杜鼎之获救后，用伤口的鲜血涂抹在靴子上，故意扔在崖底，给自己制造了一个"假死"的现场，以此转移"红骷髅"的注意力。

杜鼎之在三清观发现王进的身影时，心中便将他和王重达被杀、蒋记工行灭门血案联系起来，认为王进必然是一个知情人。杜鼎之在吴仁义和阿刁的帮助下，找到佛光寺住持，重金贿赂其人，阿刁施展本领，剃光杜鼎之头发，将他易容成诵经僧人，混进王府观察王进。为了扰乱王进心神，杜鼎之让阿刁假扮成王进的女儿薰儿，乘人不备钻进棺椁之中，推动王重达的尸身上演了一幕"诈尸"的好戏，阿刁本来就是狡黠贪玩，将王重达"诈尸"戏演得活灵活现，成为整个长安城街谈巷议的话题。赵绾曾经对杜鼎之假扮的僧人产生怀疑，用《金刚经》试探他，好在杜鼎之对佛经颇有研究，蒙混过关。

心怀鬼胎的王进吓得肝胆俱丧，杜鼎之料准他必然要逃回西山三清观秘密巢穴，寻求军队的庇护，便在西山之中又演了一出"鬼吓人"的戏，阿刁将杜鼎之化妆成死去的王重达模样，企图诈出王进的秘密，没想到王进最后关头识破，功亏一篑。但是，更令杜鼎之没有想到的是"红骷髅"阴魂不散，一直追踪王进到西山，抢先下手将王进灭口，令杜鼎之不禁扼腕叹息，螳螂捕蝉，黄雀在后，"红骷髅"每次都能抢先杜鼎之一步。

吴仁义检查完王进的尸身，向杜鼎之道："没救了，这支倒钩箭上也涂了岭南赤练蛇毒，见血封喉！"

阿刁踢了王进尸身一脚，骂道："这种谋害义父的畜生，死了活该！干脆我把他踢到沟里，让狼啃了他！"

杜鼎之摇头阻止阿刁，道："莫要如此，死者为大，还请小哥想办法通知大理寺前来收尸查验，那个'红骷髅'虽然识破我的身份，但是我暂时还不想回到大理寺，要利用这个机会再暗中调查几件事。这个念经和尚的身份嘛，我还有点上瘾了！"

吴仁义问杜鼎之："杜寺丞，你不是说你在坠崖之时已经猜到了'红骷髅'的身份，刚才你为何不揭破对方？"

杜鼎之摸摸自己的光头，叹口气道："实不相瞒，我觉得推我坠崖的'红骷髅'，和刚才一箭射杀王进的'红骷髅'，并不是同一个人，虽然都是用蛇毒杀人，但是身形、手法明显不同，说实话，我现在又有点糊涂了，不敢确认'红骷髅'到底是谁？"

林子间传来一声凄厉的狼嚎，吓得杜鼎之一哆嗦，吴仁义点燃火把，三人向山中走去。吴仁义忍不住问道："杜寺丞，那个三清观中到底藏了什么秘密？"

杜鼎之沉声道："如果我猜想不错，三清观中肯定藏了一个危及大唐社稷的天大秘密！"

此言一出，吴仁义和阿刁都吃了一惊。林子间的狼嚎再度响起，似乎距离又迫近了……

四十三

登州府大狱。

武云宗百无聊赖地躺在草堆上，听到外面铁门开锁的声音，他心里默数从一到十六，十六个数刚数完，"哗啦"一声响，狱卒打开了铁门，将一碗稀粥和一个黑馍递了进来，武云宗端起稀粥喝了一口，粥里的砂子硌牙，大骂一句："混账，竟然敢拿这些猪狗不吃的东西打发小爷！"他扬手一抛，粥碗砸在铁栅栏上摔个粉碎，稀粥却全都泼在狱卒的身上。狱卒大怒，抄起一根棍棒，打开铁门闯了进来，要教训一顿这个不识好歹的家伙。狱卒不知武云宗正是故意激怒他，举起棍棒砸来，武云宗用双手之间的铁链一挡，瞬间已经绕到狱卒身后，数尺长的铁链紧紧勒住狱卒的脖子，狱卒喊不出话来，双眼暴突，几乎要晕过去。

武云宗冷笑道："我老老实实喝了你十天的稀粥，总算等来你的麻痹大意！"他勒着狱卒的脖子从铁门中出来，一把抓过墙上挂着的腰刀，将刀锋抵在狱卒的咽喉上，径直向外面闯去。

外面值守的狱卒见囚犯劫持同僚，立即敲锣示警，大喊："有囚犯劫狱！"二三十位狱卒闻声一起冲出来，举刀弄枪，大声呼喝着将武云宗牢牢围住。武云宗身陷重围，却并不惊慌，他劫持狱卒慢慢退到狱中照壁之下，将后背紧靠照壁，三面受敌。照壁上雕刻着一只神态狰狞的狴犴，武云宗趁隙还笑嘻嘻地摸了一下狴犴的鼻子，神情之中并没把这些大呼小叫的狱卒放在心上。

听说有囚犯劫持狱卒试图逃跑，司狱连滚带爬地赶来，刚要开口，武云宗便噎了回去："小爷只和水师的孙仁师将军谈，其他人免开尊口！"为了恫吓这些人，武云宗用刀在狱卒脖子上轻轻一划，一股鲜血流了出来，吓得司狱赶紧安排人去水师营地求助。

水师营地距离登州大狱并不远，过了一盏茶的光景，水师营那边跑步赶来一小队唐军，带队的是一名队正。此时的武云宗背靠照壁站得累了，干脆踞坐在地，那名倒霉的狱卒双手抱头趴在武云宗脚前，武云宗把雪亮的腰刀按在他的后脖子上。队正见武云宗如此猖狂，不由大怒，操起马槊就要上来夺人，武云宗冲队正勾勾小指，笑道："你这个小小队正，可知小爷是谁？你且站稳，免得小爷把你吓尿了！"

队正不堪羞辱，挺起马槊向武云宗咽喉刺来，武云宗坐着不动，只是微微一歪头，马槊贴着他的脖子深深刺进照壁墙内，看来这个队正是一个大力士，槊尖入墙极深，一时竟然拔不出来，武云宗手中的腰刀顺着槊杆向上削去，吓得队正赶紧松开双手，交手只一招，马槊已落入武云宗手中，没等队正闪避，刀锋已经贴在他的脖子上，队正愤愤地看着坐在地上的武云宗，不得已只能举起双手。笑嘻嘻的武云宗在队正膝弯踢了一脚，他也和狱卒一样，乖乖趴在武云宗面前。队正带来的那队唐军，见长官一个照面就放躺在地上，无不大惊失色，知道遇见了硬茬子，立即排开阵型，用弩箭瞄准武云宗，可是投鼠忌器，无人敢放箭。

武云宗坐在地上，一手执槊，一手执刀，他用刀背轮番拍打队正和狱卒的后颈，大喊道："我要见孙仁师将军！我要见孙仁师将军！"他见无人理他，又大喊道："我要肥鸡美酒！我要肥鸡美酒！"司狱担心事情闹大，偷偷央求一名唐军回营地搬救兵。

武云宗闹得正欢，忽然一支羽箭破空飞来，声若霹雳，羽箭钉在照壁狴犴双目之间，箭杆摇晃不已，木屑灰尘落了武云宗满脸。

武云宗喝道："好箭法！来人莫非是孙仁师将军？"

"既然知道我的名字，还不放人？"随着声音，一匹战马冲进庭院，马上一位威风凛凛的战将，浓眉短髯，双目神光四射，正是大唐驻登州水师将军孙仁师。

武云宗慢慢起身，丢掉马槊和腰刀，向孙仁师叉手施礼道："检校带方州刺史刘仁轨麾下信使武云宗，向孙将军问好！"

孙仁师一愣，跳下马来，仔细打量武云宗，问道："你既是百济驻军信使，为何身在大狱之中？又为何劫持我的部下？"

武云宗抖抖双手和脚上的铁链，苦笑不语。旁边的司狱赶紧凑到孙仁师跟前，在他耳边将武云宗入狱的原因讲述一遍。孙仁师浓眉一耸，问道："原来你就是杀死我军中四名校尉之人？"

武云宗道："启禀孙将军，此事乃是军中陈校尉勾结海盗'白衣刑天'刑老大，残杀同僚，并非在下所为！"

孙仁师摇头道："空口无凭，我为何要信你？万一是你勾结'白衣刑天'，杀害我军中部属呢？"

武云宗再度施礼道："孙将军，我有重要军务在身，实在不能在牢狱之中等候真相大白，唯有出此下策。刘刺史有信请您阅示，待您附信于后，我将赶赴长安兵部，进呈圣上，此事十万火急，且关系万千军士性命，请孙将军体谅！"

孙仁师伸手向武云宗道："信在何处？"

武云宗目视司狱，道："快将我的双刀取来！"

司狱不敢怠慢，让狱卒赶紧把武云宗的物事统统取来，武云宗取过长短双刀，用力旋下短刀刀柄，从中取出一枚蜡丸，交给孙仁师。怪不得武云宗平时刀不离身，连渡海乘船时都用细链将刀系于腕间，原来这是他藏信之所，"白衣刑天"曾经检查过他的双刀，却不知晓打开刀柄的方法。

孙仁师接过蜡丸，见到上面密封的火漆，立即挥手让其他人员退下，庭院中只剩下他和武云宗。

孙仁师读完刘仁轨的密信，大呼一声："痛快！此文可抵精兵十万，一纸安定东海战局！"他扯下战袍一角，用力咬破食指，把袍角按在膝盖上写下八个血字：水师已成，渡海可战！

孙仁师将血书和密信交给武云宗，道："这便是我的回信！"看孙仁师如此豪迈英勇，武云宗不觉也是热血沸腾，向孙仁师长揖到地，道："武某即便粉身碎骨，也要将此信送达长安！"

孙仁师喊司狱进来，将武云宗手脚锁链除掉，又命人把他的白马牵来。武云宗入狱之后，司狱见白马神骏，就偷偷据为己有，养在大牢后院，比起武云宗这十天只吃稀粥黑馍，白马反而养得膘肥体壮，它见到武云宗安然无恙，顿时喜极而嘶，亮出后蹄闪电般踢出，将司狱踢成一个滚地葫芦，痛叫不已。

武云宗无心耽搁，向孙仁师辞行："孙将军，感谢您宽宥决断，待武某送信完毕，上天入地也要将'白衣刑天'擒来，还武某和几位冤死的同僚清白！"

孙仁师冷冷一笑，目视武云宗，道："事急从权，孙某人大事小事还是能分得清的，你若食言，我必按军律处置你！你是否杀人暂且不论，但是今日大闹牢狱，劫持狱卒，按军律，当受'贯耳'之刑！"当时，唐朝军律对军营中滋扰寻衅、打架斗殴的士兵，皆以箭穿耳，游营示众。孙仁师脚尖一挑，将地上的马槊挑起，一槊刺向武云宗左耳，劲风呼啸，雪亮的槊尖直抵在武云宗的左耳之上，槊上的杀气如尖针一般刺激得武云宗头发倒立，一滴鲜血从他耳轮上慢慢渗出，流进脖颈，武云宗眼睛不眨，坦然受之。对面的孙仁师显然手下留情，只在武云宗左耳上刺破一个小孔，否则以他的一槊之威，武云宗的半个脑袋都要刺得粉碎。

孙仁师掷槊于地，大笑道："凭此一槊，我信你了！"

武云宗一揖到地，然后跳上白马，快马加鞭向长安奔去。距离中元节只剩不到二十天，武云宗还能按时赶到长安吗？

四十四

长安，延康坊，风雨天香楼。

若问当时的长安城最好的销金窟是哪里？十人之中会有九人道出延康坊"风雨天香楼"的名号，此楼不但有长安最好的美酒佳肴，还有长安最美的舞姬歌伶，吸引了长安风头最劲的诗人才子汇聚此地，舞文弄墨，也有大批挂着金鱼袋、银鱼袋的官员来此宴饮，结交权贵。

今日的风雨天香楼人满为患，一座难求，因为今日不仅有长安第一歌姬玉墨莅临献舞，还有时任奉礼郎的文坛名士骆宾王与一群诗朋酒友在此斗酒赛诗，长安城中的达官贵人、富商巨贾听闻有这等雅事，纷纷拥至风雨天香楼，争睹才子佳人风采。

琵琶声响，羯鼓声声，长安第一歌姬玉墨着红装执长剑登台，边歌边舞，唱的是骆宾王的诗作《于易水送人》：此地别燕丹，壮士发冲冠。昔时人已没，今日水犹寒。诗文慷慨凄凉，配上玉墨飘逸凌厉的剑舞，引得楼上楼下一片叫好声，一些富商巨贾干脆抓起大把的铜钱抛撒到台上。

见到酒楼气氛如此热烈，二楼一间包厢中出来一个醉醺醺的青衫年轻人，手执酒杯向大家作了一个罗圈揖，此人正是名满长安的骆宾王。骆宾王字观光，名字和表字出自《易经》中的观卦："观国之光，利用宾于王。"骆宾王被人誉为江南神童，七岁便作名篇《咏鹅》，成年后在道王李元庆府中为幕僚，李元庆曾让他当众陈述才能，他耻于自炫，辞不奉命。此时的骆宾王刚入长安，朝廷任命他担任奉礼郎，虽是闲职小官，但是他以一篇《帝京赋》名震长安，文人士子争相拜读，一时长安纸贵。

风雨天香楼所有人的目光，此时都集中醉醺醺的骆宾王和载歌载舞的玉墨身上，但是唯有一间包厢却静悄悄的，没有一点声息。包厢内坐着三个人，居中一人身着褐色常服，六十多岁，神色平和，不时捻着长髯，神态如普通百姓无异，右手边则是一个身穿绯红官袍的中年人，三十多岁年纪，睥睨之间威势十足，靠近门口的则是一个身穿青色官袍的人，年约三十左右，此人对其他两人甚是恭谨，不时起身为那两人斟酒布菜。

褐衣老者听到外面玉墨所唱的《于易水送人》，微微一笑，道："骆宾王才情过人，孤傲绝伦，只恐将来要为自己的才情个性所累，为朝廷所不容啊。"

青衣人点头附和，道："自古以来，称为'神童'的人，难有好下场。"

红衣人冷笑，道："还好他不是我们的同伙，否则我们都要害在这种人身上。"红衣人抿一口酒，问褐衣老者："大哥，我只是不明白，为何我们三人每次相见都要选这个风雨天香楼，这里人多眼杂，难道不怕别人见到我们？"

褐衣老者微笑道："人多，其实就是最好的掩护，贪酒好色，才能泯然众人矣，而泯然众人才能保护我们。"他用筷子指着外面喧闹的人群，道："长安城消息最灵通的地方有三个，黑市交易那些见不得光的消息，首推普渡寺，贩夫走卒那些下九流的消息，首推碧霄茶楼，而打探朝廷内部消息，谁能比得过这个风雨天香楼？这里每天招待的达官贵人，比含元殿跪拜的人都要多。长安城的官员，无论品秩高低，不来风雨天香楼的人，一查必定有问题！"

听褐衣老者如此说，红衣人和青衣人不由一起笑起来，敬了褐衣老者一杯。青衣人放下酒杯，有些沮丧，道："大哥，告诉您一个坏消息，那个杜鼎之并没有死在西山悬崖下，这厮不仅命大，而且还在追查蒋记工行和三清观。"

红衣人也道："对，这个家伙阴魂不散，像盯着肉的狼一样，委实难缠，我们还得先下手为强，否则必生祸端。"

褐衣老者微微一笑，道："既然杜鼎之像狼一样死缠烂打，我们不妨先抛出几根肉骨头，堵住他的嘴，为我们争取时间。"

"争取时间？"红衣人看了一眼青衣人，两人都不解。

褐衣老者警惕地扫一眼包厢外面，压低声音道："今天找你们来此，就是为了这件事。现在海外援军已有两批到达百济，后续部队陆续集结渡海，现在我们最为担心的就是唐军抢先下手，半渡而击，那样扶余丰的复国大计就要危险了！所以我们要争取时间，阻挠唐军增援百济的进程。"

听褐衣老者的话，这三个人似乎是百济混入大唐的奸细！尤其那个身着绯红官袍的人，品秩已然不低，在四品左右，已经可以进入朝廷核心圈子。

红衣人问："大哥，我们如何才能争取时间？"

褐衣老者一口饮尽杯中酒，缓缓道："刘仁轨派出的两路信使，此时已经进入大唐境内，不日就将抵达长安，那时候百济唐军是战是退，就会见个分晓，扶余丰关心的就是这个抉择。"

青衣人脾气略显急躁，问道："大哥，你说的争取时间，是不是要截杀干掉这两路信使，我这就去安排！"

"不可莽撞！"褐衣老者将酒杯重重一放，吓得青衣人顿时噤声。褐衣老者道："这两路信使中，有一个最高等级的'死间'，乃是百济前任国君亲自安插在唐军阵营，连扶余丰都不知道是谁，还要依靠他获取大唐绝密军情，实现复国大业，岂能轻易除掉？"

红衣人思索一会儿，道："苏定方攻破百济后，前任国君已经亡故，当时扶余丰尚未归国，看来这个深藏唐军内部的'死间'究竟是谁，恐怕无人知晓。"

褐衣老者点点头，道："杀了信使对我们有害无利，因为朝廷和百济唐军可以马上变换联络方法，我们反而失去了解唐军动向的机会。"喝了一杯酒，褐衣老者问那两人："原兵部尚书任雅相病故后，他创立的'北斗九星'乃是大唐最高等级的细作，直至今日无人知晓，你们可有消息？"

红衣人和青衣人对视一眼，都无奈摇头，三人一时显得颇为沮丧。

青衣人问道："大哥，那我们如何争取时间？"

褐衣老者微微一笑，道："信使虽然杀不得，但是可以迟滞他们来长安的时间，沿途骚扰阻滞，大可以去做。而且，等他们来到长安以后，我们还要给他们设好口袋，好好招待一番，哈哈！"

红衣人恍然大悟，道："大哥，我明白了，我会安排的。"

青衣人问道："大哥，刚才说的蒋记工行和三清观，您想怎么处置？"

褐衣老者斟满三人的酒杯，三人一起端杯，褐衣老者道："淮西王李麒这枚棋子闲置很久了，该让他出来透透气了！李唐的天下，承平日久，也该起点波澜！"三人哈哈大笑，一饮而尽。

风雨天香楼中掌声雷动，喝彩如潮，玉墨正在边舞边唱，骆宾王和他的一群朋友已经喝得酩酊大醉，东倒西卧。酒楼伙计让这群醉鬼折腾得手忙脚乱，谁也没注意那个包厢里的三个人已经悄悄消失，等伙计敲门进去，桌子上只留下结账的银钱。

百济泗涟山城，浮屠道琛军营。

唐军奇袭烧毁泗涟山城，道琛赶回来率军重新夺占山城，唐军只是略微抵挡一下，就全部撤走，山城之中的粮草辎重和军械让唐军一把火烧个干干净净。扶余丰大怒，要治道琛的罪，道琛自知罪重，躲在山城之中不敢去见扶余丰。扶余丰无奈，只能派柳护卫带人前去泗涟山城，查看损失情况。

道琛见是柳护卫前来查看，顿时放心不少，在山城中摆下美酒与歌舞款待柳护卫一行人，二人把酒言欢，道琛故技重施，又将部下"打猎"弄来的钱财多多馈赠柳护卫和部下。

柳护卫拿人钱财，自然要替人分忧，他知晓道琛担心扶余丰问罪，于是主动为道琛献计，他凑近道琛耳边，用耳语的声音道："领军将军，我听说这次唐军袭击泗涟山城，乃是打着霜岑将军的旗号，说是前来领取粮草，骗得守军打开城门，可有此事？"

柳护卫说完这话，故意向道琛眨眨眼睛，道琛立刻心领神会，使劲一拍大腿，大声嚷道："不错，确有此事！我的部下以为是福信派人前来领粮，未加提防，不想是唐军冒充福信的部队，骗开城门，致使山城失守！"

柳护卫见他如此上道，含笑不语，自斟自饮，道琛茅塞顿开，继续在那里栽赃嫁祸，只要能免除他的罪责，道琛恨不得把所有脏水都泼给鬼室福信，他借题发挥，道："哪里是冒充？分明是福信的部下投降唐军，勾结唐军奇袭泗涟山城，我的部下守城力战，大部壮烈殉国……"

柳护卫见目的达到，给道琛倒满一杯酒，道："领军将军，劳烦你连夜将事情经过写明，我明天回到周留城据此向殿下禀报。"

道琛顿时眉开眼笑，拍着柳护卫的肩膀大声道："好兄弟，福信那厮害得哥哥我受了天大的委屈，还要请你在殿下面前为我辩解！"

"好说，好说！"柳护卫笑道："只要事情果真如将军所说，我一定在殿下面前公允直言。"

　　道琛心头忧患得到解决，不由大喜，命人将酒杯换成大碗，他扯开僧衣，露出黑乎乎的胸毛，端着大碗逐一和柳护卫的部下碰杯，大声吆喝，开怀豪饮。柳护卫假装酒力不支，斜靠在椅子上昏睡过去，其实他却暗中竖起耳朵，全力倾听屋顶上的动静。原来，适才柳护卫在酒宴上突然听到屋顶瓦片发出一声轻响，他知道有人跃上屋顶偷听，由此人的身法和功力判断，十有八九就是甲斐飞鸢，于是柳护卫便故意引诱道琛大声说话，将失城之罪栽赃嫁祸给鬼室福信，他相信偷听的甲斐飞鸢肯定会向鬼室福信通风报信，因为鬼室福信当年经常往来倭国，与甲斐飞鸢等人很是友好。福信要是得知道琛栽赃嫁祸，构陷自己，岂能放过道琛？

　　柳护卫判断不错，在屋顶偷听的人正是甲斐飞鸢，甲斐飞鸢此次来到泗涟山城，乃是受阿倍比罗夫之命，前来侦查泗涟山城受损情况。阿倍比罗夫并不相信扶余丰手中掌握的军力，认为他夸大其词，没有实力与倭军联手对抗唐军，阿倍比罗夫将甲斐飞鸢从追逐崔破虏的途中召回，就是要他摸清百济复兴军的真正实力。扶余丰令柳护卫去摸阿倍比罗夫的实力，阿倍比罗夫则令甲斐飞鸢去摸扶余丰的底细，两方表面上是联军盟友，其实彼此都是暗怀鬼胎。

四十五

大唐，营州。

这几日武云宗羁押大狱，而崔破虏和林统领却是星夜兼程，人不离鞍，此时已经踏进大唐营州地界。崔破虏见胯下乌骓马鼻息加重，已现疲态，他回头一看，林统领的马匹已是口吐白沫，四蹄散乱，眼看就要倒毙路旁。见此情形，崔破虏只好下马休息，将马匹放到小河边饮水。

林统领打仗不行，烧火煮饭却是一把好手，这些天来都是他料理二人饮食，变着法儿给崔破虏做好吃的。林统领曾在林间捉了几只蛤蟆，在火上炙烤，递与崔破虏吃，崔破虏嫌蛤蟆恶心，连连拒绝，林统领却说这种蛤蟆乃是辽东一宝，当地山民叫作"哈什蚂"，其中的极品便是这种"林海雪蛤"，油多肥美，最是大补。看着林统领吃得满嘴流油，崔破虏皱起眉头，将焦香的蛤蟆拿在手中端详半晌，还是无法下口，只能灌了几口山泉压住胃中翻涌的酸水。

一路上，崔破虏施展神箭绝技，负责射杀猎物，林统领负责将射杀的兔子、斑鸠等猎物拔毛剥皮，烤得香嫩可口，让崔破虏连连称赞，夸他这手厨艺足以在长安城安家发财。二人虽然一路奔波，却没有让肚皮受委屈。

崔破虏道："到了长安，我帮你租个摊铺，凭你这厨艺，肯定能赚钱，有钱了你就可以买一间自己的房子，过上你想过的日子。"

林统领也是一脸的憧憬，道："有了长安的房子，我再娶个婆姨，那就完美了……"

崔破虏大笑，把树枝扔在林统领头上，道："你的梦想有增无减，还没完了呢！"

林统领把一只烤熟的野兔撕成两半，递给崔破虏，崔破虏一边啃着兔肉，一边看着天上若隐若现的月亮，计算着行程。正在此时，河边忽然传来一阵马嘶，崔破虏一惊，瞬间绰枪跳起来向河边赶去，只见一个娇小的黑影骑在乌骓马背上，乌骓马奋力跳跃，试图甩掉背上的人，马背上的人正是樱月妖。

崔破虏大喝一声："大胆妖女！竟敢偷我的马！"他用枪尖一挑，一块拳头大的鹅卵石向樱月妖砸去。

樱月妖弯腰躲过飞石，娇笑一声，用马鞭使劲抽打马臀，骑着乌骓马涉河而去，乌骓马虽然极有灵性，但是这个小女子颇懂驭马之术，竟然骑着乌骓马一溜烟儿跑远，还顺手将河边林统领的马也牵走！

"崔都尉，你还没有答应我的条件呢！"樱月妖在河对岸扭头喊道："一命换一诺，你别忘了！"

崔破虏没想到乌骓马竟然被人在眼皮底下偷走，提枪追出去数百步，却只能看着樱月妖驾着两匹马消失在黑夜中。崔破虏气得脸色发青，把银枪重重杵在地上，林统领见没了坐骑，在河边跳脚大骂。两人检查剩下的东西，除了一枪一刀，连崔破虏的弓箭和箭囊都随着马匹一起被盗。

林统领忽然想起什么，指着樱月妖逃走的方向，叫道："你的马，你的信……"

崔破虏脸色难看，摸摸怀中，涩声道："信还在，可惜我的乌骓马……"

林统领难掩沮丧，抱住脑袋蹲在地上，呻吟道："没有了马，难道我们要走着去长安？"

……

长安城，丰乐坊。

一个全身裹在黑袍子里的人，沿着墙根儿悄悄走来，生怕引起路人注意。黑衣人来到一家胡商开的香料店门前，四下打量一番，然后轻巧地溜进店去。胡商见到黑衣人，立刻将他引到后面的一间静室，静室中有一人在等候黑衣人，见到黑衣人，静室中的人立刻起身一揖到地，道："尉迟内相，感谢您能拨冗前来，拯救淮西王阖府上下，大恩大德，王爷与邢某没齿难忘。"原来前来的黑衣人正是圣人李治的亲信尉迟恩，而在静室中等候的人则是淮西王府长史邢玠。

尉迟恩慢慢坐下，尖着嗓子说："李家子弟枝繁叶茂，少了谁我都不在意，但是我现在是替圣人分忧，圣人不希望宗室和武家两败俱伤，伤了国本。"

邢玠赶紧拱手："老内相高见，高见！"

尉迟恩道："你我刚在淮西王府见过面，这才没几天，究竟又有什么急事找我这个糟老头子？"

邢玠嘿嘿一笑，从袖子里掏出一张清单，慢慢推到尉迟恩面前，道："这是淮西王的一点心意，感谢老内相鞍马劳顿，为他送来《秋夜静读图》，因为那夜老内相走得匆忙，特令在下来到长安面谢！"

尉迟恩瞥一眼清单，见上面写着"黄金五千两、钱三十万贯，珍珠十斛，沙洲城庄园一处，沙洲与西域通商榷场一座"，尉迟恩冷笑一声，道："淮西王果然出手阔绰，而且连我的老家底细都摸得一清二楚。"

邢玠恭敬地道："沙洲尉迟氏，本就是天下闻名的望族，沙洲城内谁不以老内相马首是瞻？"邢玠不仅贿赂尉迟恩，而且大拍马屁，着实是一个擅长行贿的机灵人。

尉迟恩并没有收这张清单，反问邢玠："无功不受禄，淮西王到底想要老朽做什么事？如此大方的出手，莫非是……"尉迟恩心里已经隐隐猜到，李麒重金相赠，十有八九是要他在李麒起事时作为内应。

邢玠正要说话，忽然静室外边传来一个清脆的女子声音："尉迟内相，淮西王这是要拉你跳油锅，你可要想清楚，否则你一个人惹下灾祸，恐怕要连累你沙洲全族！"随着说话声音，有人一脚踢开静室房门，一个男人装束的女子走了进来，明眸皓齿，粉面寒霜，腰挎一把横刀，正是武皇后身边的女官云襄。

邢玠一见云襄，登时满面惊恐，起身要逃，却让云襄揪住衣领重重摔倒在地。邢玠来长安城替李麒打通关系，本是极为机密的事情，没想到刚将尉迟恩约出来，武皇后的人就已发觉。邢玠知道，武皇后着手培养了一支秘密力量"内卫"，领头之人正是云襄，云襄能在此地现身，外边肯定已经布下天罗地网，邢玠一想到此处，额头的汗水已经成串滚落，他瘫在地上，声音颤抖："你怎么知道我们在这里？"

"邢长史，你往日来此香料店几次，今日是哪只脚先迈进门槛，要不要我给你说一下？"

邢玠挣扎着挪近桌子，他想乘云襄不备，将桌子上那张清单藏起，谁知云襄眼疾手快，刀光一闪，已将那张清单钉在桌子上。云襄噙着冷笑，拿起那张礼物清单，问邢玠："你拉拢多位朝中官员，俱是在这个胡商香料店，难道真的以为我们是瞎子吗？"

邢玠一想到内卫的残酷手段，浑身忍不住发抖，不敢回答云襄的问话。旁边的尉迟恩老奸巨猾，见云襄主动发声提醒自己不要跳入火坑，肯定大有深意，他咳嗽一声，道："云襄姑娘，既然你知道老朽前来赴约，为何不等到老朽答允李麒、邢玠所求之事，那时人赃俱获，你再现身将老朽与邢玠一并擒下？"

云襄冲着皇宫的方向拱手，道："来此之前，皇后已有交代，尉迟内相有功于大唐，虽受贼人蛊惑，只要他迷途知返，看在圣人的面上，不要为难他。"云襄活灵活现地复述武皇后的话，言下之意是要放尉迟恩一条生路，此次行动目标只是邢玠。

武皇后令云襄只是擒拿邢玠，放过尉迟恩，既是施恩于尉迟恩，也是不想激怒他背后的圣人李治。武皇后在深宫中权衡利弊，却打了一手好牌，利用邢玠之事牢牢抓住尉迟恩的把柄，将他争取过来。尉迟恩焉能不明白其中的奥秘，当即起身，向皇宫方向深施一礼，黯然道："尉迟恩感谢皇后宽宥，请云襄姑娘转告皇后，我终是老了，不敢与你们年轻人争短长了。"尉迟恩此话的深意是向武皇后承诺，以后他不会再支持李氏宗室。

邢玠瘫软在地，见最后的救命稻草弃自己而去，不禁出声哀求："老内相，救我！"

尉迟恩回头看了一眼汗出如雨的邢玠，冷笑一声，拂袖而去。

云襄拍拍手，进来几个黑衣人，抓起瘫软如泥的邢玠向外走去，这些黑衣人的衣袖上都绣着一朵红色的梅花，梅花便是内卫的标志。邢玠见为首的黑衣人颇为面熟，顿时又有了一丝希望，他抓着那个黑衣人的衣服，问他："尊驾莫非是河阳县令周兴？"

那个叫作周兴的黑衣人阴冷地一笑，一句话就打破了邢玠的希望："一个区区县令，怎比皇后座前牛马？邢长史，你我虽有同乡之谊，但是内卫的千刀万剐之刑等着您，在下会亲自伺候！"原来，周兴与邢玠俱是出身雍州的进士，周兴不过晚了两年，他在河阳县令任上，听闻武皇后正在组建内卫，便毅然辞去县令职务，来到长安投奔内卫门下，周兴行事狠辣，手段残酷，已经在同僚中脱颖而出。

云襄在后边叮嘱道："周兴，你这次莫要下手太狠，邢玠长史没有说出长安城同党之前，绝不可咽气！"

周兴脸上露出一丝残忍的笑容，道："姑娘，请您放心吧，他肚子里所有的秘密我都会挖出来！"

几个黑衣人架着烂泥一般的邢玠向一辆马车走去，胡商香料店的老板和伙计也为内卫们押出来，塞进另一辆马车。李麒和邢玠在长安苦心经营的一处秘密据点，内卫弹指间就将其拔除。

内卫架着邢玠登车之际，隔壁房顶忽然传来一声鬼哭，云襄心中一凛，拔刀在手，大喝道："有贼人，戒备！"一众内卫纷纷拔刀警戒，将邢玠的马车围在中央。

此时，四周房顶上的鬼哭声越来越急，飘忽不定，不时有红影闪现，云襄让周兴看住马车，自己拔刀跃上屋顶，只见一抹红云从眼前飘过，正是那个身披红袈裟的"红骷髅"。云襄早就听过长安城中"红骷髅"的传言，但是她艺高胆大，并不畏惧，大喝道："装神弄鬼的妖孽，吃我一刀！"手中横刀向"红骷髅"砍去，"红骷髅"并不硬接，狂笑一声翻身而退，蹿房越脊，向北一路跑去，云襄提刀在后面紧紧追赶。

云襄追出去半里地，忽然醒悟，怕是中了对手的调虎离山之计。还未等云襄返回，留守的周兴等人只听一阵杂乱的弩箭控弦之声，十余支火箭向邢玠所在的马车射去，周兴等人急忙拔刀磕挡火箭，"咻咻"声中，马车已经连中数支着火的弩箭，登时燃起大火，车中有两名看守邢玠的内卫胸腹中箭，火焰瞬间遍布全身，内卫哀号着在地上翻滚，却无法扑灭火焰。

周兴鼻中闻到一股辛辣之气，惊叫道："箭上有黄磷，小心！"

两侧屋顶上，火箭倾泻如雨，全都钉在马车车壁上，马车已经烧成一个大火球，车中的邢玠浑身喷火，挣扎着扑到地上，痛苦地嚎叫道："你们要杀我灭口，我就说出山……"一支火箭飞来，正中邢玠面门，一大团炽烈的火焰在他脸上燃烧开来，火蛇迅速吞没邢玠的脑袋，他的秘密终究没有说出口。

赶回来的云襄，惊惧地看着浑身烈火的邢玠，却无计可施，内卫在长安城呼风唤雨，没想到隐藏的对手实力也是不容小觑，不仅有神出鬼没的"红骷髅"，竟然还有装备精良的杀手团伙。等巡逻的金吾卫士兵赶到现场，"红骷髅"和那些杀手们已经消失不见，只留下云襄和一群脸孔熏黑的内卫，出手阔绰的淮西王府长史邢玠却只剩下一堆焦黑的渣滓，尤其他的脑袋更是灰飞烟灭。

周兴向云襄禀告邢玠临死前的那句话，"你们要杀我灭口，我就说出山……"

云襄重复了一遍，自语道："难道他们的秘密藏在山中？"

四十六

大唐，青州。

武云宗路过一个村庄，眼巴巴看着路边的茶寮，口中虽然饥渴难耐，但还是忍住了，策马继续向前奔去。

武云宗离开登州后，路上已经连续三次遇袭。第一次是一伙山贼堵住路口，要他交出白马和身上财物，武云宗见对方人多势众，不敢纠缠，拨马落荒而逃，虽然躲过了山贼袭扰，却也耽搁了半天行程。第二次是凌晨赶路时，在城外遇见一个老汉的馄饨摊，饥饿难耐的武云宗要了一碗热气腾腾的馄饨，筷子刚刚沾唇，他就一口吐了出来，原来这个老汉竟是"白衣刑天"的同党，上次武云宗在登州酒楼让"白衣刑天"的麻药放倒，已经对所有的饮食极为警惕，馄饨入口即察觉出味道有异。武云宗本想一刀砍了老汉，见他老迈可怜，只得踢翻馄饨摊，把他留给"白衣刑天"处置。第三次最为可气，竟然是一队青州折冲府的唐军在路口设置路障，说是奉上峰之命，捉拿从百济回来的奸细武云宗，看着队正拿着画像对比自己的容貌，武云宗当机立断纵马冲过路障，将两名追赶的唐军踢下马去，仗着马快跑进山林中，他可不想再次身陷大牢。

武云宗心中清楚，虽然已经进入大唐境内，但是前途凶险，不仅有"白衣刑天"这种要命的仇家，还有一股看不见的力量在阻挠自己赶赴长安，否则他们怎会有自己的画像。

"却不知崔破虏那一路如何？他会遇见什么阻挠？"武云宗忍住饥渴，继续催马前行，心中却不由想起金柔儿，金柔儿非但没有死在望江楼的大火之中，反而来到大唐，不知有什么目的？她上次从"白衣刑天"手中救下自己，却不愿意与自己相见，难道她也是身负使命？金柔儿的使命必然对大唐不利，与自己为敌，想到这里，武云宗心中既有担心，也有期盼，一时纷乱如麻。

武云宗腹中越来越饥渴，抬头发现前边是一片甜瓜地，一个头戴斗笠的老翁正弯腰在地里侍弄瓜秧，地边摆着一溜儿刚摘下来的甜瓜，个个翠绿，清香沁人。武云宗眼珠儿一转，跳进瓜地，自己从瓜秧上摘了三四个甜瓜，用衣襟兜了出来，摸出十文铜钱扔在瓜摊上，然后他不等老翁说话，就跳上马背一溜烟儿走了。

等武云宗走远了，瓜地对面的树林里走出一人，怀中抱着一只猫儿，正是那个"白衣刑天"。斗笠老翁过来，有些惧怕地说："刑老大，这小子不上当……"

"白衣刑天"拿起一个摘下来的甜瓜，在鼻端嗅一下，狠狠摔在地上，骂道："妈的，这小子越来越像狐狸了，浪费我的麻药！""白衣刑天"见老翁弯腰拾掇甜瓜，目中凶光毕露，"没用的废物！"他袖中寒光一闪，一柄短刀射出，直透老翁后心。

"白衣刑天"如此凶残对待自己的帮手，想来上次的卖馄饨老汉也是如此。

大唐，幽州。

崔破虏和林统领在一个路口遇见唐军检查，唐军按图查验，说是捉拿一名百济混进来的奸细，崔破虏万万没想到图上的奸细就是自己，还和林统领大摇大摆地凑到唐军面前。随着队正一声喝令，两名唐军向崔破虏扑来，幸亏崔破虏反应及时，抢起银枪打倒这些唐军，拉着呆若木鸡的林统领一路奔逃，慌里慌张躲进一处山神庙中。两人惊魂未定，不时探出头来观望有无唐军追来。

林统领一直纳闷儿："都尉老爷，这可是你们大唐国土，怎么自己人抓自己人？"崔破虏也弄不明白，自己怎么突然就成了通缉捉拿的奸细，这些人又怎么会有他的画像？

崔破虏不仅没了弓箭，无法打猎，连行李中的钱财干粮都让樱月妖盗走，两人在山神庙里饿得饥肠辘辘，林统领摸了半天肚子，最后自告奋勇出去探路，顺便讨些饮食回来充饥。

好在唐军没有林统领的画像，他得以混进附近村子里，从一户农家的锅里抢了三四个粗面馍馍，遭到烧火老妪手持拐棍一顿暴打，林统领硬着头皮挨了几下，又从老妪的灶台上抓走几块咸菜疙瘩。林统领在翻墙逃跑时，农户家的黄狗扑上来撕破了他的裤子，他只好捂着屁股逃回山神庙。

两人蹲在墙角，使劲嚼着咸菜疙瘩，林统领道："其他几个路口我也试过了，都有你的画像，看来顺着官道去长安是走不通了。"听了林统领的话，崔破虏面色更加难看，他心中明白，肯定是有人不想让他们进到长安。

林头领透过自己鞋底的破洞，打量着崔破虏的脸色，安慰他："没什么大不了的，要饭去长安呗，我在当兵之前就要过饭，以后你负责打架，我负责要饭！"

崔破虏心中一阵感动，道："辛苦你了，林老哥！"

"哈哈，你早该叫我老哥了，毕竟我比你大好几岁！"林统领见崔破虏改口叫他"林老哥"，高兴得跳了起来，不小心踩在一块尖石上，嘴角一咧，抱着脚一屁股坐在地上，骂道："妈的，该死的樱月妖，这个倭国的小魔女、小贱货，老子的脚啊……"

崔破虏突然向他做一个噤声的手势，站起身向外悄悄望去，林统领以为召来了唐军，一脸紧张地在崔破虏身边探出脑袋观望，只听山路上马铃声响，走过来一列商队，队列中有十几匹马驮着货物，还有几辆马车，二三十个壮汉手执刀枪，或骑马或步行走在马车前后。

崔破虏仔细打量商队的旗号，认出这是一支奚族商队，奚族本属东胡一支，隋唐时期在东北地区发展壮大，部族已有十余万，奚族人善于造车，驯牧骏马，精于游猎，经常组织商队到幽州、长安进行贸易，"每求入塞，与民交易"，大唐建国以后，奚族定期向唐朝进贡，朝廷也赏赐优裕。

崔破虏看着商队的骏马，眼睛一亮，低声对林统领说："我有办法了，保管我们不用走着去长安！"

林统领一点就透，嘿嘿笑着说："你想偷马？这个是我强项，保管手到擒来！"

长安城，大理寺。

大理寺卿严正人带着少卿赵绾以及四名寺丞，恭谨地肃立在大门前，身后是一群品级更低的官吏。严正人心中惴惴不安，因为今天莅临大理寺的人正是武皇后。甲胄鲜明的羽林卫士兵，五步一哨，从皇宫一直排到大理寺官廨，气势威严肃杀。

严正人知道武皇后此次是兴师问罪来的，自己凶多吉少。"红骷髅"自从杀死将作监少匠林玉图开始，先后制造了蒋记工行灭门惨案、杀死左金吾卫大将军王重达、大闹芙蓉园，直至在西山杀死负责侦办此案的大理寺丞杜鼎之，最为嚣张的是竟然在内卫手中将淮西王府长史邢玠灭口，致使内卫挖出李麒党羽功亏一篑。"红骷髅"现在已经是朝野震动，长安城谈虎色变，严正人知道大理寺侦办不力，武皇后的怒火必定要撒到自己身上，他已经做好了罢官归隐的准备。

武皇后的凤辇停在大理寺正中，还未等武皇后露面，严正人和赵绾已经带着属下赶紧跪成一列，云襄搀扶着武皇后走下凤辇，武皇后正眼不瞅这些人，带头向大堂走去，严正人见她面冷如霜，一颗心顿时沉了下去。云襄扫一眼跪成一列的大小官员，高声道："皇后懿旨，正厅问话。"于是，一排紫、绯、绿、青袍子的官员低着头跟在后边，走进大理寺正厅。

云襄手按横刀，站在大厅门口，将寺丞以下的官吏都赶了出去，这些平日里将凶犯恶徒视为绵羊的大理寺官员，在云襄这个小女人的眼中，不过是一群蝼蚁。厅中只留下武皇后和严正人、赵绾三人，严正人和赵绾心中发虚，赶紧跪倒在武皇后的面前。

厅外的大理寺官吏们窃窃私议，猜测厅中发生的事情，有不少人看出了武皇后是含怒而来，今日大理寺上下官员都要承受凤怒之威。有的人更是大胆猜测，严正人今日恐怕乌纱难保，吉凶难料。

官廨之外，一个头戴毡帽、留着两撇鼠须的胡商，身披一件长安城里常见的西域大氅，晃晃悠悠走了进来，门口的羽林卫士兵横枪拦截，胡商掏出一块腰牌向他们一晃，士兵怀疑有诈，依然不让他进去，胡商凑近士兵低声说一句："我是内卫，武皇后让我来此觐见的！你敢不让我进去，便是违抗皇后懿旨！"士兵一脸惶恐，赶紧放胡商进去。院子中的大理寺官吏见到这个胡商有些油头滑脑，不免起疑，聚在那里议论纷纷，但是胡商趾高气扬，整理一下头上的毡帽，大摇大摆地向正厅走去。

在台阶上负手而立的云襄大怒，横刀出鞘，指向胡商的咽喉，喝道："站住！

你是何人？”

胡商用手指轻轻一抹横刀，将刀从咽喉前拨开，挤出一副油滑的笑容，道："云襄姑娘，你难道不想知道邢玠因何而死？"

云襄双目一寒，闪过一丝冷光，道："你究竟是何人？"手中的横刀再次按在胡商的肩颈上。

胡商笑得更加油滑，冲着刀锋使劲吹了一口气，说来奇怪，那柄横刀突然冒出白烟，刀锋上燃起一抹蓝汪汪的火焰，吓得云襄急忙缩手，横刀掉落，胡商一伸手捞住横刀，使劲挥舞两下，横刀上的火焰迎风而熄，胡商调转刀柄，双手奉还给云襄。云襄刚才站在台阶上驱使大理寺官吏如蝼蚁，此刻在这些蝼蚁的眼前丢了脸面，不由满面羞惭，接过横刀，恨恨地还刀入鞘。

胡商趁机凑近云襄，在她耳边说了一句什么，云襄立刻睁大了双目，一脸惊疑地看着这个油头滑脑的胡商，满脸不相信的表情。

此时，正厅之中，武皇后正在怒斥严正人和赵绾："中元节眼看就要到了，妖物'红骷髅'依然横行长安城，连暗中谋反的贼子邢玠也遭灭口，我原来以为此物不过是嗜血滥杀，没想到竟然和谋逆贼党勾结一起，你们大理寺却对此束手无策，作何解释？"武皇后将手中的茶杯重重一顿，茶水溢了出来。

严正人和赵绾跪伏在地上，不敢抬头，严正人正要解释几句，忽然门外传来一个声音："启禀皇后，'红骷髅'我已找到线索，淮西王府长史邢玠因何而死，我也查出原因，特来求见皇后娘娘！"

房门打开，云襄引着那名胡商进来，胡商见到武皇后，立刻一改油头滑脑的形象，端端正正跪拜下去，朗声道："微臣杜鼎之，拜见皇后！"

这句话一出口，不仅武皇后吃了一惊，连跪伏在地的严正人和赵绾都站了起来，严正人快步来到胡商面前，颤抖地指着他，问道："你是杜鼎之？你还活着？"

胡商起身，脱掉毡帽和大氅，撕掉嘴上的鼠须，又用袍袖在脸上使劲擦了几下，露出本来面目，正是杜鼎之，只是少了满脑袋头发，头皮上隐隐泛着青茬。严正人平日里很是器重杜鼎之，得知他的死讯心痛不已，此时见到杜鼎之站在自己面前，一时激动得说不出来，身后的赵绾暗中拽一下严正人的衣袖，示意他不要在皇后面前失态。

武皇后上下打量一眼杜鼎之，淡淡地道："郭震曾经在本宫面前举荐你，说你是能破'红骷髅'案的人，但是前几日听云襄说，你也丧命在那妖物手中，着实令本宫失望。今日你能平安归来，看来已经获取了破案的证据，说来听听吧。"

杜鼎之道："皇后明鉴，微臣确实已获取了关键证据，只是还需要娘娘的帮助。"

"我的帮助？"武皇后一愣，冷笑道："你这个杜鼎之蛮有胆量，连我都使唤上了？"

云襄手按刀柄，低叱一声："大胆，放肆！"

杜鼎之扭头看着她，云襄面上一红，慢慢松开了按刀的手。杜鼎之问她："云襄姑娘，我从办案人口中打探到，那日邢玠临死说了一句话，你能否给我重复一次？"

云襄扭头看了武皇后一眼，武皇后微微点头，云襄复述出邢玠临死的那句话——"你们要杀我灭口，我就说出山……"这句话一说完，不禁杜鼎之在低声复述，就连旁边的严正人和赵绾也在猜测"山"字的含义是什么？

云襄猜测道："据当时邢玠身边的内卫描述，邢玠想说的似乎是指某处'山中'，可惜他话没说完，一箭就射中他的面门……"

"杜鼎之，你说说看，这个'山'字到底是什么意思？"打破沉默的是武皇后，显然她也为这句话的真正含义所吸引。

杜鼎之略一思索，向武皇后施礼道："微臣以为，邢玠所说的'山'字并非是山中的'山'，而应该是一二三的'三'！"

武皇后眼睛一亮，问道："你为何如此有把握？"

杜鼎之显得胸有成竹，道："如果微臣推断不错，邢玠临死想说的话应该是——'你们要杀我灭口，我就说出三清观的秘密！'"

"三清观？"屋中所有人都吃了一惊。

"不错，就是三清观！"杜鼎之大声道。

云襄有些疑虑，问道："你是说，西山正在建造的三清观？"

杜鼎之驱前一步，跪在武皇后面前，道："启禀娘娘，请您拨五百羽林卫士兵，令云襄姑娘带领，随我即刻搜查三清观，那里藏着'红骷髅'与邢玠勾结的线索，也藏着危害大唐社稷的秘密！"

武皇后闻言，也警觉起来，问道："什么秘密？竟能危害大唐社稷？"

杜鼎之低头道："微臣现在还不敢说，只有勘查完现场才知道！"

武皇后拂袖而起，道："云襄，即刻点齐五百羽林卫，随杜寺丞赶赴三清观，我倒要看看三清观藏着什么妖魔鬼怪？"

杜鼎之与云襄一起叉手道："喏！"

武皇后又令严正人和赵绾："你二人也一同前往，但是只能监督，不许干涉杜鼎之指挥！"二人惶然应是。

武皇后又转向杜鼎之："杜鼎之，我将兵马、指挥全权予你，你若让我失望，就不必回来了！"

杜鼎之和严正人、赵绾对视一眼，三人一起行礼应是。

四十七

大唐，幽州。

奚族商队选了一个河湾宿营，埋锅造饭，将马匹放在河边饮水，只留了两个壮汉看守。崔破虏利用齐腰深的蒿草掩护，慢慢靠近，企图寻找机会打晕看守，抢得马匹，林统领则伏在河堤上，替他望风监视奚族大队人马。眼看崔破虏已经摸近第一名守卫，突然河对岸传来一声大喊："有贼！有人盗马了！"声音清脆响亮，还带着几分戏谑，正是那个忽隐忽现的樱月妖。

奚族营地的人顿时炸了锅，纷纷抄起刀枪向河边冲来，崔破虏见势不妙，只好和林统领落荒而逃，奚族人珍爱马匹，十分痛恨盗马贼，瞄着二人的背影施放了一阵乱箭，吓得林统领哇哇乱叫，跑得比兔子还快，把崔破虏远远甩在后边。

等崔破虏追上林统领，林统领已经替他用树叶舀来一些河水，崔破虏喝了一大口水，喘着粗气问林统领："林老哥，你怎么跑得这么快？"

林统领有些赧然，一脸无奈地道："习惯了，这双腿迈开就收不住了……"

山石后面传来一声嗤笑，显然有人藏在那里，崔破虏立刻挺枪在手，指着山石喝道："樱月妖，你出来吧！"

樱月妖叼着一朵山菊，拍拍手从山石后面出来，一脸轻蔑地笑道："抢了老太太的窝头咸菜，又要偷别人的马，你二位是要一路偷鸡摸狗去长安吗？"

"你……"崔破虏气极，却无法反驳，要不是樱月妖饶过他一命，他早就一枪刺了过去。

"你这个妖女，快还大爷的马匹！"林统领仗着崔破虏撑腰，跨前一步，指着樱月妖大骂，樱月妖只瞥了他一眼，林统领立刻想起这个小女子的狠辣，不自觉又往后退了两步，躲在崔破虏的身后。

樱月妖目视崔破虏，道："崔都尉，从第一次见到你，我就想和你打上一架，我们今天打个痛快吧，你若赢了，我把马匹还给你！"

崔破虏沉声道："你若输了呢？"

樱月妖莞尔一笑，竟然如樱花一般艳丽，她道："我若输了，你们此去长安，我绝不再加阻拦！"

崔破虏冷哼道："你的黑衣人已经灰飞烟灭，还有什么力量能阻止我去长安？"

樱月妖也冷笑，道："崔都尉，你不会真的以为我们经营多年，就只有这点儿人手吧？"

崔破虏心中一凛，单手执枪，缓缓指向樱月妖，道："大唐清河崔破虏，请指教！"

樱月妖双手一翻，亮出一对短匕，翻身跃上那块山石，居高临下作势欲扑，林统领见两人真刀真枪比武，赶紧躲到石头后边。樱月妖眯起眼睛盯住崔破虏的银枪，手中双短匕轻轻磕击，发出"叮叮"之声，她在寻找崔破虏的破绽，但是崔破虏虽然身在山石下方，却并未仰头去看高处的樱月妖，他只是注视着自己的枪尖，人枪合一，丝毫不动。

樱月妖身子微微晃动，三柄乌黑的飞刀射出，直袭崔破虏的面门，崔破虏银枪一抖，绽开斗大的枪花，将三柄飞刀尽数磕落。樱月妖射出飞刀就是要引出崔破虏的破绽，银枪一动，她已经乘势飞扑下来，手中双短匕贴着银枪枪杆，似两条毒蛇扎向崔破虏胸腹，樱月妖的功夫正是擅长贴身搏斗，一旦她抢进空门，对手肯定凶多吉少。樱月妖用飞刀抢了先机，崔破虏却并不慌乱，后退一步，双手握住枪杆用力一分，竟然凭空多出一杆两尺有余的短枪，反刺樱月妖咽喉，樱月妖猝不及防，只能一个跟头翻回山石之上。原来，崔破虏的银枪竟然是长短两截合在一起，能逼得崔破虏使出短枪，樱月妖是第一人。

樱月妖险些吃亏，心中不服，叫道："你这是使诈！"

崔破虏大笑，道："你用飞刀在先，难道不是使诈？"

崔破虏双枪一合，又恢复原来的形状，他不等樱月妖再次发动攻击，抢先挺枪刺向高处的樱月妖，银光闪动，雷霆万钧，正是崔破虏的独门绝技"暴雨梨花枪"。樱月妖虽然身处山石之上，但是一寸长一寸强，她的双短匕根本无法招架崔破虏疾风骤雨般的枪法，只能利用脚下巨大的山石闪展腾挪，狼狈躲避。崔破虏一阵抢攻，逼得樱月妖在山石上无法立足，只好贴着石壁滑了下来，崔破虏大喝一声，银枪如长虹贯日，疾刺樱月妖的咽喉，这一枪快似闪电，力逾千钧，樱月妖一双短匕根本无法招架，只能拼命向后退去，但是她身后就是巨大的山石，已经退无可退，樱月妖后背撞在石壁上，顿时花容失色，只能闭目待死。旁边观战的林统领也不由喊了一声："使不得，枪下留人！"

一声巨响，碎石纷飞，崔破虏的银枪紧贴着樱月妖的脖颈刺入山石中，枪尖没入石中几逾半尺，若不是崔破虏枪下留情，故意偏转几分，这一枪就要穿透樱月妖细嫩的脖颈。樱月妖面白如纸，慢慢扭过头来看颈旁的银枪，冰冷的枪身令她颈上汗毛倒立。

崔破虏微微一笑，慢慢抽回银枪，道："承让，我胜在兵刃，胜之不武。"

樱月妖捡回一条命，慢慢恢复正常，不由嘟起嘴，叫道："你赢了，不过我心里还是有些不服气！"

林统领见崔破虏取胜，立刻跳过来，横眉怒目地呵斥樱月妖："臭丫头，输了就是输了，不许耍赖，快点把我们的马匹还来！"

樱月妖并不理会狐假虎威的林统领，对崔破虏道："好吧，我把马匹还给你们！可是你别忘了，你还要答应我一个承诺！"

崔破虏皱起眉头，道："你当日饶我一命，我今日枪下留情，难道不是还你人情？"

樱月妖跺脚摇头，像邻家的小妹子一样耍赖，道："今日比武，是我试试你的功夫，有没有资格帮我做一件大事，不算还人情！"

崔破虏一愣，道："什么大事？"

林统领在旁边提醒他："崔都尉，你不要上了这个臭丫头的当，她诡计多端，肯定又要给你埋下陷阱！"

樱月妖使劲瞪了林统领一眼，冲他一亮短匕，道："再敢骂我，我就在你身上戳个几十刀，刀刀对穿！"

林统领见过樱月妖杀人的手段，听她一吓，立刻捂着心口又躲到崔破虏身后。崔破虏担心樱月妖会让他做出背叛大唐或是违背良心的事情，追问樱月妖："姑娘，你还没说到底是什么大事？如若违背崔某良心，我是断然不会……"

还未等崔破虏说完，樱月妖"嘿嘿"一笑，人已经向后跃出，只留下一句话："马匹我拴在山后树林中，到了长安，你就会知道要帮我何事……"树枝晃动，声音已渐渐不闻。

林统领看着樱月妖消失的方向，一脸担忧地问崔破虏："你这是答应她了？"

崔破虏并未回答，他心中隐隐对樱月妖说的"大事"有一些好奇，很想知道到底是什么事情值得樱月妖这般去做。

崔破虏向山后奔去，寻找马匹，林统领还跟在他身后磨叨："你这个人真是鲁莽，这个臭丫头可是倭国杀手，万一她让你泄露军情呢？万一她让你去刺杀大唐皇帝呢……"

四十八

大唐，魏州。

武云宗一路穿山越岭，躲避大路关卡，只走山中小道，日夜兼程，已经来到魏州地界。此时，天色已暗，暴雨如注，人马难行，武云宗在大雨中茫然四顾，身后刚刚穿过的河谷传来一阵轰鸣，似乎是上游山洪暴发。武云宗赶紧打马向高处奔去，在雨幕中他隐约瞥见前边山腰处有一座建筑，急忙策马奔去，原来是一座已经破败多年的寺庙，墙垣倒塌，荒草丛生，倾倒的佛像身上露着焦黑的痕迹，看来是毁于兵燹之中。

武云宗将白马牵进破败的大殿，这里是寺庙中唯一能遮挡风雨的地方，大殿之中，巨大的如来佛祖的塑像已经倾倒在地，摔成三截，两侧陪侍的阿难、迦叶二位尊者都已打得粉碎，只剩下一双腿立在那里。武云宗叹息一声，人间兵燹战乱，佛门净地也不得安生。武云宗收集一些破碎的门窗木料，在干爽处燃起一堆火，烘烤衣衫。

借着火光，武云宗看见大殿两侧的对联竟然完整地保留下来，不由起身诵读，只见第一副对联写的是：惟净之心蕴神道，正信之道开华章。武云宗摇摇头，并不以为然，再看第二副写的是：祥云缭绕掩斗柄，香蔷飘逸显神明。武云宗想这个不知名的寺庙在毁于兵燹之前，大概满园都是栽种蔷薇，鲜花盛开四季常绿，花香与梵香交织在一起，可惜这般美景再也难以见到。

大雨滂沱，一道闪电落下，殿中明亮如昼，武云宗的目光落在"斗柄"二字上，这两副对联皆是用金粉所写，因为破败日久，密布蛛网灰尘，但是唯有"斗柄"两个字却清晰如新，似乎有人经常用手摸索。武云宗忽然心中一动，北斗的斗柄乃是"摇光星"，又名"破军星"，"破军星"主征战杀伐，在天为杀气，在数为耗星，故化气曰耗，"破军星"在军中是敢死先锋，冲锋陷阵，但是有孤军深入，损兵折将，接济不及之忧。

"破军星啊破军星，我何尝不是这'破军星'？"武云宗触景生情，忍不住伸手去摸"斗柄"两个字，手指头上果然并无灰尘。武云宗心中疑惑："难道这座无名残寺，有人经常光顾于此？"

殿中的破败神像后面，忽然传来一声幽幽叹息，武云宗霍然拔刀转身，喝道："谁在那里？快出来！"

神像后面亮起一盏灯火，原来巨大的神像后边竟然藏着一个人，那人慢悠悠吟道："青山岁月晚，老僧灯火昏。古庙静若寺，禅意自然深。"

一个人影站了起来，昏黄灯光下，竟然是一个光头老僧，身上的僧衣早已破烂不堪，脸上的皱纹如同殿中的碎石乱瓦一般杂乱。原来倒塌的佛像内部中空，这个老僧就藏在佛像之中，武云宗刚才进来扫视殿内，却未曾检查佛像内部，此时见老僧从佛像中钻出，不由恍然大悟，原来这个老僧因为寺庙破败，只能寄居在佛像腹中躲避凄风苦雨。

武云宗问老僧："寺庙破败如此，你怎么还不离开？"

老僧嘿嘿一乐，道："佛像虽倒，诸佛仍在；寺庙虽破，老僧仍在。我在，这无名寺就在。"

老僧的话深含禅意，让武云宗肃然起敬，他赶紧收刀入鞘，向老僧施礼："在下武云宗，因为避雨，莽撞入寺，惊扰贵寺和大师，还请恕罪。"

老僧一笑，并不在意武云宗擅闯大殿，道："伽蓝广厦，若不能为天下人遮挡风雨，建来何用？"

"无名寺？"武云宗心下纳闷，问道："难道大师也不知道这寺的名字？"

"有名无名，有何异同？"老僧淡淡地道："老僧来时，这寺就如此，何必去追问它的名字？"

武云宗指着"斗柄"二字，问老僧："大师，为何这两个字……"武云宗欲言又止，因为他心里闪过关于"北斗九星"的传说，莫非机缘巧合，在这破败的无名寺中遇见传说中的人物？

老僧笑道："菩提非树，明镜非台，常来拂拭，莫惹尘埃。老僧不过是练习书法，喜欢此二字气势威严，张弛有度，但是苦于无纸无笔，只能用手指摩挲比画，让你见笑了。"老僧的解释天衣无缝，但是武云宗忍不住又看了两眼"斗柄"两个字。

老僧从佛像内摸出一张胡饼，递给武云宗，道："暴雨行路，想来你必是饥饿，但是寺中只有这一张我化缘得来的胡饼，你且先充饥果腹。"

武云宗腹中早已雷鸣，也不推辞，接过胡饼放在火上炙烤，老僧便坐在他对面一起烤火，老僧端详武云宗腰间的长短双横刀，道："壮士腰间双刀，血腥味甚浓，莫非是军中之人？"

武云宗心中暗赞老僧眼光犀利，反问道："大师看来对军旅颇为熟悉，莫非大师也曾是军中之人？"

老僧脸上皱纹中挤出一丝苦笑，神情中有些落寞，慢慢道："贞观四年（公元630年），我只是一名骑兵小卒，随李靖李卫公征讨东突厥，夜袭阴山之战中，我是二百名骑兵敢死队之一。到显庆二年（公元657年），我身为苏定方将军麾下旅帅，随苏将军攻灭西突厥，那夜雪深数尺，我率敢死队突击敌军，唉，以后再也没见到那么深的大雪了……"

武云宗闻言大惊，因为老僧所说的两场战役，分别是大唐攻灭东突厥、西突厥的决定性一役，武云宗站起身来向老僧单膝跪下，道："原来是军中老前辈、老英雄，晚辈失礼，还请恕罪，请受晚辈一拜！"

老僧坦然受之，慢悠悠往火里加了一块木头，拨旺火焰，谁能想到蜷缩在佛像腹中、靠化缘度日的老僧竟然是大唐攻灭东西突厥的敢死英雄！青山依旧，人世无常，百战沙场碎铁衣的英雄竟然沦落到这般境地，令武云宗顿感唏嘘。

武云宗站起身来，道："老英雄，请教您老尊姓大名？"

"尊姓大名？"老僧翻着浑浊的眼球看武云宗一眼，淡然道："寺既无名，人何必有名？"

武云宗还是好奇，追问老僧："老英雄，您为何流落此地？"

老僧苦笑，道："我这种人，在战场我杀人，在朝廷人杀我，我能留着性命坐在这里日观苍山、夜吟星月，已然知足了。"

武云宗颓然坐下，老僧一句话，隐藏了多少尔虞我诈、血腥争斗，战场上的英雄，不过是权谋场里的蝼蚁，他心下默然，拿起快要烤焦的胡饼。武云宗道："晚辈在军中时，曾在篝火前听老兵讲军中传奇，说是当年大唐曾有'北斗九星'九名细作，为大唐立下赫赫功勋，前辈莫非便是其中'破军星'？"

老僧呵呵一笑，道："军中传说，你又何必当真？"他笑眯眯地看着武云宗，道："助人之恶，成人之善，你可知晓？"老僧这句没头没脑的话，顿时让武云宗一愣，不知道如何回答。老僧伸了个懒腰，道："时辰不早了，我去睡了，你且请便。"说完，他就钻进佛像腹中。

武云宗坐在火堆旁边，心中想着老僧波澜起伏的一生，着实应验了"破军星"的命数，莫非自己将来也会如此终老荒山残寺？他将胡饼撕成小块，一块一块送入口中，佛像中的老僧已然鼾声如雷。

殿外依然风雨大作，闪电一个接一个扑在对面的山顶，似乎今夜山中有什么精怪渡劫，却被雷公电母发现阻止。火堆旁的武云宗正在胡思乱想，忽然殿外传来一阵细碎的脚步声，随着闪电光亮，一个头戴斗笠的人影慢慢出现在台阶上，那人抖落身上的雨水，从肩上跳下一物，"喵"地叫了一声。

这声尖利的猫叫，让武云宗顿时清醒过来，"白衣刑天！"武云宗拔刀站起，却觉头中一阵晕眩，双腿一软，几乎摔倒在火堆上。武云宗惊呼一声："不好，又是麻药！你……"他愤怒地用刀指着老僧蜷缩栖身的佛像，他进寺后，只吃了老僧给的胡饼，麻药分明是下在饼里，但是佛像中只是传出鼾声，老僧并无动静。

"白衣刑天"哈哈大笑，踩着砖瓦走近武云宗，道："今夜风雨雷电，真是杀人的好天气啊！"

武云宗眼中的"白衣刑天"在火光中已经幻化出三个影子，转来转去，武云宗用刀拄地，勉力支撑不倒，他指着一个飘忽不定的影子，口齿不清地叱道："刑老大，你枉为海上盗魁，竟然三番五次威逼、威逼一些老弱之人对我下毒，我都替你脸红！"武云宗转了一圈，终于不支，"砰"的一声摔倒。

"白衣刑天"发出一阵冷笑，道："不错，我是忌惮你的本事，面对面对决，我没有赢你的机会。我这人只喜欢斗智，不喜欢斗力！"

武云宗躺在地上，眼神涣散，道："刑老大，你追杀我，真的是为你的猫儿复仇？"

说到猫儿，"白衣刑天"那只吃人眼珠子的猫儿轻巧地跳到武云宗胸口，嗅着武云宗的脸颊，又用舌头舔舔武云宗的眼皮，武云宗惊惧地闭上眼睛。

"白衣刑天"在武云宗身边慢慢蹲下，冷笑道："说是为我的花儿报仇，确实没错，可是还有一个更重要的原因，说给你这个死人听听，倒也无妨。"

原来，那日柳护卫从"白衣刑天"船上救走武云宗，并凿漏了"白衣刑天"的大船，致使这群"锦帆贼"在与倭国海盗交战中大败亏输，大船沉没，全员被俘。倭国海盗将抓来的"白衣刑天"和一百余名"锦帆贼"捆在船头，一刀一个，连砍五十名海盗，海面上人头尸身漂浮，海水一片赤红，引来无数鲨鱼游弋吞食。"白衣刑天"刚开始还悍不畏死，但是见到此情此景，只能大叫饶命，向倭国海盗投降乞命。倭国海盗头子已经接到阿倍比罗夫的密令，要探知唐军信使所送密信内容，海盗头子将剩下的五十余名"锦帆贼"留在船上为奴，以他们的性命威胁"白衣刑天"，令他跟踪进入大唐追杀武云宗，务必夺得他身上的密信，否则便将剩余的"锦帆贼"剁碎了喂鲨鱼。"白衣刑天"无奈，只能发下毒誓，答应替倭国海盗效命。

"白衣刑天"讲完追杀武云宗的缘由，便伸手在武云宗的怀中搜寻密信，谁知就在此时，一道电光从武云宗手中乍现，划破大殿中的黑暗，犹如天上的闪电钻入殿中，"白衣刑天"一声惨嚎，双臂为武云宗的长刀齐肘斩断，身子跟跄后退。

这一下变故突生，不仅"白衣刑天"没有提防，就连那只凶残的猫儿也吓得跳起来，它身形敏捷，见主人受伤，竟然在半空中一个转身，径直向武云宗的面门扑来，双爪抓向他的眼睛，武云宗大喝："畜生，大胆！"这一声怒喝吓得猫儿一滞，武云宗拔出短刀，凌空一斩，猫儿哀鸣一声，身子分成两截，一路血水飞溅，撞在那副对联"斗柄"二字上，残躯拖着污血缓缓滑落。

"白衣刑天"呆呆地看着自己血水喷涌的双臂，不敢相信眼前的一切，他用喷血的断肘指着武云宗："你！你没有吃……"

武云宗冷笑着将短刀归鞘，道："刑老大，你一路上屡次威逼年迈老人给我下毒，有伤天和，我断然不能再容你这种人活在世上！"

"白衣刑天"长啸一声，声如厉枭，似乎在招呼同伙，殿外风雨摇曳的树林中立刻传来几声回应，看来"白衣刑天"果然在殿外埋伏着帮手，若不是他托大，以为亲眼看见武云宗吃了麻药无力反抗，他是不会孤身犯险的。

武云宗见"白衣刑天"同伙来袭，不敢大意，执刀站在老僧栖身的佛像之前，保护老僧不受伤害。此时，武云宗心中已经清楚此次"白衣刑天"暗算自己的招数，"白衣刑天"算准武云宗的行程，知道他不敢走官道大路，肯定要在无名寺避雨，便提前带人进入寺中，将胡饼交给老僧，威逼老僧给武云宗下毒。谁料老僧故意在寺中对联的"斗柄"二字上留下警示，让武云宗心生警觉，然后二人火边交谈，得知二人都是出身大唐军中，不免惺惺相惜。老僧冒险给武云宗提醒，他引用孔子的"助人之恶，成人之善"这句话，便是提醒武云宗此地有埋伏，武云宗顿时心下恍然。

殿外闪电更密，伴随着震耳的雷声，已从对面山顶转移到无名寺，似乎那个渡劫的精怪已经钻入寺中，引来雷电追击。武云宗不知道外面来了多少人，凝神迎战，殿外风雨之中，接连传来几声惨呼，似乎是"白衣刑天"的帮手遭到什么人狙杀，一个接一个倒毙。

"白衣刑天"双臂全断，外面援军又传来一声又一声的惨呼，完全击溃了他的信心，他强自支撑摇摇欲坠的身体，道："姓武的，你我不死不休，来日再见！"说完，纵身向外窜去。

武云宗担心老僧有失，不敢贸然追击，只能眼睁睁看着"白衣刑天"钻进雨幕之中。此时，天空一声炸雷，四野惊颤，逃到外面的"白衣刑天"却一步一步倒退回来，"咕咚"一声摔在佛像之前，咽喉上的伤口汩汩流血，这个喜欢挖人眼睛喂猫的海盗魁首，竟然让人一刀洞穿了咽喉。

闪电似银蛇乱舞，照得殿内亮如白昼，"白衣刑天"死不瞑目，咽喉和双臂的鲜血恣意流淌，染红了一身白衣，武云宗惊疑地看着倒毙于地的"白衣刑天"，他说今夜是杀人的好天气，没想到死的却是自己。一个身影慢慢出现在门口，像"白衣刑天"一样头戴斗笠，遮住了面孔，人影把几柄刀剑扔在地上，看来"白衣刑天"埋伏在外面的属下都毙命在此人手上。那人慢慢摘下斗笠，一头如瀑的秀发垂然而下，竟是金柔儿。

"柔儿，是你？"武云宗简直不敢相信自己的眼睛，原来金柔儿一直在暗中保护自己。

金柔儿淡淡地道："你这个世家子弟，终于学会避开别人暗算了。"

武云宗心中涌起一股柔情，道："柔儿，谢谢你，这一路都是你在保护我。"

金柔儿冷冷一笑，道："你错了，我只是帮你完成肩负的使命，不想你半途而废。到了长安，你我仍是敌人！"

一句"你我仍是敌人"将武云宗从意乱情迷中拉回现实，他略一踌躇，道："柔儿，我一直想问你一句话，那日在望江楼上，你对我说的话是真是假？"

金柔儿目中满是讥诮之色，道："真又如何，假又如何？难道能改变你我的宿命？"她又将斗笠戴在头上，道："我杀'白衣刑天'，只因他心肠歹毒，屡次威逼老弱病残为己卖命，这种人罪该万死，你不必记挂在心。"

武云宗见金柔儿要走，急忙过去拉她，孰料金柔儿手腕一翻，两柄锋利的短刀横在胸前，吓得武云宗赶紧缩手。金柔儿"哼"一声，道："有朝一日，如若你我对决，武云宗，我不会心软的！"说罢，转身跃入无边雨夜之中。

武云宗追出去几步，站在滂沱大雨中，失魂落魄，任由雨水兜头浇下，金柔儿最后说的那句话，犹如真的一刀刺在他的心头。

伫立良久，落汤鸡一般的武云宗回到殿中，向着佛像腹中酣睡的无名老僧深施一礼，然后牵着白马默然走入雨夜。

佛像中的老僧待武云宗离去，在黑暗中叹息一声："孽缘，孽缘！今日的你，便如当年的我……"老僧在佛像腹中敲响木鱼，轻声吟诵《北斗歌》：宝刀照北斗，烽火绕龙城。胡马不敢过，汉将唱大风。阴山千尺雪，瀚海一夜平。男儿成败事，肝胆自纵横！

无名寺中的无名老僧，当年不仅驰骋沙场，也曾为情所困，他到底是什么人，身上有着什么样的故事？难道他真的如武云宗猜测那样，便是"北斗九星"中的"破军星"？也许，对老僧而言，他更希望自己是檐前的雨水，滴滴断肠，却又孤独无踪……

四十九

长安，西山三清观。

云襄带领五百羽林卫士兵排好阵列，从四面牢牢包围三清观，驻守观中的左金吾卫士兵不敢违逆武皇后懿旨，加之王进已死，守军没有了主心骨，主动抛下兵器，缩在观内角落，任由羽林卫将他们一一押走。

杜鼎之等人进到观内，揭去工地遮挡的芦棚，露出三尊高逾四丈的三清塑像，分别是玉清元始天尊、上清灵宝天尊、太清道德天尊，塑像皆为铜铸，虽未涂漆着彩，但是高大巍峨，气势威严。众人来到铜像面前，顿觉渺小，只能仰头观望。赵绾和严正人估算，这三尊铜像所用铜料加起来要重达三四十万斤，而建在铜像外面的三清大殿，虽然刚刚夯好地基，但是估算土石木材用料，必是一个惊人的数字。

羽林卫士兵搜查三清观工地，并未发现异常，纷纷前来向云襄和杜鼎之复命。云襄脸色难看，似乎想发作，又极力忍住。

赵绾沉不住气，问杜鼎之："杜寺丞，你说的秘密在哪里呢？"赵绾平日里在大理寺中颇为看不惯杜鼎之的特立独行，两人面和心不和，此时赵绾的话中隐隐含着戏谑。

杜鼎之胸有成竹，命士兵再查。严正人官职最高，他在后边悄悄安抚其他人，莫要干扰杜鼎之。过了片刻，各队士兵陆续回来，向杜鼎之禀报，并无发现异常。三清观工地中的工人大约有五六十名，此刻集中在铜像之下，畏畏缩缩，不敢说话。

杜鼎之缓步走了过去，问为首的工头："三清观自何时开始动工，约何时完工？”

工头低头道：“动工已有半年有余，约莫明年此时完工。”

杜鼎之盯着工头，略显诡谲地一笑，道：“请问工头负责哪个行当？”

工头有些迟疑地指了指身边的三尊铜像，道：“小的负责带人、带人浇铸这些铜像……”

杜鼎之目光瞬间变得犀利，逼视工头，问道：“既然是浇铸铜像，为何观内不见炼铜、浇铸的工具？”

“这……”工头顿时语塞，神色大变，浑身禁不住有些颤抖。

云襄举目四顾，观内各处工地果然不见炼铜、浇铸等工具，身后的严正人和赵绾也在低声议论，看来杜鼎之果真心细如发，一语道破了观内的异常。经杜鼎之如此一逼，不仅工头哆嗦失态，连那些工人也都个个面如土色，其中必定有不可告人的秘密。

杜鼎之围着三尊高大的铜像转了几圈，上下打量一番，然后将手伸向云襄，云襄却一脸茫然，不知道他要干什么，杜鼎之等得不耐烦，自己奔了过来，将她腰间的横刀拔出鞘，云襄吓了一跳，却没有阻止，自从杜鼎之用诡计当众夺了她的刀，她已经对这个外表装蒿扮傻、内心精明狡黠的假和尚有了几分敬佩。杜鼎之拔刀在手，奔到玉清元始天尊铜像面前，用尽全身力气一刀砍向铜像左腿，云襄在后边叱喝一声，却来不及拦阻，她担心自己的爱刀断成两截，但是没有想到的是，杜鼎之这一刀竟然深深陷进铜像腿内，一时拔不出来。

云襄心中大骇，她知道自己的刀并不能削铁如泥，难道杜鼎之是一个深藏不露的高手，竟然一刀深深砍进熟铜之内？杜鼎之用力拔刀，还是拔不出来，他连试了两次，横刀依然嵌在铜像腿内纹丝不动，杜鼎之偷眼四顾，观内数百人此时都不眨眼地盯着他，他面皮涨红，只好拍拍手，故作轻松地看着云襄，示意她过来帮忙解围。

云襄心中疑惑，瞪了杜鼎之一眼，低声说：“要我帮你拔刀可以，你先告诉我，你是怎么让我的刀无故起火的？”原来，云襄对杜鼎之手指一抹就令自己横刀起火，百思不得其解，她几次询问杜鼎之原因，杜鼎之都装神弄鬼糊弄过去。

此时，杜鼎之骑虎难下，只好赔着笑答道：“黄磷！我在你的刀身抹上了黄磷，用热气一吹，自然会起火……"

云襄明白了缘由，低声叱了一句："骗子！"她过来用力拔出横刀，未等她还刀入鞘，就已发现铜像上的刀口有异，原来铜像外面只是薄薄一层镀铜，里面完全都是用白色膏泥填充。杜鼎之捡起一根木片，在横刀砍出来的缝隙中抠出来一点膏泥，使劲嗅了嗅，正是西山地区独有的白膏泥。

杜鼎之举着木片，大声道："各位大人请看，秘密就藏在这里！他们从朝廷掌控的青龙山铜矿购置了四十万斤精铜，用来铸造三清铜像，但是在三清观内，他们只是用了薄薄一层镀铜，塑像之内都是用西山的白膏泥填充！"

严正人吃了一惊，问杜鼎之："鼎之，那些精铜哪里去了？"杜鼎之故作神秘，笑而不答。

赵绾有些不相信，从一名士兵手里夺过马槊，用力朝三尊塑像刺去，连刺五六个窟窿，透过薄铜外壳里面都是白膏泥。

见到秘密揭穿，那个工头已经浑身筛糠，瘫倒在地，连连磕头，大呼："各位官爷饶命，饶命！都是那个邢玠和王进让我们这么做的，不干我们的事！"

云襄横刀再度出鞘，架在工头的脖子上，喝道："快说，这到底是怎么回事？"工头吓得连声求饶，趴在地上磕头如捣蒜，却不肯说出实情。

杜鼎之用力跺两下脚底的土地，道："我若猜得不错，真正的秘密就在这三尊塑像之下！"

云襄立即命令士兵用绳子将三尊塑像拽倒，露出下面的一个暗道入口，幽黑狭长，不知通向哪里。杜鼎之从士兵手中接过火把，正要带头下去，云襄一把夺过火把，将他推到一边，叱道："闪开！装神弄鬼的笨蛋！"云襄已经知道杜鼎之压根儿就是一个手无缚鸡之力的书生，全靠脑瓜子和嘴皮子糊弄人，担心他下去有失，抢过火把，一手横刀一手火把，抢先进入暗道。

云襄领头在暗道中走了一会儿，眼前豁然一亮，只见一个宽敞的地下大厅出现在众人眼前，足有近百丈方圆，大小与地面的三清观占地面积差不多，大厅四周石壁上点着上百根火把照明，石壁缝隙中露出白色膏泥，显然与塑像中的白膏泥如出一辙，看来铜像中填充的白膏泥俱是出自此处。大厅中摆着一排一人多高的铜鼎、铁锅和铁器锻造设施，而地上则是堆积如山的开元通宝铜钱，对面石壁之下则是堆着数不清的刀枪、弓弩、甲胄等器具。

严正人和赵绾等人讶然失色，所有人都看明白了，这里就是淮西王李麒指使长史邢玠、左金吾卫王进等人，秘密设置的一个私铸钱币、军械的场所。这些人将铸造三清铜像的精铜私自铸成假的开元通宝钱，百姓称之为"恶钱"，近期长安和周边城邑"恶钱"泛滥，市场惶恐，商户不敢交易，便是因为从这里流出去的大量"恶钱"。

邢玠和王进等人骗来朝廷铜矿，私铸"恶钱"，又以"恶钱"购来精铁等物料，在此秘密打造军械，储备兵甲蓄意谋反。三清观距离长安如此之近，一旦成事，兵锋须臾可达长安，那时大唐社稷必然危矣。

云襄大怒，命羽林卫严加搜索，将观内所有工人捆成一串，以防逃脱，同时遣人飞骑禀报武皇后和皇上。严正人看着堆积如山的铜钱和兵甲，脸色铁青，忧心忡忡地站在那里，没有言语，任由云襄等人指挥处置。

赵绾为人机灵，过来向杜鼎之贺喜，赵绾当着云襄的面，拉着杜鼎之的手，道："杜寺丞，你破获这个惊天大案，必然令皇后凤颜大悦，为兄祝贺你立下大功一件！"赵绾知道淮西王李麒乃是武皇后的心头之患，三清观谋反的铁证落入她的手中，李麒纵然有圣人李治的庇护，也必定一败涂地，十有八九就是灭门之祸。赵绾这番话其实是说给云襄听的，因为云襄是武皇后的红人，他要赶紧表明自己的阵营。

杜鼎之淡淡一笑，道："赵少卿过誉了，破获此案，不是杜某一人的功劳，是大理寺和各个职司共同所为，杜某不敢贪功。"

赵绾大笑，亲昵地拍着杜鼎之的肩膀，道："你啊，不愧是长安第一神断，就等着皇后的赏赐吧！"

杜鼎之正色道："赵少卿谬赞，杜某破案，是为了大唐社稷安危，并不是要讨谁的欢心。"杜鼎之给了赵绾一个软钉子，赵绾气得直翻白眼，讪讪地退到一边。云襄看在眼里，却并不说话。

严正人过来将杜鼎之拉到角落，道："你可知，淮西王府上下数百人，都要因为你而人头落地？"

杜鼎之一脸委屈，反问道："严公，如果李麒等人谋逆举事，攻入长安，届时会有多少人头落地？"

严正人一时语塞，无法回答，杜鼎之又道："只要李麒等人战事一起，就算他们攻不进长安，届时又要有多少李氏宗室死在那个、那个屠刀之下?"杜鼎之本要说"武皇后"，但是瞥见云襄正朝两人观望，便以"那个"含糊其词，严正人自然懂得他的意思。

严正人看着杜鼎之，问道："你真的是这么想的?"

"是啊!"杜鼎之很肯定地点头，说："我思来想去，只能选一个死人最少的法子，只好委屈淮西王了。"

严正人无奈地叹口气，又问："你说的'红骷髅'线索呢?我怎么没看见?'"

杜鼎之一脸坏笑地凑过来，在严正人耳边轻声说了几句，严正人吃惊地瞪大了眼睛，紧张得双手都哆嗦起来，严正人的异样让一直观望的云襄和赵绾都吃了一惊，不知道杜鼎之又折腾出什么惊天的秘密。

严正人似乎有一万个放心不下，叮嘱杜鼎之："事关重大，你可千万别冤枉好人!"

杜鼎之一揖到地，道："还望大人成全!"

严正人跺了跺脚，一甩袍袖走出地下大厅，径直带着随从返回长安城，因为他知道，三清观的覆灭，已经将淮西王李麒推上了黄泉路，朝野之中势必又要掀起一场腥风血雨，他实在不希望这场浩劫是由大理寺引起的。

五十

百济，加林城，鬼室福信军营。

自上次死鹰岭一战挫退唐军之后，扶余丰便安排鬼室福信驻守加林城，道琛驻守泗涟山城，他自己则驻守周留城，三方势力互为犄角，共同抵抗唐军。鬼室福信素来与倭国交好，又自恃手中兵力众多，经常对扶余丰的命令阳奉阴违。在唐军势大之时，鬼室福信为了自保，尚能与道琛等人精诚合作，免遭唐军殄灭，现在唐军只剩一支孤军据守熊津城，对鬼室福信已经没有致命威胁，鬼室福信对扶余丰和道琛的不满日益高涨。在福信眼中，扶余丰不过是一个心计阴沉的纨绔子弟，若不是原来的百济国王与世子全为苏定方掳走，断然轮不到扶余丰来继承大统，而和尚道琛更是粗鄙不堪，若不是利用他手中那些乌合之众对抗唐军，福信才不会自降身份与他联手作战。

鬼室福信近日得到了倭国援军送来的物资，心情大好，便主动修书一封，派人送给道琛，请他来加林城赴宴。和尚道琛接到书信后，心下踌躇，因为他在扶余丰面前将失陷泗涟山城的罪责推到福信身上，担心对方报复，本不想前来赴宴，后来福信答应将倭国送来的物资分给道琛一半，道琛受不住诱惑，犹豫再三还是答应前来赴宴。

道琛带着自己的亲兵卫队来到加林城，福信言而有信，先带着道琛去看物资，道琛见十几车的粮食和军械已经装好待发，遂放下心来，来到福信营中开怀畅饮。福信好歌舞，道琛好美酒，两人平时宴饮并不能喝到一起，福信就让手下的将领轮番敬酒，几碗好酒灌下去，道琛的戒备之心消弭无影，便扯开衣服露出胸毛，一足踏在椅子上，一手端酒碗，和那些将校拼起酒来。喝到酣处，道琛嫌自己腰间的戒刀碍事，便摘了下来，交给自己最为宠信的一名护卫看管。主座的福信则饶有兴趣地盯着庭前的一队舞姬，看得眉开眼笑，不时端杯小啜一口。

道琛一口气喝了十几碗酒，踉踉跄跄扑过来敬福信，他喷着酒气问道："福信老兄，为何平白送弟弟这些物资啊？做弟弟的好生感激，心里过意不去……"

"贤弟为何过意不去？"福信笑眯眯地端起酒杯，反问他："莫非贤弟做了什么对不起愚兄的事？"

道琛虽然酒意上涌，仍然不肯泄露嫁祸陷害福信的事，他扳着僵硬的舌头道："哥哥笑话了，你我兄弟情同手足，我怎会做对不起你的事？莫非哥哥听了什么人谗言，我这就去、去撕了他的嘴！"

福信微微一笑，道："人为财死鸟为食亡，你身为出家人，为何却又看不破这一关？既然陷害我在先，为何又有胆来加林城喝酒？你的贪婪无耻，我实在是钦佩！"

听福信如此说，道琛顿时清醒过来，他使劲拍打自己的脑袋，苦笑道："妈的，果然有诈！你这个老杂种在骗我！"

福信给自己斟满一杯酒，嘿嘿冷笑道："我没有骗你，那十几车的东西，确实是我送给你部下的，不过嘛……"福信慢慢啜饮完杯中酒，又道："不过，是在你这个秃驴咽气之后！"说完，福信将手中酒杯狠狠一摔，屏风之后、厢房之中顿时冲出一百名刀盾手，将道琛的亲兵卫队团团围住。

道琛的卫队不过二十余人，此时大都醉得腿脚发软，好多人的佩刀都让斟酒的人悄悄摘走。道琛虎吼一声，伸手去摸自己的戒刀，一摸却摸了个空，只见他最为宠信的那名护卫已经捧着那把戒刀，正跪在福信面前。福信拔刀看了一眼，一脸不屑，将刀扔到身后。

福信站起身来，冷冷地道："做得干净一些，这个秃驴脑袋我还有用处，用它瓦解那些乌合之众最好不过。"

道琛不甘就戮，大骂一句："福信，我日你老母！"

福信一脸冷笑，道："家母仙逝已十余载，我这就送你过去相见！"

道琛犹做困兽之斗，挥舞双拳向福信扑去，但是挡在他面前的却是一道密不透风的盾墙和钢刀。

福信悠然向庭外走去，丝毫不在意身后传来道琛的惨号，他吩咐一名亲信："即刻去周留城向扶余丰王子禀报，领军将军浮屠道琛在来加林城磋商军务的途中，不幸遇到唐军的斥候侦骑，惨遭毒手，现在领军将军的部属已由霜岑将军接管……"

其实，在道琛人头落地的同时，柳护卫安插在鬼室福信营中的内线就已经传递出消息，得到道琛遇害消息的柳护卫，并没有第一时间禀告扶余丰，他在等扶余丰自己对道琛之死产生疑心。最好的谗言不是喋喋不休，而是让谗言自己生根发芽。

扶余丰听完福信遣使禀报之后，看不出是悲伤还是震怒，他握着"太一剑"没有说话，过了半晌对柳护卫道："好久没有打猎了，你随我出去射猎一番如何？"

二人带着几十名亲兵驱马来到城外延寿寺的山顶，俯瞰下面倭国援军的军营，视线尽头便是海岸，那里是倭国的水军营地，数百艘战船正密密麻麻地挤在海湾的岬角里，各种稀奇古怪的旗帜在海风中猎猎飘扬。

扶余丰观望良久，屏退左右随从，问柳护卫："道琛之死，你怎么看此事？"

柳护卫心中瞬间转过无数念头，揣测扶余丰的真实意图，他道："殿下，据在下所知，领军将军应该不是死在唐军手中，而是……"

"是死在鬼室福信手中？"扶余丰冷冷地问。

"在下不敢说。"

"为何不敢？难道我会袒护鬼室福信？"

柳护卫惴惴不安地道："在下素来为霜岑将军所忌，我若说他杀了领军将军，夺了道琛的部队，别人只怕说我是徇私报复，血口喷人。"

扶余丰沉默一会儿，又问："鬼室福信为何这么胆大妄为？"

柳护卫指着远处倭国的战船，道："自从这些人来了之后，霜岑将军就变得不一样了，对殿下的命令也……"柳护卫及时住嘴，他知道有时候话说三分，往往是最有效的时候。

扶余丰冷笑："我在倭国做质子的时候，便知道福信与他们来往甚密，现在他们虽然出兵助我复国，但是复国之后的王位，看来有的人比我还要动心思！"柳护卫眼睛闪过一丝亮光，看来扶余丰心中对鬼室福信的提防与恨意，远超他的预估。

"殿下，如此看来，鬼室福信除掉道琛将军，并不单是因为二人龃龉争权，而是……"柳护卫再度欲言又止。

"而是什么？"

柳护卫躬身道："殿下，他恐怕是在剪除您的羽翼！"

扶余丰没有作声，却下意识地握紧了腰间的"太一剑"，看着远方的倭国战船，长出了一口气，分不清是无奈还是愤怒。

过了良久，扶余丰突然问："柳护卫，你与福信相识日久，你说此人的弱点在哪里？"

柳护卫故作沉吟，想了一会儿道："殿下，道琛的弱点是贪财好酒，而鬼室福信的弱点却是贪恋权力！他为了心中的权力，会杀了所有阻碍他的人。"

"你说的没错。"扶余丰脸色冷酷，道："打退唐军之后，他要杀的第一个人就是我！"说完，扶余丰狠狠一鞭子抽在马臀上，奔下山巅，柳护卫在后边紧紧跟随，他知道自己已经在扶余丰的心中埋下了一条毒蛇。

百济的疆域之内，原来是三足鼎立，现在却是一山不容二虎。

五十一

长安城，大理寺。

杜鼎之举着一盏油灯，像老鼠一样，在证物房里翻来翻去，有时候甚至趴在地上用鼻子去嗅，屋子里的东西全是从三清观里搜集来的，有刀枪弓弩，有私铸的铜钱，有往来账簿，还有一些工人们的生活用品，简直就像一个垃圾场。几个大理寺的差役站在门口，面面相觑，看着杜鼎之躺在那些证物上，一会儿高兴，一会儿唉声叹气，不知道他犯了什么疯病。

一个差役问杜鼎之："杜寺丞，你到底在找什么啊？"

杜鼎之并不回答，继续钻进垃圾堆里翻找。

另一个差役问道："杜寺丞，我们都给你运来三车了，剩下的还要运吗？"

杜鼎之如梦初醒，使劲点头，道："快去快去，把剩余的都给我运来！"

为首的差役一脸困惑，问道："杜寺丞，你到底要找什么东西，弟兄们搜查的时候也好有个目标不是？"

杜鼎之翻翻白眼，慢悠悠地道："我在找'红骷髅'和三清观勾结联系的证据，王进临死之时和我说过，他把这一切记下来了，藏在观内的某件物事之内，你们快去找来，越快越好，越多越好！"听说是和"红骷髅"有关，几个差役不敢怠慢，赶紧跳上马车又往三清观而去。

打发差役们离开，杜鼎之打来清水洗把脸，趁着夜色悄悄溜出官廨，悠哉游哉奔着碧霄茶楼而去，看来杜鼎之对方才所说的证据，并不真的着急。

杜鼎之在茶楼上喝了两壶茶，果然又看见乔装成卖花儿小女孩儿的阿刁，阿刁冲他使个眼色，杜鼎之便心领神会地跟着阿刁来到一家"三晋鲜"羊肉汤铺子，这家羊肉汤铺子便是阿刁上次扮作王进女儿所去的铺子，是"紫燕子"等人的另一个联系据点。

杜鼎之见铺子并无别人，便走进铺子坐下。妖媚风骚的老板娘主动走过来，为杜鼎之端来羊汤和胡饼，笑着说："客官，尝尝'三晋鲜'的羊肉汤，这可是长安城里排名前五的美味！"

杜鼎之低头喝了一口热气腾腾的羊汤，果然是难得的美味，他干脆端起碗来两大口便喝得底朝天，然后抹抹嘴笑道："谁能想到名震长安城的'紫燕子'，令官府焦头烂额的'二十相君'，竟然是一家羊肉汤铺子的老板娘，而且还这么标致妖媚！这要传出去，满城的人岂不都要挤到这里争着喝羊汤？你就坐在这里数钱便是了，何苦要在月黑风高之夜，走低蹿高……"

原来，杜鼎之从老板娘的语音中辨别出她就是神秘的"紫燕子"，因此故意调笑她。"紫燕子"此时的相貌与上次的鹤发老妪简直天地之别，怪不得有"二十相君"的称号。不等杜鼎之说完，"紫燕子"已经把一整张胡饼揾到杜鼎之的脸上，弄得他满脸的芝麻面屑。

"紫燕子"冷哼道："要知道你的嘴皮子这么零碎，西山的悬崖上我就不该救你，而是补你一石头！"

提到西山悬崖相救之事，杜鼎之慌忙起身施礼，正色道："姑娘相救之恩，杜某铭记于心，没齿不忘！"

"这还差不多！""紫燕子"掩上铺子的门，坐到杜鼎之面前，问他："你在西山坠崖之时，曾经说知道'红骷髅'是何人，这人到底是谁？""紫燕子"在西山赶跑"红骷髅"之后，立即赶回崖顶，看见杜鼎之挂在半空的树上，便放下心来，让吴仁义和阿刁带来长绳营救杜鼎之，她自己则匆匆赶回城内。这几日没有见到杜鼎之，"紫燕子"心里一直惦记"红骷髅"到底是何许人。

杜鼎之狡黠地笑一笑，对"紫燕子"道："看在你救我一命的份上，我可以告诉你，但是你千万别告诉别人！"

"紫燕子"眼中瞬间放出光来，拉住杜鼎之的手，急切地问："到底是谁？快告诉我，我要给昆仑奴报仇！"

"昆仑奴虽然是死在'红骷髅'的毒针之下，可是也与你有关。"杜鼎之收起戏谑的神态，语气严厉地道："你任性而为，在芙蓉园的'妖花'树上留下血书挑战'红骷髅'，不仅害了昆仑奴，也害得蒋记工行又枉死了十三口人！"

"紫燕子"冷笑，反唇相讥道："蒋记工行的十三口人命，明明是你失察，让'红骷髅'钻了空子，怎么赖到我的身上？"

"不错，我确实有责任！"杜鼎之一脸痛愧，伸手摘下帽子，露出濯濯光头，道："我愧对那十三条人命，所以我在潜进王重达府中暗查王进的时候，我主动提出来扮成僧人，剃去头发，以此谢罪！"

"紫燕子"瞥一眼杜鼎之的光头，好不容易忍住发笑，道："以发代首，你想效仿东汉曹丞相？"

杜鼎之苦笑，又戴上帽子。"紫燕子"追问道："你别岔开话题，'红骷髅'到底是谁？"

"你要是想知道'红骷髅'的真面目，就要答允我，以后不要擅自行事，不仅可能惊跑了这个妖物，还会造成更多无辜人送命。"杜鼎之望着"紫燕子"，神态很是诚恳。

"紫燕子"依然冷笑，伸手将面前的汤碗在桌子上转成陀螺一般，道："你的意思是要我听你的吩咐？"

杜鼎之道："据我分析，'红骷髅'绝不是一个简单的装神弄鬼之徒，而是隐藏着巨大阴谋，你和我只有齐心携手，才能对付得了这等巨恶元凶。"

杜鼎之的建议，显然打动了"紫燕子"，她沉吟半晌，开口道："好吧，在这件事上，我可以和你合作，但是'红骷髅'落网之后，你是你，我是我，两不干涉！"

杜鼎之起身向"紫燕子"深施一礼，道："杜某感谢姑娘深明大义！"

"好吧，你可以说了，'红骷髅'到底是谁？""紫燕子"不依不饶，继续追问。

杜鼎之立刻又换上一副无赖相，双手一摊，道："我几时说我知道'红骷髅'是谁了？"

"你！你这个骗子……""紫燕子"气得拍案而起，要用汤碗去砸杜鼎之。

杜鼎之吓得赶紧抱住脑袋，大叫："我真的不知道！要是骗你，我就让'红骷髅'咬死我！"

　　"紫燕子"是一个冰雪聪明的女子，见杜鼎之不像撒谎，她一瞬间明白了杜鼎之此举并非在耍赖，而是在做局。"紫燕子"慢慢坐回椅子，道："其实，你并不确定'红骷髅'是谁，对吧？"

　　"紫燕子"猜得不错，杜鼎之并不确定"红骷髅"的真实身份，他在被"红骷髅"推下悬崖的那一刻，虽然命在须臾，依然神志清明，便设下一计，他故意说自己已经猜到对方是谁，让"红骷髅"心中惊惧不安。后来杜鼎之在武皇后、严正人等人面前，乃至于大理寺办案差役面前都含糊其词，故意声称在寻找王进留下的有关"红骷髅"证据，不过是施放烟雾，以自己为诱饵，引诱"红骷髅"现身。

　　"紫燕子"猜透了杜鼎之的心机，讥笑道："好你个杜寺丞，你给'红骷髅'做了一个局，用自己做钓饵，引诱对方现身来杀你灭口，确实勇气可嘉。可是你又惜命得很，生怕让'红骷髅'取了性命，便来此处道貌岸然地提出与我合作，其实是想利用我来保护你的性命！我说的可对？"

　　杜鼎之让"紫燕子"点破心中真实意图，不免有些尴尬，讪笑着说："姑娘真是长安第一聪明人，'红骷髅'一定会落在你的手里！"

　　"少拍马屁！""紫燕子"斥道："你们官府衙门那些蠢货说我是'二十相君'，可是我二十副面具，颠来倒去也抵不过你这张厚脸皮！"

　　杜鼎之一脸赧然，伸手摸摸自己的脸，道："我只有这一张脸皮，姑娘分身变化无数，今天的老板娘相貌，也不过是你二十副面具中的一个吧？"

　　"你这个无赖，骗子！""紫燕子"气得七窍生烟，却又无计可施，"下次'红骷髅'杀你，你就等死吧！"

　　杜鼎之赔着笑，道："杜某不死，才能帮助姑娘抓住'红骷髅'，姑娘想要抓获'红骷髅'真凶，心情之迫切，只怕比杜某尤甚吧？"

　　"你什么意思？""紫燕子"脸色一沉，语气中充满警惕。

　　杜鼎之笑道："在下虽然不敢确认'红骷髅'真面目，但是却能猜出姑娘究竟是为谁效力，姑娘是为……"

　　"呛啷"一声，"紫燕子"软剑出鞘，直指杜鼎之的咽喉，她厉声道："你是活得不耐烦了吗？"

　　杜鼎之故意装出一副害怕的神色，道："据我所知，'紫燕子'乃是大名鼎鼎的长安义盗，从不伤人性命，姑娘这是要破戒吗？"

"你不妨试试看！""紫燕子"剑尖又往前伸出两分，抵在杜鼎之的喉结上。

杜鼎之正待答话，"紫燕子"忽然一脚将他踢倒在地，挥舞软剑磕飞两支破窗而入的弩箭，这两支弩箭乃是从铺子对面的屋顶射来，目标正是杜鼎之。"紫燕子"护住杜鼎之，并未追出铺子，对面的屋顶上却传来一阵打斗吆喝声，显然是"紫燕子"的同伙前去追击杀手。

"姑娘刚才说不救我，为何又救我一次？"杜鼎之虽然惊魂未定，但是刚刚坐起身来，又开始贫嘴。

"住嘴！""紫燕子"拽过一张桌子，罩在杜鼎之的头顶，然后闪身到窗边向外观望，只见夜色之中，对面屋顶有两个人影打斗在一起，却看不清面目。

杜鼎之坐在桌子下面，并不惊慌，像老太太一样絮叨起来："姑娘，你急于抓获'红骷髅'，却不料将自己的马脚露了出来，现在危险的人不仅是我，恐怕还有你啊！"

"紫燕子"一脸怒气，回头喝道："假和尚，我露出什么马脚？"

杜鼎之慢腾腾从桌子下面钻出来，道："姑娘，你这铺子里的羊肉汤甚是美味，能否再给我添一碗，过了二更天了，我这肚子好生饥饿，要是有一盘羊腿肉就更好了……"

"紫燕子"见对面屋顶打斗的人已经消失，放下心来，斥道："你这厮脸皮好厚，贪心不足，还想吃羊腿肉？你且先说说，猜到我什么了？""紫燕子"虽然装出一副怒相，其实心里还是好奇杜鼎之发现了什么。

杜鼎之笑一笑，既狡黠又无赖，道："其一，你虽然号称'二十相君'，无人知晓你的真实面目，但是自从你在芙蓉园'妖花'树上留帖挑战'红骷髅'，你便暴露了行迹，及至在王重达府上再度留书，更将你圈定在清阳县主李如、莱国公孙女殷茵、左金吾卫大将军王重达侄女王真、长宁公主'替身'玉泠道人四个之中，不止我能猜到，官府中人也会猜到，而'红骷髅'更能猜到！"

"你就猜到这些？""紫燕子"冷笑，并不反驳杜鼎之的推测。

"其二，你在王重达府中偷取的那封书信，一路上有人引你进府，轻易得手，分明是有人安排，故意陷害王重达，并将朝野舆论引向李麒与王重达相互勾结之事。所以，我就想你之前偷取长宁公主那封信，是不是也是这般用意，搞臭了长宁公主，并且握住了她的把柄。还有……"

"还有什么？""紫燕子"目中露出一丝冷意。

"那个'红骷髅'第一次杀死蒋记工行四人之时，你为何也赶去蒋记工行？一个区区工行，总不会有你'紫燕子'喜欢的东西吧？除非你是和'红骷髅'一样，想查出蒋记工行所藏的秘密。"杜鼎之目光炯炯，盯着面前的"紫燕子"："姑娘，我说的可对？"

"你鬼扯半天，到底是想说什么？""紫燕子"纵然戴着面具，也挡不住她的嗔怒。

杜鼎之慢悠悠地道："我想说的是，名满长安城的义盗'紫燕子'，令官府头疼恼火的'二十相君'，其实是为'内卫'效命！"

"紫燕子"的软剑再度出鞘，如毒蛇一般吐着信子抵在杜鼎之的咽喉上，"紫燕子"的目光变得冷酷无比，道："杜寺丞，你就是这么报答我的救命之恩？还是你这个假和尚，急着要超度自己去西天极乐世界？"

杜鼎之看出了"紫燕子"的杀意，不由心中胆怯，向后退去，对面的"紫燕子"软剑抖动，似乎在犹豫是否痛下杀手。杜鼎之连连后退，顺手摸起桌上的汤碗，挡在自己的咽喉之前，涩笑着说："姑娘息怒，姑娘息怒！我是来相求姑娘联手捉拿'红骷髅'的，千万莫要误会……"

此时，门帘一掀，进来一个戴着面罩的黑衣人，将一把弓弩和两柄横刀扔在地上，显然刚才在对面屋顶驱赶杀手的黑衣人正是此人，来人道："两个王进麾下的余党，已经让我送去见阎王了！看来左金吾卫这支军队已经烂透了！"

杜鼎之听得声音熟悉，扭头看那黑衣人，黑衣人摘下面罩，原来是云襄，杜鼎之不由大叫道："云襄姑娘，快来救我！"

谁料云襄"哼"了一声，双手抱胸坐在桌子上，对"紫燕子"道："师妹，这个骗子油腔滑调，还用诡计夺了我的刀，着实讨厌，你一剑刺死了他，那是便宜了他，依我看，不如将他交给周兴，让周兴塞他进瓮里，用慢火烤上一夜……"

云襄的话让杜鼎之吃了一惊，他没想到武皇后身边的红人，竟然和大盗"紫燕子"是同门姐妹，那么"紫燕子"的幕后之人自然也是母仪天下的武皇后，怪不得"紫燕子"出道以来，不仅令朝中权贵心惊胆寒，官府职司也拿她毫无办法，原来暗中有这么一座靠山。杜鼎之心中发慌，手中的汤碗拿捏不稳，掉落下来，他窥破了这个机密，只怕神秘狠辣的内卫是不会轻饶他的。"紫燕子"见杜鼎之的狼狈相，冷笑一声，软剑一卷，将掉落的汤碗托住，又放回桌子。

"紫燕子"收回软剑，威吓杜鼎之道："今夜之事，你若敢说出去半个字，小心你的项上秃头！"

杜鼎之摸着自己的光头，苦笑道："谢谢两位姑娘不杀之恩，杜某断然不敢说出去的。'紫燕子'姑娘，那日用'千日醉'将我和韦星洲醉翻，在地下室内和我说的那些话，其实是……"杜鼎之说到这里不敢再说下去。

"其实什么？"

"其实是你们和郭震联手演戏，目的就是骗我帮你们找出'红骷髅'，对吧？"杜鼎之小心地猜测道。

"紫燕子"哼了一声，未置可否。云襄跳下桌来，一把抓住杜鼎之的衣袖，拽着向门外走去，道："走吧，杜寺丞，你大破三清观有功，皇后娘娘令我带你去觐见，你等着领赏吧！"

杜鼎之见自己性命无虞，放下心来，转头去问"紫燕子"："'紫燕子'姑娘，你到底是那四位女子中的哪一位？下一次相见，我……"

话未说完，"紫燕子"剑光闪动，杜鼎之只觉胸前一凉，低头一看，原来衣衫上划开三条裂缝，要不是"紫燕子"手下留情，杜鼎之就要开膛破肚，吓得杜鼎之脚步踉跄，险些绊倒。云襄嫌他啰唆，薅着他的衣领一路奔去。

五十二

云襄将杜鼎之塞进马车，径直向皇宫奔去。一路上杜鼎之想明白了很多前因后果，武皇后利用云襄和"紫燕子"这一对同门姐妹，一个在明，掌控内卫组织，一个在暗，利用"紫燕子"的偷盗手段监控朝中大臣。所谓的王重达与李麒勾结的密信，不过是武皇后意欲剪除异己，故意投出去的一块石头，"紫燕子"从王府盗取的密信，恐怕压根儿就是伪造的，故意陷害王重达，然后在普渡寺黑市交易上制造一场轰动，引起朝野关注，最后令云襄夺走密信，就是担心伪造的密信大白于天下。

圣人李治可能是察觉了武皇后的计谋，他一边安抚李麒不要轻举妄动，一边令尉迟恩暗中调查，结果尉迟恩却为恫吓收买，不敢再过问此事。武皇后虽然身居内宫，但是利用内卫组织，仅仅抛出一封伪造的密信，就拔掉了淮西王李麒和军中王重达等反对势力，手段极为高明。杜鼎之虽然拼命想躲开朝中争斗圈子，结果还是稀里糊涂地让"紫燕子"和郭震等人骗了进来，让武皇后当成棋子利用，助她找到击倒李麒的铁证。想到此处，杜鼎之不禁额角见汗，他洞悉了其中的秘密，说不定朝夕之间就会遭到杀人灭口。

杜鼎之靠在车壁上，他心里想不明白原因的事情还有两桩，一是林玉图府中的那张怪异的图纸到底是什么用途，为何内卫与"红骷髅"都在争夺？在三清观地下大厅，杜鼎之暗中将三清观的所有建筑与那张图纸比对一番，没有发现半点儿符合的地方。二是"红骷髅"到底是什么来路，为何处处与内卫敌对？"红骷髅"杀死林玉图、王重达、王进以及蒋记工行等多人，是在破坏内卫的计划，还是另有阴谋杀人灭口？杜鼎之隐隐感到，长安城中似乎还有一股隐藏的势力，暗中窥视着一切。武皇后的目标是反对她的李唐宗室和朝中大臣，而这股隐藏势力却一直在窥视着武皇后的一举一动，这股势力的目标又是什么？纵然武皇后能饶他一命，这股势力如果嫌他碍事，必然也会除之而后快。杜鼎之越想越怕，脸颊上已是汗如雨下。

车中对面的云襄见杜鼎之失魂落魄，汗流满面，还以为他是因为武皇后召见而紧张，就用刀鞘轻轻杵他一下，道："骗子，到皇宫了，快把你脸上的汗擦擦，长安第一神断的胆量，也不怎么样嘛！"自从杜鼎之用诡计夺下云襄的横刀之后，云襄总是称他为"骗子"，但是神情却是亲近了许多。杜鼎之经她提醒，赶紧用袍袖抹抹脸上的汗水，却不料袖子上沾满证物房里的污垢，把脸抹得鬼画符一般，云襄忍住笑，掏出一块丝绦递给杜鼎之。

杜鼎之来到含元殿门口时，正看见殿中的李义府和严正人、薛封等人向李治和武皇后启奏。原来，淮西王李麒得知朝廷拔掉三清观，自知回天无术，死罪难逃，尤其不能忍受武皇后手下酷吏的羞辱，便遣散王府中人，带着几个心爱的女子与亲信服毒自尽。等前去缉拿李麒的大臣赶到淮西王府，府中除了十余具尸身，已然空无一人。

李治听完奏报，感伤不已，他认为李麒已经畏罪自杀，不想再追究他的余党，但是武皇后坚决不同意，力谏圣人要追查清除同党余孽，免除后患，以儆效尤。李治沉默半晌，最后还是同意了武皇后的力谏，责令刑部追查余党。

李麒服毒自尽后，内卫曾经派出干将奔赴淮西王府，仔细查验李麒尸身，发现李麒心口上有一处青紫色针孔，与长安城中"红骷髅"杀人手法如出一辙。凶手知晓李麒事败，赶在朝廷动手之前，杀死李麒灭口，然后在他身边放置半杯毒酒，伪装成服毒自杀的假象。当时，李麒的亲信和宠妾们都处于惶恐之中，未及发现真相，李麒一死便树倒猢狲散，不少人服毒自杀，跟随李麒而去。

云襄将李麒死于"红骷髅"手中的真相，暗中报给武皇后，武皇后沉吟半晌，让云襄申饬内卫不要声张，对此事务必严守秘密。因为天下人皆知淮西王李麒乃是武皇后的政敌，李麒若是遭人暗杀灭口，只怕有些人会故意将污水引向武皇后，借题发挥，又要掀起一波"倒武"风潮。所以，杜鼎之等人尚不知晓，淮西王李麒也是"红骷髅"针下亡魂。

等廷议结束，云襄引着杜鼎之来到偏殿。杜鼎之跪在殿中不敢抬头，一直等到双腿酸麻几无知觉，武皇后才在宫女的陪同下进来。武皇后见到杜鼎之，换了一副笑脸，问道："杜爱卿，和本宫说说，你是如何发现三清观中李麒一党的秘密？"显然，兵不血刃扳倒李麒众党势力，令武皇后心情大好。

杜鼎之自知他的一举一动，都在武皇后的掌控之下，他不敢隐瞒，详细讲述了事情的经过。原来，杜鼎之坠崖之前，曾在三清观中驶出的马车后捡到一枚沾着白膏泥的"开元通宝"，后来他虽然遭"红骷髅"推下悬崖，但是这枚铜钱并未丢失，杜鼎之找到将作监的铸钱师傅，确认这枚铜钱正是最近市面上大量流行的"恶钱"，随后他暗中来到朝廷管辖的青龙山铜矿，从铜矿的账目中查出以王进的名义购买精铜四十万斤，用来铸造三清铜像，但是这笔钱一直赊欠，批准之人正是将作监少匠林玉图，看来林玉图早为李麒等人收买。后来杜鼎之乔装僧人混入王重达府中，暗中观察王进的一举一动，王进在守灵期间曾有三清观的士兵前来密报，杜鼎之靠近王进身边偷听，隐约听到"铸坏了一批甲胄"的话语，他由此推断三清观内除了私铸"恶钱"之外，还在暗中打造甲胄军械，意图谋反。因为三清观有左金吾卫的士兵把守，杜鼎之无法进去调查，只能求助武皇后调派羽林卫士兵相助，终于以迅雷之势破获三清观谋逆大案。

听完杜鼎之的述说，武皇后轻轻点头，道："难为杜爱卿舍生忘死，为朝廷破此大案，将李麒等逆党一网打尽，你当为首功。"

听到武皇后如此夸奖，旁边的云襄向杜鼎之使个眼色，示意他赶紧谢恩，但是杜鼎之装糊涂，跪在地上一动不动。

武皇后见他不开窍，只好问他："杜爱卿，你做大理寺丞几年了？"

杜鼎之恭谨地回道："启禀皇后，微臣做大理寺丞前后六年了。"

"大理寺少卿赵绾此人你认为如何？"武皇后漫不经心地问了一句。

杜鼎之偷眼看了云襄一眼，似乎不明白武皇后的意思，云襄替他着急，对他连使眼色，心想："这个呆子，泼天的富贵都扣到你头上了，还不快接住？"

熟料杜鼎之略一沉吟，道："启禀皇后，赵少卿为人聪慧勤勉，忠于朝廷，是个、是个难得的好官，强过微臣百倍！"杜鼎之和赵绾明明不和，此时在武皇后面前，竟然公开替赵绾说好话。气得云襄在旁边暗骂："呆子，呆头鹅！"

"要是由你来做这个大理寺少卿，如何？"武皇后干脆挑明了召见杜鼎之的意思，因为她一直想在大理寺内培植自己的亲信。

杜鼎之顿时诚惶诚恐，叩头道："万万使不得，微臣只会钻研案情，不会做官，大理寺少卿一职，微臣是万万不如赵大人会做官的！"

武皇后本有意提拔杜鼎之为大理寺少卿，由从五品下擢升至从四品上，直接跃升六级，这在朝中极为罕见，岂料杜鼎之故意装糊涂，并未像武皇后想象的那般感激涕零肝脑涂地，不由令她大为失望。武皇后叹口气道："好吧，我也不勉强你。" 她吩咐云襄道："召郭震觐见。"

少顷，云襄引着郭震来到殿中，武皇后斥责郭震道："郭震，你曾保举杜鼎之能擒获'红骷髅'，今日你二人俱在此，进展如何？"

此言一出，郭震连连叩头请罪，杜鼎之又开始冒汗，郭震道："启禀皇后，微臣愿意全力协助杜寺丞，上天入地搜查'红骷髅'，将他明典正法！"

杜鼎之心想："武皇后果然是恩威如刀，翻脸无情，自己刚刚拒绝了她的拉拢，转眼就要兴师问罪！"郭震偷偷示意杜鼎之，让他赶紧向武皇后解释，杜鼎之无奈，跪秉道："请皇后息怒，中元节之前，微臣一定找出'红骷髅'的行迹！"

武皇后懒洋洋地问云襄："云襄，还有几日是中元节？"

云襄赶紧答道："还有五日便是中元节。"

武皇后似乎想起了什么，问云襄："中元节那天，是不是还有个什么事情，我记不起来了。"

云襄道："回皇后，是城外西山南麓的翠微宫重修竣工之日，宫中举行祈福大典，恭请圣人和皇后驾临，为天下苍生祈福，届时将有天下善信前往，伏蒙圣德洪恩，瑞降慈仁。"

"翠微宫，那是先帝驾崩的地方，不可不去。"武皇后似乎倦了，挥了挥手，杜鼎之和郭震如蒙大赦，赶紧退出含元殿。

到了宫外，云襄和郭震一起埋怨杜鼎之不识时务，惹怒了皇后，中元节如果抓不到"红骷髅"，皇后一定会降罪下来。

云襄恨恨地踢了杜鼎之一脚，道："原来我只知道你是个骗子，没想到还是一个呆子！连升六级，你还嫌小啊？"

杜鼎之一脸沮丧，苦笑道："我实在是不谙为官之道，真要做了大理寺少卿，只怕不出三五月，就要惹怒圣人和皇后，那时肯定项上人头不保。”

“现在你的秃脑袋只能保住五天了！”云襄用刀鞘杵杜鼎之，替他担忧，道："说不定，五天之后，就是这把刀来砍你的秃脑袋！”

杜鼎之看着那把刀，像看见赤练蛇一样，下意识向后躲去。

这时，偏殿中一个宦官快步追了出来，说是皇后口谕，让云襄带着杜鼎之、郭震二人去兵部接受密旨。

三人面面相觑，不知道兵部有什么密旨颁下，杜鼎之喃喃自语："不会这么快就把我发配充军了吧？”

五十三

百济，周留城，扶余丰驻跸行宫。

扶余丰自那日在山巅与柳护卫密谈，观望倭国的水军营地以后，可能是因为忧火焚心，感染了风寒，一病不起。倭军首领阿倍比罗夫前来找扶余丰会商，研究第三批援军到达的事宜，扶余丰卧床不起，无法操劳军事，阿倍比罗夫只能遗憾离去。远在加林城的鬼室福信听闻扶余丰生病，军中无人主事，不由大喜，带领卫队星夜赶来周留城，全盘接手与倭国援军商洽事务。

柳护卫将鬼室福信的所作所为告诉了扶余丰，面黄肌瘦的扶余丰只能苦笑，道："有人替我出面商洽是好事，总不能因为我的病，耽误了正事。当下形势，当以击退唐军、复国大业为要！"

柳护卫忧心忡忡，道："殿下难道不知，今日援军营中，只知有霜岑将军，而不知有殿下，今日百济疆域，但知有鬼室福信，而不知有扶余丰！望殿下三思！"柳护卫说的情真意切，竟然直呼扶余丰的大名。

扶余丰并不为忤，他沉默一会儿，突然问柳护卫："你为何总是有意无意离间我和霜岑将军的关系，企图令我二人自相残杀，难道你真的如福信所猜测，是唐军的奸细？"

望着扶余丰阴冷的眼神，柳护卫一阵惶恐，汗流浃背，跪下道："是卑职该死！卑职只是担心福信掌权后，我等再无活路，我是真的不想在福信手下谋生，请殿下明鉴！"

扶余丰盯着柳护卫，从头到脚打量几番，最后道："要不是这句话让我释然，我真有那么一瞬间，相信你就是唐军的奸细！"扶余丰咳了几声，嘴角沁出一缕血丝，服侍的婢女赶紧用丝巾帮他擦拭，他吩咐柳护卫："你去请鬼室福信和阿倍将军，明晚来我营中会商第三批援军事宜。告诉霜岑将军，我这病越来越重，以后复兴军的一切事务，就请霜岑将军费心了。"

柳护卫脸色黯然，领命离去。扶余丰捂着胸口躺下，服侍他的婢女端着水盆出来，悄悄将那条沾着血迹的丝巾递给一个执戟卫士，卫士并不言语，将丝巾揣进怀中，悄悄离开了行宫。

当晚，鬼室福信就看到了这条沾血的丝巾，他冷蔑地一笑，将丝巾抛入火堆。鬼室福信吩咐左右，准备最好的慰问品，他要亲自探视扶余丰殿下。

熊津城，唐军营地。

熊津城中刘仁轨接到柳护卫的密信，上面写着倭国第三批援军到达百济的时间。刘仁轨眉头紧锁，倭国援军越增越多，与百济复兴军汇合一处，他的压力自然越来越大，他问身边的虞候："兵部有崔破虏和武云宗的消息吗？"

虞候答道："兵部暂时并无消息返回，按照路程估算，二人如果一切顺利，也该快到长安了。"

刘仁轨坐在那里默然不语，慢慢展开攥紧的手掌，掌心里赫然是任权那块染血的衣角，上面"夜枭"二字已经有些模糊。刘仁轨拿起毛笔，倭国援军源源而来，军情如火，他要再度飞鸽传书朝廷，直言明谏圣人，如果不早早做好准备，大唐战局堪忧。

长安，兵部官廨。

杜鼎之来到兵部的时候，兵部右侍郎薛封已经摆好香案，准备恭迎圣旨。杜鼎之见到这个阵仗，心里猜想原来薛封并不知道密旨的内容，甚至连武皇后身边的亲信云襄也蒙在鼓里。这个密旨到底是什么？杜鼎之心中不由起了强烈的好奇心。

过了半个时辰，尉迟恩带着一队羽林卫士兵来到兵部，薛封等人慌忙出来迎接。尉迟恩一脸矜持地下马，见到薛封大摆香案准备接旨，顿时面露不悦，让薛封赶紧撤下香案，屏退左右，尉迟恩道："薛侍郎，既然是密旨，怎能公开宣读，弄得人人皆知？"

薛封一脸惶恐，赶紧道："是下官糊涂，错会了圣意，请内相莫怪。"

云襄见尉迟恩故意装腔作势，不由冷笑一声，尉迟恩与云襄目光相碰，他有把柄攥在云襄手中，顿时收了几分矜持，从袖中拿出密旨宣读。原来，刘仁轨派出的两路信使即将进入长安，内卫一路暗中观察，两位信使在路上遭受不少州府驻军的阻挠和拦截，逼迫信使不敢走大路，只能从山间小路穿行。圣人李治和武皇后商议后，认为是朝中有人不想让两位信使顺利进入长安，很可能朝中有人与百济暗中勾结，故意破坏军国大计。

圣人李治责令兵部，立刻查办参与此事的沿途折冲府将领，务必查出幕后主使之人。因为此事关系兵部、地方折冲府是否与外敌有勾结，事情机密，薛封诚惶诚恐，立刻跪拜接旨。薛封接旨后，尉迟恩请他暂时退避，薛封虽然一脸尴尬，但也只能慌忙离开。

尉迟恩见厅中无人，自袖中又拿出一道密旨，这道密旨乃是武皇后发给杜鼎之、云襄和郭震三人，待信使崔破虏、武云宗进入长安后，令大理寺丞杜鼎之带领云襄和郭震，立即捉拿两名信使，然后交由内卫审问，查出到底谁是百济细作"夜枭"，谁是我军暗线"捕雕手"？

杜鼎之第一次听到百济驻军派来的信使竟然是崔破虏和武云宗，脑袋里顿时"嗡"的一声，一片空白。云襄和郭震在身边暗自提醒他谢恩领旨，杜鼎之神不守舍，语无伦次地谢恩领旨。尉迟恩以为杜鼎之是初沐天恩，心中激动以致失态，也不往心里去，冲着云襄微微一笑，回宫复旨。

杜鼎之之所以失态，乃是因为他与崔破虏、武云宗在长安时极为熟稔，此时令他捉拿崔、武二人，无疑是在杜鼎之头顶炸响一声惊雷。

大约六年前，杜鼎之刚从河南道调入长安，在大理寺担任大理寺丞一职，而崔、武二人刚刚在军中崭露头角。有一次，圣人宠信的中书令许敬宗的小舅子依仗姐夫权势，强行夺占军中一位虞候的妻子，崔、武二人为了替袍泽出头，在夜间用黑巾蒙面，将这个纨绔子弟痛殴一顿，打断他一手一脚，警告他不许再染指别人妻子。事后，这个纨绔子弟便跑到姐夫许敬宗那里告状，要他在军中缉拿凶手。许敬宗让大理寺派出精兵强将替他小舅子出气，当时的大理寺卿不敢得罪皇上红人许敬宗，便派初来乍到的杜鼎之来到军中缉拿凶犯。杜鼎之不出两日，就已查明此事是崔破虏和武云宗所为，但是他查清事情经过后，并不声张，故意拖延了多日。许敬宗见无结果，按捺不住怒火，屡次上奏诋毁大理寺办案迟缓。杜鼎之之所以拖延，其实是在等城外一伙打家劫舍的强盗再次犯案，杜鼎之调派官军剿灭了这伙强盗，顺手将殴打许敬宗小舅子的罪名推到强盗身上，说他们冒充官军进城殴打良民、抢劫财物，反正死无对证。杜鼎之费尽心思替崔、武二人遮掩此事，崔、武二人当时并不知道内幕。许敬宗虽然明知其中有猫腻，但是大理寺已经结案上报，他也无计可施，后来许敬宗将怒火转嫁到杜鼎之身上，暗中授意吏部的亲信，将杜鼎之按在大理寺丞职位上，足足六年之久没有升迁。

崔破虏和武云宗当时已经做好了获罪的准备，没想到峰回路转，一群不能开口的强盗替他们担了罪名，二人找到杜鼎之感谢搭救之恩。崔、武二人出身世家，年轻气盛，颇为看不起朝中一些阿谀奉承的大臣，反而对杜鼎之这种怀才不遇的边缘官员青眼有加，三人一见如故，成了莫逆之交。杜鼎之虽然年纪略长，但是与崔、武二人意气相投，三人经常喝得酩酊大醉。后来，崔破虏和武云宗分别因为家中变故，离开长安，去地方折冲府任职，三人自此分开。崔、武二人在百济军中再次相遇，杜鼎之闻讯后还曾写信给二人祝贺。

杜鼎之稀里糊涂领受密旨，竟然让他去捉拿昔日好友崔破虏和武云宗，心中顿时一团乱麻，杜鼎之甚至怀疑是武皇后通过内卫知晓自己与崔、武二人的关系，故意考验自己，他不敢声张，偷眼去看云襄，但见云襄也是一脸茫然，杜鼎之心中更是疑惑。

出了兵部，云襄见杜鼎之这个骗子突然成了自己的上司，自己的"内卫"和郭震掌控的"不良人"都要受这个假和尚节制，不由心中生气，正要狠狠捉弄杜鼎之出气，忽然门口出来一人拦住杜鼎之，来人正是韦星洲。

杜鼎之已有多日不见韦星洲，乍然相见，惊问道："韦县尉，多日不见，去何处办案了？"

韦星洲苦笑："还不是去追查'红骷髅'的线索？这个妖物已经害得我多日不能回家。"

听到"红骷髅"三个字，不仅杜鼎之眼睛冒光，连云襄和郭震也大为惊奇，凑过来听个明白。不料韦星洲对二人很是戒备，欲言又止，拉着杜鼎之来到街边角落，低声道："我发现了'红骷髅'的老巢！"

杜鼎之一惊，问道："老巢？在哪里？"

韦星洲警惕地环顾左右，见郭震和云襄离得远远的，才在杜鼎之耳边道：

"左金吾卫军营地！'红骷髅'就是藏匿在那里！"

杜鼎之惊愕了一下，随之一拍自己的脑袋，恍然道："不错，我早就该想到是那里了！"韦星洲的话似乎点醒了他，道："王重达和王进都是死于'红骷髅'之手，而左金吾卫军又成为三清观的看家护院，今天又有左金吾卫军余党暗杀我，这个左金吾卫军和'红骷髅'脱不了干系，军营必定是'红骷髅'的老巢！"

韦星洲道："军营重地，你和我都无法进入缉拿凶犯，如何是好？"

杜鼎之瞄了一眼远处的云襄，道："看来还得仰仗云襄姑娘和郭监丞……"

韦星洲连连摆手，打断杜鼎之的话，道："万万不可，万万不可！杜兄，现在长安城里，我只相信你一人，其他任何人，我谁都不敢相信，哪怕是武皇后，如果说她是'红骷髅'的幕后主使，我也……"

韦星洲的话犹如一柄巨锤，重重击在杜鼎之的软肋上，令杜鼎之顿时哑口无言，想一想武皇后手段之厉害，他不禁后背发冷。既然大盗"紫燕子"是武皇后的秘密眼线，"红骷髅"谁又知道幕后之人是哪家神仙？杜鼎之赶紧伸手捂住韦星洲的嘴，呵斥他："休得胡言，小心隔墙有耳。"他环视周围，警惕地道："看来此事不能着急，你我要从长计议，小心驶得万年船。"

韦星洲连连点头，道："不错，所以我刚刚查到线索，连长安县衙都没有回去，赶紧过来找杜兄商议，小弟愿听杜兄安排。"

杜鼎之一脸忧虑，道："待明日到大理寺，愚兄与严公商议一个万全之策，实在不行就斗胆面奏圣上。"

韦星洲连连点头，他见云襄和郭震没有离去，眼珠儿一转，问道："杜兄，今夜到底是何动静？惊动了兵部、大理寺，还有内卫和不良人，难道又出了惊天大案？"

杜鼎之刚要说话，那边的云襄已经等得不耐烦，嚷道："你这个骗子、呆子，磨磨蹭蹭干什么？还不快快过来，本姑娘还得保护你这个秃脑袋，小心让贼人摘去当水瓢用！"

杜鼎之苦笑，摸着秃脑袋对韦星洲道："今夜不过是皇后降罪责怪我办案不力，抓不到'红骷髅'，我的脑袋只剩下五天的时间还能长在脖子上。"

韦星洲闻言，不自觉也摸摸自己的脖子，时限一到，抓不住"红骷髅"，他也吃不了兜着走。杜鼎之匆匆告别韦星洲，云襄为了安全起见，将杜鼎之用内卫的马车送回家中。

五十四

　　杜鼎之回到家中，已过三更，他却无半点睡意，呆坐在厅中，看着外面的月亮出神。韦星洲的话不时在他耳边回响，这个神秘的"红骷髅"难道真的是军中之人？长安城中这股暗藏的势力到底有多庞大，目的又是什么？为何怀疑崔破虏、武云宗有一人是百济奸细"夜枭"？二人到底谁是百济奸细、谁是唐军暗线？

　　杜鼎之这些天从鬼门关侥幸生还，又奔波查案，实在困顿不堪，坐在椅子上不由昏昏睡去。睡梦中，杜鼎之见到蒋记工行中那十三个冤死的鬼魂，面相狰狞满身血污，正蹒跚而来，杜鼎之大骇，挣扎欲逃，却让鬼魂团团围住，为首的鬼魂正是那个老马夫，他用铁烟袋敲打杜鼎之的脑袋，厉声喝道："还不快快醒来，'红骷髅'要来索你的命！"

　　杜鼎之一身大汗，从梦中惊醒，却猛然见到一个双目流血、獠牙外露的骷髅头，赫然离自己只有数尺之遥！杜鼎之以为还在梦中，狠狠抽了自己一耳光，大叫一声，猛地跳起向后躲去，颤声道："'红骷髅'？"

　　"红骷髅"没想到杜鼎之突然惊醒，他一个虎扑，扇动血红的袈裟，像一片妖云降下，伸出双爪直奔杜鼎之抓来，杜鼎之立刻抱头大呼救命，拼命躲闪，但是房中狭窄，只跑了几步"红骷髅"就抓住他的衣领，拎小鸡一样拎了起来。

　　"红骷髅"阴恻恻地冷笑道："西山悬崖没摔死你，算你命大，你今夜能跑到哪里去？"声音阴森沙哑，仿佛来自地狱的恶鬼。

　　杜鼎之手脚悬空，连连告饶："好汉饶命，好汉饶命！"他与"红骷髅"近在咫尺，忽然在对方身披的袈裟上嗅到一丝似曾相识的香气，正是"紫燕子"

交给他的一角袈裟上的味道，看来这个"红骷髅"确是正主儿。杜鼎之鼻子嗅了两下，原来这种香气是来自涂绘白骨图案所用的漆料，散发出一股妖异的香气。杜鼎之心中大骇，却又无力挣脱，他使劲扭过头，试图壮胆打量一下"红骷髅"的相貌，却发现那张獠牙滴血的面具将来人的容貌遮挡得严严实实，不漏半点缝隙。

"红骷髅"手腕一翻，指间已多了一根通体碧绿的毒针，长约三寸，抵在杜鼎之的脖子上，狞笑道："原来长安第一神断也会怕死，求饶时比常人还要可怜！"

杜鼎之自知在劫难逃，胆气突然豪壮，问道："既然你执意杀我，为何不在我死之前，让我看看你的真面目！"

"红骷髅"冷笑："真面目？这副骷髅面目本就是我的真面目，世间妖魅横行，你们哪张脸不是骗人的面具？"

"红骷髅"用毒针轻轻划过杜鼎之的鬓角和耳朵，杜鼎之的冷汗随着毒针的划动不断渗出。"红骷髅"的声音仿佛一条毒蛇钻进杜鼎之的耳朵："杜寺丞，皇后到底给你安排了什么勾当？告诉我，我也许会饶你一命！"

杜鼎之从恐惧中猛然惊醒，原来"红骷髅"竟然是觊觎武皇后的密旨内容，"红骷髅"这句话如同在杜鼎之面前划过一道闪电，让他瞬间想明白了很多疑问。

就在此时，一支弩箭呼啸着直奔"红骷髅"面门射来，"红骷髅"身手敏捷，俯身躲过弩箭，第二支弩箭又射向他的胸口，"红骷髅"侧身躲避，他见来了救援，立时动了杀心，手中的毒针刺向杜鼎之的脖颈，与此同时，一道闪亮的刀光直刺"红骷髅"的后心，"红骷髅"如果不及时闪避，即便一针刺死杜鼎之，他也要让这一刀穿个透心凉。"红骷髅"自然不想赌命，只能丢下杜鼎之，躲开身后的穿心一刀。

杜鼎之再度在鬼门关前捡回一条命，瘫坐在地上，眼神涣散直喘粗气。发射弩箭的是郭震，身后偷袭"红骷髅"的人正是云襄，两人一前一后堵住"红骷髅"，慢慢逼近这个妖物。

云襄喝道："装神弄鬼的妖物，还不跪下就缚！"

郭震也喝道："你这妖孽，血债累累，快随我们回去受审！"

　　"红骷髅"大笑，声若破锣，道："想要生擒我？你们还嫩着呢！"说罢，身形猛然旋转，红袈裟宛如平地卷起一道旋风，郭震向旋风中连射两箭，却都为袈裟卷飞。"红骷髅"手指一弹，那枚毒针射向身后的云襄，云襄横刀一挡，磕飞毒针，就在此时，"红骷髅"猛然撒出一大团红色的烟雾，罩向云襄和郭震。

　　坐在地上的杜鼎之见状，大喊一声："快闪开，那是迷魂烟！"

　　云襄和郭震慌忙闪避，用衣袖遮住口鼻，"红骷髅"趁机冲出门去，翻过院墙，外面围堵的内卫和不良人拦截不住，"红骷髅"瞬间打倒数人，消失在夜色中。云襄和郭震驱散红雾，见"红骷髅"从包围中逃脱，正要去追，杜鼎之拦住他们："不用追了，他已经露出了马脚！"

　　云襄和郭震面面相觑，不敢相信杜鼎之的话，云襄叱道："你这个大理寺丞，只顾着求饶活命，丢人不堪，当真找到了他的马脚？"

　　杜鼎之从地上慢慢爬起来，心有余悸地摸着毒针划过的脖子和鬓角，生怕中了剧毒，他埋怨云襄和郭震："明明说好了，只要他一出现，你们就冲进来，为何迟迟不出现？害得我几乎丧命毒针之下！"

　　原来，刚才在回来的马车上，杜鼎之已经料到"红骷髅"可能要对自己下手，就让云襄和郭震带人在外围设伏，等"红骷髅"出现之后，将他合围在杜宅，没想到"红骷髅"本领高强，还是从包围中逃脱。

　　杜鼎之从柱子上拔下那枚碧油油的毒针，用丝巾仔细包好放进怀中，然后走到院子里，突然扯开嗓子大喊："快来人啊，'红骷髅'杀人了，快来人啊！"

　　云襄和郭震对视一眼，以为杜鼎之吓得失心疯，云襄道："你这个骗子、呆子，怎么又成疯子了？"

　　杜鼎之不去理他，跳着脚又喊了几声，直到坊外巡夜的士兵敲锣示警，他才住口。杜鼎之让云襄和郭震将埋伏的部下都召集起来，一时间，黑衣服的"内卫"和灰衣服的"不良人"都集中在杜宅的小院子里，列队站好，约有二十人左右，云襄不知道杜鼎之葫芦里卖的什么药，只能任由他折腾。

　　过了一会儿，一队巡街的金吾卫士兵打着灯笼，大声吆喝着赶来，杜鼎之见他们反应迟缓，磨蹭半天才来，气得直摇脑袋。领队的金吾卫军官本来趾高气扬，但是见到内卫在此，顿时变得噤若寒蝉，杜鼎之让这队士兵也列队站好。

又过了一盏茶时分，长安县衙接到坊正报警，县衙的捕快们在韦星洲的带领下赶到，韦星洲听说杜鼎之遭到"红骷髅"袭击，一脸担忧，见到他安然无恙，才放下心来。

韦星洲一见到杜鼎之，就低声问道："杜兄，吓死我了！你我刚商量完对策，这个妖物就要杀你灭口，是不是有人走漏了消息？"

杜鼎之脸色凝重，点头道："不错，确实是有人走漏了消息！"

韦星洲怒道："这个妖物，竟然这般神通广大，难道连你我身边的人他都收买了？"

杜鼎之摇头不语，让赶来的长安县捕快们也列队站好，韦星洲不明所以，但是见到满院子的人都鸦雀无声地站成队列，只好乖乖照办。杜鼎之的小院子挤得满满当当，几无立足之地，灯笼火把将院子照得里外通明，杜鼎之在队列里转来转去，左看看右嗅嗅，似乎在找什么人。

云襄压低声音问杜鼎之："你这个疯子，不去追拿'红骷髅'，却在这里闹着玩儿，到底唱的哪出戏？"

杜鼎之微微一笑，道："其实，'红骷髅'就在这个院子里，就在我们之中！"

此言一出，犹如在院子里投下一块巨石，所有人都大吃一惊。金吾卫士兵和捕快们纷纷拔刀举枪，万分警惕地看着前后左右的人。

"是谁？谁是'红骷髅'？"金吾卫军官大喝道，声音中明显带着几丝胆怯，手中的横刀哆哆嗦嗦不知指向哪里。"红骷髅"横行长安，早就令全城风声鹤唳，小儿止啼，这些人得知"红骷髅"就在身边，焉能不怕？

郭震不敢相信，问道："杜寺丞，你怎知'红骷髅'混在这些人中？"

杜鼎之大声道："不错，我有证据！"

院子里此时约有五六十人，所有人的目光全都集中在杜鼎之身上，杜鼎之面露狡黠，正要说话，后边的云襄低声提醒他："再若放跑了'红骷髅'，看我不砍了你！"

杜鼎之清清嗓子，大声命令道："灭灯！"

十几个照明的灯笼和火把相继熄灭，院子里顿时一团漆黑，只见有一个人身上隐隐发出青色的光亮，虽然微弱，但是在黑夜中十分醒目。那人发现了自己身上的光亮，顿时醒悟了杜鼎之的计谋，刚要纵身逃跑，只听云襄厉喝一声：

"给我拿下！"

十几个内卫奋不顾身扑了过来，将那个隐隐发光的人影牢牢按在地上，内卫生怕此人再次逃脱，叠罗汉一般将此人压在身下。等灯光再次亮起，众人才发现，压在最下面的人赫然竟是长安县尉韦星洲！

杜鼎之刚才召集金吾卫士兵和长安县捕快站队的时候，已经偷偷让云襄安排人做好准备，一旦发现身上有光的人，立即生擒活捉，此人就是"红骷髅"。

内卫们将韦星洲五花大绑，韦星洲高声喊叫："杜兄，杜兄！这是误会啊，怎么把我抓起来了？"

杜鼎之从衣袖中掏出一个纸包，送到韦星洲鼻子下面，让他闻一下，然后冷笑一声，道："刚才你扮作'红骷髅'擒住我的时候，我乘机在你的红袈裟之下撒了磷粉，你以为脱去红袈裟，不再捏着嗓子说话，就没人认出你吗？"

韦星洲瞪着杜鼎之，眼神慢慢变得恶毒，咬着牙道："好你一个杜鼎之，你不但拿自己当诱饵，竟然还用阴谋诡计算计我，我'白面韦陀'真是小瞧了你！"他这么一说，等于承认自己就是刚才逃跑的"红骷髅"。

"从此以后，长安再无'白面韦陀'，只有明正典刑的'红骷髅'！"杜鼎之并不畏惧韦星洲的恶毒眼神，与他凛然对视，道："韦星洲，蒋记工行的十三条无辜冤魂，他们会在奈何桥上等你！"

韦星洲哈哈大笑，问道："杜鼎之，你是从何时开始怀疑我的？"

杜鼎之道："你在西山悬崖推我坠崖之时，以为我必死无疑，得意之下露出了说话口音，偏偏我这人耳朵很是敏感，对熟悉的人声音过耳不忘！那时，我就怀疑危害长安的'红骷髅'就是你，长安县尉韦星洲，你一直在贼喊捉贼！"

原来，杜鼎之在西山崖顶，面临"红骷髅"推他坠崖之时，隐约听出是韦星洲的口音，他虽然怀疑"红骷髅"就是韦星洲，但是并无证据，杜鼎之在落崖的瞬间灵机一动，说自己已经知道"红骷髅"是谁，设下一个诱敌计谋，故意让韦星洲心生疑惧。韦星洲推落杜鼎之以后，主动向严正人申请来西山搜救杜鼎之，就是担心杜鼎之未死前来补刀，没想到杜鼎之命大让人救走。韦星洲得知杜鼎之不但没死，而且揭破了三清观的阴谋，担心自己败露，便借口查案躲到城外几天，后来见杜鼎之并无动作，便放下心来，想把杜鼎之骗到左金吾卫军营，寻机将他灭口。

杜鼎之冷笑道："三更之前，你在兵部门口堵我，说查到'红骷髅'老巢在左金吾卫军营，我便已猜到你要杀我灭口！"

韦星洲不解，反问他："为何？"

杜鼎之冷笑道："淮西王李麒与左金吾卫勾结，不仅有死去的王重达和王进父子，其他牵连进去的将领军官十余人，内卫正在军营中甄别审查，闹得人心惶惶，'红骷髅'怎会藏在军营不走？你若真的去左金吾卫调查'红骷髅'，又怎会不知此时的左金吾卫已为内卫接管？"

韦星洲终于明白，两人在兵部门前的一番低声交谈，其实是分别给对方设置陷阱，韦星洲想把杜鼎之诳出去灭口，杜鼎之则是引诱韦星洲主动现身，拿他一个人赃俱获。

拿住了令人谈虎色变的"红骷髅"，杜鼎之让云襄带领内卫将韦星洲押进大理寺监牢，严加看管，他要亲自审问。杜鼎之又让郭震带领不良人火速去查抄韦星洲宅邸，搜查与"红骷髅"有关的证据。云襄和郭震此时对杜鼎之愈加佩服，各自领命而去。

杜鼎之支走二人，他自己则悄悄溜出去，他要厚着脸皮去求"紫燕子"，请她帮忙做一件事。

五十五

百济，周留城，扶余丰驻跸行宫。

又是一个雨天，绵绵细雨让守在行宫门前的柳护卫心情焦躁，倭国援军绵绵不断开进百济，但是大唐朝廷至今还无消息，是战还是撤，不仅熊津城的唐军翘首期盼，便是隐匿敌营的柳护卫等人也是忧心如焚。

鬼室福信陪着倭国将军阿倍比罗夫冒雨而来，阿倍比罗夫只带着甲斐飞鸢一人，而鬼室福信却足足带了一百名"舍生营"甲士。福信手下的"舍生营"甲士都是百中选一的悍勇之士，身披两层重甲，手执盾牌长刀，是复兴军中战斗力最强的部队。柳护卫见到鬼室福信竟然带着一百名"舍生营"重装甲士来到行宫，心知今日恐怕要有大事发生，他慌忙带着行宫守卫冲到门口，拦住鬼室福信一行人。

柳护卫手按长刀，站在台阶上堵住鬼室福信的去路，大声道："没有殿下允许，谁也不能擅自携带甲兵入内！"

鬼室福信瘦削阴鸷，素来胸怀大志，他除掉浮屠道琛之后，已经将下一个目标锁定为扶余丰，他要取代扶余丰成为百济复国后的新一代君王。倭国援军来到百济后，鬼室福信加快了拥兵篡位的步伐，大唐与倭国、百济交战之际，便是他实现夙愿的最好时机。陪同鬼室福信前来的阿倍比罗夫，与鬼室福信知交多年，鬼室福信已经答应他，事成之后许以倭国可以在百济驻军垦殖的好处，所以阿倍比罗夫并不反对鬼室福信替代扶余丰，他唯一的条件就是留下扶余丰一条命，将他押送回倭国幽禁，毕竟扶余丰是倭国天皇曾经允诺要保护的人。

鬼室福信已经通过内线知道扶余丰重病不起，他觉得这是天赐良机，所以带领"舍生营"甲士前来逼宫。此刻，柳护卫猜到他面对的是一场蓄谋已久的政变，在他堵住鬼室福信之前，他的心中正在踌躇，是拥立扶余丰还是倒向鬼室福信？如果赌错了，他势必赔上自己的性命。

鬼室福信阴冷地看着手按刀柄的柳护卫，威胁他道："柳护卫，我警告你不要拔刀，这刀拔出来可就收不回去了！"鬼室福信一直怀疑柳护卫心有异志，话语间已是杀气扑面，一百"舍生营"甲士刀击盾牌，轰然作响，如石墙一般向行宫门口压来。行宫门口本来有十余名守卫值守，见到这种情形，纷纷扔下刀枪，争相逃向宫内，只余下柳护卫一人。

柳护卫长吸一口气，慢慢拔刀出鞘，独自守在门前，面对着一百名"舍生营"甲士，在移动的石墙面前，柳护卫就是一盏随时熄灭的烛火。

柳护卫大喝道："谁敢踏上台阶，死！"

阿倍比罗夫和甲斐飞鸢像局外人一样，站在旁边看着这一幕。甲斐飞鸢见到柳护卫一人独挡一百甲士，竟然不肯后退半步，甲斐飞鸢的眼神慢慢变得凌厉起来，他也下意识握紧了腰间的刀柄。"摧锋正锐，挽澜既倒，这才是真正的武士！"甲斐飞鸢的眼神亦慢慢燃烧起来："听说他是百济第一高手，这才是我想要寻找的对手！"

这时，第一个"舍生营"的甲士已经踏上台阶，柳护卫眼光所及，刀锋已至，那个甲士举盾招架，人盾瞬间裂成四片，鲜血飞溅，翻滚落阶。第二名甲士再上，柳护卫刀如霹雳，从他的头盔缝隙刺入，直贯后脑而出。两具甲士的尸身，稍微阻缓了"舍生营"的迫近。

观战的甲斐飞鸢忽然启动，像一只暗处觅食的豹子迅捷扑出，踩着那些甲士的头顶飞掠而来，刀如流星直刺柳护卫面门，柳护卫举刀一架，火星飞射，两人各退两步，心知遇见了劲敌。

甲斐飞鸢微微一笑道："军中人说你是百济第一高手，第一次见你时，我就想和你比试一番！"他摘下头顶斗笠，向天抛去，双手握刀，慢慢逼近柳护卫。

柳护卫脸上雨水密布，刀横胸前，道："我也听闻你是东瀛第一忍者，可惜你只是一个不明是非、助纣为虐的杀人屠夫而已。"

甲斐飞鸢并不生气，双目紧盯着柳护卫的刀，道："谁来掌管百济，我并不关心，我只是不想你死在乱军之前，还没有和你交手！"

那些甲士见甲斐飞鸢缠住柳护卫，立刻绕过对峙的二人，一窝蜂向宫内冲去，柳护卫大急，挥刀向那些甲士砍去，甲斐飞鸢最擅偷袭，瞅准机会立刻一刀劈向柳护卫后背，柳护卫回刀招架，左肋却为一名甲士枪尖划破，鲜血瞬间染红了半边身子。劲敌在侧，柳护卫无法分身，那些甲士已经洪水般冲进了行宫内院。

此时，扶余丰头上盖着一块毛巾，正躺在床上咳血，外面的厮杀声传来，扶余丰身边的侍从和婢女立刻作鸟兽散。扶余丰挣扎坐起身，双手哆嗦着将"太一剑"抓在手中。

门外，鬼室福信的大笑声已经来到门前："殿下可在？福信前来问候殿下，哈哈！"随即房门撞开，鬼室福信和阿倍比罗夫在甲士的簇拥下冲进室内。

鬼室福信见到扶余丰的模样，故意装腔作势地大叫一声："哎呀，殿下你怎么病得这么重？身边照料你的人呢？这些蠢货都该杀！"

扶余丰拄着"太一剑"坐直身体，喘着粗气问："霜岑将军带领甲士前来，意欲何为？"

鬼室福信大笑道："殿下勿慌，我是听说殿下病重，生怕你身边的蠢货耽误了你的病情，特意多带些人来，护送你去东瀛养病的！"

扶余丰大怒，未及说话又是一阵咳嗽，嘴角溢出血来，骂道："你明明是要取我而代之，还在这里假仁假义，福信，你就是一个彻头彻尾的卑鄙小人！"

福信哈哈大笑，向扶余丰作揖抱拳："谢谢殿下夸奖！等打退唐军，复国成功，我一定将您请回来颐养天年！"

扶余丰转头问阿倍比罗夫："将军，难道你也为虎作伥，不怕贵国天皇怪罪吗？"

阿倍比罗夫微微一笑，自己找了个椅子坐下来，道："天皇有令，贵国内政不便干涉，现在我们的目标只有一个，就是打败大唐！"

扶余丰听到阿倍比罗夫如此说，又是一阵咳嗽，道："很好，很好！我明白了，贵国其实并不在意百济的死活，你们不过是利用百济作为基地，企图打败大唐，称霸东方！"

阿倍比罗夫大笑，道："殿下真是聪明人！只要能打败大唐，我们可以和任何人做盟友！"

扶余丰转头看鬼室福信，问道："霜岑将军，你明明拥有'舍生营'这般精锐，却在死鹰岭下拒不出兵，原来是留着精锐对付我？"

福信得意地大笑，也大马金刀坐在阿倍比罗夫旁边，道："阿倍将军愿意与强者合作，只有这样才能击败大唐，而我正是百济最强的人！"他挥一下手，命令"舍生营"甲士："船已经准备好了，请殿下登船吧！"甲士们轰然答应，声震屋宇。

此时，外面柳护卫依然在与甲斐飞鸢激战，他半边身子浸透鲜血，几番向屋中冲来，甲斐飞鸢都紧紧缠住他，一时无法靠近。

扶余丰见外面只有柳护卫一人忠心护主，其余的护卫早已无影无踪，不由长叹一声，苦笑道："我们的对手大唐太宗皇帝曾有诗，'板荡识诚臣，勇夫安识义'，我今日才算真正读懂！"他慢慢挪下床，赤足站在地上，手中依然紧握着"太一剑"，问鬼室福信："霜岑将军，你真的是百济最强的人？"

鬼室福信的眼神瞬间凌厉，正要说话，突然外面传来一声悠长的号角声，随着这声号角，行宫的后院、墙外的街巷、城中民舍和城墙之上全都传来号角响应，鬼室福信大惊，这是复兴军的号角，原来扶余丰早已在宫内和城中布下了伏兵。鬼室福信惊慌之下，去看旁边的阿倍比罗夫，谁知阿倍比罗夫双手拄刀，双目闭合，似乎已经睡了过去。

行宫的后院和外围街巷突然爆发出一阵排山倒海的喊声，成百上千的复兴军从各处涌出，冲向行宫。攻城车撞开行宫后院的院墙，密密麻麻的复兴军士兵冲了进来，将扶余丰的寝宫牢牢围住。鬼室福信的"舍生营"甲士惊惶失措，惊恐地四下观望。

激战中的柳护卫和甲斐飞鸢停下手，柳护卫乘机纵身从窗户跃入房中，横刀站在扶余丰身侧，大声道："殿下，属下救驾来迟，罪该万死！"

扶余丰见柳护卫半身浴血，不由心中激动，拍着柳护卫的肩膀说："复国之后，你便是百济的大将军！"

复兴军的士兵还在源源不断冲入行宫，足有三四千人之多，"舍生营"的甲士见对方人多势众，早已军无斗志，不知是谁率先抛下刀盾，顿时人人效仿，"当啷"之声不绝，全都缴械投降。

鬼室福信没想到功败垂成，竟然中了扶余丰的计谋，眼见局势瞬间逆转，他脸如死灰，急忙向门外奔去，语无伦次地喊道："船在哪里？我要登船……"

柳护卫手执长刀拦在门前，染血的刀锋横在鬼室福信的脖子上，逼得他连连后退，柳护卫道："霜岑将军，我也警告你，不要拔刀！"

此次政变，鬼室福信接到安插在扶余丰身边的内线情报，说是扶余丰病重不起，性命堪忧，他信心满满带着一百名重装甲士前来逼宫，以为压根儿不会流血，没想到扶余丰竟然是诈病，诱他入彀。鬼室福信瞬间从天堂掉落地狱，陡然大喜大悲，心智竟然失常，他状若疯癫，指着扶余丰、柳护卫和阿倍比罗夫等人高声惨笑，骂道："骗子，你们都他妈的是骗子！没有一个能相信……"

扶余丰缓缓走到鬼室福信身后，"太一剑"轻轻一挥，鬼室福信的脑袋在脖子上倔强地停顿一下，最终还是掉落下来，尸身心有不甘地转了一圈，砰然摔倒。扶余丰俯身抓起福信的首级，转身来到阿倍比罗夫面前，将血淋淋的首级举到他的面前，道："将军，我说我是百济最强的人，你反对吗？"

阿倍比罗夫不愧是倭国名将，面对狰狞的首级，依然面不改色，道："殿下，你的目标是百济复国，而我的目标是打败大唐，我们从没有冲突。能恢复国家的人，必然是最强的人！"

"哈哈，很好！"扶余丰大笑，道："将军，我们的目标都要在白江口实现！白江口，你莫要忘了！"阿倍比罗夫微笑着点头，显然赞成扶余丰的话。

此时的扶余丰神采奕奕，一脸冷酷，哪里还有半点病重咳血的样子，他一手执剑，一手抓着滴血的首级，来到门外台阶之上，高高举起福信的首级，大声道："鬼室福信通敌投唐，暗中害死领军将军，夺他军权，今日又要政变篡位，我已杀之正法！"扶余丰短短数语，就已将鬼室福信列为百济复兴军的大敌。

数千复兴军齐声大呼："万岁！复我百济！"声若海浪，震撼城垣。

柳护卫躬身低头，也佯装随声大呼，眼睛却盯着地上的一串染血足印，那是扶余丰赤足留下的。扶余丰卧薪尝胆，终于剪除异己，一步一步坐稳了百济王位。

柳护卫心中暗呼"侥幸"，因为扶余丰这次设伏除掉鬼室福信，所有人都瞒得死死的，他连半点消息都不知道，扶余丰此番装病设伏，不仅要除掉鬼室福信，恐怕也是考验身边的人。柳护卫庆幸自己赌对了，否则此刻扶余丰手中的首级不是一颗，而是两颗！

阿倍比罗夫眯起眼睛看着扶余丰的背影，低声对甲斐飞鸢道："我们低估了他，要想打败大唐，他确实是最好的盟友，我可以放心了！"

甲斐飞鸢面如止水，道："将军，百济事已了，我要去大唐接应弟子们了。"

阿倍比罗夫点点头，又闭上眼睛。甲斐飞鸢慢慢向后退进人群，像一块冰雪消融在阳光下，无声无息。

柳护卫捂着肋下的伤口，眼睛一直暗暗盯着甲斐飞鸢消失的身影，这个阴险狡猾的老忍者犹如一条蛰伏的毒蛇，必然是大唐的心腹之患。

五十六

大唐，潼关，华山。

暮色苍茫，一群归鸦向西振翅飞去，飞向太阳落下的地方，陡峭险峻的华山矗立在崔破虏和林统领的身后。二人打马飞驰，穿山越岭奔波多日，此时已是人困马乏，距离长安还剩下一日一夜的路程，明天就是中元节，崔破虏将准时赶到长安。

崔破虏勒住乌骓马，指着暮鸦消失的方向，那里晚霞满天，他对林统领道："那里，就是长安！"

在马上昏昏欲睡的林统领听到"长安"二字，顿时来了精神，在马背上直起身子向远处眺望，他双手拢在嘴上，向着前方大喊："长安，我来了！"

崔破虏看着疯疯癫癫的林统领，忍不住也大喊一声："长安，我回来了！"

身后的一处高岗，樱月妖骑在马上，看着崔破虏和林统领纵马飞驰奔向西方晚霞，她的眼睛越来越亮，不知在想什么。

大唐，蓝田，王顺山。

武云宗从崎岖的山路上奔出，并入向西的官道，一群聒噪的暮鸦从他头上飞过，消失在西天的晚霞之中。武云宗知道，晚霞之下就是他朝思暮想的长安城。

"长安，我回来了！"武云宗在马背上伸开双手，似乎要拥抱那片晚霞，他大声呼喊，宣泄心中的沉郁。

山鸟惊飞，身后的山林中传来一阵野兽的咆哮，武云宗回头观望，他心中很是希望金柔儿能突然出现在他面前，但是山林慢慢归于寂静，武云宗摇头叹息。

自无名寺之后，一路上武云宗总是疑心金柔儿还在自己附近，但是却连金柔儿的影子都没有看见。

"柔儿，明日就是中元节了，我会在长安看见你吗？"武云宗狠狠夹马，向前奔去。

长安，大理寺牢狱。

杜鼎之一手举着油灯，一手托着油纸包，悠哉游哉走进牢房。狱卒过来禀报，说韦星洲已经不吃不喝四日了，要是再绝食下去，恐怕坚持不了多久。杜鼎之点点头，没有说话，他让狱卒搬张桌子放在韦星洲囚室的对面，杜鼎之把油纸包打开，竟然是一只油汪汪的烧鸡，他又从怀里摸出一壶酒，放在烧鸡旁边。

韦星洲虽然面容憔悴，但是仍然噙着冷笑，丝毫没有把杜鼎之放在眼里。韦星洲就擒以后，自付必死，干脆一言不发，绝水绝食，无论是杜鼎之还是云襄前来审问，他皆是以冷笑对待。云襄发怒，想把韦星洲交给酷吏周兴审讯，让周兴用陶瓮蒸烤韦星洲，逼问出他杀人的目的以及幕后主使之人，杜鼎之没有答应，让云襄再忍耐几日，他来想办法撬开韦星洲的嘴巴。

杜鼎之在韦星洲面前坐下来，啃块鸡肉，又灌一口烧酒，道："这几天，我查了一下你的履历，没查之前，我觉得自己得罪了权贵，是长安不得志的失意人，查过之后，我发觉韦县尉原来和我一样，都是失意人，来，我敬你一杯！"杜鼎之干了杯中酒，向韦星洲亮亮杯底。韦星洲冷笑，干脆把脑袋扭到一边，不屑去看杜鼎之。

"你本是刑部小吏，后来三考进士不成，不得已寻求朝中权贵帮忙，将你提拔为长安县尉，谁知这位权贵后来获罪流放，你就在县尉一职整整干了十二年，先后送走五任长安县令。"杜鼎之充满同情地看着披头散发的韦星洲，道："以你才干，本该早就擢升，可惜……"

韦星洲从垂下的乱发中瞥了一眼杜鼎之，冷笑一声，意思是提醒杜鼎之不要枉费心机，他是不会开口的。

杜鼎之自然明白韦星洲的心意，叹了口气，道："你扮成'红骷髅'，杀人如麻，你的目的到底是什么？"

　　韦星洲连冷笑都吝啬，将戴着镣铐的双手抱在胸前，翻着白眼望向墙角，对杜鼎之的话充耳不闻。

　　"据我所知，'红骷髅'并不只有你一人，蒋记工行前后十七条人命、西山悬崖推我坠崖，皆是你所为，那么杀林玉图、杀王重达、杀王进、杀昆仑奴等案又是谁做的？"杜鼎之啃完一条鸡腿，饶有兴致地吮吸手上的油，又干了一杯酒，使劲吧唧几下嘴，问道："你的同谋是谁？你若不说出来，我只能把这些罪行全推到你身上，没办法啊，愚兄也得拿你性命来保自己的乌纱，你逃不了身首异处的下场，你的同谋可是逍遥法外，快活自在！"

　　酷吏周兴带领内卫押着十几名犯人出来，镣铐乱响，从杜鼎之的身后穿过。杜鼎之放下烧鸡，问一句："周主事，这些人是何罪名？"

　　周兴笑道："杜寺丞，这些人都是左金吾卫的军官，和李麒和王重达等人是一伙的，能拿下他们，全都借杜寺丞的光，内卫弟兄们此次立了功，都说要请杜寺丞喝酒呢！"

　　杜鼎之赶紧挤出几丝笑容，冲周兴拱手道："谢了，谢了！自家人，千万不要客气。"

　　周兴看一眼囚室里的韦星洲，悄声问道："杜寺丞，还在这里磨牙呢？不如把他交给兄弟我！"他指着桌子上的烧鸡，笑道："不瞒您说，我那陶瓮烤完人，和你这烧鸡味道一样，脱骨烂熟，香喷喷的！"

　　杜鼎之胸口一阵恶心，险些把烧鸡吐了出来，但是他不敢在周兴这等邪恶之人面前表露出来，苦笑着说："愚兄还有些事情要问个清楚，不急不急！"

　　周兴押着犯人向牢狱外面走去，杜鼎之见他离开，赶紧将桌子上的烧鸡推到一边。囚室里的韦星洲见状，不由哈哈大笑，似乎在嘲讽杜鼎之。

　　杜鼎之低声道："我最多只能再拖延一两天，你若是依然顽固，我也救不了你……"

　　韦星洲嫌杜鼎之啰唆，干脆在草堆上翻个身，用后背对着杜鼎之。杜鼎之把剩下的半只烧鸡塞进囚室，笑着说："怎么样？你也好几天不吃不喝的，我拿这个换你一句话？对了，还有烧酒！"

　　回答他的是韦星洲一个悠长的响屁，杜鼎之下意识地摸摸鼻子，依然不恼不怒，问道："韦贤弟，林玉图家里那张图，到底是什么来路？到底是谁杀了林玉图和王重达等人?"

韦星洲慢慢传出鼾声,杜鼎之翻翻白眼,只好转身向外走去,刚走两步,杜鼎之突然又回头问了一句:"韦贤弟,你拒不开口,到底是掩护什么人还是在拖延时间?难道你们策划了什么惊天阴谋?"

杜鼎之等了一会儿,见韦星洲依然没有动静,只好怏怏离开。杜鼎之刚走出去,酣睡的韦星洲突然睁开了眼,在黑暗中像野兽一样发出瘆人的光,看来杜鼎之的话还是触动了他。

韦星洲翻身坐起,带动手脚镣铐一阵响动,他冷笑道:"杜鼎之,你以为抓到我就赢了吗?"

过了许久,一个人影慢慢出现在囚室的铁栅栏前,韦星洲没有回头,看着身边的阴影,道:"你终于来了!"

五十七

长安，长宁公主府邸。

今日是长宁公主的寿诞，白天是朝中各部臣工陆续前来祝贺，晚上则是长安城中宗室、朝臣妻女等女眷前来祝寿。

长宁公主府中搭了一座戏台，特意请来了长安第一歌姬玉墨歌舞助兴。玉墨在长安女眷之中声誉甚隆，不少大户人家的女子都在偷偷模仿她的服饰、举止和舞姿，玉墨每有新歌新舞面世，必定风靡一时，所以一些盼望出名的诗人也争相把诗作请玉墨吟唱，以求在长安士林中名声大噪。

今日，在长宁公主的寿诞晚宴上，玉墨自然不会选一般诗人的作品，她手弹琵琶，唱的是长宁公主的父亲太宗皇帝李世民所作《琵琶》——"半月无双影，全花有四时。摧藏千里态，掩抑几重悲。促节萦红袖，清音满翠帷。驶弹风响急，缓曲钏声迟。空余关陇恨，因此代相思。"戏台下的众多女眷，跟着玉墨的舞姿，摇头晃脑地模仿，沉醉其中。

这时，长宁公主的道家"替身"玉泠道人，为长宁公主奉上一个羊脂白玉瓶以及一卷亲手誊抄的《通玄真经》作为寿礼，长宁公主对于晶莹剔透的羊脂玉瓶并不惊奇，却对那卷《通玄真经》很感兴趣，因为玉泠道人用的墨是终南山玄都观秘术炼制，然后用莲花上的露水调墨誊写而成，整卷经文闻起来有股清雅的香气，据说这种香气不仅可以强健身体，还能驱灾辟邪。

长宁公主正在欣赏《通玄真经》，莱国公孙女殷茵和王真联袂前来祝寿，长宁公主见她们二人前来，却没有见到形影不离的清阳县主李如，不由笑问："怎么就你们两个，那个天天惹祸的李如呢？"

　　殷茵赶紧向长宁公主禀明，李如昨日在马球场上不慎落马，摔伤了小腿，现在卧床不起，所以不能前来向姑姑祝寿，特意委托两个好姐妹替她为姑姑奉上寿礼。长宁公主恍然大悟，道："怪不得今日没有见到这个丫头，原来摔伤了腿，一个女孩子家，非要和那些粗鲁男人打什么马球？少不得要躺上一两个月了，少了她，便少了些热闹。"

　　几个人正在说话，忽然外面戏台下面传来一阵喧哗，原来是云襄奉武皇后之命，前来为长宁公主祝寿，云襄带了几个黑衣内卫，抬来一个描金箱子，端端正正放在戏台下面。当今皇后送来的寿礼，长宁公主自然不能怠慢，亲自前来迎接。但是，当箱子一打开，长宁公主顿时脸色发灰，因为那个箱子里装的不是珠宝玉器，而是满满一箱子的信件、书札等物。别人不知道这些物件的含义，长宁公主却知道，因为这是李麒与她近年来联系的证据，还有其他李氏宗室之间暗通声气、反对武皇后的物证。

　　李麒事败自尽后，长宁公主整日惴惴不安，生怕卷进这档子祸事之中，她尤为忌惮的就是被让武皇后抓住把柄，引来她的猜忌和报复。今天长宁公主寿诞之日，内卫将这一箱子东西抬到她的面前，长宁公主不仅怒火中烧，而且心中充满恐惧，不知道武皇后会怎么惩治自己。武皇后上位之后，害死王皇后、萧淑妃的手段，长宁公主比谁都清楚，想到这里，她的双手不禁有些哆嗦。

　　云襄看出了长宁公主的恐惧，她微微笑一笑，道："公主勿忧，这些东西并不是皇后送给您的寿礼，皇后送的礼是这个！"她从怀中掏出一个精巧的物件，迎风一晃，燃起一簇火苗，竟然是一个火折子。

　　长宁公主不明所以，疑惑地看着云襄，云襄将火折子扔进那个箱子，顿时燃起一片火光，她微笑道："这才是皇后送您的寿礼！"

　　火光照耀之下，长宁公主的脸色阴晴不定。武皇后这位先皇的才人，她在李世民面前一手执鞭锤，一手执匕首，驯服烈马的传说，今天终于灵验在长宁公主身上。箱子在众多女眷们讶异的眼光中，慢慢烧成一堆灰烬，这些女人当然不知道这堆火光背后的故事，纷纷猜测武皇后的用意。长宁公主整束衣衫，向着那堆火光深施一礼。长宁公主虽然抵触武皇后的争权夺势，可是从今以后，她就是那匹烈马，无法再公开反对武皇后。

　　云襄凑近长宁公主的耳边，低声道："公主已然与李麒一案没有牵连，可是还有很多残党余孽没有落网，我们想和公主借一个人，帮助我们指证这些人！"

"借人？谁？"长宁公主刚刚平复的心又跳到嗓子眼儿，万分警惕地看着云襄笑眯眯的眼睛。

云襄似有似无地瞟一眼玉泠道人，笑着问长宁公主："公主，据说您的'替身'知道这些人很多秘密，如果她能帮我们……"

听说内卫要带走玉泠道人，长宁公主顿时火冒三丈，拒绝道："不可，万万不可！你们休想带走玉泠！"

云襄并不恼怒，微笑道："请公主三思！"

长宁公主心中转了无数个念头，慢慢冷静下来，道："明日城外翠微宫重修竣工，圣人和皇后都要驾临祈福，玉泠道人要替我参加法事，可否等结束之后……"

云襄倒是通情达理，立刻答允等翠微宫法事之后，再来请玉泠道人前去协助办案。看着云襄等人离去，长宁公主脸颊禁不住抽搐一下，她望向不远处的玉泠道人，玉泠道人也在满眼惊惧地看着她，两人不须言语，目光对视之下，都已察觉到了其中的危险。

玉泠道人名义上是长宁公主的道家"替身"，其实是替长宁公主出面与各地李氏势力联系，李麒便是通过玉泠道人与长宁公主暗通消息。玉泠道人因为与武皇后的亲信李义府有丧子之仇，不仅放下尘世出家为道，而且主动帮助长宁公主和李麒等人，暗中培育"倒武"势力。武皇后虽然当着长宁公主的面烧毁了那些书信，但是并没有放过长宁公主，而是威胁她为己所用，用她来瓦解李氏宗室势力。李麒事败后，长宁公主心知武皇后的下一个打击目标很可能是自己，如果不与武皇后合作，必然重蹈李麒覆辙。但是，玉泠道人作为长宁公主的心腹，内卫虽然表面上客客气气，说是请她协助办案，只怕出了府门就会翻脸无情，酷刑逼供。长宁公主对箱子中的往来书信，可以矢口否认，可是如果玉泠道人当面指证，她还能否认吗？

长宁公主看着戏台上载歌载舞的玉墨，突然浑身发冷，再也没有半点寿诞的喜悦……

长安，杜鼎之宅邸。

此时已近黎明，东方欲晓，睡梦之中的杜鼎之，忽然让一阵敲窗之声惊醒，他睁眼一看，只见窗户上映着一个人影，正隔着窗户看他，杜鼎之顿时汗毛倒立，喝问一嗓子："谁？谁在外面？"

窗户外面传来一声冷笑，道："你还有心思睡觉？快快起来，有大事发生了！"

杜鼎之一听声音，手捂着心口喘了一口粗气，抱怨道："我说'紫燕子'女侠，这么吓人是要出人命的！我可没有你那胆量……"

杜鼎之正要披衣开门，外面的"紫燕子"等得不耐烦，撬开窗户，翻身进来，杜鼎之惊叫："哎呀，有门不走，非要翻窗而入，成何体统？你一个女子……"杜鼎之口中的女子，此刻已装扮成一个俊俏的后生，若不是杜鼎之听出口音，断然分不出来人就是"紫燕子"，"二十相君"果然名不虚传。

"紫燕子"并不理他，点亮油灯，将杜鼎之的衣服扔在他身上，催他："快穿衣服！十万火急！"

杜鼎之以为"紫燕子"在吓唬他，还慢腾腾端着油灯，上下打量"紫燕子"这副新面孔，气得"紫燕子"掣出软剑要劈他，她道："你求我查的那个地方，我让吴仁义和阿刁潜进去调查，谁知就在刚才，吴仁义飞鸽传来这封求救信！"

"紫燕子"掏出一块布帛，似乎是撕下的袍子一角，上面写了八个血字：刺圣造反，速来救命！

杜鼎之手捧血书，额头上的汗滚滚而下，急道：" '刺圣造反'？难道有人要谋刺圣人？"

"紫燕子"没工夫和杜鼎之解释，拎着他的衣领，再度翻窗而出，杜鼎之大叫："哎呀，我的官服还没穿呢！""紫燕子"不由分说，将他塞进院墙外的一辆马车中，"紫燕子"亲自执鞭当车夫，马车在朱雀大街上飞驰而去……

五十八

长安，西山南麓翠微宫。

杜鼎之自西山三清观回来后，将三清观铸造钱币和兵器的地下大厅，与"紫燕子"盗取的林玉图那张神秘图纸反复对比，他发现没有半点相符的地方，所以他确信林玉图那张图纸一定另在别处。后来，杜鼎之觐见武皇后时，偶然听见西山南麓的翠微宫也在施工，他怀疑翠微宫可能与那张图纸有关，因为当时他抓捕审讯韦星洲，无暇分身，便拜托"紫燕子"和吴仁义、阿刁等人前去翠微宫查看。万万没有想到，潜进翠微宫调查的吴仁义和阿刁竟然飞鸽传书，他们二人不仅发现了谋刺圣人的秘密，而且也面临着性命危险。

翠微宫前身为唐武德八年（公元 625 年）四月初所建的太和宫，贞观十年（公元 636 年）废。贞观二十一年（647 年）四月，李世民为避暑重建，由将作大匠阎立德主修，五月即成，命名为翠微宫。其宫笼山为苑，气势浩大，太宗在诏令中道："近因群下之志，南营翠微，本绝丹青之工，才假林泉之势，峰居临乎蛟睫，山径险乎焦原"，描述了建造翠微宫的状况。翠微宫北向大门名云霞门，朝殿名翠微殿，寝殿名含风殿，旁有太子别宫；西向大门名金华门，内殿名喜安殿，与翠微宫连延五百多米。此宫建成后，进士张昌龄为其作了《翠微宫颂》，深得李世民赞赏。此后，李世民每年夏天都到此避暑。贞观二十三年（公元 649 年），李世民因病驾崩于翠微宫，当时的太子李治在朝臣公卿拥戴下于宫内含风殿登基。

为了迎接圣人和皇后驾临祈福，翠微宫每天都有五六百工人在昼夜施工，生怕耽误了工期。重修现场由将作监大匠黄松竹亲自负责督促施工，还有一百名左骁卫士兵警戒，防止外人进入。

吴仁义和阿刁来到翠微宫后，躲在附近观察了一整天，并没有发现异常。吴仁义见无法混进去，便打扮成一名游方郎中，手握虎撑，身背药篓，阿刁则化妆成伶俐可爱的药童，手握铃铛。两人摇着铃铛，围着工地转来转去，后来终于等到一名小工头出现，说是木头砸断了工人的腿，要两人进去治伤救人。

吴仁义手持虎撑跟在工头后面，偷偷四下打量，见宫内建筑众多，依附山势绵延曲折，一时半会儿难以查看清楚，他便冲阿刁使个眼色，示意两人分头查看，阿刁会意，趁人不备溜进了树丛中。

此时，翠微宫的修缮已进入尾声，各处都在描金涂彩、打扫垃圾，为迎接圣人皇后中元节驾临做准备。因为事关重大，不仅将作大匠黄松竹亲自坐镇，朝廷中的礼部、内侍府和负责戍卫的左骁卫都派了官员前来检查，翠微宫里乱糟糟一片，并无人关心吴仁义这个治病郎中。

吴仁义处置完断腿的工人，乘人不备，偷偷溜进一处大殿之中，见这座大殿已经装饰完毕，一应物品俱和宫中一样，连墙上挂的书法字幅也是圣人李治所书，吴仁义吃了一惊，原来他不知不觉竟然闯进了含风殿，这里就是当年李治登基的地方，这次李治旧地重游，将含风殿作为休憩之所。吴仁义正要溜出去，忽然听到门外有脚步声，脚步声杂乱，似乎有多人一起来到，吴仁义不及多想，俯身钻进龙床之下。

随着脚步声进到殿内，一共有六个人抬着三个沉甸甸的箱子进来，吴仁义趴在床底下向外看，只见十二只脚凌乱地挪到屏风后边，似乎有人开启了机关，地面上"嘎嘎"一阵轻响，竟然露出一个向下的阶梯，六个人抬着重物步履蹒跚地下到阶梯下面，又是一阵"嘎嘎"轻响，地面上恢复原状。

吴仁义心中纳闷儿，圣人休憩的宫殿之中，怎么会有地下暗室？难道藏着什么猫腻？吴仁义在床下足足趴了一盏茶的工夫，依然不见那六个人出来，心中更是惊疑。吴仁义爬出来，来到屏风之后，伏在地上一边聆听下边的动静，一边查找入口，吴仁义一双妙手拍拍这里，摸摸那里，不知道碰到什么机关，地面又"嘎嘎"裂开一个口子，露出黑幽幽的洞口，从地底下吹出来一阵阴飕飕的冷风，吴仁义探头向下张望，只见洞中漆黑一片，他略一犹豫，就跳了下去。

地下暗室伸手不见五指，漆黑如墨，吴仁义不敢燃亮火折子，只能手脚并用，轻轻向前摸去。摸索良久，吴仁义忽然脚下一软，竟然踩到一个软绵绵的东西，他伸手一摸，只觉触手黏稠，似乎是一摊鲜血，吴仁义慌忙点亮火折子，只见前前后后躺了六具尸体，正是刚才抬着箱子进入暗室的六个人，没想到全部死在暗室之中。吴仁义仔细察看六人的伤口，竟然都是一刀毙命。吴仁义担心凶手还在暗室中，连忙举着火折子四下打量，周围并无人影，这个暗室蜿蜒曲折，时而宽敞时而狭窄，规模宏大令人咋舌。

吴仁义顺着暗室一路前行，只见每个拐弯之处都是一个宽敞的厅室，似乎对应着地上的宫殿馆舍，每个厅室中都堆放着五六个箱子，这些箱子与刚才的六人所抬进来的箱子一模一样，不知道里面装着什么东西。吴仁义掏出腰间小刀，用力撬开一个箱子，见箱子中整齐放着一排陶罐，俱用油纸封口，吴仁义用小刀刺破油纸，沾了少许黏稠液体出来，他凑近鼻端一嗅，顿时吃了一惊，原来陶罐中储藏的俱是火油。吴仁义又撬开另一只箱子，里面满满当当装的是硫黄、硝石。吴仁义脚步有些踉跄，顺着暗室通道向前疾奔，通道两侧至少有十五六处厅室中堆满了火油和硫黄、硝石。

吴仁义心中明了，翠微宫即将在中元节迎来圣人和皇后祈福，有人要趁机炸塌焚毁翠微宫，行刺圣人和皇后。设计此计谋的人用心良苦，工程浩大，在每一处宫殿馆舍的地下都埋藏了火油和硫黄、硝石，无论圣人和皇后身处哪里，都难逃房倒屋塌、烈火焚身之劫。真要到那时，翠微宫就会变成一座山崩地裂、烈焰熏天的人间地狱，不仅圣人和皇后，就连随行的满朝文武官员，只怕都要葬身于此，这真的是一个惊天阴谋！

吴仁义发觉了这个惊天阴谋，顿时感觉双腿无力，坐在一个箱子上直冒冷汗。暗室深处突然传来一阵脚步声，吴仁义赶紧熄了火折子，躲在箱子后面，生怕让人发现，此人能连杀六人灭口，如果发现吴仁义窥破机密，断然不能留他。

有人举着火把从通道深处出来，停在这堆箱子前面，吴仁义从箱子缝隙中紧张地观察着这个人，吴仁义注意到，来人举着火把的左手腕处有一处箭伤留下的疤痕，来人身穿黑色长袍，面罩黑巾，腰插一柄无鞘横刀，整个人似乎弥漫着一股不祥的黑气。这个人刚才隐约看到了亮光，赶过来查看。

　　吴仁义大气不敢喘，生怕给自己招来杀身之祸，"妙手药师"一辈子救人无数，但是从没想到自己有朝一日会身处险境，紧张得手心里全是汗。黑巾蒙面的人正要绕到箱子后面查看，忽然后面的通道深处传来动静，似乎有什么东西翻倒在地，他像一个黑色的幽灵，迅疾冲了过去。吴仁义趁此机会，悄悄从箱子后面溜出来，躲在另一处厅室的箱子后面。那人搜寻无果，赶回来将吴仁义刚才藏身的地方又仔细查看一番，才熄灭了火把，悄然无声地向通道深处走去。

　　吴仁义等他走远了，长出一口气，捂着胸口几乎瘫在地上，隔壁厅室的箱子后面传来几声老鼠的"唧唧"声，吴仁义眼睛一亮，这是阿刁独有的联系暗号，吴仁义燃亮火折子，果然阿刁从暗处露出头来，向吴仁义招招手，原来刚才阿刁见吴仁义身处险境，便偷偷扔出一个土块，引走黑巾蒙面人。

　　阿刁刚才在地面上与吴仁义分手后，乘隙钻进一间有士兵巡逻的偏殿，他正在殿内搜寻，忽然听到有人激烈争吵，急忙踩着桌子跃到一个大柜子上面，从柜子上面偷偷俯瞰，只见两个面红耳赤的人走进偏殿，一个身穿紫色官袍，腰悬金鱼袋，看来品秩不低，另一人则是宫中宦官服饰，说话尖声尖气。二人进到殿中依然争吵不休，似乎在某件重要事上发生争执，紫袍官员坚持要按计划做下去，宦官却担心事败，牵连自己和亲人。二人吵得唾沫横飞，宦官觉得口渴，转身去壶中倒水，谁料此时紫袍官员突然从靴子中抽出一把锥子状的利器，以迅雷不及掩耳之势刺进宦官的后心，宦官连叫一声的机会都没有，身子烂泥一样软了下去。紫袍官员猝然一击杀死了宦官，将尸体拖进阿刁身下的大柜子中。阿刁在柜子顶上见紫袍官员进到柜子里半天却没有声息，就悄悄打开柜门，原来柜子中竟然是一条向下延伸的暗道。阿刁摸索着进入暗道之中，没过多久就遇见黑巾蒙面人正在搜寻吴仁义，阿刁急忙将黑巾蒙面人引开，解了吴仁义之危。

　　吴仁义顾不得擦汗，将箱子中所藏的东西告诉阿刁，阿刁被这个惊天阴谋惊得瞠目结舌，两人简单商议一番，决定赶紧通知"紫燕子"和杜鼎之。两人顺着阿刁进来的通道向外走去，谁知吴仁义刚刚从柜子里露头，只觉眼前一花，一柄横刀径直向他咽喉刺来，吴仁义慌忙一躲，横刀洞穿他的肩窝，吴仁义大叫一声，跌回暗道，袭击他的人正是那名黑巾蒙面人。身后的阿刁见吴仁义遇袭受伤，双手一扬，两枚飞刀呼啸射出，他顾不得伤人，拉着吴仁义转身向通道深处跑去。只听得身后脚步声急促，那名黑巾蒙面人跳进暗道，提刀追了过来。

阿刁拉着受伤的吴仁义，在漆黑的暗道里深一脚浅一脚狂奔，只觉身后的脚步声越来越近，二人不知道跑了多久，摔了多少跤，终于见到前边隐约透露出一丝光亮，阿刁推着吴仁义向上攀爬，可怜吴仁义肩膀受伤，胳膊无法使力，阿刁又身材矮小，只能钻到吴仁义胯下，奋力扛起吴仁义向出口攀去。吴仁义刚把身子探出地面，只听下面一声闷哼，原来那个黑巾蒙面人已经悄悄掩了过来，一刀刺进阿刁的后心。

吴仁义大惊，俯身大喊："阿刁，快上来！"

阿刁吐了一口血，奋力挣脱后背上的刀，惨嘶道："老吴，我不成了，快走！"

阿刁身子在地上一滚，双手连扬，不知道多少把飞刀向那人飞去，那人在黑暗中忌惮阿刁的飞刀，挥舞横刀磕挡飞刀，一个鱼跃窜入通道角落。

过了良久，那个黑巾蒙面人慢慢从黑暗中出来，只见阿刁怒目圆睁，小小的身子浸透鲜血，缩在那里一动不动，他踢了阿刁一脚，阿刁显然已经没了呼吸。黑巾蒙面人执刀跃出暗道，外面负伤的吴仁义早就不见踪影，黑巾蒙面人警惕地四下观察，这个出口竟然是在翠微宫后山的一棵参天古松之下，此处已经远离翠微宫，只有满山松涛如怒，夜枭声声。

半山腰处，传来几声鸽子振翅的声音，原来是吴仁义放出药篓中通信的鸽子，向"紫燕子"传警。黑巾蒙面人低声骂了一声："妈的，这几个蝼蚁，胆敢坏我大事！"他轻轻地滑进树丛，幽灵一样向鸽子起飞处摸去……

长安，翠微宫，中元节。

待到杜鼎之和"紫燕子"赶到翠微宫山下，已是东方欲曙，朝霞初露。此时的翠微宫，为了迎接圣驾，已是戒备森严，大批甲胄鲜明的羽林卫、左右骁卫士兵封锁住各处路口，三步一岗五步一哨。士兵拦下"紫燕子"的马车，无法前进，士兵见车中载着一个身穿俗家衣着的光头和尚，不由心中起疑，叱令二人下车接受盘查。"紫燕子"心急如焚，亮出内卫腰牌喝令放行，谁知却引来一名左骁卫的执戟队正，队正一把夺过腰牌，看也不看便扔进草丛，喝道：

"大胆贼人，竟敢冒充内卫，意欲混进重地，左右还不给我拿下！"这队左骁卫士兵立即将枪戟对准"紫燕子"和杜鼎之，吓得杜鼎之赶紧躲到"紫燕子"身后。

"紫燕子"的内卫腰牌从不示人，一旦示人，便是王公大臣也要礼让三分，此时竟然让一名小小的队正夺去扔进草丛，气得"紫燕子"拔出软剑，就要将面前的队正一剑刺个透心凉，身后的杜鼎之生怕事情闹大，赶紧拉住"紫燕子"转身就跑。两人钻进树丛向山上跑去，把守路口的左骁卫士兵一边示警传讯，一边分出半数兵力追击二人，好在这些士兵都是重铠在身，在树丛里奔跑不便，追赶不上二人。

"紫燕子"拉着杜鼎之在山间一路狂奔，杜鼎之气喘如牛，终于挪不动腿，瘫坐在一块石头上。"紫燕子"担忧伙伴安危，掏出一枚竹笛吹了起来，她吹的是雁鸣之声，清冽凄凉，过了一会儿，对面山坡上响起一阵黄莺啼叫声，"紫燕子"眼睛一亮，拉着杜鼎之飞一般赶了过去。原来"紫燕子"几人都是用动物的声音联系，"紫燕子"是雁鸣，吴仁义是莺啼，阿刁是鼠唧。

见到"紫燕子"和杜鼎之赶来，浑身是血的吴仁义挣扎着石缝中爬出来，他为了躲避黑巾蒙面人的追杀，将身体缩进一道狭窄的石缝里，身上盖满落叶和青苔，侥幸逃过一劫。"紫燕子"见吴仁义脸色发灰，摇摇晃晃，赶紧过去扶住他："吴老哥，这是怎么了？"

"那龟孙刀上有'断肠散'，我若不是'妙手药师'，早就死了十回八回了！"吴仁义刚要吹嘘，猛然想起阿刁，不由落下泪来，哽咽道："阿刁，阿刁为了救我，让那龟孙……"

听完吴仁义叙述的惊天阴谋，杜鼎之和"紫燕子"大惊失色，杜鼎之直拍大腿，道："这是要把圣人、皇后，还有满朝臣子一锅端啊！何其歹毒！"

"紫燕子"目中含泪，道："这个手腕有疤的黑巾蒙面人到底是什么来路？会不会是'红骷髅'韦星洲余党？"她手中软剑"叮"一声刺入树干，怒道："这群贼人，先杀昆仑奴，又害死阿刁，血海深仇，我与他们不共戴天！"

杜鼎之从怀中掏出林玉图那张图纸，道："我终于明白了这张图的出处了！"

杜鼎之听完吴仁义对翠微宫地下暗道的描述，心中恍然大悟，他站到一块岩石上眺望山下翠微宫建筑的布局，道："怪不得我看不明白林玉图所绘的诡异图纸，其实这是一张故意画了一半的图纸！"

原来，林玉图绘制那张图纸时，为了避免别人认出是翠微宫，他故意将地上的建筑画了一半，只是标明所处的地理位置，所以外人只能隐约看出一些亭台楼阁的影子，却又似是而非，而图纸的重点却是每一处建筑所对应的地下通道、厅室，那是用来堆放火油和硝石的地方，只要地下爆炸，翠微宫所有地上建筑瞬间会化为齑粉，而宫殿中的人就如火中蚂蚁一样，无一幸免。

杜鼎之喃喃自语道："也许邢玠临死之时所说的话，并不是'三清观'，而是这处'山里的秘密'，是我自作聪明了！"

"紫燕子"心中焦急，道："圣人和皇后今日前来翠微宫祈福，龙辇凤銮四更天就从皇宫出发，只怕就要到了！你快想想办法！"

杜鼎之看着山下道路两侧密密麻麻的士兵，心中也是焦急如火，道："从刚才左骁卫盘查来看，军中不少将校只怕已经让这股势力渗透了，与他们沆瀣一气，我们若是露面示警，只怕未及开口，便要人头落地！"

听他这么一说，"紫燕子"更是焦急，问道："难道就这么眼睁睁看着圣人和皇后进入埋伏圈，还有那些朝中大臣？这可是颠覆大唐江山的大案啊！"

杜鼎之眼珠儿转了几圈，叫过"紫燕子"和受伤的吴仁义，在他们耳边吩咐几句，然后三人分头行事。

五十九

翠微宫，前门。

今日，本来是圣人李治和武皇后一起前来翠微宫为苍生祈福，但是李治近日头痛之疾加重，只能由武皇后一人带领满朝文武前来。武皇后透过凤銮窗户的缝隙，看见翠微宫已经出现在视野中，心中不禁感慨万分。翠微宫是她身为才人的时候，侍奉太宗皇帝李世民的地方，在这里她为李世民献计，用"铁鞭、铁锤、匕首"三种工具驯服西域进贡的烈马，引起了李世民的注意。同样在翠微宫，她目睹了群臣拥立李治即位的时刻，李治走过她身边向她微微一笑的瞬间，那一个瞬间改变了她一生的命运，至今还会在她的梦中出现。

云襄在凤銮旁边低声提醒道："启禀皇后，翠微宫就要到了。"

武皇后从沉思中回过神来，想起自己此次前来翠微宫的目的，乃是代替圣人为天下苍生祈福，李治近两年身体多恙，很多抛头露面的事情都让武皇后代替，朝中百官已经习以为常，天下百姓也是见怪不怪。一群在翠微宫打前站的各司官员跪在路边候驾，服色紫红绿青混杂在一起，云襄眼尖，发现其中竟然没有内侍府派来的宦官高顺，不由心中起疑，她并不知道，此时的高顺已然变成一具尸体，躺在冰冷的暗道之中。

宫女搀着武皇后正要走下凤銮，忽然翠微宫大门旁边的小山包上冒出一股黑烟，山上燃起了熊熊大火。山下守卫的士兵们立刻一片慌乱，在领军将领的指挥下，纷纷向山包涌去。

武皇后站在凤銮阶上，见此情形，不由粉面含霜，凤颜不悦。道路两侧的士兵和随行臣子都为这股山火吸引，停住了脚步，纷纷抬头向山上眺望，就连云襄也手按刀柄，提防有刺客出现。就在此时，忽然有一个衣衫不整的光头，从士兵后面的缝隙中挤了出来，口中大喊："皇后，翠微宫去不得！去不得！"

来人正是杜鼎之，他让吴仁义在山包上放一把火，吸引所有守卫士兵的注意力，他则乘机从人群中冲到武皇后的凤銮之前。不等杜鼎之靠近，几个士兵扑上来将他摁倒在地，脑袋都按进土里，杜鼎之依然大喊："云襄，云襄！快来救我，翠微宫去不得，里面有埋伏！"

云襄听到喊声，扭头一看，只见杜鼎之满脸泥土，在地上挣扎，士兵们怕惊了皇后銮驾，正奋力将杜鼎之向外拖去。云襄急忙喝了一声："住手！快放开此人！"

皇后身边的人发令，士兵自然不敢不听，放开了杜鼎之，杜鼎之顾不得吐净嘴里的泥沙，踉踉跄跄扑到凤銮之前，跪在武皇后面前，道："皇后，翠微宫去不得，现在的翠微宫已经是一座火窟炼狱，每座殿阁下面都有……"

杜鼎之话未说完，一柄长矛凌空掷向杜鼎之后心，好在云襄站在杜鼎之身旁，一刀斩落长矛。没等杜鼎之再说话，又有两支弩箭在人群中射向杜鼎之，云襄舞起横刀，磕挡弩箭，同时大喝道："内卫何在？还不拿下这三人！"

守卫在凤銮前后的内卫们纷纷扑出，与隐藏在左骁卫士兵中的三名刺客交起手来，那三名刺客眼见事败，竟然不约而同大喝一声，将手中横刀刺入同伙心口，三人先后倒在地上。随行的朝中臣子见到三具血淋淋的尸体，无不吓得惊惶失措。

武皇后面不改色，站在凤銮之上，大声下令："羽林卫大将军陈多祚何在？速调五百羽林卫士兵护驾！"

羽林卫大将军陈多祚跪下接令，立即指挥羽林卫士兵在凤銮周围布成铁甲盾阵，将武皇后、杜鼎之和云襄三人围在中心，余人一概不得进入。趁此机会，杜鼎之已经将翠微宫内发生的一切向武皇后禀明，武皇后惊怒交加，脸色发青，伸手拍在凤銮栏杆上，喝道："速传将作监大匠黄松竹觐见！"

接替左骁卫防务的羽林卫士兵齐声高呼，"将作监大匠黄松竹觐见！"如同山呼海啸，将这句话一波接一波传进翠微宫内，连绵不断，声振屋宇。

过了一会儿，翠微宫大门轰然打开，一个身着紫袍、腰悬金鱼袋的官员走了出来，正是那个刺杀宦官高顺的紫袍官员，原来他就是将作监大匠黄松竹。

黄松竹站在门口冲着铁甲阵中的武皇后遥遥拱手，道："武皇后，我黄松竹有礼了！"语气之中竟然对武皇后极是不屑。

武皇后冷笑道："黄松竹，你身为朝廷三品大员，竟然妄图将圣人与我，还有满朝文武付之一炬，心肠如此歹毒，到底是何原因？"

黄松竹哈哈大笑，道："圣人懦弱，竟然将朝政大计交给你一个妇道人家决断。武媚，你不过是先帝身边的下贱才人，仗着狐媚手段蛊惑当今圣人，戕害后宫、淫秽宫廷，祸乱朝政，危及社稷，我今天此举，是为王皇后、萧淑妃报仇、是为李唐宗室肃正朝纲！"黄松竹当众侮辱武皇后，显然已将生死置之度外。

武皇后冷冷一笑，道："黄松竹，你可知你犯了滔天大罪，你不但要千刀万剐，你的家人也要……"

黄松竹凛然不惧，打断武皇后的话，大声道："谢谢你关心，为了今日之事，我阖家十六口已经全都自尽了断，岂能落入你的毒手？"他环视一圈那些随行的朝臣，往地上啐了一口，似有不甘地道："可惜功亏一篑，便宜了你这个歹毒女人，还有这些没有廉耻的鸡鸭猪狗！"黄松竹当众羞辱众多朝臣，却无一人敢出声反驳。

黄松竹在将作监为官四十年，从主事熬到将作大匠，一直兢兢业业，低调随和，从不与同僚结怨，是朝中有名的老好人，没想到今日竟然做出这等惊天之举，不仅武皇后纳闷，就连与他熟悉的朝臣也都猜不透，他为何宁肯赔上全家性命，也要将圣人和武皇后、朝中文武大臣全部烧死？

武皇后冷静下来，问道："黄松竹，你究竟是受何人指使，策划这等惊天阴谋？"

黄松竹使劲摇头，道："我本想陪着你们同赴地狱，可惜啊，可惜！姓武的，还有你们这些昔日同僚，我就请你们看一场焰火吧！"他举起右手，向下狠狠一挥。

满脸泥土的杜鼎之瞬间明白了黄松竹的用意，他惊叫一声："大家小心！要爆炸了！"

只听一声轰隆巨响，离黄松竹最近的一座偏殿摇晃几下，轰然坍塌下来，尘土飞扬之中，一股烈焰从瓦砾中冲出，瞬间就将木制的房梁、门窗等卷入烈火中，烧得毕剥作响。爆燃的偏殿距离武皇后的凤銮不足五十丈远，中间只隔着一座山门。武皇后等人见到火势如此凶猛，无不骇然，偏殿之中如果有人，势必烧得尸骨无存。

黄松竹哈哈大笑，再次高举右手，云襄抢过身边羽林卫士兵的弩箭，一箭射中黄松竹的肩膀，黄松竹趔趄一下，依然狠狠挥下右手，但是这次翠微宫内剩余的殿阁馆舍并无异样，没有发生爆炸。黄松竹以为哪里出了差错，咬牙举手再次挥下，依然没有一点动静。

这时，只见一个黑色的人影从含风殿中冲出，正是装扮成青年男子的"紫燕子"，她将一个麻布包裹扔在黄松竹面前，道："这就是你埋伏的点火之人，首级在此！"包裹中滚出一个鲜血淋漓的人头，正是黄松竹安排在含风殿中点火的同伙。这人藏在含风殿中，点燃了第一条引信引爆大门附近的偏殿，再点其余引信，却毫无动静。原来杜鼎之吩咐"紫燕子"从吴仁义逃出的暗道口再次冒险潜入，将每个厅室之间相连的引信全部割断，"紫燕子"胆大心细，不仅割断了引信，还逆着引信找到了含风殿，一剑割下点火之人的脑袋。

黄松竹见事败无可挽回，不由长叹一声："可惜！天意不遂，天意不遂！"他将心一横，用袍袖遮面，猛然向火场冲去。

外面的杜鼎之急呼："快拦住他！他还有幕后主使之人……"

"紫燕子"纵身去拦，却已不及，黄松竹已经撞进烈火之中，瞬间变成了一个火球，在大火中哀号翻滚。杜鼎之从铁甲阵中挤了出来，跑到火场边想去救黄松竹，却为烈焰逼退，他看到如此情形，也只能直拍大腿，徒呼奈何。武皇后和随行的百余臣子见到黄松竹如此下场，都在心里暗呼侥幸，这些人如果进到翠微宫中，只怕人人都要变成灰烬飞烟。

武皇后免遭劫难，凤颜大悦，她缓缓坐回凤椅，让云襄将杜鼎之带到面前，道："杜爱卿，继三清观之后，你又立下首功，功在社稷，我该如何奖赏与你？"

杜鼎之挠挠头皮，支吾道："启禀皇后，今日便是中元节，微臣斗胆请求，您定的期限能否再宽限几日？"

武皇后微微一笑，正要说话，忽然一骑飞驰而来，马上之人正是内卫酷吏周兴，周兴在云襄面前跳下马，低声向云襄说了几句，云襄不由焦急地看向武皇后和杜鼎之。

武皇后沉声问："云襄，发生了什么事？"

云襄近前躬身禀报："启禀皇后，百济驻军的两名信使已到达长安附近，武云宗正从南门进入城中，崔破虏还有三十里到东门！还有……"

"还有什么？"

"日前擒获的'红骷髅'韦星洲，今日凌晨在狱中遭人杀死！"

听完云襄的话，杜鼎之立刻慌里慌张地抢过周兴的马匹，翻身跃上马背，挥鞭策马向长安城奔去。

长安，大理寺牢狱。

"红骷髅"韦星洲是坐着死的，面朝东方，盘膝而坐，眉目之间依然带着几分讥诮的笑意。杜鼎之轻轻扒开韦星洲的衣领，一眼就看见他脖子侧面有一个青紫色的针孔，与林玉图、王重达的死状一模一样，凶器应该还是浸染赤练蛇毒液的毒针。

大理寺的仵作验完韦星洲的尸身，得出的结论与杜鼎之的猜想一样。仵作苦笑道："杜寺丞，'红骷髅'杀了'红骷髅'！你说，这可怎么交代？"

杜鼎之明知故问，道："你确定韦星洲不是夹带毒针入狱，伺机自杀？"

仵作双手一摊，道："他关进来的时候，可是你们亲自搜身的。再说了，他要是自杀，那自杀的毒针在哪儿呢？"

杜鼎之当然不相信韦星洲会私藏毒针自杀，一个绝食数日的人，要是藏有毒针早就自杀了。杜鼎之想不到谁能混进大理寺牢狱，将一心求死的韦星洲杀死灭口，看来这个凶手不仅心狠手辣，而且行事缜密，他并不相信韦星洲会守口如瓶，所以冒着风险潜进大牢行凶杀人，只有死人才会保守秘密。

杜鼎之细细查看牢房内的痕迹，从韦星洲死时的坐姿来看，他似乎并未反抗，而是坦然受死，脸上凝固的讥笑不知是嘲笑凶手多此一举，还是嘲笑杜鼎之等人无法获知他心中的秘密。杜鼎之蹲下身来，仔细端详着韦星洲脸上的笑意，过了良久，他轻声问："告诉我，'白面韦陀'，人死了是什么感觉？"

韦星洲已经死去多时，当然不能回答杜鼎之的愚蠢问题，杜鼎之却觉得韦星洲面上的讥笑越来越甚，只好站起身来，苦笑道："听人说，死，就是一团漆黑！"

杜鼎之虽然弄清楚了林玉图那张图纸所藏的秘密，但是黄松竹与韦星洲是什么关系？吴仁义口中那个手腕有疤痕的人又是谁？林玉图、王重达、韦星洲还有昆仑奴、王进，蒋记工行等人，分别死于何人之手？韦星洲是"红骷髅"，还有隐藏的第二个"红骷髅"，杜鼎之与狄仁杰之前推测的"红骷髅"不止一人，看来真的灵验了。

死，是一团漆黑，杜鼎之深陷其中的案情岂不是更黑？

六十

长安，大慈恩寺。

武云宗进到长安城后，不敢稍停，直奔兵部求见主持事务的右侍郎薛封，得知薛封正在奉旨彻查各州折冲府中有无通敌人员，要两日后才回长安。武云宗无奈，只能将刀柄中的密信取出，交由兵部职司保管，等候兵部通知。

武云宗牵马在长安街上行走，眼前物是人非，心中感慨万千，他随军征战已逾两年，戎马倥偬无暇回到长安。别人盼着回长安，他对长安却有一种难以言说的抵制，长安的家中自从母亲去世以后，他从未回去过，家中已无他的容身之地。此次长安军务事毕，武云宗要去母亲的坟茔祭奠一番。武云宗想起与崔破虏在白江口临别的约定，中元节在大慈恩寺见面，便奔向大慈恩寺。

大慈恩寺是当今圣人李治身为太子时，为了追念去世的母亲长孙皇后，于贞观二十二年（公元 648 年）修建，寺中后来又修建了大雁塔，请玄奘法师前来住持，领管译经事务。

因为今日是佛家的盂兰盆节，大慈恩寺中香客如云，摩肩接踵，寺外的曲江池畔有无数长安人集聚在那里，等候天黑时诵经放河灯。大雁塔高一百八十尺，高耸入云，令人不由心生敬畏。武云宗站在大雁塔下，抬头仰望，心中却一阵悲戚，圣人李治为了追念生母，可以不惜财力敕建富丽堂皇的佛院高塔，而自己追念生母，只能寄怀于清风明月。武云宗效仿身边香客，双手合十默念几句，祷祝母亲免堕地狱，早登极乐。

武云宗身后的人群中出现了几个神态鬼祟的人，目光都集中在武云宗身上，密切观察武云宗的一举一动。武云宗初时并未察觉，直到他在塔下祷告时，余光看见有人故意靠近他，试图听他祷告话语，武云宗不由怒从心起，这些阴魂不散的家伙，跟踪尾随竟然贴近到他身侧，堂堂大唐都城长安，岂容宵小鼠辈猖狂？

武云宗虽然心中喷火，却并未立即发作，他随着人流来到寺外街上，这里商铺林立，游人如织，武云宗进到一家"胡家羊肉"铺子，要了一大份水盆羊肉，外加两张胡饼，甩开腮帮子吃起来。那几个跟踪的人也尾随进来，坐到另一张桌子前，虽然也装作吃喝，眼光却一直未离开武云宗半步。武云宗风卷残云，一大盆羊肉下肚，使劲伸懒腰打个饱嗝，然后活动一下腰腿，猛地操起汤水淋漓的盆子，扣在一个跟踪者的头上，那几个人顿时鸡飞狗跳，掣出短刀对准武云宗。武云宗也不说话，气定神闲地走出店铺，在大街中央放下腰间双横刀，又脱去长袍，晃晃脖子活动着手腕，冲那几个人挑衅地勾勾手指，他要和这几个人赤手空拳地打一架。武云宗自从离开百济熊津城后，一路屡遭劫难九死一生，连沿途的唐军也层层阻拦，武云宗早就憋了一肚子气，再加上刚才在大慈恩寺中思念亡母，武云宗心中有一团怒火在燃烧，他要在众目睽睽之下痛殴这群宵小，发泄心中的怒气。

第一个挥舞短刀扑上来的人，武云宗一拳击在对方鼻子上，顿时万朵桃花开，仰天倒栽出去，第二个扑过来的人抬腿踢向武云宗，武云宗抓住他的脚踝一扯，顺势丢出去老远，狠狠地撞在路边石阶上，第三个人正是刚才扣了一盆子肉汤的那位，他是这群人的头领，见武云宗如此厉害，攥紧手中短刀向武云宗刺来，武云宗避过短刀，一拳将对方打成弯腰的虾米，跪在地上无法起身。此时，周围已经聚集了数百名路人、香客，都挤在一起围观打架，将道路堵得水泄不通，武云宗有心在长安父老面前卖弄本领，转身一个回旋踢，将跪在地上的头领踢出去两丈远，挣扎半天爬不起来。

围观的人中有一位老者认识挨打的人，惊道："这位年轻小哥，快快住手，你可知道打的是谁？"

武云宗毫不在意，大声道："我管他是谁？便是天王老子来了，我也打他满脸开花！"

老者一番好意，劝武云宗道："小哥快逃命去吧，这人便是武皇后手下的得力干将周兴，是一个名震长安的酷……"老者不敢当众说出"酷吏"二字，又怕惹祸上身，只能跺一下脚，赶紧离开。

武云宗听见自己打了武皇后的手下，不但没有惊惧，反而大喜，扑过去将周兴拎了起来，反反正正又打了周兴五六个耳光。武云宗的母亲在武家饱受歧视，含羞忍辱，最终自尽而亡，武云宗从小在武家受尽白眼，今天终于可以痛殴武皇后的手下出口恶气。可怜酷吏周兴，平日里仗着武皇后和内卫的威势，作威作福，令朝中臣子和长安百姓畏之如虎，却不料今日阴沟里翻船，武云宗一顿耳光打得他面目肿胀，几乎和猪头一样。

见周兴几个人狼狈而逃，武云宗不由得意地大笑，围观的百姓知道酷吏周兴肯定不会善罢甘休，很快就会带人反扑，纷纷奔走躲避，大慈恩寺前顿时行人寥寥。

崔破虏带着林统领出现在曲江池畔，他与武云宗一样，进到长安城先去兵部报到，见不到右侍郎薛封，只能将密信呈交兵部，然后来大慈恩寺赴武云宗之约。此时，成千上万的长安人拥挤到河边放河灯，将道路拥堵得寸步难行，二人只能牵着马随着人流向前挪动。

林统领看着路上密如蚁群的长安人，惊得合不拢嘴，他怯怯地问崔破虏："这么多人，他们都住在哪儿啊？长安城有那么多房子吗？"

崔破虏哈哈一笑，道："原来你还惦记你的长安房子呢！放心吧，长安城和你们高句丽的城池不一样，多少人都住得下！"

林统领像个孩子一样，看着各式各样的河灯，很是喜欢，他伸手要摸一个小孩子手中的河灯，却把小孩子吓得"哇"一声哭出来，引来孩子奶奶的呵斥："哪里来的野人？好生无礼！"崔破虏和林统领奔波数千里，衣衫褴褛，脸上的头发和胡须都已打卷儿了，沾满灰尘，和山里的野人一样。

崔破虏抬头看见高耸入云的大雁塔，心中也是唏嘘不已，他冲着高塔双手合十，低声祷告："玉妹，你还好吗？愿我们的麟儿早日托生富贵人家，平平安安……"

旁边的林统领奇道："玉妹是谁？你的妻子，还是情人？"

崔破虏并不理他，眼光在人群中忽然瞥见一个熟悉的身影，正是神出鬼没的樱月妖。樱月妖站在华灯之下，冲着崔破虏微微一笑，笑容妩媚动人，就像是远游归来的朋友相见，虽然无声，却满是关怀。崔破虏很是诧异，他在樱月妖的笑容中没有发现敌意与杀气，反而全是笑意，令他有些无措，樱月妖跟随他来到长安，那个蹊跷的承诺到底是什么？林统领醉心于街路两侧光怪陆离的景色，等他发现崔破虏神情有异，转头望去，华灯之下的樱月妖已经没了踪影。

大慈恩寺山门前的百姓潮水般向后涌来，有人惊呼："前面打架了，有人痛打朝廷的内卫！"听到令人谈虎色变的朝廷内卫遭人痛打，街上的百姓顿时乱作一团，有的担心殃及自身慌忙躲避，有的高兴解气想去看热闹，整个街上顿时堵得水泄不通。朝廷内卫虽然只是百姓口耳相传的秘密组织，负责察举缉拿案犯，侦听官声民意，但是权势熏天，滥用酷刑滥杀无辜，经常祸及无辜百姓，内卫崛起迅猛，并不见诸于文牍，但是大家对这个组织恐惧多于敬畏，厌恶多于好奇，心里都盼着内卫出丑。

崔破虏和林统领好不容易挤到大慈恩寺前，只见武云宗孤身一人坐在大慈恩寺的台阶上，双横刀放在身边，面前站着十几个黑衣内卫，为首的正是脸肿得猪头一样的周兴，周兴刚才惨遭武云宗痛殴，纠集手下返回寻仇，没想到武云宗端端正正坐在大慈恩寺山门前等他们回来。

崔破虏和武云宗历经生死重逢，自然十分欣喜，在人群后面喊了一声："武兄弟，你我准时践约，何必与他们一般见识，不要因小失大，还是去办正事为好！"

武云宗冲崔破虏摆摆手，道："这些人一路跟随小弟，我早就看他们不爽，今日拳头发痒，就拿他们解解馋！崔兄，你先游玩一番，我摆平他们自去寻你。"武云宗丝毫没有把这些内卫放在眼里，不让崔破虏参与其中。崔破虏听武云宗如此说，心下明白他为何当众寻衅，他和林统领自北路来长安，也是一直有身份不明的人尾随，没想到竟然是内卫的人马。

外面传来一声冷叱："何方狂徒，竟敢挑衅内卫？吃我一刀！"话音未落，一道匹练般的刀光直刺武云宗，来人正是云襄。

武云宗见来袭刀势猛烈，哈哈一笑道："总算来个能打的，原来内卫并不都是酒囊饭袋、无耻小人！"武云宗自然知道内卫为他的远房姑姑效命，但是他与武家人泾渭分明，内心极为鄙夷那些攀龙附凤的亲戚，此时他表面骂的是内卫，其实心中所恨的却是自家族人。

云襄连劈三刀，武云宗虽然躲过，却也连退数步，云襄喝道："你再不亮刀，休怪我刀下无情！"

武云宗冷笑道："我的双横刀只饮敌人鲜血，你们这些邪魅之辈还不配！"

云襄大怒，将横刀使得游龙一般，招招不离武云宗要害，武云宗连连闪避，口中依然嘲讽云襄："本事不错，可惜助纣为虐，你这个小娘子如此勇猛，何不随我去前线多砍几个敌人？"

男装打扮的云襄让人揭破身份，心中尤为恼怒，手中刀更是不留情面，恨不得一刀将武云宗搠翻在地。人群中的崔破虏担心武云宗有失，挺身而出，手中银枪压住云襄的横刀，道："这位姑娘，何必要性命相搏，我替武兄弟向你赔个不是，罢手如何？"云襄没有想到对方还有强援，她的横刀压在枪下，手腕用力想拨开银枪，却发觉犹如千斤巨石压住，只好停下身来。

围观人群"哗"的一声散开，一队金吾卫士兵冲了进来，将崔、武二人和云襄等内卫围在当中，跟在金吾卫士兵身后的竟是杜鼎之。

崔、武二人见到杜鼎之，不由又惊又喜，齐声道："杜兄，怎么是你？"

杜鼎之面沉似水，双手背在身后，威势十足，大声命令道："来人，将百济奸细崔破虏、武云宗给我拿下，押回大理寺候审！"

金吾卫士兵一拥而上，明晃晃的刀枪对准崔、武二人，二人正要抵抗，杜鼎之竖起眼睛大喝一声："大胆奸细，还不束手就擒？要是胆敢反抗，立刻尸横就地！"

听到杜鼎之这么喊话，崔破虏和武云宗对视一眼，迟疑着将手中刀枪扔在地上，金吾卫士兵上来将二人绳捆索绑。夹在人群中观战的林统领见崔、武二人束手就擒，急得手足无措，崔破虏冲他暗暗摇头，示意他不要声张，林统领便悄悄退回人群中。金吾卫士兵推搡二人前行，前去大理寺。杜鼎之冲着云襄遥遥拱手，并不过来寒暄，背着手跟在队伍后边急匆匆离开。

见到杜鼎之将崔、武二人押走，眼睛肿得只剩一条缝的周兴心有不甘，凑到云襄面前，道："云姑娘，就这么便宜他们了？"

云襄冷哼一声："技不如人，你还嫌出丑没够吗？"

"可是，这两个人是我们一路跟踪到长安的，现在却让大理寺劫了去……"

云襄素来鄙夷周兴的为人，故意大声道："此案由杜鼎之审理，乃是皇后的懿旨，周主事难道反对吗？"

"是，是，属下不敢。"周兴捂着脸，恨恨地退了下去。

六十一

长安，普渡寺。

普渡寺的黑市交易依然如火如荼，各国商人争相用重金收购大唐宝物，已经形成一条稳固且报酬丰厚的利益链，操控普渡寺黑市交易的依然是郭震和他麾下的"不良人"，而所得的钱财大都用来资助内卫秘密查案、打击异己势力。

一名黑衣大食商人坐在角落里，从上到下用罩袍遮得严严实实，大食商人不动声色地看着台上的竞价买宝，竞买的宝物是一尊和田玉雕成的天马像，晶莹剔透，栩栩如生。大食商人的注意力并不在宝物身上，而是前面一个南越女子，那个南越女子年轻秀美，打扮得花枝招展，不时和身边的一名南越富商说说笑笑。南越女子偶然回头，见到大食商人注视她的目光，两人对视一会儿，虽然没有说话，但是彼此心有默契。过了一会儿，大食商人起身向外走去，南越女子悄悄跟了出去。

来到普渡寺院中的水榭，大食商人见四下无人，轻轻掀开罩袍一角，竟然是金柔儿，而那个南越女子散开头发，却是樱月妖所扮，这一对师姐妹各负秘密使命，此刻在长安城中相会。

樱月妖道："二师姐，你真的要替扶余丰卖命，助他们实施那个计划？"

金柔儿苦笑道："我能有什么办法，我对扶余丰素无好感，但是师傅之命，我不敢违抗。"金柔儿口中的师傅，自然是倭国的甲斐飞鸢。

樱月妖"哼"了一声，道："大师姐辉夜姬视师傅如亲生父亲，待扶余丰如挚爱郎君，可是最后结果又如何？为了扶余丰的复国之计，他们把她活活逼死在熊津城！"

提到辉夜姬，也触碰到金柔儿的伤心处，她叹息道："大师姐之死，一半是扶余丰想甩掉累赘，一半是大师姐心丧若死，不想再面对师傅和扶余丰，她是伤心而死的！"

樱月妖有些哽咽，道："二师姐，扶余丰和师傅能把大师姐当成累赘，难道就不会把我们两人当成牺牲品？"

金柔儿默然不语，樱月妖的话其实也是金柔儿每日反问自己的话，她和樱月妖踏入长安城，无论计划成败，几乎都难有生还的机会。扶余丰和甲斐飞鸢两人俱是野心勃勃，一个梦想恢复故国，一个梦想国家称霸，他们两个谁会在乎这对姊妹的性命？

樱月妖拉住金柔儿的衣袖，低声道："二师姐，大师姐死后，我有一个想法，一直想找你商量……"樱月妖凑近金柔儿的耳边，轻声低语几句，金柔儿的表情慢慢变得凝重起来，显然樱月妖的话在她心里产生了极大震撼。

金柔儿沉思一会儿，问道："师妹，你真的决心这么做？你可想到后果？不但大唐视我们为敌国奸细，就连师傅的门人、百济的军队，都会把我们当成叛徒，天涯海角追杀我们的！"

樱月妖眼泛泪花，看着金柔儿，道："我知道，可是我不想像大师姐那样，让人当成一个棋子白白牺牲掉！我们为什么不能为自己拼一回？"听二人语气，樱月妖似乎不想再受甲斐飞鸢和扶余丰摆布，正在计划背叛组织，亡命天涯。

水榭之外，忽然响起一阵脚步声，一个褐衣老者大步走了进来，正是当日出现在风雨天香楼中的褐衣人。金柔儿和樱月妖见有陌生人进来，立刻戒备起来，褐衣老者微微一笑，道："二位姑娘不必紧张，我与令师甲斐先生乃是故交，他近来可好？"

原来褐衣老者是前来接头的人，金柔儿和樱月妖内心更是紧张，生怕对方窥破心事，金柔儿故意冷冷地反问："既是甲斐先生故交，可有凭证？"

褐衣老者微微一笑，撸起左手腕衣袖，露出手腕上的一处伤疤，道："甲斐先生应该说过，这处箭伤疤痕便是凭证！因为这处疤痕乃是当年甲斐先生所留，而他的右腿我也曾留下过一处凭证。"听褐衣老者如此说，看来他和甲斐飞鸢之间应该有不少不为人知的故事。这个褐衣老者正是吴仁义在翠微宫地下厅室中见到的神秘人，眨眼之间连杀六人，连阿刁也死在他手中，手段极是狠辣。

金柔儿验过凭证无误，和樱月妖一起向褐衣老者施礼，道："甲斐门下，前来听令！"

褐衣老者哈哈一笑，道："如若老夫的'灭地'计划实施顺利，本不需要你们两位晚辈出面，可惜'灭地'计划功败垂成，现在只能靠你们两人扭转乾坤了！"说到这里，褐衣老者话锋一转，语气变得冷酷无情，道："知徒莫如师，甲斐先生已经预先料到有人会胆小怯战，他此刻正渡海东来，不日便可抵达督战，而他前来之际，已经命令属下前去照料两位的家人。"

金柔儿和樱月妖的脸色顿时变得苍白，她们两人自然懂得"照料家人"的真正含义。金柔儿紧咬嘴唇，冷然道："谢谢关心，我早无家人可以牵挂。"

褐衣老者微微一笑，道："你的直亲虽遭高藏和泉盖苏文屠杀，可是藏在高句丽国中的宗亲还有不少人，若是我们把他们的下落透露给高藏和泉盖苏文，你想会是什么下场？"金柔儿的拳头瞬间攥紧，紧紧咬住牙关，不再说话，看来当日在熊津城望江楼上，金柔儿与武云宗所说的故事，并不是谎言，而是她的真实身世。

褐衣老者又转向樱月妖，笑道："你虽年纪最小，但是心眼儿最多，甲斐先生料到你一定会第一个怯战甚至叛逃，所以他已经安排人去山中照料你的奶奶，你可以放心了吧？"樱月妖眼中盈满了泪水，浑身颤抖，隐匿在山中的奶奶是她唯一的亲人，但是也无法逃脱这些人的魔爪。

"你们按照计划去做好准备，等候我的通知。'毁天'计划必须成功，你们就是计划的主角！"褐衣老者背着双手，慢悠悠地离开水榭，只凭寥寥数语，他就已经将心生异志的金柔儿和樱月妖牢牢掌控在手心，褐衣老者简直是一个操控人心的魔鬼，他身后的组织更加可怕。樱月妖看着金柔儿苍白的脸色，终于忍不住，两行热泪滚落下来。

褐衣老者口中的"灭地"之计似乎就是翠微宫那场功亏一篑的大火，那么"毁天"之计又是什么？

大理寺牢狱。

崔破虏和武云宗手脚都戴上镣铐，关在同一间囚室内。这间囚室正是关押韦星洲之所，韦星洲的尸体刚刚搬走不久，二人并不知道囚室之前发生的事情，分别踞坐在囚室东西角落，互相注视着对方，气氛抑郁沉闷。

过了良久，武云宗突然开口，问道："大哥，我有一事想了四十天，却一直没有想通，现在你我同处一室，小弟想问个明白。"

崔破虏目光炯炯，盯着武云宗，道："我也有一件事想了四十天，也没有想通，你想问的事情，也是愚兄想问的！"

武云宗哈哈一笑，道："你我之中，究竟谁是那个叛国奸细？"

崔破虏仰天大笑，道："你我之中，究竟是谁杀了任权将军？"

武云宗又问："你我之中，究竟是谁透露对方的回国路线？让敌人处处设伏？"

崔破虏也问："你我之中，究竟是谁提供对方画像？让沿途同党层层阻拦？"

"大哥，你是在怀疑我？"

"贤弟，你何尝不是怀疑我？"

"大哥，当日死鹰岭一战，百济复兴军是如何得知消息，提前设伏？"

"不错，此事我也百思不得其解，我一路行来，每天都在回忆那天晚上的情形。那夜行军途中，贤弟你曾有一段时间消失在队列最后，我说的可对？"

"哈哈，如此说来，小弟也想起一事，那夜中途折向加林城之时，大哥也曾不见了半炷香时间，我没有记错吧？"

二人不再说话，相互瞪视着对方，眼中亦不再是兄弟之情，全是警惕和戒备，二人多年的兄弟之情、袍泽之谊，此时此刻已然慢慢消融无形。

武云宗道："上次白江口海边一别，你我相约，如果活着到长安，你我便再比试一番，今日大慈恩寺前我打得不过瘾，何不在这囚室中来个了断？"武云宗说话时，眼神如刀锋一般凌厉。

"好，我正有此意！"崔破虏率先起身，镣铐哗哗作响，眼神锋利如枪，道："既然言语无用，只能在拳脚上找出真相！"

武云宗慢慢起身，双手抱拳，道："海边一战，是我先出手，今日请大哥先！请！"武云宗虽然口中还称崔破虏为"大哥"，语气中却多了几分冰冷。

崔破虏道："贤弟，那我就得罪了！"崔破虏口中的"贤弟"也少了几分亲热。崔破虏镣铐一甩，右拳径直向武云宗面门击来，这一拳看似无奇，竟然风声赫然，劲力十足，显然他一出手就没有留情。

武云宗横肘一架，抬腿踢向崔破虏左肋，因为脚镣所限，这一脚只能踢向崔破虏左腿，崔破虏也为镣铐限制，拳脚无法到位，二人打得招式别扭，却各自蕴含内劲，如若挨上重击，难免身受重伤。

二人在囚室中打得翻翻滚滚，难解难分，忽然外面传来一声冷笑："昔日情同手足，同生共死，今朝翻脸无情，生死相搏，传出去也不怕天下人笑掉大牙？"说话的人正是杜鼎之，他其实早就进到狱中，在外面将崔、武二人一番对话听得清清楚楚。

崔破虏和武云宗停下手来，像两只斗鸡一样，盯着对方互相防备。杜鼎之打开牢门，站在二人中间，分别打量二人，问道："你们之中，究竟谁是'夜枭'？"

"'夜枭'？"崔破虏和武云宗一起反问。

杜鼎之大声道："检校带方州刺史刘仁轨飞鸽传书朝廷，指出你们二人之中有一个百济奸细，代号'夜枭'，究竟是谁，你们不要再让我这当哥哥的费心了！"

武云宗抢先道："杜兄，小弟不是什么'夜枭'！"

崔破虏也沉声道："杜兄，难道你不相信我？"

杜鼎之有些痛心地看着崔、武二人，道："多年兄弟情义，你们就这么毫不在意翻脸抛弃，拳脚相加？"

崔破虏和武云宗对视一眼，彼此心中都闪过几丝愧疚，但是又各自否定。崔破虏大声道："兄弟私情，怎比家国大义？"武云宗也道："我与敌国奸细，不死不休！"

杜鼎之沉吟一会儿，问道："那么，你二人之中，究竟谁是与任权将军相约，暗查军中内奸的……"说到此处，杜鼎之故意打住，观察二人的神态。

崔破虏和武云宗同时道："我是'捕雕手'！"二人说话时异口同声，不差分毫。

杜鼎之吃了一惊，顿时愣在那里，心中闪念，难道任权与二人都曾私下约定过？他随后摇摇头，否定了自己的怀疑。

武云宗道："那日，任权将军与我密谈，帐外曾经有一人偷听，一闪即逝……"

崔破虏冷笑："恶人先告状，与任权将军密谈的人应该是我，偷听之人却是你吧?"二人顿时又怒目相向，攥紧拳头几乎再次厮打在一起。

崔破虏对杜鼎之道："杜兄，你快帮我证明，武云宗他才是百济的奸细!"

武云宗也对杜鼎之道："杜兄，我不是奸细，崔破虏才是!"

杜鼎之一个脑袋几乎裂成两半，他本以为崔、武二人必然会有一人在"捕雕手"这个环节露出马脚，没想到还是难辨真假。如果真如二人所言，任权与"捕雕手"密谋之时遭到"夜枭"窃听，这必然是"夜枭"在乱军中射杀任权的原由。

杜鼎之没想到崔、武二人从昔日情同手足的好友，到现在撕破脸皮势同水火，他看着面红耳赤的崔、武二人，一时竟也束手无策，只能让司狱将二人分开关押，送来好酒好菜，让他们二人饱餐一顿。杜鼎之摇头叹息，一脸无奈地离开囚室。

六十二

长安，清阳王府。

中元节之夜，长安百姓大都来到河边放河灯，城中街巷却显得空旷。玉泠道人受长宁公主委托，带着礼物和珍稀补品前来慰问摔伤腿的清阳县主李如，不想在王府门口遇见殷茵和王真也来探望闺蜜，三人结伴一起来到李如的住处。

来到李如的香闺，只觉室中芳香扑鼻，不知是何种异香，王真笑道："这妮子不知道又从哪里淘弄来的香料，一会儿我们给她抢走！"

李如躺在香帐之中，面前垂下一道精美的珠帘，殷茵正要掀开珠帘看她伤势，李如阻止了她，轻声道："莫要掀开，我脸肿了，不想见人。"帘后李如的声音沙哑，似乎嗓子肿得厉害，几人听她如此说，都是一愣，没想到李如伤病如此严重。

旁边的侍女解释，李如打马球摔伤了腿后，太医院派来了御医诊治，腿虽无大碍，服下的汤药却过敏，导致面目肿胀，嗓子涩哑，好美如命的李如便躲在帘子后面不想见人。听侍女如此说，几人素知李如任性，便也不勉强她，隔着帘子与她有一句没一句的说话。

府中侍女进来禀报，说是武皇后派云襄前来问候，并邀请玉泠道人一起回去协助办案。玉泠道人当即脸色大变，没想到内卫竟然追到清阳王府，看来不把自己带回去誓不罢休。殷茵和王真在长宁公主寿诞宴上，见过内卫云襄要带走玉泠道人，两人都反感内卫的跋扈冷酷，替玉泠道人深深担忧。

王真心直口快，对玉泠道人说："玉泠姐姐，你赶紧从后门离开，我和殷姐姐拖住她们，千万别落到这群人的手里。"

殷茵平时温婉娴静，很少说话，她也不忍见玉泠道人落入内卫手中，道："玉泠姐姐，长安已不适合你羁留，还是赶紧隐匿到不知名道观之中，否则后患无穷。"

玉泠道人苦笑："我何尝不想早日隐居山林，之所以羁留长安，是因为听闻我那夫君近日从百济回来，我想与他见最后一面，了却尘间俗缘，以后再不入世。"

王真性子急，推着玉泠道人向后院走去，道："既然想见夫君一面，就更不能落入那些人的手中，姐姐快走吧！"

玉泠道人见事已至此，只好从王府后院悄悄离开。

王真回到室中，故意叹口气道："男人啊，哪有什么好东西，一个为了男人不顾危险留在长安，一个为了男人矢志不嫁！要是我啊，什么男人我都不放在眼里！"王真调侃的是殷茵，殷茵本与淮西王李麒有婚约，李麒谋反失败自杀，殷茵便向父母明誓，此生不再嫁人。李麒与殷茵虽有婚约，其实并未见过几面，而且李麒风流成性，身边歌伶舞姬成群，估计李麒在黄泉也想不到，世间唯一惦念他的竟是未过门的殷茵，为他守节不嫁。

云襄进来，李如依然躲在帘子后面不露面，只让侍女应答，而殷茵和王真则坐在桌前下棋，对云襄瞅也不瞅，云襄讨个没趣。云襄知道这几人是为玉泠道人拖延掩护，敷衍几句就告退出来，待到她带人来到清阳王府后面街巷，早就不见了玉泠道人的踪影。

大理寺牢狱。

杜鼎之因为崔、武二人之事，心中愁闷，便信步来到牢狱司狱房中，向司狱询问韦星洲死时，有什么人进出过牢狱。司狱是一个严谨的老吏，找出记事簿仔细查看，说那日算上杜鼎之一共有七人进出过牢狱，这七人都是大理寺各级官吏，因为查办案情进到狱中。杜鼎之将那六名同僚的名字记在心中，他怀疑杀死韦星洲的人就是这六人中的一个。

临走之时，司狱又道："那日，赵少卿曾经来狱中巡检狱务，敦促下官加强防范，免得贼人混入，因是上司巡检，下官并未记录在簿。"司狱的话让杜鼎之心中一动，但是他并未言语，转身走了出去。

从牢狱出来，杜鼎之特意来到碧霄茶楼，因为这里是赵绾从大理寺回家的必经之路。自上次在羊汤铺子遭人袭击，杜鼎之现在变得谨慎许多，每到一处都要仔细观察周围情形。中元节之夜的碧霄茶楼客人并不多，杜鼎之坐在茶楼二楼靠窗位置，俯瞰街面。过了一会儿，果然看见身穿绯红官服的大理寺少卿赵绾匆匆而过，似乎很是着急。杜鼎之下楼，悄悄跟在赵绾身后，他听说赵绾在韦星洲死时也曾去过牢狱，不由对他起了疑心。

赵绾并不知道身后有人尾随，径直走进了风雨天香楼，进楼之前，赵绾似乎有所警觉，警惕地环视左右，幸亏杜鼎之机灵，躲在街对面的拐角后面，没有让赵绾发现。等杜鼎之追进楼中，已经失去了赵绾的身影，风雨天香楼四层楼上上下下足有七八十间包厢，杜鼎之一时找不到赵绾的下落，他悄悄拽过负责迎接宾客的伙计，塞给他几文钱，问道："小兄弟，可曾知道大理寺赵少卿在哪个包厢？"

伙计毫不客气地答道："这位官爷，小的不认识这个寺那个庙的少卿少爷！"

杜鼎之气急，追问："适才一个穿绯红官袍的人，你难道没有见过？"

伙计不以为意地撇撇嘴，指着熙熙攘攘的宾客，道："我们这楼里，整日里紫袍红袍的人多了，便是你这种青袍，那就更多了，我又怎么分得清？"

杜鼎之随着伙计的指处，只见至少有五六位绯红袍子的人相互作揖，走上楼去应酬。风雨天香楼是长安第一销金窟，每天不知道接待多少达官贵人，怨不得伙计分不清赵绾去了哪间包厢。杜鼎之无奈，只好在一楼的角落里坐下，静待赵绾出来。

风雨天香楼。

包厢之内，上一次的褐、红、青色服饰三人，今日只剩下两人，正是褐衣老者和红衣中年人，两人相对无言，门外传来玉墨的歌舞丝竹之声，长安第一销金窟加上第一歌姬，每天都是生意火爆。

"韦老弟不幸中计入狱，他既已绝食求死，你何必又冒险潜入狱中杀他灭口？"褐衣老者转动着酒杯，对红衣人说道，语气中似乎略有不满，他口中的"韦老弟"应该就是韦星洲。

原来上次风雨天香楼秘密聚会的三个人，青衣人就是韦星洲，而杜鼎之跟踪的赵缩就是红衣人，韦星洲就擒后，赵缩潜入大理寺牢狱将韦星洲杀死灭口，却不知褐衣老者又是谁？

赵缩微微一笑，道："大哥当年招募我的时候，不是曾教诲我，活着的人都不可靠，只有死的人才会保守秘密！"

褐衣老者干咳一声，道："呵呵，不错，我是老了，人老了就难免心软，咱们这个活计不适合岁数大的人来做，待此战结束，我就该隐退了，以后潜伏在大唐的细作，就全由贤弟你来掌管。"听褐衣老者的话，这几个人是混进大唐朝堂之内的奸细，身居高位，似乎还有不少帮手，暗中为敌国效命。

赵缩并不谦虚，对这番话坦然受之，他干了杯中酒，道："先是淮西王李麒三清观'恶钱'之计半途而废，李麒本是我们一枚弃子，死不足惜，能搅乱大唐朝政即可，最为可惜的是黄松竹精心设计三年的翠微宫'灭地'之计，竟然功亏一篑，否则大唐天子、皇后、文武百官，付之一炬，这场战争我们就不战而胜了！"

褐衣老者也是微微一叹，劝慰红衣人："成事十分，三分在人，七分在天，非我等时运不济，乃是大唐气数未绝而已。你我不要气馁，'恶钱'与'灭地'之后，不还是有'毁天'之计吗？"褐衣老者口中的"毁天"之计，正是他与金柔儿和樱月妖所说的计谋。

听褐衣老者劝说，赵缩更是气愤，道："大哥与我潜伏多年，谋划三年，设计了'恶钱''灭地''毁天'三计，没想到千算万算，前两计竟然毁在杜鼎之、'紫燕子'这等蝼蚁手中，在我们的计划中，这些人本不配做我们的对手！可惜，可恨！"赵缩越说越气，愤愤地一拳砸在桌子上，对面的褐衣老者示意他少安毋躁。

此时，楼下的杜鼎之正瞪大眼睛，仔细搜索着每一个下楼出门的人，刚才的伙计见他不点酒菜，却像看门狗一样盯着人看，便过去收走了他面前的茶杯茶壶，言外之意是催促他赶紧离开，杜鼎之明知伙计心意，却没有心思与他计较，生怕漏过了赵缩。

楼上的褐衣老者道："贤弟不必气恼，'灭地'虽然不成，至少'恶钱'成功了一半，长安现在市面上假钱横流，物价飞涨，商市不敢交易，人心惶惶，而且内卫正在抓捕李麒余党，朝中人人自危，风声鹤唳，他们越是混乱，越是无心关注百济与高句丽战事，我们才可以乘势崛起。贤弟，这一切都是你我之功！"

赵绾听到褐衣老者鼓励，眼中慢慢热切起来，仿佛看到大唐军队在前线一败涂地的景象。听二人的对话，这几个人原来不是百济和高句丽的细作，而是为倭国卖命，竟然在大唐朝堂之中潜伏多年，为了策应前方战事，最近三年策划了一系列阴谋，却不知最后的"毁天"之计究竟是什么？

赵绾问："百济驻军两名信使已经来到长安，朝廷近日就要下定百济战事决心，是战是撤是迁，就会有结果了。"

"不错，唐廷的决策，关乎我们的未来国运，你我务必要将消息传送回去！"

"请大哥放心，为了这个消息，我便是肝脑涂地，也在所不惜！"

"来，贤弟，'灭地毁天，功在千年'！你我干了此杯，这就尽命而为！"褐衣老者双手端杯，神色凛然，他不说"尽力而为"，却说是"尽命而为"，显然已将生死置之度外。

赵绾也是双手端杯，道："不错，'灭地毁天，功在千年'，你我尽命而为！"

两人相视一笑，一饮而尽。此时，外面戏台上的玉墨正唱"此地别燕丹，壮士发冲冠……"

赵绾正要离开，褐衣老者一把拉住他，道："不忙，你进楼之时，招来了一条盯梢的狗，此刻下楼他定会发现你。"

赵绾的眼神瞬间变得冷酷吓人，问："杜鼎之？"

褐衣老者点下头，冷笑道："这个家伙不但命硬，鼻子还很灵，韦老弟正是因为轻视了他，最后折在他的手中，我以前也是小觑了他，没想到他是个劲敌！"

赵绾道："上次我让王进的手下除掉他，可惜内卫插手破坏，我这就安排人做了他？"

褐衣老者摇头，道："决战在即，勿要轻生事端，况且他只是怀疑你，并无实据，你我还是专心'毁天'之计为好，莫要因小失大。"

楼下，一个醉醺醺的安息商人见杜鼎之独自坐在那里，便攥着酒壶跟跟跄跄奔过来，搂住杜鼎之的脖子，嘴里叽里咕噜说了一大堆，好像要与杜鼎之喝一杯，杜鼎之当然不答应，安息商人当即翻了脸，乱七八糟地大骂杜鼎之，揪住杜鼎之高声理论。杜鼎之没想到竟然遇到语言不通的外国醉汉，无心纠缠，使劲要推开对方，谁料安息商人一碰即倒，高嚷杜鼎之打人，一楼食客登时大乱，安息商人的两名仆人冲了过来，揪住杜鼎之向楼外推去，说要去长安县衙报官。

杜鼎之见他们如此胡闹，心中登时醒悟，这是有人故意指使安息商人寻衅滋事，阻挠自己盯梢。杜鼎之心中虽然醒悟，但是身不由己让几人推操出酒楼，扔在大街上，安息商人的两个仆人还不依不饶，将他牢牢按在地上。杜鼎之顾不得与他们撕扯，扭头向酒楼的楼梯处望去，隐约见到赵绾与一个褐衣人的背影，在酒楼后门一闪而没。

杜鼎之眼见赵绾溜走，顿时大怒，喊道："我是大理寺丞杜鼎之，你们还不放手！"

酒气熏天的安息商人晃过来，怒气不消，使劲踢了杜鼎之一脚，叽里咕噜地说了半天，也不知说些什么，引得不少路人围观，杜鼎之起不了身，又急又怒，却毫无办法。

这时，有一个年轻的小吏挤进人群，用安息话斥责那名商人："休要胡闹，这是大理寺丞杜大人，长安第一神断，你们怎可如此折辱他？"

安息商人知道惹祸了，吓得酒醒了一多半，赶紧向小吏解释，原来适才安息商人在酒楼饮酒，有人凑过来在他耳边告诉他，有一个青袍人嘲笑安息商人喝酒姿态是一副娘娘腔，连大唐女子都不如。那人手指的青袍人就是杜鼎之，安息商人当即大怒，攥着酒壶便去找杜鼎之比拼高低。

杜鼎之听清楚了事情经过，只能苦笑，自己盯梢不成，却让对方唆使利用安息商人一顿羞辱，赵绾和褐衣人早就溜之乎也，自己追究安息商人也无益。

杜鼎之向小吏致谢，道："多谢兄台，若非兄台帮忙通译，这个误会一时难以说清。"

小吏笑道："杜寺丞莫要客气，小弟骆宾王，早就耳闻长安第一神断大名，今日巧遇，何不进去共饮一杯？"

杜鼎之眼睛一亮，道："原来你就是名满长安的骆宾王？杜某早有结识之心，没想到今日巧遇。"

二人哈哈一笑，携手走进风雨天香楼。身后的安息商人和仆人大眼瞪小眼，不明白二人怎会如此亲热？

六十三

大理寺牢狱。

随后的两日里，杜鼎之连续提审崔破虏和武云宗，希望找出谁是"夜枭"，谁是"捕雕手"，但是二人依然坚决否认，相互指责，毫无线索，令杜鼎之一筹莫展。杜鼎之意识到，他的两个好兄弟已经不是当年快意恩仇、任性侠义的长安少年，而是老谋深算、居心难测的厉害对手了。

周兴得知杜鼎之审问崔、武二人受挫，心中大喜，认为报仇的机会来了。周兴趁杜鼎之不在狱中，带人将两个半人高、合围粗的陶瓮抬进囚室，放在崔破虏和武云宗的面前，将干柴置于陶瓮四周，泼上火油点燃，登时火焰熊熊，两个粗大陶瓮烧得直冒热气。

周兴脸上依然青紫，他透过火焰盯着对面的武云宗，笑道："武家少爷，按说我不敢找你麻烦，免得有人说是公报私仇，可是谁让你是百济奸细呢？既然杜鼎之审不出子午卯酉，我来请你尝尝瓮烤活人！"

武云宗一口痰吐在陶瓮上，立刻激出一股白烟，骂道："你他娘的才是百济奸细！想报仇就来找小爷，不要给我扣屎盆子！"

周兴并不生气，慢悠悠道："既然说不准你们谁是奸细，我就一视同仁，不偏不倚，带来两个陶瓮，你兄弟二人谁先请？"

隔壁囚室里的崔破虏朗声道："周兴，我在军中听传闻，说你的陶瓮烤了不少人，你就不担心自己有朝一日也要进到这瓮里？"

周兴哈哈大笑，道："你二人死到临头，竟然操心我的将来？弟兄们，请两位军爷入瓮！"

周兴带来的内卫们吆喝一声，打开囚室，一拥而上将崔破虏和武云宗拖出来，抬起他们的身子就要塞进陶瓮。崔、武二人对视一眼，眼光中不知道是同情惋惜，还是猜忌怨恨。

武云宗抬腿一蹬，将抬他双脚的内卫踹翻在地，大叫道："崔兄，你我沙场百战，没想到死在这等小人之手，可惜可恨！"

崔破虏提膝一撞，也将一名抱头的内卫撞翻，道："不错，死不足惧，可是我不想背负奸细之名去死！周兴，你这残忍小人，地狱相见我一定扭断你的脖子！"

周兴哈哈大笑，神态狰狞，道："你二人是赫赫有名的'军中双璧'，我不过是一个万人唾骂的小人，可是自古英雄难敌小人，你两位沙场英雄就认命吧！"

周兴令内卫将二人塞进瓮中，二人虽然拼力挣扎，但是寡不敌众，加上镣铐在身难以施展拳脚，一群内卫合力抬起他们凑近瓮口，二人的衣服靠近炙热的陶瓮，瞬间就已烫焦，发出一股焦煳味。

就在千钧一发之际，忽听外面传来一声断喝："大胆周兴，还不住手！"喊话的正是杜鼎之，他得到司狱的报告，说是周兴带领内卫进入牢狱审问崔、武二人，他知道周兴的手段，急忙飞奔回来。

周兴见杜鼎之闯入，冷冷一笑，做个手势，一群内卫依然抬着崔、武二人悬在瓮口上方炙烤，并不放下来，瓮中热浪烤得二人身如针刺，汗落如雨。

杜鼎之奔上前来，怒叱周兴："周兴，休要胡来！他二人中只有一人怀疑是百济奸细，另一人却是我大唐英雄，你怎可滥杀无辜？"

周兴狞笑，反驳他道："只要为国除掉一奸，便是杀死一百个英雄又如何？"

杜鼎之跨前一步，站在周兴对面，怒道："只要有一人无辜，便是一百个奸细也不能枉杀！"

周兴也跨前一步，几乎与杜鼎之头顶头，冷笑道："杜寺丞，你这是要诚心与内卫为敌吗？"

杜鼎之丝毫不惧，沉声道："周主事，你这是与天地良心为敌！"

杜鼎之和周兴两人像斗鸡一样杵在一起，毫不退让，而抬着崔、武二人的一群内卫已经受不了热浪熏烤，纷纷扭头躲避，瓮口上方的二人身上已经冒出白色的蒸汽。

这时，身后通道中突然传来云襄的声音，她大声道："传皇后懿旨，令杜鼎之与崔破虏、武云宗入宫觐见！"

周兴一愣，以为自己听错了，云襄快步来到他的面前，叱喝一声道："周兴，还不快快放人？"

周兴赶紧挥挥手，让内卫们放下崔、武二人，二人全身湿透，瘫坐在地上，身上衣服已经焦煳，二人偷偷对视一眼，此番共经大难再世为人，刚入狱时的恨怨之色已经少了很多。杜鼎之赶紧扶起崔、武二人，向牢狱外踉跄而去。

云襄低声斥责周兴，道："你险些坏了皇后的大事，再敢任性胡为，下一个入瓮的人就是你！"

周兴脸色青白不定，躬身听令，眼角余光却一直盯着杜鼎之三人的背影，他先是与武云宗结仇，此番又与杜鼎之结怨，以后自然不会与这几人善罢甘休。云襄知道他的心意，冷笑道："你惦记的武云宗，我听武家人说，皇后要将清阳县主李如赐婚与他，到底是自家亲人，你以后还是多巴结他吧。"

"是，是，在下一定多多巴结。"周兴连声称是，眼神瞬间从狠毒变回阿谀，此人也是奇才，不仅心狠手辣，而且更擅长拍马逢迎。

长安，曲江池畔。

经历过中元节的人山人海之后，此时的曲江池畔已是行人寥寥。

一个身披长袍，用丝巾罩住面容的女人匆匆而来，女人警惕地四下观望，似是在寻找什么人。大树后闪出一个人影，竟然是胆小怕死的林统领。那天在大慈恩寺，金吾卫带走崔破虏、武云宗后，林统领趁乱溜走，没想到在这里出现。

林统领上下打量着对面的女人，口中啧啧称赞道："多年不见，你不仅出落成大美女，没想到还成了长安的名人！"

女人显然对林统领并无好感，语气有些冰冷，道："林军使请说吧，你们找到我这枚闲棋冷子，有什么吩咐？"

林统领微笑道："是不是在长安待久了，就忘了自己是高句丽的人？"

女人有些紧张，道："这些年，我从没忘记自己是高句丽的人，我也从没忘记自己的使命。"听女子的话，原来她竟是高句丽安插在大唐的细作。

　　林统领点点头，道："我已暗中观察你两天，你若是忘了故国，我的手段你是知道的！"见对面的女子心生惧意，林统领换了口气，道："这次我千里而来，有两个任务交给你，事成之后，高藏国王重重有赏！"

　　"请林军使吩咐！"

　　林统领环顾左右，四下里寂静无声，林统领低声道："第一件事，助我打探出唐军对百济的征战方略。第二件嘛，高藏国王令我在长安与吐蕃、百济、突厥等国的细作取得联系，凡是与大唐敌对的，我们都要寻求帮助！"

　　"是，请林军使放心，我这就回去为您安排！"女人痛快答应下来，似乎林统领交代的两件任务对她来说并不是难事，由此可见，高句丽在大唐都城长安早就建立起严密的细作组织。林统领一路装作胆小怕死的懦弱之徒，跟着崔破虏来到长安，其实是执行高句丽国王高藏的密令。

　　女人正要离开，林统领忽然对身后的小树林中喝了一声："谁在那里？"树林里传出一阵嬉笑声，原来是两个年轻男女在树林中幽会，遭人喝破，只好衣衫不整地出来。见到两个年轻人突然冒出来，林统领眼中闪过一丝寒芒，瞬间就起了杀心，他似豹子一般冲了过去，人在空中时已从袖口掣出一柄乌黑的短刀，脚一落地就割断了两个年轻男女的喉管，两人脸上的惊讶还未褪去，就已经失去了生命。前来接头的女人见林统领如此凶悍，吓得赶紧离去。

　　杀伐狠辣，猛如捷豹，这还是那个胆小怕死、抱头鼠窜的林统领吗？

六十四

长安，含元殿。

崔破虏和武云宗镣铐在身，云襄和杜鼎之带二人到含元殿门口，跪在那里听宣。杜鼎之官职低微，不能入殿议事，只能在外面拱手肃立，他伸长脖子到处乱瞄，偷看殿中各位大臣的表情，云襄见他失礼，忍不住偷偷踩了他一脚，疼得杜鼎之捂住了嘴巴不敢叫出声来。

后殿之中，两个宫女正为李治整肃冠冕。武皇后站在李治身后，见李治让风疾病痛折磨得憔悴不堪，不免有些担心，她低声吩咐一个宫女，道："圣人经常头痛，莫要让冠带束缚太紧了。"

李治装束停当，问武皇后："今日的朝议真的这么重要？非要朕参加不可？"

武皇后点点头，道："陛下，军情紧急，耽误不得。现在有一个机会，不仅可以让陛下成为千古明君，也可以让大唐万世永昌。"

李治无神的眸子中慢慢闪出一丝光亮，皇后的话似乎吸引了他，但是仍有些疑惑，问："千古明君？万世永昌？"

武皇后点点头，屏退殿内所有宫女，道："臣妾虽为女流，愿意辅佐陛下，成就这般伟业！"

李治叹息一声，道："千古明君，只有父皇那般雄才大略才能做到，朕只想大唐社稷永固，四夷臣服，无有其他奢求，你说的机会到底来自何处？"

武皇后靠近李治，在他耳边轻声说了几句，李治先是惊疑，似乎犹豫不敢相信，但是见到武皇后胸有成竹的神情，不由拈须沉思。

李治在殿内慢慢踱步，似乎在犹豫徘徊，难以下定最后决心，他走到摆放双陆棋的桌子旁边，捏起下棋用的骰子，道："媚娘，你这是用百济归属在赌，拿百济唐军将士的性命在博。"

武皇后微微一笑，道："古今成大事者，哪个不是在赌在博？若依臣妾之计行事，东方战局优势在大唐！"

"你是把宝押在刘仁轨身上？"

"不是，不是刘仁轨。"武皇后淡淡地道："我把宝押在大唐的气运身上，我相信此战大唐必胜，必定平定东方！"

武皇后见李治仍有疑虑，又道："若一战平定东方，我大唐不再东西腹背受敌，便可转身向西，全力对付吐蕃等国，建立一个华夏历史上疆域最广的国家，开大唐万载盛世，请陛下勿要犹豫！"

李治将手中骰子扔在双陆棋盘上，骰子急剧旋转，李治似乎将最后的决心寄付在骰子点数上。武皇后移步上前，一把将旋转不停地骰子抓在手中，道："陛下，天下事，在人为，岂能听天由命？"

李治见皇后目光灼灼，信心百倍，他终于不再犹疑，使劲点点头。

含元殿中，圣人李治和武皇后位分主次端坐丹陛之上，听取诸臣奏报百济军情。阶下臣子有李义府、严正人、薛封，诸部尚书，以羽林卫大将军陈多祚为首的十二卫将军，足足有二三十人。原来，刘仁轨的飞鸽传书前几日已抵达长安，但是圣人李治患病未愈，一直未能议事，此番兵部又将崔、武二人带来的刘仁轨密信上奏圣上，李治见百济军情紧急，便抱病登殿议事。

李治令薛封将刘仁轨的密信当众诵读，薛封站到大殿正中，朗声读道："《春秋》之义，大夫出疆，有可以安社稷、便国家，专之可也。况在沧海之外，密迩豺狼者哉！且人臣进思尽忠，有死无贰，公家之利，知无不为。主上欲吞灭高丽，先诛百济，留兵镇守，制其心腹。虽妖孽充斥，而备预甚严，宜砺戈秣马，击其不意。彼既无备，何攻不克？战而有胜，士卒自安。然后分兵据险，开张形势，飞表闻上，更请兵船。朝廷知其有成，必当出师命将，声援才接，凶逆自歼。非直不弃成功，实亦永清海外。今平壤之军既回，熊津又拔，则百济余烬，不日更兴，高丽逋薮，何时可灭？且今以一城之地，居贼中心，如其失脚，即为亡虏。拔入新罗，又是坐客，脱不如意，悔不可追。况福信凶暴，残虐过甚，余丰猜惑，外合内离，鸱张共处，势必相害。唯宜坚守观变，乘便取之，不可动也。……"薛封将李勣和孙仁师的签名和附信也诵读一遍，尤其是孙仁师的血书"水师已成，渡海可战"，令殿中文武官员嗟叹不已。

随后，薛封又将刘仁轨飞鸽传来的军情当众通报，书中写到鬼室福信杀浮屠道琛夺兵权，旋即扶余丰又杀鬼室福信，倭国第三批援军已自本国登船，不日到达百济，现在倭国第四批援军正在国内集结，一旦到达百济，将与百济复兴军联合向唐军发起攻击。刘仁轨最后奏请圣人定夺，是战、是移、是撤，须早下定论，否则悔之晚矣。

李治听完，频频点头，道："刘仁轨对百济君臣判断倒是极准，他写信时百济内部还未有内讧，等飞鸽传书来，已只剩扶余丰一人，哈哈，这是天助大唐啊！刘仁轨能以'一城之地，居贼中心'，勇气过人，朕为之嘉许！"

武皇后在旁道："刘刺史偏师孤悬海外，却威震百济，牵制高句丽，甚是难得，更难得的是他提出的'永清海外'，很是符合我天朝国威，对倭国、百济和高句丽等跳梁小丑，是时候清除祸患了！"

李义府素来与刘仁轨不睦，本不支持刘仁轨用兵方略，但此时见圣上和皇后意见一致，支持对百济用兵，立即随声附和，道："圣上皇后高屋建瓴，臣亦支持刘仁轨坚守百济，牵制高句丽！"

薛封上前奏道："既然圣意已决，同意刘仁轨坚守百济，还请圣上和皇后示下，我军该如何克制百济与倭国联军进攻？"

李治问道："倭国四批援军齐至，兵力几何？"

"倭国援军约四万五千余人，还有百济复兴军主力不下五六万，胁从之民军亦不下五六万。"薛封小心翼翼地答道，生怕引起圣人不悦。

"刘仁轨现有兵力几何？"

"全军约五千人。"薛封小心答完，眼光不敢直视，只能瞄着自己的脚尖。

李治顿时为之语塞，李义府、严正人等朝臣都面面相觑，陈多祚为首的十二卫大将军也大都倒吸一口凉气，兵力如此悬殊，胜负毫无悬念，倭国援军若是与百济复兴军合兵一处，便是赤手空拳也能把刘仁轨的五千唐军挤下海去。

武皇后见殿中文臣武将不敢言语，不由微微冷笑，道："陛下勿忧，我相信刘仁轨既然敢战，必有破敌之法。我们只需调拨援军开赴百济，刘仁轨必能破敌建功。”

李治听了武皇后的话，虽然点头赞许，但是心中依然有些踌躇。武皇后问低头不语的薛封：“薛侍郎，从长安各卫以及沿途折冲府中抽调五万精兵，兵部需几日？”

薛封略微盘算一下，答道：“五万精兵，兵部最快需三日筹集兵马及粮草、军资……”

武皇后不等薛封说完，大声道：“好，三日之后，兵发辽东，圣上与我将亲临承天门，为出征将士送行！”

圣人李治犹豫不决，武皇后却三言两语就定下出征大计，仿佛儿戏一般，吓得薛封“扑通”一声跪倒在地，颤声道：“圣上、皇后，调集兵马粮草容易，但是大军出征与敌国交战却非儿戏，微臣恳请慎言出战。”

薛封旁边的严正人跪下启禀，道：“圣上、皇后，国之大事，在祀与戎，还请三思后行！”

武皇后冷笑道：“百济五千唐军四面环敌，危在旦夕，命如风中之烛，你们还要三思到何日？兵贵神速，三日之后，便是发兵之时！”

薛封再度奏道：“圣上、皇后，请三思，此番出兵，便是与百济、倭国、高句丽三国交战，而大唐此时西南吐蕃、西北突厥各部都在虎视眈眈，一旦战事不利，大唐很可能四面受敌。”

武皇后霍然站起，道：“正因为边患不宁，所以此次更要战，更要胜！要一战换来我大唐东方五百年、一千年的安宁！”武皇后掷地有声的话语一出，含元殿中全都鸦雀无声，人人都在沉思武皇后的话。

沉默片刻，薛封跪在地上，以头触地，道：“圣上、皇后，既然决意要战，不知选何人为将？”

武皇后与李治交换一下眼神，李治微微点头，武皇后道：“既是援军出征辽东，仍由辽东道行军大总管、英国公李勣指挥，援军到达后，由李勣调派兵马驰援百济。”

跪在地上的薛封依然不肯起来，又道：“圣上、皇后，援军由陆路开进还是海上增援？”

见到薛封如此执拗劝谏，似乎意欲阻挠出兵，旁边的李义府不耐烦起来，替圣人皇后出头斥责薛封道："薛侍郎，当然是海路更为迅捷，这还用问吗？"

没想到李义府的话却引来武皇后的斥责，她道："右相，此言谬矣。三年前，苏定方十万大军跨海攻灭百济，所用战船足足经过半年多时间，才从沿海各州筹备齐全，现在五万精兵出征，急切之间哪来这么多战船？就算有战船，也需两到三月时间筹备船只、水手、器械等，现在百济军情如火，耗费时间调集战船已然不及，只有从陆路疾行，到高句丽前线与李勣汇合，然后由李勣调派一支精锐骑兵，轻装前进，穿过高句丽腹地，如若顺利，四五十日即可到达熊津城，与刘仁轨合兵一处，击溃倭国与百济联军。"

殿中文武大臣听武皇后如此说，俱都惊讶不已，原来武皇后决定三日出征并非草率行事，而是经过周密计算。虽然陈多祚等几位将军觉得偏师远征，又是在敌国腹地穿行，过于凶险，但是无人敢公开反对，因为此时圣人李治站了起来，沉声道："皇后的话，就是朕要说的话，你们速去安排吧！"说罢，拂袖退朝。

严正人和薛封走在最后面，严正人还在担忧，小声道："薛侍郎，我怎么感觉这次出兵过于儿戏了？"

薛封一脸哭相，看看左右无人，才叹息道："严公，几万人的性命，国家命运，让皇后拍板，我、我比谁都担忧啊！"薛封似乎牢骚满腹，但是却不敢露出来。

严正人瞄一眼李义府的背影，低声道："本以为右相能带头劝谏，谁知他见风使舵，皇后说东，他便不敢往西，将军国大事当成拍马屁的手段！"

薛封长叹道："草率出征，大唐危矣！"

含元殿门口的杜鼎之和崔破虏、武云宗几人，将殿中的讨论听个清楚，崔、武二人有喜有忧，喜的是百济孤军终于有了后援，忧的是此次行军是兵行险着，不知后果如何。杜鼎之却是一脸忧急，他觉得武皇后虽然计算缜密，但是陆路增援却是一招凶险之棋，穿越高句丽的增援部队只怕凶多吉少，难以平安到达熊津城。

杜鼎之低声和云襄商量，企图让云襄私下劝谏武皇后，收回朝议命令，云襄冷笑一声，又踩了他一脚，叱道："你小小一个大理寺丞，竟敢乱言军国大事，质疑圣人和皇后，便是有九个脑袋也不够砍的！"

杜鼎之摸摸脖子，道："若是我这颗脑袋能换回朝议命令，姑娘这就取去无妨！"

云襄冷笑一声，用刀鞘敲了杜鼎之脖子一下，道："你以为我不敢吗？我这把刀早就想试试你的脖子到底硬不硬？你少操心打仗的事了，还是操心你和两位兄弟的安危吧。"听她语气，内卫早就知道杜鼎之与崔、武二人的关系。杜鼎之颈后冒汗，偷眼去看崔破虏和武云宗，二人也是一脸惶恐，看来此次皇后召见，吉凶难料。

云襄将杜鼎之等三人带到偏殿，觐见武皇后，武皇后一见崔、武二人身上的镣铐，登时发怒，叱道："这二人都是大唐英雄，浴血征战的勇士，出生入死前来长安送信，为何如此对待？"

杜鼎之一脸委屈，心说不是你让我缉拿二人，审出谁是"夜枭"吗？他支吾着解释道："启禀皇后，微臣愚钝，二人中谁是'夜枭'，暂未查明，所以……"

武皇后微微一笑，道："既然没有查明，那就说明二位壮士都是大唐的忠勇之士，云襄，还不除掉镣铐！"

云襄急忙让侍卫除掉崔、武二人的镣铐，崔、武二人也算知趣，赶紧跪下谢恩。武皇后问了一些两人在军中的经历，以及来时路上的遭遇和见闻，二人都如实回答。援军出征在即，武皇后提出让崔、武二人担任援军的向导，二人慨然答允，武皇后大喜，当即令内侍府各奖赏二人五千钱，擢升三级军职，由从五品下的果毅都尉升至正五品下的折冲都尉。

武皇后上下打量一番武云宗，道："十七郎，你虽是我族侄，却长年在军中效力，与我来往甚少，姑姑知道你是武家少有的健勇儿郎，日前我已奏请圣上，圣上念你长年效力军中，恩赐你一件大喜事！"

武云宗一惊，道："什么喜事？"他从百济回到长安就被投入狱中，并不知道圣上将清阳县主李如赐婚与他，李武联姻，在长安城是一件轰动的大事，朝野之中早就传开了。

武皇后微微一笑，将赐婚之事说与武云宗听，武云宗顿时大急，连连摇手，道："使不得，使不得，启禀皇后，晚辈已有……"武云宗本想说自己心中已有喜爱之人金柔儿，但是转念想到金柔儿的身份，话到嘴边却无法说出来，只能改口道："姑姑，小侄资质愚鲁，只懂杀伐，不知礼节，实在高攀不起！"。

武皇后见他不但没有感激涕零，反而公开拒绝，顿时有些不悦，道："十七郎，休要任性，这既是圣上美意，也是李武两家的佳缘，莫要因为一己之私而辜负了两家的厚望。"

武云宗急道："启禀皇后，我三日后即随大军出征，这赐婚一事，还请圣上……"他本想请圣上收回成命，可是又不敢公开违逆圣上美意，一时急得浑身冒汗。

武皇后更加不悦，道："三日时间，既然能筹备大军出征，难道还不能订完你的亲事？"其实，武皇后并不是真正关心武云宗的终身大事，而是需要一件轰动天下的亲事，在天下人面前修复李、武两家的紧张关系，在她眼中，武云宗和李如不过是恰好出现的两枚棋子。

武皇后转身吩咐云襄，道："云襄，你带两位壮士出宫，到兵部授领新职。"她看了一眼杜鼎之，略一沉吟，道："杜爱卿，你且留下。"

武云宗还欲拒绝赐婚一事，杜鼎之暗中对他连使眼色，云襄过来半推半拉，将他和崔破虏带出皇宫。

杜鼎之平时对各路高官多是诙谐幽默，即便匍匐在圣人李治面前也未觉惧怕，但是只有在面对武皇后时，心中有一种不可名状的惧意。此时，武皇后将他单独留下，不禁令他心中打鼓，后背微微冒汗。

武皇后上下打量他两圈，看得杜鼎之浑身发毛，突然开口问道："杜爱卿，你觉得刚才朝议，本宫定下的出兵增援刘仁轨方略如何？"

杜鼎之不由惶恐，磕头道："皇后恕罪，微臣只知查案办案，对军国大事一窍不通，不敢乱言。"

武皇后冷笑一声，道："你心中一定觉得是我擅言专权，祸乱朝政，草率出兵，是也不是？"

杜鼎之吓得额头流汗，赶紧磕头如捣蒜，道："微臣不敢，微臣不敢！"他以为自己心中的牢骚不满让武皇后看出破绽，抑或是让某位小人弹劾一本，心中更加恐惧，不知武皇后该如何降罪。

没想到武皇后突然冷笑一声，道："杜鼎之，说你是长安第一神断，恐怕言过其实，但是要说你是长安城的聪明人，你至少能排进前三名。平身吧，站着回话。"杜鼎之战战兢兢站起来，不知道武皇后话里意思。

"杜鼎之，崔破虏、武云宗二人，既然有一人是'夜枭'，你认为谁的嫌疑更大？"

杜鼎之顿时一个脑袋裂成两个，他不敢妄下断言，支支吾吾道："启禀皇后，微臣已暗中对二人进行缜密调查，微臣以为，二人各有嫌疑。那崔破虏幼子丧于右相李义府车下，却因为岳父获罪囚于狱中，投鼠忌器不敢报仇，加上贬黜外地，很可能心中对朝廷不满，敌国乘机拉拢他……"杜鼎之略为停顿，犹豫道："而武云宗情形却又不同，他自幼……"

"你不用说了。"武皇后截口道："十七郎的情形我比你清楚，他母子在武家历来遭受歧视，倍受欺凌，他的母亲因此自尽身亡，十七郎心中最恨的人，不是他刀下的敌人，而是包括我在内的武家人，他若让敌国拉拢成为奸细，我是一点也不意外！"

杜鼎之听见武皇后亲口说出家族秘闻，顿时心中惶惑，躬身不敢答话。武皇后又道："既然崔破虏、武云宗二人之中必有一个百济奸细，我为何不让你们严刑拷打他们，反而给他们晋爵赏赐，还给武云宗赐婚，准备让他迎娶清阳县主？你可懂我的意思？"

武皇后的话，犹如一柄利剑刺入杜鼎之的脑中，令他瞬间茅塞顿开，明白了武皇后的用意，但是杜鼎之不敢马上说出来，还是装出一副愚钝的样子，结结巴巴地道："微臣以为、以为皇后是宅心仁厚，不忍、不忍冤枉好人。"

武皇后冷冷一笑，道："花言巧语，乱拍马屁，杜鼎之，别人都在我面前争着抢着显露聪明，唯独你，每次都在我面前装愚卖傻，连我几乎都上当！如实说吧，你到底是怎么想的？"

杜鼎之的心思全为武皇后窥破，他也不敢再装下去，看看武皇后身边并无外人，低声说出两个字："用间！"杜鼎之心中猜测，武皇后其实并不在意弄清楚崔破虏、武云宗谁是百济奸细，她在意的是如何利用这个奸细。

武皇后哈哈一笑，神情极为豪迈，道："好，杜鼎之，我果然没有看错你，你果然是聪明人！"她站起身来，绕着杜鼎之转了一圈，问："杜鼎之，从长安城冒出来的'红骷髅'案，到三清观，再到翠微宫，你有没有发现异常之处？”

杜鼎之思索着，小心答道：“启禀皇后，微臣似乎觉得有一股势力，在暗中操控这些案件。”

“不错，你的感觉是对的，这也是我今天把你留下来的原因。”武皇后微微颔首，问道：“这股势力来自何处？是‘红骷髅’还是李麒余党？”

杜鼎之摇摇头，道：“我觉得，‘红骷髅’只是这股势力行凶作恶的工具，而淮西王李麒操控不了这股势力，他也是这股势力利用的棋子。”

“哦，原来你也有这种判断，看来圣上、我和你不谋而合。”武皇后点头，又问：“你认为谁在操控这股势力？”

杜鼎之略一沉吟，道：“我担心是与大唐为敌的那些国家，他们唯恐大唐不乱，已经暗中将势力渗透进长安城。”

武皇后冷然道：“不错，他们不仅渗透进长安城，而且也渗透进大唐的朝堂。奸细不仅在崔破虏、武云宗之间，便是今夜议事的人中，可能也有他们的奸细！”

杜鼎之浑身一震，不敢再多说，看来圣人李治和武皇后都已经认识到了事情的严重性，两人在朝堂上故意配合演了一出戏。那么，武皇后定下的征兵五万，从陆路增援百济刘仁轨的方略，到底是真还是假？还有，武皇后将他留下来，难道是要他去调查这股势力？

果然，武皇后对杜鼎之道：“杜爱卿，我很想知道这股势力的源头在哪里？你能查到吗？”

杜鼎之慌忙跪下，道：“微臣一定尽力而为！”

“杜鼎之，此次出兵增援百济唐军，我令你随军襄赞军务，两军交战并非你所长，但是你要查出这股势力是否渗透至军中，唐军中到底有哪些人让敌国拉拢变节！”

杜鼎之心中惶恐，道：“微臣领命！”

……

六十五

　　长安，子时，春明门内道政坊。

　　崔破虏的家就在道政坊边上的一所小宅院，自他幼子死在李义府车轮之下后，他为了救岳父出狱，忍气吞声，贬谪去青州折冲府任果毅都尉，后来随军征战辽东、百济，已有两三年未曾回家。崔破虏的妻子郑玉自儿子死后，悲愤难抑，出家做了一名道士，这个曾经其乐融融的小宅院，早已家破人亡，物是人非。崔破虏将银枪横在肩上，眺望着夜色中的院子，不胜唏嘘。

　　崔破虏拔掉院墙上的荒草，踢走门口的枯枝败叶，这所宅院已经久无人住，但是他心中却有一种直觉，妻子郑玉虽然出家，但是必定会在这里等候自己的归来，因为那是两人分别时的誓言，无论山崩地裂，她也会在这里等他衣锦凯旋。崔破虏推开院门，果然看见正房的灯烛亮着，隐隐透出一个纤细的身影，那正是妻子郑玉的身影。

　　"玉妹，我回来了！"崔破虏喊了一声，将银枪杵在门边，兴奋地推开房门。

　　郑玉背对着他，坐在桌前，却并未回头。崔破虏有些疑惑，走到郑玉身后，轻轻揽住郑玉的肩膀，轻声道："玉妹，这几年你受苦了！"

　　郑玉没有回话，身子慢慢歪倒下去，她的胸前竟然插着一柄匕首，半身浸满了鲜血，显然刚刚死去。崔破虏顿时脑子里一片空白，抱着郑玉微温的身体，一声撕心裂肺的悲喊撕破夜空……

　　郑玉不顾危险，守在破败的家中，只为了见崔破虏一面，没想到却在夫妻重逢前夕惨遭毒手，她终究是没有见到日思夜想的夫君。不知过了多久，门口传来一阵喧哗，原来是街坊听到崔破虏喊叫之声，便报警找来了官府衙役，衙役之后还有五六个黑衣人，这些人是追踪郑玉的内卫，口中大声言语要捉拿玉泠道人回去问话。

崔破虏见到追踪妻子的内卫，心想妻子多半是死在他们手中，登时杀机毕现，提枪就向几名内卫刺去，内卫见他状若疯虎，势不可当，顿时一哄而散，争相逃命。

"还我玉妹性命！我杀了你们这群禽兽！"崔破虏挺枪向一名内卫后心刺去，眼看就要把内卫扎个透心凉，这时刀光一闪，一柄横刀架住银枪，来人正是云襄，杜鼎之也跟在云襄身后，二人接到内卫线报，匆匆赶来。

"崔都尉，请你冷静，玉泠道人不是我们杀的！"云襄刚刚还陪崔破虏、武云宗去兵部，她一边架住银枪，一边大声提醒崔破虏。

崔破虏疯狂之中不闻不问，施展"暴雨梨花枪"，不出数招就将云襄杀得连连后退，眼看就要伤在银枪之下。杜鼎之见云襄危急，挺身而出挡在云襄身前，银枪的枪尖堪堪抵在他的喉结上，崔破虏喘着粗气，总算止住了劲道。

杜鼎之盯着崔破虏赤红的眼睛，道："崔贤弟，不要伤及无辜，弟妹之死肯定另有蹊跷，你若是信得过愚兄，我一定会给你一个交代！"

崔破虏呆呆地看着杜鼎之，忽然喉头一甜，一口鲜血喷到杜鼎之身上，人已晕了过去，他风雨奔波四十天，到了长安又连遭牢狱之灾和丧妻之痛，铁打的身躯也受不了。杜鼎之抱住崔破虏的身体，摸摸他的脉象，发现只是急怒攻心，并无大碍。

长安，子时，风雨天香楼。

武云宗从兵部出来，立刻让一群世家子弟围住，这些人中有的与武云宗是旧交，有的听说圣上赐婚，武云宗成为清阳王的乘龙快婿，赶来巴结他。这群世家子弟半拖半拽，将武云宗拉到风雨天香楼，有人早在这座销金窟中摆好酒席，为武云宗庆贺，武云宗推辞不得，只能勉强就席，推杯换盏喝了起来。

安排酒宴之人将长安最红的歌姬玉墨请来，在席间献舞，玉墨似乎对英俊挺拔的武云宗颇为钟意，一双美目若有若无盯着他看。武云宗看着玉墨的舞姿，不由想起金柔儿的身影，心中一阵难受，他不顾玉墨的美意，借着酒醉悄悄溜出风雨天香楼。

武云宗策马疾奔，来到当年母亲居住的宅院。院子已然荒草丛生，房屋破败，门窗毁坏，只有院中一棵枇杷树亭亭玉立，枝繁叶茂，武云宗手抚枇杷树干，想起当年母亲在这棵树下教他识字，为他弹琴，不觉悲从中来，大哭数声。悲恸中的武云宗忽然听到院外隐隐一声叹息，声音如此熟悉，分明是金柔儿的声音。武云宗急忙止住悲声，喊道："柔儿，是你吗？"武云宗连喊数声，却无人应答，只有风吹枇杷树叶哗哗作响。

武云宗还不死心，跳上墙头，四下观望，只见月色如水，静静地泄在枇杷树上，哪里有金柔儿的影子。武云宗站在树下默立良久，最后对着枇杷树磕了三个响头，头也不回地离去。

过了许久，一个人影慢慢来到枇杷树下，正是金柔儿，她也轻轻抚摸树干，似乎在寻找武云宗幼年的影子。

如若金柔儿对武云宗无情，为何屡次相救武云宗？如若金柔儿对武云宗绝义，为何黄夜来到武云宗生活之地？

长安，丑时，兵部官廨。

兵部右侍郎薛封从含元殿回来，马不停蹄地召集兵部各司官吏，紧急筹划抽调兵马、征集粮草、军资器械等军务。三日时间，征集五万人马出征，谈何容易？兵部干吏向薛封建议，可以先在长安各卫抽调二万兵马，三日后按照圣意准时出征，兵部先派出吏员，分头赶到沿途各州折冲府，分别征集兵马、粮草，待军队从长安出发到达幽州、营州时，便可凑齐五万兵马，这样不仅省时，还可以节省粮草消耗。薛封闻言大喜，让属下立即部署，连夜签署征兵命令，快马连夜送往各个州府。整个兵部像一艘庞大的楼船启动起来，灯火通明，彻夜不眠。

四更时分，薛封见兵部各司忙得焦头烂额，便来到兵部后院，吩咐后厨给大家准备熬夜的夜宵。安排完毕，薛封一个人举着灯笼，来到前任兵部尚书任雅相的房间，打开门悄悄闪了进去。

任雅相猝然病故，他创建的"北斗九星"细作组织断了联系，派出去的九名细作从此石沉大海，"七现二隐"究竟散布在何处无人知晓。薛封主持兵部事务已逾一年，期间多次询问查找"北斗九星"下落，却全都无功而返。

薛封将灯笼挂在房门上，坐在任雅相生前端坐的椅子上，对面的墙壁上画着一幅《北斗九星图》，图中各色星辰多如恒河之沙，其中北斗九星明显大于其他星辰，在图中熠熠生辉。薛封眯起眼睛看这幅图，这幅图他平日已经偷偷揣摩了无数遍，今天夜里他再次前来尝试，希望能从任雅相端坐的角度发现端倪。薛封使劲瞪大了眼睛去看，却发觉面前的《北斗九星图》仿佛是天上的银河，河水不停翻腾，九颗星形成一个巨大的漩涡，几乎将薛封拉进漩涡中。

薛封似乎让《北斗九星图》摄去心神，痴痴呆呆地举着蜡烛凑近《北斗九星图》，将眼睛贴近图中小如细沙的星子，仔细察看。良久，薛封忽然眼睛一亮，他发现这些小如细沙的星辰竟然是由一个个小巧的篆字组成，每一颗星辰都对应一个篆字，篆字的笔画细如蚊足，若非这般贴近察看，断难发现。薛封惶然退后，他虽然发现了《北斗九星图》是由无数个篆字组成，但是这幅图中的小小篆字至少成千上万，而且错乱无章，毫无顺序可言，依然让他难窥其中奥秘。

薛封闭目冥想半天，再度拨亮蜡烛，凑近篆字细看，口中默念："天一生水，地六成之；地二生火，天七成之；天三生木，地八成之；地四生金，天九成之；天五生土，地十成之……"薛封的手指在图上快速游走，指甲划过一个又一个篆字，他是用河图古书中记载的天与地、五行与方位、阳数与阴数的关系，推算篆字的逻辑和顺序，果然破解了《北斗九星图》中的秘密。

薛封的眼睛越来越亮，忍不住大呼一声："我找到了！"话音未落，薛封向后一仰，倒地昏厥。薛封费尽移山心力，终于解开了任雅相留下的《北斗九星图》秘密，找到"七现二隐"九名细作的名单，大喜过度，一口痰迷住了心窍，竟然晕了过去。

不知过了多久，一阵风吹来，吹落门口的灯笼，灯笼在地上弹了两下，光亮熄灭，屋子中顿时一团漆黑，薛封猛然惊醒，只觉浑身冰冷，如堕冰窟，刺骨的寒冷如巨蛇一般缠住了他，令他汗毛倒立。薛封揉揉眼睛，慢慢站了起来，却发觉头顶上袭来一股冷风，他抬头一看，只见头顶房梁上倒悬着一个红色的影子，一个嘴角滴血的骷髅头正垂在他的面前，两只白骨森森的手爪向他的脖颈抓来。

"红骷髅！救命……"薛封惊叫一声，惊恐的声音在院子里传出去老远，前院一些埋头干活的吏员隐约听到了叫声，纷纷放下了手中的笔，抬头四顾。

六十六

长安，卯时，兵部官廨。

杜鼎之夜里刚刚回到家中，还未来得及就寝，便接到薛封遭到"红骷髅"刺杀的消息，他立刻赶到兵部官廨。本已落网死去的"红骷髅"又重现人间，竟然潜入兵部杀死身居要位的右侍郎薛封，让兵部各级官吏人人胆战心惊。

杜鼎之走进薛封殒命的房间，只见一具无头男尸躺在血泊之中，从身上的官服可以辨认出正是薛封。杜鼎之仔细查验薛封的尸身，发现他的胸口处有一个青黑色的针孔，正是"红骷髅"惯用的凶器蛇毒毒针，看来第二个"红骷髅"再次出手了。

杜鼎之仔细查验薛封的尸首，不明白"红骷髅"此次出手伤人，为何一反常态，取走薛封的首级，令杜鼎之百思不得其解。

兵部右侍郎薛封遇害，惊动了大理寺卿严正人，他呼哧带喘地赶到现场，立刻让薛封的无头尸身吓得变了面色。严正人将杜鼎之拽到一边，低声道："昨夜圣人和皇后刚刚确定增援百济的用兵方略，主持兵部事务的右侍郎就猝然遇害，他可是负责征集兵马粮秣的人啊，会不会是有人故意破坏阻挠这次大军出征？"

杜鼎之顿时警醒，他只顾着思索是谁继续用"红骷髅"之名行凶害人，严正人的话让他认识到问题的严重性，会不会是他和武皇后所说的那股暗中势力，蓄意破坏唐军增援百济？

杜鼎之在屋子里踱了几圈，坐上那把椅子向前看去，墙上的《北斗九星图》映入他的眼帘，他看了半天，也是看不懂图中的含义。薛封为什么在深夜死于前任尚书任雅相的房间，他难道是在找什么东西？杀死薛封的"红骷髅"为何又将首级带走？

武皇后听到兵部发生大案，特命云襄前来询问，杜鼎之沉吟一会儿，道："麻烦云襄姑娘代为禀告，我要再次当面觐见皇后娘娘。"

云襄白了他一眼，嘲笑道："皇后是你想见就见的？杜寺丞，你是不是像其他人一样，见皇后稍微对你假以辞色，就得陇望蜀，抓住一切机会阿谀巴结？"

见云襄把自己想成阿谀之徒，杜鼎之正色道："你告诉皇后，若想在大军出征之前破获此案，必须让我尽快觐见，越快越好，否则贻误大事！"

云襄见杜鼎之神色凝重，不敢再讥讽他，赶紧回宫禀奏。

严正人一脸好奇，问杜鼎之："鼎之贤弟，破获此案，为什么要觐见武皇后，难道她……"

杜鼎之无暇和严正人解释，急匆匆走了出去，他要找郭震核实一件事情。

辰时，长安东市。

天色刚刚放亮，东市中最大的"终南米店"里，郭震正坐在柜台后边，查对核验账簿。不认识郭震的人会把他当成普通的米店老板，但是了解内情的人都知道，"终南米店"乃是长安"不良人"的秘密据点，负责汇总各处"不良人"搜罗的信息。杜鼎之自从结识郭震以后，便知郭震三天之中至少有两天半是在这个米店中度过的。

杜鼎之急匆匆走进米店，坐在郭震的面前，笑道："天下的诗人墨客，如果知道写出《宝剑篇》的郭震，竟然坐在这里卖米，一定会吃惊得把口中的米饭吐出来！"

郭震并不笑，冷冷地道："那是他们错了，在他们眼中，剑是剑，人是人，而在我心中，宝剑就是我，我就是宝剑！"他给杜鼎之倒了一杯茶水，道："既然我是宝剑，那么宇宙八荒、凡间烟火，无一不是磨剑石，我为何不能卖米？"

郭震短短几句话，竟然让杜鼎之面带愧色，他突然发觉自己以往太小觑郭震了，总是把他当成一个趋炎附势的落魄诗人，没想竟然是一个寄居凡尘的不得志英雄。

杜鼎之慌忙站起身来，向郭震长揖到地，道："失敬，失敬！元振贤弟，是愚兄唐突了！"

郭震并不与他客套，开门见山道："杜寺丞让我做的那件事，我手下的'不良人'不辱使命，答案就在这两张纸上，但是我却有一个疑问，要向杜寺丞请教。"郭震从袖中掏出两张纸笺，按在手掌之下，似乎并不想交给杜鼎之。

杜鼎之尴尬地一笑，道："元振贤弟，请直说无妨。"

"你要这个东西，是想谋官晋职，还是确为办案之需？"郭震拍拍手掌下的两张纸笺，毫不客气地问杜鼎之。

杜鼎之沉吟一下，也将手按在那两张纸笺上，正色道："办案之需，恐怕形容不了这两张纸笺的重量，如果真的印证了愚兄的猜想，你这两张纸笺，便是拯救了成千上万大唐健儿的性命！"

郭震双目炯炯紧盯着杜鼎之，杜鼎之的眼神平淡，犹如大海般无垠无痕，并无半点虚假。郭震松开手，大笑道："失敬，失敬！我郭元振自诩是炉中剑，但杜兄却是海上舟！"

杜鼎之将那两张纸笺纳入袖中，向郭震深施一礼，转身走出米店。

长安，午时，含元殿。

云襄站在含元殿丹墀之前，对面的杜鼎之正一溜小跑赶来，跑到跟前，杜鼎之抹一把脸上的汗水，问道："皇后何时见我？"

云襄使劲白他一眼，道："看看你那德行，汗流浃背臭气熏天的，皇后哪有心情见你？"

杜鼎之登时大急，叫道："没有皇后的支持，我办这个案子是寸步难行啊！"

云襄冷笑道："大理寺又不止你一个人，不还是有大理寺卿严公嘛！"

杜鼎之使劲摇头，道："此事关系重大，牵扯朝中高官，甚至军中将领，断然不是严公能决断的，严公就是一个老好人，怎么肯为了查案把身家性命都赌上？"

云襄有些好奇，问他："你是说，你是用身家性命在赌？要是赌输了怎么办？"

杜鼎之瞄一眼云襄腰间横刀，无奈地道："还能怎么办？不是正好有机会用我的脖子试试你的刀有多快嘛。"

云襄微微一笑，从怀中掏出一块令牌，道："皇后谕令，知你时间紧迫，不必入宫觐见，命我持皇后令牌，随你左右，无论朝中官员还是军中将校，皆可调遣指派，视案情查黜！”

杜鼎之心中大喜，冲着含元殿跪倒，大声道："谢皇后懿旨，微臣定在三日之内查清此案！"他爬起身来，看着云襄，嘿嘿笑道："皇后可是令你随我左右？"

云襄顿时明白了他的笑容中不怀好意，冷哼道："你休要得意，皇后是怕你拐跑了令牌，令我监视你！"

杜鼎之露出一副得志小人的神态，背起双手，趾高气扬地吩咐道："拿令牌的，跟紧我！"

"你是去哪里？"

"有了皇后赏赐的令牌，我必须回大理寺知会一下，否则就是锦衣夜行，浪费了这块令牌，我要让那些平日里对我颐指气使的人，都吓得哆嗦尿裤子！"

云襄听杜鼎之竟然要回大理寺抖威风，看着他的背影，忍不住嘲讽道："小人得志，睚眦必报！"

六十七

长安，午时，东市。

林统领在市场中穿行，左手一张卷饼，右手一块桂花糕，一口卷饼一口桂花糕，噎得他直翻白眼。林统领满怀好奇地从这个商铺溜达到另一个商铺，眼花缭乱，流连忘返。有一个行色匆匆的人从林统领身边挤过，轻轻撞了一下他的肩膀，林统领手中的桂花糕落地，他惊诧地回头望，刚想张嘴骂人，又把脏话咽了回去，因为他看见那个人右手藏在身后，向他勾勾手指，示意他跟上自己。

林统领满怀疑惑，顾不得捡拾桂花糕，跟着那人向东市外面走去。东市门外的一条小巷中，那个人见四下无人，站住了身形，身后的林统领在他五尺之外站定，满是戒备。

见那人迟迟没有转头，林统领问道："你是何人？为何引我来此？"

那人依旧不转身，冷笑道："不是你们高句丽的人要见我吗？"

林统领一惊，顿时知道了对方的身份，因为他让人暗中放出风声，要和一些潜伏在大唐的邻国细作见面，没想到对方主动找到了他。林统领弄不清对方到底是哪个国家的人，不敢掉以轻心，手中暗暗握住了短刀的刀柄，一旦发觉异常，他会像上次杀死两个年轻人一样，瞬间除掉对方。

那人慢慢转过身，竟是奉宸监丞郭震，郭震看见林统领暗中戒备的样子，未动声色，只说了一句话，就让林统领打消了疑虑，他道："三日之后，大唐出兵五万，与高句丽前线李勣所部唐军汇合，目的是增援困守百济的唐军。"

林统领心中一震，这个军情对高句丽来说无比重要，正是他潜进长安所急需知道的消息，他心中狂喜，却不露声色地问："你是何人？为何要告诉我这个消息？"

郭震微微一笑，道："我是何人，为何国效力，并不重要，重要的是现在大唐国威军威强盛，睥睨天下，我们这些邻国如果不同气连枝，互相支援，很快就会让大唐一一吞灭，东西突厥、吐谷浑、薛延陀、高昌等国灭亡惨状，历历在目，唇亡齿寒的道理，你我都懂的。"

林统领眼睛一亮，猜道："尊驾莫非是高昌故人？我听传闻，长安城中，有一群高昌故人图谋复国，正在联络友邦，莫非尊驾便是之一？"

郭震笑而不语，似乎认可了对方的猜测。林统领眼珠儿一转，又问道："尊驾既然获知如此重要的军情，可否再告知细节，高句丽上下不胜感激，定当重金酬谢！"

郭震沉吟一下，道："你想要知道唐军出征路线和军力部署，我还要疏通打探，明日此时此地，你我再见面，如何？"

林统领心中明白，如此重要的军情细节，对方肯定要待价而沽，道："明日此时，在下定当携重金前来，一言为定！"说罢，两人施礼告别。

见林统领背影消失，旁边的民宅中走出一个素装女子，竟是长安第一歌姬玉墨，原来玉墨就是那日与林统领在曲江池畔接头的女子。

玉墨见林统领离去，有些不解，问郭震："你既然将他引到此处，为何不缉拿他？"

郭震道："我还要看看他在长安有无其他党羽，只有一网打尽才能免除后患！"

玉墨有些担心，道："此人是高句丽国王高藏心腹，身为督军使，素来凶悍，杀人不眨眼，在高句丽国内令人谈虎色变，我担心他窥出破绽……"

郭震胸有成竹，道："无须担心，此人虽然凶悍骁勇，但是他有弱点，他的弱点就是急于立功，想在短时间内获知唐军出征方略，只要他有弱点，便不难对付！"

玉墨身为长安第一歌姬，没想到竟然是高句丽潜伏长安的奸细，但是她早已为郭震的"不良人"暗中策反，成为一名双面细作。这次林统领来到长安与玉墨接头，已经落入"不良人"的陷阱。林统领确实凶悍，第一次接头就将郭震派出保护玉墨的两名"不良人"杀死，就是那一对枉死在林统领刀下的年轻男女。

长安，未时，大理寺。

杜鼎之正襟危坐在大堂之上，身后站着手执令牌的云襄，杜鼎之摆足了架子，扫视堂下一众吏员，自我陶醉半天，终于开口问道："大理寺少卿赵绾何在？"

赵绾本是杜鼎之的顶头上司，素来与杜鼎之不睦，若非严正人居中压制调和，两人早就势同水火。今日，大理寺吏员见杜鼎之有皇后令牌撑腰，回到大理寺公开挑衅为难赵绾，不少人心中都暗暗鄙薄其为人。

有人应道："赵少卿不在官廨，不知去何处了。"

大理寺卿严正人听说杜鼎之持皇后令牌，在堂上作威作福，急忙赶了过来。杜鼎之见到严正人，总算还知道些好歹，慌忙起身让座，站到严正人下位。

严正人不满地瞪了杜鼎之一眼，道："胡闹，你找赵绾做什么？"

杜鼎之凑近严正人耳边低语几句，吓得严正人面色惨白，连声问："此话当真？你可不要公报私仇，冤枉赵少卿……"

杜鼎之见堂下众多吏员都竖起耳朵听他们对话，赶紧拉着严正人来到后堂，对严正人道："我怀疑赵绾就是第二个'红骷髅'，兵部右侍郎薛封薛侍郎就是他杀的！"

一听这话，严正人双膝发软，赶紧坐到椅子上，哆嗦着问："你可有证据？"

"目前并无证据，只有怀疑。"杜鼎之答道，"疑点有二，一是韦星洲在大理寺狱中遇害，那日赵绾曾去过牢狱，有司狱为证；二是昨夜薛封死亡之时，时值凌晨四更时分，郭震手下的'不良人'曾经目睹赵绾出门而去，形迹可疑，可惜跟踪之人让他甩掉。"

原来，杜鼎之上次自己跟踪赵绾失手之后，自知暴露企图，便央求郭震派出"不良人"中的追踪高手，暗中监视赵绾。杜鼎之去找郭震索要的两张纸笺，就是"不良人"监视赵绾所记录他的行踪。

杜鼎之又道："就是因为没有证据，我才请来了皇后的令牌，缉拿赵绾，找到物证。因为时间紧迫，只有不到三天时间，我只好出此下策，先抓人，后找证据！"

严正人不明白，问他："为何时间紧迫，只有不到三天时间？"

杜鼎之道："严公，实不相瞒，皇后已经差遣我随军出征百济，我要在离开长安之前，将'红骷髅'一案了结，不给严公您留下烂摊子。"

严正人更是吃惊，问道："为何差你去前线？"

杜鼎之苦笑不语，武皇后交给他的任务，他自然不便与严正人叙说。严正人却是心中焦急，担心他离开后，闹得沸沸扬扬的"红骷髅"与"紫燕子"等案无法结案。

杜鼎之神秘地笑一笑，道："严公勿忧，我虽然随军出征，但是已经替您物色了一个绝佳人选，他来大理寺任职，肯定胜我百倍！"

"此人是谁？"

杜鼎之道："狄仁杰狄怀英便是，我已经修书一封，请他前来大理寺，只须严公去吏部招呼一声，此事便成了！"

严正人拈须点头，道："狄怀英确是人才，却不知他是否愿意前来？"

杜鼎之大笑道："严公，我是为国荐才，狄怀英身居并州都督府，乃是屈才，大理寺才是他一展身手的地方。"杜鼎之从怀中抽出一沓手稿，交给严正人，道："我已将长安城中近期的一系列案情，详细记录在册，烦劳严公交给狄怀英，他自会将我未完的案子清查完毕，严公勿忧！"

严正人见杜鼎之已经安排妥当，只能默然同意。杜鼎之请得严正人的许可，带人急忙赶往赵绾的家中。

赵绾家中只有两名仆人，虽遭差役恫吓，只是说赵绾早晨回家之后，又匆匆离去，他们并不知道赵绾去了何处。杜鼎之见恫吓无果，便拉下脸来，令差役搜查赵绾家中各处。

杜鼎之心细如发，在赵绾床下发现一个巴掌大小的小坛子，打开来看，里面空无一物，却有一种淡淡的怪味，杜鼎之像狗一样钻进床下，鼻子几乎贴在地上，又发现了少许淡黄色的粉末，几只蚂蚁尸体躺在粉末上，似乎是某种厉害的毒药。杜鼎之眉头紧锁，小心地将这些淡黄色粉末收到纸上，揣进怀中。云襄在后面见他满头灰尘地从床下钻出来，浑身挂满蛛网，忍不住给他一个白眼儿。

搜查到赵家柴房时，杜鼎之身后的差役不小心碰翻一个竹篓，从竹篓中游出两条赤红的毒蛇，其中一条毒蛇身子一弹，凌空向杜鼎之咽喉咬来，杜鼎之平生最是怕蛇，看见毒蛇便全身发麻，此时见毒蛇裹着腥风袭来，全身上下能动弹的只剩下一张嘴，大叫："云襄，救我！"

云襄横刀闪动，眨眼间就将两条赤练蛇砍成数段，杜鼎之看着兀自蠕动的蛇身，捏住鼻子说："我听'妙手药师'说过，'红骷髅'杀人所用的毒针，就是用这种岭南赤练蛇炼制而成，见血封喉！"

云襄白了他一眼，还刀入鞘，冷哼道："一个大男人，竟然怕蛇，丢人现眼！"

杜鼎之突然直勾勾地盯着云襄脑后，一脸紧张地道："云襄姑娘，不要转身，你的脑后有一只拳头大的毒蜘蛛，正……"不等他说完，云襄已经尖叫一声，以迅雷不及掩耳之势冲出柴房，等她浑身抖落几遍，才发觉根本没有毒蜘蛛，原来是杜鼎之故意骗她。云襄是武皇后身边红人，朝中臣子无不敬重畏惧，却多次遭到杜鼎之这个手无缚鸡之力的穷酸小官戏弄，云襄气得眼中喷火，只想把杜鼎之拖到无人的地方痛打一顿，但是眼下查案要紧，她只能恨恨地瞪了杜鼎之一眼。

找到了炼制毒针的赤练毒蛇，杜鼎之又令衙役在柴房中细细搜寻，撬开地砖，在下面果然又找到了一个灰布包裹，打开一看，正是"红骷髅"那件画满森然白骨的红色袈裟，还有獠牙滴血的面具，这身行头不仅让遇见"红骷髅"的人肝胆俱丧，更令长安城风声鹤唳，满城惊恐。杜鼎之闻一闻红色袈裟的气味，从怀中掏出"紫燕子"给他的那块布帛，两下一对比，果然是从这件袈裟上撕下的。

长安，未时，春明门内道政坊。

崔破虏从昏睡中醒来，只见一个苗条的身影正坐在桌前，像极了妻子郑玉，房间内弥漫着饭菜的香气，崔破虏一阵心神迷乱，唤道："玉妹，我肚子饿了……"

那个身影转过头来，并不是妻子郑玉，而是笑意盈盈的樱月妖，樱月妖见崔破虏醒来，将一碗热气腾腾的米粥端到崔破虏面前。崔破虏乍见樱月妖出现在家中，心中大为紧张，从床上一跃而起，赤足站在地上，但见她并无恶意，还为自己端来热粥，不由慢慢放下心来。

崔破虏穿上鞋子，正要说话，樱月妖突然跪在他的面前，吓了崔破虏一跳，慌忙避开，道："姑娘，这是为何？"

樱月妖道："一命换一诺！我是来求你兑现承诺的。"

崔破虏看着跪在地上的樱月妖，想起初见时遭她用诡计迷晕的场景，依然心有余悸，不敢去扶她。樱月妖见崔破虏不肯相信自己，忽然泪流满面，哽咽道："我是求你为一个人报仇的！"

"为谁报仇？"崔破虏不解。

"为我报仇！"樱月妖梨花带雨，抬头望着崔破虏，抽泣道："因为我很快就要死了……"

"你这不是好好的吗？"

"你若不答允为我报仇，我便不起来！"樱月妖像一个耍赖皮的小妹妹，跪在地上不起身。

崔破虏见樱月妖这次不像暗藏诡计，叹了口气，慢慢扶起樱月妖，他知道这一扶，不是千钧重担便是刀山血海。

樱月妖是甲斐飞鸢三个女徒弟中最小的，自从辉夜姬死后，她便预知了自己的命运，她们姐妹三人是甲斐飞鸢的棋子，更是弃子。樱月妖虽然年幼，却有一颗不甘认命的心，她自从见到神勇无敌的崔破虏，便动了请求崔破虏除掉甲斐飞鸢的心思，因此她在高句丽溃兵山寨中能杀崔破虏而不杀，故意饶他一命，让崔破虏欠下自己的人情。樱月妖来到长安与二师姐金柔儿会合后，见到甲斐飞鸢的同伙褐衣人，他们依然坚持让二人充当"死间"，执行设计好的计划，这个有死无生的计划将二人的性命弃若敝屣，更加坚定了樱月妖求助崔破虏除掉甲斐飞鸢、为她们姐妹三人报仇的决心。甲斐飞鸢门人控制了樱月妖和金柔儿的亲人，逼她们不得不去执行这个必死的计划，樱月妖无力改变自己的命运，但是她希望在自己死后，会有人替她们报仇。

听完樱月妖的哭诉，崔破虏眉头紧锁，心中好生为难，道："让我杀掉你们的师傅甲斐飞鸢，为你们姊妹三人报仇，你们为何不自己动手，然后脱离师门，逃离那个必死的计划？你们是他的弟子，近身随侍，机会总是有的。"

樱月妖摇头，向崔破虏解释，甲斐飞鸢对她们有养育之恩，虽然养育她们是为了奉献给国家作为牺牲品，但是师傅可不仁，她们不可不义，她们不想亲手杀死甲斐飞鸢。另外，甲斐飞鸢武功高强，对每一个近身的人都充满戒备，尤其是她们这几个弟子，她们根本没有一击必中的把握，以武功而论，只有崔破虏才可以与甲斐飞鸢匹敌。樱月妖和金柔儿的亲人都为甲斐飞鸢的门人控制，断绝了她们逃离的希望，二人自知必死，却希望在死后能看到这个魔鬼身赴地狱。

崔破虏凝视着楚楚可怜的樱月妖，想起在熊津城中服毒自尽的辉夜姬，也是让人如傀儡一般控制，不由有些同情樱月妖三人。

崔破虏想了一想，忽然冷笑道："我为何要信你？我怎知不是你故意试探我？"崔破虏猛然拉开房门，做出一个送客的手势，道："崔某现在身负百济奸细的嫌疑，令师又与百济扶余丰合作，你就不怕我将你出卖给甲斐飞鸢？或者，我将你这个倭国奸细报与朝廷，绳之以法？"

樱月妖冷冷一笑，猛然拔出短匕，直指自己的心口，凛然道："我是在赌，赌自己的命，赌你一定会帮我！我不管你是谁的人，我只赌你会为我复仇！"她看着崔破虏，挤出一丝笑容，却是泪如雨下的惨笑，道："你如果不为我复仇，我的冤魂只能成为孤魂野鬼，那就让我此刻死在你面前！"樱月妖手起刀落，一刀刺向自己心脏，刀尖堪堪刺破皮肤，崔破虏铁钳子般的大手已经牢牢攥住她的手腕，樱月妖脸上的泪水缓缓流下，她知道自己赌赢了。

崔破虏沉声道："昨天，这间屋子里已经死了一个我最亲近的人，今天，我不想再看见有人死去。"他将樱月妖的短匕扔在桌子上，道："我答应你，一命换一诺，只要我遇见甲斐飞鸢，不是他死就是我亡！"

听到崔破虏终于答应自己的请求，樱月妖破涕而笑，笑到一半却黯然而止，因为她知道，她和金柔儿根本无法看见甲斐飞鸢死在崔破虏枪下的那天。

"那个必死的计划到底是什么？"崔破虏问："难道你和你师姐不可以临阵脱逃，让这个计划半途而废？"

樱月妖咬紧嘴唇，道："我和师姐也不知道计划的内容，只有在执行前夕，他们才会告知我们。但是我知道一点，那就是计划成功，我和二师姐会死，计划失败，我俩还是会死，而且还会牵连亲人们，他们也必死无疑。"她将短匕收回怀中，转头问崔破虏："都尉老爷，换成是你，你会怎么做？"

樱月妖说"都尉老爷"的时候，脸上已经换成调皮的笑容，就像雨后的春花，靓丽又妩媚，这才是十几岁女孩子应该有的神情，可惜此刻的她却在一步步迈向死亡。崔破虏看着樱月妖，就像看到了妻子郑玉当年的样子，到死是谁害死了郑玉，崔破虏突然感到一阵心痛。

崔破虏端起樱月妖煮好的粥，只两口便将一碗粥全部喝下去，他知道，此时的自己需要尽快恢复体力，恢复斗志！他要用那些恶人的血，染红自己的银枪！

六十八

长安，申时。

严正人用自己颤抖的手在海捕文书上签下名字，那是通缉抓捕赵绾的文书。此时，大理寺、刑部以及长安、万年县衙等职司俱都闻风而动，出动衙役、捕快以及"不良人"，全城缉拿大理寺少卿赵绾。

杜鼎之在赵绾家中搜出铁证，赵绾就是第二个"红骷髅"！而且，赵绾很可能也是谋害兵部右侍郎薛封的凶手！

长安城全城轰动，不仅官府在搜捕赵绾，就连充当官府眼线的各方势力都参与搜捕，全城寻找赵绾的踪迹。

赵绾失踪了。

长安，酉时，清阳王府。

长安城中又传出消息，为了庆祝李氏宗室与武氏家族联姻，圣人和皇后降旨，明晚赐宴百花楼，长安城中的李、武两姓显贵以及朝中百官，大半都要去百花楼赴宴。

酒气熏天的武云宗，步履踉跄，径直来到清阳王府大门前。门卫正要阻拦，府中出来一个家仆斥责门卫，说这是圣人和皇后赐婚的县主夫婿，休要无礼。家仆搀扶着武云宗进到府内大厅，让婢女端来热茶给武云宗醒酒。武云宗舌头发直，吵着要见清阳王李崧，家仆告诉他清阳王昨日刚从吐蕃前线赶回长安，准备参加女儿的赐婚宴，此时正在宫中觐见圣人，叩谢圣恩。

武云宗此番前来，是酒醉上头，想恳求清阳王李崧，拜托他在圣人面前推辞赐婚。武云宗本是武家最不受待见的边缘人，突如其来的赐婚，让他瞬间成为权力争斗的焦点，让武云宗难以适应，加上他心中念念不忘金柔儿，便对这门亲事极为抵制。武云宗见李崧不在，便吵着见清阳县主李如，要直接和她谈明推辞赐婚原因。

家仆见武云宗如此无礼，竟然要直接求见李如，只得禀告王府内宅管家。大唐虽然风气开放，不拘小节，但是未正式成婚之前男女相见也不符合礼制。内宅管家禀明李如，李如摔伤的小腿已经基本痊愈，正在室中练习行走。明日圣人和皇后赐宴百花楼，李如和武云宗要当众谢恩，此时的李如对着妆镜，一步一步走得甚是缓慢，似乎对自己受伤后的步态很是不满。李如听说武云宗酒醉求见，略一沉吟，便让管家将他带到后花园。

武云宗歪歪斜斜随着管家来到王府后花园，只见荷花池边一个红衣丽影，正临水而立，背影娴娜，裙袂飘飘，竟然像极了金柔儿。武云宗思念金柔儿心切，不由轻呼出声："柔儿，是你吗？"红衣丽影纹丝未动，武云宗醒悟过来，暗骂自己酒醉眼花，无端失态，他使劲打了脸颊一巴掌。

等管家退下，那个红衣丽人慢慢转过身来，看着武云宗微微一笑，武云宗登时如遭雷轰电击，整个人僵在那里，因为他面前的清阳县主李如，竟然真的是金柔儿！

"你，你……"武云宗指着面前的红衣丽人，一时说不出话来，浑身的酒意突然蒸发了一般。

"武都尉，你因为心中有金柔儿，所以闹着退婚？"红衣丽人微笑着说："可是，如果金柔儿就是李如，李如就是金柔儿，你还会退婚吗？"

武云宗使劲晃晃脑袋，几乎不敢相信自己的眼睛，他问道："你到底是柔儿，还是、还是李如？"

红衣丽人反问他："你觉得她们是一个人，还是两个人？"

武云宗酒意化作汗水流下，洇湿了后背衣衫，他隐隐觉得自己已经陷入一个巨大的阴谋之中，这个阴谋就像一个深不见底的漩涡，而漩涡的中心就是他日思夜想的金柔儿。

武云宗脑子急速飞转，猜测道："难道清阳县主李如和金柔儿本就是一个人？可是，一个身在长安，一个身在百济……"

红衣丽人冷笑，道："长安与百济相隔数千里，难道我能分身幻化，同时出现在两地？"

"难道，你们是孪生姐妹？"

红衣丽人冷笑更甚，道："看来武都尉回到长安，日日豪饮夜夜买醉，把自己的脑子都喝坏了！你相信世间有如此巧事，还是相信有人在谋划布局这一切？"

武云宗只觉得嗓子干哑，他使劲咽下一口唾沫，涩声道："我明白了，你是金柔儿，你利用李如的身份掩护，要达到你们'青鸾'组织的目的，难道你们是要谋刺、谋刺圣上……"武云宗越说越怕，他已隐约猜到了金柔儿等人的目的，圣人和皇后赐婚之事，多半就是她们利用的机会，而自己也将成为她们计划的帮凶。

金柔儿冷笑道："你既已猜到我们的目的，会不会去朝廷告发我？说我这个县主是冒名顶替的？"

武云宗一时语塞，不知如何应对，他心中确实闪过这个念头，可是告发之后，金柔儿将会面临什么下场，他不敢去想。

"柔儿，你为什么要将你们的计划告诉我？"

"因为我需要你的配合，否则明日赐宴百花楼，你突然看见我，一定会露出马脚，你本就是我们计划中的一部分。"金柔儿说道，看来他们确实准备在百花楼上对圣人李治和武皇后动手。

"我为什么要配合你们？纵然我心中对你割舍不下，可是我不会因为你而背叛大唐，更不会成为谋刺圣人的逆贼！"武云宗斩钉截铁地说道。

金柔儿瞳孔收缩，紧紧盯着武云宗，道："扶余丰曾说过，你和崔破房之中有一个百济细作，叫做'夜枭'，难道不是你？"

武云宗仰天大笑，笑声凄凉，道："我武云宗背负天下人猜疑，亲友同僚长官，谁都怀疑我，没想到柔儿你也怀疑我？"

"若你不是'夜枭'，那便是崔破房了？"

"崔破房的事，你何不亲自去问他？"

金柔儿微微一叹，似乎略有失望，她这次潜来长安，其中一个任务便是帮助扶余丰找出真正的"夜枭"，她当面用言语试探武云宗，没想到武云宗断然否决。

"柔儿，你们真的要在百花楼对圣人和皇后动手？"武云宗心有不甘，还要劝金柔儿罢手，他道："你们低估了圣人周围的守卫，还有羽林卫、千牛卫的实力，纵有十个金柔儿也不会成功的，柔儿，听我最后一次劝说，赶紧收手，速速离去吧。"

金柔儿没想到武云宗对自己用情至深，此时不但没有告发自己，反而劝她罢手离开，不由心中一阵感动，眼泪悄悄流了下来，哽咽道："其实，我也不知道他们的目的是什么？刚才所说的百花楼，不过是我自己的猜测，因为那是我们唯一能见到圣人皇后的机会，如若行刺，那便是最好的机会了。"她轻轻拭去泪水，道："此时的我，身不由己，不过是一枚抛弃的棋子，一块案板上的鱼肉，我之所以那么说，不过是想试试你，到底是不是'夜枭'。"

武云宗见她流泪，不由心碎，道："柔儿，你为何不离开那个'青鸾'，为什么非要为扶余丰卖命？"

金柔儿摇头，道："难道师姐辉夜姬不想离开'青鸾'？她的下场，便是我的结局，我们都是让人操控的棋子。长安城，我这次是走不出去了，如果能死在你的面前，也不枉我们……"金柔儿再度哽咽，说不下去。

金柔儿所言非虚，她到现在也不知道她和师妹樱月妖的任务是什么，只能听天由命。金柔儿猜测，那个褐衣人很可能会让她和樱月妖在百花楼动手，猝然刺杀圣人和皇后，让大唐群龙无首，陷入内斗，无法出兵迎战倭国和百济联军，确保倭国鲸吞朝鲜半岛，称霸东方。但是，直到现在，那个褐衣人迟迟没有出现，不知道他们筹划多年的计划到底如何开展。金柔儿和樱月妖一样，陷入了无论计划成败，都要牺牲性命的困局，她们无力反抗那个组织，也无法改变自己的命运。

"真的李如，又在哪里？"武云宗问道。

金柔儿见他关心素未谋面的李如，不仅冷笑，道："原来你还是惦记这门攀龙附凤的亲事，放心吧，她暂时安全，我们既然要利用清阳王李崧，他的宝贝女儿便是最好的要挟筹码。"

"你顶替李如，不担心清阳王府的人识破？"

"这个不劳你费心，你以为别人会和你一样轻易见到我？"金柔儿道："王府之中，能接触到我的，早就是我们的人。"

　　武云宗为之咋舌，百济与倭国联手，不仅在前线军力倍增，在大唐国内的奸细也是如此猖獗，屡次策划惊天动地的大手笔。

　　金柔儿说的确是实情，李如打马球摔伤，正是褐衣人故意设计，令李如摔落马下受伤。那日，殷茵、王真还有玉泠道人前来王府探望摔伤的李如，正是金柔儿等人偷梁换柱，绑架李如，取而代之的时候。众人在李如闺房中闻到异香，其实是李如的贴身侍女遭灭口杀死，抛尸床下，用异香掩盖血腥之气，金柔儿生怕众人识破，借口服药过敏，躲在帐中不与众人见面。绑架李如，秘密囚禁，灭口杀死贴身侍女，内宅管家和仆人俱遭收买，无人知道清阳王府后宅发生的偷梁换柱之事。清阳王李崧因为爱女落入敌手，不仅不敢声张，还被迫与这个秘密组织合作。

　　三年前，甲斐飞鸢和那个褐衣人在长安会面，两人因为一件小事触发灵感，合力谋划了一件大事。这件小事就是甲斐飞鸢无意间发现，清阳王李崧的独生女儿李如和自己的二弟子金柔儿长得极为相像，两人貌似八分，神似九分，如果再加上易容装扮，便是神仙也难以分辨。褐衣人受此启发，便设计了一个偷梁换柱的计谋，他们围绕这个计谋慢慢开始渗透，从清阳王府到大唐军队、朝廷机构，而这个计谋什么时候实施，只有褐衣人自己知道。

　　金柔儿离去的时候，扔给武云宗一句话："你现在考虑的不应该是退婚，而是大义灭亲捉我立功，还是让我完成任务？"

　　武云宗汗如雨下，心中天人交战，站在那里如痴似傻，看着金柔儿的红衣慢慢消失在树丛后……

　　长安，戌时，清阳王府。

　　武云宗走出清阳王府的时候，酒已醒，但是心中更醉，来时步履踉跄，去时步履零乱。武云宗不知道自己该如何抉择，是亲手毁掉心爱的金柔儿，还是看着她坠入深渊……

　　杜鼎之和云襄带着一众衙役来到清阳王府外面，因为得到"不良人"线报，有人看见赵绾最后一次露面，就是在清阳王府门前。杜鼎之不敢擅闯王府，只能在门外观察，找人盘问赵绾行迹，差役禀告杜鼎之，说是赵绾的踪迹在清阳王府就彻底失去了踪迹。

　　杜鼎之正在沉思，没想到竟然看见失魂落魄的武云宗从王府出来。杜鼎之有些诧异，调侃武云宗，笑道："武贤弟，莫非你是提前来拜见岳父？"

武云宗见到杜鼎之，就像见到亲人一样，道："杜大哥，我……你能不能再像以前那样，陪小弟痛饮三百杯、三百杯……"

话未说完，武云宗已经软倒在地，躺在杜鼎之面前困极睡去。沉沉睡去的武云宗是酒意上涌，还是心力交瘁？

六十九

熊津城，戌时，唐军营地。

柳护卫将倭国第三批援军抵达百济的情报，秘密传送至刘仁轨手中。

刘仁轨看着情报中详细记载着倭国援军的人员、船只和军械情况，不由眉头紧锁，因为三批倭国援军合计已经达到三万余人，加上扶余丰的百济复兴军，军力已是唐军的二三十倍。情报中说，倭国国内正在征集第四批援军，待第四批援军到达后，很快就会向唐军发动总攻。

刘仁轨的眼皮突然跳了一下，他再次将任权留下那块血书置于灯下，久久端详上面的"夜枭"两个血字。

周留城，子时，城中一处荒宅。

柳护卫的心腹手下李舜，拖着一个昏迷不醒的复兴军小校，进到荒宅之中，将小校倒吊在房梁上，然后一盆凉水浇在他的头上。

小校苏醒过来，看清面前的人容貌，顿时大吃一惊，叫道："柳护卫，快救我！快救……"等他明白身处形势，顿时住口，因为他已经猜到柳护卫是什么人了。

李舜低声向柳护卫禀告："大哥，这就是你让我们查的人！"

柳护卫慢慢蹲下身去，看着小校惊慌的眼睛，问他："你在死鹰岭一战中，负责与唐军中隐藏的细作联系？"

小校连连点头，道："是，是！柳护卫，确实是我联系的……"小校浑身伤痕，看来已经吃了不少苦头，对柳护卫的问话丝毫不敢隐瞒。

"行军迅疾，又耳多眼杂，你是怎么与他联系的？"

"是用夜枭的叫声联系的，长短尖粗声音组合。"小校怕柳护卫不明白，又解释道："这是对方传过来的联系方法，先王还未遭唐军掳走的时候，在军中培养了几人，学习这种方法，我那天就是用这种方法和他联系……"

"你学叫几声让我听听。"

"是，是，柳护卫，不知什么内容？"

"就说'今夜三更，进攻加林城'吧。"

小校捏住嗓子，模仿夜枭，战战兢兢叫了几声，有长有短，有粗有细，外人难以听懂。

柳护卫又问："你可曾见过对方相貌？"

小校赶紧摇头，道："山高林密，我们都是用夜枭叫声联系，加上又是半夜三更，小的连对方的影子都没见过。"

柳护卫站起身来，自语道："看来和刘仁轨预测的一样，以夜枭叫声联络，真是工于心计！"

柳护卫掸掸衣服上的灰尘，向李舜点一下头，转身向外走去，后面刀光一闪，小校已经人头落地。刘仁轨请柳护卫在复兴军中密查"夜枭"的真面目，看来并没有找到答案。

长安，辰时，郊外山中。

崔破虏跪在妻子的新坟之前，将郑玉生前留下的书信、画像等物品慢慢放进火中焚烧。因为明日就要随军出征，崔破虏只能提前将妻子下葬，坟茔与当年去世的幼子麟儿靠在一处，这对苦命的母子在地下团聚，也算是一种安慰。

崔破虏拿起郑玉经常弹拨的琵琶，愤然弹响《秦王破阵乐》，声若金石交击，势如天马破空，一曲未半，只听一声裂响，琵琶弦断，崔破虏忍住泪水，将琵琶扔进火堆，道："玉妹，待我出征归来，若不能为你报仇雪恨，我便如这琵琶，自蹈火海！"

马蹄声急，两骑踏尘而来，正是杜鼎之和武云宗，见是二人，崔破虏并未转身。

杜鼎之过来，拍拍崔破虏的肩膀，埋怨道："为弟妹送行，岂能不告知我们兄弟？"

崔破虏挺立如松，紧咬嘴唇没有答话。武云宗也不与崔破虏说话，从马背上卸下一堆香烛、供果，摆放在郑玉坟前，然后一揖到地，道："大嫂走好！小弟当年多蒙嫂夫人照顾，感念不忘，此次出征若能全身而退，小弟与杜兄定当为大嫂报仇，摘取那凶手首级为大嫂祭奠！"当年，武云宗在长安军中无人照顾，没少跑到崔破虏家中蹭吃蹭喝，郑玉每次都盛情招待。此时武云宗在坟前发誓为郑玉报仇，竟然只字不提崔破虏，显然二人嫌隙已深。

崔破虏冷哼一声，道："内子之仇，不劳外人伸手！"

武云宗并不答话，起身就要离开，杜鼎之在身后喝了一声："站住！你这就要走？"

武云宗一脚已经踏进马镫，闻言站住，道："杜兄，你还有何吩咐？"

杜鼎之打量一番崔、武二人，缓缓道："你我三人在此坟前，举头三尺有神明，人神共鉴，你二人到底是谁暗中投靠外邦？是谁做了那个'夜枭'？"

崔破虏负手而立，抬头向天，脸上尽是冷笑，显然对这个问题不屑一顾。武云宗也是冷笑，道："昨夜宴饮，长安城中诸多世家子弟都在猜测，说是百济奸细'夜枭'进入长安，因为担心败露，竟然狠心将自己的结发妻子杀死灭口！"听武云宗如此说，他刚才在郑玉坟前发下的誓言，竟是将崔破虏视作杀嫂凶手。

崔破虏闻言狂怒，虎吼一声，就要扑上前与武云宗打斗，杜鼎之赶紧一把将他抱住，挣扎之中，崔破虏一脚踢翻武云宗带来的香烛供果，嘶声道："污蔑崔某可以，但是若敢侮辱我与内子，我与他不死不休！"

杜鼎之大声道："你二人住口，休要斗口置气！"他环顾崔、武二人，道："我已派人将你二人调查一番，并调阅内卫监视你们前来长安途中的案卷，愚兄实不相瞒，你二人各有嫌疑，谁都可能是'夜枭'！"

杜鼎之此言一出，坟前一片寂静，崔、武二人不再争吵，一个盯着郑玉的坟茔，一个扭头看远山，二人都不再说话。杜鼎之指着崔破虏道："你，从北路而来，与倭国黑衣杀手血拼数场，但是却与他们的女头目私下接触。"杜鼎之又转身指着武云宗，道："你，从南路而来，与倭国控制的海盗厮杀多次，但是却与百济女细作暧昧不清。"

杜鼎之说到此处，故意住口，他蹲下身来，将郑玉坟前踢翻的香烛扶正，道："你二人，素来作战悍勇，可以尽忠于国家，但是未必尽忠于朝廷，因为你二人内心深处，对这个朝廷深为反感，各怀仇恨，所以，你二人无论是谁背叛朝廷，我都不奇怪！"坟前针落可闻，崔、武二人俱是面色凝重，咬紧嘴唇不说话，看来杜鼎之的话如针一样刺进他们的心中，令他们无法反驳。

杜鼎之又道："我之所以没有在大理寺和内卫面前揭露你们，便是顾念兄弟之情，希望你们能迷途知返，主动承认谁是'夜枭'，我可以像当年初识之时，寻找机会放他一马，让他远遁海外。"

面对杜鼎之的良苦用心，崔、武二人沉默半晌，突然传来一声大笑，大笑的是崔破虏，崔破虏道："多谢杜兄美意，可惜崔某不能领受！我崔破虏身为大唐军人，唯有以死报效朝廷，断难与背叛国家之辈称兄道弟。今日，请杜兄见证，我与那个'夜枭'，断袍绝交！"说罢，一把撕下长袍下摆，掷于地上。

那边的武云宗也是一声长笑，道："如此甚好！我武云宗身受朝廷厚恩，此心可鉴，岂能与背叛大唐的'夜枭'私下相交？杜兄，小弟也请你见证，今日我与此人割袍绝义！"说罢，一把扯下左边衣袖，掷于地上。

杜鼎之见二人如此决绝，只能长叹一声，不再相劝。武云宗翻身上马，打马如飞，直向城内奔去。

崔破虏对杜鼎之道："请杜兄早回，我在这里稍作逗留，再陪内子一会儿，若此战不归，便再也见不着了……"说到此处，这个铁打的汉子不由声音哽咽。见崔破虏如此说，杜鼎之只能拱手作别，黯然而去。

崔破虏在郑玉坟前默立许久，不知在想什么。过了许久，崔破虏身后的树林中突然传来一阵响动，他转身大喝："是谁？出来！"

树枝一阵晃动，钻出来的是林统领，他冲崔破虏嘿嘿一笑，但是看见郑玉的墓碑，立刻又换上一副哀戚的样子，他道："她就是你说过的'玉妹'？年纪轻轻就遇害离世，让人痛惜！"

崔破虏抚摸着墓碑，道："林大哥，我们终于到了长安，其实长安和别的地方没什么两样，也有阴谋诡计，也有生离死别。"

林统领安慰崔破虏道："逝者已矣，你莫要太过悲伤。"

崔破虏负手看着如黛远山，怅然道："长安是很多人的梦中之地，却是我的伤心之地。明日我就要随军出征，生死未卜，你且在长安好好谋生，也许将来我们还会有见面之日。"

林统领故作惊讶，道："出征，还要出征？也不让人歇息几日。崔兄弟，这次出征去哪里啊？"

"还能是哪里？你的故国，还有百济。"崔破虏意兴萧索，似乎对出征已然麻木，叹息道："壮士百战终白骨，梦里依稀马上行。可惜，以后连做梦惦记我归来的人都没有了……"说到此处，崔破虏已是热泪盈眶，他跳上马背，向林统领一拱手，道："林大哥，保重！"说完，打马而去。

林统领一脸悲容，向着崔破虏的背影一揖到地，直到崔破虏远去他才直起身来，不过脸上的笑容已经掩盖不住，因为他从崔破虏口中得到证实，明日唐军确实出征，那个高昌国细作提供的情报是真的！

长安，午时，东市。

昨日那条小巷中，郭震准时前来，对面的林统领已经等候多时。

两人一见面，林统领便将一个沉甸甸的布袋子扔给郭震，道："昨日之资，在下不敢忘记，还请告知唐军出征详情。"

郭震掂掂布袋子，足有四五十两，他打开一看，里面竟是刺目的黄色，全是拇指大小的金锭。郭震笑道："难得，难得，高句丽破国在即，竟然出手如此大方！看来我心中的唐军出征详情，更能值不少金子！"

林统领大笑，道："尊驾的消息，千金难买，只要对国家有利，在下绝不吝啬……"话未说完，林统领突然脸色大变，因为他看见郭震身后涌出十几个黑衣壮汉，俱是刀弩在手。林统领霍然转身，身后也是一群黑衣壮汉堵住巷子出口。与此同时，两侧屋脊之上也冒出数十名手执弩箭的"不良人"，闪着寒光的箭镞全都瞄准了林统领。

"你！你原来骗我……"林统领拔出怀中乌黑的短刀，困兽犹斗。

郭震道："听闻林军使是高句丽的第一好汉，在下素有爱才之心，愿意为林军使引荐。"

林统领大笑，声如狼嚎，笑声中对郭震的劝降不屑一顾。

郭震身后走出玉墨，玉墨冲着林统领行个万福，道："林军使，事已至此，何必再做徒劳挣扎？"

林统领看着玉墨，终于恍然大悟，发出一声惨笑，道："好你个玉墨，原来是你出卖的我！哈哈！"

玉墨淡淡一笑，道："林军使，良禽择木而栖，高句丽马上就要步百济后尘，败亡已是定局，你我何不投效大唐？以你的本领……"

林统领使劲摇头，大笑道："玉墨，是我高估了你，以为你会和我一样赤胆忠心，没想到你却让大唐、让长安腐坏了心！玉墨，你我一起下地狱吧！"林统领斜身跃起，脚尖在墙上一点，犹如一头豹子向玉墨扑来，可惜林统领身在空中，就已中了三四支弩箭，尤其是郭震射出的弩箭，正中林统领膝盖，令他无法跳跃。林统领奋力一击，手中刀锋距离玉墨还有数尺之遥，人已摔落尘埃。

血泊中的林统领挣扎坐起，靠在墙边，他手中那柄乌黑的短刀横在咽喉之上，林统领大笑道："国破自有义士，臣高句丽督军使林夕朝尽力了！长安，老子不走了，哈哈！"短刀奋力一划，一股血泉喷上半空……

长安第一歌姬玉墨，此时吓得花容失色，躲在郭震身后露出一只眼，窥视着浑身鲜血的林统领。林统领原来真名林夕朝，是高句丽国王高藏的心腹，官居督军使，故意靠近崔破虏，利用崔破虏为掩护，企图混进大唐长安获取军情，联络外援，不料却栽在郭震手中。

"不良人"头目拿着监视记录向郭震禀报，林夕朝近日在长安见过的人，已尽数派人跟踪监视，他指着一个人名，问郭震如何处置，那个人名正是"崔破虏"。

郭震微微沉吟，吩咐道："不要坏了大局，静观其变。"

七十

长安，酉时，百花楼。

华灯初上，巍峨高耸的百花楼位于朱雀大街尽头，毗邻皇宫，犹如在长安夜空绽放一朵盛开的牡丹花。风雨天香楼是官员、百姓和商贾销金之地，百花楼却是皇家专用之所。

杜鼎之和崔破虏仰头望着灯火辉煌的百花楼，两人身后站着云襄，崔破虏不明白杜鼎之为什么非要拽着自己来百花楼，他已与武云宗割袍绝义，根本无意参加武云宗的赐婚宴。

此时百花楼中丝竹悠扬，舞影翩翩，各色人等川流不息，人人面带喜色，不仅李、武两姓亲属齐集与此，便是三品以上的文武官员也都争相前来祝贺。在圣人李治和武皇后眼中，一个郡王女儿的赐婚宴本无须如此张扬，但是此时天下百姓都知道李、武二姓不睦，正好借此机会向普天之下展示大唐富庶强盛，宗室与外戚和好融洽的景象，至于赐婚的一对男女姓甚名谁，圣人李治并不关心。

此时，圣人李治与武皇后尚未驾临百花楼，百花楼上下戒备森严，羽林卫大将军陈多祚亲自指挥，二百名身着明光铠的执戟卫士，腰挎横刀，手执长戟，遍布百花楼各个角落，另外还有上千名的羽林卫士兵，自皇宫一直警戒到百花楼周边。自三清观、翠微宫事发后，原来担负长安防卫之责的左右金吾卫、左右骁卫，因为有众多将校卷入其中，已经彻底清洗换将，圣人和皇后也对这几卫军队失去了信任，更加信赖倚重羽林卫。

杜鼎之为眼前的盛状折服，叹道："大唐盛宴，便是天上玉皇王母的宴席，也不过如此吧？"

崔破虏默不作声，旁边的云襄却"嗤"地一笑，道："杜寺丞，难道你吃过玉皇王母的宴席？"

杜鼎之对云襄的讥诮早已习以为常，并不生气，他反问云襄："云襄姑娘，你常随皇后左右，一定知道这百花楼盛宴上最好吃的菜是哪一道？"

云襄想了想，道："百花楼擅做天下美味，便是外国美食也可以烹制，不过他们最拿手的一道菜肴，便是'十八仙人献寿汤'，据说有十八味主菜，一百零八种配料，合在一起熬制的汤，当真是冠绝人间的美味！"云襄故意摇头晃脑，说得活灵活现，把杜鼎之馋得一个劲儿抹口水。

杜鼎之道："一会儿我们混进去，说什么也要尝尝这道汤！"

崔破虏无心听杜鼎之调侃胡扯，道："杜兄，出征在即，我还要回去收拾行装，实在无暇在此耽搁，小弟告退！"说罢，转身欲走。

杜鼎之一把拽住崔破虏，道："你的好兄弟赐婚大喜之日，你怎可缺席？"

崔破虏苦笑道："我与武云宗已经恩断义绝，反目成仇，他的喜事我又何必参加？"

杜鼎之道："你这做哥哥的，不能如此小气，大度一些嘛！他能为你夫人送行，你为何不能参加他的赐婚宴？"

崔破虏摇头，正色道："无关气度，这是节义之争，我崔某人心昭日月，不愿与贼人共席！"

杜鼎之道："如此说来，你是认定武云宗便是百济细作'夜枭'？"

崔破虏凛然道："我只知自己不是'夜枭'，别人是与不是，那是你们的事情！"

见崔破虏执意要走，杜鼎之只好说出实话，道："今夜请你一起前来，其实要借你的亮银枪一用，因为我料定，今夜的百花楼……"说到此处，杜鼎之长吸一口气，再度仰望通体璀璨的百花楼，"今夜的百花楼，一定会有大事发生！"

杜鼎之如此肯定，是因为他推测赵绾在清阳王府失去了踪迹，很可能是扮作王府中人，混进了百花楼，因为今天的百花楼云集了朝廷所有重要的人物。还有，赵绾床下那个空的毒药罐子，里面如果装满毒药，至少三四斤重量，这么多毒药会用在哪里？他如果是赵绾，一定会选百花楼这场盛大的宴席下手。

朱雀大街上传来一阵喧哗，开路的仪仗执事呼喝："皇后驾到！"自皇宫出来的仪仗只有皇后的凤銮，并无圣人的龙辇，看来圣人李治没有驾临百花楼赐婚盛宴。云襄低声向杜鼎之和崔破虏解释，原来近期李治风疾日益严重，除了偶尔在朝堂之上露面，各种军政事务皆由武皇后处置。

杜鼎之有些担忧，道："圣人春秋鼎盛，为何身体如此羸弱……"他瞥了一眼云襄，知趣地把后半截话咽回去。

百花楼顶楼上，丝竹歌舞之声大盛，武皇后已在主位落座。武云宗和顶替李如的金柔儿在司礼宦官的引领下，向武皇后跪拜谢恩，随后李、武二姓长辈上前谢恩，朝中李义府等重臣前来祝贺。一些平日里见不到皇后凤颜的人，将楼梯挤得水泄不通，争相目睹这个天下最有权势的女人。

云襄让崔破虏将亮银枪拆成两截，用布卷起来背在身后，她手执令牌在前开路，杜鼎之和崔破虏紧随其后，三人来到百花楼顶楼，挤在人堆里暗暗观察。

崔破虏在百济曾经见过金柔儿，此时觉得武云宗身边的盛装丽人有些面熟，仔细辨认一番，终于恍然大悟，赐婚的清阳县主李如竟然是"青鸾"首脑金柔儿，他不由冷笑。崔破虏眼光扫了一圈，他正在犹豫是否向杜鼎之揭露这一发现，指证武云宗就是"夜枭"，他忽然为柱子后面一个彩娥吸引，再也无暇他顾，那个彩娥头梳双环髻，身穿浅绿色的舞姬装，刚刚跳完舞下场，躲在柱子后面看热闹。跳舞的彩娥转过头来，与崔破虏目光对接，不由脸色一变，原来竟是樱月妖。两人四目相视，瞬间明白了对方的来意。金柔儿和樱月妖同时出现在百花楼，当众揭露了金柔儿，必然也将樱月妖暴露于大庭广众之下。崔破虏不由踌躇，一时难以抉择。

崔破虏暗暗攥紧了身后的枪柄，樱月妖似乎不敢对视崔破虏的目光，将身子慢慢缩回柱子后面。崔破虏手心沁汗，心中有一个声音在问他："如果樱月妖刺杀皇后，我该怎么办？怎么办？"

站在中央的武云宗此时亦是鬓角冒汗，他虽然面对着武皇后，但是眼角余光全在身边的金柔儿身上。圣人李治没有前来，只有武皇后驾临，李、武二姓家人都大感失望，只有武云宗心中放松不少。武云宗现在心中只有一个念头，如果身边的金柔儿暴起刺杀武皇后，自己是出手拦截，还是不出手？武云宗丝毫不觉，他的汗水已经湿透了衣衫。武云宗心乱如麻，但是身边的金柔儿却静若处子，纹丝不动，而且脸上带着浅浅笑意，她心中会不会将李如的赐婚，真的当成自己的喜事？也许在她心中，早就期盼着这一日。

司礼宦官引着武云宗和金柔儿再次来到武皇后面前，二人并排跪下，武云宗担心金柔儿猝然行刺武皇后，便悄悄攥住金柔儿的手腕，金柔儿挣扎一下未能挣脱，只能任由武云宗攥在手中。外人见二人在武皇后面前还牵着手，都以为两人情深恩爱，卿卿我我。

一名宫女端着金盘上前，盘中放着一个装满美酒的金樽，武皇后举起金樽，向着楼中的李、武二姓亲属以及文武官员，道：“诸位爱卿，今日李、武二姓再度联姻，惠风似薰，朗月如银，之子于归，宜其室家，惟愿人间和睦，天下和美，更祝我大唐江山永固，社稷永安！大家满饮此杯！”

楼中之人齐齐举杯，准备一饮而尽，正在此时，突然传来一声大喝：“喝不得！酒中有毒！”这一声大喝，顿时让百花楼一片惊乱，不少人手中的酒杯失手跌落。

武皇后缓缓放下手中金樽，凤目含威，厉声喝问：“谁在喧哗？”

喊话的人正是杜鼎之，他拨开身前的人群，挺身而出，向武皇后施礼，道：“是微臣在喊。”

武皇后眼中露出一丝怒意，问：“你怎知酒中有毒？”

杜鼎之环视周围，慢慢道：“微臣以为，全城缉拿的赵绾，就在百花楼！他可能已经在酒中下毒。”

此言一出，百花楼又是一片骚乱，所有人都在四顾寻找赵绾。这两日，城中都在传大理寺少卿赵绾就是“红骷髅”之一，暗中杀死兵部右侍郎薛封，破坏出征大计，没想到赵绾胆大包天，竟然在百花楼中出现。

武皇后大袖一拂，坐回原位，道：“好，既然你办案查到这里，本宫不拦阻你，你可任意办案！”

杜鼎之没想到武皇后如此支持自己，顿时喜出望外，大声道：“微臣谢过皇后！”

孰料，武皇后口气一转，厉声道：“杜鼎之，本宫就坐在这里，给你一炷香的时间，看你如何找出赵绾，如若找不出赵绾，这杯酒就赏给你了！"

杜鼎之不敢多言，躬身退下，立刻让云襄传令给羽林卫大将军陈多祚，将百花楼牢牢封锁，任何人不得出入。一个宫女点燃一根线香，放在武皇后面前。

此时，崔破虏的眼睛牢牢盯住柱子后面的樱月妖，武云宗的手像铁钳子一样死死抓住金柔儿的手腕，全场之中不去看杜鼎之的人，只有他们两个。

杜鼎之带着云襄在人群中穿行，所有的人都像躲避怪物一样，生怕杜鼎之碰着自己。杜鼎之把楼上所有人都看了一遍，却没有发现赵绾，数日前赵绾在王府查找杜鼎之，今日风水轮流转，杜鼎之又在百花楼搜寻赵绾。杜鼎之眼看线香已经只剩一小半，不由心中焦急。

云襄在身后提醒他，低声道："快点想办法，否则皇后真会逼你喝毒酒！"

云襄越是提醒，杜鼎之越是焦急，不由汗流浃背，他摸到怀中的纸包，那是他在赵绾床下发现的粉末，却不知是何种毒物，如果能让"妙手药师"吴仁义鉴定一下，定能查出是何毒物，但是此时吴仁义亦是远水解不了近渴。杜鼎之灵机一动，突然转身向楼下跑去，云襄急忙跟了下去，楼中不少人本欲跟下楼去看热闹，但见武皇后坐在那里纹丝不动，所有人立刻都停住了脚步，站在那里不敢乱动。

武云宗紧紧抓着金柔儿的手腕，手心里满是汗水，金柔儿依然不动声色。而崔破虏却已乘着刚才的骚乱，悄悄靠近樱月妖的身后，如果樱月妖发动攻击，崔破虏有把握瞬间拦住她。

杜鼎之冲进百花楼后厨，后厨重地早由羽林卫士兵严加看管，近百名厨师、帮厨和伙计都知道楼中发生了大事，见杜鼎之和云襄进来，立刻停下了手上活计。

杜鼎之快速环视一圈，突然问："谁在切菜？"原来后厨中依然有切菜的声音传出，只见角落里有一个白胡子老厨师正在低头切菜，对周围发生的事充耳不闻，老厨师面前案板上堆着半尺高的葱丝，他将葱丝均匀地撒进身后一口大汤锅里，锅里汤色乳白，异香扑鼻。

杜鼎之大喜，奔了过去，一把揪住老厨师的白胡子就往下扯，他以为老厨师是赵绾所扮，没想到老厨师疼得哇哇乱叫，挥起菜刀要砍杜鼎之，吓得杜鼎之连连后退。百花楼厨头赶紧过来，向杜鼎之解释，原来老厨师在百花楼后厨足足干了二十多年，专门负责熬制"十八仙人献寿汤"，是百花楼重金聘请的台柱子，但是他天生耳聋，即便是在耳边打雷也听不见，他根本不知道楼中发生了大事。

杜鼎之错揪了人家胡子，心中愧疚，却已顾不得道歉，他目光炯炯，如鹰犬一般扫视偌大的厨房，余光瞥见角落的垃圾筐中似乎露出一角衣物，立刻冲过去踢翻垃圾筐，将那件衣物拽出，竟然是一件帮厨的灰色工服。

百花楼后厨人员众多，平常用服色进行区分，厨师服白，帮厨服灰，伙计服蓝，这是一件灰色的衣服，应该是帮厨所穿。杜鼎之抖开衣服，大声喝问："这是谁的衣服？人在哪里？"后厨中的所有人都面面相觑，回答不出来。

杜鼎之拎着那件灰色的工服，沮丧地走上楼来，正好武皇后眼前的线香燃尽，最后一段香灰落了下来。

武皇后睁开双眼，冷笑道："杜寺丞，赵绾找到了吗？"

杜鼎之看着手中的工服，苦笑无语。身后的云襄替杜鼎之求情，道："启禀娘娘，杜寺丞并非判断有误，那个赵绾确曾混进百花楼后厨，可惜提前逃脱……"

武皇后只是冷冷地看了云襄一眼，就吓得云襄咽回后半截话。武皇后道："杜寺丞，你扰乱赐婚宴，又让逆贼赵绾逃脱，你可知罪？"

杜鼎之躬身道："微臣知罪！"说完，他径直来到武皇后身前，举起金樽，闭着双眼将樽中酒一饮而尽。

杜鼎之毫不犹豫饮下毒酒，不仅武皇后吃惊，楼中人也都惊呼一片，既然赵绾确曾进到百花楼，意图对皇后不利，谁能保证樽中酒无毒？所有人都紧张地盯着杜鼎之，云襄和崔破虏抢过来要扶住他，杜鼎之摆手拒绝，他使劲揉揉肚子，长出了一口气，似乎并无异样。

武皇后冷笑一声，道："好胆色，死罪可免，但是活罪难逃！"

杜鼎之"噗通"一声跪倒在武皇后面前，道："皇后息怒，微臣以为，赵绾仍然在百花楼中！"

此语一出，满楼皆惊，一片哗然。武云宗攥着金柔儿的手腕，只觉微微一抖，而崔破虏再度盯住樱月妖，防止她脱离自己的视线。杜鼎之起身，用手指着楼中众人，拥挤的人群像退潮的海水一样，争相避开杜鼎之的手指。

杜鼎之径直走到百花楼窗前，附身下看，楼门外数列羽林卫士兵枪盾并举，牢牢围住前后出口，便是一只苍蝇也飞不出去。

这时，只见一个身穿明光铠的虞候从楼内出来，向外围的士兵传达陈多祚将令："传陈大将军令，逆贼赵绾还在楼中，加紧戒备，不得松懈！"楼外的数百名羽林卫士兵轰然答应，震得百花楼微微发颤。

杜鼎之突然放声大笑，指着那名虞候，大喊道："赵绾在此，给我拿下逆贼！"

七十一

楼中出来的那名虞候正是赵绾所扮。

赵绾本来马上就要逃出生天，没想到在最后关头让杜鼎之识破行藏，心中顿时狂怒，但是楼外兵甲重重，冲出无望，赵绾当机立断，抽出腰间横刀，返身向楼内冲来。

楼内虽有众多羽林卫士兵把守，但是猝不及防，眨眼之间赵绾的横刀已经刺倒数人。楼内之人惊慌一片，纷纷向楼上逃去，却挤在楼梯上进退不得。见赵绾垂死反击，云襄拔出横刀，拦在武皇后身前。武云宗和金柔儿对视一眼，将她的手腕攥得更紧，金柔儿并不着恼，反而微微一笑，笑容中有几分释然，又有几分幸福，她冒名顶替李如，心中何尝不希望假戏真做。

赵绾向百花楼后窗冲去，正要破窗而出，忽然一阵破空厉啸，只见一朵斗大的枪花向自己劈头盖脸刺来，正是崔破虏的"暴雨梨花枪"！

刚才楼下骚乱之时，崔破虏盯牢樱月妖，担心樱月妖借机发难，谁知樱月妖却主动向崔破虏微微摇头，示意自己不会出手刺杀武皇后。崔破虏正在犹疑，樱月妖已经悄悄退到人群之外，远远离开武皇后。崔破虏放下心来，将亮银枪接在一处，跃下楼来截住赵绾。

赵绾身为文官，却是武艺高强，一柄横刀使得如风似雪，与崔破虏斗在一处，一些羽林卫士兵想要帮忙，却无法靠近二人身前。激斗二三十回合，赵绾眼见逃生无望，终是心中发慌，手中刀略微一慢，崔破虏一枪突刺进来，正中赵绾右腿，将他挑翻在地。赵绾挣扎欲起，崔破虏的枪尖已经抵在他的脖子上，外围的羽林卫士兵一拥而上，将赵绾捆得结结实实。

羽林卫士兵将赵绾抬到武皇后面前，赵绾只是闭目不语，任谁问话都不睁眼。杜鼎之端来一大盆香气袭人的"十八仙人献寿汤"，笑嘻嘻地凑近赵绾嘴边，道："赵少卿，打斗半天，喝一口汤解渴可好？"

赵绾顿时将头扭来扭去，似乎十分惧怕这盆香喷喷的浓汤，看来他的毒药并未下在酒中，而是下在汤中。

武皇后冰雪聪明，见状立刻明白了赵绾的毒计，怒道："赵绾，好歹毒的心肠，你原来是想将圣人与我，还有朝中百官，李、武两姓之人，全部毒杀！"

原来，赵绾杀死韦星洲、薛封之后，自知已经引起杜鼎之怀疑，干脆一不做二不休，化妆潜进清阳王府，扮作一名抬箱子的仆役，随着清阳王府的人混进戒备森严的百花楼，他穿上提前准备好的帮厨衣服，乘耳聋的老厨师不备，在"十八仙人献寿汤"中下了大剂量的毒药"断肠散"，因为这道汤是百花楼压轴名菜，赴宴之人没有不争相品尝的，只要汤一入口必死无疑。赵绾工于心计，下毒之后，立刻扔掉帮厨衣服，穿好藏在箱子中的羽林卫明光铠，因为他算到届时负责百花楼警卫的必是羽林卫，他正好可以混出逃脱。没想到人算不如天算，杜鼎之从赵绾床下发现的毒物、在清阳清阳王府失去踪迹、百花楼垃圾筐中扔掉的帮厨工服、耳聋老厨师烹制的一大锅"十八仙人献寿汤"等线索，推断出赵绾的计谋，终于将他生擒。

武皇后嘉勉杜鼎之和崔破虏几句，令杜鼎之连夜审讯赵绾，务必在唐军出征之前彻查出"红骷髅"一系列阴谋。杜鼎之跪下领命，武皇后无心再参加宴席，带着云襄摆驾回宫。

见武皇后离开，武云宗终于松开金柔儿的手腕，金柔儿揉着发青的手腕，有些幽怨地看了武云宗一眼，武云宗装作没有看见，因为他正目送崔破虏消失在百花楼外，他没有料到崔破虏竟然前来参加他的赐婚宴，而且在关键时刻出手，帮助杜鼎之抓获赵绾。

崔破虏没有与杜鼎之告辞，匆匆离开，因为他担心樱月妖会在半途截击武皇后。崔破虏如影随形跟在樱月妖身后，却见她一路向南，与武皇后回宫方向南辕北辙，并无刺杀意图。崔破虏正在疑惑，只见樱月妖径直走进一家花坊，摘下一朵黄色幽兰，别在自己鬓边，笑问："好看吗？"她知道崔破虏跟在身后，故意向他撒娇。

崔破虏看着娇憨的樱月妖，似乎看见当年羞赧的郑玉，一时如遭雷击，愣在那里。樱月妖又自语道："大姐辉夜姬喜欢芙蓉花，二姐金柔儿喜欢梅花，而我，最喜欢这种小黄兰，你记住了？"樱月妖回头问崔破虏，似乎期待崔破虏夸赞她几句，但是崔破虏此时心乱如麻，不知如何作答。

樱月妖自我欣赏半晌，幽幽地道："你记住了，我若死了，你一定帮我在坟前种满这种小黄兰，起风的时候，就是我回来看你了……"

百花楼上。

殷茵和王真过来向李如道喜，她们并不知道面前的李如是个冒牌货，拉着金柔儿的手不放，殷茵说："羞不羞，你俩从进到百花楼就一直手拉手，也不怕别人笑话。"王真快人快语，道："羞什么？我要是有这么一个英俊挺拔的夫君，我也整天拉着他的手！"

三人说话的时候，杜鼎之正好从他们身边走过，听到王真如此大胆，忍不住多看了三人一眼，王真见杜鼎之无礼，冲他一瞪眼，笑道："恭喜杜寺丞，你抓住'红骷髅'，成了长安大英雄，要是再年轻几岁，我也许会拉你的手！"

长安女子较为开放，尤其王真是将门之女，说话更是大胆，杜鼎之不敢与她们斗嘴，赶紧落荒而逃。金柔儿也不敢与李如的姐妹多说话，生怕露出马脚，借口腿伤未愈，躲开两人纠缠。

金柔儿避开众人，心中却是百思不得其解："百花楼是绝佳的行刺之所，为何那个褐衣人没有令自己动手？他的目的究竟是什么？"

花坊中的樱月妖也在问："崔大哥，他们到底什么时候让我和二师姐出手，哪里才是我们的绝命之所？"

杜鼎之见云襄要随武皇后回宫，心中有些不舍，毕竟这两天靠着云襄手中的令牌，他狐假虎威过足了瘾。杜鼎之悄悄拉了云襄一把，云襄回头叱道："干什么？还想要令牌撑门面？"

杜鼎之赔上一副笑脸，低声央求："时间紧迫，要想赵绾吐出真相，能不能把周兴借我用一下？"

云襄明白他的用意，笑道："好吧，我答应你，算你鬼点子多，恶人自有恶人磨！"不知道云襄是因为杜鼎之纠缠自己发牢骚，还是为赵绾落入周兴手里而感到担忧。

　　长安，丑时，大理寺牢狱。

　　杜鼎之眼见赵绾让周兴等人拖进行刑室，不由心生感慨，这个牢狱本来是大理寺少卿管辖之地，赵绾经常前来巡视牢狱管治情况，偶尔还会亲自审讯犯人，督促差役使用刑具，谁能想到有朝一日，赵绾会亲身体验那些刑具的滋味。

　　赵绾的惨叫声不断传来，杜鼎之眼角抽搐，不忍再听，干脆跑到严正人的房间，向他请教薛封死时参详的那幅《北斗九星图》到底有何故事。严正人因为少卿赵绾就擒，生怕牵连到自己，也是彻夜未眠，不敢稍离大理寺半步。严正人见杜鼎之大半夜跑来请教，便和他说起了这段朝庭掌故。

　　贞观二十三年（公元 649 年），大唐数次征讨高句丽，但是苦于后勤补给过于漫长，加之东北天气寒冷，收效甚微。唐太宗李世民有感于大唐对高句丽军情、国力掌握不清，影响战局推进，密令兵部筹建细作谍报组织，当时在兵部任职的任雅相便开始组建"北斗九星"，在军中精心选拔了九个身怀绝技的人，按照"七现二隐"北斗九星命名，经过训练之后派往与大唐为敌的周边国家。这九个人极为神秘，不知姓名来历，不知男女老幼，谜一般的存在，在大唐与敌国交战过程中传送情报消息，屡立奇功，那些敌国曾派出细作专门打探九人的底细，都没有成功。可惜的是，太宗皇帝在"北斗九星"组建当年就龙驭宾天，这个秘密就只有任雅相知晓，去年任雅相在军中突然患病去世，"北斗九星"就成了断线的风筝。李治和武皇后曾经让兵部右侍郎薛封调查此事，结果薛封又死在"红骷髅"手中，看来"北斗九星"很可能成为一桩悬案。

　　说到此处，严正人有些感慨，道："这九个人对大唐有功，大唐亏欠他们！"

　　杜鼎之道："如果这九个身处异国的人身份暴露，等待他们的必定是灭顶之灾。"

　　严正人点头，道："这是大唐的机密，断断不能让敌国知晓。"

　　杜鼎之挠挠头皮，道："严大人，那夜薛封死在任雅相的房间里，对面的墙上就画着《北斗九星图》，你说他会不会已经发现了'北斗九星'的秘密？否则怎么解释他死在任雅相的房间中？"

　　听他这么一说，严正人不由紧张起来，道："难道'红骷髅'杀害薛封，不仅是破坏出征大计，还有获知'北斗九星'秘密的可能？"

杜鼎之道："我得亲自去问赵绾，看看他是否知道'北斗九星'？"

二人急匆匆奔向审讯室，刚到门口，就见周兴用白布擦着手，兴高采烈地出来。周兴看见二人，得意地道："赵绾，他招了！刚把他放进瓮里，他就叫得娘们儿一样，竹筒倒豆子，全都撂了！"

赵绾供述，他与韦星洲便是祸乱长安的"红骷髅"，他二人受倭国忍者甲斐飞鸢重金招募，成为倭国潜伏在大唐的细作。自大唐攻灭百济以后，扶余丰与倭国联手，他们在甲斐飞鸢的授意下，与扶余丰合谋策划了一系列搜集唐军情报、颠覆大唐政权的阴谋，利用淮西王李麒反对武氏专权的机会，挑起李、武二姓争斗，动摇大唐根本，相继策划了"三清观恶钱案""翠微宫灭地案""百花楼毁天案"，不仅破坏大唐经济，更是妄图一举消灭圣人、皇后和朝中重臣，先后策反、收买了林玉图、王重达、黄松竹、王进以及左右金吾卫、左右骁卫的数十名将校，为了防止走漏风声，他们又将林玉图、王重达、王进以及蒋记工行等十余名工人杀死灭口。期间，大盗"紫燕子"帮助杜鼎之调查"红骷髅"，他们将"紫燕子"的助手昆仑奴、阿刁杀死。赵绾在除掉韦星洲时，引起了杜鼎之的怀疑，适时朝廷制定了出征百济的方略，为了破坏延缓唐军行动，赵绾冒险潜入兵部，杀死右侍郎薛封，而后又混入百花楼，企图将参加赐婚宴的朝中要人全部毒死……

杜鼎之翻看着赵绾的口供记录，没想到令长安风声鹤唳的"红骷髅"竟然是倭国的奸细，怪不得他隐隐觉得长安城中有一股神秘的势力在蔓延，原来倭国、百济就是这股势力的源头。从目前形势来看，这股势力侵蚀拉拢了不少大唐官员将领，已经根系庞大，蔓延甚广，成为大唐的心腹之患。

杜鼎之询问体无完肤的赵绾："赵绾，你是否从薛封那里获知'北斗九星'的消息？"

赵绾指天发誓，道："苍天为证，我只是割了他的首级，扔进河中，我可从未听说过'北斗九星'半点消息。"

杜鼎之又问赵绾："你身为大理寺少卿，为何背叛大唐，甘心受倭国奸细驱使？"

赵绾苦笑道："杜寺丞莫非不知，在下恩师乃是长孙无忌，恩师在修撰《律疏》时起用我这个案牍小吏，四年前，圣人和武皇后逼他自缢而死，我这个学生焉能不为恩师报仇？”

杜鼎之见涉及到朝中重臣旧案，便不再追问下去。长孙无忌本是圣人李治的舅舅，曾参与玄武门之变，帮助李世民夺取帝位，官居尚书仆射，李世民曾经画功臣二十四人图像于凌烟阁，长孙无忌位居第一。李治即位后拜长孙无忌为太尉，同中书门下三品。长孙无忌因为反对李治册立武氏为皇后，遭到权臣许敬宗构陷，获罪流放黔州，四年前含冤自缢而死。

杜鼎之将口供交给严正人，他心中隐约觉得哪里有些不对劲，赵绾的全盘招供似乎太过于顺利，但是他一时又找不到纰漏在哪里。

杜鼎之连续几夜没有睡觉，身心疲惫，他伸个懒腰向外走去，严正人在后面喊他：“你又要去哪里？这么重大的案情，天明后赶紧和我一起入宫面圣，敬请圣人皇后定夺。”

杜鼎之打着哈欠，道：“严公，你自己入宫吧，我要找个地方好好补一觉！”

周兴见严正人要入宫面圣，禀明案情，赶紧过来向严正人阿谀，求他在圣人和皇后面前为自己多美言几句。

……

七十二

　　长安，巳时，"三晋鲜"羊肉汤铺子。

　　睡足大觉的杜鼎之走进"三晋鲜"羊肉汤铺子，大叫道："老板娘在哪里？给我来碗肉汤！"

　　听到大呼小叫的杜鼎之，店内唯一的客人抬起头来，冷笑道："长安城第一神断，现在是长安城的大英雄，果然走到哪里都不同凡响！"

　　杜鼎之回首一看，原来是"妙手药师"吴仁义在喝羊汤，吴仁义在翠微宫受伤中毒，几乎丢了性命，好在他医术精湛，调养多日，总算恢复了元气。

　　杜鼎之见到吴仁义，慌忙叉手施礼，道："原来药神前辈在此，在下失礼！"

　　吴仁义放下汤碗，抹抹胡子上的汤渍，道："杜寺丞，听说你昨夜智擒第二个'红骷髅'赵绾，再一次救了皇后和文武百官，小老儿向你道贺！"

　　吴仁义一番话说得杜鼎之有些赧然，道："这些都离不开'紫燕子'姑娘和'药神'的功劳，在下专程来致谢的。"

　　杜鼎之从怀中掏出一个小纸包递给吴仁义，里面是从赵绾床下收集的粉末，请"妙手药师"鉴定。吴仁义将粉末凑近鼻端一闻，道："这是剧毒'断肠散'，和我身中之毒一样，这个小纸包的剂量足可送走三五条壮汉！"

　　杜鼎之比划一下瓦罐的大小，问："若是这么大的一罐子呢？"

　　吴仁义道："那地府就要多了二三百个冤魂！"

　　杜鼎之深施一礼，道："感谢吴前辈，'药神'果然名不虚传！"

　　身后帘子一掀，扮成老板娘的"紫燕子"走出来，冷笑道："吴前辈，休要听他花言巧语，他是夜猫子进宅！""紫燕子"将一只空碗扔在杜鼎之面前，道："想要喝汤，付钱！"

杜鼎之哑口无言，只好摸出几文钱放在桌角，"紫燕子"用抹布一卷，将钱收走，也不回头，随手一抛扔进柜台的竹筐中。杜鼎之眼睛死死盯着"紫燕子"一双洁白如玉的纤手，眼珠子几乎要钻进肉里，"紫燕子"察觉到杜鼎之的异样，顿时羞怒交加，扬手就将抹布扔在杜鼎之的脸上，叱道："往哪里看，你这个登徒子！"

杜鼎之让人当成好色之徒，一脸羞愧，他将脏兮兮的抹布从脸上拿下，叹口气道："我一直纳闷儿，一个钟鸣鼎食的权贵人家小姐，怎么愿意当一个腥膻油腻的羊汤铺子的老板娘呢？"

"你说什么？""紫燕子"猛然转身，瞪着杜鼎之。

杜鼎之缓缓坐下，又将面前的空碗推给"紫燕子"，笑嘻嘻地道："烦劳老板娘亲手为我盛碗羊肉汤，羊肉要加厚些！"

"紫燕子"迟疑一下，还是亲手为杜鼎之盛了一碗羊肉汤，杜鼎之像捧着宝贝一样，接过汤碗小心放在面前。"紫燕子"拽过凳子，坐在杜鼎之面前，看着他喝汤。杜鼎之几口就将一大碗热汤喝个底朝天，脑门儿冒汗，道："百花楼的'十八仙人献寿汤'我是无福消受了，我估摸着，它再怎么美味，也比不过'二十相君'为我亲手盛的羊肉汤！"

"紫燕子"啐他一口，道："油嘴滑舌，没见过世面的土包子！你刚才说的'权贵人家小姐'，什么意思？"

杜鼎之见店中只有吴仁义在旁，并无外人，故意压低声音道："我说的是，名震长安的大盗'紫燕子'、官府束手无策的'二十相君'，其实就是莱国公的孙女，大美女殷茵！"

"紫燕子"腰间的软剑"呛啷"出鞘，一剑将杜鼎之面前的汤碗斩成两半，剑尖如蛇头一般摇晃，指在杜鼎之的双目之间。

"紫燕子"语气冰冷，喝道："你是如何发现的？"

杜鼎之叹口气，轻轻拨开剑尖，道："上次你已经毁了我最好的衣衫，这次千万手下留情，否则我一月的俸禄买完衣服，连羊肉汤都喝不起……"

"紫燕子"不愿与他啰嗦，软剑前送，又将杜鼎之的衣衫刺破一个口子，杜鼎之心疼不已，大叫："哎呀，住手，我说就是了！"

上次在羊肉汤铺子中，杜鼎之已经将"紫燕子"的范围圈定在清阳县主李如、莱国公孙女殷茵、王重达侄女王真、玉泠道人四人之中，现在玉泠道人已死，怀疑对象只剩三人。昨夜在百花楼中，杜鼎之无意中听到殷茵和王真一起取笑李如，杜鼎之顿时听出殷茵的声音似曾相识，两人嘲笑李如一直和武云宗牵着手，杜鼎之便趁机观察殷茵的双手，记住了她左手小指有一颗红痣。今天，老板娘收走杜鼎之的钱时，又让他看到了手上一模一样的红痣，所以他认定平日里养在深闺人未识的莱国公孙女殷茵，就是神龙见首不见尾的"紫燕子"和"二十相君"，也是"三晋鲜"羊肉汤铺子的老板娘！

殷茵怒视着杜鼎之，手中软剑摇晃不止，显然内心犹豫是否要将杜鼎之一剑捅个透心凉，杜鼎之倒是面无惧色，他猜准了殷茵不会杀人灭口。过了良久，殷茵长叹一声，收回软剑，慢慢揭下脸上的人皮面具，道："我为了变幻身份，足足用了二十副人脸，没想到还是抵不过你这张讨厌的嬉皮笑脸！"面具之下，果然是杏目蛾眉的殷茵。

殷茵是长安城中有名的大家闺秀，知书达礼，娴静温婉，平日里深闺不出，只与李如、王真等姐妹相熟，谁能想到她竟然是令官府头疼不已的"二十相君"、百姓称赞的义盗"紫燕子"，既是国公府的明珠，又是羊汤铺子的老板娘。而且，长安城人人皆知殷茵早已许配给淮西王李麒为妃，但是暗中却和师姐云襄一起为武皇后效命。李麒迟迟未与殷茵成婚，不知道是李麒察觉到异样，还是殷茵提前预知李麒必然反武失败，命不久长，这其中的秘密，就不是杜鼎之能知道的。

杜鼎之对殷茵道："殷姑娘，杜某无意揭穿你的真实面目，喝完这碗肉汤，你还是'紫燕子'和'二十相君'，还是老板娘，请姑娘放心，以后我们还是朋友！"

殷茵见杜鼎之神色诚恳，知他所言非虚，放下心来，道："云襄师姐说你就是一个骗子，我才不敢信你！"殷茵虽说不信，却还是戴上了面具。

旁边的吴仁义咳了一声，道："说到手上的特征，杜寺丞，昨夜擒住的赵绾，他的左手腕可有一处箭伤疤痕？"

杜鼎之摇摇头，道："我验查过他的手腕，并无疤痕。"

吴仁义有些失望，叹道："如此看来，翠微宫地道中那个杀死阿刁的神秘人并未落网，阿刁的仇还未能报……"

吴仁义的话却似火折子，在杜鼎之心中闪过一道亮光，他突然意识到，赵绾的和盘托出，将自己作为一系列阴谋的主脑，会不会是在替那个神秘人打掩护？

那个左手腕有疤痕的神秘人到底是谁？现在何处？

外面天空传来几声清亮的鹰唳之声，似乎有一只雄鹰在上空盘旋，殷茵细细倾听，道："是云襄师姐来了！"

……

七十三

长安，卯时，承天门。

三十面金鼓轰然敲响，震撼天地，整个长安城都在鼓声中振奋起来。大唐出征百济的援军从承天门下列队通过，明光铠反射着朝日的光芒，将高大的承天门照耀得金碧辉煌，仿佛天上宫阙。

此次出征的唐军具装甲骑、轻骑兵、陌刀兵、枪盾兵和弓弩兵依次通过承天门，向城门楼上的圣人李治三呼万岁。唐军崇武擅战，每有出征、凯旋、献俘仪式，都在承天门举行，长安百姓自发地壶浆塞道，为大唐健儿壮行助威。

圣人李治虽然风疾未愈，依然抱病前来为出征将士送行，见到大唐军阵如此威武，不禁龙颜大悦，病情顿时减轻了七八分，他站在城楼上向三军大呼道："逆我大唐，万里必征！犯我大唐，必灭其国！"

二万名出征将士立即全军高呼："逆我大唐，万里必征！犯我大唐，必灭其国！"声音如山呼海啸，在长安城上空一波一波蔓延开来。崔破虏和武云宗等出征将校站在承天门下，听到全军呼声，禁不住心潮澎湃，热血上涌。此次出征，崔破虏和武云宗不仅作为前军向导，还晋级为折冲都尉，崔破虏为骑兵副总管，武云宗为步兵副总管。

此次为出征将士送行，不仅有朝中文武官员，还有一些常驻长安的邻国使节，鸿胪寺邀请了四五十名各国使节前来观看出征仪式，不少高鼻深目、服装怪异的番邦使节聚在一起，都为大唐军威震慑得目瞪口呆。二万将士已然军威如此，若是十万、二十万唐军席卷而来，该是何等天崩地裂？

"逆我大唐，万里必征！犯我大唐，必灭其国！"使节们从通译口中弄明白了唐军呼喊的意思，不少人都面上变色，深恐自己国家触怒大唐，招来灭国之灾。

此时，承天门后，杜鼎之随云襄来到城墙台阶之下，武皇后正要登上台阶，看见杜鼎之，她从云襄手中接过一粒龙眼大的蜡丸，道："杜鼎之，接密旨！"

杜鼎之双膝跪倒，膝行上前，双手接过蜡丸。武皇后声音冰冷，道："杜鼎之，你可知道，这一道密旨能敌五万精兵，百济刘仁轨的五千健儿性命全在你身上，我大唐社稷国运全在你身上！"

杜鼎之顿时浑身汗出如浆，他手捧蜡丸，看着武皇后登阶而上的背影，说不出话来。

……

承天门上，金柔儿身处羽林卫士兵组成的警戒线之内，羽林卫士兵们的明光铠和刀枪反射着耀目的阳光，让金柔儿难以睁开眼睛，恍惚中，她仿佛看见自己的灵魂由一只无形的手一丝丝抽出，恋恋不舍地离开她的躯体，因为她的生命已经进入倒计时。

金柔儿站在清阳王李崧的身后，夹杂在李氏宗室的人群中，与圣人李治和武皇后只有十尺之遥。唐军出征，长安城中的李氏诸王照例要陪侍圣人，在承天门为军队送行。清阳县主李如因为喜爱军营征伐，曾经多次跟随父亲李崧登上承天门，但是谁能想到，眼前的李如早已换成了暗藏双刀的金柔儿。金柔儿身前的李崧虽未回头，双腿却微微打颤，金柔儿知道他心中的恐惧与挣扎，如果没有独生爱女李如作为人质，李崧是断然不会将清阳王府上百条性命作为赌注，投入到这场危险的赌局中的。

看着圣人李治和武皇后并肩站在城楼上，目送出征军队通过承天门，金柔儿再次计算她和目标之间的距离，十尺之遥，这是金柔儿所能接触到大唐天子最近的距离，也是她实行刺杀的最好时机。金柔儿满眼绝望，她即将发起的雷霆一击，无论是否成功，自己的生命都将不可避免地走向尽头，没有人能在这种情形下脱出生天。金柔儿暗暗握住了双刀，她在等樱月妖发动攻击，给自己创造出雷霆一击的机会。

刺杀大唐天子、皇后于承天门！

这才是扶余丰、褐衣人和甲斐飞鸢等人策划的真正的"毁天"计划，赵绾在百花楼中的毒杀案，不过是因为圣上和皇后赐婚，是临时起意而为，算是"毁天"计划的前奏。"毁天"计划的核心就是利用金柔儿取代清阳县主李如，在唐军出征仪式上一举杀掉大唐的天子和皇后，毁掉所有唐人心中的"天"！

百花楼毒杀行动失败后，褐衣人再次现身，终于向金柔儿和樱月妖全盘托出"毁天"计划的详情。在"毁天"计划中，樱月妖另有重要安排，她不仅要为金柔儿创造出刺杀的机会，还要"诛心"！金柔儿毁掉的是所有唐人的"天"，而樱月妖则是要诛杀那些依附大唐的邻国的"心"！

在扶余丰等人眼中，所有屈服在大唐淫威之下的国家，还有成为大唐仆从的那些助纣为虐的国家，全都该死！在这次'毁天'行动中，不仅要让大唐暗无天日，也要让那些软骨头国家从此不敢依附在大唐这棵大树之下。虽然无法同时攻击这些国家，但是却可以让他们派到大唐的使节成为"毁天"行动的祭品！

此刻，樱月妖就站在那群服装怪异的外国使节队伍中，她的一双短匕如果出手，在她凌厉的肉搏式进攻下，须臾之间这群高鼻深目的使节就会倒下一片！

毁天、诛心！杀掉大唐的天子皇后，警告那些依附大唐的国家，瓦解这些国家对大唐的信任和膜拜，这就是倭国与百济联手策划的惊天阴谋！

樱月妖暗中握紧了双短匕，冷冷地环顾着周围的使节们，此时樱月妖计算的是，在羽林卫士兵扑上来之前，她能杀死多少名使节。为了一击致命，褐衣人在樱月妖和金柔儿的兵刃上都涂抹了赤练蛇剧毒，只要刀刃划破皮肤，便是大罗神仙也难以救治。为了防止二人落入唐军手中，褐衣人令二人在衣衫之下都暗藏了火油，可以瞬间把她们烧成一具焦尸。

崔破虏和武云宗翻身上马，这些军中将校要在队伍最后通过承天门，并向城楼上的圣人和皇后三呼万岁。崔破虏向路边扫视一眼，不料正好看见外国使节队伍中的樱月妖，他一眼就看出跃跃欲试的樱月妖身上杀气弥漫，那是一种必死的杀气。崔破虏瞬间明白了樱月妖的意图，她要与这些外国使节玉石俱焚！

崔破虏突然在马上举枪大喊："忠君一诺，誓破强敌！"声若奔雷，三军惊悚。包括武云宗在内的其他将校，都以为崔破虏是向城楼上的圣人表述忠心，反应过来后众人也不甘落后，纷纷高喊："忠君一诺，誓破强敌！"城楼上的圣人李治闻声大悦，挥手向楼下悍勇慓人的唐军将校示意。

其实，只有手握双短匕的樱月妖听懂了崔破虏的话中之意，崔破虏是告诉她，他会忠于诺言，为她击杀甲斐飞鸢。崔破虏策马举枪，目视樱月妖，口中再度大喊："威加海内，荣归长安！"这次不仅崔破虏身边的将校，连前边缓缓而行的唐军也齐声高喊："威加海内，荣归长安！"

崔破虏是劝告樱月妖不要轻举妄动，白白舍弃性命，让她在长安等候自己的消息。樱月妖听懂了崔破虏的话外之音，脸上尽显彷徨，四下环顾，只见周围全是出征的唐军以及警戒的羽林卫将士，刀枪如林，旌旗蔽日，她若双短匕猝然出手，纵然能一举击杀数名外国使节，但是自己必然在唐军的刀枪之下化为肉泥。彷徨挣扎的樱月妖闭上眼睛，一滴泪水缓缓滚落，她似乎看到了在东瀛甲贺山中的白发奶奶，正在倚门守望等候她的归来。她似乎也看到了，有朝一日，崔破虏会将一朵小黄兰别在她的鬓角。

樱月妖终于松开握住双短匕的手，悄悄后退，在人群中一点一点消失。

崔破虏放下心来，催马向前，与武云宗等人并辔前行。

承天门上，金柔儿始终没有等到樱月妖动手的讯号，她心中明白，早有背叛之心的樱月妖终于做出了决定，她放弃了这次刺杀行动。金柔儿正在犹豫是否独自出手，她忽然看见楼下骑在白马上的武云宗，不禁双目泪涌。金柔儿本来已经计划好了，出手之后，无论成功与否，她都要用淬毒的短刀割开自己的咽喉，她不想身受乱刃分身之痛，也不想身受烈火焚烧之苦。楼下武云宗的身影，让金柔儿瞬间动摇，要是没有这个"毁天"计划，她和武云宗也许还会相见，也许真的会一起归隐林泉。

十尺之外，圣人李治与武皇后在一群护卫的簇拥下，缓缓向台阶走去，金柔儿已经错过了刺杀的最佳时机。金柔儿轻叹一声，慢慢松开握住短刀的双手，随着这声轻叹，她身前的清阳王李崧像是有人抽去脊梁骨一般，软软坐倒，身边的人赶紧扶住已经脱力的李崧。李崧虽然始终没有回头看假冒李如的金柔儿一眼，其实全副身心都在暗中观察金柔儿的一举一动，见她放弃动手，李崧紧张得要滴血的心终于放了下来。李崧一直在心中衡量，宝贝女儿李如和全家百余口人的性命，到底谁更重要？在承天门上见到雄壮的大唐军威时，李崧心中已然后悔，绑架女儿的那些人胁迫他参与谋刺圣人的阴谋，说是事后发动西南边军响应，吐蕃出兵相助，拥立李崧登基的鬼话，在大唐强大的实力面前不过是以卵击石，漫天画饼。现在金柔儿等人放弃了刺杀，李崧几乎要跪在地上大喊"谢天谢地"！

承天门南侧的一座望楼之上，距离承天门大约二里之遥，神秘的褐衣人正端坐在窗前，看见唐军渐渐远离承天门，圣人皇后和外国使节也相继离去，但是樱月妖和金柔儿迟迟没有动手的迹象，褐衣人知道刺杀行动出了纰漏。"毁天"计划破灭！

褐衣人和扶余丰、甲斐飞鸢三人千算万算，想到了各种可能，却忽略了人性，忽略了樱月妖和金柔儿求生的欲望，不是每一个"死间"都像辉夜姬那般顺从听命，视死如归。樱月妖和金柔儿不愿意把性命白白舍弃，投进没有希望的炼狱，她们在最后关头做出了自己的选择！

褐衣人摸着脸上的人皮面具，虽然心中怒火万丈，但是依然平静如水，他向身后轻轻挥一下手，一个用黑巾裹住面孔的瘦小黑衣人躬身行礼，领命而去。

褐衣人端起面前的茶杯，轻轻品一口茶，茶水打湿了他的衣袍，原来手中的茶杯已让他在盛怒中捏碎，褐衣人扔掉茶杯碎片，匆匆下楼，跨上一匹快马，向着出征的唐军追去……

长安城中某处荒宅。

一个瘦小的黑色人影悄悄现身，正是刚才在望楼上领受褐衣人命令的黑衣人，黑衣人来到一个半人高的箩筐前，箩筐微微晃动，里面似乎罩着一个活人，不时发出低低的呻吟求救声，应该是封住了嘴巴。

黑衣人没有掀开箩筐，而是一刀砍碎箩筐上面悬挂的瓦罐，一罐火油倾泄而下，顺着箩筐缝隙浇到里面的人身上，那人似乎知道大限已至，拼尽全身力气呜咽挣扎，黑衣人面无表情，将一个火折子扔在箩筐之上，箩筐瞬间燃起熊熊烈火，里面的人拼命嘶叫求救，却无法喊出声音。

箩筐中的人是谁？会不会就是金柔儿代替的清阳县主李如？长安市上身着男装、豪掷千金的清阳县主李如，就这般无声无息化作一堆焦炭？

瘦小的黑衣人又从鸽笼中取出一只信鸽，双手一扬，信鸽腾空飞去。不知黑衣人是给谁通风报信，难道是远在东瀛的甲贺山中，命人除掉樱月妖的奶奶？还是高句丽国中金柔儿残存的亲人？

　　黑衣人仰头观望高飞的鸽子，脸上的黑巾悄然滑落，赫然是王真，她竟然亲手放火烧死了情如姐妹的李如！

　　……

七十四

大唐，相州。

出征的唐军离开长安，折向东北方向，十日之后已到相州地界，从相州再向北直奔易州、幽州，穿过营州便可抵达唐军在高句丽前线，大约一月之后，便可与李勣军汇合。十日快速行军，沿途从各州折冲府抽调的军队陆续前来，军队已达三四万人，声势更为浩大。

一路行来，崔破虏和武云宗两人故意避开对方，却俱是暗中观察对方一举一动。以前两人在军中是同帐而眠，无话不谈，现在却刻意疏远，出行十日未曾交谈一句。

三更时分，崔破虏正在帐中擦拭银枪，忽然帐门一开，一个人影进来，竟然是杜鼎之。崔破虏吃了一惊，慌忙起身道："杜兄，你怎么也在军中？"

其实，那日唐军出征之时，杜鼎之接受武皇后密旨，便跟随大军一路前行，暗中观察崔、武二人行止，看看二人到底谁是"夜枭"，谁知二人一路上都是毫无破绽。杜鼎之没有办法，待唐军行至相州地界，只能主动现身。

杜鼎之没有与崔破虏寒暄，亮出皇后令牌，道："奉皇后懿旨，自即日起，令折冲都尉崔破虏归大理寺丞杜鼎之节制，不得有误！"

崔破虏一愣，武皇后为何点名将自己归到杜鼎之节制，难道另有任务？正在踌躇间，杜鼎之催促道："崔都尉，还不接旨？"崔破虏不敢怠慢，赶紧施礼接旨。

崔破虏收拾停当，身背弓箭，手执银枪，牵上乌骓马，随杜鼎之来到军营之外，只见一辆乌篷马车停在路边，拉车的是三匹健马，马车上面有一老一少两人，老者执鞭赶车，少年人样貌俊秀，神态却甚是懒散，正斜倚车门剥着莲子吃，目光中似乎对外人颇为不屑。这一老一少正是"妙手药师"吴仁义和"紫燕子"殷茵，两人也是受内卫派遣，随同杜鼎之一起查办此案。马车旁边一人，正是白马双刀的武云宗，也是身背弓箭，崔、武两人目光相遇，俱是一愣，似乎没有料到对方也会前来。

崔破虏见到武云宗，立刻拨转马头，就要奔回军营，那边的武云宗也要驱马离开。杜鼎之大喝一声："站住！谁若违令擅自离开，谁便承认自己是'夜枭'！"

听到杜鼎之如此说，二人俱都勒马停下，崔破虏沉声道："杜兄，我不是'夜枭'！"武云宗也冷哼道："杜兄，莫要冤枉小弟！"

"冤枉？"杜鼎之冷笑，道："我且问你二人，你二人中元节回到长安以后，私下里都和什么人有过接触？"

崔、武二人对视一眼，各自踌躇，他二人分别与金柔儿、樱月妖接触过，此二女身份乃是敌国细作，若是当众承认，只怕跳进黄河也洗不清身上嫌疑。

杜鼎之从怀中掏出一本簿册，冲崔、武二人道："长安城中传来邸报，已经查实金柔儿、樱月妖、林统领等人俱是敌国细作，你二人与这些细作纠缠不清，往来甚密，可敢说自己冤枉？"

承天门"毁天"案虽然半途而废，但是内卫与大理寺、不良人等职司已经发现其中端倪，迅速展开抓捕，清阳王李崧与府中多人下狱待审，林统领已经自杀身亡，只有金柔儿、樱月妖和神秘的褐衣人消失无踪。

"此次奉皇后懿旨，令你二人随我行事，乃是戴罪立功，若心生龃龉，抗命不行，可先斩后奏！"杜鼎之面色如铁，显得冷酷无情。

旁边的"紫燕子"向天吐了一枚莲子壳，冷笑道："杜寺丞，若想除掉奸细'夜枭'，此事不难，只消将他二人全都杀了，一了百了！他二人与敌国奸细勾勾搭搭，虽无实证，按照《唐律》，亦可斩于阵前！"

赶车的吴仁义也帮腔恫吓，道："依老夫之见，回到军营，斩了军中奸细祭旗，也省了老夫驱车之苦。"

崔、武二人一阵惶恐，始知自己已是命悬一线之人，若非杜鼎之暗中斡旋，只怕真的成了祭旗的冤死鬼。杜鼎之并不理会"紫燕子"和吴仁义，低头钻进车中，吩咐吴仁义驱车前行，崔破虏和武云宗不敢多问，乖乖策马跟随在马车后边。马车奔驰飞快，竟然笔直向正东方奔去，显然和出征唐军南辕北辙。崔、武二人对视一眼，彼此心中都是疑惑，不明白杜鼎之葫芦里卖的什么药。

五人一路向东疾奔，除了偶尔下马歇息，吃饭喂马，余下时间皆是在疾行中度过，每天只休息三个时辰。一路上，杜鼎之一直躲在车厢中睡觉，并不与崔、武二人交谈，"紫燕子"殷茵总是斜靠在马车后门，冷眼监视着崔、武二人。

十余日后，五人已来到莱州地界，再往前便是海边的登州，与百济隔海相望。武云宗来时曾经走过这条路，心中已经隐约猜到杜鼎之的目的地，应该是登州的唐军水师军营。

武云宗见殷茵打量自己的目光不善，忍不住道："这位姑娘，难道与在下有旧怨宿仇？"殷茵虽然扮成青年男子，但是同行十余日，崔、武二人早已看出她是女儿身。

殷茵让人识破身份，并不着恼，冷笑道："我与两位都尉并无私仇，但是却与混入大唐军中的'夜枭'不共戴天！"

崔、武二人此时对"夜枭"二字很是忌讳，懒得与殷茵说话。殷茵不依不饶，又道："无论你们谁是'夜枭'，我都十分钦佩，你是我平生遇见最会演戏的人，一张脸足以抵上我的二十副面具！"说完，殷茵左手在脸上一抹，已经换成一副老妇人的面容，再一抹又换成一个面黄肌瘦的病夫，最后右手一抹，又换回青年后生的容貌。殷茵这一番闪电般换脸，将崔、武二人看得目瞪口呆。

崔破虏道："如若姑娘细心，就该知道，真正的敌人并不是我们二人，他们已经来了！"

崔破虏此话一出，殷茵顿时吓了一跳，她一路上都在注意观察崔、武二人，没有分心他顾，没想到敌人靠近了自己竟然没有察觉。

武云宗用马鞭指着左侧的山峦上面，道："那边山上有两人两骑，已经跟了我们足足三天三夜！"

殷茵翻身登上疾驰的马车篷顶，眺望山峦峰顶，那里一片乌云，乌云下面果然隐约看见两骑的影子，正在峰顶向下观望。杜鼎之闻言，也在车内挑起车帘向山上眺望。

武云宗又道："我若猜的不错，这两人今夜必定会来袭扰，我们不可不防！"

杜鼎之问道："武都尉，为何是今夜？"杜鼎之此次出行，不再像以前一样称呼崔、武二人为贤弟，一则是他心中难以分辨二人真伪，二则不想引起殷茵误会。

武云宗道："按路程计算，明日夜间我们当可赶到登州水师营地，进到唐军营中，他们便再无机会，所以今天晚上是他们最后的机会。"

杜鼎之略微惊奇，问道："武都尉为何认为我们要去登州水师营地？"

武云宗微微一笑，道："前边即是登州，三面环海，不借助水师船只前往百济，难道杜兄能胁生双翼？"

杜鼎之苦笑，看来武云宗的猜测并没有错，杜鼎之问崔破虏："崔都尉是何意见？"

崔破虏略一沉吟，道："既然对方跟踪数日，我们总要弄清楚对方是谁，我建议晚上张网以待，静候对方到来！"

杜鼎之见崔破虏如此自信，不由笑道："没错，我也正是此意，对方只有两人，我方却有五人……"他似乎想起自己手无缚鸡之力，不由尴尬一笑，道："嘿嘿，我方有四人，足可一战！"

殷茵在旁冷笑一声，道："杜寺丞，你莫要忘了，我方之中可是有一个内鬼，弄不好是对方的内应，里应外合，杀我们一个措手不及！"

吴仁义也有些担忧，道："杜寺丞，莫要轻敌，我们从相州秘密出发，一路行程极为隐秘，这些人为何能知晓？莫不是有人给他们留下记号引路？"

崔破虏见殷茵等人不相信自己，不由发怒，道："既然信不过崔某，我这便去和他们厮杀一场！"说罢，拨马就要向山峦奔去。武云宗也是怒气上涌，道："既然不相信我，在下先行离去，我们登州相见！"也是要拨马前行，离开众人。

杜鼎之沉下脸来，道："崔、武二位都尉，休要动怒，天色已晚，又将有大雨，前方就是村落，我们何不前去投宿？也许，今夜过后，谁是'夜枭'便要水落石出。"

崔、武二人听杜鼎之如此说，只好忍下怒气，跟随马车向前方的村落奔去。

　　远处，山峦之上跟踪的两个人，前边的人正是甲斐飞鸢，他掏出竹哨吹响，群山中遥遥传来此起彼伏的响应之声。甲斐飞鸢后面那人缩在宽大的罩袍里，只露出一双阴冷的眼睛，正是那个神秘的褐衣人，他见杜鼎之等人进到乌云之下的村落，不禁目露喜色，似乎看见猎物掉进了陷阱。

　　杜鼎之一行人来到村中，此时已是浓云四合，狂风渐起，空气中弥漫着潮湿的味道，看来一场大暴雨很快就要倾盆而下。吴仁义找来村中里正，向他亮出腰牌，里正赶紧将他们安置到村中祠堂落脚避雨，又派人送来饭食和饮水。

　　五人正围着火堆吃饭，只听一声霹雳炸响，黄豆大的雨珠已经砸落下来。一道闪电击在祠堂门前的柳树上，轰掉半棵树干，在雨中燃起一团烈火。

　　崔破虏凝视着耀眼的火光，默默放下碗筷，道："他们来了，不止两人！"

　　武云宗起身，一脚将祠中长板桌踢在门口，堵住房门，殷茵和吴仁义抬起桌椅堵住窗户，几人准备依托祠堂房屋坚守。崔破虏在熊津城中有过困在屋中的经验，摇头道："独守一屋，势如瓮中之鳖，难以坚守，对方如用烟火来攻，我们几人必难幸免！"

　　武云宗赞同，对殷茵和吴仁义道："莫若你们二位守护杜兄守在屋内，我与崔都尉出去袭杀一番，牵制对方无法围攻祠堂。"二人此时虽然话语间生分不少，不再以兄弟相称，但是心意相通，二人整束好弓箭刀枪，彼此点一点头，从东西两侧窗户翻了出去。

　　殷茵见两人消失在雨夜中，脱离了自己的视线，不由有些心急，有心想追出去，但是又放心不下杜鼎之，杜鼎之道："让他们去吧，有他们在外边牵制，敌人不敢放手来攻。"

　　殷茵道："你不担心'夜枭'趁机与敌人联手，合力攻击我们？"

　　杜鼎之微微一笑，道："敌人的目标是我，是我心中的密旨。在没有获知密旨详情之前，'夜枭'是不会暴露自己的！"

　　吴仁义从怀中掏出两个小陶罐，扔进火堆中焚烧，冒出一股黄烟，气味辛辣，杜鼎之不解其意，正要询问，忽听外边一声惨叫，三人心中俱是一紧，只见一个黑影从祠堂外边的树上跌落，借着闪电光亮，看清那人胸口上插着一支羽箭，看来崔、武二人已经开始动手。杜鼎之从窗户缝隙露出脑袋向外观察，只见大雨如瓢泼，若没有闪电，十尺之外已然难以见物。外边再传来一声惨嚎，竟然从祠堂屋顶滚落一人，摔在门前，也是身中羽箭，看来敌人已经悄悄摸上了屋顶。殷茵不清楚外边来了多少敌人，心中不免有些紧张，手握软剑暗暗戒备。

几支弩箭破空飞来，有的钉在长板桌上，有的射入火堆，吓得杜鼎之赶紧钻进神龛下面，他觉得还不保险，又摸起一个跪拜用的蒲团顶在头上，他在神龛下面催促吴仁义："药神前辈，赶紧灭了火，灭了火！"

吴仁义并不理他，反而在火边盘膝坐下，将腰间酒壶放在火上炙烤，他使劲儿嗅着酒壶中冒出的香气，吟道："大雨杀人夜，风高放火天。放箭又烹酒，赛过小神仙！赛过小神仙，哈哈！"又是一轮弩箭袭来，摇头晃脑的吴仁义毫不在意，杜鼎之吓得再度缩进神龛下面。

外边风雨之中，只要电光乍起，便有惨叫之声传来，看来崔、武二人躲在暗处，利用闪电光亮已经射杀了不少敌人。一个黑衣人借助雨幕掩护，冲到祠堂门前，刚要推开挡门的桌子，却为屋中的殷茵一剑穿透咽喉，扭曲着倒在门前。

崔破虏正要弯弓搭箭，忽然感觉背后一阵寒意袭来，立刻心生警觉，一个鱼跃滚翻，堪堪躲过一把横扫腰间的雪亮长刀。崔破虏一见这个偷袭招法，就知道来人必是甲斐飞鸢。甲斐飞鸢一刀不中，迅即隐入黑暗。崔破虏紧握银枪，扫视四周黑暗，他曾经答应樱月妖，遇见甲斐飞鸢之时，一定要除掉甲斐飞鸢为樱月妖姐妹报仇，如今虽然樱月妖等人生死不明，但是崔破虏怎能放过这个机会？

一道闪电劈下，崔破虏人枪合一，飞刺着火的大树，"夺"的一声，枪尖刺透树干，树后的甲斐飞鸢在间不容发之际缩身跃出，躲开这凌厉一枪。闪电熄灭，四周立时又陷入黑暗之中，甲斐飞鸢也隐入黑暗，此人最擅于隐藏偷袭，漆黑如墨的天气是他最大的帮手。崔破虏不甘对手逃脱，提枪绕树追杀，却已失去了甲斐飞鸢的踪影。

此次攻击，由甲斐飞鸢带领黑衣人袭击掩杀，褐衣人居后指挥，他们本以为以众欺寡，稳操胜券，却没料到崔、武二人竟然弃守迎击，利用天气掩护混进对方阵中，抢先出手，黑衣人猝不及防，损失惨重。褐衣人见状不妙，吹响竹哨，黑衣人闻声退了下去，祠堂周围平静下来。

崔破虏艺高胆大，借助雨幕掩护，悄悄尾随黑衣人来到村外树林中，他如灵猫一般爬上一棵大树，只见火把光亮下，十几个黑衣人正向一个胸口绣有白菊花的人施礼，此人正是甲斐飞鸢。甲斐飞鸢见到门人第一轮进攻死伤惨重，折损了七八人，不由怒火攻心，叽哩哇啦督促门人展开第二轮进攻，务必要活捉杜鼎之，得到他此行奔赴登州的真实目的。

尾随唐军的褐衣人与甲斐飞鸢在相州汇合后，立即将唐军赶赴高句丽前线与李勣军合兵一处，然后南下增援百济驻军的方略，用飞鸽传给扶余丰和阿倍比罗夫。杜鼎之在相州将崔破虏、武云宗从军中带走，向东而去，引起了褐衣人的警觉。褐衣人与甲斐飞鸢撇下唐军大部队，全力追击杜鼎之等人，褐衣人的直觉告诉他，杜鼎之的身上一定肩负着更重要的秘密使命。

黑衣人攻击祠堂失利，遭到甲斐飞鸢怒叱一顿后，立即重整旗鼓再度进攻，冒着大雨兵分两路，一前一后夹击祠堂。崔破虏隐身树上，与树干紧紧相贴，耐心等候黑衣人们离开树林。火光中只剩下甲斐飞鸢和褐衣人，崔破虏见甲斐飞鸢放松警惕，哪能放过千载难逢的良机，他站在树上悄悄拉开弓箭，瞄准甲斐飞鸢胸前那朵白菊花。

一道闪电劈下，崔破虏手指一松，羽箭已经呼啸而出，饶是甲斐飞鸢武艺高强，一生擅长偷袭，也难逃这倾盆大雨中的一箭，这一箭穿金裂石，从他胸前白菊花射入，自后背穿出。甲斐飞鸢与崔破虏交手，先后多次偷袭他，没想到此番却为崔破虏偷袭。甲斐飞鸢极是凶悍，虽然猝遭重创，但是他在地上打个滚，数不清的飞刀、十字镖向崔破虏破空击来，崔破虏大喝一声，舞动银枪凌空刺下，凌厉的枪花将甲斐飞鸢的暗器悉数击飞。甲斐飞鸢长短倭刀齐出，拼力挡住崔破虏银枪一击，但是口中鲜血狂喷，人已倒飞出去，摔倒在草丛中。

崔破虏挺枪正要追刺，忽觉背后一股阴风袭向后颈，他的目标只在甲斐飞鸢身上，却没料到那个一直沉默不言的褐衣人竟然也是高手，螳螂捕蝉黄雀在后，趁机在身后偷袭他。崔破虏来不及多想，银枪自腋下反刺而出，褐衣人一击纵然能杀了崔破虏，自己身上也要多一个透明窟窿。褐衣人果然不愿与崔破虏同归于尽，飘然后退，躲过崔破虏这一记"回马枪"。

崔破虏转身一看，只见褐衣人左手执火把，右手拈一枚通体碧绿的细长毒针，显然刚才就是以这枚毒针刺向自己后颈。崔破虏眉毛一拧，厉声喝问："毒针？难道你就是长安城中的'红骷髅'？"崔破虏回到长安，听闻城中百姓将"红骷髅"说的神乎其神，自然知道毒针是"红骷髅"的杀人利器！

褐衣人并不答话，手上火把一晃，那枚毒针再度悄无声息地向崔破虏咽喉刺来，崔破虏还刺三枪，逼退褐衣人，一寸长一寸强，一寸短一寸险，两人兵刃相差甚大，彼此心中暗自一凛，知道遇见了劲敌。正在此时，头顶树上传来一声大喝："崔都尉，这人让我来招呼！"一团刀光如雪球一般从树上飘落，卷向褐衣人，正是武云宗赶来。

崔破虏见武云宗和褐衣人战在一处，一时难解难分，他转身奔向草丛，寻找重伤的甲斐飞鸢，他答应过樱月妖，一定要杀死甲斐飞鸢，自然不能半途而废。崔破虏在草丛中只找到一把短刀，却没有发现甲斐飞鸢的踪影，他不甘心就此放过这个倭国老忍者，在大雨中仔细搜寻痕迹，向树林外追去。

此时，黑衣人已经攻破祠堂的大门，殷茵的软剑虽然连续刺倒四名黑衣人，但是寡不敌众，只能连连后退。黑衣人从大门涌入祠堂，杜鼎之见情势危急，干脆钻进神龛底下不敢露头。吴仁义举起酒壶，狂灌一大口酒，突然向火堆上喷去，只见火堆上喷出一片蓝色的火焰，接着冒出大股的黄烟。

杜鼎之正在纳闷吴仁义的用意，他眼中的吴仁义忽然变成身高数丈的金甲巨灵神，赤发环眼，威武可怖，那群黑衣人似乎看见了什么极为恐怖的东西，一个个吓得失魂落魄，动弹不得，殷茵趁机挥舞软剑，砍下两人的首级，鲜血飞溅，极是慑人。余下的黑衣人忽然一起扔下刀剑，双手捂眼，口中"嗬嗬"大叫，似乎腿脚歪斜，站立不稳，争先恐后向门外挤去，争相逃命。神龛下面的杜鼎之正看得惊心动魄，只觉双目之中一阵赤辣，忍不住泪水如注，他从神龛下面挣扎出来，刚要迈步，双腿却软如面条，一跤跌倒，脑袋磕在神龛上，顿时晕了过去……

七十五

　　不知过了多久，杜鼎之悠悠醒转，发觉自己正躺在马车里，外面已是云收雨霁，晴空万里。杜鼎之爬起身来打量，只见一切如故，崔破虏和武云宗随行马车左右，赶车的还是吴仁义，殷茵依然靠在车门冷眼监视着崔、武二人。杜鼎之晃晃脑袋，以为自己做了一场梦，只是额角上甚是疼痛，伸手摸摸，已经青肿一片。

　　吴仁义见杜鼎之醒来，忍不住高声打趣道："杜寺丞，你可知昨夜你说了半宿的梦话？"

　　"梦话？"杜鼎之吃惊地问道。

　　"不错。"吴仁义摇头晃脑地道："你一会儿说自己喜欢'紫燕子'姑娘，可是怕她凶起来拿剑砍你，一会儿又说自己喜欢云襄姑娘，却又忌惮她是皇后身边内卫，不敢靠近。"吴仁义把手中鞭子甩出一记爆响，回头嘲笑杜鼎之："杜寺丞，我看你平日里正人君子，怎地内心中如此花花风流……"

　　马车外面的崔破虏和武云宗一起大笑，杜鼎之顿时羞得面如红布，要不是在疾驰的马车上，他几乎要找个地缝钻进去，杜鼎之偷眼看殷茵，见她狠狠地瞪了自己一眼，眉目之间饱含怒意，恨不得痛打自己一顿，愈发证实吴仁义的话不假。

　　杜鼎之呆坐半晌，问吴仁义："药神前辈，你昨夜在火中烧的是什么神仙宝贝，让那些黑衣人狼狈而逃？"

　　一句"药神前辈"让吴仁义得意起来，道："不过是一些致幻的曼陀罗药粉，还有一些辣人眼睛、腿脚发软的东西，都是小老儿年轻时行走江湖时的防身玩意儿。"

"为何我亲眼见前辈化身为数丈高的巨灵神，吓退那些黑衣人，莫非还有幻术？"

吴仁义哈哈大笑："说到幻术，那些倭国的兔崽子们学的都是孙子辈儿的东西，我们才是他们的祖师爷！小老儿在江湖上被称为'妙手药师'，不但能治病救人，对幻术也略懂一二。"吴仁义更加得意，将马儿赶得飞快，道："人人心中都有惧怕的东西，在幻术之下，所见皆不同，那些黑衣人见到的或许是妖魔鬼怪、狼虫虎豹，而杜寺丞你见到的是数丈高的巨灵神，说明你面对佛像时会心生恐惧，难道杜寺丞心中也藏着秘密？我知道了，你是心里喜欢的女子太多，难以取舍，哈哈！"

马车外面的崔破虏和武云宗同时笑出声来，殷茵眼中怒意更甚，似乎想一脚将杜鼎之踢下马车。杜鼎之坐在那里一阵尴尬，只好岔开话题，问崔、武二人昨夜出击与黑衣人交战情况，崔破虏将他射伤黑衣人头领甲斐飞鸢的情形说了一遍，可惜遇到褐衣人拦截，让重伤的甲斐飞鸢逃脱，他搜寻整片树林也没有发现甲斐飞鸢的踪迹。武云宗简略描述他和褐衣人交手情形，褐衣人身手极高，两人交手五六十个回合难分高下，后来褐衣人见一群黑衣人溃逃，便借助狂风暴雨主动退去，武云宗担心祠堂中人有失，也不敢追赶。

武云宗想了想，又道："那个褐衣人虽然戴了面具，但是他左手腕处有一处伤疤，似是箭疮……"

话未说完，吴仁义突然停住马车，一直沉默的殷茵也翻身坐起，吴仁义道："原来这个褐衣人就是翠微宫地道中的那人，就是他杀死了阿刁！"

殷茵问道："你确定褐衣人用的是碧绿色的毒针？"

武云宗和崔破虏一起点头，殷茵转头问杜鼎之："这么说来，'红骷髅'还有漏网的余党？"

杜鼎之摇头道："此人不是余党，而是主谋。韦星洲和赵绾二人，一个死了，一个主动招供，其实都是为了掩护这个褐衣人，掩护他来实施最后的计划！"

殷茵道："最后的计划？难道'红骷髅'要破坏大唐增援百济？"

杜鼎之点点头，道："祸乱长安的'红骷髅'其实是一个秘密的细作组织，这个组织的核心就是褐衣人、赵绾和韦星洲三人，他们既然受倭国操控，肯定会想尽办法破坏唐军下一步行动！"杜鼎之使劲敲敲自己的脑袋，自语道："手腕有箭疤的褐衣人，到底是谁呢？"

……

大唐，登州水师营地。

杜鼎之五人赶到登州水师营地时，已是深夜子时。水师将军孙仁师派一名虞候在岸边等候，五人将马匹和车辆留在军营，跟随虞候急匆匆登上一艘战船。

此时海面大雾弥漫，十丈之外目不见物，船头传来一声悠长号角，那是唐军水师起锚扬帆的号令，众人听见海面上到处传来号角响应之声，前后左右不知有多少艘战船聚集在此，只觉得雾气之中帆影幢幢，号令迭传，似乎身处一支庞大的船队之中，正扬帆向深海驶去。

登州海边。

奄奄一息的甲斐飞鸢在门人的搀扶下，面向东方跪下，口中喃喃自语，道："可惜啊，我看不到击败唐军之时，我也看不到我们的国家崛起于东方之时……"甲斐飞鸢挣扎着环顾左右门人，道："我数次狙击崔破庐不成，反遭他暗算，命中天数如此，你们莫要找他寻仇。我死之后，将我的骨灰带回甲贺山中，你们要听命于他……"他努力伸出手指着站在海边的褐衣人，用尽最后的力气道："诸君，努力！我们的国家一定会战胜大唐……"

甲斐飞鸢的手慢慢垂了下来，这个老忍者虽然从崔破庐枪下逃脱，却终究伤重不治，命丧他国。甲斐飞鸢身边的黑衣人一片哽咽抽泣之声，围着他的尸体跪成一圈，哀泣不止。

远处海边的礁石后面，悄悄露出两个人影，正是放弃了"毁天"计划的金柔儿和樱月妖，两人不敢在长安逗留，一路化妆潜逃，来到海边这处汇合点，准备找船东渡，没想到却目睹了师傅甲斐飞鸢伤重去世。两人躲在礁石后面，见到最为忌惮的师傅甲斐飞鸢终于殒命于崔破庐手中，不知是高兴还是难过，两人不敢露出半点声响，生怕被这些人发现。

黑衣人将甲斐飞鸢的尸体放到木柴堆上，褐衣人拿起火把，亲手点燃了木柴，一股黑烟升腾而起。黑衣人们低声唱道："魂归不死山下兮，故国朝阳升起兮，升起兮樱花满地……"礁石后面的金柔儿和樱月妖想起跟随甲斐飞鸢学艺的情形，两人握住对方的手，忍不住流下泪来。

褐衣人看着烈火中的甲斐飞鸢，沉声道："我与甲斐君迄今相识近五十载，隋大业十年（公元 614 年）我跟随隋军征讨高句丽，我那时年方十七，是先帝杨广的贴身近侍，自告奋勇出去侦查军情，在山林中与甲斐君相遇，两人三天中交手三次，当时他用袖箭射中我左腕，我用剑刺伤他右腿，两人难分高下，惺惺相惜成为好友。后来隋军战败，是甲斐君将我从死人堆里救出，弹指间，恍如昨日……"

原来这个褐衣人是隋朝旧部，曾经参与隋炀帝第三次征讨高句丽的战争，而甲斐飞鸢当时也是受倭国所派，前往高句丽前线打探两国军情，两人在战场上不打不相识，成为莫逆之交。后来大唐立国，褐衣人身怀亡国之仇潜伏大唐，甲斐飞鸢身怀强国之梦培养羽翼，二人一明一暗，共同策划推翻大唐的计谋。

褐衣人站在海边，面对百济的方向凝望良久，低声骂道："姓武的贱人，你的出征计划，把我们都骗了！"他拔出甲斐飞鸢的倭刀，一刀将一块礁石斩成两半，然后带着黑衣人们捧着甲斐飞鸢的骨灰，登船离去。

见褐衣人他们远去，金柔儿和樱月妖从礁石后面现身，来到甲斐飞鸢焚化的灰烬处，两人并排跪下，向着那堆灰烬磕了三个响头，师徒一场的情分到此烟消云散。

金柔儿准备寻船跟踪褐衣人前去百济，她要弄清褐衣人的真实面目，而樱月妖却不想再卷入纠纷，她担心奶奶的安危，要尽快赶回东瀛甲贺山中。姐妹二人在海边洒泪而别，分头而去。

百济，周留城。

一灯如豆，柳护卫靠在椅子上沉沉睡去。梦境中，他看见浑身鲜血的秋娘来到面前，将一缕头发塞进自己手中，道："扶余丰已经对你起了疑心，还不速速离去？稍有延迟，大祸临头……"

柳护卫猛然惊醒，浑身大汗，他问门外的手下："几更天了？李舜有消息吗？"柳护卫安排李舜秘密前去熊津城送信，将倭国第四批援军到达时间，以及加林城的守卫情况报给刘仁轨。上次夜袭加林城失败，刘仁轨一直在寻找时机重新夺回加林城，打通新罗与百济唐军的联系。

手下答道："已过了三更天，李舜还没有消息，会不会出了岔子？"

柳护卫手按刀柄，在屋中踱了两圈，心中似乎有种不祥的感觉，他推开窗户，眺望着城外险峻的大山，李舜去熊津城送信，穿行这座大山便是最近的路。

李舜此时正在山巅之上纵马疾驰，身边就是深不见底的悬崖，但是李舜并不放在心上，这条路他已奔波多次，并无危险。李舜不知道自己已陷入绝境，他进入熊津城唐军军营之时，埋伏的复兴军暗探偷偷盯上了他，复兴军已经在他返回的必经之路设下了埋伏。

突然，前方一声鸣锣，一排灯笼火把拦住李舜的去路，大批复兴军截断山路。李舜心知不好，立即拨马向后方奔去，但是后路也是密密麻麻的复兴军，左侧是刀削般的石壁，右侧是云雾缭绕的悬崖，李舜已是登天无路入地无门。

扶余丰从队列中缓步出来，冷笑道："你受何人指使？给唐军送去的是什么消息？"

李舜没有回答，勒马乱转，马匹在狭窄的山路上腾挪不开，几乎失足摔下悬崖，一大团泥石哗哗滚落，半天才听到回音。

扶余丰挥一下手，数不清的强弓硬弩瞄准李舜，扶余丰喝道："还不下马受缚，招出你的幕后主使？"

绝境中的李舜突然仰天大笑，大喊道："愿我大唐，万世永昌！"喊完，李舜毫不犹豫地纵马跃下悬崖。山间回荡着李舜的喊声"愿我大唐，万世永昌……"声音经久不息，直飘入山下的周留城。

一名复兴军统领向扶余丰禀告："启禀殿下，跳崖之人姓李名舜，乃是柳护卫的亲兵……"

"柳护卫，原来是你！"扶余丰咬着牙，一字一顿地道："随我下山，让他来见我！"密密麻麻的灯笼火把如一条长蛇，向山下周留城内游来。

周留城内，柳护卫眺望着山巅上的点点灯火，他知道李舜是回不来了。心痛如绞的柳护卫沉声道："告诉弟兄们，最后的时刻来了！"

身后那名手下默默施礼，转身走了出去……

七十六

周留城。

扶余丰带着人马刚刚进到城内，就见到复兴军营中冒出一片红光，有部下惊慌来报："启禀殿下，柳护卫带人点燃了军中粮仓！" 扶余丰闻言，只觉嗓子眼儿一甜，一口鲜血喷了出来。

柳护卫与手下早就做好了最坏的打算，一旦暴露，就与周留城中储备的军粮同归于尽。周留城军营中粮仓是百济、倭国联军与唐军决战所囤积的军粮，多达四五十座粮囤，每囤储粮万斤，这些军粮一旦烧毁，百济与倭国数万兵马无粮可吃，只能耗费时日重新从民间征集。

扶余丰擦去嘴角的血迹，拔出"太一"剑，大吼道："召集所有人马，围住粮仓，决不能放走一个唐军奸细！"

号角声惊天动地，周留城中所有的复兴军都赶来救火，连驻扎在城外的倭国军队也派兵前来相助。大火冲天而起，烈焰熏人，三四十丈内无法靠近，一些百济士兵用水龙遥遥喷水，却是无济于事。火光之中，只见七八名唐军细作手执火把，还在各个粮囤点火，这些人身上已经炙烤得冒烟着火，依然奋不顾身到处放火。

火场之外，扶余丰气得眦睚俱裂，几度想率人冲入粮仓，都为大火逼退，扶余丰声嘶力竭地喝道："谁能捉住唐军细作，官升三级！"一群勇悍的百济士兵冲了进去，刚到火场边缘，已是须发尽燃，身上冒火，手中兵器炽热滚烫无法握住，这些人只能狼狈逃回。

眼见火势无法扑救，粮仓里面的唐军细作聚在一处，挽手搂肩，齐声高唱：

"岂曰无衣？与子同袍。王于兴师，修我戈矛。与子同仇！……"

一座粮囤在大火中突然倾倒下来，将这些唐军细作埋进火焰之中……

东海之外，唐军水师船队。

朝日初升，万道霞光扑面而来，170 余艘唐军战船排列成整齐的阵列向百济进发。唐军战船之中，以楼船为主力，船上建楼三重，列女墙、战格，树幡帜，开弩窗矛穴，置抛车垒石铁汁，前后左右置拍竿六座，长高五十尺，状如城堡，可容纳士兵数百人。其他战船有艨艟、斗舰、走舸、海鹘等，环绕在楼船左右。

晕船吐了一整夜的杜鼎之，本来神情萎靡，见到唐军船队乘风破浪，军容威武，不由精神大振，迎风站在楼船船头指指点点，刚要说几句挥斥方遒的话语，不料胃中又是一阵翻涌，只好捂着嘴踉跄回到甲板，抱着船舷一阵干呕。殷茵见杜鼎之如此狼狈丢人，干脆懒得搭理他。

殷茵也是第一次跨海远征，她站在船头眺望海上风景，十分好奇。吴仁义吃惊于唐军阵容，问她："170 多艘大小战船，你说能装多少唐军啊？"

殷茵估算道："怎么也得有三五万人吧？不是说百济和倭国联军能达到十多万人吗，虽然唐军善战，也不能太悬殊了吧？"

吴仁义慨叹道："没想到我有生之年，竟然能赶上这么一场大战，死而无憾了！"

殷茵赶紧制止他："大战在即，不能说这个字，不吉利！"

吴仁义使劲抽了自己一巴掌，道："晦气，该打！"

水师将军孙仁师在主舱召集将校研讨军情，崔破虏和武云宗半搀半扶将杜鼎之架进舱中，只见孙仁师以腰间横刀在海图上指点，向十余名将校下达进军百济的命令。

原来，武皇后授予杜鼎之的密旨，就是令他带崔、武二人火速赶到登州水师营地，跟随孙仁师将军带领登州所有的 170 余艘战船，一刻不停，兵发百济，增援刘仁轨的孤军，与倭国、百济联军决战。杜鼎之等五人在路上奔波之时，孙仁师已经接到朝廷旨令，做好了增援百济唐军的一切准备。

崔破虏和武云宗对视一眼，心中恍然，原来圣人李治和武皇后在含元殿上定下的征集五万唐军，从高句丽前线南下增援刘仁轨的方略，不过是故布疑云，尤其是邀请各国使节观瞻承天门出征仪式、沿途各州折冲府征调唐军，天下为之轰动，原来是演给百济、倭国看的一出戏。那五万唐军其实是增援高句丽唐军，由辽东道行军大总管李勣统领征伐高句丽，不会冒险南下，而真正增援百济刘仁轨的援军却是登州水师。用兵之道，不仅虚实难辨，更重神速，等各国细作弄清楚唐军的真正意图，孙仁师的水师已经迫近百济海岸。

孙仁师刀尖指在海图上的一个地点，大声道："我水师与熊津城唐军将在此会合，痛击倭国、百济联军！"

杜鼎之凑近海图，端详那个地点，问道："白江口？"

孙仁师环视众将，道："不错，正是白江口！刘仁轨刺史将率军在那里接应我们！"

杜鼎之胃中一阵翻涌，险些又吐了出来，只好拼命捂住嘴。诸位水军将校见他如此狼狈，无不暗暗哂笑。

百济，周留城。

倭军将领阿倍比罗夫得知城中军粮全部烧毁，怒气冲冲赶到扶余丰军营察看，扶余丰虽然一肚子苦水，此时只能好言劝慰他。

阿倍比罗夫看着化为焦土的粮仓，忧心忡忡地道："第四批援军明日就将到达，没有了军粮接济，只怕难以与唐军交战。"

扶余丰当然不能让对方打退堂鼓，装作若无其事的样子，大笑道："将军无须担心，我已令部下四处征粮，三五日内就可以弥补损失，将军尽管放心！"

阿倍比罗夫沉吟一下，道："军粮征集上来，要优先保证我军口粮，否则我军无法与唐军开战！"

阿倍比罗夫此言如强盗一般直截了当，令扶余丰手下将领无不变色。面对阿倍比罗夫的威胁，扶余丰心中暗骂一句，但是面上依然笑意盎然，道："这个是自然，百济军勒紧腰带，也要先保证贵军粮草！"

见扶余丰满口答应，阿倍比罗夫矜持地点点头。两人正在各怀鬼胎地说话，忽然有探马来报："启禀殿下与将军，唐军凌晨发动突袭，攻占了加林城！"扶余丰闻言，脚下一个趔趄，几乎摔倒，而阿倍比罗夫拔出比自己身子还长的倭刀，用倭语大骂起来。昨夜，百济复兴军和倭军都忙于救火，没想到这场大火却给唐军创造良机，唐军连夜出动，趁乱攻占了加林城。

扶余丰短短时间连遭重创，此时脸色惨白，嘴角再度沁出血丝，厉声命令："速去火场中找寻柳护卫的尸身，不将他锉骨扬灰，难解我心头之恨！"

部下领命，在火场的焦灰黑炭中翻找柳护卫尸身，那些唐军细作早已灰飞烟灭，哪里还能找得到柳护卫的尸身？

昨日，刘仁轨接到李舜传来的消息，知道加林城自鬼室福信死后，陷入内乱，加上扶余丰为了分化福信的势力，将守城主力调至周留城，准备配合倭军作战，因此加林城守备空虚。刘仁轨兵贵神速，当天夜里分出两千精兵，再度翻越死鹰岭，一举攻占加林城，打通了唐军与新罗之间的联系。新罗王金法敏得知唐军收复加林城，恢复与新罗的联系，大喜过望，当即出兵一万协助唐军守城。

百济，白江口。

当时的白江口位于白村江入海之处，岸上只是一个孤零零的小渔村，今天是韩国锦江汇入黄海的入海口。白江口因为地理位置重要，交战双方共同选中此地，这个不起眼的入海口，即将影响整个东亚上千年的历史格局。

刘仁轨攻克加林城后，将城防交给新罗军驻守，率军急行军赶到白江口，占据陆上根据地，掩护孙仁师的水军侧翼。唐军水陆两军会合后，立即沿江构筑防务，整顿战备。百济复兴军打探到唐军沿江构筑工事，在扶余丰带领下也立即开赴白村江对岸，与唐军隔江对峙，各地的复兴军源源不断赶来，步兵骑兵合计足有五六万之众，漫山遍野，声势浩大。双方剑拔弩张，大战一触即发。

听到唐军水师赶到白江口，原来驻守百济的唐军将领刘仁愿也率本部兵马赶来会合。刘仁轨与刘仁愿、孙仁师各自带领部属，在中军帅帐议事，刘仁轨居中而坐，刘仁愿、孙仁师等将领左右相陪，杜鼎之与崔破虏、武云宗也在其中。

孙仁师低声问刘仁轨："刘刺史，目前百济唐军可战兵力多少？"

刘仁轨拈须沉吟，道："我军倾巢而出，当有五千兵力，这样只能由新罗军分兵协助守城。"

听刘仁轨这么说，孙仁师面色有些黯淡，不再言语，刘仁轨却故意反问他："孙将军此次来援，带来多少唐军？"

孙仁师看了一眼在座众将，答道："只有七千，这已是登州水师全部兵力。"

此言一出，帐中顿时哗然，双方合兵一处不过一万两千兵力，据细作来报，当面敌方百济复兴军有五六万之众，倭国四批援军共计四万五千多人，加起来总兵力约十万上下，还有百济民军约五六万正在集合，一万两千对十五六万，实力过于悬殊。杜鼎之和崔、武两人对视，两人也是忧心忡忡。

见众将摇头叹息，刘仁轨微微一笑，道："一万两千对阵十余万，诸位不必担心，优势在我！"

很多将校都以为刘仁轨是夸下海口，安慰军心。只有孙仁师眼睛一亮，问："莫非刘刺史已有破敌之策？"

刘仁轨笑道："昔日东汉末年，官渡大战前夕，曹操麾下谋士郭嘉，曾论'曹操有十胜，袁绍有十败'，我今日借鉴郭嘉之言，论'大唐有六胜，倭国百济有六败'！"

孙仁师、刘仁愿等人大喜，一起施礼，道："原闻刘刺史高见！"

刘仁轨道："大唐援助友邦新罗，以强助弱，而敌妄图称霸东方，欺凌弱邻，此道胜一也；大唐以天下安危为己任，正义出师，而敌以私心挑起战火，祸国殃民，此义胜二也；大唐万国来朝，文治恢弘，而敌贪利取巧，蛇心吞象，此文胜三也；大唐军纪严明，百战不殆，而敌兵多气馁，乌合之军，此武胜四也；大唐天下归心，四海宾服，而敌勾心斗角，内讧不绝，此势胜五也；大唐仁德苍生，优抚敌国，而敌残暴嗜杀，横征暴敛，此仁胜六也！大唐有此六胜，道义仁势、文韬武略，无一不胜，倭国百济有此六败，内忧外困、民心军力，无一不败，所以我军击败倭国百济联军并非难事！"

孙仁师兴奋地站起来，道："刘刺史一席话，胜过十万精兵，你我将帅齐心，定能将倭国百济联军踏为齑粉！"

刘仁愿也甚是兴奋，道："此次定要让这些蕞尔小国看看大唐的厉害！"刘仁愿驻守百济以来，因为手下兵微将寡，一直饱受复兴军挤压袭扰，早就想大战一场。

杜鼎之挺身而出，大声道："刘刺史先前一封书信，纵论百济驻军当战不当撤，已是震惊朝廷，此番六胜六败之论，定当名垂青史！"

刘仁轨拈须一笑，对杜鼎之的奉承之词并不放在心上，只是瞥了杜鼎之和崔、武二人一眼，没有说话。

正在此时，有斥候进来禀报，倭国第四批援军船队已经驶进白江口海域。刘仁轨大笑道："来的正是时候！据我军细作来报，倭国第四批援军抵达，便要对我们采取总攻了！哈哈，诸位可有兴趣，随我一起看看倭军情形？"

刘仁轨带领众人登上附近山巅，观察白江口海上敌军阵容。此时正是日落时分，太阳在西边的海面上半浮半沉，照耀海面一片金黄，甚是壮观，只见海天交界之处一片黑压压的帆影向白江口海域涌来，数不清有多少艘战船，只觉得已然看不清海水的颜色，整个海面似乎都要为倭国战船塞满。

过了一会儿，倭国的战船慢慢驶入视野，密密麻麻足有上千艘。刘仁轨身后的将领中，不少人都倒吸一口冷气，虽然刘仁轨刚才的"六胜六败论"让大家信心陡增，可是在倭国遮天蔽日的战船面前，坐而论道是无法战胜上千艘战船的。不仅杜鼎之这个外行深感担忧，便是久经战阵的崔破虏、武云宗等人，都是面色沉重。

孙仁师不愧是水师将领，眯着眼睛观察一番，道："倭国虽有千艘战船，可是据我观察，敌人主力战船约四百余艘，其余六百余艘不过是走舸、斗舰之类小型船只，还夹杂一些运输船只，比起我大唐的楼船、艨艟巨舰，不足为惧！"

听孙仁师如此分析，大家不约而同松了一口气。刘仁轨回头问孙仁师道："孙将军，既然敌人已经送到眼皮底下，你准备如何迎接他们？"

孙仁师道："今夜，我就派出一些船只，试探一下倭国船队的虚实！"

与此同时，在白村江对岸的高地，扶余丰与阿倍比罗夫等倭国将领，也在观察唐军船队阵容。

阿倍比罗夫挎着比自己还高的倭刀，大笑道："哈哈，不是说唐军派出五万援军吗？怎么就来了这么一点战船，还不及我们的零头！"

扶余丰道："阿倍将军，不可大意，唐军的楼船、艨艟船体巨大，我们的船体偏小，很难占得便宜。"

阿倍比罗夫冷笑道："好虎架不住群狼，他们不过几十头老虎，怎么禁得住上千条狼的撕咬？"

另一名倭国将领朴市田来津更是狂妄，道："明日我便率军出战，动用一半战船就能将唐军挤成粉末！"朴市田来津乃是第四批援军主将，此时见唐军船少兵微，不免起了轻敌之心。

　　十几名倭国将领俱是大笑，似乎胜利已是唾手可得。扶余丰再度眺望唐军高大的楼船，心中隐隐有些担忧。

七十七

白江口，唐军营地。

孙仁师亲率五十艘海鹘、斗舰和走舸，夜间出发袭扰倭国船队，崔破虏和武云宗求战心切，也登船同去。杜鼎之在营门送别二人，叮嘱他们千万小心。

殷茵和吴仁义急匆匆来找杜鼎之，原来吴仁义携带信鸽与朝廷联系，今夜接到了云襄传来的密信。吴仁义将一个蜡封的小铜管交给杜鼎之，杜鼎之借着营帐外边的火把，将密信浏览完毕，然后在火上焚毁。

杜鼎之仰头望着天上的星辰，长出一口胸中闷气，道："我怎么没想到是他呢！"

殷茵惊喜道："知道谁是'夜枭'了？快和我说说，是崔破虏还是武云宗？"

杜鼎之瞪了殷茵一眼，示意她莫要声张，道："我这一路之上，暗中观察二人，没有发现他们有任何破绽，实在难以分辨谁是'夜枭'。"

殷茵也默然，一路东来，她是一直紧盯崔、武二人，须臾不敢松懈，但是没有发现二人任何可疑之处，殷茵心中几乎动摇，觉得"夜枭"很可能另有其人，与崔、武二人无关。"那你刚才说的'他'，是哪个鬼？"

杜鼎之嘿嘿一笑，道："鬼？此人确实是一个鬼！"

杜鼎之说罢，背着双手急匆匆去找刘仁轨。殷茵和吴仁义不知道杜鼎之口中的"鬼"到底是谁，想要跟去一问究竟，杜鼎之摇手拒绝，二人只得悻悻而归。

杜鼎之来到刘仁轨帐中，向刘仁轨深施一礼，道："刘兄，别来无恙！"

刘仁轨拉着杜鼎之的手，甚是亲密，道："我是想破脑袋也没想到，皇后把老弟你派到百济军中，你我二人竟然在异国相聚！"原来二人在长安时，早就相熟，刘仁轨获罪出京时，杜鼎之还曾为他上表申辩，可惜为李义府付之一炬。

军营外面，隐约传来几声夜枭啼声，刘仁轨听到夜枭啼叫，顿时想起崔破虏、武云宗二人，他问杜鼎之："既然崔、武二人之中必有一个百济奸细，你为何又将他们二人带进军中？如果走漏军情，岂不是悔之晚矣？"

杜鼎之向长安方向遥遥施礼，低声道："圣人和皇后，让我给刘兄带来一道密旨！"

"密旨？"刘仁轨一脸诧异。

杜鼎之点点头，低声道："密旨只有两个字。"

"两个字？"

杜鼎之伸手进茶杯，蘸着茶水在桌子上写了两个字，刘仁轨低头细看这两个字，赫然是"用间"二字！

"用间！"刘仁轨拈须沉吟，明白了圣人和武皇后的用意。

杜鼎之微笑点头，用袍袖抹去桌子上的字。军营外面，又传来一阵时急时缓的夜枭啼叫，刘仁轨会心地一笑，心中已然有了计策。

白江口，百济复兴军营地。

扶余丰独坐帐中用膳，忽然帐门一掀，一个人影闪身而入。扶余丰的"太一"剑刚拔出一半，看清来人竟然是褐衣人，扶余丰慢慢将"太一"剑插回鞘中，起身迎接褐衣人，道："原来是先生驾到，为何不见甲斐前辈？"

褐衣人没有说话，将甲斐飞鸢的倭刀交给扶余丰，扶余丰顿时明白了，不禁有些神色黯然。

褐衣人道："我们苦心经营多年的'青鸾'和'红骷髅'两大组织，人员已经所剩无几，可怜甲斐先生也身丧异国，没能帮上这场生死大战，老夫愧对殿下！"

扶余丰安慰褐衣人道："先生无须自责，未到最后时刻焉知胜败？况且，唐军之中还有'夜枭'，也许能助我们绝地反击！"

褐衣人问扶余丰："你可知'夜枭'是谁？"

扶余丰摇头，道："我从未见过此人。"

“你怎能将战争胜败、家国兴亡，寄托在一个从未谋面的人身上？”

“天意无常，也许一个陌生人、一个小细节，都会帮助我们改变命运！”扶余丰似乎对神秘的“夜枭”很有信心，“前次击败唐军于死鹰岭，全赖‘夜枭’通风报信！”

褐衣人突然对着帐外厉喝一声：“谁在偷听？”他将甲斐飞鸢的倭刀掷出，刀如流星，穿过帐篷激射而出。等褐衣人跃出帐篷，外面只有一群闻声赶来的卫兵。

扶余丰以为军中还有唐军细作，严令加强戒备，却不料这次偷听的乃是金柔儿，金柔儿扮成复兴军卫兵，摸到扶余丰帐外偷听，不想却为褐衣人发觉，只能躲到帐篷后面藏匿。褐衣人和扶余丰令人在营中搜查，眼看就要查到金柔儿藏身之处，恰在此时，营外传来一阵呐喊声，接着倭国营地方向亮起一片火光，扶余丰和褐衣人急忙带人来到海边观望。

原来是孙仁师带领战船夜袭倭国船队，倭军没有料到唐军摸黑前来劫营，仓促迎战，唐军抛掷火罐点燃两艘倭军战船，顿时燃起冲天火光。待倭军整顿船队前来交战，唐军船队却不纠缠，避开锋芒绕到敌人侧翼，又点燃一艘倭军战船。

孙仁师见偷袭得手，在气势上挫败敌军，立即下令船队返航。孙仁师海战经验丰富，暗中留下两艘船速最快的走舸，藏在海雾之中，每隔两个时辰便摸到倭军营地之前，敲锣打鼓惊扰敌人，待敌人出来交战，立即掉转船头逃进海雾之中。如此这般轮流袭扰，扰得倭军一夜未眠。

白江口，唐军营地。

唐高宗龙朔三年（公元 663 年），八月二十七日，白江口之战正式打响。

四更刚过，刘仁轨升帐部署作战。刘仁轨先让孙仁师向众人介绍倭国水军作战特点，孙仁师经过昨夜袭扰交战，对倭国水军作战之法略知一二，倭国战船体型较小，但是机动灵活，擅长穿插，船队中缺少“拍竿”、投石机、火罐等海战器械，倭国水军喜欢远距离放箭，近距离“跳船”肉搏，靠人数取胜。昨夜劫营回来以后，孙仁师已经和刘仁轨、刘仁愿等将领紧急商议，针对倭国海军的弓箭和“跳船”战术，刘仁轨从熊津城中紧急调配一批作战物资，正在运送途中。

　　还未等唐军会议结束，海面上已经传来倭国水军进攻的号角声，原来阿倍比罗夫等人昨夜吃了亏，让唐军船只袭扰得一夜未睡，人人气恼。天还未亮，倭军将领就已经带领船队气势汹汹地杀了过来。

　　唐军紧急迎战，大小战船倾巢而出，与倭国水军在白江口海面展开混战。倭国海军利用船多人多的优势，一窝蜂冲了上来，先是漫天的箭雨攻击，唐军战船张开盾牌和生牛皮遮挡箭雨，倭国水军又企图贴近唐军战船，实施"跳船"肉搏战。崔破虏和武云宗所在的海鹘先锋舰首当其冲，遭遇数艘倭船围攻，倭国水军利用跳板、钩绳搭住船舷，爬上来肉搏夺船，崔、武二人带领唐军浴血力战，力斩数十人，将跳上船的倭军尽数砍落海中。

　　唐军旗舰上，刘仁轨和孙仁师见战局不利，令旗一挥，马上调整阵型，利用唐军楼船、艨艟高大，敌人难以攀登的优势，令楼船、艨艟依次突前，驱退倭军战船，倭军突前的几条战船相继遭到唐军楼船、艨艟巨大的拍竿砸翻击沉。唐军船队以楼船为核心，其他战船为翼围，组成一个个海上堡垒，强弓硬弩齐射，投石机抛掷巨石火罐，阻止倭国战船靠近。

　　唐军船上装备的投石机可发巨石百丈之远，是能工巧匠根据东汉时期的"霹雳车"改制。据史书记载，东汉末年曹操与袁绍在官渡大战，袁军建起多座十余丈高的箭楼，俯射曹营，令曹军将士不敢露头，损失惨重，后来谋士刘晔改良了军中"霹雳车"，使用定制的弹索和石弹，威力巨大，逐一击毁袁军箭楼，为曹军扳回颓势。此时，唐军将几经改良的投石机安装在楼船、艨艟之上，发射火罐和石弹，攻击距离超过百丈，成为海战最具杀伤力的利器。倭军几番试图靠近"跳船"，唐军发射火罐石弹击毁数艘敌船，倭军不敢过分靠近。双方一番混战下来，谁也奈何不了对方，只能保持一定距离形成僵持。

　　战至下午申时，海面刮起大风，双方见天色将晚，便各自鸣金收兵。清点战果，唐军利用楼船、艨艟巨舰击沉焚毁倭国十余条小型战船，自身也有两条走舸被毁，双方平分秋色，双方主力都未受损失。

　　刘仁轨在杜鼎之陪同下，站在旗舰船头，看着大风中飞扬的旗角，陷入沉思，孙仁师也在船头测算风向方位，两人会心一笑，彼此心中已有了破敌计策。杜鼎之聪明过人，心中已然猜到二位将军的破敌计谋，便是利用火攻。

　　刘仁轨道："孙将军，莫非是要利用火攻破敌？"

孙仁师点点头，道："敌船逾千，火攻是第一良策，可惜……"

"可惜什么？"

"我们能想到火攻，敌人当然也会预防火攻，倭国战船小而迅捷，如草原群狼，水上群凫，一船着火，其余各船一哄而散，难以成势。"孙仁师有些忧虑，道："此种情形，利用火攻纵然能击败敌军，可是难以聚歼，只能击溃而已。"

杜鼎之在旁边眼睛一亮，道："如果有办法能让倭船挤在一处，动弹不得，然后纵火来攻，岂不……"

孙仁师苦笑道："你以为倭军会像曹操一般，自己把战船用铁链拴在一起，然后等我们火攻？"

杜鼎之向刘、孙二位将军施礼道："在下有一计，或许有用！"

孙仁师大喜，追问什么计策，杜鼎之却笑而不语。

七十八

　　当晚，刘仁轨再度在帅帐召集会议，商讨破敌之策。果然有将领提出火攻计谋，但是立即有人反对，说倭船如满天麻雀乱飞，一船着火，很难殃及他船，火攻成效不大。

　　刘仁轨大笑道："倭船如满天麻雀乱飞，这个比喻甚妙！不过，正因为敌船如满天麻雀，所以我们才要擒贼先擒王！"他环顾众将，道："我今日在楼船高处观战，倭军主将旗舰就在军阵正后方，不但船体高大，而且帆上绘制一幅菊花图。只要我们集中战船，形成楔形攻击队型，中央突破穿透敌阵，一举击沉敌军旗舰，擒获主将，何愁他麻雀满天飞！"

　　孙仁师和刘仁愿一起称赞此计，说刘仁轨此举是打蛇打七寸，擒贼先擒王。孙仁师起身请令："刘刺史，在下愿为先锋箭头，率军穿透敌阵，一举擒王！"

　　刘仁轨摇头笑道："不可，你身为水师将军，要居中指挥，不可轻举妄动。我心中已有先锋陷阵之人！"说罢，他以目视崔破虏和武云宗二人。

　　崔、武二人当即越众而出，道："末将愿为先锋陷阵，请刘刺史下令！"

　　刘仁轨大喜，令崔破虏和武云宗各率一艘艨艟巨舰，辅以八艘斗舰、海鹘，形成突击箭头，从中央穿透敌阵，直驱敌军旗舰，余下船只由孙仁师和刘仁愿率领随后攻击，务必要一战擒获倭军主将！众将齐声答应，各自回营中准备。

　　刘仁轨将孙仁师、刘仁愿和杜鼎之留在帐中，商讨明日攻战之事。忽然听到海面上一阵夜枭啼叫，随之又有数只夜枭聚来，绕营而飞，啼叫不止。刘仁轨和杜鼎之对视一眼，已知彼此心中之意。

　　孙仁师听到夜枭啼叫，有些不耐烦，道："夜猫子进宅，这百济海边怎么如此多夜枭？"

刘仁愿也道："穷山恶水之地，不仅刁民众多，连飞禽走兽也多招人讨厌！"刘仁愿久居百济，对这个地方打心眼里厌恶。

孙仁师是个闲不住的人，让人连夜准备了五艘火船，满载硝石、火油、芦苇等引火之物，绕到上风头点燃火船，借助风势向倭军船队冲来，准备引燃倭国船队。谁料倭军将领早有准备，在营地外围用铁链和栅栏拦阻火船，只是引燃了一排栅栏，并未烧到船只，饶是如此又将倭军惊扰得一夜未眠。

白江口。

唐高宗龙朔三年（公元 663 年），八月二十八日，白江口之战第二天，决战之日。

天色微明，倭国船队刚刚开始排列阵型，崔破虏和武云宗率领的先锋船队，已如离弦之箭，径直向敌阵中央冲去。几艘游弋在倭军阵前的小船前来阻截，二人的艨艟舰直接碾压过去，将敌舰撞翻沉没，二人的先锋船队冲开倭军的第一道防线，将倭军战船冲得七零八落。二人大喜，催促战船加速前进，不料却发现倭军的第二道防线，竟然是利用上百艘战船筑成一道密不透风的"船墙"！

崔、武二人的十艘战船立刻陷入重重包围之中，周围是一眼望不到边的倭军战船。一声号角响起，密密麻麻的倭军战船上腾起遮天蔽日的箭雨，向崔、武二人的战船倾泻而来，船上的唐军立即张开盾牌、生牛皮遮挡乱箭。

密不透风的倭军"船墙"挤压过来，崔、武二人的先锋船队陷入绝境，刘仁轨制定的"中央突破，擒贼擒王"的作战策略，似乎已经为倭军提前知道，倭军战船密集于中路，形成一道坚不可摧的"船墙"，坐等唐军前来"撞墙"！

崔破虏和武云宗见势危急，带领艨艟舰奋勇向前，向"船墙"撞去，却为那堵墙弹了回来，"船墙"足有五六层之多，聚集了四五百艘战船，后边的倭军战船从两翼包抄过来，将唐军十艘战船牢牢挤在中央。

崔破虏一手执枪，一手提盾，大声呼喝，身边的唐军纷纷中箭倒下，崔破虏征战多年，从未遇见这般险境，他一枪将跳船的倭军头目刺落海中，大呼道："是谁走漏了消息，让我们身陷重围？"

另一艘船上的武云宗浑身浴血，脚下已躺下数具倭军士兵尸体，他也大呼道："有人出卖我们？是谁？"

　　眼见突击的唐军船队就要全军覆没，正在危急之时，突然后方一阵惊天动地的号角声响起，随之金鼓大震，只见后方唐军船队兵分三路，三路战船分左中右冲来。左路船队由十艘楼船开路，孙仁师手执两丈长的马槊，威风凛凛站在船头。右路船队也是十艘楼船开路，船头上的刘仁愿一手横刀，一手盾牌，借助风势奋勇冲来。中路船队足足有二十艘楼船，刘仁轨和杜鼎之并立船头，二人虽然手无兵刃，却是拈须含笑，胸有成竹。

　　唐军船队中又传来一声悠长的号角，所有楼船都掀开船上苫布，每一艘楼船都露出数具灭火用的竹制"水龙"。唐军楼船居高临下，对准倭军战船开始喷水，犹如狂风暴雨，又似天女散花，靠近的倭军战船无一幸免。有倭军士兵沾了身上的水，送到鼻端一嗅，立刻发出一声鬼哭狼嚎般的惊叫："是火油！"

　　孙仁师曾在东海上与海盗交战，从海盗船上学到这种用"水龙"喷洒火油的战法，昨天与倭军混战一场后，想到这个破敌之策，立即从熊津城中紧急组装七八十具"水龙"，用来喷洒火油，实施火攻。

　　随着倭军士兵的惊叫，一排火箭从唐军船上射出，落进密密麻麻的倭军船队中，每一支火箭落下都燃起大片的烈焰，连海水都燃烧起来。倭军前排的船只着火后，立即争先恐后地向后退去，与后面那堵密不透风的"船墙"挤撞在一起，登时将那堵"船墙"引燃开来。

　　此时，唐军船上的投石机展开远距离攻击，不过发射的不是石块，而是一罐一罐点燃引信的火油，像火鸦一样落进倭军后方船阵，击中倭船立刻腾起烈焰黑烟。倭军的第一、第二防线船队挤撞在一起，难以分开，数丈高的火蛇在海面上狂野游走，吞噬了倭军战船和跳水逃生的士兵，在大海中间形成了一个巨大的熔炉。

　　倭军第三、第四道防线的战船，遭到唐军投石机抛来的火油罐点燃，立即慌不择路向两侧奔逃，却为唐军左右两路船队迎头截住，抛石、弓弩齐射，再度将这些逃跑的船只堵回熔炉之中。唐军三路船队遥相呼应，在海上形成了一个半圆形包围圈，不断将逃出的倭军船只驱赶回中间的火场熔炉。唐军实行的"围三阙一"战法，网开一面的道路却正是倭军后方的大营所在，这些着火的船只如果逃回营地，只怕连大营也要烧成灰烬。

　　刘仁轨昨夜部署的"中央突破，擒贼擒王"作战策略，其实不过是欺骗倭军的招数，他和杜鼎之暗中商议，利用隐藏在军中的奸细"夜枭"，故意让他将"中央突破"的消息传递给敌军，诱导敌军将战船密集在中路，企图利用数量优势一举将唐军船队团团包围。倭船密集中路，不能分散展开，正是唐军所希望看到的，趁机三面包围，实施火攻，这便是"用间"二字的真正意义。唐军真正的克敌制胜战术，却是众将离开之后，刘仁轨、刘仁愿、孙仁师和杜鼎之四人商议的"围三阙一，以火制敌"之策。

倭军的第五道防线，也是最后一道防线，正是由阿倍比罗夫和第四批援军主将朴市田来津驻守，两人见前面成片的战船葬身火海，不由大骇。

阿倍比罗夫拔出那把长刀，大骂道："岂有此理，说好的中央突破在哪里？'夜枭'欺骗了我们！"

朴市田来津也怒吼大骂："唐军狡猾！该死的'夜枭'，我要砍了你！"

眼见火海范围越来越大，火焰越来越高，逐渐逼近后面的船队，船只互相碰撞，乱成一团，火势蔓延过来，阿倍比罗夫身边已经有倭军士兵准备跳海逃生，阿倍比罗夫大怒，挥刀连砍几名逃兵，但是也止不住越来越多的士兵弃船跳进海中。朴市田来津是一员悍将，从旗舰上跳进一艘小船，带领船队向唐军左路船队扑去，企图从孙仁师的船队中间杀出一条生路。

孙仁师在楼船上居高临下看见一支倭军船队，冒火突烟地向自己冲来，立即指挥船队集中火力攻击朴市田来津的战船。由于双方船体高度相差太多，孙仁师放下马槊，挽起强弓，一箭射在朴市田来津的胸口，朴市田来津确实悍勇过人，一刀斩断胸前羽箭，喝令全船士兵瞄准孙仁师集中射箭。谁知刚下完命令，一声巨响，他的坐船就让唐军楼船的拍竿砸得四分五裂，悍不畏死的朴市田来津和一船倭军都沉入海中喂了鱼虾。

火海中心的崔破虏和武云宗，率领十只战船左冲右突，与倭军展开殊死拼杀。刚开始倭军士兵从四面八方蜂拥"跳船"攻来，唐军有三条走舸全员战死，船只让倭军夺去。崔、武二人所乘的艨艟舰上唐军也折损过半，二人全身上下都染透敌人的鲜血，形势岌岌可危。正在此时，唐军主力展开三路火攻，无数只倭船起火燃烧，倭军战船各自逃命，无暇攻击他们。二人带领余下的七艘战船立即"中心开花"，奋力攻击临近的敌船，随着火势越来越大，临近的倭军战船纷纷起火，这几艘唐军战船也未能幸免，困在火海中心，海面上漂浮的油火引燃了船帆和缆绳，这些唐军也开始自救灭火。崔、武二人带领剩余的船只，在数丈高的火海中到处游走，寻找可以突出火海的缝隙，四周的"火墙"牢牢困住他们，难以逃出。那些着火的倭军战船对他们视而不见，因为他们此时最大的敌人已经不是唐军，而是将海水烧得赤红沸腾的烈火。

此时已过午时，白江口海面上照例刮起大风，火借风势，越烧越猛，倭军战船上的火焰已经升腾得比桅杆还高，浓烟将太阳遮住，海面上黯淡无光。白村江岸上观战的扶余丰见倭军战败，气得喷出一口鲜血，大骂："'夜枭'害我！'夜枭'害我！"他万万没有想到，寄予厚望的"夜枭"竟然送来假情报，将倭军船队引入绝境之中。

扶余丰心中知道，自己的复国大业已成黄粱一梦，悲愤交集的扶余丰从马上晕厥摔落，左右侍从赶紧将他救醒，将他抬进马车准备载回城中救治，扶余丰摇手拒绝。扶余丰挪到一块巨石上，看着海面上不断升腾的烈火浓烟，还有狼奔豕突的倭军战船，不禁潸然泪下。

刘仁轨见到午后风起，立即令人升起旗号，左右两路唐军船队向倭军第五道防线包抄冲击，中路船队则绕过火海中心，直驱倭军建在岸边的大营。此时，陆上的五千唐军，见到旗号，即刻兵分两路，一路两千骑兵绕到侧翼，从后面攻击倭军大营，一路三千步兵面对百济复兴军排开阵势，防备扶余丰率部攻击唐军后方。

此时，海上倭军的第一、第二道防线战船已然全军覆没，第三、第四道防线的战船也折损过半，第五道防线因为朴市田来津战死，早已军心溃乱，见到高大威猛的唐军船队从烈火浓烟中冲来，左右包夹，倭军数百艘战船立刻军无斗志，一哄而散，四下乱逃，阿倍比罗夫无法制止败军溃散，只能像乌龟一样缩进船舱，任由败军裹挟着座船向远海深处逃命。

唐军战船在海上展开追击，如虎荡羊群，连续利用楼船、艨艟撞沉倭军的战船，倭军士兵在海水中高声求救哀嚎，唐军船队不予理会，继续追赶撞击倭军船只。刘仁轨指挥的中路船队一鼓作气，径直冲到倭军大营前面，唐军将士将船上所有能燃烧的东西全都抛射进营中，与后路攻击的两千唐军骑兵前后配合，一把火将倭军大营烧得片瓦不剩。

岸上观战的百济复兴军本来有五六万之众，漫山遍野，气势慑人，但是因为这几日军粮匮乏，人人饿着肚皮，怨言百出，此时见到四万多倭国水军大败亏输，狼狈逃窜，唐军步兵又列阵碾压过来，不由心胆俱裂，人人欲逃。

这时，山顶复兴军骑兵队伍中，一匹战马不小心踏落一块石头，石头在陡峭的山坡上翻滚而下，撞击出巨大的声响，山下的复兴军步兵立刻一片惊乱，不知谁喊了一句："唐军进攻了！"这五个字立刻引发了罕见的"营啸"，山上骑兵和山下步兵立刻一哄而散，争相逃命，人人都恨自己少生了两条腿，像蝗虫一样夺路溃逃。

按照扶余丰与阿倍比罗夫等人商定的计划，待倭国海军击溃大唐水师后，扶余丰率领百济复兴军主力，立即截击唐军后路，以图全歼陆路唐军，然后顺势攻占熊津城。没想到，五六万百济复兴军面对三千唐军，竟然未放一箭一矢就作鸟兽散。

扶余丰坐在岩石上，木然地看着逃兵潮水一般从自己眼前涌过，他无力阻止，也不想阻止。不过片刻，山上山下只剩扶余丰一人，还有他所乘那匹战马，孤零零地在山坡上啃草。

对面山巅之上，一个人影正在远远眺望，此人全身都裹在罩袍中，只露出一双眼睛，正是金柔儿，她在寻找褐衣人，没想到却看见了穷途末路的扶余丰，金柔儿一声轻叹，不知是怜悯还是惋惜。

扶余丰也是悲凉地长叹一声，跨上战马，回望一眼海面上的烈火浓烟，任由马儿驮着他向山中走去……

七十九

　　此时，海上战斗已接近尾声，火势弱了许多，数不清的倭军船只残骸漂浮在海上。崔破虏和武云宗率领的七艘战船未能冲出烈火围困，先后起火燃烧，二人命令小船上的唐军转移至艨艟舰上保命，后来崔破虏所乘的艨艟也燃起大火，他只好率领剩余的唐军全体转移到武云宗的艨艟舰上。等到战斗结束，武云宗那艘艨艟舰火势也是难以控制，桅杆已然烧断，船舱中不时喷出火舌。

　　崔、武二人令所有唐军跳海逃生，与倭军士兵跳海不同，这些唐军已经知道唐军取得胜利，每人跳进海中时都是一脸兴奋，不少人边跳边高呼："大唐得胜！大唐威武！"

　　慢慢倾斜的艨艟舰烟火喷涌，舰上只剩崔破虏和武云宗二人，二人满脸焦黑，衣衫破烂，不过都牢牢握着手中的兵刃，满怀戒备地盯着对方。从火海中逃生的唐军士兵，漂在海水中享受着大难不死的清凉，有人仰头呼喊："二位都尉，快跳下来，船要沉了！"二人没有理会，依然紧盯着对方。

　　过了良久，武云宗开口道："你是'夜枭'？"

　　崔破虏立刻冷言回敬："你是'夜枭'？"

　　武云宗道："我是'捕雕手'！"

　　崔破虏道："我才是'捕雕手'！"

　　武云宗道："我耻与奸细称兄道弟！"

　　崔破虏道："我羞与奸细并立天地！"

　　武云宗冷笑道："这场战争已经结束，你我之间的事情也该了结了！"

　　崔破虏也冷笑道："不错，既然人真假难辨，就在刀枪上分出真假吧！"

武云宗道："好，你我就在刀枪上分出高低，活着的人无须再分辨真假！"

崔破虏道："好，你我二人只有一人能活着，他可以是'夜枭'，也可以是'捕雕手'！"

武云宗眯起眼睛，道："此时此刻，我的双刀很想助我结束这场争斗！"

崔破虏抖一下枪头，道："此时此刻，我的亮银枪更想为我证明清白！"

"上次白江口海边，我的第三刀并未出手！"

"彼此彼此，我的第三枪不会手下留情！"

二人在倾斜的船头上同时举起刀枪，指向对方，凝神寻找对方的空门。此时，烈火烧断船身甲板，发出一声脆响，二人迅疾刀枪齐出，斗在一处。崔破虏一出手就是"暴雨梨花枪"第三枪，而武云宗则使出"飞雪双横刀"的第三刀，双方皆使杀招，毫不留情。

漂浮水中的唐军士兵一片愕然，不明白往日情同手足的二人为什么要做生死之斗？

远处山巅之上的金柔儿看着海面上的余火残烟，突然感到一阵紧张，她无法看清海上的烟雾之下发生了什么，但是直觉告诉她，那里一定出现了可怕的事情。

海上火势渐渐退去，杜鼎之带人驾驶一条海鹘船，驶进战场中心。杜鼎之透过烟雾看见刀来枪往的崔、武二人，杜鼎之急忙大喊："两位兄弟，快快住手！"但是性命相搏的崔、武二人，哪能听见劝阻？

崔破虏银枪如游龙经天，破空下击，喷洒出千点寒芒，刺向武云宗，"暴雨梨花枪"的第三枪只攻不守，果然凌厉。武云宗双刀闪出一片寒光，卷起船上团团烈火，迎向对手的漫天寒芒，"飞雪双横刀"的第三刀也是只攻不守，有敌无我。

两个昔日的手足兄弟，今日生死相搏，是一击必中还是两败俱伤？两人之中谁能最后屹立不倒？

两人究竟谁是"夜枭"，谁是"捕雕手"？

一声巨响，震开海上弥漫的烟火，将海上漂浮的船只残骸和双方士兵猛然推开，在海面上震出一个巨大的漩涡，继而把海水挤压喷向空中，形成一道十几丈高的水柱。杜鼎之双耳瞬间失聪，天地一片寂静，他虽然听不见声音，却清清楚楚地看到崔、武二人和那艘艨艟巨舰，在一瞬间化为碎屑飞灰！

原来，艨艟舰内的烈火引燃了底层舱室中储备的大量火油罐，发生剧烈爆炸，正在生死相搏的崔破虏、武云宗，以及那艘即将倾覆的艨艟在爆炸声中变成无数碎片，或飞在空中，或沉于海底。

世间再无"军中双璧"崔破虏、武云宗！

世间再也无人能分清谁是"夜枭"，谁是"捕雕手"！

……

远处山巅上的金柔儿听到爆炸声，猛然捂住了嘴，一行清泪悄悄滚落，她仿佛预感到了什么……

扶余丰骑在马上，犹如行尸走肉一般在山间行走，他已两三天没有进食，衣衫破碎，须发散乱，扶余丰想去北方投奔高句丽，却在山中迷了路，他在大山之中左转右转，已经彻底失去了方向。

扶余丰路过一条溪流时，马儿突然受惊，人立而起，一个人影猛然从溪水中跃起，浑身抖散开来的水珠在空中幻出一道瑰丽的彩虹，人影如巨鹰一般落下，一把抓住马缰，道："扶余丰，秋娘托梦给我，说你一定会走这条路的！"

那人慢慢回头，赫然是在粮仓大火中消失的柳护卫。

扶余丰大惊，刚要拔出"太一剑"，柳护卫抢先一把夺去，柳护卫拔剑出鞘，用手指轻拭剑锋，道："殿下，实不相瞒，我便是大唐'北斗九星'中的'天权星'！"

"太一剑"发出一声清啸，清澈的溪水突然泛起一团赤红……

白江口之战，大唐以少胜多，大败倭国、百济联军，取得震古烁今的大胜。唐军以170余艘战船，12000兵力，击败倭国1000余艘战船，45000倭军，斩杀溺毙倭军近30000，烧毁倭船400余艘。此外，50000多百济复兴军在唐军攻击下惊慌逃散，扶余丰于乱军中失踪。周留城中的守军在百济王室扶余忠胜、扶余忠志的带领下，向唐军献城投降，百济再次归于大唐管辖。

白江口之战，奠定了东亚近千年的历史格局。战后，倭国举国惊恐，担心大唐乘势进攻本土，将国都迁移至大津，并在国内沿海地段征调大量民力，修筑三道重堑，以抵御唐军登陆。中大兄即位天智天皇，颁布《近江令》，推动倭国从奴隶制国家向封建制国家过渡，并不断向大唐派遣"遣唐使"，尊大唐为师，潜心向大唐学习。长安元年（公元701年），女皇武则天赐倭国改名为"日本"。此后，日本虽然一直野心勃勃，但是近一千年不敢挑衅华夏，一直到公元1592年，才再次染指朝鲜半岛，挑起"壬辰战争"。

白江口岸边。

白江口大战十日之后，获胜的唐军正在收拾行装准备回国。杜鼎之和殷茵、吴仁义来到海边，在海边焚烧两堆纸钱，又将两壶烈酒酹入海中，以此祭奠崔破虏和武云宗。

杜鼎之喝干壶中酒，奋力将酒壶掷入海中，道："无论你们谁是'夜枭'，谁是'捕雕手'，都是幻梦一场，愚兄今日返回大唐，却只能将你们二人留在这片海中，痛惜啊！"

殷茵走上前来，道："你真的不知谁是'夜枭'？"

杜鼎之点点头，道："决战前夜，我与刘刺史等人在帐中议事，刘刺史也曾这般问我。那夜，刘刺史故意放出假消息，部署唐军准备'中央突破，擒贼擒王'，'夜枭'获知军情后，利用夜枭的啼叫声与百济暗线联系，传递消息。其实，那时我若安排人分头监视他们两个，或许能够确认谁是真的'夜枭'，那是唯一的机会……"

殷茵有些不解，问道："你为何没有监视他们？"

杜鼎之叹了一口气，道："在兄弟之中亲手揪出'夜枭'，我于心不忍，或许我更希望他能主动站出来，坦承自己是'夜枭'。再则，我不敢打草惊蛇，怕引起'夜枭'怀疑，本想等到战后，揭露'夜枭'真面目，没想到人算不如天算，唉，可惜！"

殷茵苦笑，道："你的一时恻隐，现在没有机会了，留给我们的只是一个迷案！"

杜鼎之负手望着苍茫的海面，道："有些事情，没有真相反而更好，因为真相过于残酷。人心之中的评价，就是最好的真相。"

殷茵依然困惑，道："我还是有些好奇，他俩到底谁是'夜枭'呢？我想，其实真正的'夜枭'一定煞费苦心，处心积虑，时时刻刻都在用对方为掩护，用对方混淆事实，唯有这样，他才能不露马脚！"殷茵歪着脑袋想了一会儿，突然问："你说，他俩在水底下会不会还在打架？"

杜鼎之苦笑，道："那你要去问龙王爷……"

话未说完，只听身后"咕咚"一声，两人回头一看，"妙手药师"吴仁义已然捂着胸口摔倒在地，他身后冒出一人，手提滴血的倭刀，正是那个神秘的褐衣人。吴仁义大意之下，竟遭褐衣人偷袭，一刀穿透后心。

殷茜见吴仁义倒下，顿时血往上涌，她怒叱一声，燕子般跃起，手中软剑刺向褐衣人咽喉，褐衣人冷笑一声，提起倭刀，连挡殷茜七剑，又反攻三刀，将殷茜迫退数步。

杜鼎之冲过去抱住吴仁义，急呼："药神前辈，药神前辈！"

吴仁义看看手上沾染的鲜血，惨笑道："药神？我做不成药神，我这次救不了自己了……"

杜鼎之安慰他，道："你是药神，你的医术一定能医好自己，一定能起死回生！"

吴仁义眼神散乱，抓着杜鼎之的手，喃喃道："杜寺丞，为何有这么多人背叛国家，甘心当奸细……"话未说完，吴仁义的眼睛已经闭上了。

杜鼎之将吴仁义慢慢放平，叹道："药神前辈，因为这些人都是病人，无药可医的病人！"

那边，殷茜不是褐衣人的对手，险象环生，不断后退，杜鼎之见殷茜势危，抓起一块大石向褐衣人后心掷去，褐衣人翻身一刀劈碎石头，挺刀向杜鼎之刺来，杜鼎之吓得抱头鼠窜，绕着礁石逃命。

褐衣人狞笑道："杜寺丞，你在这里祭奠朋友兄弟，我也想在这里祭奠那些海中冤魂，你就是我的祭品！"

褐衣人因为"恶钱"与"灭地"计划，以及"百花楼毒杀"案都为杜鼎之破坏，加之白江口决战中杜鼎之施计欺骗百济、倭国联军，心中对杜鼎之恨得咬牙切齿，便暗中尾随几人来到海边，想趁机除掉杜鼎之。

殷茜再度仗剑来救杜鼎之，几招之间就让褐衣人逼得退进海中，岌岌可危。杜鼎之瞥见褐衣人左手腕的疤痕，立刻爬上礁石，冲着褐衣人大叫："你不用再装神弄鬼，我已知道你是谁！"

褐衣人一愣，舍了殷茜，挥刀砍向杜鼎之，骂道："你这个碍事的小贼，还敢信口开河？看我不把你砍成肉泥！"褐衣人虽然不信杜鼎之知道自己的身份，但是更加坚定了除掉杜鼎之的念头。

眼看杜鼎之就要丧在褐衣人刀下，正在此时，金柔儿突然自礁石后面闪出，用双刀架住褐衣人的倭刀。褐衣人一见金柔儿，更加勃然大怒，道："你这个贱人，吃里爬外临阵脱逃，竟敢回来见我？"

金柔儿冷冷地道："你若不死，我便永无宁日，你说我该不该回来见你？"原来金柔儿自从放弃"毁天"计划后，一直暗中寻找褐衣人，她知道褐衣人必定不会放过她和樱月妖，只有杀死褐衣人才能平安活下去。褐衣人跟踪杜鼎之，意图螳螂捕蝉，金柔儿却是黄雀在后，跟踪褐衣人。

褐衣人挥刀截住金柔儿上下翻飞的一双短刀，道："这是你师傅的刀，我秉承你师傅遗命，还不跪下受罚？"褐衣人将甲斐飞鸢的刀据为己有，此时竟然想用甲斐飞鸢威胁金柔儿。

金柔儿冷笑，道："不错，我正是要将你送去与师傅相会！还有师姐辉夜姬，你与扶余丰设计将她逼死，她也在等你过去！"

殷茵见来了强援，软剑如灵蛇出洞，从后面疾攻褐衣人，褐衣人确实本领高强，一人力战金柔儿和殷茵，竟然丝毫不落下风。

杜鼎之见两人不能取胜，晃晃悠悠站到礁石上，大声道："你这个出卖国家，又装死逃走的卑鄙小人！你就是兵部右侍郎薛封！"

此言一出，不仅褐衣人吃了一惊，便是金柔儿和殷茵也是一脸愕然，尤其殷茵更是诧异，惊问："他是薛封？薛封不是让赵绾割了脑袋吗？"

杜鼎之大笑道："这个老贼骗了所有人，他和赵绾本是同党，那夜赵绾闯进兵部行刺，其实不过是二人演的一出双簧，赵绾并不是刺杀薛封，而是为薛封送去一个替身，杀死替身后，薛封便可以逃离长安，为主子传递唐军增援百济的消息！"杜鼎之越说越得意，忍不住手舞足蹈，险些从礁石上一个趔趄摔下来，他稳住身形，道："可惜，他费尽心机送出去的消息，却是假的！薛侍郎，你骗别人，别人也在骗你！"

褐衣人大怒，道："姓杜的小贼，你如何便认定我是薛封？"

杜鼎之站在礁石上俯瞰褐衣人，道："药神吴仁义前辈曾经在翠微宫窥见你的左手腕有一处箭伤疤痕，武云宗在祠堂与你交手，也曾看见这处疤痕，我一路东行之时，暗中飞鸽传书给内卫，请云襄遍查朝中有此疤痕之人，内卫已经查到此人便是你！薛侍郎，你总不会又找了一个手腕有疤痕的替身吧？"原来，杜鼎之接到云襄的飞鸽传书，就是指证薛封的消息。

金柔儿在旁边补充道："他不仅手腕有疤痕，而且自述曾经在大业十年，跟随隋军征讨高句丽，在那里结识我师傅甲斐飞鸢，也是在那里留下这处疤痕。杜寺丞，你让人查薛封的底细，便可印证是否是他！"

褐衣人慢慢抬起左手，看着手腕的伤疤，道："既然如此，我更不能容得你们活在这世上！"他伸手揭下人皮面具，露出一张青白色的脸，果然是死而复生的薛封！

杜鼎之问道："薛侍郎，你用替身逃离长安，一是为了传递消息，二是你参详透了'北斗九星'的秘密吧？"

薛封吃了一惊，道："你竟然知道'北斗九星'，看来我是小觑了你。不错，我确实已经获知'北斗九星'的秘密，普天之下，只有我一人知道这个秘密！"薛封的语气中颇有些自傲。

杜鼎之追问："你是想将'北斗九星'邀功请赏，还是——除掉？"

薛封仰天大笑，道："我本想将这个秘密卖与扶余丰，可惜他竟然成了丧家之犬，不知所终，着实令我失望！"

杜鼎之又道："你应该还想卖与倭国吧？可惜甲斐飞鸢死，阿倍比罗夫逃，你如今怀揣重宝，却找不到买家！"

听了杜鼎之的嘲讽，薛封突然腾空而起，人刀合一，直劈礁石上的杜鼎之，金柔儿和殷茵慌忙出手相救，却已然不及，这一刀蕴含风雷之声，只怕连人带石头都会劈成两半。就在此时，礁石之下的大片细沙突然飞扬而起，迷住了薛封的双眼，一个娇小的人影从沙土中如鬼魅般跃起，扑进薛封的怀里，寒光闪动，薛封的胸口瞬间多了十几个血窟窿，偷袭之人正是樱月妖。薛封踉跄后退，手中绿芒一闪，一枚毒针射向樱月妖胸前。

杜鼎之在礁石上看得清楚，大呼一声："小心，毒针！"

樱月妖一击得手，没想到薛封垂死反击，闪避不及，毒针射中她前胸，两人相互怒视，终于双双倒地。

金柔儿扑过来抱住樱月妖，泣不成声，樱月妖却是一脸兴奋，道："师姐，我终于为奶奶报仇了！"

　　原来，樱月妖赶回东瀛甲贺山中，却是晚了一步，只见到死去的奶奶遗体，樱月妖悲愤之下立即赶回百济，发誓一定要杀死褐衣人。樱月妖与金柔儿会合后，跟踪褐衣人来到海边，金柔儿出面诱敌迎战，而樱月妖却隐入沙中埋伏，伺机偷袭。

　　金柔儿泪水滚滚，哽咽道："害死奶奶的恶徒，我一定会替你——除掉！"

　　樱月妖伸手指向天空，道："崔大哥，我看见崔大哥了，我要谢谢他，一诺换一命，他帮我除掉了……"樱月妖的声音慢慢低沉下去，这个出手狠辣的女忍者真的喜欢上了崔破虏，可惜她和金柔儿、辉夜姬一样，都无法和自己喜欢的人长相厮守。金柔儿双手捂住了脸，大滴的泪水从指缝中溢出，也许她此刻也想到了武云宗，想到了她和武云宗归隐山林的梦想……

　　薛封胸腹间十几个刀口同时喷血，目光散乱，杜鼎之伏下身来，将耳朵凑近奄奄一息的薛封口边，大声问他："快告诉我，'北斗九星'都是何人？"

　　薛封似乎想纵声大笑，但是口中却涌出一大口黑血，他断断续续道："我走了，他们在世间也会消失、消失……他们应该和我、和我一样，很寂寞的人，寂寞如雪啊……"薛封的眼中落下一大片寂寞的雪花，湮没了他潜伏近五十年的足迹。

　　杜鼎之见薛封咽下最后一口气，不由有些惋惜，低声道："可惜，他死不足惜，但是'北斗九星'的秘密，天下再也无人知晓了。"

　　杜鼎之拔下樱月妖身上的毒针，仔细端详半天，对殷茵道："这枚毒针，就是杀死林玉图和王重达的凶器！"

　　殷茵道："我们终于可以向武皇后禀明，'红骷髅'团伙现在已经全部伏法！"她想起先后死在"红骷髅"团伙手中的昆仑奴、阿刁和吴仁义，不禁悲从中来，哽咽道："可是、可是死的人太多了……"

　　杜鼎之摘下帽子，摸着自己刚刚长出来的头发，感慨道："是啊，还有蒋记工行的十三个无辜之人，真的死了太多的人啊！"

　　远处，白江口海面微风轻抚，粼粼细浪，那一场惊天动地大战的痕迹在海浪冲刷下，已经无影无踪，归于平静。

　　几只海鸥欢快地飞过海面，也许在它们眼中，世间本没有战争和杀戮。

　　……

八十

长安，大慈恩寺。

五年后，大唐总章元年（公元 668 年），大唐借助白江口之战的余威，终于攻灭国祚七百多年的高句丽，在平壤设立安东都护府，彻底消除东亚心腹之患。

长安城中，巍峨庄严的大明宫终于耸立于天地间，成为大唐威震四海的政治中枢。大明宫，是长安的中心，而长安，却是全天下的中心。白江口之战的功臣刘仁轨，几经周折，也已返回长安，进入大唐权力中枢。

见惯了大场面的长安城，今日难得骚动起来，因为一边是攻灭高句丽的唐军凯旋，一边是倭国派出的数百人"遣唐使"抵达长安学习。大慈恩寺前，人群川流不息，人人面带喜色。

一个身穿青色官服的人站在大雁塔的影子里，抬头仰望高耸入云的塔顶，用心聆听塔铃之声，思绪似乎飘散至九霄之外。这时，另一个男人的声音从后边传来："杜兄，一别五年，今日小弟本想请你去风雨天香楼痛饮几杯，为何如此匆忙，约我在大慈恩寺见面？"

前面那个沉思的人慢慢转过身来，正是杜鼎之，而赶来相见的人则是狄仁杰。杜鼎之自白江口战后，回到大唐便修书一封，请辞大理寺丞一职，躲回家乡养病，没有随殷茵等人回到长安。大理寺卿严正人知道杜鼎之不想在长安任职，便保举他远赴贺州担任司马，大理寺丞一职由狄仁杰接任。近日杜鼎之因公务来到长安，便约狄仁杰来大慈恩寺一叙。

狄仁杰问杜鼎之："杜兄，你有功于大唐社稷，为何急流勇退，远离朝堂，到偏远的贺州任职？"

杜鼎之微微一笑道："愚兄也是迫不得已，若再在长安羁留几年，便是我的死期了。"

"杜兄为何如此悲观？"

杜鼎之环顾左右，低声道："武皇后让我调查长安城暗藏的势力，除了渗透进来的外国细作之外，还有李、武二姓之争，我若卷入其中，必死无葬身之地！所以我只能避祸远走，五年不敢回长安。"

狄仁杰明白杜鼎之的苦衷，只能摇头苦笑。杜鼎之又道："我今日回长安，是因为一件旧案。"他掏出一封信，递给狄仁杰，道："他是倭国一位老将军，临死前写了这封信，托遣唐使转交给我。"

"倭国将军？"狄仁杰接过书信，浏览起来。

原来这封书信是参加过白江口之战的阿倍比罗夫所写，托遣唐使向杜鼎之询问，当年的"夜枭"到底是谁？因为这个"夜枭"所传错误情报，致使数万倭军，或葬身火海或溺亡大海，倭国称霸之梦终成泡影，阿倍比罗夫回国之后，忧愤成疾，不久去世，他临终之前还在惦记谁是"夜枭"？

"夜枭"案和当年轰动长安的"红骷髅"案，因为牵扯高官叛乱、宗室谋反，早已成为朝廷秘辛，禁止调查涉及，狄仁杰只是从杜鼎之所留的案情记录，以及"紫燕子"殷茵和云襄口中了解到一些情况。今天见到两案的经历者杜鼎之，狄仁杰不由起了好奇心。

狄仁杰看完信，皱眉问道："崔破虏、武云宗到底谁是真正的'夜枭'？凡是知道这个案子的人，没有一个不想知道真相。"

杜鼎之苦笑道："且慢，你先回答我一个疑问。这件事已经困扰我五年，让我每次念及旧人，便心生愧疚。"

狄仁杰聪慧过人，立刻猜到杜鼎之的疑问，道："杜兄莫非问当年是谁杀死了玉泠道人？"

杜鼎之道："不错，此案发生时我已准备奔赴百济，未及侦办，只是匆忙记录在册托付给你，战后我未回长安，此案便成了我一个心病，愧对崔破虏。"

狄仁杰对杜鼎之深施一礼，正色道："凶手应该早就在杜兄的意料之中，也在我的推测之中，你和我只是不敢面对罢了。"

"凶手莫非真的是……"杜鼎之手指皇宫方向，道："是圣人的妹妹，长宁公主？"

狄仁杰点头，默然无语，此案凶手因为涉及圣人妹妹和皇室颜面，无论是杜鼎之还是狄仁杰，哪怕是大理寺，都不敢触碰。玉泠道人之死，与当时沸沸扬扬的"红骷髅"案并无关系，因为玉泠道人与长宁公主关系甚密，了解长宁公主与"倒武"势力的联系，内卫盯上了玉泠道人，想利用她要挟长宁公主，长宁公主只好弃卒保车，杀死玉泠道人以绝后患。可怜的玉泠道人郑玉，当日在家中苦等崔破虏归来，结果还未与崔破虏见上一面，就惨死于长宁公主的刀下。

杜鼎之印证了心中猜想，不由暗暗握紧了双拳，狄仁杰懂他心意，劝慰道："杜兄莫要气恼，你我虽然是执法卫道之人，但是无法保证每一人都得到公平正义。长宁公主虽然眼下逍遥法外，但是我相信，总有一天她必会自食恶果！"

杜鼎之再次抬头仰望大雁塔，道："佛塔高耸人间，如果它不能给人间升斗小民以公平正义，便辜负了世人的膜拜。"

狄仁杰道："莫非杜兄要螳臂当车，独身挑战皇家宗室？"

杜鼎之沉默一会儿，道："我一个小小贺州司马，怎敢挑战皇家宗室？"他转身盯着狄仁杰，目光炯炯，道："我只是希望人间正义不灭，薪火相传，将来守护长安、鼎定朝野的重任，就拜托狄贤弟了！"说罢，对狄仁杰一揖到地。

狄仁杰慌忙避让，笑道："我也有一个疑问，想向杜兄请教。"

"请说无妨。"

狄仁杰道："当日，淮西王府长史邢玠遭内卫缉捕，却又死于'红骷髅'手中，我查遍你的记录，并提审赵绾等人，后来又向内卫云襄等人求证，似乎觉得其中大有蹊跷。"

杜鼎之微微一笑，似乎对狄仁杰的疑问早有预料，道："什么蹊跷？"

"小弟以为，'红骷髅'团伙中人，行凶之时多是独来独往，而暗杀邢玠却是成群结伙，作案手法明显不同，此其一；邢玠是淮西王李麒与京城权贵高官联系的中间人，他若落入内卫手中，此人懦弱贪生，必然一一招认涉案之人，必定在长安掀起滔天巨浪，天下大乱，社稷不稳，'红骷髅'求之不得，怎会要杀他灭口？此其二……"说到此处，狄仁杰故意停住，笑眯眯地看着杜鼎之。

杜鼎之也哈哈一笑，道："请贤弟继续说。"

狄仁杰又道："邢玠是让人用磷粉涂抹箭头，射中面部焚烧而死，但是在'红骷髅'所犯案中，并无用磷粉作案的先例，反倒是有一个人，屡屡使用磷粉，他用磷粉夺过云襄的刀，又用磷粉擒获韦星洲……"

杜鼎之大笑道："你说的这个人就是我嘛！"

狄仁杰正色道："邢玠之死，到底是死于何人之手，请杜兄明示。"

杜鼎之悠然神往，似乎想起了那夜邢玠惨遭磷粉焚烧、扭动挣扎的场景，他叹口气道："其实真相已经在你的推断中，邢玠此人，懦弱贪生，落入内卫手中，片刻之间就会变成一条逢人就咬的疯狗，有他在手，周兴等内卫就会大肆罗织罪名，朝廷之中不知有多少大臣、将领，都要妻离子散家破人亡，银铛入狱甚至身首异处。死一个邢玠，也许能救下一百个无辜的人，你说邢玠该死不该死？"

狄仁杰一时无法回答这个难题，只好仰头望着大雁塔，道："杀一人，活百人，这难道就是杜兄心中的公平正义？"

杜鼎之转身面对狄仁杰，问他："如果有一天，你面对'杀一人，活百人'的难题，你会如何抉择？"

狄仁杰苦笑摇头，并不正面回答，他岔开话题问道："我一直以为杜兄手无缚鸡之力，没想到杜兄其实也有高来高去的本领，能将云襄这样的高手欺骗引走，却不为她察觉，而且在长安城中，你应该还有不少帮手吧？"狄仁杰一语解开杜鼎之的真实面目，这个平日里总是抱头鼠窜的人，竟然是一个深藏不露的高手，他的背后也隐藏着不为人知的秘密。

杜鼎之道："当今天下，大唐四海宾服，但是朝廷内斗不休，李、武二姓争权夺势，朝野震荡，社稷不稳。当此形势，除了李、武二姓派系势力，以及敌国渗透势力，还有一股暗藏的势力，他们千百年来流传至今，秉持正义良知，他们不在意龙椅之上谁上谁下，只希望国强民安，昌盛富庶。所谓人间正道，总要有人去维护，用善良保护良知，用良知维系正义。今天我来见你，就是希望有朝一日，你能担起这份重任！"

狄仁杰眼睛一亮，道："莫非杜兄就是这股势力的代表？"

"我不是代表，我只是这股势力的维护者，我们维护的不是朝廷，而是苍生！"杜鼎之道："武皇后令我调查长安城暗藏势力，她早晚会注意到这股势力的，也早晚会怀疑到我头上，所以我只有避祸远走。我虽然走了，但是我相信，长安城中依然会有人挺身而出！"

"看来杜兄所说的这股势力，形散神聚，薪火相传，却是绵延千年，光芒不灭。"

杜鼎之微微一笑，道："天地有正气，青史有道义，人心有良知！这股势力便是暗夜烛火，也是心中之灯。"

狄仁杰不再追问，对杜鼎之一揖到地，神情肃然，也许此时的一揖，就是他给杜鼎之托付重任的答案。

两人相视一笑，狄仁杰道："杜兄有所不知，其实'红骷髅'主谋不止薛封、赵绾、韦星洲三人。"

杜鼎之一惊，道："还有他人？"

"不错，还有第四人，此人是薛封的弟子，薛封将她留在长安城，本来期望她长期潜伏，结果还是难逃恢恢天网，三年前已经让郭震等人秘密除掉。"

"此人是谁？"

"她就是王真，左金吾卫大将军王重达的侄女，薛封培养她成为奸细，潜伏长安多年。"

杜鼎之一拍大腿，道："既然王真是'红骷髅'一员，那就能解释是谁杀死王重达了！"

"不错！"狄仁杰道："王重达就是死于亲侄女王真之手的，因为他中途反悔参与薛封策划的一系列阴谋，准备向朝廷检举薛封等人。薛封威逼王进，夜间支走王府仆役，王真暗藏薛封的毒针，黉夜进到王重达书房，将他杀死灭口，故意伪装现场，因为王重达和林玉图的伤口一模一样，我们当初都误以为杀死王重达、林玉图是同一个人。还有，这个王真心狠手辣，在'毁天'计划失败后，也是她烧死了遭到绑架的清阳县主李如。"

杜鼎之默然，没想到王真一介女流，不仅行事狠辣，还潜藏最久。狄仁杰又道："我从云襄口中得知，其实当年的淮西王李麒也是死于'红骷髅'之手的，只是不知是何人下手。"

"不错，'红骷髅'操纵李麒铸造'恶钱'，试图谋反，以李麒之才能，断难成事，他不过是一枚弃子、诱子，事情败露之后，岂能容他活命？"杜鼎之想通了原因，忍不住感慨。

狄仁杰叹息道："迄今为止，'红骷髅'一案，我们前后揪出了四个核心成员，至于是否还有其他余孽，谁也说不准了。"

杜鼎之想起吴仁义临终的那句话，"为何有这么多人背叛国家，甘心当奸细……" 不由扼腕叹息，道："从长安城到大唐全域，不知道还藏着多少敌国奸细？这些魑魅魍魉，每天都在偷偷啃食大唐的血肉！"

狄仁杰道："所谓细作，有正义有邪恶，每一个人都有无法言说的故事，也许在他们的世界里，每一个人都是传奇！就如杜兄，难道你不是那股势力的传奇？"

杜鼎之大笑，道："不错，每一个人都是传奇！就像'北斗九星'，无人知晓，却闪亮星空。"

"杜兄，你还没说，崔破虏、武云宗二人到底谁是'夜枭'，谁是'捕雕手'？"

杜鼎之转身看着狄仁杰，一字一顿地道："我真的不知道！"

狄仁杰苦笑，这个答案其实早在他的意料之中，也许"夜枭"的真相从此再也无人能分辨清楚。狄仁杰接任大理寺丞之后，对"红骷髅"和"夜枭"的案子十分关注，搜罗案卷，询查当事人，试图分辨出谁是真正的"夜枭"，但是五年过去了，丝毫没有进展。狄仁杰道："我有一点疑问始终难以弄清，既然崔、武二人之中必有一个'夜枭'，那么他们来到长安城后，为何不与'红骷髅'联系，反观'红骷髅'似乎也未与'夜枭'接触，他们都为百济、倭国效力，为何形同陌路？还是另有深意？"

杜鼎之略一沉吟，道："这个问题，我也困惑过。在长安之时，我与云襄、郭震曾经派人暗中监视崔、武二人，却没有发现端倪。后来，在奔赴百济路上，我与殷茵等人依然密切监视，也未发现异常，崔、武二人还与甲斐飞鸢、薛封率领的黑衣人血战一场，杀死甲斐飞鸢和众多门人。细想起来，实在难以从二人身上发现疑点。"

"会不会'夜枭'并不在崔、武二人之中，另有其人？"狄仁杰不禁疑惑。

杜鼎之却使劲摇头，道："刘仁轨当年的判断是对的，我也赞同他的判断。崔、武这一对'军中双璧'，必有一个是'夜枭'，只是此人过于狡猾，他时时刻刻都在模仿、利用另一个人，将对方作为掩护，混淆视听，有时一分为二，有时合二为一。真正心中明白的，只有被模仿的那一个人，可惜他却没有证据，有苦难言！"

"有苦难言，有苦难言。"狄仁杰重复这句话，似乎感同身受，"会不会有一种可能，'夜枭'与'红骷髅'虽然都是效力百济、倭国，但是并不同属一个体系，所以没有发生联系？"

杜鼎之点点头，道："这种可能确实存在，但是我更倾向于另一种可能。"

狄仁杰大喜，急忙道："愿闻其详！"

"道不同不相为谋！"杜鼎之道："据我分析，'红骷髅'与'夜枭'的目的并不一致。'红骷髅'灭绝人性，企图颠覆大唐，恨不得引狼入室，灭我泱泱中华。而'夜枭'却是出于私人恩怨，对朝廷不满，愤而投敌，但是此人心中尚有底线，并不想祸乱国家。正是因为这个原因，'夜枭'不愿与'红骷髅'为伍，而'红骷髅'又深知'夜枭'为朝廷监视，唯恐引火烧身，所以各行其是，并不联系。"

狄仁杰闻言，大为叹服，道："杜兄不愧是亲身经历之人，了解'夜枭'内心，解开小弟多年之惑。"狄仁杰又问杜鼎之："杜兄，你说千年之后，世人该如何评价崔、武二人？又该如何评价你与我？"

杜鼎之默然，望着眼前的大雁塔以及远处巍峨的大明宫，久久无语。

千年之后的事，谁又能知道？

大慈恩寺前，突然传来一阵激昂的琵琶声，街上百姓蜂拥前去观看，顿时将寺前街路挤得水泄不通。原来是长安第一乐姬金飞雪前来大慈恩寺弹奏琵琶。平日里，这个金飞雪门前王孙公子络绎不绝，豪掷百金，求她弹奏一曲而不得，但是这位姑娘有个怪癖，每年之中总会有一日来大慈恩寺当众弹奏《秦王破阵乐》，分文不取，弹完之后转身即走。

看着面前的人山人海，杜鼎之问狄仁杰："以前不是玉墨姑娘称艳长安城吗？几时换成了金飞雪姑娘？"

狄仁杰笑道："江山代有佳人出，杜兄你离开长安太久了，长安百姓都说这位金飞雪姑娘不仅琵琶冠绝天下，而且像极了当年冤死的清阳县主李如……"

杜鼎之眯起眼睛细看，果然看出所谓的"金飞雪"其实就是"金柔儿"。"金飞雪，金飞雪……"杜鼎之轻声念叨这个名字，突然明白了其中含义，因为这是金柔儿纪念一个手使"飞雪双横刀"的人……

一辆马车慢悠悠地从杜鼎之和狄仁杰身前驶过，车上一个酒气熏天的文士，斜倚车门，怀抱酒坛，正将酒不停地灌入口中，文士已经醉得睁不开眼，犹在口齿不清地大呼："此地别燕丹，壮士发冲冠。昔时人已没，今日水犹寒……"

杜鼎之吃了一惊，道："这不是骆宾王吗？"

狄仁杰低声告诉他："骆宾王因为卷入'倒武'势力，得罪了朝中权贵，现在受内卫驱赶，勒令他离开长安。"

果然，骆宾王举起酒坛狂灌，大呼道："长安，我走了！再也不回来了！"

骆宾王醉倒在车上，酣然睡去，手中酒坛滚落，摔得粉碎……

远处，云襄带着周兴等内卫，远远监视着骆宾王离去。杜鼎之看见云襄等人，赶紧转过身去，不想云襄发现自己。云襄眼角余光似乎瞥见一个熟悉的身影，等她转身去寻找，却什么都没看见。此时正好金飞雪一曲弹罢，围观的百姓一哄而散，人群瞬间塞满街路。云襄叹了一口气，转身离去。

一个满脸伤疤的大汉从人群中挤出，来到大慈恩寺门前跪下，他从怀中掏出一缕秀发，双手捧至额前，俯首跪拜："秋娘，我们回到长安了，再也不离开……"

长安城，有的人走，有的人来，每个人的故事各自不同。

塔铃声响，大慈恩寺中梵音齐奏，众僧诵唱如云浪舒卷，一个托钵化缘的老僧从寺中出来，在跪拜的大汉身旁蹒跚走过，又经过杜鼎之和狄仁杰面前，向二人微微一笑，似佛祖拈花，又似稚童嬉戏，让人顿时心生平和。

老僧衣衫褴褛，却神情矍铄，口中吟唱道：

"宝刀照北斗，烽火绕龙城。

胡马不敢过，汉将唱大风。

阴山千尺雪，瀚海一夜平。

男儿成败事，肝胆自纵横！"

杜鼎之和狄仁杰心中俱是一震，不约而同重复老僧吟唱的诗句："男儿成败事，肝胆自纵横！"

老僧慢慢消失在人群中，如一颗星隐入无垠的夜空……

（全书完）

甲辰年正月初九夜子时，雨雪霏霏

跋

纵观东亚各国数千年战火风云，有很多战争对后世影响深远，为历史增添波澜，甚至改变世界走向。一些经典战争成为东亚各国文学小说、影视作品的素材，从中汲取营养，砥砺后人，直至成为民族精神的旗帜。所以，日本有《坂上之云》，韩国有《鸣梁海战》《露梁海战》，中国有什么？有朋友说，中国有《甲午风云》，一个让所有中国人痛彻心扉的经典！

中华民族自古反对侵略，不喜自夸，平和谦让，勤于反思，但是这些低调谦忍会让很多异族视为软弱可欺，所以现在的中华民族更需要自信和骄傲！每个中国人心中，要铭记甲午战争、日俄战争的耻辱，要镌刻援朝击倭、抗日战争、抗美援朝的胜利，更要身沐大唐白江口之战的绚烂荣光，因为那是一个盛世的开始！

一个英雄的时代在霞光中走远，但从未离开……

登高，坡顶自有青天，倘若正有一朵白云闪耀，那就望云攀登吧。

期望有一日，能看到中国的《白江口》……

www.ingramcontent.com/pod-product-compliance
Lightning Source LLC
Chambersburg PA
CBHW082121180726
48291CB00011B/2797